本书为国家社会科学基金重大招标项目："中日韩《诗经》百家汇注"最终成果，项目编号10&ZD101

本书为姚奠中国学基金项目："《诗经·小雅·六月》和《诗经·小雅·吉日》研究"最终成果，项目编号2015GX05

本书得到山西大同大学优秀著作出版基金资助

中国书籍学术之光文库

《诗经·小雅·吉日》研究

孙小梅 | 著

中国书籍出版社
China Book Press

图书在版编目（**CIP**）数据

《诗经·小雅·吉日》研究/孙小梅著.—北京：中国书籍出版社，2019.12

（中国书籍学术之光文库）

ISBN 978－7－5068－7660－5

Ⅰ.①诗… Ⅱ.①孙… Ⅲ.①《诗经》—诗歌研究 Ⅳ.①I207.222

中国版本图书馆 CIP 数据核字（2019）第 277589 号

《诗经·小雅·吉日》研究

孙小梅　著

责任编辑	周春梅　李田燕
责任印制	孙马飞　马　芝
封面设计	中联华文
出版发行	中国书籍出版社
地　　址	北京市丰台区三路居路 97 号（邮编：100073）
电　　话	（010）52257143（总编室）　（010）52257140（发行部）
电子邮箱	eo@chinabp.com.cn
经　　销	全国新华书店
印　　刷	三河市华东印刷有限公司
开　　本	710 毫米×1000 毫米　1/16
字　　数	368 千字
印　　张	20.5
版　　次	2019 年 12 月第 1 版　2019 年 12 月第 1 次印刷
书　　号	ISBN 978－7－5068－7660－5
定　　价	99.00 元

版权所有　翻印必究

前 言

《小雅·吉日》是《诗经》中一篇关于田猎的代表性诗作,故而为历代所关注,且评价甚高,如徐光启《诗经六帖讲意》说:"《车攻》《吉日》所言田猎之事,春容尔雅,有典有则,有质有文,后世《长杨》《羽猎》《上林》《广成》,未足窥其藩篱也。"[①] 但关于此篇的诗旨,即其所言为何时何人之事,则历来有分歧。稽核目前所能搜集到的中、日、朝历代《诗经》研究文献,其有关《吉日》诗旨研究者约有150多种,兹予梳理,以见各说之优劣得失。

关于《吉日》篇的时代问题

《吉日》篇,就其文本而言,没有明确的时代标志,史籍中也没有明确的记载。但出于《诗经》研究阐释的需要,这是一个不可回避的问题,故而出现了不同的看法。罗旧说约有三种观点:

一是宣王说。这是主流观点,由《毛诗序》首倡,宋以前不见异说,后世大多数学者从之。在以下关于主旨的论述中即可详知。

二是成王说。这是何楷提出的新说,他说:"《吉日》,成王搜岐阳也。"[②] 他的证据是:

《竹书纪》:"成王六年,大搜于岐阳。"《左传·昭四年》,楚椒举言于楚子曰:"臣闻诸侯无归,礼以为归。夏启有钧台之享,商有景亳之命,周武有孟津

[①] 明·徐光启撰:《新刻徐玄扈先生纂辑毛诗六帖讲意》四卷,上海图书馆藏明万历四十五年金陵书林广庆堂唐振吾刻本,第三十九页。

[②] 明·何楷:《诗经世本古义》卷十之中,第九十二页。选自《景印文渊阁四库全书》第八一册,台湾商务印书馆,第322页。

1

之誓，成有岐阳之搜。"杜预云："成王归自奄，大搜于岐山之阳。"按：《晋语》叔向曰："昔成王盟诸侯于岐阳，楚为荆蛮，置茅蕝、设望表，与鲜牟守燎，故不与盟。"即此时事也。所以知此诗为搜岐阳者，以"漆沮之从"一语知之。诗言田猎不及会盟之事，盖成王于此时先搜而后盟。是诗之作，但为大搜咏耳。《周礼》："中春，教振旅。遂以搜。"《公羊》《谷梁》皆谓"夏曰搜"，当以《周礼》之义为正。①

钱澄之《田间诗学》也认为《吉日》是写成王"岐阳之搜"的，他把诗中提到的"漆沮"认定为"岐梁之间"的漆沮，认为："漆沮出岐山北，沮水與漆水合流，至岐山入渭。"②并驳斥"宣王说"：

岐阳《石鼓文》，至今传为宣王时物。考周地有两漆沮，其一在岐梁间，古公所迁"自土漆沮"是也，其一则《禹贡》导渭，"东过漆沮"，泾水之下游也，去镐京不远。疑宣王之搜，只在近地，未必至岐阳也。③

这一观点，虽说有文献依据，但难以坐实。

三是夷王说。此说见于清潘克溥《诗经说铃》：

或曰："《吉日》，美夷王猎也。《竹书》：夷王六年，猎于杜林，获犀牛一以归。"此称大兕，故知是夷王也。④

此说显然是受了季本的影响。季本曾云："此必非宣王时诗，盖时王之远荒于田者也。在位之臣作此诗，以夸美之，其实寓规诲焉。不以陈于君，则非大雅也。"⑤ 季本虽没有说是何王，而在宣王之前有田猎记载可与联系者，也仅成、夷而已。而夷王与时最近，且为王室中衰之王，"获犀牛"又见于记载，这便很自然地与诗之"殪此大兕"联系起来。

---

① 明·何楷：《诗经世本古义》卷十之中，第九十三页。选自《景印文渊阁四库全书》第八一册，台湾商务印书馆，第 322 页。
② 清·钱澄之：《田间诗学》卷七，第十八页。选自《景印文渊阁四库全书》第八四册，台湾商务印书馆，第 569 页。
③ 清·钱澄之：《田间诗学》卷七第十九页。选自《景印文渊阁四库全书》第八四册，台湾商务印书馆，第 569 页。
④ 清·潘克溥：《诗经说铃》卷七，第二十一页。选自清同治元年书业德记刻本，肆辑第 481 页。
⑤ 明·季本：《诗说解颐》正释卷十七，第十八页。选自《景印文渊阁四库全书》第七九册，台湾商务印书馆，第 194 页。

不难看出，"夷王说"与"成王说"是同样的思路。二者都是先从文献中找到周王田猎记载，然后再找与诗的联系，或从地理位置，或从所猎兽物，与诗牵合。虽说持之有故，但实难令人信服。

考以上三说，成王、夷王说，纯属研究者靠逻辑推出，无历史根据。唯"宣王说"为经师故老传言，虽如日本中井积德《古诗逢源》所说："《车攻》及此篇为宣王之诗，无征。"① 但毕竟是旧说，为三家经师所传，如代表《齐诗》家说的《焦氏易林》，其《履之夬》及《井之随》俱云："《吉日》《车攻》，田弋获禽。宣王饮酒，以告嘉功。"② 孙作云先生在《论二雅》一文中，曾特意对宣王朝的诗作做了探讨，他认为在《小雅》七十四篇中，有四十几篇是宣王朝的诗，《吉日》即其中之一③。这一说法应该是可信的。

关于《吉日》篇的诗旨问题

《毛诗序》说："《吉日》，美宣王田也。能慎微接下，无不自尽以奉其上焉。"④ 这一说奠定了《吉日》诠释的基调，唐以前鲜有异说，宋后始有歧见。就其大者言之，异说不外美刺箴规之不同，而就其细者言之，则最少有以下11种意见：

一、慎微接下说

一般认为《毛诗序》分"古序"与"续序"两部分，序的第一句为"古序"，次句以下为后人所续，故称"续序"。古序提出"美宣王田也"之后，续序则进一步阐释说："能慎微接下，无不自尽以奉其上焉。"⑤ 也就是说，概括言之是"美田"，具体言之则是"慎微接下"。孔颖达注疏说："以宣王能慎于

---

① 日·中井积德：《古诗逢源》彤弓之什二之三正雅，大阪府立图书馆，明治四十三年七月十五日。
② 清·龚橙：《诗本谊》第三十五页。选自《续修四库全书》编纂委员会编：《续修四库全书》七三，上海古籍出版社，第292页。
③ 孙作云：《诗经与周代社会研究》，北京：中华书局，1966年版，第383页。
④ 唐·孔颖达：《毛诗正义》诗疏十之三，第七页。选自《阮元校刻十三经注疏2》，嘉庆二十年，临川李显才印刷，第369页。
⑤ 唐·孔颖达：《毛诗正义》诗疏十之三，第七页。选自《阮元校刻十三经注疏2》，嘉庆二十年，临川李显才印刷，第369页。

微事，又以恩意接及群下，王之田猎能如是，则群下无不自尽诚心，以奉事其君上焉。由王如此，故美之也。"① 并细疏经文云：

> 慎微，即首章上二句是也；接下，卒章下二句是也。四章皆论田猎，言田足以总之。时述此"慎微""接下"二事者，以天子之务，一日万机，尚留意于马祖之神，为之祈祷，能谨慎于微细也。②

范处义《诗补传》进一步阐释云：

> 既谨日而祭马祖，又谨日以差我马，则必能致谨于国事矣。因田而得禽，非厚获也，犹为醴酒以御宾客，则必能与之食天禄矣。虞人既聚兽，必于天子之所，左右皆取禽共天子之燕，则他日必能用命矣。③

孔氏和范氏由对《诗序》"慎微接下"的申述，结合经文，引出了周王对己能"致谨于国事"，对人能"与之食天禄"，将田猎与治国联系起来，大大加强了诗篇的人伦道德意义，从解经的角度来讲，这确是很高明的。故后世从之并转述者甚多。像范处义、严粲、李樗、朱公迁、徐华岳、任兆麟、黄梦白、陈曾、陈奂、王先谦等，基本不出孔氏藩篱。日本、朝鲜学者从之并发挥者亦甚多，朝鲜朴世堂《诗经思辨录》云："孔云：以宣王能慎于微事，又以恩意接及群下，故美之。留意马祖为之祈祷，能慎于微细也；求禽兽唯以给宾，是恩隆于群下也。"④

当然，同样主张"慎微接下"说，理解也有不同。如清范家相《诗渖》说："凡皆古礼之废而不行者，宣王悉举而复之，故《序》曰'能慎微接下'也。"⑤ 张沐《诗经疏略》则说：

> 慎微者，所以谨其渐也。即田猎之礼，以接与臣下，使臣皆自尽以奉其上，

---

① 唐·孔颖达：《毛诗正义》诗疏十之三，第七页。选自《阮元校刻十三经注疏2》，嘉庆二十年，临川李显才印刷，第369页。
② 唐·孔颖达：《毛诗正义》诗疏十之三，第七页。选自《阮元校刻十三经注疏2》，嘉庆二十年，临川李显才印刷，第369页。
③ 宋·范处义：《诗补传》卷十七，第十三至十四页。选自《景印文渊阁四库全书》第七二册，台湾商务印书馆，第205-206页。
④ 韩·朴世堂：《思辨录——诗经》。选自李云九：《韩国经学资料集成诗经2》，三文文化印刷，一九九五年二月二十日发行，第430页。
⑤ 清·范家相：《诗渖》卷十二，第七页。选自《景印文渊阁四库全书》第八八册，台湾商务印书馆，第682页。

而纪纲已立，名分已正，僭乱之端已杜矣，所以可美也。……一章告马祖，三章皆言自尽奉上之事，国人自此尊天子，知下奉上之礼义矣。则其慎于此者，岂不微乎？①

"慎微接下"说宋后每遭质疑，如杨简《慈湖诗传》云：

《毛传》谓重物慎微者，将用马力，先祷马祖，则"慎微"施诸马耳。而卫宏作《序》连言"接下"，乃谓施诸人。《序》差谬，益可覩矣。又率如此，于诗外生说。②

朱熹《诗序辨说》也明确地指出："《序》谨微以下非诗本意。"③ 民国吴闿生《诗义会通》也认为："'慎微接下'云云，似经师迂曲之说。诗中本无此意，朱子讥之是也。"④

二、复古说

此说由宋吕祖谦《吕氏家塾读诗记》卷十九《正小雅》第六篇提出，其云：

《车攻》《吉日》皆以蒐狩为言，何也？盖蒐狩之礼，所以见王赋之复焉，所以见军实之盛焉，所以见师律之严焉，所以见上下之情焉，所以见综理之周焉。欲明文武之功业者，观诸此足矣。⑤

朱熹《诗集传》录吕氏说，文字略异，"皆以蒐狩为言何也"，作"所以为复古者何也"。⑥ 以下五个"所以"，皆作"可以"。其所以出现"复古"二字，

---

① 清·张沐撰：《诗经疏略八卷》小雅·六月·什五之四十，清华大学图书馆藏清康熙十四年至四十年著蔡张氏刻五经四书疏略本，第507页。
② 宋·杨简：《慈湖诗传》卷十一，四明张氏约园开雕，第四十三页。选自《丛书集成续编》一〇六，新文丰出版公司，第484页。
③ 宋·朱熹：《诗序辨说》第三十六页。选自《续修四库全书》编纂委员会编：《续修四库全书》五六，上海古籍出版社，第278页。
④ 民国·吴闿生：《诗义会通》诗二，文学社刊行，第一三页。
⑤ 宋·吕祖谦：《吕氏家塾读诗记》卷十九。选自《四部丛刊续编经部》，上海涵芬楼借常熟瞿氏铁琴铜剑楼藏宋刊本景印，上海河南路商务印书馆，中华民国二十三年五月初版。
⑥ 宋·朱熹：《诗集传》诗卷第十。选自《四部丛刊三编经部》，上海涵芬楼影印中华学艺社借照日本东京岩崎氏静嘉文库藏宋本，上海河南路商务印书馆，中华民国二十五年六月初版。

主要是因为《毛诗序》有"《车攻》，宣王复古也"①之说。而这两篇意思相近，故学者们多将"复古"二字移于《吉日》。宋辅广《诗童子问》说："东莱先生之说固善，而先生又改动数字，尤切。"②其对"王赋之复""军实之盛""师律之严""上下之情"和"综理之周"又细加疏释云：

  王赋谓车马之出，军实谓军器之数，师律谓进退之度，上下之情，诸侯及左右之人，相率以共其事，而天子又与之燕饮，以为乐也。综理之周，谓祭祷必讲，猎地必择，车马有备，射御有法，终事严整，颁禽之均，酌醴之厚，无一不至也。③

辅广的疏释，点出了复古之意。因朱熹的原因，宋、元学者从此说者甚众。像严粲、胡一桂、刘瑾、许谦、朱公迁等，基本不出此藩篱。日本学者三宅重固《诗经笔记》、太宰纯《朱氏诗传膏肓》、伊藤善韶《诗解》，朝鲜学者无名氏《读诗记疑》亦皆从吕氏说。像明代学者顾起元、江环、徐光启、张次仲、唐汝谔、杨廷麟、朱朝瑛、徐奋鹏、顾梦麟、胡广、曹学佺，朝鲜学者朴文镐等，则兼从吕、辅二说并转述之。此外，明姚舜牧《重订诗经疑问》又云：

  尝读《六月》《采芑》《车攻》《吉日》之诗，见宣王之命将出师，巡狩田猎，一时之精神振刷，真有赫然其可以复古者。④

从中看到，姚氏所关注的是"复古"精神，而非形式。

三、美中兴说

朱熹在论及《车攻》《吉日》诸诗时，曾言及"宣王之田，乃是因此见得其车马之盛，纪律之严，所以为中兴之势者，在此其所谓田，异乎寻常之田矣"⑤，元刘玉汝《诗缵绪》发挥云：

---

① 汉·毛亨传，汉·郑玄笺，唐·陆德明音义，唐·孔颖达疏：《毛诗注疏二十卷》卷第十之三，东京大学东洋文化研究所藏，汉籍善本全文影像资料库。
② 宋·辅广：《诗童子问》卷四，第十九页。选自《景印文渊阁四库全书》第七四册，台湾商务印书馆，第358页。
③ 宋·辅广：《诗童子问》卷四，第十九页。选自《景印文渊阁四库全书》第七四册，台湾商务印书馆，第358页。
④ 明·姚舜牧：《重订诗经疑问》卷四，第五十七页。选自《景印文渊阁四库全书》第八〇册，台湾商务印书馆，第708页。
⑤ 宋·朱熹：《诗传遗说》卷五。

又此诗虽美田猎，而最见中兴之人心：盖周室中衰，人心离散。宣王中兴，能修政事。一有田猎，人即兴起而乐趋之，故诗人中间两称天子，见其从天子而来。首言可以从禽，则有先事趋赴之心；中言悉率以燕，则有亲上爱君之心；末言献禽，则有尊君奉上之心。人心如此，此宣王所以中兴，中兴所以可美也。①

其后，如明江环、黄道周、钱天锡、冯元扬、冯元飙、黄文焕、胡绍曾及清之姜炳璋、祝文彦、李塨、梁中孚等，皆有阐述，只是疏释角度不同而已。如姜炳璋《诗序补义》云："宣王于积衰之后，既会于东都，又猎于畿内，意在整顿人心，张皇威武以成中兴之业，岂不伟哉！"② 祝文彦《诗经通解》以为："要在人心鼓舞上，见出中兴气象。"③ 梁中孚云："野兽之多，足征国家方兴气象，滋生繁衍。"④ 日本学者山本章夫《诗经新注》云："先贤以为宣王中兴之诗。固然。"⑤

四、美田章德说

此说是由《诗序》之说生发出来的，其实是"慎微接下"说的翻版，只是表述不同而已。范处义《诗补传》云：

诗人之美人君，多举一事终始言之，以见其余可知也。《吉日》，美宣王田猎尔，而序诗者谓君能慎微接下，臣能自尽以奉上，盖于田猎一事知之也。⑥

清刘沅《诗经恒解》云：

此篇美其畿内田猎，见内政之所以修。而爱戴之诚，恩威之洽，具可睹焉。故为田猎之雅也。⑦

---

① 元·刘玉汝：《诗缵绪》卷十，第四页。选自《景印文渊阁四库全书》第七七册，台湾商务印书馆，第672页。
② 清·姜炳璋：《诗序补义》卷十五，第二十五页。选自《景印文渊阁四库全书》第八九册，台湾商务印书馆，第210页。
③ 清·祝文彦：《诗经通解》小雅，庆符堂集，第十九页。
④ 清·梁中孚：《诗经精义集钞》卷之三，道光丁亥孟夏镌，本衙藏校，第二十二页。
⑤ 日·山本章夫：《诗经新注》，平安读书室藏，明治三十六年十一月十五日印刷，第〇五十八页。
⑥ 宋·范处义：《诗补传》卷十七，第十五页。选自《景印文渊阁四库全书》第七二册，台湾商务印书馆，第206页。
⑦ 清·刘沅：《诗经恒解》卷三，庚申夏五月致福楼重刊，第二十七页。

也就是说，诗表面上是歌美宣王田猎，实际上是对宣王之政、之德的歌美。

五、赞物产蕃庶说

清李诒经《诗经蠡简》云：

此赞宣王能致物产蕃庶，得人欢心也。亦以正直说之不妙，故就田猎西都以立言。①

这是认为，诗主要是赞美宣王之德广被于物，使物产丰富，故猎有丰获。此可视为"章德"说之翻版。

六、箴宣王田说

这是与"美田说"完全对立的一种观点，此种观点虽然也承认诗篇是写田猎的，但认为描写田猎的最终目的不在歌颂，而是规谏。如明沈守正《诗经说通》云：

《车攻》猎于东都，《吉日》猎于西都。一章备其具，二章择其所，三章方猎而人心踊跃，四章既猎而礼仪盛，备见非昔日气象意。……故其进锐者，其退速。宣王之于始，不守法以治，尽其力以动，于事固可知其不能终也。此所以方美其动，而遂以箴之也。②

清邓翔《诗经绎参》则以为此诗是在陈古法以正宣王畋之失的。其云：

《春秋》"天王狩于河阳"，亦特书矣，而实则以臣召君，非天王之自狩也。此诗特书"漆沮"二句，煌煌大典，一岁三田，岂同《春秋》所书以远地讥乎？"悉率"二句，陈古法以正时畋之失，诗旨在此，着语郑重。③

这一说显然是就经学的角度生发出的意义，是从宣王时代的历史出发考虑的。周宣王晚年对外用兵接连遭到失败，尤其是千亩之战大败于姜戎，南国之师全军覆没。故汪梧凤《诗学女为》云："《车攻》《吉日》皆美宣王之诗也。

---

① 清·李诒经：《诗经蠡简》卷三，清单伟志慎思堂刻本，第十三页。选自四库未收书辑刊编纂委员会编，《四库未收书辑刊》叁辑·陆册，北京出版社，第633页。
② 明·沈守正：《诗经说通》卷之七，第七至八页。选自北京师范大学图书馆藏明万历四十三年刻本，第80页。
③ 清·邓翔：《诗经绎参》卷三，同治丁卯孔氏藏板，第二十七至二十八页。

宣王所以能成中兴之业者，即此可以觇其雄略。然而武功是尚，文德衰焉。卒至佳兵不戢，料民大原，其几亦已兆矣。"① 从这里可以看到，持"箴宣王田说"者，其真正用意在告诫后世之君，勿蹈历史之覆辙。

七、讲武说

借田猎以讲武，这是古之大礼。故有学者把"讲武"认作此诗的主旨。如龙起涛说："《吉日》四章，宣王讲武于西都也。"② 刘沅亦云："宣王田猎讲武，民安其教，诗人美之。"③ 清王心敬《丰川诗说》则细加疏解说：

师田，习武也；攻同好阜，简车马也；选从，简徒也；祷伯差日，一众志也；升大阜，谨观望也；静而治闲，而获简枝擎也；服而不贪，众而有礼，闻而无声，静整至矣。中小殪大，武也；御客酌醴，暇也；悉率左右，以燕天子，自尽以奉其上也。呜呼！经武之事尽此矣。④

王氏将《吉日》之内容与经武之事一一对应，以此疏释"田以讲武"说。以为宣王田猎是整治武备、演习军事、检阅军事装备。

八、备北伐说

此说为清儒龚橙提出。其《诗本谊》云："《吉日》，宣王田西都，因北伐也。"⑤《诗经》原次序是《六月》《采芑》《车攻》《吉日》，而龚本认为《车攻》《采芑》关乎南征，《吉日》《六月》关乎北伐，故把《吉日》放在了《采芑》后，并解释说：

此因田而谋北伐也，故原次《车攻》。《易林》："《吉日》《车攻》，田猎获禽。宣王饮酒，以告嘉功。"明为《鱼藻》《六月》张本。《车攻》为东都南伐，非此一事，连文及之，以田猎相次，未睹情事。伐狁允而蛮荆威，所以先《六

---

① 清·汪梧凤：《诗学女为》卷十七，第六页。选自《续修四库全书》编纂委员会编：《续修四库全书》六三，上海古籍出版社，第七一一页。
② 清·龙起涛撰：《毛诗补正》卷十六，第十六页。选自《毛诗补正二十五卷》捌辑，清光绪二十五年刻鹄轩刻本，第599页。
③ 清·刘沅：《诗经恒解》卷三，庚申夏五月致福楼重刊，第二十七页。
④ 清·王心敬：《丰川诗说》卷之十三，第十一页。选自《丰川诗说二十卷》，山东省图书馆藏清刻本，第239页。
⑤ 清·龚橙：《诗本谊》第二十五页。选自《续修四库全书》编纂委员会编：《续修四库全书》七三，上海古籍出版社，第292页。

月》，后《采芑》。①

九、刺王欲袭秦说

此为清儒牟庭之见。其《诗切》云："《吉日》，刺王欲袭秦而不能也。"②《诗切》目录中标明缺《鹿鸣》至《雨无正》三十三篇，《吉日》位居第二十篇，故没有关于《吉日》的疏释。只是在该书《诗小序》中有"《吉日》，刺王欲袭秦而不能也"一句，故其立意缘由不得而知。

十、躬行说

日本皆川愿所主，其《诗经绎解》云：

此篇言其躬行之义，己能有定，然后乃可以从众庶所庸言行，择取其义类，以益施之其行事也。③

皆川把通篇诗作作为象征，将其与人之修身联系起来。故其说甚玄，人很难明其所云。

十一、田猎乐歌说

此说为日本中井积德提出。其《古诗逢源》云：

《车攻》及此篇，为宣王之诗，无征。或是田猎例用乐歌，亦未可知者。旧解特以上下篇次，岂足据乎哉。吕说敷演大过，难从。④

也就是说，这是猎田通用乐歌，无所谓美刺。

进入二十世纪，《小雅·吉日》篇的诗旨研究情况如何呢？我们以寇淑慧《二十世纪诗经研究文献目录》一书为蓝本，检索、梳理了与《吉日》诗旨相关的文献，力求全面系统和客观地描述《小雅·吉日》篇诗旨的研究状貌。寇淑慧《二十世纪诗经研究文献目录》一书，著录了二十世纪（1901—2000）中

---

① 清·龚橙：《诗本谊》第二十五页。选自《续修四库全书》编纂委员会编：《续修四库全书》七三，上海古籍出版社，第292页。
② 清·牟庭：《诗切》五，齐鲁书社，1983年9月第一版，第2877页。
③ 日·皆川愿：《诗经绎解》卷之九，第十八页。
④ 日·中井积德：《古诗逢源》彤弓之什二之三正雅，大阪府立图书馆，明治四十三年七月十五日。

国大陆境内和香港地区正式出版及发表的有关《诗经》研究的专著和论文，共计5729篇（部），分为上、下两编。上编为"诗经通论"，共计收录文献3897篇（部），我们挑选出其中可能与《吉日》诗旨相关的文献156篇（部）进行了检索，结果表明只有7篇（部）描述了《吉日》诗旨。下编为"分类分篇研究"，共计收录文献1832篇（部）。除《国风》1360篇（部），"《二雅》综论"44篇（部），《大雅》123篇（部），"三颂"125篇（部）外，《小雅》研究文献共计180篇（部），其中，"综合研究"文献14篇（部），"单篇研究"文献166篇（部）。经检索，"综合研究"文献基本没有涉猎《吉日》诗旨；"单篇研究"文献研究了《小雅》74篇中的49篇，没有涉及的篇目有《南有嘉鱼之什》中的《南有嘉鱼》《南山有台》《蓼萧》《湛露》《彤弓》《菁菁者莪》《吉日》，《鸿雁之什》中的《庭燎》《沔水》《祈父》，《节南山之什》中的《巧言》《何人斯》，《谷风之什》中的《四月》《无将大车》《小明》，《甫田之什》中的《瞻彼洛矣》《裳裳者华》《桑扈》《鸳鸯》《頍弁》《车舝》，《鱼藻之什》中的《鱼藻》《采菽》《绵蛮》《瓠叶》，共计25篇。尤其值得注意的是，"单篇研究"文献中，《吉日》也没有包括在内。综上可见，就《小雅》"单篇研究"文献而言，二十世纪对《诗经·小雅》篇的单篇研究是远远不够的，甚至对有些单篇的研究是缺失的；即使是被研究到的单篇，研究文献的数量也远远不够，平均每篇文章的研究文献不到4篇；如果将每个"单篇研究"的数量4篇（部）和"诗经通论"研究的数量3897（部）相比，"单篇研究"数量更是微乎其微。事实上，整体研究是建立在单篇研究基础之上的，只有单篇研究全面细致和深入，整体研究才能客观准确和完备，因此，单篇的研究是追切的和不可或缺的，也是非常有意义的，尤其对于"单篇研究"中没有涉猎的《吉日》的研究更是如此。

关于《吉日》篇诗旨的研究，我们从寇淑慧《二十世纪诗经研究文献目录》中筛选了可能与其诗旨相关的文献156篇（部），经检索谈到《吉日》诗旨的只有7篇（部），现罗列于下：

1. 谢无量《诗经研究》云："小雅《吉日》《车攻》二篇是专咏田猎的。"[①]
2. 金公亮《诗经学ABC》云："田猎歌，如《车攻》《吉日》。"[②]
3. 周满江《诗经》云："有些诗是可以推知其时代的，如《采薇》《出车》

[①] 谢无量：《诗经研究》，上海商务印书馆，1923年5月第一版，第六十五页。
[②] 金公亮：《诗经学ABC》，上海世界书局，1929年1月第一版，第45页。

《六月》《车攻》《吉日》等是周宣王时代的诗。"①

4. 高亨《诗经今注》云："这是一首叙写周王打猎的诗。"②

5. 朱东润《诗三百篇探故》云："诗三百五篇中言田猎之诗，有《车攻》《吉日》《驺虞》《叔于田》《大叔于田》《还》《驷铁》诸篇。《车攻》《吉日》言天子之狩猎也。"③

6. 陈子展、杜月村《诗经导读》云："《六月》《采芑》写宣王北伐南征，《车攻》《吉日》写宣王田猎纪事，当然都是宣王时代的诗作。"④

7. 程俊英、蒋见元《诗经注析》云："这是叙写周宣王田猎的诗。《毛序》：'《吉日》，美宣王田也。'按《车攻》是田于东都，这首诗是田于西都。场面、气象都不及《车攻》那样宏大瑰丽。陈奂《传疏》昭公三年《左传》："郑伯如楚，子产相。楚子享之，赋《吉日》。既享，子产乃具田备。"案此《吉日》为出田之证。《车攻》会诸侯而遂田猎，《吉日》则专美宣王田也。一在东都，一在西都。'陈氏扼要地叙述了诗的主题、田猎地点、产生时间，并指出和《车攻》的异同。诗共四章，一二两章叙写猎前，三四两章叙写打猎。末章末二句叙写猎后。结构严整，井井有条。《诗经》中不论哪一类歌曲，不论作者是贵族或人民，作品的内容，总是来源于人们现实生活的。本诗的作者，可能又是田猎的参加者，他真实地描述了这次打猎现实生活的过程，才会形成如此完整的结构，这绝不是偶然的。"⑤

由上述引文可见，无论是二十世纪二十年代发表的谢无量《诗经研究》、金公亮《诗经学 ABC》，还是八十年代发表的高亨《诗经今注》、朱东润《诗三百篇探故》，抑或是九十年代发表的陈子展、杜月村《诗经导读》，程俊英、蒋见元《诗经注析》，对《吉日》诗旨的看法大体一致，都认为是写"田猎"的。略有不同的是，高亨进一步指出是写"周王"在田猎，朱东润则认为是写"天子"在"田猎"，朱氏的说法比高氏更加笼统一些。陈子展、杜月村则更具体地指出"《吉日》写宣王田猎纪事"，并认为《吉日》是"宣王时代的诗作"。周满江也认为《吉日》是"宣王时代的诗"。程俊英、蒋见元对《吉日》诗旨的阐释较为详尽：首先指出《吉日》"是叙写周宣王田猎的诗"，接着引《毛诗

---

① 周满江：《诗经》，上海古籍出版社，1980 年 5 月第一版，第 23 页。
② 高亨注：《诗经今注》，上海古籍出版社，1980 年 10 月第一版，第二五二页。
③ 朱东润：《诗三百篇探故》，上海古籍出版社，1981 年 11 月第一版，第一一三页。
④ 陈子展，杜月村：《诗经导读》，巴蜀书社，1990 年 10 月第一版，第 9 页。
⑤ 程俊英，蒋见元：《诗经注析》，中华书局，1991 年 10 月第一版，第五一七页。

序》作为论据，证明自己的观点言之有据。然后引陈奂《传疏》进一步证明诗的主题为"田猎"，并指出田猎的地点。他们还通过对具体经文章节的分析，认为本诗的作者，可能又是田猎的参加者。通过对上述7条关于《吉日》诗旨引文的分析，我们可以发现，二十世纪学者对《吉日》诗旨的研究，并没有多少新见，诗旨基本都沿袭了《毛诗序》"《吉日》，美宣王田也"的看法。

进入二十一世纪，《诗经》研究的价值取向及研究方法都发生了很大变化。不少学人用新的观念新解三百篇。但就《吉日》诗旨而言，我们仍然没有发现多少新见。原因是诗篇自身记事比较明确，各家只能在背景上做文章，很难就文本发掘出新意来。只是一些问题在前人的基础上，向前推进了一步。如殷光熹先生在《〈诗经〉中的田猎诗》一文中提出："《吉日》诗比较生动地反映了西周时期常规性岁典活动情况，是对当时礼仪文化的形象诠释。"[1] "《吉日》所写是春季田猎，是按照天子田猎礼仪程序进行的。"[2] 并将《吉日》全诗与《周礼·夏官·司马》和《周礼·地官·司徒》的礼仪程式一一对应，进行阐释。殷先生的观点其实是对前人"复古说"的发挥。复古说认为宣王所复为"蒐狩之礼"，而殷先生所诠释的正是周代的这种田礼仪式。古代的国家层面上的田猎，往往与检阅军队有关。故祝秀权《周礼与〈小雅〉部分诗篇的创作》一文，又对《吉日》与军礼的关系做了发挥[3]。陈鹏程《〈诗经〉田猎诗的文化内涵及其对后世文学的影响》[4]《周人田猎文化与〈诗经〉中的田猎诗》[5]，及延娟芹《石鼓文与田猎文学的发展》[6] 等，则把诗中的田猎场景与"宣扬天子武功"联系起来，这与前面所说的"张皇威武以成中兴之业"，实属异曲同工，只是论述更加精细。

以上是对历代关于《吉日》诗旨的梳理，从梳理中可以发现一个问题：《吉日》篇所写内容不过"田猎"一事，而各个时代和不同学者却对其意义产生了

---

[1] 殷光熹：《〈诗经〉中的田猎诗》，楚雄师范学院学报，第十九卷第一期，2004年第1期，第3-4页。
[2] 殷光熹：《〈诗经〉中的田猎诗》，楚雄师范学院学报，第十九卷第一期，2004年第1期，第4页。
[3] 祝秀权：《周礼与〈小雅〉部分诗篇的创作》，文艺评论，2012年第4期，第25页。
[4] 陈鹏程：《〈诗经〉田猎诗的文化内涵及其对后世文学的影响》，燕山大学学报（哲学社会科学版），第9卷第1期，第100页。
[5] 陈鹏程：《周人田猎文化与〈诗经〉中的田猎诗》，新余学院学报，第17卷第5期，第11页。
[6] 延娟芹：《石鼓文与田猎文学的发展》，兰州大学学报（社会科学版），第42卷第2期，第73页。

不同的认识，这主要是价值取向不同导致的。汉以前，《续序》的"慎微接下"说，占居主导地位，其所关注的是君臣间的关系，是从伦理道德和稳定社会秩序上立说的，所体现的是早期经学家超越具体时代与具体政治而为万世太平立说的博大精神。"复古说""美中兴说"等，皆产生于南宋，这里明显地有一种影射当时政治的倾向。因为北宋的灭亡，在士大夫心中留下了阴影，他们期盼复昔日之盛，期盼"中兴"，故而从解经中发现了宣王中兴时的历史表现。明清以降，歧说纷出，当与阳明心学出现有关。一些奇说，过于求新、求奇，故从之者甚少。我们只能从中看出当时人们努力从经典中发现意义的用心。至于是否真正触摸到了"诗旨"的神经，则谈不上。在解经上，最古老的解释，最值得关注。因其去古未远，有多少传说还存于人口。就此诗而言，古序"美宣王田也"一句，最为明了，也最见分寸。至于后世的诸多阐释，多是对此一说的具体化。当然"宣王田"，一定与当时的田猎之礼以及武备有非常密切的联系。而且在田猎的过程中，君臣上下之间的礼数，自然也很讲究。因此各家的细化也并非没有道理，但总不如"美宣王田"四字更得其要。

凡　例

一、全书按《毛传》目次整理，先录经文，以下按条目形式出现，先总说，次句解，再次分章总说，最后集评。

二、总说辑录中日朝历代学者对于《吉日》主题、作者、写作年代等各类问题的看法；句解辑录对本诗每一句的解释，以单句为条目；分章总说辑录本诗每个段落意思的概括或分析；集评主要是对本诗写作艺术方面评论的汇集。

三、总说、分章总说和集评每个部分之后及句解每句之后皆加注本书作者按语，共计30处。

四、按语归纳条理纷纭之说，评析各说之优劣得失，进而提出自己的观点；按语还勾勒《吉日》研究发展演变轨迹，总结各阶段研究特色，并加以述评。

五、本书作者还为全书辑录的中日朝《吉日》研究文献加注了新式标点，便于读者把握其内容，体会其感情和语气。

六、关于辑录文献的文字讹误问题，由于本书带有整理古籍的性质，且为方便读者起见，也做了简明扼要的校勘。

七、全书辑录的中日韩原始文献一律用繁体字录入，并保留异体字和通假字，保存古代文献原貌。

八、对纸质版无法辨认的字迹，以"■"标明。

目 录
CONTENTS

原诗 ·· 1

总说 ·· 2

句解 ·· 32

    吉日维戊 ·· 32

    既伯既祷 ·· 40

    田车既好 ·· 66

    四牡孔阜 ·· 68

    升彼大阜 ·· 71

    从其群丑 ·· 73

    吉日庚午 ·· 78

    既差我马 ·· 89

    兽之所同 ·· 96

    麀鹿麌麌 ·· 99

    漆沮之从 ·· 112

    天子之所 ·· 137

    瞻彼中原 ·· 141

    其祁孔有 ·· 144

    儦儦俟俟 ·· 156

1

或羣或友 ·· 166
悉率左右 ·· 172
以燕天子 ·· 182
既张我弓 ·· 188
既挟我矢 ·· 189
发彼小豝 ·· 192
殪此大兕 ·· 198
以御宾客 ·· 210
且以酌醴 ·· 217

分章总说 ·· 231
首章总说 ·· 231
二章总说 ·· 243
三章总说 ·· 255
卒章总说 ·· 268

集评 ·· 281
关于《吉日》篇的结构问题 ·· 289
关于《吉日》篇的创作手法问题 ·· 291
关于《吉日》篇的措辞用句和章法问题 ···································· 292
关于《吉日》篇的韵字和韵部问题 ·· 293
关于《吉日》篇的布局谋篇问题 ·· 295
关于《吉日》篇的艺术成就问题 ·· 295

参考书目 ·· 296
跋 ·· 299

原　诗

吉日維戊，既伯既禱。田車既好，四牡孔阜。升彼大阜，從其羣醜。
吉日庚午，既差我馬。獸之所同，麀鹿麌麌。漆沮之從，天子之所。
瞻彼中原，其祁孔有。儦儦俟俟，或羣或友。悉率左右，以燕天子。
既張我弓，既挾我矢。發彼小豝，殪此大兕。以禦賓客，且以酌醴。

总　说

中国

《毛诗序》（《毛诗正义》卷十）：《吉日》，美宣王田也。能慎微接下，無不自盡以奉其上焉。

【梅按】朱熹《诗序辨说》云："《序》'慎微'以下，非詩本意。"

唐·孔颖达《毛诗正义》卷十：作《吉日》詩者，美宣王田獵也。以宣王能慎於微事，又以恩意接及群下，王之田獵能如是，則群下無不自盡誠心，以奉事其君上焉。由王如此，故美之也。"慎微"，即首章上二句是也；"接下"，卒章下二句是也。四章皆論田獵，言田足以總之。特述此慎、微接下二事者，以天子之務，一日萬機，尚留意於馬祖之神，為之祈禱，能謹慎於微細也。人君遊田，或意在適樂，今王求禽獸，唯以給賓，是恩隆於群下也。二者，人君之美事，故特言之也。下無不自盡以奉其上，述宣王接下之義，於經無所當也。

宋·苏辙《诗集传》卷十：《吉日》，美宣王田也。

【梅按】此录《诗序》首句。以其下非诗本意，故不录。

宋·李樗《毛诗详解》（《毛诗李黄集解》卷二十二）：李曰：周宣王既慎於細微之事，又能以禮接於臣下，莫不備盡其誠心以奉上也。此皆據此詩中而言，如"吉日維戊，既伯既禱"，"吉日庚午，既差我馬"，慎微也；"以禦賓客，且以酌醴"，接下也；"漆沮之從，天子之所""悉率左右，以燕天子"，無不自盡以奉其上也。

又曰：天子之務，一日二日萬幾，其事之多如此，而乃留意於祭馬祖者，疑若區區於細務也。蓋事之小者，猶能如此，則其大事可知也。宣王中興，當是時，如命相，如擇賢、錫諸侯，如遣使者，皆國家大事，無所不盡其善。蓋事之小者猶如此，則事之大於禱馬者，宜其無所不慎矣。及其末年，則籍田之禮可行而不行，料民之舉不可行而行，如《白駒》《黃鳥》之詩言，賢者退而窮處，不得其所。事之大者猶如此，則其細事可知矣。人之勤怠不同如此，方其勤於始也，兢兢業業；雖小事而必慎。及其怠，則心驕而意侈，雖大事亦有所不暇焉。故以《吉日》之詩觀之，則可以見宣王之勤於治。故詩人作此《吉日》之詩，蓋以見宣王之慎微也。如《翼奉》之說曰："南方之情，惡也；惡行廉貞，寅午主之。西方之情，喜也；喜行寬大，巳酉主之。二陽並行，是以王者吉午酉也。《詩》曰：'吉日庚午'"。以其說，徇於陰陽，既迂且陋，遂使詩人之意寖失，可勝歎也。

宋·黃櫄《诗解》（《毛诗李黄集解》卷二十二）：細行之不矜，則足以為大德之累；小物之不勤，則不足以為修德之至。故《小毖》言"嗣王求助"，而注曰："天下之事謹其小。"夫觀人者，當於其微者觀之，宣王能謹微接下，則無所不謹也。吾於"謹微"之二字，而見宣王之小心如文王。使其能謹終猶始，則尚安得有《白駒》《黃鳥》之刺也哉？然謹微接下，質於今日之詩而無所見，說者乃以為將用馬力，而先為之禱祭馬祖，又為擇其吉日，此謹微也。"以禦賓客，且以酌醴"，此接下也。夫葡吉日祭馬祖，皆田獵之常事，宣王所以謹微者，豈獨此一事乎？作詩者述其一時之事，而作序者原其平日之所為。予以為此《序》如《天保》之《序》，《天保》下報上之詩也，而曰"君能下下以成其政"，《吉日》，羣臣從宣王田獵之詩也，而曰"謹微接下"，學者當於言外之意求之。

宋·范处义《诗补传》卷十七：《吉日》，美宣王田也。能慎微接下，無不自盡以奉其上焉。詩人之美人君，多舉一事終始言之，以見其餘可知也。《吉日》，美宣王田獵爾，而序詩者謂君能慎微接下，臣能自盡以奉上，蓋於田獵一事知之也。且田非重事也，既謹日而祭馬祖，又謹日以差我馬，則必能致謹於國事矣。因田而得禽，非厚獲也，猶為醴酒以禦賓客，則必能與之食天祿矣。虞人既聚獸，必於天子之所，左右皆取禽，共天子之燕，則他日必能用命矣。《天保》，君能下下，臣能報上，亦何以異？宣王明文武之功業，蓋於《吉日》而可見。

宋·朱熹《诗经集传》卷五：此亦宣王之詩。言田獵將用馬力，故以吉日祭馬祖而禱之，既祭而車牢馬健，於是可以歷險而從禽也。

又曰："《車攻》《吉日》所以為復古者，何也？蓋蒐狩之禮，可以見王賦之復焉，可以見軍實之盛焉，可以見師律之嚴焉，可以見上下之情焉，可以見綜理之周焉。欲明文武之功業者，此亦足以觀矣。"

宋·吕祖谦《吕氏家塾读诗记》卷十九：程氏曰："宣王將田而葡吉日，見其慎微，詩人因美；更稱其接下，得羣下之自盡。詩中所陳是也。"

程氏曰："'漆沮之從，天子之所''悉率左右，以燕天子'，皆羣下盡力奉上。"

程氏曰："'以禦賓客，且以酌醴'，道宣王接下之誠意也。"

東萊曰："《車攻》《吉日》皆以蒐狩為言，何也？蓋蒐狩之禮，所以見王賦之復焉，所以見軍實之盛焉，所以見師律之嚴焉，所以見上下之情焉，所以見綜理之周焉。欲明文武之功業者，觀諸此足矣。"

宋·杨简《慈湖诗传》卷十一：《毛傳》謂重物慎微者，將用馬先禱馬祖，則慎微施諸馬耳。而衛宏作《序》連言接下，乃謂施諸人。《序》差謬，益可覩矣，又率如此，於詩外生說。

宋·辅广《诗童子问》卷四：東萊先生所謂"可見上下之情""綜理之周"者，此詩備之矣。

【章句】東萊先生之說固善，而先生又改動數字，尤切。王賦謂車馬之出，軍實謂軍器之數，師律謂進退之度。上下之情，諸侯及左右之人，相率以共其事。而天子又與之燕飲，以為樂也。綜理之周，謂祭禱必講，獵地必擇，車馬有備，射禦有法，終事嚴整，頒禽之均，酌醴之厚，無一不至也。

宋·戴溪《续吕氏家塾读诗记》卷二：《吉日》《車攻》俱言田獵，言意不同。《車攻》會諸侯而治兵，託於田也；《吉日》因田獵而禦賓客，專於田也。是詩也，見君臣相悅之意。羣臣率左右以燕天子，天子酌酒醴以禦賓客，和樂而不流，此其所以為美也。戊辰之日禱，庚午之日田，車堅馬良，又差擇焉，不輕其事若此。然大陵之上，漆沮之旁，驅眾禽而至王所，羣臣不敢先射，以待天子。天子所取者纔大兕小豜而已，又何其仁且廉也！

宋·严粲《诗缉》卷十八："《吉日》，美宣王田也。能慎微接下，無不自盡以奉其上焉。"《疏》曰：留意於馬祖之祈禱，是能謹於微細；求禽獸唯以給賓，是恩降於下。

詩美田獵耳，後《序》舉三隅言之。

《詩記》曰："《車攻》《吉日》皆以蒐狩為言，何也？蓋蒐狩之禮所以見王賦之復焉，所以見軍實之盛焉，所以見師律之嚴焉，所以見上下之情焉，所以見綜理之周焉。欲明文武之功業者，觀諸此足矣。"

宋·朱鉴《诗传遗说》卷五：潘時舉說《車攻》《吉日》二詩。先生曰："好田獵之事，古人亦多刺之。然宣王之田，乃是因此見得其車馬之盛，紀律之嚴，所以為中興之勢者，在此其所謂田，異乎尋常之田矣。"

石鼓有說成王時，又有說宣王時，然其辭有似《車攻》《甫田》詩辭，恐是宣王時未可知。（呂德明錄）

元·胡一桂《诗集传附录纂疏》：東萊呂氏曰："《車攻》《吉日》所以為復

古者，何也？蓋蒐狩之禮，可以見王賦之復焉，可以見軍實之盛焉，可以見師律之嚴焉，可以見上下之情焉，可以見綜理之周焉。欲明文武之功業者，此亦足以觀矣。"

元·刘瑾《诗传通释》：東萊呂氏曰："《車攻》《吉日》所以為復古者，何也？蓋蒐狩之禮，可以見王賦之復焉，可以見軍實之盛焉，可以見師律之嚴焉，可以見上下之情焉，可以見綜理之周焉。欲明文武之功業者，此亦足以觀矣。"

輔氏曰："東萊之說固善，而先生又改動數字，尤切。王賦謂車馬之出，軍實謂軍器之數，師律謂進退之度。上下之情，諸侯及左右之人，相率以共其事，而天子又與之燕飲以為樂也。綜理之周，祭禱必講獵地，必擇車馬有備，射禦有法，終事嚴整。頒禽之均，酌醴之厚，無一不至也。"

愚按：宣王所以復文武功業者，固不止於二詩所言蒐狩之事。然即二詩而觀之，則其車馬徒禦之所出，可見王賦之復也；旌旐車旗之備，決拾弓矢之精，可見軍實之盛也；選徒則囂囂，徒禦則不驚行者，有聞而無聲，又可見師律之嚴也；"會同有繹"而"助我舉柴"，"悉率左右"而"以燕天子"，又可以見上下之情也；將用馬力而"既伯既禱"，頒禽之均而君庖不盈，又見其綜理之周密。蓋一事之間而五美具焉，即此推之，則其餘可知矣。"

元·许谦《诗集传名物钞》卷五：《吉日》（小二十六變四）宣王田獵。經，《語錄》問《車攻》《吉日》詩。朱子曰："好田獵之事，古人亦多刺之。然宣王之田，乃是因此見得其車馬之盛，紀律之嚴，所以為中興之勢者在此。其所謂田，異乎尋常之田矣。"

元·朱公迁《诗经疏义》（《诗经疏义会通》卷十）：東萊呂氏曰："《車攻》《吉日》所以為復古者，何也？蓋蒐狩之禮，可以見王賦之復焉，可以見軍實之盛焉，可以見師律之嚴焉，可以見上下之情焉，可以見綜理之周焉。欲明文武之功業者，此亦足以觀矣。"

輔氏曰：王賦，車馬也；軍實，兵器也；律者，進退之度也；情者，下之供事，上之禦賓，其情交相與也。至於祭禱必講獵地，必擇車馬有備，射禦有法，終事之嚴，頒禽之均，酌醴之厚，無一不至，則綜理之周可見矣。

輯錄：《通釋》曰："師律之嚴，選徒則囂囂，徒禦則不驚行者，有聞而無聲也；上下之情，'會同有繹'而'助我舉柴'，'悉率左右'而'以燕天子'也。"

元·刘玉汝《诗缵绪》卷十：篇首言獵前期事，中言獵時事，末言獵終時事，一篇備見獵之始終。"從其羣醜"，有驅禽待射意；"悉率"有競勸意。於三品惟舉中而言，有不敢自謂足充上殺之意。此宣王西都四時之田，本為常典，然久廢而中興，所以可美。又此詩雖美田獵而最見中興之人心：蓋周室中衰，人心離散，宣王中興，能修政事。一有田獵，人即興起而樂趨之，故詩人中間兩稱"天子"，見其從"天子"而來。首言可以從禽，則有先事趨赴之心；中言悉率以燕，則有親上愛君之心；末言獻禽，則有尊君奉上之心。人心如此，此宣王所以中興，中興所以可美也。孟子云："聞車馬之音，見羽旄之美，舉欣欣然有喜色。"東萊謂"見上下之情"者，此篇最可見也。

明·梁寅《诗演义》卷十：舊《序》曰："美宣王田也。"《傳》曰："田獵將用馬力，故以吉日祭馬祖而禱之。"

明·胡广《诗传大全》卷十：東萊呂氏曰："《車攻》《吉日》所以為復古者，何也？蓋蒐狩之禮，可以見王賦之復焉，可以見軍實之盛焉，可以見師律之嚴焉，可以見上下之情焉，可以見綜理之周焉。欲明文武之功業者，此亦足以觀矣。"

慶源輔氏曰："東萊之說固善，而朱子又改動數字，尤切。王賦謂車馬之出，軍實謂軍器之數，師律謂進退之度，上下之情，諸侯及左右之人，相率以共其事，而天子又與之燕飲以為樂也。綜理之周，祭禱必講獵地，必擇車馬有備，射禦有法，終事嚴整，頒禽之均，酌醴之厚，無一不至也。"

安成劉氏曰："宣王所以復文武功業者，固不止於二詩所言蒐狩之事。然即二詩而觀之，則其車馬徒禦之所出，可見王賦之復也；旌旄車旃之備，決拾弓矢之精，可見軍實之盛也；選徒則囂囂，徒禦則不驚行者，有聞而無聲，又可見師律之嚴也；'會同有繹'而'助我舉柴'，'悉率左右'而'以燕天子'，又可見其上下之情也；將用馬力而'既伯既禱'，頒禽之均而'大庖不盈'，又見其綜理之周密。蓋一事之間而五美具焉，即此推之，則其餘可知矣。"

明·吕柟《毛诗说序》卷三：《吉日》，美宣王也。能慎微接下，無不自盡以奉其上也。衢曰："'慎微'之謂何？"曰："以其將田而葡日，祭伯以差馬乎？'接下，無不自盡以奉其上'者，其三章、四章之意歟？大阜、漆沮，則言田所也。"

明·季本《诗说解颐》（正释卷十七）：經旨曰：此必非宣王時詩，蓋時王之遠荒於田者也。在位之臣作此詩以諛美之，其實寓規誨焉。不以陳於君，則非大雅也。

明·黄佐《诗经通解》卷十一：此亦宣王田獵之詩。

按：通詩俱是下奉上，意或以上三章爲下奉上，末章爲上燕下，大非。但文意自相承貫不可分，蓋歷其事之始終而深美之也。

《疏義》曰："田獵皆爲講武事，但《車攻》則會諸侯而因及此，《吉日》

則不忘所事而特行之也。"

又曰：《語錄》問《車攻》《吉日》詩，朱子曰："好田獵之事，古人亦多刺之。畋於有洛，五子作歌以戒太康矣；恆於遊畋，伊尹作訓以戒太甲矣。然宣王之日，乃是因此見其車馬之盛，紀律之嚴。所以為中興之勢者在此，其所謂田者，異乎尋常之矣。"

《春秋》書狩者四，書蒐者一，書大蒐者四，無非譏也。《吉日》美宣王者何也？豈呂東萊氏所謂王賦復、軍實盛、師律嚴、上下洽、綜理周之意歟？噫！薑戎敗績大原，料民意者其濫觴也。

胡安國曰："戎祀國之大事，狩所以講大事也，用民以訓，軍旅所以示之武而威天下；取物以祭宗廟，所以示之孝而順天下。"

《詩序》曰："《吉日》，美宣王田也。能慎微接下，無不自盡以奉其上焉。"朱子謂"慎微以下非詩本意。"

明·邹泉《新刻七进士诗经折衷讲意》卷二： 上篇狩於東都，此篇狩於西都，亦俱要見復古意。全章各開說，一章言祭禱以備田獵之具，二章言擇地以為田獵之所，三章言行獵以樂其上，四章言獲禽以燕乎賓。俱為下奉上之事，方見中興意，方山從此說。許云"此詩只歸重王者身上，上下意不必拘。"

明·丰坊《鲁诗世学》卷二十： "《吉日》，美宣王田也。能慎微接下，無不自盡以奉其上焉。"《疏》曰："留意於馬祖之祈禱，是能謹於微細……求禽獸唯以給賓，是恩隆於下。"

日（日上闕工吉二字）閱武也。

宣王畋獵復古，史籀美之。

【正說】東萊呂氏曰："《車工》《吉日》所以為復古者，何也？蓋蒐狩之禮，可以見王賦之復焉，可以見軍實之盛焉，可以見師律之嚴焉，可以見上下之情焉，可以見綜理之周焉。欲明文武之功業者，亦足以觀矣！"

泰泉黃氏曰："伯邑考之子為史佚，以大宗為周太史，《書·洛宅》曰：'佚作冊'是也。凡書《大誓》《收誓》《武成》《康誥》《旅獒》《大誥》《微子之命》《酒誥》《立政》《多方》《多士》《召公之訓》《洛宅》《蔡仲之命》《周官》《無逸》《顧命》多出其手。成王蒐於岐陽，佚作詩十章，刻之石鼓。其玄孫籀，事孝王嗣，為大史。宣王中興，續正之詩，多出籀手，故《車工》《吉日》，頗蹈襲石鼓之詞，亦足見其祖孫相承之實矣。但石鼓作於周公既薨之後，不得入正樂之內，故不見錄於夫子。韓退之不考《左傳》明文，以為宣王時詩。

又曰："孔子西遊不到秦，收拾瑣碎遺羲娥，韋應物以為文王時鼓。蔡京姦黨鄭樵以為，秦鼓皆即其地而臆之，其不考《左傳》與退之同。餘嘗以語楊用修，謂遊師雄、趙明誠、董彥遠、尤延之爲有據。用修曰：誦詩讀書，知其人論其世，子得之矣。螂且季本小人之性，與鄭樵合，專主其說。至謂《吉日》謂秦風談禽荒之詩，則並石鼓未嘗一見，乃信口妄談，白丁可惡故爾。

明·李資干《诗经传注》二十一卷：東征而不露其跡，且不窮於征也，故受之以"吉日維戊"。吉日者，孤虛之日，天時而本之地利人和者也。

明·許天贈《诗经正义》卷之十二：詩人於中興之田獵，必詳敘其始終之事，以美之焉。

此詩一章言祭禱馬祖，而車牢馬健，有以為田獵之備也；二章言既擇其馬而遂往視其地，以為田獵之所也。此二章皆是未獵時事也。三章則言方獵而得群下之心也；四章則言既獵而備燕下之禮也。意歸重王者上。

東萊註：王賦之復指車馬而言也，軍實之盛指兵器而言也，師律之嚴自其有聞無聲而言也，上下之情自其下之舉柴供事，上之頒禽設醴而言也。至於祭禱必講，旗旄必備，獵地必擇，又可見綜理之周矣。

《春秋》書狩者四，書蒐者一，書大蒐者四，無非議也。《車攻》《吉日》美宣王者何歟？豈東萊呂氏所謂王賦復、軍實盛、師律嚴、上下洽、綜理周之意歟？噫，羌戎敗績太原，料民意者其濫觴也。

明·顧起元《诗经金丹》五：《吉日》【全旨】此是狩於西都之詩，亦要見復古意。首二節不過從頭敘起，以引弟三節語耳。宜以"悉率"二句為主，而禦賓客即承此來，以終狩事，都歸王身上說。

【難題秘旨】辰也，大成自之子側身以來，庶幾有顯承之遺烈，然猶謂積弛。以後審逐渾峽渡之，宏猷而不觀此始終者何象乎？豈其有不底於成者乎？而不觀此靜■者何神乎？豈其有不繼於大者■乎？

【難題秘旨】《吉日》二章，日者，吾王有西狩之舉，乃取剛日，乃命校人欲精地，用先■■房■騎，歆奮虞人合圍美哉！漆沮之旁，地不奪百姓之膏物，不侈上林之色寔，藉斬夷故典，爰赫皇靈。

狩見玩"且以"二字便見馳驅之後，且從楫■配原野之濱海。之於■■之交，上篇"大庖不盈"之意，蓋亦如此。

明·江環《诗经阐蒙衍义集注》（《诗经铎振》卷五）：上篇狩於東都，此篇狩於西都，俱要見復古意。首章言祭禱以備田獵之具，二章言擇地以備田獵，三章言方獵而得群下之心，四章言既獵而備燕下之禮。通章俱歸重宣王身上去，上下意不必拘。

【全破】詩人歷敘周王田獵之事，以見其■復古也。

明·方从哲等《礼部订正诗经正式讲意合注篇》六："吉日維戊"全。左春坊朱燮，此美宣王西都復古也。主田獵言，亦要見中興氣象，蓋故有《吉日》之詩。二詩並看，則宣王當時設施可想見矣。全詩不分■，一章宰祀以偹田獵之具，二章擇馬以往田獵之所，三章方獵而得群下之心，四章既獵而偹燕下之禮，俱要重宣王身上去，上下意不必拘。

明·郝敬《毛诗原解》卷十八：狩以講武，先王之大禮。可以覘軍實，可以觀人心，可以驗軍德之好尚，可以察政事之綜理，故詩人美而歌之。"古序"曰："《吉日》，美宣王田也。"毛公曰："能慎微接下，無不自盡以奉其上焉。"天子日萬幾而能畱意於馬祖，是能謹微也。田獵非適意，獲禽享賓，恩接於下也。

明·徐光启《毛诗六帖讲意》小雅二卷　四十：《序》曰："《吉日》，美宣王田也。能慎微接下，無不自盡以奉其上焉。"《車攻》《吉日》所言田獵之事，春容爾雅，有典有則，有質有文，後世《長楊》《羽獵》《上林》《廣成》未足窺其藩籬也。

朱子曰："田獵之事，古人所譏。畋於有洛，五子作歌戒太康矣；恒於遊畋，伊尹作訓戒太甲矣。然宣王之畋，乃是因此見其車馬之盛、紀律之嚴，所以爲中興之勢者在此。固與尋常田獵異矣。"

胡安國曰："戎祀國之大事，狩所以講大事也。用民以訓軍旅，所以示之武而威天下；取物以祭宗廟，所以示之孝而順天下。"

明·姚舜牧《重订诗经疑问》卷四　五十六：《詩序》："美宣王田也。"首章致祭以備田獵之具，次章擇地以為田獵之所，三章悉力以趨田獵之事，四章則從事於田獵，以共賓客之禮。總見王者不輕於獵，而非苟為口體之奉也，當參前篇"大庖不盈"看。

嘗讀《六月》《采芑》《車攻》《吉日》之詩，見宣王之命將出師，巡狩田獵，一時之精神振刷，真有赫然其可以復古者。故推中興者，其稱首焉。迨其後稍懈弛也，不籍千畝而拒虢公之諫，料民太原而違山甫之言，伐羌戎而王師敗績，此一人之身而若二轍，何為哉？乃知精神不可一日而不奮，而靡不有初之訓，萬世之所當拳拳也。

明·沈守正《诗经说通》：《車攻》獵於東都，《吉日》獵於西都。一章備其具，二章擇其所，三章方獵而人心踴躍，四章既獵而禮儀盛，備見非昔日氣象意。《周禮》："春祭馬祖。"注云："馬祖，天駟也。"此雲禱者，是將用而又禱之，常祭自在春也。漆沮，朱子以為洛水者，非也。二水在豳地，東流乃過周，故《緜》急於終。故其進銳者，其退速。宣王之於始，不守法以治，盡其力以動，於事固可知其不能終也。此所以方美其動，而遂以箴之也。

明·朱谋㙔《诗故》卷六：美宣王田也。何所田？西都之田也。大阜者，草木隈隩之所，獸所聚也。春蒐夏苗，秋獮冬狩，為田除害也。害稼穡者，莫甚於鹿豕，故田獵獨取之曰"麀鹿"，曰"小犯"，皆是物也。田而得兕，是為大獲，徒林之殪，青兕之殫，皆其比矣。

明·曹学佺《诗经剖疑》卷十四：《序》謂宣王田也，吾王既會同田獵於東都，復纘武功於西鎬。謂外事必用剛日，乃葡戊辰之吉，祭馬祖而禱之，蓋田必資馬力也。既祭而車牢馬健，可以歷險而從禽矣。繇是將獵而擇其馬，遂以越三日之庚午，視獸鹿最多處而從之，惟漆沮之旁為盛，爰為天子田獵之所也。且今日漆沮之所，原廣而獸多，非復昔日之凋耗矣。於是率左右之人，各共其事，以樂一人復古之心也。因而張弓挾矢，獲禽獸以為俎實，進於賓客而酌醴焉。蓋在左右方欲燕天子，而天子寧不溥慈惠於左右，以聯上下之情、為蒐狩光哉？合前篇見王賦之復，軍實之盛，師律之嚴，綜理之周，所以為復古之詩也歟！

明·陆燧《诗筌》：《車攻》獵於東都，《吉日》獵於西都。

明·徐奋鹏《诗经尊朱删补》：上二章周綜理之務，下二章協上下之情，與前篇《車攻》所誅皆宣王中興復古之事也。

明·顾梦麟《诗经说约》：東萊呂氏曰："《車攻》《吉日》所以為復古者，何也？蓋蒐狩之禮，可以見王賦之復焉，可以見軍實之盛焉，可以見師律之嚴焉，可以見上下之情焉，可以見綜理之周焉。欲明文武之功業者，此亦足以觀矣！"

明·邹之麟《诗经翼注讲意》卷二：前篇是獵於東都，此篇是獵於西鎬，亦要見復古意。而通篇之旨在"悉率左右""以燕天子"二句，蓋舉獵事原以收拾人心也。末章重發牝麚兕，與前篇"射夫既同，助我舉柴"同意，而饗賓客只帶言以終獵事。

明·张次仲《待轩诗记》卷四　四十二：《序》美宣王田也。五子之歌禽荒，是戒《伊訓》《無逸》，並斥遊田。此詩獨美之者，以蒐狩之法原與軍政相表裏，愚者自流失焉。宣王能得其道以復王業也。

呂伯恭曰："《車攻》《吉日》皆以蒐狩為言，蓋蒐狩之禮，可以見王賦之復焉，可以見軍實之盛焉，可以見師律之嚴焉，可以見上下之情焉，可以見綜理之周焉。欲明文武之功業者，觀諸此足矣。"

沈仲容曰："選徒舉柴之類，言於《車攻》；伯禱、差馬之類，言於《吉日》。蓋彼此互見而詞簡意足，此"雅"所以為"雅"也。漢時獵賦若《子虛》《上林》等作，迤怪誇靡，佛張耳目，可為《雅》亡一歎雲。

明·黄道周《诗经琅玕》小雅卷之五：此美宣王狩於西鎬也。曰我周王向會同田獵，既振頹運於東都；今大蒐示禮，又續武功於西鎬。

《吉日》【全旨】此詩於西都之詩，首二節不過從頭敘起，以引第三節語耳。宜以"悉率"二句爲主，而御賓客即承此來，以終狩事，本文無一語歸美宣王，但觀下之人如此奉上，則所以致此者，躍然言外矣。若一宜歸重宣王身上，反覺索然，要見中興複古意。

明·钱天锡《诗牖》卷之七：《車攻》狩於東都，《吉日》狩於西都，所重亦在收拾人心耳。

朱子曰："田獵之事，古人所談如畋於有洛，五子作歌戒太康矣；恒於遊畋，伊尹作訓戒太甲矣。然宣王之田，乃因此見其車馬之盛，紀律之嚴，所以爲中興之勢者在此，固與尋常之田異矣。"

胡康侯曰："戎祀國之大事，狩所以講大事也。用民以訓軍旅，所以示之武而威天下；取物以祭宗廟，所以示之孝而順天下。"

《車攻》之詩終於頒禽，《吉日》之詩終於酌醴。王者之田獵，非自爲逸遊計，亦非自為口腹計也。《序》曰："美宣王田也。能慎微接下，無不自盡以奉其上焉。"

明·冯元扬、冯元飙《手授诗经》五卷：《吉日》【全旨】上始獵於東都，此繼獵於西鎬，亦重中興復古上。首言祭馬祖以預田獵之具，次言擇其地以爲田獵之所，三言方獵而得在下之心，末言既獵而備燕下之禮。自古遊畋每以為戒，而獨宣王反以見王賦之復，紀律之嚴，此與尋常之田異矣。

【總批】陳淡夫曰："田獵之舉，行於庸王則爲荒，行於盛世，件件足述。"

明·何楷《诗经世本古义》卷十之中：《吉日》成王蒐岐陽也。《竹書紀》："成王六年，大蒐於岐陽。"《左傳·昭四年》："楚椒舉言於楚子曰：'臣聞諸侯無歸，禮以為歸。……夏啟有鈞臺之享，商有景亳之命，周武有孟津之誓，成有岐陽之蒐。'"杜預云："成王歸自奄，大蒐於岐山之陽。"按：《晉語》叔向曰："昔成王盟諸侯於岐陽，楚為荊蠻，置茅蕝、設望表，與鮮牟守燎，故不與盟。"即此時事也，所以知此詩為蒐岐陽者，以"漆沮之從"一語知之。詩言田獵不及會盟之事，蓋成王於此時先蒐而後盟。是詩之作，但為大蒐詠耳。《周禮》："中春，教振旅。……遂以蒐。"《公羊》《穀梁》皆謂"夏曰蒐"，當以《周禮》之義為正。愚又疑此詩即六笙詩中之《由庚》，說見《草蟲篇小引》下。

呂祖謙云："《車攻》《吉日》皆以蒐狩為言，何也？蓋蒐狩之禮所以見王賦之復焉，所以見軍實之盛焉，所以見師律之嚴焉，所以見上下之情焉，所以見綜理之周焉。欲明文武之功業者，觀諸此足矣。"

馬融云："夫樂而不荒，憂而不困，先王所以平和府藏，頤養精神，致之無疆。故'戛擊鳴球'，載於《虞謨》；《吉日》《車攻》，序於周詩；聖主賢君，以增盛美，豈徒為奢淫而已哉！"

《序》云："美宣王田也。能慎微接下，無不自盡以奉其上焉。"朱子謂"慎微"以下非詩本意。"或曰篇中兩諏吉日所謂慎微也；"既差我馬"所謂接下也；若"悉率左右，以燕天子"，則所謂"無不自盡以奉其上"者也。以此解《序》得矣。然究於詩義何涉？《申培說》謂宣王畋獵復古，史籀美之。《焦氏易林》亦云："《吉日》《車攻》，田弋獲禽，宣王飲酒，以告嘉功。"總之，因《毛傳》篇次以類繫此詩於《車攻》之後，遂並屬之宣王耳。然宣王自圃田一狩之外，其他皆不見於史。即岐陽石鼓，舊相傳為宣王獵碣，而楊慎援據。《左傳》且疑為成王時詩矣。若《子貢傳》以為宣王閱武，其謬益甚。愚疑此詩為即《由庚》，蓋以"吉日庚午"之句取之。篇末曰"以禦賓客，且以酌醴"，故燕饗通用。果爾則是詩在周公作儀禮時已有之，其為成王之詩明矣。

明·黃文煥《诗经嫏嬛》卷五：吉日【全旨】此狩於西都之詩，要見復古意。首二節不過從頭敘起，以引第三節語耳。宜以"悉率"二句爲主，而禦賓客即承此來，以終狩事，都歸王身上說。

明·唐汝諤《毛诗蒙引》卷九：徐徹弦曰："首章言祭馬祖以預夫田獵之具，二章言擇其馬以用之田獵之所，三章言方獵而得在下之心，四章言既獵而俻燕下之禮，俱重王者身上。"

朱子曰："田獵之事，古人所謹。如畋於有洛，五子作歌戒太康矣；恒於遊畋，伊尹作訓戒太甲矣。然宣王之田，乃曰此見其車馬之盛，紀律之嚴，所以為中興之勢者在此，固與尋常之田異矣。"

胡康侯曰："戎祀國之大事，狩所以謂大事也。用民以訓軍旅，所以示之武而感天下；取物以祭宗廟，所以示之孝而順天下。"

朱克升曰："《車攻》之詩終於頒禽，《吉日》之詩終於酌醴。王者之田獵，非自為逸遊計，非自為口腹計也。"

徐玄扈曰："《車攻》《吉日》所言田獵之事，春容爾雅，有典有則，有質有文，後世《長楊》《羽獵》未足窺其藩籬也。"

明·楊廷麟《诗经听月》卷七：【章旨】此是狩於西都之詩，亦要見複古意。首二節不過從頭敘起，以引第三節語耳。宜以"悉率"二句為主，而禦賓客即承此來，以終狩事。都歸王身上說。

此亦美宣王田獵之詩也，曰我周王會同田獵，既振頰運於東都，而大狩示

12

禮，又纘武功於西鎬。

明·陈组绶《诗经副墨》：此亦宣王之詩。《序》曰："美宣王田也。能慎微接下，無不自盡以奉其上焉。"（從朱章意）

田獵之事，古人所讥。如畋于有洛，五子作歌；恒于游畋，伊尹作訓。然宣王之田乃因此見其車馬之盛，紀律之嚴，所以為中興之勢者在此，固與尋常之田異矣。

前章狩于東都，此即狩于西都，事重末二章人心鼓舞上。而"悉率"二句又管得末章，要見中興複古意。觀一之人如此奉上，則所以致此者，躍然言外矣。若一直歸重宣王身上，反覺索然。

明·朱朝瑛《读诗略记》：《序》曰："美宣王田也。"五子之歌禽荒，是戒《伊訓》《無逸》，並斥遊田。此詩獨美之者，以蒐狩之法，原與軍政相表裏，愚者自流失焉。而宣王能得其道以收人心而復王業也。

明·胡绍曾《诗经胡传》六卷：《序》"美宣王田也。能慎微接下，無不自盡以奉其上焉。"

《詩說》"宣王田獵復古，史籀美之。"

清·朱鹤龄《诗经通义》：《序》："《吉日》美宣王田也。能慎微接下，無不自盡以奉其上焉。"

《疏》："留意於馬祖之禱祈，是能謹於細微也。……求禽獸惟以給賓，是恩隆於羣下也。"

程子曰："'漆沮之從，天子之所''悉率左右，以燕天子'皆羣下盡力奉上。"

《嚴緝》："詩美田獵耳，後序舉三隅言之。"

王志長曰："'漆沮之從，天子之所''悉率左右，以燕天子'，此下奉上也。'以禦賓客，且以酌醴'，此上迨下也。下恒奉上，則永無飛隼之嗟；上恒逮下，則永無屍饔之歎。君子所以貴有終也。《車攻》田於東都之敖地，《吉日》田於西都之漆沮也。上之"射夫"，此之"賓客"，皆諸侯也。選徒、舉柴、頒禽之類，言於《車攻》；伯禱、差馬、酌醴之類，言於《吉日》，蓋彼此可以互見也。"

劉瑾曰："率左右以樂天子，猶《車攻》之射夫同而助舉掣也，進賓客以酌醴，猶《車攻》之'大庖不盈'也。"（東萊說見《集傳》）

清·钱澄之《田间诗学》：《序》曰："美宣王田也。能慎微接下，無不自盡以奉其上焉。""慎微"言祭馬祖也，"接下"言獲禽以享賓也。故臣下無不自盡誠心，以奉其上。《周禮》："中秋教振旅，遂以蒐。"此詩之作，殆為大蒐詠耳。

《竹書紀》："成王八年，大蒐於岐陽。"《左傳》："楚椒舉言於楚子曰：'夏啓有鈞臺之享，商湯有景亳之命，周武有孟津之誓，成有岐陽之蒐。'"

杜預云："成王歸自奄，大蒐於岐山之陽。"

愚按：岐陽石鼓文，至今傳爲宣王時物，致周地有兩漆沮，其一在岐梁間，古公所遷，"自土漆沮"是也。其一則《禹貢》導渭東過漆沮，涇水之下游也。去鎬京不遠，疑宣王之蒐，祇在近地，未必至岐陽也。

按：《毛傳》以《南有嘉魚》至《吉日》十篇爲《南有嘉魚之什》。

清·张沭《诗经疏略》：《吉日》，美宣王田也。能慎微接下，無不自盡以奉其上焉。"慎微"者，所以謹其漸也。即田獵之禮，以接與臣下，使臣皆自盡以奉其上，而紀網已立，名分已正，僭亂之端已杜矣。所以可美也。

一章告馬祖，三章皆言自盡奉上之事。國人自此尊天子，知下奉上之禮義矣。則其慎於此者，豈不微乎？

清·冉觐祖《诗经详说》：東萊呂氏曰："《車攻》《吉日》所以爲復古者，何也？蓋蒐狩之禮，可以見王賦之復焉，可以見軍實之盛焉，可以見師律之嚴焉，可以見上下之情焉，可以見總理之周焉。欲明文武之功業者，此亦足以觀矣。"

慶源輔氏曰："東萊之說固善，而朱子又改動數字，尤切。王賦謂車馬之出，軍實謂軍器之數，師律謂進退之度，上下之情謂諸侯及左右之人，相率以供其事。而天子又與之燕飲以爲樂也。綜理之周謂祭禱必講，獵地必擇，車馬有備，射禦有法，終事嚴整，頒禽之均，酌醴之厚，無一不至也。"

安成劉氏曰："宣王所以復文武功業者，固不止於二詩所言蒐狩之事，然即二詩而觀之，則其車馬徒禦之所出，可見王賦之復也；旌旆車飾之備，決拾弓矢之精，可見軍實之盛也；選徒則囂囂，徒禦則不驚行者，有聞而無聲，又可見師律之嚴也；'會同有繹'而'助我舉柴'，'悉率左右'而'以燕天子'，又可見其上下之情也；將用馬力而'既伯既禱'，頒禽之均而'大庖不盈'，又見其綜理之周密。蓋一事之間而五美具焉，即此推之，則其餘可知矣。"

《小序》："《吉日》美宣王田也。能慎微接下，無不自盡以奉其上焉。"

《孔疏》："作《吉日》詩者，美宣王田獵也。以宣王能慎於微事，又以恩意接及羣下。王之田獵能如是，則羣下無不自盡誠心，以奉事其君上焉。由王如此故美之也。'慎微'即首章上二句是也，'接下'卒章下二句是也。四章皆論田獵，言田足以總之。特述此'慎微''接下'二事者，以天子之務，一日萬機，尚留意於馬祖之神，爲之祈禱，能謹慎於微細也。人君遊田，或意在適樂，今王求禽獸，唯以給賓，是恩隆於群下也。二者，人君之美事，故特言之也。"

朱子曰："《序》'慎微'以下非詩本意。"

【正解】上篇狩於東都，此篇狩於西都，俱要見復古意。首章言祭禱以備田獵之具，二章言擇地以備田獵之所，三章言方獵而得羣下之心，四章言既獵而備燕下之禮，重在末二章人心鼓舞上。"悉率左右"二句又管得末章，通篇俱要歸重宣王身上去，上下意不必拘。《車攻》《吉日》所言田獵之事，春容爾雅，有典有則，有質有文，後世《長揚》《羽獵》未足窺其藩籬也。

【指南】上二章周綜理之務，下二章協上下之情，與前篇《車攻》所詠皆宣王中興復古之事也。首二章不過從頭敘起，以引三章語耳。宜以"悉率"二句為主，而禦賓客即承此來，以終狩事，都歸重王身上說。鍾伯敬曰："田獵之舉，行於庸主，則為荒；行於盛世，件件足述。"

清·李光地《诗所》：此與上篇若為一時之事，則田於漆沮非東都也。徂東者地自在鎬京之東耳。"甫草"猶言"甫田"，亦未必鄭之圃田也。但非大義所關，姑從舊說。

清·祝文彥《诗经通解》：【全旨】此亦歸美宣王。前篇狩於東都，此篇狩於西都，俱要見復古意。首章言祭禱以備田獵之具，二章言擇地以備田獵之所，三章言方獵而得羣下之心，四章言既獵而備燕下之禮。要在人心鼓舞上見出中興氣象。

清·王鸿绪等《钦定诗经传说汇纂》：《吉日》美宣王田也，能慎微接下，無不自盡以奉其上焉。

孔氏穎達曰："宣王能慎於微事，又以恩意接及羣下，王之田獵能如是，則羣下無不自盡誠心以奉事其君上焉，故美之也。"

李氏樗曰："此皆據此詩中而言，如'吉日維戊，既伯既禱'，'吉日庚午，既差我馬'，慎微也；'以禦賓客，且以酌醴'接下也；'漆沮之從，天子之所''悉率左右，以燕天子'，無不自盡以奉其上也。"

嚴氏粲曰："詩美田獵耳，後序舉三隅言之。"

《辯說》："《序》'慎微'以下非詩本意。"

【總論】範氏處義曰："詩人之美人君，多舉一事終始言之，以見其餘可知也。田非重事也，既謹日而祭馬祖，又謹日以差我馬，則必能致謹於國事矣。因田而得禽，非厚獲也，猶為醴酒以禦賓客，則必能與之食天祿矣。虞人既聚獸，必於天子之所，左右皆取禽共天子之燕，則他日必能用命矣。"

朱氏公遷曰："一章祭禱戒行，二章差馬擇地，三章狩獵，四章獵而獲禽，

15

可以供用也。"

《集傳》：東萊呂氏曰："《車攻》《吉日》所以爲復古者，何也？蓋蒐狩之禮，可以見王賦之復焉，可以見軍實之盛焉，可以見師律之嚴焉，可以見上下之情焉，可以見總理之周焉。欲明文武之功業者，此亦足以觀矣。"

輔氏源慶曰："東萊之說固善，而朱子又改動數字，尤切。王賦謂車馬之出，軍實謂軍器之數，師律謂進退之度，上下之情謂諸侯及左右之人，相率以供其事。而天子又與之燕飲以爲樂也。綜理之周謂祭禱必講，獵地必擇，車馬有備，射禦有法，終事嚴整，頒禽之均，酌醴之厚，無一不至也。"

《集說》：蔣氏悌生曰："《車攻》《吉日》雖皆田獵之詩，《車攻》會諸侯於東都，其禮大；《吉日》專田獵，不出西都畿內，其事視《車攻》差小，故二詩之辭，其氣象大小詳略亦自不同。"

清·姚際恆《詩經通論》：此宣王獵與西都之詩。舊傳岐陽石鼓為宣王獵碣，或即此時也。詩中漆沮正近岐陽。

清·嚴虞惇《讀詩質疑》：《吉日》，美宣王田也。能慎微接下，無不自盡以奉其上焉。

《孔疏》："天子一日萬幾，尚留意馬祖之神，為之祈禱，是慎微也；人君遊田，意在適樂，今王求禽獸唯以給賓，是接下也。"

申公說："宣王田獵復古，史籀美之。"

呂氏曰："《車攻》《吉日》皆以蒐狩為言，何也？蓋蒐狩之禮，所以見王賦之復焉，所以見軍實之盛焉，所以見師律之嚴焉，所以見上下之情焉，所以見總理之周焉。欲明文武之功業者，此亦足以觀矣。"

清·王心敬《豐川詩說》：《序》曰："吉日美宣王田也。能慎微接下，無不自盡以奉其上焉。"原解曰："天子日萬幾而能留意於馬祖，是能謹微也。田獵非適意，獲禽享賓恩接於下也。蒐狩以講武，先王之大禮可以覘軍實，可以觀人心，可以驗君德之好尚，可以察政事之綜理。故詩人美而歌之。"

《詩釋》曰："師田，習武也；攻同好阜，簡車馬也；選徒，簡從也；禱伯差日，一衆志也；升大阜，謹觀望也；靜而治閑，而獲簡枝擘也。服而不貪，衆而有禮，聞而無聲，靜整至矣。中小殪大，武也；禦客酌醴，暇也。'悉率左右，以燕天子'，自盡以奉其上也。嗚呼！經武之事盡此矣。"

清·李塨《詩經傳注》：《序》曰："美宣王田也。能慎微接下，無不自盡以奉其上焉。"

惲臬陽曰："射禦自天子以至於士所同學也，田獵所以數軍實、習戰陣，國之大政，天子所有事也。若司馬相如之諫武帝，王吉之諫昌邑王，爲過於乘危

16

耳。自宋明積弱，迂懦泥《尚書》禽荒淫田之戒，竟視射獵之事爲天子不可親爲者，而柔懦之氣不可振矣。獨未讀《車攻》《吉日》之詩乎，此王跡也，宣王所以中興也。"

清·姜文燦《诗经正解》卷十三：《傳》："《吉日》，閱武也。"

《序》："《吉日》，美宣王田也。能慎微接下，無不自盡以奉其上焉。"

【全旨】上篇狩于東都，此篇狩于西都，俱要見復古意。首章言祭禱以備田獵之具，二章言擇地以備田獵之所，三章言方獵而得群下之心，四章言既獵而備燕下之禮。重在末二章人心鼓舞上。"悉率左右"二句，又管得末章，通篇俱要歸重宣王身上去，上下意不必拘。

荆川云：末二章或以前爲下悅上，後爲上待下，爲見上下之情；或以前爲樂上之心，後爲供上之燕，皆自以下奉上言之，俱非詩人之旨。蓋此詩只美宣王田獵，以此爲主言其行獵而見人心之齊，獲禽以爲燕飲之用，上下之情，此中自可想見。

安成劉氏曰："此言射者之美，猶《車攻》言'舍矢如破'也；言進禽于賓客，猶《車攻》言'大庖不盈'之意也。"

東萊呂氏曰："《車攻》《吉日》所以爲復古者，何也？蓋蒐狩之禮，可以見王賦之復焉，可以見軍實之盛焉，可以見師律之嚴焉，可以見上下之情焉，可以見綜理之周焉，欲明文武之功業者，此亦足以觀矣。"

廣源輔氏曰："王賦謂車馬之出，軍實謂軍器之數，師律謂進退之度，上下之情，諸侯及左右之人，相率以共其事，而天子又與之燕飲以為樂也。總理之周，祭禱必講，獵地必擇，車馬有備，射禦有法，終事嚴整，頒禽之均，酌醴之厚，無一不至也。"

安成劉氏曰："宣王所以復文武功業者，固不止於二詩所言蒐狩之事，然即二詩而觀之，則其車馬徒禦之所出，可見王賦之復也；旐旌車飾之備，決拾弓矢之精，可見軍實之嚴也；選徒則囂囂，徒禦則不驚行者，有聞而無聲，又可見師律之嚴也；'會同有繹'而'助我舉柴'，'悉率左右'而'以燕天子'，又可見其上下之情也；將用馬力而'既伯既禱'，頒禽之均而'大庖不盈'，又見其綜理之周密也。蓋一事之間而五美具焉，即此推之，則其餘可知矣。"

曹無奇曰："《車攻》《吉日》所言田獵之事，春容爾雅，有典有則，有質有文，後世《長楊》《羽獵》未足窺其共藩籬也。"

薛方山曰："按：《春秋》書狩者四，書'蒐'者二，書'大蒐'者四，無非譏也。《車攻》《吉日》美宣王者，何歟？豈如東萊所謂王賦復，軍實盛，師律嚴，上下治，總理周之意歟？噫，薑戎敗績，大原料民意者，其濫觴耶？"

17

清·姜兆锡《诗传述蕴》：《吉日》按：朝會師出自大典也。此篇終以禦賓、酌醴，猶《六月》篇終以飲禦諸友之意耳。古者天下雖安，忘職必危。天下既平，天子大愷，蒐而不張，文武不爲，張而不弛，文武不儀也。蓋聖人雖維滅，道之道如此。

清·黄梦白、陈曾《诗经广大全》：美宣王田也（出《序》）。

《序》又云："能慎微接下，無不自盡以奉其上焉。"

《正義》謂："天子留意於馬，爲之祈禱，能謹慎於微細也；求禽獸給賓，是恩隆於羣下也。郊是則祭，羣下無不盡誠事君焉。"

朱子云："《序》慎微以下，非詩本意。"

呂祖謙云："《車攻》《吉日》所以爲復古者何也，蓋蒐狩之禮可以見王賦之復焉，可以見軍實之盛焉，可以見師律之嚴焉，可以見上下之情焉，可以見綜理之周焉。欲明文武之功業者，此亦足以觀矣。"

朱子云："田獵之事，古人所議，如畋於有洛，五子作歌戒太康矣。恒於遊畋，伊尹作誥戒太甲矣。然宣王之田，乃因此見其車馬之盛，紀律之嚴，中興之勢在此，固與尋常之田異矣。"

清·张敘《诗贯》：《吉日》美宣王西田也，此二篇者内修也。《采芑》宣王南征也，此二篇者外攘也。

清·汪绂《诗经诠义》：蔣仁叔曰："《車攻》《吉日》雖皆田獵之詩，《車攻》會諸侯於東都，其禮大；《吉日》專田獵，不出西都畿内，其事視《車攻》差小。故二詩之辭其氣象大小、詳略亦自不同。"

清·顾栋高《毛诗订诂》：《小序》："美宣王田也。能慎微接下，無不自盡以奉其上焉。"

《朱子辨説》："《序》'慎微'以下非詩本意。"

《詩記》曰："《車攻》《吉日》皆以蒐狩爲言，何也？蓋蒐狩之禮所以見王賦之複焉，所以見軍實之盛焉，所以見師律之嚴焉，所以見上下之情焉，所以見綜理之周焉。欲明文武之攻業者，觀諸此足矣。"

蔣氏悌生曰："二詩皆言田獵，《車攻》會諸侯於東都，其禮大；《吉日》專田獵不出西都畿内，其事視《車攻》差小，故其辭氣象大小、詳略亦自不同。"

清·刘始兴《诗益》：以上二章言將田獵之事如此。此下二章承前二章，遂言田獵之事也。宣王田獵西都畿内，漆沮之間，故賦其事美之。

東萊呂氏曰："《車攻》《吉日》所以復古者，何也？蒐狩之禮可以見王賦之復焉，可以見軍實之盛焉，可以見師律之嚴焉，可以見上下之情焉，文武之功業，此亦足以觀矣。"

清·顧鎮《虞东学诗》卷六： 北伐南征之後，因而整飭兩都、申明軍政。蓋積弛之後，武功久廢，朝會不行。宣王奮然圖治，蠱事終而鼎事始，氣象為之一新，所謂今日復見司隸威儀，故曰復古也。《車功》雖言田獵而意主於會諸侯，前三章皆預備田役之事，其實先會同而後田獵也。（《詩緝》）

一章言車堅治而馬齊力，駕四牡而往東，猶未言往東之何為也。二章言堅治之車皆繫田車，既完好矣，四牡之龐龐充實者，又孔阜而肥壯。蓋以東有大草之處，將駕之以行狩，猶未言行狩之何地也。（《質疑》曰："《薛君章句》云：'甫，博也，有博大之茂草。'說與毛同。下言搏獸於敖，不應又言行狩於圃，故從毛傳。《傳》曰：'田者，大芟草以為防，或舍其中，褐纏旗以為門，裘纏質以为椹。……左者之左，右者之右，然後焚而射焉。'"）三章言將往苗田而有司選徒、建旗，以待搏獸於敖山之下。蓋猶未會諸侯，故田事少稽也。（《疏義》）囂囂選徒聲，《周禮》所謂"羣吏撰車徒"也。設旄於旒首而建之，《周禮》所謂：郊野建旗，各書其事與號也。（按：建旗雖秋獵之事，而夏秋之田皆曰如蒐之法。）四章遂言會同之事，諸侯駕奕奕肥大之四牡，服赤芾金舄以來會同，絡繹不絕，則六服盡朝也。五、六二章言既會諸侯，遂率之以田獵，而見射御之美也。鉤絃之決，遂絃之拾，既比次而順利。弓之強弱，矢之輕重，又和調而適均。射夫自諸侯以下，皆同力而射，以助天子獲禽如積，而相與舉之焉。維時天子駕四黃之乘，而兩驂不猗（倚同），則御之良而得舒疾之中也。（《鄭箋》）御者不失其馳而矢發則中，如椎破物，則射之工而見巧力之全也。言天子之威武如此，彼諸侯之從獵者，不過"助我舉柴"云爾。此詩人之志也。（按：詩中多稱四牡，又別舉齊色者，表尊者之所乘也。前二篇四驪四騏，皆當為大將之車，此四黃則乘輿也。上章言射夫"助我舉柴"，則此當為天子獲禽之事矣。）七章言田事畢而軍行靜治，禽雖多天子取三十焉（《穀梁》），故曰"大庖不盈"也。八章言大禮成而德業並建，有號令而無諠譁（《蔣氏蠡測》），則始終靜治也。既於東都會諸侯以行狩，復於西都行大蒐之禮以祭，始而以饗，終所謂慎微接下也。

《呂記》： "《車攻》《吉日》皆以蒐狩為言，何也？蓋蒐狩之禮，所以見王賦之復焉，所以見軍實之盛焉，所以見師律之嚴焉，所以見上下之情焉，所以見綜理之周焉。欲明文武之功業者，此足以觀矣！"

蔣氏《蠡測》曰："《車攻》會諸侯，其禮大；《吉日》專言田獵，故二詩之辭其氣象大小、詳畧亦自不同。"

清·傅恒等《御纂诗义折中》：《詩序》曰："《吉日》美宣王田也"。《車

19

攻》會諸侯以狩於東都,《吉日》天子自獵於畿內也。

呂祖謙曰:"蒐狩之禮,可以見王賦之復焉,可以見軍實之盛焉,可以見師律之嚴焉,可以見上下之情焉,可以見綜理之周焉。欲明文武之功業者,此亦足以觀矣。"

清·罗典《凝园读诗管见》:《吉日》,美宣王田也。

按:上章言"悉率左右,以燕天子",非真燕之。則茀出大阜之藏獸以充君庖,而燕之意得矣。然宣王"升彼大阜,從其羣醜"則未嘗以獲多為快。故當其田也,"既張我弓,既挾我矢",其所發者,皆視彼小豝,是既以不殺行仁至於義,在當殺亦從而殪之,則皆與此大兕等耳。總無殺不以禮而暴天物者,殺以禮,用亦以禮,觀其"殪此大兕"而計及於"以御賓客,且以酌醴"也。其他孰不從禮起見哉!宣王之田之可美在此。

清·任兆麟《毛诗通说》:《序》曰:"《吉日》美宣王田也。能慎微接下,無不自盡以奉其上焉。"

《左傳》:"鄭伯如楚,子產相。楚子享之,賦《吉日》。(注:楚王欲鄭伯共田)既享子產,乃具田備,王以田江南之夢。"

焦延壽曰:"《吉日》《車攻》田弋獲禽,酒,以告成功。"(《易林》)

清·范家相《诗渖》:《車攻》首言田獵而實重會同,《吉日》則專美田獵也。諏日以祭房,復選吉以差馬,重其事也。漆沮在涇渭之北,即洛水也。《爾雅·十藪》:"周有焦濩,在涇陽三原之間,當漆沮之西南,周人常狩之地也。""悉率左右"以驅禽,言古者田獵,先芟草為防,立通帛之竿以為兩門,又裹纏質以為椹,天子大芟草分為左右。雖同舍防內,各在一方,取其相應不得越離也。其先教戰,教戰既畢,士卒出和,乃分地為屯,設驅逆之車,先驅禽納之防,然後焚燒防草,復驅之以待天子之射。天子射,諸侯、大夫、士乃以次射,所謂"悉率左右,以燕天子"也。凡皆古禮之廢而不行者,宣王悉舉而復之,故《序》曰"能慎微接下"也。

清·胡文英《诗经逢原》:《序》:"《吉日》,美宣王田也。能慎微接下,無不自盡以奉其上焉。"

《集傳》:"此亦宣王之詩。"宣王西田于漆沮,史臣美之。

清·汪梧凤《诗学女为》:《車攻》《吉日》皆美宣王之詩也。宣王所以能成中興之業者,即此可以覘其雄略。然而武功是尚,文德衰焉,卒至佳兵不戢,料民大原,其幾亦已兆矣。

清·段玉裁《毛诗故训传定本》:《吉日》,美宣王田也。能慎徽接下,無不自盡以奉其上焉。

清·姜炳璋《诗序补义》：《吉日》，美宣王田也。能慎微接下，無不自盡以奉其上焉。

此宣王自獵於畿內也，天下雖安，忘戰則危。故周、召二公於成康之初，皆以克詰兵戎、張皇六師為言，正恐守成之主溺於宴安耳。況周家以仁厚立國，其勢易弱。穆王幾致徐方之亂，昭王南征不復，至於厲王，遂死於彘。雖諸王君人之道有所未盡，而兵威未振，無以懾服人心，亦可見矣。宣王於積衰之後，既會於東都，又獵於畿內，意在整頓人心、張皇威武，以成中興之業，豈不偉哉！詩中"悉率左右，以燕天子"，便見大禮舉行、人心鼓舞為一篇主腦，後《序》慎微以下非詩旨也。

清·牟应震《诗问》：《吉日》，美田獵也。意重諸侯從天子也。凡兩詩言一事者，多互文見義。上篇言選徒、言服物，本章此則從略。上篇不言獸，此則從詳；上篇而言充庖，此則補言獻獸承燕。

清·牟庭《诗切》：《吉日》刺王欲襲秦而不能也。

清·刘沅《诗经恒解》：【頂批】田以習武事而又以俱賓，祭之需。若素無教化，則囂張陵競之風作矣。此詩敘得整肅和雅，其民氣之靜可見。不似後人鋪張揚厲但取華麗而已。宣王田獵講武，民安其教，詩人美之。蓋周家寓兵於農，田獵講武，所以修軍實，昭忠信，而賓祭之用資焉。厲王中衰，宣王修明政紀，民附國強。上篇美其東都會同，見外藩之所以服；此篇美其畿內田獵，見內政之所以修，而愛戴之誠，恩威之洽，具可睹焉。故為田獵之雅也。

清·徐华岳《诗故考异》：《吉日》，美宣王田也，能慎微接下，無不自盡以奉其上焉。

《正義》："慎微，首章上二句是也；接下，卒章下二句是也。四章皆論田獵。"

清·徐璈《诗经广诂》：《易林》："《吉日》《車攻》，田弋獲禽，宣王飲酒，以樂家（鼎同作貞）功（穎之夬）。"

《左傳·昭公三年》："鄭伯如楚，子產相。楚子享之，賦《吉日》。既享，子產乃具田備，王以田江南之夢。"

清·李诒经《诗经蠹简》：此贊宣王能致物產蕃庶，得人歡心也。亦以正直說之不妙，故就田獵西都以立言。首章就未獵之時說，次章就往獵之時說，三章就將獵之時說，四章就正獵之時與既獵之後說。"田車"四句謂禱於馬祖而佑之如此也。"漆沮"是田獵之所，"中原"是漆沮之中原，"獸之"四句是未到時望之如此，"瞻彼"四句是既到時望之如此。"儦儦"二句匠物工絕。

清·李允升《诗义旁通》：《序》："《吉日》，美宣王田也。能慎微接下，無不自盡以奉其上焉。"

清·陈奂《诗毛氏传疏》：《吉日》，美宣王田也。能微接下，無不自盡以奉其上焉。

《疏》：《昭三年·左傳》："鄭伯如楚，子産相。楚子享之，賦《吉日》。既享，子產乃具田備。"案：此《吉日》為出田之證。《車攻》會諸侯而遂田獵，《吉日》則專美宣王田也。一在東都，一在西周。

清·潘克溥《诗经说铃》：【正說】《傳》："《吉日》，閱武也。"

《詩貫》："《吉日》，西田也。"

【辅说】劉克云："詩之言田獵皆刺也。宣王詩獨以為美，與是詩曰'天子之所'，曰'以燕天子'，竊意與《車攻》同時而諸侯亦在焉。成康之時可謂盛矣，而田狩不書；宣王僅能中興而田，乃如此見歌者，兩詩謂非刺不可也。使諸臣効力於禽以遂人主田狩之樂，三代賢主有是哉？"

愚按：論中興之功，不便以為刺；論田獵之事，原不足以爲美，二詩乃據事直書耳。劉氏之說自有識也。

【汇说】何楷曰："《吉日》，成王蒐岐陽也。"

《序》："《吉日》，美宣王田也，能慎微接下，無不自盡以奉其上焉。"

《申培說》："宣王畋獵復古，史籀美之。"

《異說》："或曰'《吉日》美夷王獵也。'《竹書》：'夷王六年，獵於杜林，獲犀牛一以歸。'此稱大咒，故知是夷王也。"

《詩切》："刺王欲襲秦而不能也。"

清·李灏《诗说活参》：田獵非盛王之政，然在宣王則有拽討軍實之功，且在西都振興武備，能令獵狁斂跡，故呂氏復王賦數語深契作詩之旨。

清·顾广誉《学诗详说》：《車攻》《吉日》所以為復古，呂氏申之至矣。其二詩之細別，戴氏謂"《車攻》會侯而治兵托於田也，《吉日》因田獵而禦客專於田也。"蔣氏悌生謂"《車攻》會諸侯於東都，其禮大；《吉日》專田獵不出西都畿內，其事視《車攻》差小，故二詩之辭，其氣象大小、詳略亦自不同"，均善。

清·顾广誉《学诗正诂》：世傳宣王石鼓文，昔人已互有信疑，顧氏《金石文字記》云："讀其文皆淺近之辭，殊不及《車攻》《吉日》之閎深也。"案：此為定說。凡援石鼓文以證詩者皆所弗取。

清·沈镐《毛诗传笺異义解》："《吉日》，美宣王田也。能慎微接下，無不自盡以奉其上焉。"《序》"慎微以下非詩本意。"

鎬按：《序》意以"伯禱""差馬"為《詩經》詮儀。慎微以禦賓，酌醴為接下，以"悉率左右"二句為盡心、奉上也。詩意原不如此，但敘其盛之詞耳。

清·方玉润《诗经原始》：《吉日》，美宣王田獵也。

此宣王獵於西都之詩，不過畿內歲時舉行之典，與《車攻》之復古制大不相侔。而《序》亦以爲"美宣王"，何也？呂氏曰："蒐狩之禮可以見王賦之復焉，可以見軍實之盛焉，可以見師律之嚴焉，可以見上下之情焉，可以見綜理之周焉。欲明文武之功業者，此亦足以觀矣。"故雖歲時常典，宣王能修復之，亦與東都會獵爲中興盛事。詩人能不相因而並美乎？

姚氏云："舊傳岐陽石鼓爲宣王獵碣，或即此時也。詩中漆沮正近岐陽。"其實非也。《禹貢》謂導渭自鳥鼠同穴，東會于涇，又東過漆沮，即今洛河。其源自延、鄜流入同州，在涇水之東北。岐陽在涇水西南，相離遠甚。此當獵於延、鄜之間，與岐陽獵碣別是一事，正不必強爲附會也。

清·龚橙《诗本谊》：《吉日》，宣王田西都，因北伐也。《毛序》同積贅不明。此因田而謀北伐也，故原次《車攻》。《易林》："《吉日》《車攻》，田獵獲禽，宣王飲酒，曰告嘉功"，明爲《魚藻》《六月》張本。《車攻》爲東都南伐，非此一事，連文及之。曰田獵相次，未睹情事。伐獫允而蠻荊威，所曰先《六月》後《采芑》，則《吉日》亦當先《車攻》，明非思古。

清·邓翔《诗经绎参》：《易》曰："田獵三品有功也，喻得賢也。"《騶虞》篇云："一發五豝，喻得賢人之多。"賢人多則官備，故天子以《騶虞》爲節，樂官備也。我文王獵於渭水，非熊非羆而得姜尚，意不在禽也。今宣王之田，專志於常典，以禦賓客、酌醴爲盛舉，不聞得一賢士，古禮雖存而文武之業怠矣！賓客何人，不聞以賢德著譽也。一篇之中有美有惜，意味深長。

《序》美宣王之復古也。田者大芟草以爲防，褐纏旒以爲門，田不出防，不逐奔走，古之制也。天子諸侯田禮，必使虞人驅禽而至入於防中，然後射之。《騶虞傳》"虞人翼五豝，以待射"，《駟驖》云"奉時辰牡"，《周禮》大司馬之職，設驅逆之車皆此禮也。後世人主此禮廢，盤於遊田，始有"歷邱墳、涉蓬蒿，口敝于叱吒，手倦于鞭策"者矣。

清·龙起涛《毛诗补正》：《吉日》，美宣王田也。能慎微接下，無不自盡以奉其上焉。

案：《車攻》東都詩，《吉日》則在西都詩。《通鑑》均屬之八年，未可定也。《朱傳》同。

《吉日》四章，宣王講武於西都也。周自夷王以後弱矣，宣王南征北伐，狩於東都，獵於畿內，非好田也，以講武也。周公曰"詰爾戎兵"，召公曰"張皇六師"，宣王有焉。平、桓而降，此禮不行，孱子弱孫欲拱手以致太平難矣。

【评】《車攻》《吉日》雖皆田獵之詩，《車攻》會諸侯於東都，其禮大；《吉日》專田獵不出西都畿內，其事視《車攻》差小，故二詩之詞，其氣象大小、詳略亦自不同。蔣悌生詩敘曰："辰自此詩始，以後《十月之交》並敘月日，杜工部得之將年月日一並記出，如皇帝二載，秋閏八月初吉是也。"此之戊與庚午，十月之辛卯，猶見古人以干支紀日，與《春秋》一樣。不識後人何時變而為干支紀年、數目紀日，其在秦漢間乎？（仿山）

清·吕调阳《诗序议》：《吉日》，美宣王田也。

清·梁中孚《诗经精义集钞》：範氏處義曰："將用馬之力，必祭馬之祖。謹其事也。"

姚氏舜牧曰："獵與狩，皆賴車牢馬健以爲用。故《車攻》《吉日》皆有'田車既好，四牡孔阜'句。"

黃氏佐曰："天子之田，或奉宗廟，或進賓客，或充君庖，非禽獸之多不可此。漆沮，所以宜田獵也。"

《集評》：三章，野獸之多，足徵國家方興，氣象滋生繁衍。"悉率左右，以燕天子"，其急公奉上、忠愛之誠溢於言表。

謝氏枋得曰："田而得禽，天子不以自奉，故'大庖不盈'，命有司'以進賓客，且以酌醴'，燕諸侯及羣臣也。先王體羣臣、懷諸侯，常有恩惠。其用心公薄而均齊，常以一人養天下，不以天下奉一人也。"

朱氏公遷曰："《車攻》終於頒禽，《吉日》終於酌醴。王者之田獵，豈爲口腹計哉！"

範氏處義曰："詩人之美人君，每舉一事而其餘可知。田非重事也，既謹日而祭馬祖，又謹日以差我馬，則必致謹於國事矣。因田獵而得禽，非厚獲也，猶爲酒醴以禦賓客，則必與之食天祿矣。虞人既聚，獸必於天子之所，左右皆取禽，以其天子之燕，則他日必用命矣。"

蔣氏悌生曰："《車攻》《吉日》雖皆田獵之詩，《車攻》會諸侯於東都，其禮大；《吉日》專田獵，不出西都畿內，其事差小。故二詩之辭，其氣象大小、詳略，亦自不同。"

《禦纂》："《詩序》曰：'《吉日》，美宣王田也。'《車攻》，會諸侯以狩於東都。《吉日》，天子自獵於畿內言也。"

吕祖謙曰："蒐狩之禮，可以見王賦之復焉，可以見軍實之盛焉，可以見師律之嚴焉，可以見上下之情焉，可以見綜理之周焉。欲明文武之功業者，此亦足以觀矣。"

《集傳》："此亦宣王之詩。"

《小序》："《吉日》，美宣王田也。能慎微接下，無不自盡以奉其上焉。"

清·王先謙《詩三家義集疏》：《疏》：《毛序》："美宣王田也，能慎微接下，無不自盡以奉其上焉。"

《左昭三年·傳》："鄭伯如楚，子產相。楚子享之，賦《吉日》。既享，子產乃具田備。"此《吉日》為出田之證。《車攻》由會諸侯而田獵，《吉日》則專美田事也，一在東都，一在西周，三家無異義。

清·胡嗣運《枕葄齋詩經問答》：問：《左莊十八年·傳》云："虢公、晉侯朝王。王饗醴，命之宥"。於詩何徵？"命之宥"者酬幣也。

答：《小雅·吉日》末章云"以禦賓客，且以酌醴"，《鹿鳴》云"承筐是將"，《孔疏》謂"食有侑幣，饗有酬幣。"

民國·王闓運《毛詩補箋》：《吉日》，美宣王田也。能慎微接下，無不自盡以奉其上焉。

民國·馬其昶《詩毛氏學》：《吉日》，美宣王田也。能慎微接下，無不自盡以奉其上焉。

孔曰："天子一日萬機，尚留意馬祖之神，為之祈禱，是謹慎於微細也。求禽獸唯以給賓，是恩隆於羣下也。"

陳曰："《昭三年·傳》'鄭伯如楚，子產相。楚子享之，賦《吉日》。既享，子產乃具田備。'案：此《吉日》為出田之證。"

昶按：中二章云"天子之所"，又云"以燕天子"，皆所謂自盡以奉上也，《疏》謂"於經無所當"，非是。

呂曰："《車攻》《吉日》所以為復古者，何也？蓋蒐狩之禮可以見王賦之復焉，可以見軍實之盛焉，可以見師律之嚴焉，可以見上下之情焉，可以見綜理之周焉。欲明文武之功業者，此亦足以觀矣。"

朱公遷曰："一章祭禱、戒行，二章差馬、擇地，三章狩獵，四章獲禽，可以共用也。"

民國·魏元曠、胡思敏《詩故》：《吉日》，美宣王田也。何所田？西都之田也。大阜者，草木隈隩之所，獸所聚也。春蒐、夏苗、秋獮、冬狩，為田除害也。害稼穡者，莫甚於鹿豕，故田獵獨取之，曰"麀鹿"，曰"小豝"，皆是物也。田而得兕，是為大獲，徒林之殪，青兕之殫，皆其比矣。

民國·李九華《毛詩評注》：《吉日》，美宣王田也。能慎微接下，無不自盡以奉其上焉。（《詩序》）

按：宣王既逐玁狁，出於太原，復蒐於岐陽，在漆沮二水間，以教車戰，數軍實，謹慎於細微，見隆於羣下也。

民国·吴闿生《诗义会通》：闿生案：《序》："美宣王田也，能慎微接下，无不自尽以奉其上焉。""慎微""接下"云云，似经师迂曲之说。诗中本无此意，朱子讥之是也。《车攻》《吉日》皆言田猎，至其区别，后儒以为："《车攻》会诸侯于东都，其礼大；《吉日》专为田事，不出西都畿内，其事小。故二诗之辞，其气象小大，亦自不同。"旧评：一二章猎前，三四章方猎，末二句猎后。

日本

日本·中村之钦《笔记诗集传》：后语辅氏曰："王赋谓车马之出，军实谓军器之数，师律谓进退之度，上下之情、诸侯及左右之人，相率以共其事，而天子又与之燕饮以为乐也。综理之周，祭祷必讲，猎地必择，车马有备，射御有法，终事严整，颁禽之均，酌醴之厚，无一不至也。"

日本·三宅重固《诗经笔记》：东莱吕氏曰——《删补》云："上二章周综理之务，下二章协上下之情。与前篇《车攻》所咏，皆宣王中兴复古之事也。"

按：《大全》所收辅、刘二氏所论，大槩相同。而《删辅》所论则不同，恐辅、刘之说近是。

朱子曰："田猎之事，古人所讥，如畋于有洛，五子作歌戒大康矣；恒于游畋，伊尹作训戒太甲矣。然宣王之田，乃因此见其车马之盛，纪律之严，中兴之势在此，故与寻常之田异矣。"

日本·太宰纯《朱氏诗传膏肓》：东莱吕氏曰："（止）观矣。"纯曰："评语也。"

日本·冈白驹《毛诗补义》：《吉日》，美宣王田也。能慎微接下，无不自尽以奉其上焉。

日本·赤松弘《诗经述》：纳民，軏物，量焉，章焉，《吉日》可以为君矣。

日本·中井积德《古诗逢源》：《车攻》及此篇，为宣王之诗，无征。或是田猎例用乐歌，亦未可知者。旧解特以上下篇次言之耳，篇次岂足据乎哉？

吕说，敷演大过，难从。

日本·皆川愿《诗经绎解》：此篇言其躬行之义，已能有定，然后乃可以从众庶所庸言行，择取其义类，以益施之其行事也。

日本·伊藤善韶《诗解》：此诗亦美宣王之兴复也。东莱吕氏曰："《车攻》《吉日》所以为复古者，何也？盖蒐狩之礼可以见王赋之复焉，可以见军实之盛焉，可以见师律之严焉，可以见上下之情焉，可以见综理之周焉。欲明文武之功业者，此亦足以观矣。"

《序》云"美宣王田也"。

日本·冢田虎《冢注毛诗》："《吉日》，美宣王田也。能慎微接下，無不自盡以奉其上焉。"此詩與上篇同其意焉。《子貢詩傳》亦與《車攻》同傳。《申詩說》亦以為"宣王畋獵復古，史籀美之。"

日本·豬饲彦博《诗经集说标记》：序：博先生曰："《小序》云：'《車攻》宣王復古也'，'《吉日》美宣王田也。'東萊固從小序而云云者，以《吉日》亦田獵詩，故並言之乎？不然本只論《車攻》，朱子加'吉日'二字錄之，二篇之終亦不可知也。"

日本·仁井田好古《毛诗补传》：《吉日》，美宣王田也。能慎微接下，無不自盡以奉其上焉。

孔穎達曰："諏日禱馬祖者，慎其微細也；以禦賓客者，接下也。"

程頤曰："二章、三章皆羣下盡力奉上也。"

【论】呂伯公曰："《車攻》《吉日》皆以蒐狩爲言，何也？蓋蒐狩之禮，所以見王賦之復焉，所以見軍實之盛焉，所以見師律之嚴焉，所以見上下之情焉，所以見綜理之周焉。欲明文武之功業者，觀諸此足矣。"

《左傳·昭三年》："鄭伯如楚，子產相。楚子享之，賦《吉日》。既享，子產乃具田備。王以田江南之夢。"

日本·龟井昱《古序翼》：《辨說》云："《序》慎微以下非詩本意。"

《翼》曰：《吉日》比前三篇事頗小矣，故殊加美字又以与。

《魚麗序》映射"慎微接下"首章、卒章是也；"自盡""奉上"，二章、三章是也。所謂本意，"美田"二字盡矣。"慎微"以下其大旨也。群下競以樂天子，所以為宣王之田也。朱子似酷吏。

日本·龟井昱《毛诗考》：《吉日》，美宣王也。比《車攻》其事小，故特曰美。不唯總《車攻》，已上《六月》《采芑》亦包焉。《鹿鳴之什》唯《魚麗》有"美"字，前哲修辭嚴哉！"能慎微接下"，因"既伯既禱"言之，前三篇其事大，今將田則馬祭，禱其不自傷、傷人，是慎微也。"無不自盡以奉其上焉"，曰"天子之所"、曰"以燕天子"，自盡奉上之辭也。田獵多刺詩，但羣下競以樂天子，所以為宣王田也。且是田以御賓客為主，諸侯會同，天子田以飾其俎，實其得萬國之歡心可知。是田亦必有諸侯之從。

日本·东条弘《诗经标识》：《小序》云："《車攻》宣王復古也。"

日本·金子济民《诗传纂要》：按：宣王之中興，復文武之功業而已。觀於其復者，亦足以觀文武之功業矣，故呂氏云爾。

日本·无名氏《诗经旁考》：《昭三年·左傳》："鄭伯如楚，子產相。楚子享之，賦《吉日》。旣享，子產乃具田備，王以田江南之夢。"

杜預曰："《吉日》美宣王田獵之詩，楚王欲與鄭伯共田，故賦之。"

日本·安井衡《毛诗辑疏》："《吉日》美宣王田也。能慎微接下，無不自盡以奉其上焉。"

《正義》："'慎微'即首章上二句是也，'接下'卒章下二句是也。"

日本·上田元冲《说诗小言》：《吉日》，美宣王之田獵也。

日本·安藤龙《诗经辨话器解》："《吉日》，美宣王田也。能慎微接下，無不自（是以下民）盡以奉其上焉。"

日本·山本章夫《诗经新注》：《車攻》《吉日》二篇，先賢以為宣王中興之詩，固然。然二詩之作，非出於一手。

日本·竹添光鸿《诗经会笺》：《吉日》，美宣王田也。（箋曰："《車攻》《吉日》皆言田獵，《車攻》會諸侯於東都，其禮大；《吉日》專田獵，不出西都畿內，其事視《車攻》差小，故二詩之辭，其氣象大小、詳略，亦自不同。"）能慎微接下，（箋曰："慎微因'既伯既禱'言之，前三篇其事大，今將田則馬祭，禱馬不傷，又不傷人，是慎微細也。'以御賓客'是接下也。"）無不自盡，以奉其上焉。（箋曰："曰'天子之所'，曰'以燕天子'，自盡奉上之辭也。群下競以樂天子，所以爲宣王田也。延文本下，下重'下'字。"）

箋曰："《車攻》《吉日》皆美宣王之詩也。宣王所以能成中興之業者，即此可以覘其雄略，然而武功是尚、文德衰焉。卒至佳兵不戢，料民大原，其幾亦已兆矣。"

附石鼓考：歐陽氏《集古録》"石鼓久在岐陽，初不見稱於世，至唐人始盛稱之。而韋應物以為周文王之鼓，至宣王時刻石。韓退之直以為宣王之鼓，今在鳳翔縣孔子廟。鼓有十，先時散棄於野，鄭餘慶始置於廟而亡其二。皇祐四年，向傳師求之民間得之，十數乃足。其文可見者四百六十有五，磨滅不可識者過半矣。"

按：九鼓有文，其一無文，宣王時太史籀所書。韋應物謂文王之鼓，以從岐陽得之也。鄭樵以為秦鼓，疑篆出李斯也。夫三代法物真贗難辨，歐陽氏亦謂可疑者四；然又謂退之好古，其説不妄。至於字畫亦非史籀不能作也。趙佑曰："大學石鼓，相傳以為周宣王獵碣。"近南豐劉氏凝著論，以為夫子不收金石文字。愚意《雅》《頌》以備樂章，石鼓以勒功載，義固有別，然亦安見三百篇中，必無一詩嘗被金石者？使其詩果足以補國史之遺，著詩教之大，夫子寧必不收，而謂大聖人之好古，顧不及歐陽修、趙明誠輩耶？且是石鼓之詩，亦猶是田獵詠歌之體，固非為刻石而作者也。凡古金石文字，各有年月款記，即以《始皇本紀》所載諸刻石文衡之，則知石鼓之有間矣。當時第偶然刻之於石，假鉦鼓之形，以爲誇示之意，其於宣王復古盛烈，則已有《車攻》《吉日》二詩，足以備之，初非更繋。此十章之存亡爲重輕也明甚。夫猶是田獵也，既有《車攻》，又有《吉日》，而又有此石鼓，則是宣王之侈也。《車攻》《吉日》之詞，較諸文武遺音，已不免於侈，而此十章之詞之繁複，而參錯則又加侈焉。乃其所謂"吾車既攻，吾馬既同""吾車既好，吾馬既駒""會同有繹""射夫""舉柴""麋鹿虞麌""或羣或友""悉率左右，燕樂天子"者，迄亦無以易乎？《車攻》《吉日》之所陳，太史公言古詩三千，孔子去其重。然則是石鼓詩之於《車攻》《吉日》也，將毋其重焉者與？而又何疑乎不收之與？

故嘗爲之論曰：是石鼓之宜寶而詠歌之，摹搨且考辨之也。以史籀蹟重可也，不必其以宣王事重也。何也？史籀之篆，爲萬古言，大小篆之祖，今則幸而僅存，若宣王之事則自有宣王之詩存也。而劉氏又謂周兩都並建，《車攻》《吉日》分而敘之，不若石鼓詩合而敘之。是不免於好古而惑也已矣。大學石鼓，事之後先，文之疑信，聚訟紛糾，當以韓愈之說屬諸周宣王時者爲正。宣王爲周中興之主，修明武功，播美篇什，故有《車攻》《吉日》二詩。《車攻》言"徂東"，言"甫草"，則閱武於東都之作；《吉日》言"漆沮"，則閱武於西京之作。分紀其事，以爲雅章者也。石鼓之文則合東西二都事，總紀而推廣之，假鉦鼓之形，以張威伐、垂久遠者也。故其言"吾車既攻，吾馬既同""悉率左右"燕樂天子云云。即與二詩不殊，其爲總撮成文明矣。古者舉大事、成大功，往往勒諸金石，或在名山大川，峋嶁宛委之蹟，紀載邈矣，皆非必有年月款識。且爲正經史所未及，而後人從文殘簡斷之餘，猶得參攷什一，斷爲何王何人之作，用志嚮往寄品藻，則此石鼓之文，必以其無款記而疑之，忽彼忽此，亦適見其多事矣。

朝鮮

朝鮮·朴世堂《诗经思辨录》：《序》："美宣王田也。能慎微接下，無不自盡以奉其上焉。"

孔云："以宣王能慎於微事，又以恩意接及群下……故美之。留意馬祖，為之祈禱，能慎於微細也。……求禽獸唯以給賓，是恩隆於群下也。"

朝鮮·李瀷《诗经疾书》：厲王之世，北狄南蠻乘中國之虛耗，陸梁侵軼。宣王能内靖多難，外禦強寇，復其舊業，其於武備不須臾忘，故以時田獵、練習戎士者，《車攻》《吉日》可見。

朝鮮·尹东奎《读诗记疑》：《吉日》章發此豝、殪此大兕，發、殪恐為互文。《傳》呂東萊說：欲明文武，此足以視矣。謂宣王之欲明文武功業，於此可見。

朝鲜·申綽《诗次故》：《昭三年·左傳》："鄭伯如楚，子產相。楚子享之，賦《吉日》。既享，子產乃具田備，王以田江南之夢。"杜預曰："《吉日》美宣王田獵之詩，楚王欲與鄭伯共田，故賦之。"

朝鲜·成海應《诗说》：此詩獵于漆沮之上，不得如東都之盛。然亦見徒御之衆，而民情之所嚮也。夫獵也者，所以講師禮也，所以除民害也，所以備乾豆也，所以宴賓客也。是故取之有度而不極欲也，頒之維均而不過節也，所以為王者之事也。詩人之意，非喜其厚獲，即喜其復舊制也。

朝鲜·许传《经筵讲义》（诗）：臣奏曰："此雖但言蒐狩之禮，而為國之政令制度皆舉之矣。古者兵農為一，乘馬出於井田，乘馬者一乘四馬也，故首章曰"四牡孔阜"，他詩亦必以"四驪""四黃"稱之。夫天子之提封百萬井，則出兵車萬乘；諸侯十萬井，則出千乘，所以立武備也。每於農隙練閱，以示安不忘危之意，此佃獵所由行也。然則車乘者，佃獵所不可闕，而井賦又車乘之所本，是以呂氏以爲《車攻》《吉日》可以見王賦之復焉。周之再昌，實本於王賦之復古而已。後世則分爲二塗，農無制產，兵皆游食。農之力作，反耗於養兵，此農困而兵亦無賴矣。至於我東田，賦名雖什一，而益輕之耳。

祖宗成法非不盡美，而法久生弊。今之橫歛或有過於五六倍者，或有預收來年之稅者，故民不聊生。凶年則餓殍相望，雖值豐年，愁歎之聲四起，誠可哀也。"

上曰："賈誼所謂慟哭流涕者，此也。自予登極以來，屢值凶荒，生民失所而離散，其勢固也。豐年何爲其然也？"

臣對曰："小民所納田賦之外，又有還穀也、身布也、雜役也。凶年則或有停退，而豐年則并懲新舊，故民力竭乏，不能辦備畢，竟至離散矣。"

上曰："王賦自有常定，倍收、預收何爲也？"

臣對曰："無狀吏人偸弄，惟正之供乾沒居多，而莫重上納不可闕，故敢爲法外之事，以充逋欠而然也。"

上曰："如此民弊，儒臣亦知，而大臣不言何也？或不知而不言耶？亦似無不知之理矣。講官曰：大臣自下種種申飭矣。"臣對曰："向者大僚以都結事奏達而董飭者，臣亦得見於朝紙，而在下者不能奉承，每以因循姑息爲事，以至於是也。此在殿下得人而任法也。"（十月初三日）

朝鲜·沈大允《诗经集传辨正》：《集傳》曰："此亦宣王之詩。"

朝鲜·尹廷琦《诗经讲义续集》：《吉日》則宣王之在西都而親獵也，《車攻》則自西而徂也，故《車攻》馬同而駕言也。

朝鲜·朴文镐《枫山记闻录》（毛诗）："欲明文武之功業者，此亦足以觀"，言後世人主之欲明文武之功業者，於宣王蒐狩之禮亦有所取也。(洶衡)

朝鲜·朴文镐《诗集传详说》：東萊呂氏曰："《車攻》《吉日》所以爲復古者，何也？蓋蒐狩之禮，可以見王賦之復焉，可以見軍實之盛焉，可以見師律之嚴焉，可以見上下之情焉，可以見綜理之周焉（安成劉氏曰'周密'）。欲明文武之功業者（復古），此亦足以觀矣（通論二篇。慶源輔氏曰：'王賦謂車馬之出，軍實謂軍器之數''綜理之周'）。"

祭禱、擇地、車馬、射禦、頒禽、酌醴，無一不至也。

朝鲜·李炳宪《孔经大义考》（诗经）：《吉日》，以上魯齊韓毛大全略同。

朝鲜·无名氏《读诗记疑》：《吉日》章發此小豝，殪此大兕。發、殪恐為互文。《傳》呂東萊說"欲明文武（止）足以視矣"，謂宣王之欲明文武功業，於此可見。

梅按

《诗经·吉日》篇的写作年代和诗旨问题，历来众说纷纭。稽核目前所能搜集到的中、日、朝历代《诗经》研究文献，各家说法竟有150种之多，兹予梳理，以见各说之优劣得失。《吉日》写作年代有"宣王说""成王说"和"夷王说"3种；《吉日》诗旨有"慎微接下说""复古说""美中兴说""美田章德说""赞物产蕃庶说""箴宣王田说""讲武说""备北伐说""刺王欲袭秦说""躬行说"和"田猎乐歌说"等11种。汉以前，"慎微接下说"占主导地位，体现的是早期经学家超越具体时代与具体政治而为万世太平立说的精神；"复古说""美中兴说"等，皆产生于南宋，明显有影射当时政治的指现；明清以降，歧说纷出，当与阳明心学出现有关。就此诗而言，古序"美宣王田也"一句，最为明了，也具有分寸。

句　解

吉日维戊

中国

《毛诗故训传》(《毛诗正义》卷十)：維戊，順類乘牡也。

汉·郑玄《毛诗笺》(《毛诗正义》卷十)：戊，剛日也，故乘牡爲順類也。

唐·陆德明《毛诗音义》(《毛诗正义》卷十)：《正義》曰："祭必用戊者，日有剛柔，猶馬有牝牡，將乘牡馬，故禱用剛日，故云維戊，順其剛之類而乘牡馬。"

宋·李樗《毛诗详解》(《毛诗李黄集解》卷二十二)：戊者，剛日也，日之吉也。外事用剛，故選以剛日之吉。

孔氏曰：日有剛柔，馬有牝牡。將乘牡馬，故選用剛日，故言維戊也。此說非也。

宋·范处义《诗补传》卷十七：外事以剛日，戊，剛日也。庚午前二日即戊辰也。

宋·王质《诗总闻》卷十：聞音曰："戊，莫後切。"

宋·朱熹《诗经集传》卷五：戊，叶莫吼反。戊，剛日也。

宋·吕祖谦《吕氏家塾读诗记》卷十九：鄭氏曰："戊，剛日也。"長樂劉氏曰："田之前二日也。"朱氏曰："以下章推之，是日也，其戊辰與？"

宋·杨简《慈湖诗传》卷十一：《鄭箋》云："戊，剛日也。乘牡順類也。"劉曰："田之前二日也。"朱曰："其戊辰歟？"

宋·魏了翁《毛诗要义》卷十：戊，剛日。維戊，順類乘牡也。《箋》云："戊，剛日也，故乘牡爲順類也。"祭必用戊者，日有剛柔，猶馬有牝牡。將乘牡馬，故禱用剛日。

宋·严粲《诗缉》卷十八："吉日維戊"，《箋》曰："戊，剛日也。"朱氏曰："以下章推之，是日其戊辰歟？"

明·季本《诗说解颐》卷十七：戊，剛日也。

丰坊《鲁诗世学》卷二十：【正说】宣王將畋而先卜吉日。戊者，戊辰也，畋之前二日也。程子曰："戊辰祭禱，庚午于畋。《曲禮》所謂外事用剛日也。"

明·郝敬《毛诗原解》卷十八：叶茉。天干爲日，地支爲辰。日干五剛，五柔：甲丙戊庚壬五奇爲剛，乙丁己辛癸五偶爲柔。十二支六陰六陽：子寅辰午申戌爲陽，丑卯巳未酉亥爲陰。戊辰庚午皆陽剛也。

明·冯复京《六家诗名物疏》卷三十五：戊：《爾雅》云："太歲在戊曰著雍。"《說文》云："戊，中宮也。象六甲五龍相拘絞也。戊承丁，象人脅。"《釋名》云："戊，茂也。物皆茂盛。"《漢書》云："豐茂于戊。"蔡邕云："大撓探五行之情，占斗綱所建。於是始作甲乙以名日，謂之幹；作子丑以名日，謂之支。支幹相配以成六旬。"《箋》云："戊，剛日也。"

明·曹学佺《诗经剖疑》卷十四：戊，叶莫吼反。戊，剛日也。

明·徐奋鹏《诗经尊朱删补》：戊，剛日也。

明·张次仲《待轩诗记》卷四：戊，莫吼切。祭為吉禮，祭之日為吉日。《曲禮》："外事以剛日。"田獵外事也，故以戊日祭而以庚日獵。戊，當為戊辰。《釋名》："戊，茂也。物皆茂盛"，故以是日禱。

明·黄道周《诗经琅玕》：吉日是吉祥之日，戊是剛日，以下章推之爲戊辰，外事以剛日。考：戊日，《曲禮》曰："外事以剛日，內事以柔日。"用祭祀爲內事，田獵行師爲外事，戊與庚皆剛日也。天干爲日，地支爲辰，十天幹五剛五柔，十二地支六陰六陽。

明·冯元扬、冯元飙《手授诗经》：戊是剛日。

明·何楷《诗经世本古义》：戊，叶有韻，莫後翻。《風俗通》"維戊"作"庚午"。

明·朱朝瑛《读诗略记》：《曲禮》云：外事以剛，內事以柔。崔靈恩謂：外事指治兵之事，內事指宗廟之事。至于郊維用辛、社維用甲，不在內外剛柔之例也。孔叢子云：凡類禡，皆用甲丙戊庚壬之剛日，師田皆治兵之事，故田之吉日則用戊庚。石鼓文曰："日維丙申，吾其用導"，亦用剛也。

清·钱澄之《田间诗学》：《毛傳》缺。戊，剛日也。《曲禮》曰：外事用剛日，內事用柔日。如甲午治兵，壬午大閱。"吉日維戊""吉日庚午"，皆外事者也，故用剛日。丁丑燕之，乙亥嘗之，凡祭之用丁、用辛，內事也，故用柔日。

清·张沐《诗经疏略》：戊，剛日也，外事以剛日。

清·毛奇龄《毛诗写官记》：戊，剛日也。下又云"吉日庚午"，則此戊辰也。

清·冉觐祖《诗经详说》：戊，剛日也。《鄭箋》："戊，剛日也。故乘牡爲順類也"

清·王鸿绪等《钦定诗经传说汇纂》：《集傳》："戊，剛日也。"黃氏一正曰："外事以剛日，內事以柔日。內事如郊社、宗廟、冠昏，外事如巡狩、朝聘、盟會、治兵，凡出郊皆是也。"

清·严虞惇《读诗质疑》：《鄭箋》："戊，剛日也。"《毛傳》："外事以剛日。"朱註："以下章推之，是日也，其戊辰歟？"

清·黄梦白、陈曾《诗经广大全》：戊，《箋》云："剛日也。"天干爲日，地支爲辰。十干五剛（甲丙戊庚壬）、五柔（乙丁巳辛亥）；十二支六陽（子寅辰午申戌），六陰（丑卯巳未酉亥）。戊辰庚午，皆剛陽也。《曲禮》云："外事（用兵之事）以剛日，內事（宗廟之祭）以柔日。"蔡邕云："大撓擇五行之情，占斗網所建，始作甲乙以名日謂之幹，作子丑以名日謂之支，支幹相配以成六旬。"《爾雅》云："大歲在甲曰閼逢，在乙曰旃蒙，丙柔兆，丁疆圉，戊著雍，巳屠維，庚上章，辛重光，壬玄黓（音弋），癸昭陽。又云，太歲在子曰困敦，在丑赤奮若，寅攝提格，卯單閼，辰執徐，巳大荒落，午敦牂，未協洽，申涒灘，酉作噩，戌閹茂，亥大淵獻。"

清·顾镇《虞东学诗》：戊，古音毣。《曲禮》："外事以剛日，內事以柔日。"

清·胡文英《诗经逢原》：戊，剛日也。《禮》"外事以剛日"。

清·胡承珙《毛诗后笺》：《傳》："維戊，順類乘牡也。"《箋》云："戊，剛日也。故乘牡爲順類也。"《正義》曰："祭必用戊者，日有剛柔，猶馬有牝牡，故禱用剛日，順其剛之類而乘牡馬。"次章"吉日庚午"《傳》云："外事以剛日。"《正義》曰："言此者，上章乘剛之類，故言維戊；擇馬不取順類，亦用庚爲剛日，故解之，由擇馬是外事故也。"

承珙案：毛於首章馬祭，以乘牡解用剛日之故，而次章又特言外事以剛日，則外事不指擇馬明矣。擇馬與乘牡豈有二義而分，一爲順類、一爲外事乎？《曲禮》"外事以剛日，內事以柔日"，鄭注皆謂祭事，惟《正義》引崔靈恩云"外事指用兵之事，內事指宗廟之祭"。觀《傳》於次章言外事，殆亦以差馬從禽近於兵戎之事故歟？首章馬祭非外事而用剛日者，則以乘牡之故而乘其類耳，然

34

則崔説正與毛合也。

清·林伯桐《毛诗识小》：《傳》曰："維戊，順類乘牡也。"蓋曰有剛柔，甲丙戊之類皆剛也，乙丁巳之類皆柔也。馬有牡有牝，猶之剛與柔也。田獵當乘牡馬，故以戊日為順其類也

清·马瑞辰《毛诗传笺通释》：《傳》："維戊，順類乘牡也。"《箋》："戊，剛日也。故乘牡為順類也。"瑞辰按："《漢書·律志》：'豐林於茂。'鄭注《月令》曰：'戊之言茂也。'馬祭用戊，蓋取禱馬蕃茂之意，故下即云'四牡孔阜'。《風俗通義》曰：'阜者，茂也。'"

清·李允升《诗义旁通》：戊，茂。

清·陈奂《诗毛氏传疏》：《傳》："維戊，順類乘牡也。"疏《傳》云："維戊，順類乘牡也者。"《箋》："戊，剛日也，故牡為順類也。"下文言"田車既好，四牡孔阜"，此即謂乘牡之事。

清·方玉润《诗经原始》：《集釋》：吉日維戊：戊，剛日也。黄氏一正曰："外事以剛日，內事以柔日。內事如郊社、宗廟、冠昏；外事如巡狩、朝聘、盟會、治兵，凡出郊皆是也。"

清·邓翔《诗经绎参》：戊，古音耄叶。《集解》戊，剛日，戊辰也。

清·龙起涛《毛诗补正》：《毛》"維戊，順類乘牡也。"《箋》"戊，剛日也。故乘牡為順類也。"黄氏一正曰："外事以剛日，內事以柔日。內事如郊社、宗廟、冠昏；外事如巡狩、朝聘、盟會、治兵。凡出郊皆是。"

清·梁中孚《诗经精义集钞》：戊，剛日也。

民国·王闿运《毛诗补笺》：《箋》云："戊，剛日也。故乘牡為順類也。"維戊，順類乘牡也。

民国·马其昶《诗毛氏学》：戊，莫究反。維戊，順類乘牡也。鄭曰："戊，剛日也。故乘牡為順類也。"

民国·丁惟汾《诗毛氏传解诂》：《傳》云："維戊，順類乘牡也。"按：《箋》云："戊，剛日也。"剛對柔言，日有剛柔，馬亦有剛柔，牡為剛，牝為柔。乘牡為馬之剛者，與戊為日之剛同類，故云"順類乘牡也"。

民国·李九华《毛诗评注》：註："戊，剛日也。《曲禮》：'外事以剛日。'"（鄭《箋》傳註）

民国·林义光《诗经通解》：戊，mou。

民国·吴闿生《诗义会通》：戊，剛日也。順類乘牡。

日本

日本·中村之钦《笔记诗集传》：首章。《通解》云："《曲禮》曰：'外事以剛日，內事以柔日'，田獵外事也，故以戊以庚。"《古義》引《楚辭》云："吉日兮辰良。"天干為日，地支為辰，對月言日，以日統辰。

日本·三宅重固《诗经笔记》：《曲禮》云："外事（用兵之事）以剛日，內事（宗廟之祭）以柔日"。十幹十二辰（蔡邕及《爾雅》說載《廣大全》）。

日本·冈白驹《毛诗补义》：維戊，順類乘牡也。案："吉日"云者，葡日也。十幹五剛五柔，甲丙戊庚壬五奇為剛，乙丁己辛癸五偶為柔。

日本·赤松弘《诗经述》：戊，剛日也。外事以剛日。維戊，蓋辰也。

日本·户崎允明《古注诗经考》：《正義》曰："祭用戊者，日有剛柔，猶馬有牝牡。將乘牡馬，故用剛日。"

日本·皆川愿《诗经绎解》：吉，善也。按：戊、庚皆剛日。《曲禮》云"外事用剛日。"吉，即吉甫之吉。日、實聲近，戊、茂聲近，蓋言以吉日甫行實，所在為茂，勉得之也。

日本·伊藤善韶《诗解》：戊，剛日也。

日本·冢田虎《冢注毛诗》：戊，剛日也。

日本·仁井田好古《毛诗补传》：維戊，順類乘牡也。

補：何楷曰："維戊，即田獵之日，後於次章庚午八日，於辰屬寅。"鄭玄曰："戊，剛日也。故乘牡為順類也。"《翼》："維戊，《風俗通》作'庚午'。"《曲禮》云："外事以剛日，內事以柔日。"崔靈恩云："外事指用兵之事，內事指宗廟之祭。所以不及郊社者，以郊社之禮尊，不可以外事內事律之。"徐子先曰："凡祭祀為內事，田獵行師為外事。"郝仲輿曰："天干為日，地支為辰。《楚辭》'吉日兮辰良'是也。日幹五剛五柔，十二支六陰六陽，皆奇為剛為陽，偶為柔為陰。"何玄子曰："'吉日維戊'，朱子以為戊辰，非也。何以知之？以後章'既差我馬'之句知之。若果此日為戊辰，則既言'四牡孔阜'，'從其羣醜'矣，何待閱二日後，始行差擇其馬乎？"

日本·龟井昱《毛诗考》：戊，剛日也。於外事為吉。

日本·金子济民《诗传纂要》：《曲禮》"外事以剛日，內事以柔日。"（田獵外事，祭祀內事。）

日本·无名氏《诗经旁考》：《說文》："戊，中宮也。象六甲五，龍相拘絞也。"

日本·安井衡《毛诗辑疏》：維戊，順類乘牡也。《箋》"戊，剛日。故乘牡為順類也。"衡謂：四馬亦雜用牝。經言四牡者，皆讚其盛也。衛孫良夫乘中甸，兩牡，天子數之，以為一罪。可見古者乘馬雜牝也。故此傳以乘牡為順類也。其牡必騸，故可與牝雜用也。

日本·安藤龙《诗经辨话器解》：《吉日》，宣王撰。戊，辰日。《傳》："維戊（陽幹也，故用剛日。甲丙戊庚壬，類也），順類乘（陽）牡也。"《箋》云："戊，剛日也。故乘牡（陽）為順類也。"必用戊者，日有剛柔，猶馬有牝牡，故云"維戊"以從其剛之類，而乘牡馬也。

陽幹，剛，甲丙戊庚壬；陰幹，柔，乙丁己辛癸。內事用柔日，外事用剛日。田獵外事也，二章云"庚午"，則戊辰可知。

日本·山本章夫《诗经新注》：戊，剛日也。《禮》：外事用剛日。十幹中甲丙戊庚壬為剛，吾邦呼為"兄日"是也。此宣王之詩。田獵必用馬力，故擇"吉日"祭"馬祖"也。以下章庚午推之，知"維戊"為"戊辰"。

日本·竹添光鸿《诗经会笺》：維戊，順類乘牡也。《箋》曰："戊，剛日也。"必用戊者，日有剛柔，猶馬有牝牡。將乘牡馬，順剛之類而求彊健也。此《序》所謂"慎微"也。

朝鲜

朝鲜·申绰《诗次故》：《說文》："戊，中宫也。象六甲五龍相拘絞也。"

朝鲜·沈大允《诗经集传辨正》：戊，葉莫吼反。

朝鲜·朴文镐《枫山记闻录》（毛诗）：朔日謂之吉日，而剛日亦謂之吉日者，蓋剛善而柔惡故耳。（相弼）

朝鲜·朴文镐《诗集传详说》：戊，葉莫吼反。戊，剛日也。（毛氏曰："外事以剛日。"）

朝鲜·无名氏《诗义》："吉日維戊"之"吉"乎？

籲，先王之祭禮，用日各有所取矣。社而用甲，以其取日之始也；郊而用辛，以其取日之成也。然則惟彼宣王之禱馬祖也，必用"吉日維戊"者，亦豈無所取歟？噫！戊者十幹之一日，而為日之剛也，今夫畋獵之際，將用馬力而馬之為力莫如其強，則其於禱伯之禮，吉日焉可用也，剛日焉可取也。以日之吉而又欲取其剛，則舍是茂而何以哉？戊之前為丁，則丁是柔也，不可用也；戊之後為己，則己非剛也，不可取也。是故春祭之禮已備，而其日用戊，田狩之事適丁，而其吉用戊祭之於其日，而欲其馬之健，禱之於是日，而顧其馬之強，則非無甲日之吉，而必用"維戊"者，以其取日之剛也。非無辛日之吉，而特取"維戊"者，以其用馬之力也。此宣王禱伯之禮，有異於郊社之用日也。

執此以究詩言躍如矣。蓋戊者剛日也，田狩之事，必用馬力，則禱其馬者，可不取戊日？

朝鲜·李定稷《关关雎鸠，在河之洲说》：籲，後甲而用其剛日之吉，故先庚而言其吉日之戊。何則？重事之必擇吉日，外事之必用剛日。故師用尚剛，而孟津之亦戊午也。祭必陽剛，而洛邑之亦戊瓜也。今夫田狩亦大事、郊事，外事也。十幹日之不徒"維戊"，而蔔其陽剛之日。剛柔之日非但為戊，而取其最吉之日，則將伯將禱，而後於用者"維戊"焉。剛日之吉也，我差我馬而先於庚者，"維戊"焉，吉日之最也。

梅按

关于"吉日维戊"句，古今中外学者对其疏证包括注音、释义、句意等几方面，现分列于下：

一、注音

"吉日维戊"句注音，只有"戊"一词，疏理如下：

1. 闻音曰："戊，莫后切。"（宋代王质《诗总闻》）又：戊，叶有韵，莫后翻。（明代何楷《诗经世本古义》）
2. 戊，叶莫吼反。（宋代朱熹《诗经集传》卷五）
3. 叶茉。（明代郝敬《毛诗原解》卷十八）
4. 戊，莫吼切。（明代张次仲《待轩诗记》卷四）
5. 戊，古音耄。（清代顾镇《虞东学诗》）
6. 戊，莫究反。（民国马其昶《诗毛氏学》）
7. 戊，mou。（民国林义光《诗经通解》）

上述注音种类虽多，但古今中外学者"戊"注音多从朱氏。例如，元代刘瑾《诗传通释》、梁益《诗传旁通》，明代胡广《诗传大全》、曹学佺《诗经剖疑》、朱朝瑛《读诗略记》，清代钱澄之《田间诗学》、顾镇《虞东学诗》、邓翔《诗经绎参》"戊"注音皆祖朱氏。还有朝鲜沈大允《诗经集传辨正》、朴文镐《诗集传详说》"戊"注音亦同朱氏。

二、释义

关于"吉日维戊"释义，有"吉""吉日""维戊""戊"等，列举于下：
1. "吉"释义

吉，善也。（日本皆川愿《诗经绎解》）

2. "吉日"释义

(1) 祭为吉礼,祭之日为吉日。(明代张次仲《待轩诗记》卷四)

(2) 吉日是吉祥之日。(明代黄道周《诗经琅玕》)

(3) 案:"吉日"云者,卜日也。十干五刚五柔,甲丙戊庚壬五奇为刚,乙丁己辛癸五偶为柔。(日本冈白驹《毛诗补义》)

(4) 朔日谓之吉日,而刚日亦谓之吉日者,盖刚善而柔恶故耳。(相粥)(朝鲜朴文镐《枫山记闻录》)

综上可见,学者认为,吉日是吉祥之日,是吉善之日。

3. "维戊"释义

(1) 维戊,顺类乘牡也。(《毛诗故训传》)

(2) 维戊焉,吉日之最也。(朝鲜李定稷《关关雎鸠,在河之洲说》)

日本仁井田好古引《毛传》何楷曰、郑玄曰、《翼》《曲礼》、崔灵恩云、徐子先曰、郝仲舆曰,对"维戊"进行了详尽疏释,① 朝鲜李定稷亦做了详细疏证。②

4. "戊"释义

(1) 戊,刚日也,故乘牡为顺类也。(汉代郑玄《毛诗笺》摘自《毛诗正义》卷十)

(2) 戊辰庚午皆阳刚也。(明代郝敬《毛诗原解》卷十八)

(3) 戊,刚日也。庚午前二日即戊辰也。(宋代范处义《诗补传》卷十七)

(4) 戊,茂。(清代李允升《诗义旁通》)

(5) 《说文》:"戊,中宫也。象六甲五龙相拘绞也。"(朝鲜申绰《诗次故》)

关于"戊"释义,学者们的着力点主要在疏释"戊,刚日也"上,例如,唐代陆德明《毛诗音义》云:"《正义》曰:'祭必用戊者,日有刚柔,犹马有牝牡,将乘牡马,故祷用刚日,故云"维戊",顺其刚之类而乘牡马。'"明代丰坊《鲁诗世学》云:"程子曰:'戊辰祭祷,庚午于畋。《曲礼》所谓外事用剐日也。'"还有明代冯复京《六家诗名物疏》引《尔雅》《说文》《释名》《汉书》、蔡邕云、《笺》等,从天文地理等方面,对"戊"进行了详尽疏释。③ 清代黄梦白、陈曾《诗经广大全》在此基础上,又引《尔雅》从古历纪法方面进

---

① 见日本仁井田好古《毛诗补传》。
② 朝鲜李定稷《关关雎鸠,在河之洲说》。
③ 见明·冯复京《六家诗名物疏》卷三十五。

行了考析①。

疏理关于"戊"的释义,还可以发现,学者们的疏证大抵辑录《毛传》《郑笺》《孔疏》《集传》《曲礼》等,其中从朱氏最多。包括日本伊藤善韶《诗解》、日本冢田虎《冢注毛诗》亦从朱氏。可见,南宋后虽有"废序派"存在,但还是延续了传统《诗》说的根脉。朱氏《诗集传》虽属"废序派",风行一时,但亦对传统《诗》说有所接纳。

三、句义

"吉日维戊"句的解释有以下两种:

1. 瑞辰按:"《汉书·律志》:'丰楙于茂。'郑注《月令》曰:'戊之言茂也。'马祭用戊,盖取祷马蕃茂之意,故下即云'四牡孔阜'。《风俗通义》曰:'阜者,茂也。'"(清代马瑞辰《毛诗传笺通释》)

2. 盖戊者刚日也,田狩之事,必用马力,则祷其马者,可不取戊日?(朝鲜无名氏《诗义》)②

由于学者们对"吉日维戊"句的疏释主要集中于"戊",所以对本句的疏释相对较少。不过,抓住了"戊",也就抓住了关键,其他就迎刃而解了。

既伯既祷

中国

唐·陆德明《毛诗音义》(《毛诗正义》卷十):禱,丁老反,馬祭也,《說文》作"禂"。

唐·孔颖达《毛诗正义》卷十:傳"維戊"至"禱獲"。《正義》曰:馬,國之大用,王者重之,故《夏官·校人》:"春祭馬祖,夏祭先牧,秋祭馬社,冬祭馬步。"注云:"馬祖,天駟。先牧,始養馬者。馬社,始乘馬者。馬步,神為災害馬者。"既四時各有所為祭之,馬祖祭之在春,其常也,而將用馬力,則又用彼禮以禱之。知"伯,馬祖"者,《釋天》云:"既伯既禱,馬祭也。"為馬而祭,故知馬祖謂之伯。伯者,長也。馬祖始是長也。鄭云:"馬祖,天

---

①见清·黄梦白、陈曾《诗经广大全》。
②朝鲜·无名氏《诗义》做了详细疏证。

駒。"《釋天》云："天駒，房也。"孫炎曰："龍為天馬，故房四星謂之天駒。"鄭亦引《孝經說》曰"房為龍馬"是也。言重物慎微者，重其馬之為物，慎其祭之微者。將用馬力，必先為之禱其祖，是謹慎其微細也。言禱獲者，為田而禱馬祖，求馬強健，則能馳逐獸而獲之。

宋·苏辙《诗集传》卷十：伯，馬祖，天駒也。古者將用馬力，則禱於其祖。

宋·李樗《毛诗详解》（《毛诗李黃集解》卷二十二）："既伯既禱"，《爾雅》曰："既伯既禱，馬祭也。"故毛氏亦以伯為馬祖。《周禮》："春祭馬祖，夏祭先牧，秋祭馬社，冬祭馬步。"注曰："馬祖，天駒。"而《孝經說》曰："房為龍馬。"孫炎曰："龍為天馬。"蓋房星是天駒，則馬祖者是房星也。"既伯既禱"者，言於馬祖之處而祈禱焉。宣王之田獵，用馬之力，以田獵故禱於馬祖，以求馬之壯健焉。皆所謂慎微也。

宋·范处义《诗补传》卷十七：伯，馬祖，謂天駒，房星之神也。

宋·王质《诗总闻》卷十：禱，當口切。

宋·朱熹《诗经集传》卷五：叶丁口反。伯，馬祖也。謂天駒，房星之神也。

宋·吕祖谦《吕氏家塾读诗记》卷十九：禱，丁老反。毛氏曰："伯，馬祖也。"孔氏曰："《釋文》云：'既伯既禱'，馬祭也。……故知馬祖謂之伯。伯者，長也。馬之祖，始是長也。"《夏官·校人》："春祭馬祖。"注云："馬祖，天駒。"《釋文》云："天駒，房也。"孫炎曰："龍為天馬，故房四星謂之天駒。"《說文》："禱作禂。"

宋·杨简《慈湖诗传》卷十一：補音：禱，當口切，《易林》：兌之咸，離之訟，小畜之坎，禱皆與酒叶。《毛傳》曰："伯，馬祖也。重物慎微，將用馬力，必先為之禱其祖。禱，禱獲也。"禱，未必為獲也。先王于禽獸，豈亦忍于多殺哉！禱者，禱其無傷人也。弓矢馳驅之間，或偶傷人，故禱歟。

按：樓鑰云："《毛》以禱為禱獲，固已贅矣。此謂禱其無傷人，亦未為的當。狩田而用馬，故禱于馬祖，不必專為獲，亦不必專為求無傷人。與厥焚不問馬之意不侔。"

《爾雅·釋文》云："'既伯既禱'，馬祭也。"《孔疏》云："伯，長也。"《夏官·校人》云："春祭馬祖。"注云："馬祖，天駒。"《釋文》云："天駒，房也。"郭注云："龍為天馬，故房四星謂之天駒。"

宋·魏了翁《毛诗要义》卷十：伯，禱，謂祭馬祖天駒。伯，馬祖也。重物慎微，將用馬力，必先爲之禱其祖。禱，禱獲也。

《正義》曰："馬，國之大用，王者重之，故《夏官·校人》：'春祭馬祖，夏祭先牧，秋祭馬社，冬祭馬步。'注云：'馬祖，天駟。先牧，始養馬者。馬社，始乘馬者。馬步，神爲災害馬者。'既四時各有所爲祭之，馬祖祭之在春，其常也。而將用馬力，則又用彼禮以禱之，祭必用戊者，日有剛柔，猶馬有牝牡。將乘牡馬，故禱用剛日。……伯者，長也，馬祖始是長也。鄭云：'馬祖，天駟。'《釋天》云：'天駟，房也。'孫炎曰：'龍爲天馬，故房四星謂之天駟。'鄭亦引《孝經説》曰'房爲龍馬'是也。"

宋·嚴粲《詩緝》卷十八：《傳》曰："伯，馬祖也。"《疏》曰："《夏官·校人》'春祭馬祖，夏祭先牧，秋祭馬社，冬祭馬步。'注云：'馬祖，天駟。先牧，始養馬者。馬社，始乘馬者。馬步，神爲災害馬者。'馬祖，祭之在春，其常也。而將用馬力，則又用彼禮以禱之。馬祖，謂之伯。伯者，長也。鄭云：'馬祖，天駟。'《釋天》云：'天駟，房也。'孫炎云：'龍爲天馬，故房四星謂之天駟。'"

舊說謂禱於馬祖，二"既"字不分曉，伯是馬祖之神，言"既伯"，是既有事於馬祖，謂祭之也。猶社是土神，方是四方之神，言"以社以方"，則是祭社及方也。"既禱"，乃謂因祭而禱祈之也。

宋·謝枋得《詩傳注疏》：先王一政一事，必有仁義之道、忠信之心存乎其間。田獵用馬以驅禽，先三日祭馬祖而禱之，不忘本也。（《永樂大典》）

元·胡一桂《詩集傳附錄纂疏》：禱，叶丁口反。伯，馬祖也。謂天駟房星之神也。

《纂疏》孔氏曰："《夏官·校人》：'春祭馬祖。'注：'馬祖，天駟。'謂之伯者，長也。常祭在春，將用馬力，則又俏礼禱之。"

元·劉瑾《詩傳通釋》：禱，叶丁口反。伯，馬祖也。謂天駟房星之神也。

孔氏曰："伯者，長也。馬之祖，始是長也。《夏官·校人》：'春祭馬祖。'天駟，龍為天馬，故房四星謂之天駟。"

元·梁益《詩傳旁通》卷七：馬祖：《周禮·夏官·校人（校音效）》："春祭馬祖，夏祭先牧，秋祭馬社，冬祭馬步。"鄭氏註曰："馬祖，天駟也。"《孝經説》云："房爲龍馬，房，星名也。先牧，始養馬者，其人未聞。馬社，始乘馬者。馬步，神爲災害馬者。"孔穎達詩疏曰："謂之伯者，伯，長也。常祭在春，將用馬力，則又備禮禱之。"長，上聲。（《周禮疏》賈公彥）

元·許謙《詩集傳名物鈔》：《傳》：一章，《晉·天文志》："房四星亦曰天駟，為天馬，主車駕。南星曰左驂，次左服、次右服、次右驂，亦曰天廐。"《爾雅》注："龍為天馬，故房謂之天駟。"《詩疏》：《校人》："春祭馬祖，夏祭

42

先牧，秋祭馬社，冬祭馬步。既四時各有祭，馬祖常祭在春。而將用馬力，則又用彼禮以禱之。"《通典·隋制》："仲春用少牢，祭馬祖於大澤。積柴於燎壇，禮畢就燎以剛日。"

愚案：此雖隋禮，其初必有所考，想三代之禮大略如此。

元·朱公迁《诗经疏义》（《诗经疏义会通》卷十）：禱，叶丁口反。伯，馬祖也，謂天駟房星之神也。房四星謂之天駟。《輯錄》：《晉·天文志》曰："房四星亦曰天駟，爲天馬，主車駕。南星曰左驂，次左服，次右服，次右驂，亦曰天廐。"《爾雅》注："龍爲天馬，故房謂之天駟。"

明·胡广《诗传大全》卷十：禱，叶丁口反。伯，馬祖也。謂天駟房星之神也。《晉·天文志》曰："房四星亦曰天駟，爲天馬，主車駕。"孔氏曰："伯者，長也，馬之祖始是長也。《夏官·校人》：'春祭馬祖。'天駟，龍爲天馬，故房四星謂之天駟。"

明·季本《诗说解颐》卷十七：伯，馬祖也。求福曰禱，謂祭馬祖而求禱之也。

（闕）謂之伯。按：《周禮·校人》："春祭馬祖，夏祭先牧，秋祭馬社，冬祭馬步。"所謂馬祖，本不知其何指，惟鄭氏以馬祖爲天駟。天駟者，孫炎以爲房四星也。竊意，星名亦後人所加，馬非因此而生，安得以爲祖？蓋亦臆說耳。先牧、馬社、馬步之名，則亦因其字義而推之可也。祭各以時，祭之常也。今將田而祭馬祖，則亦欲齊其足而求神之祐耳。

明·黄佐《诗经通解》卷十一：禱，丁老切。伯，《說文》作"禡"。禱，《說文》作"禂"。

明·丰坊《鲁诗世学》卷二十：【正说】伯，馬祖也，謂天駟房星之神也。禂，禱也。毛本作"禱"。

明·郝敬《毛诗原解》卷十八：禱，叶带。《禮》外事用剛日，內事用柔日。外事祀外神也，馬祖亦外神。伯，即馬祖之神，天駟星也。一名房，一名龍房，爲龍馬也。

明·冯复京《六家诗名物疏》卷三十五：伯：《夏官·校人》云："春祭馬祖，夏祭先牧，秋祭馬社，冬祭馬步。"《注》云："馬祖，天駟。先牧，始養馬者。馬社，始乘馬者。馬步，神爲災害馬者。"《爾雅》云："天駟，房也。"孫炎曰："龍爲天馬，故房四星謂之天駟。"《孝經說》云："房爲龍馬。"《國語》云："農祥晨正，土乃脉發。"韋氏曰："農祥，房星也。"《晉書》云："房四星爲明堂，天子布政之宮也，亦四輔也。下第一星，上將也；次，次將也；次，次相也。上星，上相也。南二星君位，北二星夫人位。亦曰天駟爲天馬，

43

主車駕。南星曰左驂，次左服，次右服，次右驂。亦曰天廐，又主開閉，爲蓄藏之所由也。房星明則王者明，驂星大則兵起；星離民流。"

禂：《說文》云："禂告事求福也。禂，禱牲，馬祭也。"《詩》曰："既禡既禂。"《爾雅》曰："'既伯既禱'，馬祭也。"《注》："伯，祭馬祖也。將用馬力，必先祭其先。"《疏》："《夏官·馭夫》'春祭馬祖。'馬祖祭之在春，其常也。而將用馬力，則又用彼禮以禂之。"《周禮·庾人》："祭馬祖，祭閑之先牧，甸祝。禂，牲禂。馬皆掌其祝號。"杜子春云："禂，禱也。爲馬禱無疾，爲田禱多獲禽牲。"

明·曹学佺《诗经剖疑》卷十四：伯，馬祖，天駟房星之神。禱，叶丁口反。禂，禱獲也。

明·徐奋鹏《诗经尊朱删补》：伯，馬祖之神也。

明·顾梦麟《诗经说约》：伯，馬祖也，謂天駟房星之神也。禂，丁口反。

明·张次仲《待轩诗记》卷四：禂，丁口切。伯，馬祖也。馬無祖，以始養馬者為祖，在天則天駟房星之辰也。馬祖之祭在春，將田獵則又以禮祭之。禂謂因祭而祈禱之，為馬禱無疾，為田禱獲禽也。

《孔疏》謂："田獵當用馬力，故先為之禱祖。……既禱而車牢馬健，故得歷險從禽。"

明·黄道周《诗经琅玕》：伯是馬祖，即天駟房星之神。禂，祭禱。"既伯"謂有事於馬，將用馬力而祭之也；"既禂"謂因祭而禱之，願馬之強健而獲多也。其實戊日未田獵。伯、禂，《夏官·校人》："春祭馬祖，夏祭先牧，秋祭馬社，冬祭馬步。"注云："馬祖，天駟；先牧，始養馬者；馬社，始乘馬者；馬步，神爲災害馬者。"既四時各有所為，祭之馬祖，祭之在春，其常也。而將用馬力，則又用彼禮以祭之。《釋天》云："天駟，房也。"孫炎曰："龍爲天馬，故房四星謂之天駟。"《晉·天文志》曰："房四星南星，南星曰左驂，次左服，次右服，次右驂。亦曰天廐。"

明·钱天锡《诗牗》：《曲禮》："外事以剛日，內事以柔日。"房四星謂之天駟。《晉·天文志》曰："天駟為天馬，主車駕。"《夏官·校人》："春祭馬祖。"將用馬力，則又禂之。既好孔阜，從然相朱。

明·冯元扬、冯元飙《手授诗经》：伯是馬祖之神。禂，祭禱。

明·何楷《诗经世本古义》：伯，音禡。《說文》作禡。禂，叶有韻，當口翻。《說文》、豐氏本俱作"禂"。"既伯既禂"，田祭也。伯通作貊，亦作貉。鄭司農讀為"禡"。王制云："天子將出征類於上帝宜乎？社造乎？禡，禡於所征之地。"孔叢子云："已克敵使擇吉日，復禡於所征之地，柴於上帝祭社奠祖，

44

以告克。"鄭云："禡，師祭也，為兵禱其禮。亡其田獵之祭，則名之為貉。"《周禮》："蒐苗獮狩，有司皆表貉於陳前，又肆師職云：'凡四時之大田獵，祭表貉則為位。'甸祝職云：'掌四時之田，表貉之祝號。'"鄭注謂："'貉'讀為千百之'百'，於立表處為師祭，祭造軍法者禱，氣勢之增倍也。其神蓋蚩尤或曰黃帝。"杜子春讀亦同。云："貉，兵祭也。田以講武治兵，故有兵祭、習兵之禮，故貉祭禱氣勢之十百而多獲。"邢昺云："貉之言百祭祀此神，求獲百倍也。"愚按：貉、貊本是一字，以"百"解"貉"無乃強解。讀"貉"為"百"亦未必然。又有言祭貉以導獸者，要皆附會之說。以愚意揣之，政"貉"古人讀"貊"，與"禡"同音，遂訛"禡"為"貉"耳。禡，祭名也，故字從"示"，其以"馬"諧聲。義必有取，或殺馬為牲，或以馬者國之大事，克敵必藉馬，故為馬祈福亦未可知。師田皆行軍之事，其同有禡祭馬宜也。觀《說文》"既伯"作"既禡"，可證今韻會中"伯"字亦有"禡音"，蓋"貉""伯""貊"相訛而然無足疑者，此"既伯"即田獵之日，表貉之祭也。《毛傳》以"伯"為馬祖，按《周禮》較人職云："春祭馬祖，執駒；夏祭先牧，頒馬、攻特；秋祭馬社，臧僕；冬祭馬步，獻馬。講馭夫馬祖。"鄭以為"天駟，房也"。《晉·天文志》云："天駟為天馬，主車駕。南星曰左驂，次左服，次右服，次右驂。亦曰天廄。"孔云："馬與人異，無先祖可尋。故取《孝經》說房為龍馬，是馬之祖。"先牧，始養馬者。馬社，舊說謂始乘馬者，或云廄中土神也。馬步，舊謂神為災害馬者，一云行神。四時之祭各有所為，未聞田獵有馬祖之祭，亦從未聞馬祖有"伯"之稱也。祖者，始也。伯者，長也。二義懸殊，何得以"伯"當"祖"乎？祈福曰禱，毛以為"禱獲"是也。戰必禱克，田必禱獲。《說文》作"禂"，云："禱牲，馬祭也。"按禱牲、馬祭分為二事。《周禮·甸祝》職云："禂，牲禂，馬皆掌其祝號。"杜子春註云："為田禱多獲禽牲，為馬禂無疾。觀此禂牲即貉祭所禱。禂馬即較人四時之祭，所禱皆名為禂也，此詩'既伯既禱'，乃甸祝所職也。"《爾雅》以為："馬祭似誤以禂牲為禂馬耳"。又小宗伯職云："凡王之會同、軍旅、田役之禱祠，肆儀為位，則以伯為小宗伯"，亦通。惟於"既"字文理似不甚順。

明·朱朝瑛《讀詩略記》：《爾雅》云："馬祭也"。《周禮·校人》："春祭馬祖。"而甸祝之職亦云："禂馬。"杜子春注云："為馬禂無疾也。"

明·胡紹曾《詩經胡傳》：伯，農祥也，主車駕。南星曰左驂，次左服，次右服，次右驂。亦曰天馬廄。房星明則王者明，驂星大則兵起，星離民流。

《夏官·校人》云："春祭馬祖，執駒；夏祭先牧，頒馬、攻特（良馬）；秋祭馬社（始乘馬者），臧僕；冬祭馬步（能災馬者），獻馬講馭夫，並用仲月

45

剛日，祭於大澤，此常祭也。將用馬力，又禱。天子馬六種，凡十二閑，每廄二伯，一十六匹。"段成式云："馬鬼名賜。"《說文》："既禡，既禂。"

清·朱鶴齡《詩經通義》：《疏》：《釋文》云：""'既伯既禱'馬祭也，為馬而祭，故知馬祖謂之伯。伯者，長也。馬祖始是長也。"愚按：馬祖乃天駟房星也。孫炎云："龍為天馬，故房四星曰天駟。"《毛傳》以伯為馬祖，豈即指房星耶？，既禱，毛云"禱獲"。

清·錢澄之《田間詩學》：伯，馬祖也。將用馬力，必先為之禱其祖。馬祖，天駟，房四星也。伯，鄭司農讀作"禡"，故《說文》"既伯"作"既禡"也。何氏云："《周禮》：'蒐、苗、獮、狩，有司皆表貉于陳前。'"貉與貊通，此"既伯"，即田獵之日表貉之祭。毛云："禱，禱獲也。"戰必禱克，田必禱獲。孔叢子云："凡類禡，皆用甲、丙、戊、庚、壬之剛日，此伯禱，即禡祭之禮。"嚴氏云："'田車'四語，皆禱辭，言告神以將田獵，其實戊日未田也。"

清·張沐《詩經疏略》：禱，丁老切。伯，馬祖也。"既伯既禱"，言既于馬祖而禱之也。

清·毛奇齡《毛詩寫官記》：伯禱者，祀馬祖也。然而辰日祀馬祖，何也？曰謹荷。馬祖，房星也。《孝經》說房為龍為馬，辰畜龍則辰日祭房，謹荷。

清·冉覲祖《詩經詳說》：《孔疏》言："王於先以吉善之日維戊也，於馬祖之伯既祭之，求禱矣。以田獵當用馬力，故爲之禱祖，求其馬之強健也。田獵之車既善好，四牡之馬甚盛大，王乃乘之升彼大陵阜之上，從逐其羣眾之禽獸。言車牢馬健，故得歷險從禽，是田禱之故也。祭之在春，其常也。而將用馬力，則又用彼礼以禱之。祭必用戊者，日有剛柔，猶馬有牝牡，將乘牡馬，故禱用剛日，故云'維戊'，順其剛之類而乘牡馬。知'伯，馬祖'者，《釋天》云：'既伯既禱，馬祭也。'爲馬而祭，故知馬祖謂之伯。伯者，長也。馬祖始是長也。鄭云：'馬祖，天駟。'《釋天》云：'天駟，房也'。孫炎曰：'爲天馬，故房四星謂之天駟。'鄭亦引《孝經說》曰：'房爲龍馬是也。'"

按：毛順類之說不緊要。

【合纂】馬無祖，以始養馬者爲祖。在天則天駟房星之辰也。戊，茂也。物皆茂盛，故以是日禱焉。

【附攷】《晉·天文志》曰："房四星，南星。曰左驂，次左服，次右服，次右驂，亦曰天廄。"

此亦宣王之詩，言田獵將用馬力，故以吉日祭馬祖而禱之，既祭而車牢馬健，於是可以歷險而從禽也。以下章推之，是日也其戊辰歟？

【存旨】此與下章皆未然事。凡射獵必自後追逐之，故曰從。

清·秦松龄《毛诗日笺》：毛氏曰："重物慎微。將用馬力，必先為之禱其祖。"孔氏曰："車牢馬健可以歷險從禽"，其說是矣。而嚴氏曰："'既伯'謂有事於馬祖，將用馬力而祭之也。'既禱'謂因祭而禱之，願馬之強健而獲多也。'田車'四語皆禱辭。"按：嚴氏之說于既伯既禱二既字有分曉，亦可從。

清·王鸿绪等《钦定诗经传说汇纂》：禱，叶丁口反。伯，馬祖也。謂天駟房星之神也。孔氏穎達曰："伯者，長也。馬祖始是長也。鄭云：'馬祖，天駟。'《釋天》云：'天駟，房也。'孫炎曰：'龍為天馬，故房四星謂之天駟。'鄭亦引《孝經說》曰：'房為龍馬是也。'"嚴氏粲曰："伯是馬祖之神，言'既伯'是既有事於馬祖，謂祭之也。猶社是土神、方是四方之神，言'以社以方'則是祭社及方也。'既禱'乃謂因祭而禱祈之也。"

此亦宣王之詩，言田獵將用馬力，故以吉日祭馬祖而禱之。孔氏穎達曰："馬，國之大用，王者重之。故《夏官·校人》：'春祭馬祖，夏祭先牧，秋祭馬社，冬祭馬步。'注云：'馬祖，天駟；先牧，始養馬者；馬社，始乘馬者；馬步，神為災害馬者。'既四時各有所為祭之，馬祖祭之在春，其常也。而將用馬力，則又用彼禮以禱之。"

清·严虞惇《读诗质疑》：《詩攷》："《說文》作'旣禡旣稠'"。《毛傳》："伯，馬祖也。重物慎微，將用馬力，必先為之禱其祖。禱，禱獲也。"《孔疏》："《夏官·校人》：'春祭馬祖。'馬祖，天駟也。孫炎云：'龍為天馬，故房四星謂之天駟。'"嚴氏曰："'旣伯'謂有事於馬祖，將用馬力而祭之也。'旣禱'謂因祭而禱之，願馬之強健而獲多也。"《孔疏》："車牢馬健可以歷險從禽矣。"

清·李塨《诗经传注》：伯，馬祖。天駟之神也，房星為天駟。將用馬力故禱之，《序》所謂"慎微"也。

清·黄梦白、陈曾《诗经广大全》：伯，馬祖也。《夏官·校人》："春祭馬祖（天駟），夏祭先牧（始養馬者），秋祭馬社（始乘馬者），冬祭馬步（神害馬者）。"《爾雅》云："天駟，房也。"孫炎云："龍爲天馬，故房四星謂之天駟。"《國語》云："農祥（房星）晨正，土乃脉發。""既伯"謂有事于馬祖，將用馬力而祭之也。"既禱"謂因祭而禱之，願馬之強健而獲多也。

清·汪绂《诗经诠义》：伯，馬祖。房為天駟，有服驂之象，而卯中為大火。馬，火畜也，故房為馬祖。《周禮·校人》："春祭馬祖。"此蓋將田而複禱也。

清·顾栋高《毛诗订诂》：《孔疏》曰："《夏官·校人》：'春祭馬祖，夏祭先牧，秋祭馬社，冬祭馬步。'注云：'馬祖，天駟。先牧，始養馬者。馬社，始乘馬者。馬步，神爲災害馬者。'馬祖常祭在春，而將用馬力則特禱之。亦謂之伯，伯者，長也。鄭云：'馬祖天駟。'孫炎曰：'房星也。'"

清·劉始興《詩益》：伯，馬祖。天駟，房星之神。禱，叶丁口反。將田獵用馬力，故禱之。

清·傅恒等《御纂詩義折中》：伯，《説文》作"禡"，祭馬祖也，禱祭而祈之也。"既伯既禱"而後用車馬，重其事也。

清·羅典《凝園讀詩管見》：《管見》此將田而祭土神，即以下文所稱大阜者爲之主也。《禮》："天子祭名山大川，五岳視三公，四瀆視諸侯。"據此以推，大阜帶漆沮以屹，起中原爲之神號，當曰土伯也。《楚辭·招魂》言："土伯九約，其角觺觺。"注以土伯爲后土之侯，伯則略去。荒唐之形貌，其名固可舉以奉夫阜矣。《周禮》："大祝掌六辭。"五曰禱，天子以將田，而祭土神。其神爲伯，義不親祭，特事遣官致辭，故不以天子之命飭之。而有事於禱，禱爲臣下之私。蓋曰欲使神無驚怖，即將率百靈以呵護天子也。

清·胡文英《詩經逢原》：《説文》作"既禡既禂"。禡，祭天駟也。禂，求獲禽也。

清·段玉裁《毛詩故訓傳定本》：伯，馬祖也。重物慎微，將用馬力必先爲之禱其祖。禱，禱獲也。

清·戚學標《毛詩證讀》：禱，《説文》作"禂"或"䮕"，騎禱爲騎之誤。當讀肘或如陡合。从周从壽，本音。

清·夏味堂《詩疑筆記》：《毛傳》依《雅》訓以伯爲馬祖。案：田獵祭馬祖，於《禮》無所徵。故《孔疏》止假牧人四時之祭推言之，非有確據也。竊疑伯即貉也。《周禮·春官·肆師》："凡四時之大甸獵，祭表貉，則爲位。"鄭注："貉，師祭也。讀爲十百之百。於所立表之處，爲師祭，造軍法者，禱氣勢之增倍也。"又甸祝掌四時之田，表貉之祝號。鄭注："杜子春讀貉爲'百爾所思'之百，書亦或爲禡。"兵祭也，甸以講武治兵，故有兵祭。元謂"田者，習兵之禮，故亦禡祭，禱氣勢之十百而多獲。"詳釋二注，正足謂此詩注腳。禡、貉音相近，而貉、貃古通用。詩《皇矣》："貊其德音。"《鄭箋》作"貉禮"記。《中庸》"施及蠻貊"，《釋文》作"貉"。故禡、貉亦通用也。貉、貃同用，故貉、百亦同。讀百、伯又通用。《穀梁傳·三十二年》傳"百里子"，《釋文》"百"本作"伯"，《孟子》：百里奚，《韓非子·難言》作"伯里奚"，故伯即貉也。出征曰禡，甸獵則曰貉，故《爾雅》分釋之，田事齊足尤重於馬，而禡字亦從馬，故釋之曰馬祭，以見名異而實則同也。《説文》引此詩作"既禡既禂"，尤其明證。

清·洪亮吉《毛诗天文考》：毛氏曰："伯，馬祖也。"《周禮·夏官·校人》："春祭馬祖。"鄭注曰："馬祖，天駟。"《爾雅·釋天》云："天駟，房也。"孫炎注曰："龍為天馬，故房四星謂之天駟。"（房四星五度太，在天市西南角，如執笏距南第二星去極一百十四度半，南二星為陽環，其南曰太陽道，北二星為陰環，其北曰太陰道，七曜行乎其中，則年豐歲稔。由陽道則為旱，由陰道則為水。）

《尚書·運期授》曰："房四表三道。"《天鏡經》曰："南間為上道，中間為中道，北間為下道。"《國語》："農祥晨正。"唐固曰："農祥，房星也。"《孝經說》曰："房為龍馬。"石氏曰："房為田府，一曰天駟一名，天旗一名，天街一名，天燕一名，天表一名。天龍又曰房，為天子明堂歲始布政之堂也。又曰房主車駕，主財寶，動外出，動內入。"

按：今西士房四星，外增五星。

清·李富孫《诗经異文释》：《說文·示部》引作"既禂"，"既禂"云："禂，禱牲，馬祭也。"案：《釋天》曰："'既伯既禱'，馬祭也。""是類是禡，師祭也。"許引作"禡"，"禡"讀如"百"，非師祭之"禡"。桓序疏云："禡"，《周禮》作"貉"，又或為"貊"字，古文之異也。"禂"與"禱"讀亦同。惠氏士奇曰："《周禮》祭表貉，肆師為位，貉一作'伯'，'伯'為兵禱。"《毛傳》："伯，馬祖也。"將用其力，故禱其祖。《說文》作"禡"。應劭曰："禡者，馬也。馬者兵之首，故祭其先神也。"校人職："春祭馬祖"，明因田而祭矣。康成讀"貉"為十百之"百"，祭造軍法者，則非祭馬祖矣。軍前大旗曰牙，師出必祭，謂之禡，立身為表，所謂表貉。是與禡轉為伯，伯轉為貉字滋益多。《吉日》美宣王田，則禱禮存焉，毛公大儒鄭箋從之。田祭馬祖又何所疑？禱一作"禂"，以周壽得聲平，呼若周去，呼若咒正與戍協。惠氏曰："大司馬有司表貉先。"鄭云："'貉'讀為'禡'，禡謂師祭也。"又甸祝表貉。杜子春讀"貉"為"百爾所思"之"百"書亦或為"禡"，後鄭"肆師"注"貉"讀為十百之"百"。蓋貉讀為"禡"，又讀為"百"，百即伯也，字異而音義皆同。（富孫案：貉讀禡，為師祭，與伯為馬祭不同。）甸祝又云："禡牲，禂馬。"杜子春云："禂，禱也。"詩"既伯既禱"後鄭讀"禂"為"伏誅"之"誅"音，亦同。錢氏曰："古讀'禂'如'禱'，'禱'與'禂'文異義同。"段氏曰："'甸祝'《注》杜子春云：'禂，禱也。禂馬，為馬禱無疾；禂牲，為田禱多獲禽牲。'"《說文》引诗"既伯既禱"，"既伯"證禂馬，"既禱"證禂牲。《毛傳》："伯，馬祖也。將用馬力先為之禱其祖。"此《周禮》之禂馬。禱，禱獲也。此《周禮》之禂牲。《正義》殊不了《說文》繫傳"禂"字下引詩，"既禡既禂"詩無此語，徐鉉乃以入正文，其誤不可不辨。

清·刘沅《诗经恒解》：禂，音斗。伯，《說文》作禡，祭馬祖也。禱祭而祈之。"既伯既禱"而後用車馬，重其事也。

清·徐华岳《诗故考異》：《說文》："伯作禡，禱作禂。"《傳》："伯，馬祖也。重物慎微，將用馬力，必先為之禱其祖。禱，禱獲也。"《正義》："馬，國之大用，王者重之。《夏官·校人》：'春祭馬祖，夏祭先牧，秋祭馬社，冬祭馬步。'注云：'馬祖，天駟；先牧，始養馬者；馬社，始乘馬者；馬步，神為災害馬者。'四時各有所祭也。而將用馬力，則又用彼禮以禱之。知'伯為馬祖者'。《釋天》云：'既伯既禱，馬祭也。'為馬而祭，故馬祖謂之伯。伯者，長也。鄭云：'馬祖，天駟。'《釋天》云：'天駟，房也。'孫炎曰：'龍為天馬，故房四星謂之天駟。'鄭亦引《孝經說》曰：'房為龍馬'是也。"案：《說文》"禡，師行所止，恐有慢其神，下而祀之曰禡。"《礼》曰："禡於所征之地。"禂，禱牲，馬祭也。詩曰："既禡既禂"。

清·胡承珙《毛诗后笺》：《傳》："伯，馬祖也。重物慎微，將用馬力必先爲之禱其祖。禱，禱獲也。"承珙案：《周禮·大司馬》"有司表貉先"，鄭讀"貉"爲"禡"，又"甸祝表貉"。杜子春讀"貉"爲"百爾所思"之百，惠氏《古義》因之謂"百"與"伯"字異音義同，"貉"與"禡"皆即此詩之"既伯"，以《說文》引詩"既禡既禂"爲證。此説非也。先鄭注《大司馬》云"貉"讀爲"禡"，"禡"，師祭也，本之《爾雅》。杜子春注"甸祝讀貉爲百"，當亦以貉爲禡祭而別其音義爲"百"耳。甸祝既云掌四時之田，表貉之祝號，又云禱牲禱馬皆掌其祝號。杜子春於"禱牲禱馬"下乃引詩"既伯既禂"，然則《周禮》之貉乃《皇矣》之"禡"，而非《吉日》之"伯"明矣。《爾雅》"'是類是禡'，師祭也；'既伯既禱'，馬祭也"，分別《皇矣》《吉日》二詩甚明。此傳云"伯，馬祖也"，《皇矣》傳云"於野曰禡"，亦絕不相涉。《說文》"禂，禱牲，馬祭也。從示，周聲。"小徐本引詩有"既禡既禂"語，大徐本誤入正文。觀《釋文》"既禱"云：《說文》作"禂"而不云"伯"作"禡"，可知《說文》"禂"下竝不引詩，後儒乃誤以"伯"爲"禡"，并牽合於《周禮》之貉耳。段注《說文》云"甸祝，禱牲、禱禡。杜子春云'禂，禱也。爲馬禱無疾，為田禱多獲禽牲。詩云'既伯既禂'，《爾雅》曰'"既伯既禱"馬祭也'，此許説所本。杜引詩者，以'伯'證'禂馬'，《毛傳》云'伯，馬祖也。將用馬力，必先爲之禱其祖。'此《周禮》之禂馬也。又云'禱，禱獲也。'此釋'既禱'，《周禮》之禂牲也。杜蓋又本毛説。"承珙謂禱牲禱馬，杜子春雖分爲二義，然只是一祭。《傳》以伯爲馬祖，又云必先爲之禱其祖，似本以伯與

50

禱爲一事。蓋經文"既伯既禱"四字作一氣讀，猶云"既伯而禱也"。詩中如此例者，《小雅》"式夷式巳"，《大雅》"爰始爰謀"、"迺宣迺畝"、"侯作侯祝"，皆其比也。

清·成僎《诗说考略》：惠氏《九經古義》："'既伯既禱'，《說文》引云'既禡既禂'，云：'禂牲，馬祭也'。《周禮·大司馬》云：'有司表貉'。先鄭云：'貉讀爲禡，禡謂師祭也'。又《甸祝》'表貉'。杜子春讀'貉'爲'百爾所思'之'百'。《書》亦或爲'禡'。後鄭《肆師》注云：'"貉"讀爲十百之"百"'。蓋'貉'讀爲'禡'，又讀爲'百'，'百'即"伯"也，字異而音義皆同。甸祝又云'禂牲禂馬'。杜子春云'禂，禱也'。詩云'既伯既禱'。後鄭云'禂讀如"伏誅"之"誅"，今"侏"大字'。棟案：《尚書·無逸》曰'禱張爲幻'。馬融本作"輈"，《爾雅》及《詩》又作"侜"。(毛《傳》侜，侜張也)楊雄《國三老箴》云'負乘覆餗，姦宄侏張'。李善曰：'輈'與'侏'古字通，然則禂、侜、禱、侏，四字皆音同。按《司馬法》武軍三年不興，則偃伯靈臺。蓋古者兵祭必立表爲位，兵不出則偃之。伯者，表也。《史記·周紀》'武王上祭於畢'。又曰'百夫荷罕旗，以先驅'。索隱曰'畢星主兵'，《晉·天文志》以昴畢爲旗頭，罕畢前驅之象，則所謂表祭者，畢星是也。鄭康成據漢制以解《周官》，謂表貉爲祭黃帝、蚩尤，誤矣。漢之貉祭黃帝，周之貉祭畢星，皆植罕旄以爲位而祭之。表貉連義即此所謂'伯'也。《爾雅》釋'是類是禡'曰'師祭'，'既伯既禱'曰'馬祭'，蓋以'禡'爲師祭，禱爲馬祭也。《說文》'禂'字注云'馬祭也'，引詩'既禂'爲證。杜子春'甸祝'注云'禂，禱也，爲馬禱無疾'。引《爾雅》'既禱"爲證，則'禂'爲馬祭而'禡'非馬祭明矣。毛公誤認《爾雅》馬祭爲釋上'伯'字，遂以'伯'爲馬祖。應劭《漢書·外戚傳》注'禡者，馬也。馬者兵之先，故祭其先神'，直沿《毛傳》之誤。爾孔氏《正義》至附會其說云'伯者，長也，馬祖始是長也'。且歷引'天駟，房星。房爲龍馬，龍爲天馬'之文以釋之，益之誤矣。注此詩當云'伯同禡，師祭也。禱同禂，馬祭也。'"惠氏既本古義辨正之餘，故爲引伸其說如此。

清·徐璈《诗经广诂》：杜子春曰："旣伯旣禱，爲馬禱無疾，爲田禱多獲禽。"(《周官》注)《說文》曰："'旣禡旣禂'，禂牲，馬祭也。"(惠棟曰：《周官·大司馬》"有司表貉先"。鄭："貉，讀爲禡。禡，師祭也。甸祝表貉。"杜子春："貉讀爲百，亦爲禡。"蓋貉讀爲"禡"，又爲"百"，即"伯"也。又"甸祝禂牲禂馬。"杜子春云："禂，禱也。"《詩》"禂即禱也。")

清·马瑞辰《毛诗传笺通释》：《傳》："伯，馬祖也。重物慎微，將用馬力，必先為之禡其祖。禡，禡獲也。"瑞辰按：惠定宇《九經古義》曰："《周官·大司馬》'有司表貉。'先鄭云：'貉讀為禡，禡謂師祭也。'甸祝表貉。杜子春讀'貉'為'百'，'百爾所思'之'百'。《書》亦或為'禡'。后鄭'肆師'注云：'貉讀為十百之百'。蓋'貉'讀為'禡'又讀為'百'，'百'即'伯'也，字異而音義竝同。"是"伯"即"禡"之叚借，當云"師祭"。而《爾雅》云"'既伯既禱'馬祭"者，案：甸祝禂牲禂馬。杜子春云："禂，禱也。為馬禱無疾，為田禱多獲禽。詩曰'既伯既禱'。"《爾雅》曰："'既伯既禱'，馬祭也。"《說文》："禂，禱牲，馬祭也。"禂、禱古聲近、通用，是知《爾雅》"馬祭"乃釋詩"既禱"之"禱"，非釋"伯"字。其兼引詩"既伯"者，特連類及之，猶杜子春註《周官》"禂牲禂馬"及《說文》"禂"字註，皆兼引詩"既伯"為證也。知《爾雅》"馬祭"專釋"禱"字則無疑，于"伯"之即為"禡"矣。毛公惟誤以《爾雅》"馬祭"為釋詩"既伯"，故以"伯"為馬祖，又以"禱"為"禱獲"，不為"禱馬"，不知"伯"特"禡"字之叚借耳。又按：禡之言禡，《方言》《廣雅》竝云"禡益也。""肆師"鄭註曰："貉，師祭也。於所立表之处，爲師祭。祭造軍壇者，禱氣勢之增倍也。"正取"禡，益"之義。應劭《漢書注》云："禡者，馬也。馬者兵之首，故祭其先神"，直以"禡"為"馬祭"，亦誤。《爾雅》"'是類是禡'師祭也，'既伯既禱'馬祭也"，文法正同段玉裁據《毛傳》"伯，馬祭也"，謂今本《爾雅》《周禮》注"馬祭"之上皆脫"伯"字，失之。

清·李允升《诗义旁通》：《孔疏》："馬，國之大用，王者重之。故《夏官·校人》'春祭馬祖，夏祭先牧，秋祭馬社，冬祭馬步。'注云：'馬祖，天駟。先牧，始養馬者。馬社，始乘馬者。馬步，神為災害馬者。'祭必用戊者，日有剛柔，猶馬有牝牡。將乘牡馬，故禱用剛日，故云'維戊'。順其剛之類而乘牡馬。伯，馬祖。《釋天》云：'"既伯既禱"，馬祭也。'為馬而祭，故知馬祖。"

清·陈奂《诗毛氏传疏》：《傳》："伯，馬祖也。重物慎微，將用馬力，必先為之禱其祖。禱，禱獲也。"

《疏》：《傳》云："維戊，順類乘牡也"者，《箋》："戊，剛日也，故牡為順類也。"下文言"田車既好，四牡孔阜"，此即謂乘牡之事。《爾雅·釋天》："'既伯既禱'，馬祭也。"郭注云："伯，祭馬祖也。"《周禮·校人》："春祭馬祖，夏祭先牧，秋祭馬社，冬祭馬步。虞人掌祭馬祖，祭閑之先牧。"鄭注云："馬祖，天駟也。"《孝經說》："房為龍馬。"《釋天》："天駟，房也。"郭注云："龍為天馬，故房四星謂之天駟。"詩之"伯"即《周禮》之馬祖，故《傳》以"馬祖"釋"伯"也。禱者，祭馬祖而禱也。甸祝禱牲、禱馬，皆掌其祝號。

杜子春注："禂，禱也。為馬禱無疾，為田禱多獲禽牲。詩云'既伯既禱'。"《爾雅》曰："'既伯既禱'馬祭也。"杜以禍牲謂禱所獲禽牲，禍牲、禍馬自為一祭。《說文》："禍，禱牲，馬祭也。"許以"禍"為"禱牲"，即以"禍牲"為"馬祭"正本。杜說詩之禱即《周禮》之禍馬，禍馬即祭馬祖也。《傳》云"重物慎微"，即《序》"慎微"之義，既言將用馬力必禱於馬祖，而因又申釋之云"禱，禱也"者，獲亦所獲禽牲，此即《周禮》"禍，禱牲"之謂。是杜、許皆足以申成《傳》意矣。《說文》"'禍'或作'驅'"，繫《傳》引詩"既禡既禍"，此"既禡"乃"既伯"之誤詩。《爾雅·釋文》云："'禱'《說文》作'禍'"，陸所據《說文》"禱"下引詩作"既禍"，今詩作"既禱"者，疑當從"或"字作"既驅"。《傳》以"禱獲"釋"驅"，與杜、許以"禱"釋"禍"同意。《說文》"獲，獵所獲也。"

清·夏炘《讀詩劄記》：《毛傳》："伯，馬祖也。重物慎微，將用馬力，必先為之禱其祖。禱，禱獲也。"按：伯，祭名。馬祖不謂之伯，禱其祖禱字，亦與下"既禱"混。《爾疋》郭注"伯，祭馬祖也。將用馬力，必先祭其先"，即襲用《毛傳》語。唐時《毛傳》已誤疏，不能是正，反曲為之說，幸有郭注可據耳。"是類是禡"師祭，"既伯既禱"，馬祭。《爾疋》分別不爽。類，祭天神，禡祭所征國之神，皆征伐出師之祭。伯祭馬祖，祭畢又禱其獲，皆田獵之祭，"是類是禡"，二祭也。"既伯既禱"，一祭也。自《周禮》書"伯"作"貉"，又故書或作禡社，杜鄭諸儒俱以師祭釋之，而《詩》與《爾疋》之說不可通矣。

附釋禡、貉、伯

禡，馬聲。馬古音莫戶切。貉，各聲。各古音，孤之入。伯，白聲。白，古音蒲之入。皆古魚部中字，音相近，寫者亂之，漢人注經遂牽合為一，莫能辨別。幸《爾疋》《詩》《說文》分析不紊，理其遺緒，尚不至如治絲而棼焉。王制：天子將出征，類於上帝，禡於所征之地。鄭注云："禡，師祭也。為兵禱，其禮亦亡。"（鄭上節注類、宜、造皆祭名，其禮亡，此注承上言之，故云亦亡。）

詩《皇矣》"是類是禡"，《毛傳》於內曰"類於外曰禡"，鄭箋云"類也，禡也，師祭也。"《爾雅》："是類是禡，師祭也。"郭注："師出征伐，類於上帝，禡於所征之地。"《說文》："類作禷，以事類祭天神。禡，師行所止，恐有慢其神，下而祀之曰禡。"《周禮》"禡於所征之地"。據此則禡之為祭，專主出師言之；類禮在南郊，故曰於內曰類。禡禮在所征之地，故曰在外曰禡。類祭天神，禡祭所征國之神，二者皆為師祭也。故《皇矣》言伐崇曰"是類是禡"，

《爾疋》釋之曰"是類是禡，師祭也。"此《爾疋》《詩經》《說文》之言，禡確然與類上帝同爲師祭，不可移而他屬者也。至於田獵之祭，《詩》《爾疋》謂之伯，《周禮》謂之貊，所祭者馬祖，所禱者馬牲，與師行類祭天神、禡祭所征國之神，絕然不同。《詩·吉日》"既伯既禱"，《毛傳》："伯，馬祖也。（按：馬祖上脫'祭'字）重物慎微，將用馬力，必先為之禱（按：禱字祭之僞）其祖。禱，禱獲也。"《爾疋》："'既伯既禱'，馬祭也。"郭注："伯，祭馬祖也。將用馬力，必先祭其先。"（按：郭注即襲用《毛傳》，語晉時《毛傳》本尚不誤。）《說文》："禂，禱牲，馬祭也。"此皆伯、禱之祭，爲田獵而設所祭者，馬祖兼有先牧、馬社、馬步在其中。（《夏官·校人》："春祭馬祖，夏祭先牧，秋祭馬社，冬祭馬步。"注云："馬祖，天駟；先牧，始養馬者；馬社，始乘馬者；馬步，神爲災害馬者。"）

所禱者，馬之肥大、牲之多獲，《周禮》謂之貊，《大司馬》"遂以蒐田，有司表貊，誓民"，注所謂"立表而貊祭"是也。《肆師》"凡四時之大甸獵，祭表貊，則爲位。"鄭注："'貊'讀爲十百之'百'。甸祝掌四時之田、表貊之祝號。杜子春讀'貊'爲'百爾所思'之'百'。"

詩《釋文》"貊"又作"貈"，是貊與"貈"通，"貈"與"百"通，"百""伯"一聲。《周禮》之"貊"，即詩《爾疋》之"伯"也。自或書"貊"爲"禡"。（《大司馬·甸祝》注："貊"書亦或爲"禡"，《說文》"禂"下引詩"既禡既禱"。）

杜子春、先後鄭皆以師祭解貊祭，（後鄭《肆師》注云："貊，師祭也。"杜子春《甸祝》注云："貊，兵祭也。"先鄭《大司馬》注云："貊讀爲'禡'，謂師祭也。"）而禡、貊不分也久矣，不知《周禮》所謂貊皆指田獵言之，田獵祭馬祖，與師行祭征國之神，判然不同，《周禮》雖不言"禡"，然《大祝》所謂"過大山川，則用事焉"，即"禡"之謂也。若以田獵之貊爲師行之禡，則《周禮》所謂"表貊"者，何以皆屬四時之田，無一語涉征伐乎？後儒因杜、鄭諸注混淆不分，應劭《漢書》注云："至所征伐之國，表而祭之謂之禡。禡者，馬也。馬者兵之首，故祭其先焉。"牽合師祭、馬祭爲一，而又附會馬字之義，不知禡從馬者，馬怒也、武也。詩曰："王奮厥武""王赫斯怒"皆其義也，豈馬祭之謂乎？

清·顧广誉《学诗详说》：《吉日》，嚴氏以"田車既好"四句爲禱之之辭，未若《集傳》"既祭而車牢馬健，於是可以歷險而從禽"之善，"升彼大阜"二句，初不似禱辭也。

清·顾广誉《学诗正诂》：《釋天》："'既伯既禱'，馬祭也。"《傳》："伯，馬祖也。將用馬力，必先為之禱其祖。禱，禱獲也。"《周官·甸祝》禂牲、禂馬。"杜子春云："禂，禱也。為馬禱無疾，為田禱多獲禽牲。"引詩"既伯既禱"。段氏《說文注》謂《毛傳》云云，此《周禮》之"禂馬"也。又云"禱，禱獲也"，此《周禮》之"禂牲"也。蒙謂詳詩及《周禮》文自是一祭而二義，嚴氏所云"既伯"是既有事於馬祖，謂祭之也；"既禱"乃謂因祭而禱祈之也，正與毛杜合。

清·方玉潤《诗经原始》：【集釋】伯：《集傳》："伯，馬祖也，謂天駟房星之神也。"案："既伯既禱"者，既祭伯而又禱之也。

清·邓翔《诗经绎参》：禱，韻。《集解》伯，馬祖，謂天駟房星之神也。禱之求其馬之強健也。

清·龙起涛《毛诗补正》：伯，馬祖也。朱謂"天駟，房星之神也。"孫炎曰："龍為天馬，故房四星謂之天駟。"案：房為蒼龍之宿，故云天馬。嚴氏粲曰："伯是馬祖之神，祭之而曰'既伯'，猶祭方社而曰'以社以方'也。"《毛》："將用馬力，必先禱其祖。"

清·梁中孚《诗经精义集钞》：伯，祭馬祖也。禱，祈也。

清·王先谦《诗三家义集疏》：注：魯說曰"既伯既禱，馬祭也。"疏：《傳》："維戊，順類乘牡也。伯，馬祖也。重物慎微，將用馬力，必先為之禱其祖。禱，禱獲也。"《箋》云："戊，剛日也，故乘牡為順類也。"

班固《東都賦》采《吉日》用齊經文，"'既伯既禱'馬祭也"者，《釋天》文，魯說也。郭注："伯，祭馬祖也。將用馬力，必將祭其先。甸師禱牲、禱馬。"杜子春云："禂，禱也。爲馬禱無疾，爲田禱多獲禽牲。詩云：'既伯既禱'。"《說文》"禱"下云："告事求福也，从示壽聲。""禂"下云："壽聲，馬祭也。从示周聲。詩曰：'既禡既禂'。"重文。騋下云："或从馬，壽省聲，毛詩之禱蓋即騋之借字，故杜直引'既禱'以說甸師之禂也。段注、《說文》據小徐本憍作騋，引詩四字，亦為小徐，《繫傳》語謂大徐解字本誤入正文，並以詩無此語爲疑。陈喬從云："小徐所引自是三家異文，如"通論"中引詩，亦孔之厎優作厎。""鶴鳴九皋"無"于"字，"布政優優"，"敷"作"布"。《繫傳》中引詩"求民之瘼"，"莫"作"瘼"，"渾沸濫泉"，"觱"作"渾"，"檻"作"濫"，皆與毛異。《南唐書》稱"鍇"。《讀書博記》所校譬尤審諦。江南藏書之多，為天下冠，鍇力居多，故三家詩遺文佚句鍇多能稱述之也。"伯"得与"禡"通者，《大司馬》有"司表貉先"，鄭讀"貉"為"禡"，"甸祝掌表貉之祝號。"杜子春讀"貉"為"百"，《書》亦或爲"禡"，《肆師》祭表貉則爲位。鄭注"貉"讀為"百"，古"禡"字借"貉"爲之音，讀如

"百"，可爲"伯""禡"音近、通借之證。愚案：陳通伯"禡"之讀甚精塙，其申小徐雖足爲段氏解惑，惟"驡"既從禡，壽省聲，則從馬罵者爲誤，罵乃疇字，非壽省也。王應麟之博雅必非不見《繫傳》者，其詩考仍據"既禡既禂"爲許君所引詩文，則小徐本之見於注文，亦正如段氏之疑詩無此語而移改之耳。足其誤在小徐，若大徐奉敕修書，當不至併小徐之說，亦誤爲許君正文也。

民國·王闿运《毛诗补笺》：《說文》引"既禡既禂"，"禂"或作"禱"。伯，馬祖也。重物慎微，將用馬力，必先為之禱其祖。禱，禱獲也。補曰：伯、禡通用字。師行所止而祭其神，所謂禡於所征之地也。禱者，禱牲，馬祭。祭始乘馬者，以祈馬壯、獲多。

民國·马其昶《诗毛氏学》：禂，丁丑反。伯，馬祖也。《釋天》："'既伯既禱'，馬祭也。"郭注："伯，祭馬祖也。"《周禮》鄭注："馬祖，天駟也。"重物慎微，將用馬力，先為之禱其祖。禱，獲也。孔曰："為田而禱馬祖，求馬強健則能馳逐獸而獲之。"

陳曰："禱即《周禮》之禂牲。《說文》'禂，禱牲。馬祭也。'許以禱為禱牲，即以禂牲為馬祭，足以申成《傳》意。"

民國·张慎仪《诗经異文補釋》：《爾雅·釋天》《釋文》：禱，《說文》作"禂"，今《說文》示部引詩"既禡既禂"。《說文》《繫傳》引詩同桉。陳璞云："禡為師祭，伯為馬祭。"《周禮》注"貉，師祭也，讀為百。"《書》亦或為"禡"，兵祭也。禡轉為貉，讀為百，百、伯同音，禡、伯互相出入也。陳奐云："《說文》禂或作驡，今詩作'既禱'，疑當從或字作既禂。"

民國·丁惟汾《诗毛氏传解诂》：《傳》云："伯，馬祖也。重物慎微，將用馬力，必先為之禱其祖。禱，禱獲也。"按："伯"古音讀"不"，與"祖"疊韻。禱馬禱獲禽牲。

民國·李九华《毛诗评注》：《註》"伯，馬祖，天駟也。既禱，馬祭也。將用馬力，故禱之，《序》所謂慎微也。從羣醜，從禽獸之羣衆也。"（《鄭箋》傳註）

民國·林义光《诗经通解》：伯，禡。禱，禂。sou。伯，毛云"馬祖也。"《說文》："禡，師行所止，恐有慢其神，下而祭之，曰禡。引詩'既禡既禂'。"《周禮·肆師》："祭表貉則爲位。"鄭注："貉，師祭也。貉讀為十百之百。（伯百同音）於所立表之處為師祭，祭造軍法者，禱氣勢之增倍也。"《大司馬》："有司表貉誓民。"鄭司農云："貉讀為禡，謂師祭也。"（毛、許、鄭三說不同，未知孰是。）

禱，《說文》："禂，禱牲。馬祭也。禱、禂同。"

異文："既伯既禱"，《說文系傳》引作"既禡既禂"。

民国·吴闓生《诗义会通》：伯，馬祖也。將用馬力，必為之先禱其祖。禱，禱獲也。《說文》引作"既禡既禂"。"禂"或作"驈"。

日本

日本·中村之钦《笔记诗集传》：伯，馬祖。《毛傳》《孔疏》云：伯者，長也。馬祖始是長也。鄭云："馬祖，天駟。"《釋天》云："天駟，房也。"孫炎曰："龍為天馬，故房四星謂之天駟"，又云："《夏官·校人》'春祭馬祖'，天駟常祭在春，將用馬力，則備禮禱之。"《詩輯》云："'既禱'謂因祭而禱之，願馬力之強健而獲多也。"

日本·三宅重固《诗经笔记》：伯，馬祖也。《夏官·校人》"春祭馬祖"。《衍義》云："房四星謂之天駟、天馬，主車駕。南星曰左驂，次左服，次右服，次右驂。""既伯"謂有事於馬祖，將用馬力而祭之也；"既禱"謂因祭而禱之，願馬之強健而獲多也。

日本·冈白驹《毛诗补义》：伯，馬祖也。重物慎微，將用馬力，必先為之禱其祖。禱，禱獲也。案：將用牡馬，而禱以剛日，順其剛之類也。伯，馬祖也，謂天駟房星之神也。

日本·赤松弘《诗经述》：禱，丁老反。伯，馬祖也。配天駟房星之神而祭之。將用馬力，故先為之禱其祖也。

日本·户崎允明《古注诗经考》：《傳》曰："乘牡也。伯，馬祖。"《正義》曰："馬國之大用，王者重之。故《夏官·校人》：'春祭馬祖，夏祭先牧，秋祭馬社，冬祭馬步。'注云：'馬祖，天駟。先牧，始養馬者。馬社，始乘馬者。馬步，神為災害馬者。'……將用馬力，則又用彼禮以禱之。……《釋天》云：'天駟，房也。'孫炎云：'房四星謂之天駟。'禱馬祖求馬強健也。"

日本·中井积德《古诗逢源》：伯、禡通。莫駕反。禡字從示從馬，祭馬祖，如斯而已。若夫駟房星，當時應無是說。伯與禱，是二祭矣。禱蓋祭山川土地之神，以祈獲多也。

日本·皆川愿《诗经绎解》：伯通作貉，亦作貊。鄭司農貉讀為禡。何楷云："貉是禡之訛，祭名也。師田皆行軍之事，其同有禡祭焉。"宜也。禱，毛云："禱，獲也。"伯，貊也。貊，胍也，察也。既察其所以然而禱於其德，以我多獲也。

日本·伊藤善韶《诗解》：伯，馬祖也。

日本·冢田虎《冢注毛诗》：伯，祭馬祖也。房四星亦曰天駟，亦為天馬。

主車駕，是為馬祖。田獵特用馬力，故以吉日先祭伯而禱獲也。

日本·仁井田好古《毛诗补传》：伯，馬祖也。重物慎微，將用馬力，必先爲之禱其祖。禱，禱獲也。補：好古曰："伯，馬祭也。《皇矣》詩'是類是禡'是也。禡，田祭也。《周官》所謂'祭表貉'是也。"孔穎達曰："車牢馬健，故得歷險從禽。"《翼》伯，音禡。《說文》作禡。禱，丁老反。《說文》作禂，為於偽反。

好古按：王制云："禡於所征之地。"鄭注云："禡，師祭也。為兵禱其禮凶。其田獵之祭，則名之為貉。"《周禮·大司馬》：肆師甸祝，四時之田，皆有祭表貉之事。鄭注云："'貉'讀為千百之'百'。於立表處為師祭，祭造軍法者，禱氣勢之增倍也。其神蓋蚩尤，或曰黃帝。"《爾雅·釋天》云："'既伯既禱'，馬祭也。"又云："'是類是禡'，師祭也。"《毛傳》云："伯，馬祖也。將用馬力，必先為之禱其祖。禱，禱獲也。"合以上諸文考之，禡、伯、貉，古音皆通，故先儒遂混而為一。蓋禡、伯本是一字，故王製作禡，此詩作伯。《說文》引此詩作禡，《皇矣》詩作禡是其證也。或作貊者，因音轉耳。當作禡為正。禡，馬祭也。故字從示，以馬諧聲，義亦有取。毛公曰"伯，馬祖也。將用馬力，必先爲之禱其祖"是也。其言師祭者，因師行言，其實馬祭耳。田獵行師皆藉馬力，故必祭之。應邵曰："至所征之地，表而祭之，謂之禡。禡者，馬也。馬者兵之首，故祭其先神也。"其說良是。鄭以為："師祭，祭造軍法者。其神蓋蚩尤，或曰黃帝。"其說無稽據。且禡與貉為一皆誤矣。貉田祭也。將田獵必先取貉以祭，禱多獲禽也。即《周禮》所謂祭表貉，及《七月》詩"於貉"，此詩祭禡，皆是也。然則"既伯"是馬祭，"既禱"是田祭，本是兩事，故《毛傳》分而解之，其義顯然矣。《爾雅》曰"'既伯既禱'，馬祭也"，是釋"既伯"一事耳，非釋"既禱"之義也。今徵諸《周禮》，亦有確據。甸祝職云："禂牲禂馬，皆掌其祝號。"杜子春云："爲田禱多獲禽牲，爲馬禂無疾。"然則禂牲即田祭，禂馬即馬祭，其爲兩事益明矣。諸儒不淺考，依《爾雅》文，以"既伯既禱"爲一事。《孔疏》又釋"伯"爲"長"，皆誤矣。云伯馬祖者，謂祭馬祖名為伯耳，非謂伯即馬祖也。《校人》職曰"春祭馬祖"。鄭曰"馬祖天駟。"《釋天曰》"天駟房也。"

日本·龟井昱《毛诗考》：《爾雅》："'既伯既禱'，馬祭也。"禱馬不傷，又不傷人也。伯，房星也。《周禮》："春祭馬祖"是也。

日本·东条弘《诗经标识》：按：房四星謂之天駟，天馬，主車駕。南星曰龍驂，次左服，次右服，次右驂。

日本·金子济民《诗传纂要》：《周禮·夏官·校人》："春祭馬祖，夏祭先牧（始養馬者），秋祭馬社（始乘馬者），冬祭馬步（馬步，神為馬災害者）。"鄭云："馬祖天駟。"《釋天》云"房也。"《晉·天文志》"房四星。（南星曰左驂，次左服，次右服，次右驂）亦曰天廄。"嚴按：祭馬祖，故名其祭曰伯。伯，長也。

日本·无名氏《诗经旁考》：兩《雅》"'既伯既禱'馬祭也。"郭璞曰："伯，馬祖也。將用馬力必先祭其先。"《夏官·校人》："春祭馬祖，夏祭先牧，秋祭馬社，冬祭馬步。"鄭玄曰："馬祖，天駟。先牧，始養馬者。馬社，始乘馬者。馬步，神為災害馬者。"《爾雅》："房為天駟"，《說文》引此作"既禡既禂"，云師行所止，恐有慢其神，下而祀之曰禡。禂，禱牲，馬祭也。《春官》："甸祝禂牲禂馬，皆掌其祝號。"杜子春云："禂，禱也。為馬禱無疾，為田禱多獲禽牲。詩云'既伯既禱'。"鄭玄曰："禂，為牲祭求肥充，為馬祭求肥健。"

《漢書·翼奉傳》："奉曰：'王者忌子卯'，'吉午酉也'，詩曰'吉日庚午'。"注：孟康曰："水盛於子，木盛於卯，二陰並行，是以王者忌子卯也；火盛於午，金盛於酉，二陽並行，是以王者吉午酉也。"綽按：轅固生作詩傳，傳夏後始昌，始昌傳後倉，倉傳翼奉，奉所說詩，蓋齊詩也。

日本·安井衡《毛诗辑疏》：伯，馬祖也。重物慎微，將用馬力，必先為之禱其祖。禱，禱獲也。

日本·安藤龍《诗经辨话器解》：伯，馬祖祭。禱，禱獲多也。《傳》："伯，馬祖（房星之神也。房四星，爲天馬，又曰天駟，主車駕也）也。重物慎微，將（房正東郊）用馬力，必先為之禱其祖。禱，禱獲也。"馬，國之大用，王者重之，故《夏官·校人》："春祭馬祖，夏祭先牧，秋祭馬社，冬祭馬步。"

日本·山本章夫《诗经新注》：伯，馬祖，房星之神，名為"天駟"者也。"既伯"謂"既致"房星之神，"既禱"謂"禱獲多"。

日本·竹添光鴻《诗经会笺》：伯，馬祖也。重物慎微，將用馬力，必先爲之禱其祖。禱，丁老反。禱，禱獲也。觀三"既"字一"孔"字，見天子舉行蒐狩，正一事不苟。《傳》云"伯馬祖者"，謂祭馬祖名爲伯耳，非謂伯即馬祖也。《周禮·夏官·校人》"春祭馬祖"，祭馬祖在春，其常也。而將用馬力，則又用彼禮以禱之，若天駟房星當時恐無是說。胡承珙曰："先鄭注'大司馬'云：'貉'讀爲'禡'，禡，師祭也。本之《爾雅》。杜子春注'甸祝'讀'貉'爲"百"，當亦以'貉'爲'禡'祭，而別其音義爲'百'耳。《甸祝》既云'掌四時之田、表貉之祝號'，又云'禂牲、禂馬，皆掌其祝號'，杜子春於'禂牲、禂馬'下乃引詩'既伯既禱'，然則《周禮》之貉乃《皇矣》之'禡'，而非《吉日》之'伯'明矣。《爾雅》：'"是類是禡"，師祭也；"既伯

59

既禡",馬祭也,'分別《皇矣》《吉日》二詩甚明。此傳云'伯,馬祖也',《皇矣》傳云'於野曰禡',亦絕不相涉。後儒乃誤以'伯'爲"禡",並牽合於《周禮》之'貉'耳。段注《說文》云:'甸祝禂牲禂馬。'杜子春云:'禂,禱也。爲馬禱無疾,爲田禱多獲禽牲。詩云:"既伯既禱。"'杜引詩者,以'伯'證"禂馬"。《毛傳》云:'伯,馬祖也。將用馬力,必先爲之禱其祖。'此《周禮》之'禂馬'也。又云:'禱,禱獲也。'此釋"既禱",《周禮》之'禂牲'也。杜蓋又本毛說。"承珙謂"禂牲禂馬"。杜子春雖分爲二義,然只是一祭。《傳》以"伯"爲"馬祖",又云"必先為之禱其祖",似本以"伯"與"禱"爲一事,蓋經文"既伯既禱"四字作一氣讀,猶云"既伯而禱"也。

朝鮮

朝鮮·朴世堂《诗经思辨录》:毛云:"重物慎微,將用馬力,必先為之禱其祖。禱,禱獲也。"鄭云:"升大阜從禽獸之羣眾也。"孔云:"以田獵當用馬力,故求其馬之強健也。車牢馬健,故得歷險從禽。"《夏官·校人》:"春祭馬祖,夏祭先牧,秋祭馬社,冬祭馬步。"註云:馬祖,天駟。先牧,始養馬者;馬社,始乘馬者;馬步,神害馬者。馬祖之祭,在春其常也。而將用馬力,則禱之為馬而祭,故知馬祖謂之伯。

朝鮮·正祖《经史讲义》:"既伯既禱",以兩"既"字文勢見之,伯與禱似是二事,伯,長也。既以馬祖之神而長之,又既祭而禱之,如是看,兩"既"字方有意義,未知如何?有槩對此詩所謂"既伯既禱",正猶《豳雅》所謂"以社以方"。蓋"以社以方"者,謂因社而又及於方也,"既伯既禱"者,謂因伯而又爲之禱也。如是看則疊言"既"字之義,自可較著矣。

朝鮮·金义淳《讲说》(诗传):禦製條問曰:"既伯既禱",以兩"既"字文勢見之,"伯"與"禱",似是二事,伯,長也,既以馬祖之神而長之,又既祭而禱之,如是看兩"既"字方有意義,未知如何?

臣對曰:伯與禱,果是二事也。其曰"既伯"者,既祭其馬祖之神也;其曰"既禱"者,因其祭而又禱祈之也。祭與禱為各項事,則著箇兩"既"字,不可謂無義。《孔疏》所謂伯,長也者,是謂馬祖始是長也。若曰以馬祖之神而長之,則是祭者始長之也,亦非《孔疏》之本意,而恐有逕庭之嘆也。

朝鮮·申綽《诗次故》:《爾雅》:"'既伯既禱',馬祭也。"郭璞曰:"伯,祖也。將用馬力,必先祭其先。"《夏官·校人》:"春祭馬祖,夏祭先牧,秋祭馬社,冬祭馬步。"鄭玄曰:"馬祖,天駟;先牧,始養馬者;馬社,始乘馬者;馬步,神為災害馬者。"《爾雅》:"房為天駟。"《說文》引此作"既禡既禂"

云："師行所止，恐有慢其神，下而祝之曰禡。"禂，禱牲，馬祭也。"《春官》："甸祝禂牲禂馬，皆掌其祝號。"杜子春云："禂，禱也。為馬禱無疾，為田禱多獲禽獸。詩云'既伯既禱'。"鄭玄曰："禂為牲祭求肥充，為馬祭求肥健。"

朝鲜·申绰《诗经异文》："既伯既禱"《說文》引作"既禡既禂"，云："師行所止，恐有慢其神，下而祀之曰禡。""禂，禱牲，馬祭也。"

朝鲜·成海应《诗类》：《說文》：伯作禡，禱作禂。禂，"禱牲馬祭也。"

《毛傳》："伯，馬祖也。重物慎微，將用馬力，必先爲之禱其祖。""禱，禱獲也。"

朝鲜·丁若镛《诗经讲义》：禦問曰：伯與禱似是二事，伯，長也。既以馬祖之神而長之，又既祭而禱之，如是看兩"既"字方有意義。未知如何？

臣對曰：以伯爲馬祖，則文勢終欠斡旋。按：伯與霸通。前漢《律曆志》"四月己醜朔死霸。死霸，朔也。生霸，望也。……故《武成》曰'惟四月既旁生霸'。"師古曰："霸，魄也。"此章言"吉日維戊"，以月則既霸矣，以事則既禱也。臣因是而思之，馬祖之說昉於《周禮·校人》之職，所謂"春祭馬祖""夏祭先牧"是也。此必上古始制服乘之法者，後人追念其功而祭之，如先農先蠶也。自鄭孔以來，遂以房四星、天駟之名，捏作馬祖，又引《孝經說》"房爲龍馬"之文，以傅合之小註引。

《天文志》後儒作"戊辰說"，其說漸入荒誕，經旨如此，不可不辨也。按：房四星之形看來如馬之駟蹢，又如車之駟馬，故強名之曰天駟。與箕門之象形命名一例，豈天地設位之初，以房星爲天駟乎？即以爲天駟，人孰從而聞之乎？天將乘此馬而安之乎？王良、造父二星以馭天駟，王良、造父之前，既無是人，亦無是星，即天駟又誰馭之乎？邪說淫祀並興於呂秦以後，三代祀典直芄，惟清恐無此理也。

朝鲜·赵得永《诗传讲义》：禦製條問曰："既伯既禱"以兩"既"字文勢見之，伯與禱似是二事。伯，長也。既以馬祖之神而長之，又既祭而禱之，如是看兩"既"字方有意義，未知如何？

臣對曰："既伯既禱"不但兩"既"字為然，以孔氏小註觀之，明是二事，後人不察，多看作一義，諺辭亦不免曰襲，恐誤。

朝鲜·崔璧《诗传讲义录》：禦製條問曰："既伯既禱"以兩"既"字文勢見之，伯與禱似是二事。伯，長也。既以馬祖之神而長之，又既祭而禱之，如是看兩"既"字方有意義，未知如何？

臣璧對曰：伯者，尊也。是敬禮天駟之謂；禱者，祝也，是祈福國馬之謂，則是一祭而二事也。兩"既"字之義，夫然後得當而誠如聖教矣。

61

朝鲜·沈大允《诗经集传辨正》：禡，葉丁口反。《集傳》曰："伯，馬祖也。天駟，房星之神也。"

朝鲜·尹廷琦《诗经讲义续集》：天子之親獵，故重其事，而"旣伯旣禡"也。"旣伯旣禡"，審其詞致，蓋謂"旣伯"矣，又"旣禡"矣。《爾雅》曰："'旣伯旣禡'，馬祭也。"郭註以伯為馬祖，此義不可易也。"旣伯"者，旣立馬祖之祠也；"旣禡"者，旣行馬祖之祭也。所以疊用"旣"字也，蓋獫狁之難，鎬京淪沒，宮室祠壇之屬並多壞毀，今茲恢復舊都，始行田獵，則凡事草創，修繕舊毀，所以旣制立馬祖祠壇，又旣行禡祭，此之謂"旣伯旣禡"也。馬祖之義見講義。

朝鲜·朴文镐《诗集传详说》：禡，葉丁口反。伯，馬祖也。（孔氏曰："伯，長也。馬之祖始是長也。"）謂天駟房星之神也。（《晉書·天文志》曰："房四星……亦曰天駟，爲天馬，主車駕。"）

梅按

关于"既伯既祷"句，古今中外学者主要从注音、释义、句意等几方面作了疏释，具体疏理于下：

一、注音

"既伯既祷"句注音，基本集中于"伯"与"祷"二字。关于"伯"的注音有以下几种情况：

1. 伯，音祃。（明代何楷《诗经世本古义》。此外，历代还有许多学者注音同何氏，限于篇幅，仅举何氏为例。下同。）

2. 伯，古音读不，与祖叠韵。（民国丁惟汾《诗毛氏传解诂》）

关于"祷"的注音，主要有以下几种：

1. 祷，丁老反。（唐代陆德明《毛诗音义》）又：祷，丁老切。（清代张沐《诗经疏略》）

日本学者仁井田好古《毛诗补传》赤松弘《诗经述》"祷"注音与陆氏同。

2. 祷，叶丁口反。（宋代朱熹《诗经集传》）又：祷，丁口切。（明代张次仲《待轩诗记》等）

3. 祷，丁丑反。（民国马其昶《诗毛氏学》）

4. 祷，当口切。（宋代王质《诗总闻》）又：祷，叶有韵，当口翻。（明代何楷《诗经世本古义》）

5. 祷，叶带。（明代郝敬《毛诗原解》）

6. 祷，音斗。（清代刘沅《诗经恒解》）

二、释义

关于"既伯既祷"释义，包括"伯""祷"和二"既"的释义，分别列举于下：

1. "伯"释义

（1）伯，马祖也。（《毛传》）

这是对"伯"最早的释义。其后，唐代孔颖达《毛诗正义》亦明确解释为："马祖谓之伯。"而且又引诸家著作进一步解释说："郑云：'马祖，天驷。'《释天》云：'天驷，房也。'孙炎曰：'龙为天马，故房四星谓之天驷。'郑亦引《孝经说》曰"房为龙马"，是也。"此后，"伯，马祖也"的释义得到宋、元、明、清多数学者的认同。清代陈奂等学者还为之做了详细疏证。日本学者伊藤善韶的《诗解》、冢田虎《冢注毛诗》亦认同上述结论。

关于"马祖"为何，多数学者持上述孔氏合诸家之文得出的结论。但也有不同看法，例如，明代季本《诗说解颐》认为："所谓马祖，本不知其何指，惟郑氏以马祖为天驷。天驷者，孙炎以为房四星也。窃意：星名亦后人所加。马非因此而生，安得以为祖？盖亦臆说耳。"朝鲜丁若镛《诗经讲义》亦云："自郑孔以来，遂以房四星、天驷之名，捏作马祖，又引《孝经说》'房为龙马'之文，以傅合之小注引。"

（2）伯同祃，师祭也。（清代成僎《诗说考略》）

清代成僎《诗说考略》云："毛公误认《尔雅》马祭为释上'伯'字，遂以'伯'为马祖。应劭《汉书·外戚传》注'祃者，马也。马者兵之先，故祭其先神'，直沿《毛传》之误。尔孔氏《正义》至附会其说云'伯者，长也，马祖始是长也'，且历引'天驷，房星。房为龙马，龙为天马'之文以释之，益之误矣。注此诗当云'伯同祃，师祭也。祷同禂，马祭也。'"指出由毛公到应劭直至孔氏释"伯"为"马祖"的来龙去脉，并提出自己的看法，认为："'伯同祃，师祭也。祷同禂，马祭也。'"清代马瑞辰《毛诗传笺通释》亦考得："是'伯'即'祃'之叚借，当云'师祭'。"

（3）伯即貉也。（清代夏味堂《诗疑笔记》）

清代夏味堂《诗疑笔记》认为："《毛傅》依《雅》训以伯爲马祖。案：田猎祭马祖，于《礼》无所征。故《孔疏》止假牧人四时之祭推言之，非有确据也。窃疑伯即貉也。"并引《周礼·春官·肆师》《皇矣》《郑笺》《释文》《穀梁传·三十二年》《释文》《孟子》《韩非子·难言》《尔雅》《说文》相关论述为论据，做了言之有据的疏证。

(4) 伯，农祥也，主车驾。（明代胡绍曾《诗经胡传》）

(5) 马祖亦外神。（明代郝敬《毛诗原解》）

(6) 伯，祭名。马祖不谓之伯。（清代夏炘《读诗札记》）

(7) 伯，貊也。貊，胍也，察也。（日本皆川愿《诗经绎解》）

皆川愿《诗经绎解》云："伯，貊也。貊，胍也，察也。既察其所以然而祷于其德，以我多获也。"以"伯"为"察"，见解颇为新颖。

(8) 严按："祭马祖，故名其祭曰伯。"（日本金子济民《诗传纂要》）

(9) 伯者，尊也。是敬礼天驷之谓。（朝鲜崔壁《诗传讲义录》）

2. "祷"释义

(1) 祷，马祭也。（唐代陆德明《毛诗音义》）

民国王闿运《毛诗补笺》亦云："祷者，祷牲，马祭。祭始乘马者，以祈马壮获多。"

(2) 祷，祷获也。（宋代魏了翁《毛诗要义》）

(3) 杜子春云："禂，祷也。为马祷无疾，为田祷多获禽牲。"（明代冯复京《六家诗名物疏》）

(4) 求福曰祷，谓祭马祖而求祷之也。（明代季本《诗说解颐》）

(5) 祷，祭祷。（明代黄道周《诗经琅玕》）

(6) 郑玄曰："禂，为牲祭求肥充，为马祭求肥健。"（日本无名氏《诗经旁考》）

(7) 祷者，祝也，是祈福国马之谓。（朝鲜崔壁《诗传讲义录》）

3. 二"既"释义

(1) 宋代严粲《诗缉》的疏释是："旧说谓祷于马祖。二'既'字不分晓。伯是马祖之神，言'既伯'，是既有事于马祖，谓祭之也。犹社是土神，方是四方之神，言'以社以方'，则是祭社及方也。'既祷'，乃谓因祭而祷祈之也。"清代秦松龄《毛诗日笺》曰："严氏之说于'既伯既祷'二'既'字有分晓亦可从。"

(2) 朝鲜金义淳《讲说》疏释云："伯与祷，果是二事也。其曰'既伯'者，既祭其马祖之神也；其曰'既祷'者，因其祭而又祷祈之也。祭与祷为各项事，则着个两'既'字，不可谓无义。"朝鲜赵得永《诗传讲义》亦云："'既伯既祷'不但两'既'字为然，以孔氏小注观之，明是二事，后人不察，多看作一义，谚辞亦不免回袭，恐误。"

三、"既伯既祷"句义

1. 将用马力，必先为之祷其祖。（唐代孔颖达《毛诗正义》）

唐代孔颖达《毛诗正义》对"既伯既祷"的释义为："将用马力，必先为之祷其祖。"历代古今中外学者多尊孔氏上述结论，特别是日本学者中村之钦《笔记诗集传》、三宅重固《诗经笔记》、冈白驹《毛诗补义》、户崎允明《古注诗经考》亦皆尊孔氏。其后，宋代谢枋得《诗传注疏》进一步解释云："先三日祭马祖而祷之，不忘本也。"元代许谦《诗集传名物钞》云："《通典·隋制》：'仲春用少牢，祭马祖于大泽。积柴于燎坛，礼毕就燎以刚日。'愚案：此虽隋礼，其初必有所考。想三代之礼大略如此。"推及祭马祖的情景。

2. "既伯既祷"田祭也。（明代何楷《诗经世本古义》）

3. 此将田而祭土神。（清代罗典《凝园读诗管见》）

4. "既伯既祷"者，既祭伯而又祷之也。（清代方玉润《诗经原始》）

5. 伯，马祭也。祷，田祭也。（日本仁井田好古《毛诗补传》）

日本学者仁井田好古《毛诗补传》，考释《周礼》《尔雅》《说文》《皇矣》《七月》《毛传》《孔疏》诸文，得出结论云："伯，马祭也。……祷，田祭也。……然则'既伯'是马祭，'既祷'是田祭，本是两事，故《毛传》分而解之，其义显然矣。"既言之有据，又言之成理，可自成一说。

6. "既伯既祷"，马祭也。（日本龟井昱《毛诗考》）

日本学者龟井昱《毛诗考》认为："'既伯既祷'，马祭也，祷马不伤，又不伤人也。"

7. 一祭而二事也。（朝鲜崔壁《诗传讲义录》）

朝鲜崔壁《诗传讲义录》云："伯者，尊也。是敬礼天驷之谓；祷者，祝也，是祈福国马之谓，则是一祭而二事也。"

8. "既伯"者，既立马祖之祠也；"既祷"者，既行马祖之祭也。（朝鲜尹廷琦《诗经讲义续集》）

朝鲜尹廷琦《诗经讲义续集》云："'既伯'者，既立马祖之祠也；'既祷'者，既行马祖之祭也。所以叠用'既'字也，盖狝狁之难，镐京沦没，宫室祠坛之属并多坏毁，今兹恢复旧都，始行田猎，则凡事草创，修缮旧毁，所以既制立马祖祠坛，又既行祷祭，此之谓'既伯既祷'也。"此亦新颖独到，自成一家之言。

田车既好

中国

宋·王质《诗总闻》卷十：好，許厚切。

宋·朱熹《诗经集传》卷五：好，叶許口反。

元·胡一桂《诗集传附录纂疏》：好，叶許口反。

元·刘瑾《诗传通释》：好，叶許口反。

元·朱公迁《诗经疏义》（《诗经疏义会通》卷十）：好，叶許口反。

明·胡广《诗传大全》卷十：好，叶許口反。

明·郝敬《毛诗原解》卷十八：好，叶吼。

明·顾梦麟《诗经说约》：好，許口反。

明·张次仲《待轩诗记》卷四：好，許口切。田車，田獵之車。

明·黄道周《诗经琅玕》：言車牢。

明·何楷《诗经世本古义》：好，叶有韻，許厚翻。"田車"二句，解見《車攻》篇。《周禮》田僕職云："掌馭田路，以田掌佐車之政，設驅逆之車。"田路王所乘，即此田車是也。驅逆之車謂之佐車，下章"既差我馬"皆用之於驅逆者。

清·朱鹤龄《诗经通义》：好，讀如吼。

清·王鸿绪等《钦定诗经传说汇纂》：好，叶許口反。

清·黄梦白、陈曾《诗经广大全》："田車"二句，見上篇"車牢馬健"，與祭禱各開說，不必泥是神力。

清·罗典《凝园读诗管见》："田車旣好，四牡孔阜"，須帶前篇"東有甫草，駕言行狩"說，乃見今之"升彼大阜，從其羣醜"以田於漆沮，有不可以已者。但《吉日》之田，其詩雖與《車攻》之田相次，不審其果彼先而此後否耳。苟徂東在先，則謂以其"田車""四牡"，於旣歸而更習之可也；若徂東在後，即又謂以其"田車""四牡"及未行而早試之亦可也。

清·戚学标《毛诗证读》：好，朽。

清·刘沅《诗经恒解》：好，音丑。

清·顾广誉《学诗详说》：《吉日》，嚴氏以"田車旣好"四句為禱之之辭，未若《集傳》"既祭而車牢馬健，於是可以歷險而從禽"之善。"升彼大阜"二句，初不似禱辭也。

民国·马其昶《诗毛氏学》：好，許究反。

民国·林义光《诗经通解》：好，hou。

日本

日本·冢田虎《冢注毛诗》：好，謂堅牢也。

朝鲜

朝鲜·沈大允《诗经集传辨正》：好，葉許口反。

朝鲜·尹廷琦《诗经讲义续集》：此则天子时都之所而田獵，故只言"既好"也。

朝鲜·朴文镐《诗集传详说》：好，葉許口反。

梅按

关于"田车既好"句，古今中外学者对其评析较少，我们主要从注音、释义、句意等几方面疏理于下：

一、注音

"田车既好"句注音，只集中在"好"字上，有以下几种情况：

1. 好，许厚切。（宋代王质《诗总闻》）又：好，叶有韵，许厚翻。（明代何楷《诗经世本古义》）

此外，历代还有学者注音同王氏，限于篇幅，仅举王氏为例。下同。

2. 好，叶许口反。（宋代朱熹《诗经集传》）又：好，许口反。（明代顾梦麟《诗经说约》）又：好，许口切。（明代张次仲《待轩诗记》）

相比较而言，注音同朱氏的最多，如，元代胡一桂《诗集传附录纂疏》、刘瑾《诗传通释》、朱公迁《诗经疏义》，明代胡广《诗传大全》，清代王鸿绪等《钦定诗经传说汇纂》，朝鲜沈大允《诗经集传辨正》、朴文镐《诗集传详说》等，注音皆同朱氏。

3. 好，许究反。（民国马其昶《诗毛氏学》）

4. 好，叶吼。（明代郝敬《毛诗原解》）又：好，读如吼。（清代朱鹤龄《诗经通义》）

5. 好，朽。（清代戚学标《毛诗证读》）

6. 好，音丑。（清代刘沅《诗经恒解》）

67

7. 好，hou。（民国林义光《诗经通解》）

二、释义

关于"田车既好"句释义，包括"田车""好"和"既好"的释义，分别列举于下：

1."田车"释义

（1）田车，田猎之车。（明代张次仲《待轩诗记》）

（2）田路王所乘，即此田车是也。（明代何楷《诗经世本古义》）

明代何楷《诗经世本古义》云："《周礼》田仆职云：'掌驭田路，以田掌佐车之政，设驱逆之车。'田路王所乘，即此田车是也。"

2."好"释义

好，谓坚牢也。（日本冢田虎《冢注毛诗》）

3."既好"释义

此则天子时都之所而田猎，故只言"既好"也。（朝鲜尹廷琦《诗经讲义续集》）

三、"田车既好"句义

田车既好：言车牢。（明代黄道周《诗经琅玕》）

四牡孔阜

中国

宋·王质《诗总闻》卷十：阜，符有切。

宋·朱熹《诗经集传》卷五：阜，符有反。

宋·吕祖谦《吕氏家塾读诗记》卷十九：孔氏曰："孔阜，甚盛大也。"

元·胡一桂《诗集传附录纂疏》：阜，符有反。

元·刘瑾《诗传通释》：阜，符有反。

元·朱公迁《诗经疏义》（《诗经疏义会通》卷十）：阜，符有反。

明·胡广《诗传大全》卷十：阜，符有反。

明·黄佐《诗经通解》卷十一：阜，符有切。

明·郝敬《毛诗原解》卷十八：阜，否。

68

明·张次仲《待轩诗记》卷四：阜，房缶切，下同。

明·黄道周《诗经琅玕》：此句言馬健。

明·何楷《诗经世本古义》：阜，有韻，豐本作皀。"阜"，《說文》云："山無石者"。《爾雅》："高平曰陸，大陸曰阜，大阜曰陵。"今曰大阜正當名陵耳。

清·王鸿绪等《钦定诗经传说汇纂》：阜，符有反。

清·罗典《凝园读诗管见》："田車既好，四牡孔阜"，須帶前篇"東有甫草，駕言行狩"說，乃見今之"升彼大阜，從其羣醜"以田於漆沮，有不可以已者。但《吉日》之田，其詩雖與《車攻》之田相次，不審其果彼先而此後否耳。苟徂東在先，則謂以其"田車""四牡"，於既歸而更習之可也；若徂東在後，即又謂以其"田車""四牡"及未行而早試之亦可也。

清·顾广誉《学诗详说》：《吉日》，嚴氏以"田車既好"四句為禱之之辭，未若《集傳》"既祭而車牢馬健，於是可以歷險而從禽"之善。"升彼大阜"二句，初不似禱辭也。

清·邓翔《诗经绎参》：阜，叶。

民国·林义光《诗经通解》：阜 pou。

日本

日本·赤松弘《诗经述》：孔阜，甚盛也。

日本·冢田虎《冢注毛诗》：孔，甚。阜，盛大也。

日本·山本章夫《诗经新注》：孔阜謂"甚大"。

日本·竹添光鸿《诗经会笺》：《釋名》："土山曰阜，阜，厚也。言高厚也。"《風俗通》："阜者，茂也。言平地隆踣，不屬於山陵也。""四牡孔阜"訓盛大，用引申之義也。

朝鲜

朝鲜·沈大允《诗经集传辨正》：阜，符有反。

朝鲜·尹廷琦《诗经讲义续集》：此則天子時都之所而田獵，故只言"孔阜"也。

梅按

关于"四牡孔阜"句，古今中外学者对其评析较少，包括注音、释义、句意等几方面：

一、注音

"四牡孔阜"句注音，只集中在"阜"字上，有以下几种情况：

1. 阜，符有切。（宋代王质《诗总闻》）又：阜，符有反。（宋代朱熹《诗经集传》卷五）
2. 阜，否。（明代郝敬《毛诗原解》卷十八）
3. 阜，房缶切（明代张次仲《待轩诗记》卷四）
4. 阜，有韵。（明代何楷《诗经世本古义》）
5. 阜，pou。（民国林义光《诗经通解》）

相比较而言，注音同朱氏的最多，如，元代胡一桂《诗集传附录纂疏》、刘瑾《诗传通释》、朱公迁《诗经疏义》，明代胡广《诗传大全》，清代王鸿绪等《钦定诗经传说彙纂》，还有朝鲜沈大允《诗经集传辨正》、朴文镐《诗集传详说》等，注音皆同朱氏。

二、释义

关于"四牡孔阜"释义，只有"孔阜"一词，列举于下：

"孔阜"释义

1. 孔阜，甚盛大也。（宋代吕祖谦《吕氏家塾读诗记》）

宋代吕祖谦《吕氏家塾读诗记》云："孔氏曰：'孔阜，甚盛大也。'"日本山本章夫《诗经新注》亦云："'孔阜'谓'甚大'。"冢田虎《冢注毛诗》云"孔，甚。阜，盛大也。"竹添光鸿《诗经会笺》进行了详解，其云："《释名》：'土山曰阜，阜，厚也。言高厚也。'《风俗通》：'阜者，茂也。言平地隆踊，不属于山陵也。''四牡孔阜'训盛大，用引申之义也。"

2. 孔阜，甚盛也。（日本赤松弘《诗经述》）

三、句义

"四牡孔阜"句的解释相对较少，只有下面两句：

1. 此句言马健。（明代黄道周《诗经琅玕》）
2. 正祷于马祖之词。（明代朱朝瑛《读诗略记》）

升彼大阜

中国

宋·吕祖谦《吕氏家塾读诗记》卷十九：孔氏曰："大阜，大陵阜也。"

元·胡一桂《诗集传附录纂疏》：《纂疏》（孔氏）又曰：大阜，大陵阜也。

明·曹学佺《诗经剖疑》卷十四：阜，高大貌。

明·何楷《诗经世本古义》：阜，有韻，豐本作"皀"。"阜"，《説文》云："山無石者"。《爾雅》："高平曰陸，大陸曰阜，大阜曰陵。"今曰大阜正當名陵耳。

清·张沐《诗经疏略》：大阜，高平處也。

清·黄梦白、陈曾《诗经广大全》：大阜，陵也。

清·徐璈《诗经广诂》：《薛君章句》曰："積土高大曰阜"。（《北堂書鈔》一百五十七）

清·顾广誉《学诗详说》：《吉日》，嚴氏以"田車既好"四句為禱之之辭，未若《集傳》"既祭而車牢馬健，於是可以歷險而從禽"之善。"升彼大阜"二句，初不似禱辭也。

民国·林义光《诗经通解》：阜，pou。

日本

日本·冈白驹《毛诗补义》：案：大阜，大陵也。

日本·赤松弘《诗经述》：大阜，大陵也。

日本·中井积德《古诗逢源》：大阜不必險阻。

日本·皆川愿《诗经绎解》：大阜，《說文》云："山無石者"，《爾雅》云："大阜曰陵。"不升大阜，則群醜不可得從，大阜蓋喻公平之心所在也。

日本·龟井昱《毛诗考》：羣下皆曰：伯禱既畢，車亦善，馬亦壯，我其將為天子升大阜、逐群眾也。

日本·竹添光鸿《诗经会笺》：《釋名》："土山曰阜，阜，厚也。言高厚也。"《風俗通》："阜者，茂也。言平地隆踴，不屬於山陵也。""升彼大阜"者用本字。

梅按

关于"升彼大阜"句,古今中外学者对其评析较少,包括注音、释义、句意等几方面,现分列于下:

一、注音

"升彼大阜"句注音,只集中在"阜"字上,有以下两种情况:
1. 阜,符有切。(宋代王质《诗总闻》)
2. 阜,pou。(民国林义光《诗经通解》)

二、释义

关于"升彼大阜"释义,有"阜""大阜"两词,列举于下:
1. "阜"释义
(1) 阜,高大貌。(明代曹学佺《诗经剖疑》卷十四)
(2) 积土高大曰阜。(清代徐璈《诗经广诂》)
(3) 阜,厚也。(日本竹添光鸿《诗经会笺》)
日本竹添光鸿《诗经会笺》云:"《释名》:'土山曰阜,阜,厚也。言高厚也。'《风俗通》:'阜者,茂也。言平地隆踊,不属于山陵也。''升彼大阜'者用本字。"
2. "大阜"释义
(1) 大阜,大陵阜也。(宋代吕祖谦《吕氏家塾读诗记》)
宋代吕祖谦《吕氏家塾读诗记》云:"孔氏曰:'大阜,大陵阜也。'"元代胡一桂《诗集传附录纂疏》释义同。
(2) 大阜,名陵。(明代何楷《诗经世本古义》)
明代何楷《诗经世本古义》云:"'阜',《说文》云:'山无石者'。《尔雅》:'高平曰陆,大陆曰阜,大阜曰陵。'今曰大阜正当名陵耳。"清代黄梦白、陈曾《诗经广大全》亦云:"大阜,陵也。"日本冈白驹《毛诗补义》:"案:大阜,大陵也。"日本赤松弘《诗经述》释义同。
(3) 大阜,高平处也。(清代张沐《诗经疏略》)
(4) 大阜盖喻公平之心所在也。(日本皆川愿《诗经绎解》)
日本皆川愿《诗经绎解》云:"大阜,《说文》云:'山无石者',《尔雅》云:'大阜曰陵。'不升大阜,则群丑不可得从,大阜盖喻公平之心所在也。"
(5) 我其将为天子升大阜。(日本龟井昱《毛诗考》)

日本龟井昱《毛诗考》云:"群下皆曰:伯祷既毕,车亦善,马亦壮,我其将为天子升大阜、逐群众也。"

三、句义

"升彼大阜"句的解释相对较少,只有下面两句:

1. "升彼大阜"二句,初不似祷辞也。(清代顾广誉《学诗详说》)

清代顾广誉《学诗详说》云:"《吉日》,严氏以'田车既好'四句为祷之之辞,未若《集傅》'既祭而车牢马健,于是可以历险而从禽'之善。'升彼大阜'二句,初不似祷辞也。"

2. 大阜不必险阻。(日本中井积德《古诗逢源》)

从其群丑

中国

汉·郑玄《毛诗笺》(《毛诗正义》卷十):醜,眾也。田而升大阜,從禽獸之群眾也。

宋·苏辙《诗集传》卷十:從,從禽也。醜,類也。

宋·李樗《毛诗详解》(《毛诗李黄集解》卷二十二):其田獵之車既好矣,其四牡又盛大矣,王於是乘之,升彼大陵之上,以從逐其羣醜也。鄭氏以為:醜,眾也。蘇氏以為類,亦是眾之意。《爾雅》曰:"槐棘,醜喬。桑柳,醜條。椒樧,醜莍。桃李,醜核。"皆是以醜為類。此言"從其羣醜",以見其禱馬之效也。

宋·朱熹《诗经集传》卷五:醜,眾也。謂禽獸之羣眾也。

宋·吕祖谦《吕氏家塾读诗记》卷十九:鄭氏曰:"醜,眾也。從禽獸之羣眾也。"

宋·杨简《慈湖诗传》卷十一:《箋》云:"醜,眾也。田而升大阜,從禽獸之羣眾也。"

元·胡一桂《诗集传附录纂疏》:醜,眾也。謂禽獸之羣眾也。

元·刘瑾《诗传通释》:醜,眾也。謂禽獸之羣眾也。

元·朱公迁《诗经疏义》(《诗经疏义会通》卷十):醜,眾也。謂禽獸之羣眾也。

明·胡广《诗传大全》卷十：醜，衆也。謂禽獸之羣衆也。

明·季本《诗说解颐》卷十七：醜，衆。謂禽獸之群衆也。車堅馬肥而升大阜，以從羣醜則既狩矣。

明·丰坊《鲁诗世学》卷二十：譝，【正说】譝，衆也。謂禽獸之衆多也。毛本作"醜"。

明·曹学佺《诗经剖疑》卷十四：從，從禽醜類也，謂獸之羣衆。

明·徐奋鹏《诗经尊朱删补》：從，逐醜衆也。

明·顾梦麟《诗经说约》：醜，衆也。謂禽獸之羣衆也。

明·张次仲《待轩诗记》卷四：醜，衆也。

明·黄道周《诗经琅玕》：獵以追逐其後，謂之從群醜。是禽獸之群衆，歷險從禽从者有以字還未然。

明·冯元扬、冯元飙《手授诗经》：從，追逐其後謂之從，群醜是禽獸之群衆。

明·何楷《诗经世本古义》：醜，有韻，豐本作"譝"。從，從禽也，以追逐其後故曰"從"。醜，鄭云："衆也，謂禽獸之羣衆也"。

清·朱鹤龄《诗经通义》：醜，禽獸之衆醜類。

清·钱澄之《田间诗学》：醜，衆也。田而升大阜，從禽獸之羣衆也。

清·张沐《诗经疏略》：從，從事也。醜，謂禽獸也。

清·王鸿绪等《钦定诗经传说汇纂》：醜，衆也。謂禽獸之羣衆也。

【集说】范氏處義曰："將用馬之力，必祭馬之祖，謹其事也。車攻而馬壯，則升陵阜而從禽獸之醜類，無不獲矣。"姚氏舜牧曰："獵與狩皆賴車牢馬健以為用，故《車攻》《吉日》皆有'田車既好，四牡孔阜'句。"

清·严虞惇《读诗质疑》：《鄭箋》："醜，衆也。田而升大阜，從禽獸之羣衆也。"

清·李塨《诗经传注》：從羣醜，從禽獸之羣衆也。

清·黄梦白、陈曾《诗经广大全》：從，從禽也。以追逐其後，故曰從。醜，衆也。從禽獸之羣衆也。

清·刘始兴《诗益》：醜，衆也。謂禽獸之羣。

清·傅恒等《御纂诗义折中》：醜，類也。羣醜，獸之羣分而類聚者也。升大阜而從之者，試馬也。既禱之而又試之慎之也。

清·罗典《凝园读诗管见》：從，從之，升也。羣醜如前篇所稱之子及徒御者是已，非指禽獸言之。蓋田之有之子，其為伍兩卒旅亦既衆矣，而又有徒御者如斯、役廑養之屬，紛紜雜沓不可指數。當天子之以田而升彼大阜也，其羣醜亦必從之以升，維土有神，能無驚怖乎？是宜前期告事以安之者。又况天子為百神之主，其出也，方當致雨師、汎灑、風伯清塵，豈及茲升彼大阜之時，乘危躡險，有非羣醜所能輿力者而不克，邀守土之神以為之呵護哉？《吉日》之伯之禱之殆以此夫。

清·刘沅《诗经恒解》：升大阜而從之，試馬也。既禱而又試之，慎之也。

清·徐华岳《诗故考异》：醜，眾也。田而升大阜，從禽獸之羣眾也。《正義》言王"車牢馬健，故得歷險從禽也。"

清·陈奂《诗毛氏传疏》：從，逐也。下章《傳》云"獸三曰羣"。

清·方玉润《诗经原始》：《集釋》醜，眾也，謂禽獸之羣眾也。

清·邓翔《诗经绎参》：醜，叶。《集解》從，從其後也。羣醜，謂禽獸之羣眾。馬健則履險如夷，非謂宣王登高從禽也。

清·龙起涛《毛诗补正》：《箋》："醜，眾也。大阜則眾，獸所聚也。"補：《朱傳》言："以吉日祭馬祖而禱之，既祭而車牢馬健，於是可以歷險而從禽也。以下章推之，是日也，其戊辰與？"劉氏彝曰："田之前二日也。"

清·梁中孚《诗经精义集钞》：醜，類也。

清·王先谦《诗三家义集疏》：《疏》《箋》："醜，眾也。田而升大阜，從禽獸之羣眾也。"還，《傳》："從，逐也。"

民国·王闿运《毛诗补笺》：《箋》云："醜，眾也。田而升大阜，從禽獸之羣眾也。"補曰：其羣斥馬羣也，將大田則先出馬於外，六閑皆先縱之於野而常駕之，四馬亦出從之，備有不齊當更易也。乘官馬者，皆出升阜，牧地依阜為限也。

民国·马其昶《诗毛氏学》：鄭曰："醜，眾也。田而升大阜，從禽獸之羣眾也。"

民国·林义光《诗经通解》：醜，iou。鄭玄云："從禽獸之帮眾也。"

民国·吴闿生《诗义会通》：醜，眾也。田而升大阜，從禽獸之羣眾。

日本

日本·中村之钦《笔记诗集传》：古義云："從，徔禽也。以追逐其後，故曰徔。"（《孔疏》已然。）

日本·三宅重固《诗经笔记》：從（徔禽也。以追逐其後，故曰徔。）逐與下章皆未然事。

日本·冈白驹《毛诗补义》：案：從，徔禽也，以追逐其後，故曰從。醜，眾也。

日本·赤松弘《诗经述》：醜，衆也，謂禽獸之羣衆也。

日本·皆川愿《诗经绎解》：從，從禽也，以追逐其後曰從。醜，鄭云："衆也，謂禽獸之群衆也"。

日本·伊藤善韶《诗解》：醜，眾也。謂從禽獸之群眾也。

日本·冢田虎《冢注毛诗》：從，逐也。醜，眾也。田而升大阜，以逐禽獸之群眾者也。

日本·大田元贞《诗经纂疏》：《曲禮》"在醜夷不爭"，《孝經》"在醜不爭"。《孔傳》："醜，羣類也。"

日本·仁井田好古《毛诗补传》：補：鄭玄曰："醜，衆也。"

日本·龟井昱《毛诗考》：羣下皆曰：伯禱既畢，車亦善，馬亦壯，我其將為天子升大阜、逐群衆也。

日本·安井衡《毛诗辑疏》：《箋》："醜，衆也。田而升大阜，從禽獸之群衆也。"

日本·安藤龙《诗经辨话器解》：《箋》云："醜，衆也。田而升大阜，從禽獸之羣衆也。"

日本·山本章夫《诗经新注》：從，追。醜，類也。

日本·竹添光鸿《诗经会笺》："升彼大阜，從其群醜"，彼者未至而望之之辭也。從，從禽也。以追逐其後，故曰從。猶言逐，謂驅送也。醜，衆也。謂禽獸之羣衆也。羣下皆曰："伯禱既畢，車亦善，馬亦壯，我其將爲天子升大阜、逐羣衆也。"

朝鲜

朝鲜·沈大允《诗经集传辨正》：《集傳》曰："醜，類也。禽獸以類相群也。"

朝鲜·朴文镐《诗集传详说》：醜，衆也。謂禽獸之羣衆也。

梅按

关于"从其群丑"句，古今中外学者对其评析包括注音、释义、句意等几方面，现分列于下：

一、注音

"从其群丑"句注音，只集中在"丑"字上，有以下两种情况：

1. 丑,有韵。(明代何楷《诗经世本古义》)
2. 丑,iou。(民国林义光《诗经通解》)

二、释义

关于"从其群丑"释义,有"从""丑""群丑"三词,列举于下:

1. "从"释义

(1) 从,从禽也。(宋代苏辙《诗集传》卷十) 又:从,从兽也。(清代胡文英《诗经逢原》)

明代何楷《诗经世本古义》云:"'从',从禽也,以追逐其后故曰'从'。"何氏对"从",做了进一步解释。清代黄梦白、陈曾《诗经广大全》,日本中村之钦《笔记诗集传》,三宅重固《诗经笔记》,皆川愿《诗经绎解》释"从"皆与苏氏同。竹添光鸿《诗经会笺》疏释云:"从,从禽也。以追逐其后,故曰从。犹言逐,谓驱送也。"

(2) 从,从禽类也,谓兽之群众。(明代曹学佺《诗经剖疑》)

(3) 从,逐丑众也。(明代徐奋鹏《诗经尊朱删补》)

(4) 从,从事也。(清代张沐《诗经疏略》)

(5) 从,从之,升也。(清代罗典《凝园读诗管见》)

(6) 从,逐也。(清代陈奂《诗毛氏传疏》) 又:从,追。(日本山本章夫《诗经新注》)

(7) 从,从其后也。(清代邓翔《诗经绎参》)

2. "丑"释义

(1) 丑,众也。(汉代郑玄《毛诗笺》,摘自《毛诗正义》卷十)

(2) 丑,类也。(宋代苏辙《诗集传》卷十)

(3) 丑,禽兽之众丑类。(清代朱鹤龄《诗经通义》)

(4) 丑,谓禽兽也。(清代张沐《诗经疏略》)

(5) 丑,衆也。谓禽兽之羣衆也。(宋代朱熹《诗经集传》)

其后,宋代吕祖谦《吕氏家塾读诗记》、杨简《慈湖诗传》,元代胡一桂《诗集传附录纂疏》、刘瑾《诗传通释》、朱公迁《诗经疏义》,明代胡广《诗传大全》、季本《诗说解颐》、丰坊《鲁诗世学》、顾梦麟《诗经说约》、张次仲《待轩诗记》、何楷《诗经世本古义》,清代钱澄之《田间诗学》、王鸿绪等《钦定诗经传说彙纂》、严虞惇《读诗质疑》、李塨《诗经传注》、刘始兴《诗益》、徐华岳《诗故考异》、方玉润《诗经原始》,民国王闿运《毛诗补笺》、吴闿生《诗义会通》,日本冈白驹《毛诗补义》、赤松弘《诗经述》、皆川愿《诗经绎解》、伊藤善韶《诗解》、仁井田好古《毛诗补传》、安井衡《毛诗辑疏》、竹添光鸿《诗经会笺》，朝鲜朴文镐《诗集传详说》"丑"释义与郑同。日本竹添光鸿《诗经会笺》亦疏释云："丑，众也。谓禽兽之群众也。群下皆曰：'伯祷既毕，车亦善，马亦壮，我其将爲天子升大阜、逐群众也。'"

纵观历代中外学者关于"丑"释义可见，尽管宋代以后解说《诗经》新意迭出，但还是有相当多的学者，坚守古义，无取新奇，犹有汉唐注疏之遗风也。

3. "群丑"释义

（1）群丑，兽之群分而类聚者也。（清代傅恒等《御纂诗义折中》）

（2）群丑，众兽也。（清代胡文英《诗经逢原》）

（3）群丑，谓禽兽之群众。（清代邓翔《诗经绎参》）

（4）群丑如前篇所称之子及徒御者是已，非指禽兽言之。（清代罗典《凝园读诗管见》）

三、"从其群丑"句义

"从其群丑"句的解释相对较少，只有下面三句：

1. 田而升大阜，从禽兽之群众也。（汉代郑玄《毛诗笺》，摘自《毛诗正义》卷十）

其后，宋代杨简《慈湖诗传》、民国王闿运《毛诗补笺》、马其昶《诗毛氏学》，日本冢田虎《冢注毛诗》释"从其群丑"句义与郑同。民国王闿运《毛诗补笺》疏释云："补曰：其群斥马群也，将大田则先出马于外，六闲皆先纵之于野而常驾之，四马亦出从之，备有不齐当更易也。乘官马者，皆出升阜，牧地依阜为限也。"

2. 猎以追逐其后，谓之从群丑。（明代黄道周《诗经琅玕》）

3. 升大阜而从之，试马也。既祷而又试之，慎之也。（清代刘沅《诗经恒解》）

吉日庚午

中国

唐·孔颖达《毛诗正义》卷十：傳"外事"至"差擇"。《正義曰》："外事以剛日"，《曲禮》文也。言此者，上章顺剛之類，故言"維戊"，擇馬不取順類，亦用庚為剛日，故解之，由擇馬是外事故也。《莊二十九年·左傳》曰："凡馬，日中而出，日中而入。"則秋分以至春分，馬在廄矣。擇馬不必在廄，得為外事者，馬雖在廄，擇則調試善惡，必在國外故也。《禮記》注外事內事皆謂祭事，此擇馬非祭，而得引此文者，彼雖主祭事，其非祭事，亦以內外而用剛柔，故斷章引之也。庚則用外，必用午日者，蓋於辰午為馬故也。

宋·李樗《毛诗详解》："吉日庚午"，既選戊午之剛日以禱馬，又選庚午以擇馬。

宋·范处义《诗补传》卷十七：庚午，亦剛日也。

宋·朱熹《诗经集传》卷五：庚午，亦剛日也。

宋·吕祖谦《吕氏家塾读诗记》卷十九：朱氏曰："庚午，亦剛日也。"

宋·林岊《毛诗讲义》卷五：庚午亦剛日，外事以之辰午為馬。

宋·严粲《诗缉》卷十八：朱氏曰："庚午，亦剛日也。"

元·胡一桂《诗集传附录纂疏》：庚午，亦剛日也。

元·刘瑾《诗传通释》：庚午，亦剛日也。毛氏曰："外事以剛日。"《記·曲禮》注曰："出郊為外事。"

元·朱公迁《诗经疏义》（《诗经疏义会通》卷十）：庚午亦剛日也。

明·胡广《诗传大全》卷十：庚午，亦剛日也。毛氏曰："外事以剛日。"《禮記·曲禮》注曰："出郊為外事。"

明·季本《诗说解颐》卷十七：庚午，亦剛日也。

明·冯复京《六家诗名物疏》卷三十五：庚，《爾雅》云："太歲在庚曰上章。"《史記》云："庚者，言陰氣庚萬物，故曰庚。"《漢書》曰："斂更于庚。"《說文》云："位西方，象秋時萬物庚庚有實也。庚承巳，象人齎。"《釋名》云："庚，猶庚也。堅強貌。"孔氏云："《曲禮》外事以剛日，擇馬亦用庚為剛日也。"

午，《爾雅》云："太歲在午曰敦牂。"《史記》云："午者，陰陽交，故曰午。"《漢書》曰："咢布于午。"《說文》云："午，牾也。五月陰气午逆，陽冒地而出。"孔氏曰："擇馬用午日，蓋於辰午為馬故也。"《漢書·翼奉》云："南方之情惡，惡行廉貞，寅午主之；西方之情喜，喜行寬大，巳西主之。二陽並行，是以王者吉午酉也。《詩》曰：'吉日庚午。'"

明·曹学佺《诗经剖疑》卷十四：庚午亦剛日。外事用剛日，故禱以戊而擇以庚。

明·徐奋鹏《诗经尊朱刪补》：庚午，亦剛日也。

明·顾梦麟《诗经说约》：庚午，亦剛日也。

明·黄道周《诗经琅玕》：庚午亦是剛日。孔疏云："然用午者，蓋於庚午爲馬故也。"

明·冯元扬、冯元飙《手授诗经》：庚午日是剛辰。

明·何楷《诗经世本古义》：午，虞韻。庚，剛日也。外事以剛日。擇馬以田，亦外事也。孔云："必用午日者，蓋於辰午爲馬故也。"邢凱云："古今涓吉，外事用剛日，內事用柔日。如甲子爲剛，乙丑爲柔。至爲簡易。'甲午治兵，壬午大閱''吉日庚午，既差我馬'，皆外事也，故用剛日。丁丑燕之，乙亥嘗之，凡祭之用丁用辛內事也。故用柔日社祭，用甲郊以日至，亦不拘也。後世術家既多，互相矛盾。"褚先生云："武帝聚會，占家問某日可娶婦乎？五行家曰可，堪輿家曰不可。又有建除、叢辰、天人、太乙、歷家凡七種，所言吉凶相半。制曰：'避諸死亡以五行爲主。'今觀諸歷一日之內有吉有凶，當如武帝主一家可也。鄭鮮之啟宋武帝，明旦見蠻人，是四廢日。答曰：'吾初不擇日，此亦可法。'"又翼奉云："北方之情好也，好行貪狼，申子主之。東方之情怒也，怒行陰賊，亥卯主之。貪狼必待陰賊而後動，陰賊必待貪狼而後用，二陰並行，是以王者忌子卯也，禮經避之，春秋諱焉。南方之情惡也，惡行廉貞，寅午主之。西方之情喜也，喜行寬大，巳酉主之。二陽並行，是以王者吉午酉也。詩曰：'吉日庚午'。上方之情樂也，樂行姦邪，辰未主之。下方之情哀也，哀行公正，戌丑主之。辰未屬陰，戌丑屬陽，萬物各以其類應。"

明·胡绍曾《诗经胡传》：二章，庚言陰氣庚萬物。《說文》象萬物庚庚然有實也，故爲堅強貌。大歲在庚。曰上章辰午爲馬，蓋辰之支執徐其屬。龍在天曰龍，在地曰馬，龍亦馬顙。午者，牾也。陰陽交牾，大歲在午曰敦，样物皆盛壯也。

清·朱鹤龄《诗经通义》：《曲禮》："外事以剛日。"戊與庚午皆剛日也。崔靈恩云："外事指用兵之事。"

清·钱澄之《田间诗学》：孔云："必用午日者，于辰午為馬故也。"吉日庚午，乃追述之辭，言先此已差馬以待矣。

清·张沐《诗经疏略》：庚午，祭後三日，亦剛日也。

清·毛奇龄《毛诗写官记》：曰庚，亦剛日也。

清·冉觐祖《诗经详说》：庚午，亦剛日也。《毛傳》："外事以剛日。"《孔疏》："'外事以剛日'，《曲禮》文也。言此者，上章順剛之類，故言'維戊'，擇馬不取順類，亦用庚爲剛日，故解之，由擇馬是外事故也。《莊二十九年·左傳》曰：'凡馬，日中而出，日中而入。'則秋分以至春分，馬在廄矣。擇馬不必在廄，得爲外事者，馬雖在廄，擇則調試善惡，必在國外故也。《禮記》注外事內事皆謂祭事，此擇馬非祭，而得引此文者，彼雖主祭事，其非祭事，亦以內外而用剛柔，故斷章引之也。庚則用外，必用午日者，蓋於辰午為馬故也。"

《古義》：孔云："必用午者，盡於辰午爲馬故也。如甲子爲剛，乙丑爲柔，至爲簡易。甲午治兵，壬午大閱。'吉日庚午，既差我馬'皆外事也，故用剛日。丁丑燕之，乙亥嘗之，凡祭之用，丁用辛，內事也，故用柔。社祭用甲，郊以日至，亦不必拘也。"

清·王鸿绪等《钦定诗经传说汇纂》：《集傳》："庚午亦剛日也。"程子曰："戊日，祭禱庚午于田。"

清·严虞惇《读诗质疑》：《朱註》："庚午，亦剛日也。"

清·黄梦白、陈曾《诗经广大全》：庚午，亦剛日也。《正義》云："必用午者，于辰午爲馬故也。"

清·刘始兴《诗益》：庚午，亦剛日也。

清·傅恒等《御纂诗义折中》：庚午亦剛日也。

清·任兆麟《毛诗通说》：翼奉曰："南方惡行廉貞，寅午主之；西方主行寬大，巳酉主之。二陽並行，是以王者吉午酉也。詩曰：'吉日庚午'"（《漢書》）

兆麟案：《穆天子傳》云："'吉日戊午，吉日辛酉。'此吉午酉之證。"

清·段玉裁《毛诗故训传定本》：庚，外事以剛日也。

清·刘沅《诗经恒解》：庚午，亦剛日。

清·徐华岳《诗故考異》：《傳》："外事以剛日。"《正義》："庚為剛日，必用午者，於辰午為馬差擇。《釋詁》文。"《齊》："南方惡行廉貞，寅午主之。西方喜行寬大，巳酉主之。二陽並行，是以王者吉午酉也。詩曰'吉日庚午'。"（《漢書·翼奉傳》"奉學齊詩"）

清·胡承珙《毛诗后笺》：《傳》："維戊，順類乘牡也。"《箋》云："戊，剛日也。故乘牡爲順類也。"《正義》曰："祭必用戊者，日有剛柔，猶馬有牝牡，故禱用剛日，順其剛之類而乘牡馬。"次章"吉日庚午"。《傳》云："外事以剛日。"《正義》曰："言此者，上章乘剛之類，故言維戊；擇馬不取順類，亦用庚爲剛日，故解之，由擇馬是外事故也。"

承珙案：毛於首章馬祭，以乘牡解用剛日之故，而次章又特言外事以剛日，則外事不指擇馬明矣。擇馬與乘牡豈有二義而分，一爲順類、一爲外事乎？《曲禮》"外事以剛日，內事以柔日"，鄭注皆謂祭事，惟《正義》引崔靈恩云"外事指用兵之事，內事指宗廟之祭"。觀《傳》於次章言外事，殆亦以差馬從禽近於兵戎之事故歟。首章馬祭非外事而用剛日者，則以乘牡之故而乘其類耳，然則崔說正與毛合也。

清·成僎《詩說考略》：《漢書·翼奉》曰"南方惡行廉貞，寅午主之。西方喜行寬大，巳酉主之。二陽并行，是以王者吉午酉也，詩曰'吉日庚午'。"

按：漢儒說經，往往雜以讖緯，故李迂仲謂翼奉之說，既迂且陋，遂使詩人之意寖失。然必有所傳，未可輕訾也。惠定宇因其說而推之，據《穆天子傳》吉日戊午、吉日辛酉以為王者吉午、酉之證，亦見賅洽。

清·林伯桐《毛詩識小》：《傳》曰："維戊，順類乘牡也。"蓋日有剛柔，甲丙戊之類皆剛也，乙丁巳之類皆柔也。馬有牡有牝，猶之剛與柔也。田獵當乘牡馬，故以戊日為順其類也。《傳》曰："伯，馬祖也。"馬祖者，天駟，即房星也。

《傳》曰："外事以剛日者。"蓋田獵是外事，故擇馬亦用剛日。庚與壬皆剛日，辛與癸皆柔日也。

午字無傳。案：《疏》云"午為馬也。"

清·徐璈《詩經廣詁》：《翼奉》曰："南方之情惡也，惡行廉貞，寅午主之。西方之情喜也，喜行寬大，己酉主之。二陽並行，王者吉午酉也。《詩》云'吉日庚午'。"（《漢書》本傳惠棟曰："《穆天子傳》'吉日戊午'，又云'吉日辛酉'，此天子吉午酉之證。"陳啟源曰："奉學《齊詩》，此《齊詩》之說歟？後世風占有六情，蓋本於此。"）應劭曰："《詩》云'吉日庚午'，漢家盛於午，故以午祖也。"（《風俗通》）

清·馬瑞辰《毛詩傳箋通釋》：《傳》"外事以剛日。"瑞辰按：《漢書·翼奉傳》："奉上封事曰：'知下之術，在於六情十二律而已。北方之情，好也；好行貪狼，申子主之。'（孟康曰：'北方水，水生于申盛于子。水性，觸地而行，觸物而潤，故多所好，多好則貪而無厭，故為貪狼也。'）東方之情，怒也；怒行陰賊，亥卯主之。（孟康曰：'東方木，木生於亥盛於卯。木性受水氣而生，貫地而出，故為怒。以陰氣賊害土，故為陰賊也。'）貪狼必待陰賊而後動，陰賊必待貪狼而後用。二陰並行，是以王者忌子卯也。《禮經》避之，《春秋》諱焉。南方之情，惡也；惡行廉貞，寅午主之。（孟康曰：'南方火，火生於寅盛於午。火性炎猛無所容，故為惡。其氣精專嚴整，故為廉貞。'）西方之情，喜也；喜行寬大，巳酉主之。（孟康曰：'西方金，金生於巳盛於酉，金之為物，喜以利刃加於萬物，故為喜。利刃所加無不寬大，故曰寬大也。'）二陽並行，是以王者吉午酉也。詩曰：'吉日庚午'。上方之情，樂也；樂行姦邪，辰未主之。（孟康曰：'上方謂北與東也，陽氣所萌生，故為上。辰，窮水也。未，窮木也。翼氏《風角》曰："木落歸本，水流歸末。"故木利在亥，水利在辰，盛衰各得其所，故樂也。水窮則無隙不入，木上出，窮則旁行，故為姦邪。')下方之情，哀也；哀行公正，戌丑主之。(孟康曰："下方謂南與西也，陰氣所萌生，故為下。戌，窮火也；丑，窮金也。翼氏《風角》曰："金剛火強，各歸其鄉"。故火刑於午，金刑於酉。酉火金火之盛也，盛時而受刑，至窮無所歸，故曰哀也。火性無所私，金性方剛，故曰公正。')辰未屬陰，戌丑屬陽，萬物各以其類應。"

又曰："師法用辰不用日"，今案：日謂十干，辰謂十二支。十干五剛、五柔，甲、丙、戊、庚、壬五奇為剛日；乙、丁、巳、辛、癸五偶為柔日也。十二支六陰六陽，申、子、亥、卯、辰、未為六陰，寅、午、巳、酉、戌、丑為六陽也。毛《傳》言"外事用剛日"，則以庚為吉。翼奉言"王者吉午酉"，又言"用辰不用日"，則以午為吉。奉治《齊詩》，此《毛》《齊》詩師說之不同也。《檀弓》："杜簣曰'子卯不樂。'"《左传·昭公九年·傳》："辰在子卯謂之疾日。"(賈達、鄭元竝謂"桀以乙卯亡，紂以甲子喪，惡以為戒"。張晏駁之曰："但云夏殷之亡，不推湯武以興，非是。")疾日與吉日正相反，以子卯陰類為疾日，則以午酉陽類為吉日。據翼奉云，二陰二陽竝行，是必子卯互刑、午酉相合之日，方為疾日、吉日，非凡遇子卯皆疾，遇午酉皆吉也。蓋五行有刑德，行在東方子刑卯，行在北方卯刑子，子卯互刑，是以為忌。以是推之，午酉並行方為吉日。火盛於午，金盛於酉。庚為金，與酉同氣，則即酉之類也。故翼引《詩》"吉日庚午"，以為午酉二陽竝行之證。則奉雖用辰不用日，未始不兼取日與辰相配耳。

清·陈奂《诗毛氏传疏》：《傳》："外事以剛日。"
《疏》："外事以剛日。"《禮記·曲禮》表記皆有其文，庚午，剛日也。《出車》，《傳》："《出車》就馬於牧地"，牧地在郊外，是"差馬"為外事也。上章言乘牡是外事，互用剛日。此章言"差馬"亦是順剛之類，傳文互明耳。《漢書·翼奉傳》："南方之情惡也，惡行廉貞，寅午主之。西方之情喜也，喜行寬大，巳酉主之。二陽竝行，是以王者吉午酉也。詩曰'吉日庚午'。"

案：翼治齊詩，此當是齊詩說。

清·邓翔《诗经绎参》：午，午韻。《集解》：越三日庚午矣。

清·龙起涛《毛诗补正》：《毛》："外事以剛日。"朱："庚午亦剛日也。"《疏》："於辰午為馬。"

清·梁中孚《诗经精义集钞》：庚午，亦剛日也。

清·王先谦《诗三家义集疏》：《疏》：《傳》："外事以剛日。差，擇也。"
《漢書·翼奉傳·奉上封事》曰："知下之術，在於六情十二律而已。北方之情，好也；好行貪狼，申子主之。東方之情，怒也；怒行陰賊，亥卯主之。貪狼必待陰賊而後動，陰賊必待貪狼而後用，二陰並行，是以王者忌子卯也。《醴經》避之，《春秋》諱焉。南方之情，惡也；惡行廉貞，寅午主之。西方之情，喜也；喜行寬大，己酉主之。二陽並行，是以王者吉午酉也。《詩》曰：'吉日庚午'。上方之情，樂也；樂行姦邪，辰未主之。下方之情，哀也；哀行公正，戌丑主之。辰未屬陰，戌丑屬陽，萬物各以其類應。"又曰："師法用辰不用日"。

馬瑞辰云："日謂十干，辰謂十二支。十干五剛五柔，甲、丙、戊、庚、壬五奇為剛日，乙、丁、巳、辛、癸五偶為柔日也。十二支六陰六陽，申、子、亥、卯、辰、未為六陰，寅、午、巳、酉、戌、丑為六陽也。《毛傳》言'外事用剛日'，則以庚為吉。翼奉言'王者吉午酉'，又言'用辰不用日'，則以午為吉。奉治《齊詩》，此《齊》《毛》師說之不同也。《檀弓》：'杜蕢曰：子卯不樂。'《左·昭九年傳》：'辰在子卯謂之疾日。'疾日與吉日正相反。以子卯陰類為疾日，則以午酉陽類為吉日。翼奉云：二陽二陰並行，是必子卯互刑、午酉相合之日，方為疾日、吉日，非凡遇子卯皆疾，遇午酉皆吉也。蓋五行有刑德，行在東方子刑卯，行在北方卯刑子，子卯互相刑，是以為忌。以是推之，午酉並行，方為吉日。火盛於午，金盛於酉。庚為金，與酉同氣，則卽酉之類也。故翼引《詩》'吉日庚午'，以為午酉二陽並行之證。則奉雖用辰不用日，未始不兼取日與辰相配耳。"陳喬樅云："應劭《風俗通義》六引詩'吉日庚午'，謂漢家盛於午，故以午祖也。是亦用辰不用日，應劭用魯詩，然則魯說亦與齊同矣。"

民國·王閭运《毛诗补笺》：外事以剛日。

民國·丁惟汾《诗毛氏传解诂》：《傳》云："外事以剛日。"庚午為剛日。

民國·李九华《毛诗评注》：《註》：庚，亦剛日也。（《毛傳》傳註、《復古錄》）

民國·林义光《诗经通解》：午，ngo。

日本

日本·三宅重固《诗经笔记》："庚午"，《正義》云：必用午者，於辰午為馬故也。

日本·冈白驹《毛诗补义》：外事以剛日。庚午，亦剛日也。《曲禮》云："外事以剛日，內事以柔日。"田獵，外事也，故亦用剛日。

日本·赤松弘《诗经述》：庚午亦剛日也。

日本·皆川愿《诗经绎解》：以庚剛日者擇馬，以田亦外事也。孔云："必用午日者，蓋於辰午為馬故也。"

愚按：庚，更也。庚午，又更擇馬，良者之義也。

日本·伊藤善韶《诗解》：庚午，亦剛日。維戊孔是戊辰越三日，庚午也。取庚金午馬之義。

日本·冢田虎《冢注毛诗》：庚午，亦剛日。凡外事用剛日。

日本·大田元贞《诗经纂疏》：外事以剛日（《曲禮》文）。

日本·仁井田好古《毛诗补传》：外事以剛日。補：何楷曰："'吉日庚午'乃追述之辭，言先此已差馬以待矣。"《孔疏》："擇馬是外事，必用午日者，蓋於辰午爲馬故也。"

日本·龟井昱《毛诗考》：戊辰禱間一日乃田，亦慎微也。

日本·金子济民《诗传纂要》：孔云"午為馬，故用午日。"（按：十二支配十二禽，昉扵後代，孔說不可從。）

日本·安井衡《毛诗辑疏》：外事以剛日。《正義》："庚則用外，必用午日者，蓋於辰午為馬故也。"惠棟云："翼奉曰：'南方惡行廉貞，寅午主之；西方喜行寬大，巳酉主之。二陽並行，是以王者吉午酉也'。詩曰'吉日庚午。'"按：《穆天子傳》云："天子命吉日戊午。"又云"吉日辛酉，天子升昆侖之邱。"此王者吉午酉之證也。《穆天子傳》出於晉代而"奉說"與之合，當亦傳之達者。衡謂：以辰配當十二禽，蓋始於東漢之末，古無此法。故《傳》云"外事以剛日。"《疏》云"午為馬"，非毛意也。

日本·安藤龙《诗经辨话器解》：《傳》："外事（田獵）以剛日。"

日本·山本章夫《诗经新注》：庚亦剛日也。

日本·竹添光鸿《诗经会笺》：外事以剛日。《傳》云"外事以剛日"者，《曲禮》云"外事用剛日，內事用柔日。"凡祭祀爲內事，田獵行師爲外事。日謂天干，辰爲地支，《楚辭》"吉日兮辰良"是也。十幹五剛五柔，十二支六陰六陽，皆奇爲剛、爲陽，偶爲柔、爲陰。《傳》言"外事用剛日"，則以庚爲吉。安井氏曰："以辰配當十二禽，蓋創於東漢之末，古無此法。《疏》云'午爲馬'，非毛意也。"

朝鲜

朝鲜·朴世堂《诗经思辨录》：毛云："外事以剛日。"

朝鲜·申绰《诗次故》：《漢書·翼奉傳》奉曰："王者忌子卯……而吉午酉也。詩曰'吉日庚午'。"注孟康曰：水盛於子，木盛於卯，二陰並行，是以

85

王者忌子卯也。火盛於午，金盛於酉，二陽並行，是以王者吉午酉也。

奉又曰："詩之學情性而已。南方之情，惡也；惡行廉貞，寅午主之。西方之情，喜也；喜行寬大，已酉主之。二陽並行，是以王者吉午酉也。"綽按：轅固生作詩傳，傳夏後始昌，始昌傳後倉，倉傳翼奉，奉所說詩蓋《齊詩》也。

朝鲜·朴文镐《诗集传详说》：庚午亦剛日也。

朝鲜·无名氏《诗传讲义》：牧野誓師之日，則用甲子；洛邑攻位之日，則用甲寅。外事之用剛日，其來尚矣。今此宣王之田獵也，以戊辰而祭其馬，以庚午而從其獸，諏吉辰而尚剛差，穀朝而釀邁，整暇之至也。

梅按

关于"吉日庚午"句，古今中外学者对其评析包括注音、释义、句意等几方面，现分列于下：

一、注音

"吉日庚午"句注音，只集中在"午"字上，有以下几种情况：

1. 午，虞韵。（明代何楷《诗经世本古义》）
2. 午，午韵。（清代邓翔《诗经绎参》）
3. 午，ngo。（民国林义光《诗经通解》）

二、释义

关于"吉日庚午"释义，有"吉日""庚""午""庚午"数词，列举于下：

1. "吉日"释义

午酉并行，方为吉日。（清代马瑞辰《毛诗传笺通释》）

清代马瑞辰《毛诗传笺通释》、陈奂《诗毛氏传疏》、王先谦《诗三家义集疏》皆引《汉书·翼奉传》之文详细疏证，认为"午酉并行，方为吉日"。

2. "庚"释义

（1）《史记》云："庚者，言阴气庚万物，故曰庚。"（明代冯复京《六家诗名物疏》）

（2）《说文》云："位西方，象秋时万物庚庚有实也。庚承已，象人赍。"（明代冯复京《六家诗名物疏》）

（3）《释名》云："庚，犹庚也。坚强貌。"（明代冯复京《六家诗名物疏》）

明代冯复京《六家诗名物疏》辑录诸家之文，对"庚"释义云："庚，《尔雅》云：'太岁在庚曰上章。'《史记》云：'庚者，言阴气庚万物，故曰庚。'《汉书》曰：'敛更于庚。'《说文》云：'位西方，象秋时万物庚庚有实也。庚承已，象人赍。'《释名》云：'庚，犹冈也。坚强貌。'孔氏云：'《曲礼》外事以刚日，择马亦用庚为刚日也。'"明代胡绍曾《诗经胡传》疏释大抵与冯氏同。

（4）庚，刚日也。（明代何楷《诗经世本古义》）

日本山本章夫《诗经新注》释"庚"义与何氏同。

（5）庚，更也。（日本皆川愿《诗经绎解》）

3. "午"释义

（1）《史记》云："午者，阴阳交。故曰午。"（明代冯复京《六家诗名物疏》）

（2）《说文》云："午，牾也。五月阴气午逆，阳冒地而出。"（明代冯复京《六家诗名物疏》）

明代冯复京《六家诗名物疏》辑录诸家之文，对"午"释义云："《尔雅》云：'太岁在午曰敦牂。'《史记》云：'午者，阴阳交。故曰午。'《汉书》曰：'咢布于午。'《说文》云：'午，牾也。五月阴气午逆，阳冒地而出。'孔氏曰："择马用午日，盖于辰午为马故也。'《汉书·翼奉》云：'南方之情恶，恶行廉贞，寅午主之；西方之情喜，喜行宽大，巳酉主之。二阳并行，是以王者吉午酉也。《诗》曰：吉日庚午。'"

（3）午为马也。（清代林伯桐《毛诗识小》）

清代林伯桐《毛诗识小》云："午字无传。案：疏云'午为马也。'"日本金子济民《诗传纂要》对此有不同看法，其云："孔云'午为马，故用午日。（按：十二支配十二禽，昉于后代，孔说不可从。）"日本安井衡《毛诗辑疏》亦云："衡谓：以辰配当十二禽，盖始于东汉之末，古无此法。故《传》云'外事以刚日。'《疏》云'午为马'，非毛意也。"日本竹添光鸿《诗经会笺》辑录安井氏上文。

4. "庚午"释义

（1）庚则用外，必用午日者，盖于辰午为马故也。（唐代孔颖达《毛诗正义》卷十）

宋代林岊《毛诗讲义》亦云："庚午亦刚日，外事以之辰午为马。"元代刘瑾《诗传通释》疏释云："注曰：'出郊为外事。'"明代何楷《诗经世本古义》引孔氏、邢凯、褚先生、翼奉之文，以阴阳五行理论疏释"庚午"之意。日本三宅重固《诗经笔记》引孔氏文云："'庚午'，《正义》云：'必用午者，于辰午为马故也。'"

（2）庚午，亦刚日也。（宋代范处义《诗补传》卷十七）

宋代朱熹《诗经集传》、吕祖谦《吕氏家塾读诗记》、吕祖谦《吕氏家塾读诗记》，元代胡一桂《诗集传附录纂疏》、朱公迁《诗经疏义》，明代季本《诗说解颐》、徐奋鹏《诗经尊朱删补》、顾梦麟《诗经说约》、冯元飏和冯元飈《手授诗经》，清代毛奇龄《毛诗写官记》、严虞惇《读诗质疑》、黄梦白和陈曾《诗经广大全》、刘始兴《诗益》、傅恒等《御纂诗义折中》、胡文英《诗经逢原》、段玉裁《毛诗故训传定本》、刘沅《诗经恒解》、陈奂《诗毛氏传疏》、龙起涛《毛诗补正》、梁中孚《诗经精义集钞》，民国王闿运《毛诗补笺》、丁惟汾《诗毛氏传解诂》、李九华《毛诗评注》，日本冈白驹《毛诗补义》、冢田虎《冢注毛诗》，朝鲜朴文镐《诗集传详说》等释"庚午"义与范氏同。

关于"庚午"释义，明代胡广《诗传大全》做了总结："庚午，亦刚日也。毛氏曰：'外事以刚日。'《礼记·曲礼》注曰：'出郊为外事。'"清代朱鹤龄《诗经通义》亦云："崔灵恩云：'外事指用兵之事。'"方玉润《诗经原始》亦释之云："内事如郊社、宗庙、冠昏；外事如巡狩、朝聘、盟会、治兵，凡出郊皆是也。"

（3）庚午，祭后三日，亦刚日也。（清代张沐《诗经疏略》）

（4）庚午，又更择马，良者之义也。（日本皆川愿《诗经绎解》）

三、句义

"吉日庚午"句的解释相对较少，只有下面两句：

1. "吉日庚午"，既选戊午之刚日以祷马，又选庚午以择马。（宋代李樗《毛诗详解》摘自《毛诗李黄集解》卷二十二））

2. 何楷曰："'吉日庚午'乃追述之辞，言先此已差马以待矣。"（日本仁井田好古《毛诗补传》）

朝鲜无名氏《诗传讲义》梳释"吉日庚午"句云："牧野誓师之日，则用甲子；洛邑攻位之日，则用甲寅。外事之用刚日，其来尚矣。今此宣王之田猎也，以戊辰而祭其马，以庚午而从其兽，诹吉辰而尚刚差，穀朝而馺迈，整暇之至也。"

关于"吉日庚午"释义，明代冯复京做了最为详尽的疏释。[①]

[①] 见明代冯复京《六家诗名物疏》。

既差我马

中国

唐·孔颖达《毛诗正义》卷十：差，擇。《釋詁》文。

宋·苏辙《诗集传》卷十：差，擇也。外事用剛日，故禱以戊，擇以庚。

宋·李樗《毛诗详解》（《毛诗李黄集解》卷二十二）：差，擇也。

宋·范处义《诗补传》卷十七：差，擇其馬。所謂田獵齊足，尚疾也。

宋·王质《诗总闻》卷十：馬，滿補切。

宋·朱熹《诗经集传》卷五：馬，叶滿補反。差，擇。齊其足也。

宋·吕祖谦《吕氏家塾读诗记》卷十九：毛氏曰："外事以剛日。差，擇也。"

宋·杨简《慈湖诗传》卷十一：《毛傳》："差，擇也。"

宋·林岊《毛诗讲义》卷五：又差我馬，謹也。

宋·严粲《诗缉》卷十八：差，音义。《傳》曰："差，擇也。"

元·胡一桂《诗集传附录纂疏》：馬，叶滿補反。差，擇。齊其足也。

元·刘瑾《诗传通释》：馬，叶滿補反。差，擇。齊其足也。

愚按："此言差馬，猶《車攻》言我馬。既，同也。"

元·梁益《诗传旁通》卷七：差，擇，齊其足，《爾雅·釋畜》曰："既差我馬"，差，擇也。宗廟齊毫，注云：尚純。戎事齊力，注云：尚強。田獵齊足，注云：尚疾。（郭景純注《爾雅》又引毛公詩傳之文）

元·许谦《诗集传名物钞》：二章，差，初佳反。

元·朱公迁《诗经疏义》（《诗经疏义会通》卷十）：馬，叶滿浦反。差，擇，齊其足也。

明·胡广《诗传大全》卷十：馬，叶滿補反。差，擇，齊其足也。

明·季本《诗说解颐》卷十七：差，擇也。觀上章所言，盖已狩於近地矣。至於庚午甫踰二日而復差馬，將狩於遠地也。

明·黄佐《诗经通解》卷十一：差，《音义》：（闕字）

明·丰坊《鲁诗世学》卷二十：【正说】壁，擇，齊其足也。毛本作"差"。

明·郝敬《毛诗原解》卷十八：馬，叶母。差，擇也。

明·曹学佺《诗经剖疑》卷十四：差，擇，齊其足也。馬，叶滿浦反。

明·徐奋鹏《诗经尊朱删补》：差，音菜。擇，齊其足也。

明·顾梦麟《诗经说约》：差，擇。齊其足也。《集傳》：馬，叶滿浦反。

明·张次仲《待轩诗记》卷四：差，初皆切。馬，滿補切。差，擇也。田獵齊足。

明·黄道周《诗经琅玕》：差解作擇，差我馬者不過於孔阜中，取其齊足有力者乘之，田事尚疾故也。玩一"既"字，不重在馬上，此特引起下段意耳。

明·冯元扬、冯元飙《手授诗经》：差解作擇字，是齊其足也。

明·何楷《诗经世本古义》：馬，葉語韻，滿補翻。差，《廣韻》云"次"也，不齊等也。"按：《爾雅》云："田獵齊足，即差等其足力之謂也。此以給從王於田者。""吉日庚午"乃追述之辭，言先此已差馬以待矣，見戒備有素也。凡四足而毛者謂之獸，總名也。《禮記》注云："獸者，守也。言力多，不易可擒，先湏圍守然後可獲。"

清·钱澄之《田间诗学》：差，次也，不齊等也。《爾雅》云："田獵齊足，即差等其足力之謂也。此以給從王于田者。"

清·张沐《诗经疏略》：差，差別其力而齊之也。

清·毛奇龄《毛诗写官记》：差馬者，擇馬也。然而午日擇馬，何也？曰謹荷。午畜馬故午日擇馬，謹荷。慎爾優游，勉爾遯思，辛有曰慎，勿過也。勉，毋決也。《寫官》曰："慎，引也。"《檀弓》曰："其慎也，亦作引。引之使勿然也。勉，強勉也。"《説文》云："言勿使之然也。"

清·冉觐祖《诗经详说》：差，擇，齊其足也。《毛傳》："差，擇也。"

清·王鸿绪等《钦定诗经传说汇纂》：馬，叶滿浦反。《集傳》："差，擇。齊其足也。"【集說】劉氏瑾曰："此言差馬，猶《車攻》言'我馬既同'也。"

清·严虞惇《读诗质疑》：《毛傳》："差，擇也。"

清·李塨《诗经传注》：差，擇也。

清·黄梦白、陈曾《诗经广大全》："差，擇也。齊其足也。"《爾雅》云："宗廟齊毫，戎事齊力，田獵齊足。"齊毫尚純色，齊力尚強壯，齊足尚迅疾。

清·刘始兴《诗益》：馬，叶滿甫反。差，擇也。蓋戊辰祭禱之後，越三日庚午，遂擇車馬爲田獵備也。

清·傅恒等《御纂诗义折中》：差，分其等次也。

清·段玉裁《毛诗故训传定本》：差，擇也。

清·戚学标《毛诗证读》：馬，姥。

清·刘沅《诗经恒解》：马，音姥。差，分其等次。

清·徐华岳《诗故考异》：《傳》："差，擇也。"

清·徐璈《诗经广诂》：顔師古曰"差謂揀取強壯者。"（《匡謬正俗》引詩）

清·李允升《诗义旁通》：馬，姥。

清·包世荣《毛诗礼征》：《傳》"外事以剛日。"《正義》云："《莊·二十九年·左傳》曰：凡馬日中而出，日中而入，則秋分以至春分，馬在廄矣。擇馬不必在廄，得為外事者，馬雖在廄，擇則調試，善惡必在國外故也。《禮記》注：'外事內事，皆謂祭事。'此擇馬非祭，而得引此文者，彼雖主祭事，其非祭，亦以外內而用剛柔，故斷章引之也。"

清·陈奂《诗毛氏传疏》：《傳》："差，擇也。"
《疏》："外事以剛日。"《禮記·曲禮》表記皆有其文，庚午，剛日也。《出車》，《傳》："《出車》就馬於牧地"，牧地在郊外，是"差馬"為外事也。上章言乘牡是外事，宜用剛日。此章言"差馬"亦是順剛之類，傳文互明耳。《漢書·翼奉傳》："南方之情惡也，惡行廉貞，寅午主之。西方之情喜也，喜行寬大，巳酉主之。二陽竝行，是以王者吉午酉也。詩曰'吉日庚午'。"案：翼治《齊詩》，此當是《齊詩》說。差，擇。《釋詁》文。差者，參差不齊，馬亦有良惡之不齊。訓"差"為"擇"，與《車攻》《傳》訓"同"為"齊"一意。"擇"讀如"擇"，有車馬之擇。

清·方玉润《诗经原始》：【集釋】差，擇也。

清·邓翔《诗经绎参》：馬，古音姥。叶。《集解》：差，擇，齊其足也。

清·龙起涛《毛诗补正》：《毛》："差，擇也。"

清·梁中孚《诗经精义集钞》：差，擇也，齊其足也。

清·王先谦《诗三家义集疏》：《傳》："差，擇也。"

民国·王闿运《毛诗补笺》：差，擇也。

民国·马其昶《诗毛氏学》：馬，音姥。"外事以剛日。"（《曲禮》文）陳曰："《出車》傳：《出車》就馬於牧地，牧地在郊外，故差馬為外事也。"差，擇也。（《釋詁》文）

民国·丁惟汾《诗毛氏传解诂》：《傳》云："差，擇也"。按："擇"古音讀"醋"，為"錯"之同聲假借。差，古音讀"槎"，與"擇"雙聲。差馬，參差，馬之超群者為差。简取其超群者亦謂之差。故《傳》易"錯出"之"錯"，為同聲之"擇"。

民国·李九华《毛诗评注》：註：庚為陽干，午屬馬，故取其日差擇之。（《毛傳》傳註、《復古錄》）

民国·林义光《诗经通解》：馬，mo。差，擇也。見《東門之枌》篇。

民国·吴闿生《诗义会通》：差，擇也。

日本

日本·三宅重固《诗经笔记》：差，"択"，齊其足也。差，"擇"，齊其足也。

日本·冈白驹《毛诗补义》：差，擇也。差馬，謂擇齊馬力也，此當在"維戊"之前。朱熹以"維戊"為"戊辰"，非也。既言"四牡孔阜"，"從其羣醜"矣，何閱二日後，始行差擇其馬乎？

日本·赤松弘《诗经述》：差，択，齐其足也。

日本·中井积德《古诗逢源》：差謂差次之也，譬自上上至下下，隨差等而配合結駟耳。

日本·皆川愿《诗经绎解》：差，《廣韻》云："次也，不齊等也"。愚按：差馬，差擇馬，隨其上下，以使得其力齊均也。此喻亦與前《車攻》"既同"之旨同。

日本·伊藤善韶《诗解》：差，擇也。

日本·冢田虎《冢注毛诗》：差，擇也。

日本·大田元贞《诗经纂疏》：差，擇也（《釋詁》文）。《莊二十九年·左傳》："凡馬日中而出，日中而入。"

日本·仁井田好古《毛詩補傳》：差，擇也。

日本·龟井昱《毛诗考》：《爾雅》"既差我馬"，田獵齊足。注：追飛逐走，取其疾而已。

日本·无名氏《诗经旁考》：《爾雅》："既差我馬，差，擇也。宗廟齊毫，戎事齊力，田獵齊足。"郭璞曰："齊毫尚純，齊力尚強，齊足尚疾。"舍人曰："田獵，取牲於苑囿之中，追飛逐走，取其疾而已。"

日本·安井衡《毛诗辑疏》：差，擇也。

日本·安藤龙《诗经辨话器解》：《傳》："差，擇也。"

日本·山本章夫《诗经新注》：差，擇。

日本·竹添光鸿《诗经会笺》：差，擇也。《爾雅》："田獵齊足。"注："追飛逐走，取其疾而已。"蓋差謂差次之也。譬自上上至下下，隨差等而配合結駟耳。

朝鲜

朝鲜·朴世堂《诗经思辨录》：毛云："差，擇也。"

朝鲜·申绰《诗次故》：《爾雅》"既差我馬，差，擇也。宗廟齊毫，戎事齊力，田獵齊足。"郭璞曰："齊毫尚純，齊力尚強，齊足尚疾。"舍人曰："田獵，取牲於苑囿之中，追飛逐走，取其疾而已。"

朝鲜·沈大允《诗经集传辨正》：馬，葉滿補反。《集傳》曰："差，擇也。"

朝鲜·尹廷琦《诗经讲义续集》：天子之親獵，故重其事，而"旣差"也。

朝鲜·朴文镐《诗集传详说》：馬，葉滿補反。差，音釵。擇，齊其足也。（安成劉氏曰："猶《車攻》言'旣同'也。"）

梅按

关于"既差我马"句，古今中外学者对其评析包括注音、释义、句意等几方面，现分列于下：

一、注音

"既差我马"句注音，包括"差""马"等，各有以下几种情况：

1. "差"注音

（1）差，初佳反。（元代许谦《诗集传名物钞》）

（2）差，音菜。（明代徐奋鹏《诗经尊朱删补》）

（3）差，初皆切。（明代张次仲《待轩诗记》卷四）

（4）差，古音读"槎"，与"择"双声。（民国丁惟汾《诗毛氏传解诂》）

（5）差，音钗。（朝鲜朴文镐《诗集传详说》）

2. "马"注音

（1）马，满补切。（宋代王质《诗总闻》卷十）又：马，叶语韵，满补翻。（明代何楷《诗经世本古义》）

明代张次仲《待轩诗记》释"马"注音与王氏同。朝鲜朴文镐《诗集传详说》释"马"注音与沈大允同。

（2）马，叶满补反。（宋代朱熹《诗经集传》卷五）

元代胡一桂《诗集传附录纂疏》、朱公迁《诗经疏义》，明代胡广《诗传大全》、曹学佺《诗经剖疑》、顾梦麟《诗经说约》，清代王鸿绪等《钦定诗经传说汇纂》、刘始兴《诗益》、朝鲜沈大允《诗经集传辨正》释"马"注音与朱氏同。

(3) 马，叶母。（明代郝敬《毛诗原解》）

清代邓翔《诗经绎参》释"马"注音与郝氏同。

(4) 马，姥。（清代戚学标《毛诗证读》）

清代刘沅《诗经恒解》、李允升《诗义旁通》、民国马其昶《诗毛氏学》释"马"注音同戚氏。

(5) 马，mo。（民国林义光《诗经通解》）

二、释义

关于"既差我马"释义，有"既""差"等词，列举于下：

1. "既"释义

(1) 既，同也。（元代刘瑾《诗传通释》）

(2) 玩一"既"字，不重在马上，此特引起下段意耳。（明代黄道周《诗经琅玕》）

2. "差"释义

(1) 《毛传》："差，择也。"（宋代杨简《慈湖诗传》）又：差，择其马。（宋代范处义《诗补传》）

唐代孔颖达《毛诗正义》亦云："差，择。《释诂》文。"宋代苏辙《诗集传》疏释云："差，择也。外事用刚日，故祷以戊，择以庚。"清代刘始兴《诗益》疏释云："盖戊辰祭祷之后，越三日庚午，遂择车马为田猎备也。"

宋代李樗《毛诗详解》、吕祖谦《吕氏家塾读诗记》、严粲《诗缉》，明代郝敬《毛诗原解》，清代毛奇龄《毛诗写官记》、严虞惇《读诗质疑》、李塨《诗经传注》、段玉裁《毛诗故训传定本》、徐华岳《诗故考异》、方玉润《诗经原始》、龙起涛《毛诗补正》、王先谦《诗三家义集疏》，民国王闿运《毛诗补笺》、马其昶《诗毛氏学》、李九华《毛诗评注》、林义光《诗经通解》、吴闿生《诗义会通》，日本冈白驹《毛诗补义》、伊藤善韶《诗解》、冢田虎《冢注毛诗》、大田元贞《诗经纂疏》、仁井田好古《毛诗补传》、安井衡《毛诗辑疏》、安藤龙《诗经辨话器解》、山本章夫《诗经新注》，朝鲜朴世堂《诗经思辨录》、沈大允《诗经集传辨正》释"差"义与毛氏同。

由此可见，历代学者说《诗》，多数还以《毛传》为宗。其实，在解经上，最古老的解释，最值得关注。

(2) 差，择。齐其足也。（宋代朱熹《诗经集传》卷五）

元代梁益《诗传旁通》疏释云："差，择，齐其足。《尔雅·释畜》曰：

'既差我马',差,择也。宗庙齐毫,注云:尚纯。戎事齐力,注云:尚强。田猎齐足,注云:尚疾。(郭景纯注《尔雅》又引毛公诗传之文)"日本无名氏《诗经旁考》、朝鲜申绰《诗次故》疏释大抵同梁氏。日本龟井昱《毛诗考》疏释云:"《尔雅》'既差我马',田猎齐足。注:追飞逐走,取其疾而已。"

元代刘瑾《诗传通释》、朱公迁《诗经疏义》,明代胡广《诗传大全》、丰坊《鲁诗世学》、曹学佺《诗经剖疑》、徐奋鹏《诗经尊朱删补》、顾梦麟《诗经说约》、冯元扬、冯元飙《手授诗经》,清代冉觐祖《诗经详说》、王鸿绪等《钦定诗经传说汇纂》、黄梦白、陈曾《诗经广大全》、邓翔《诗经绎参》、梁中孚《诗经精义集钞》,日本赤松弘《诗经述》、三宅重固《诗经笔记》,朝鲜朴文镐《诗集传详说》释"差"义与朱氏同。三宅氏表述为:"差,'择',齐其足也。差,'择',齐其足也。"

综上可见,朱氏解经虽自成一派,风行一时,但亦对《毛传》有所继承。

(3) 差,《广韵》云"次"也,不齐等也。"(明代何楷《诗经世本古义》)

明代何楷《诗经世本古义》疏释云:"《尔雅》云:'田猎齐足,即差等其足力之谓也。此以给从王于田者。'"清代钱澄之《田间诗学》、张沐《诗经疏略》释"差"义与何氏同。

(4) 差,分其等次也。(清代傅恒等《御纂诗义折中》)

清代刘沅《诗经恒解》释"差"义与傅氏同。日本中井积德《古诗逢源》疏释云:"差谓差次之也,譬自上上至下下,随差等而配合结驷耳。"日本竹添光鸿《诗经会笺》与中井氏同。日本皆川愿《诗经绎解》亦疏释云:"差,《广韵》云:'次也,不齐等也'。愚按:差马,差择马,随其上下,以使得其力齐均也。此喻亦与前《车攻》'既同'之旨同。"

(5) 差与查同,谓省察、检点也。(清代胡文英《诗经逢原》)

(6) 颜师古曰:"差谓拣取强壮者。"(《匡谬正俗》引诗)(清代徐璈《诗经广诂》)

(7) 差者,参差不齐,马亦有良恶之不齐。(清代陈奂《诗毛氏传疏》)

(8) 马之超群者为差。简取其超群者亦谓之差。(民国丁惟汾《诗毛氏传解诂》)

三、句义

"既差我马"句的疏释列举于下:

1. 又差我马,谨也。(宋代林岊《毛诗讲义》)
2. 此言差马,犹《车攻》言我马。(元代刘瑾《诗传通释》)

兽之所同

中国

宋·苏辙《诗集传》卷十：同，聚也。

宋·李樗《毛诗详解》(《毛诗李黄集解》卷二十二)："獸之所同"，同，聚也。言獸之所聚，則有麀鹿之虞。

宋·朱熹《诗经集传》卷五：同，聚也。

宋·吕祖谦《吕氏家塾读诗记》卷十九：鄭氏曰："同，猶聚也。"

宋·林岊《毛诗讲义》卷五：獸之所聚。

宋·严粲《诗缉》卷十八：《箋》曰："同，猶聚也。"

元·胡一桂《诗集传附录纂疏》：同，聚也。

元·刘瑾《诗传通释》：同，聚也。

元·朱公迁《诗经疏义》(《诗经疏义会通》卷十)：同，聚也。

明·季本《诗说解颐》卷十七：獸之所同，言其聚也。

明·丰坊《鲁诗世学》卷二十：【正说】同，聚也。

明·曹学佺《诗经剖疑》卷十四：同，聚也。

明·徐奋鹏《诗经尊朱删补》：同，聚也。

明·顾梦麟《诗经说约》：同，聚也。

明·张次仲《待轩诗记》卷四：同，聚也。

明·黄道周《诗经琅玕》：同是衆獸之所聚，四句一氣貫下，言禽獸衆多，其地何在？其惟漆沮之從乎？

明·冯元扬、冯元飙《手授诗经》：同是衆。

明·何楷《诗经世本古义》：同，合會也。

明·胡绍曾《诗经胡传》："獸之所同"四句，語意聊屬婉轉，要得體認言"獸之所同"必"麀鹿麌麌"之處，其惟漆沮之從乎？誠爲天子之所也。蓋聚鹿則獸至，祥發水鐘之地，則滋盛而宜狩也。

清·张沐《诗经疏略》：同，聚也。

清·冉觐祖《诗经详说》：同，聚也。《鄭箋》：同，猶聚也。

清·王鸿绪等《钦定诗经传说汇纂》：《集傳》：同，聚也。

清·严虞惇《读诗质疑》：《鄭箋》："同，聚也。"

清·李塨《诗经传注》：同，聚也。

清·黄梦白、陈曾《诗经广大全》：同，聚也。

清·刘始兴《诗益》：同，聚也。

清·傅恒等《御纂诗义折中》：同，聚也。

清·罗典《凝园读诗管见》：同字從會同之同，借義於獸之所聚稱同，猶之於水之所歸稱朝宗耳。

清·胡文英《诗经逢原》：同，獸多處。

清·刘沅《诗经恒解》：同，聚也。

清·徐华岳《诗故考異》：《箋》："同，猶聚也。"

清·方玉润《诗经原始》：《集釋》：同，聚也。

清·邓翔《诗经绎参》：同，與從隔句韻。

清·梁中孚《诗经精义集钞》：同，聚也。

民国·王闿运《毛诗补笺》：《箋》云："同，猶聚也。"

民国·马其昶《诗毛氏学》：鄭曰："同，猶聚也。"

民国·李九华《毛诗评注》：註：同，聚也。(《毛傳》傳註、《復古錄》)

民国·林义光《诗经通解》：同，tung

日本

日本·冈白驹《毛诗补义》：同，猶聚也。

日本·赤松弘《诗经述》：同，聚也。

日本·皆川愿《诗经绎解》：何楷云："凡四足而毛者，謂之獸，總名也。"同：合，會也。

日本·伊藤善韶《诗解》：同，聚也。

日本·冢田虎《冢注毛诗》：同，猶聚也。

日本·仁井田好古《毛诗补传》：補：鄭玄曰"同猶聚也。"

日本·无名氏《诗经旁考》：《文選·張衡賦》引用此句，薛綜曰"同亦聚也。"

日本·安藤龙《诗经辨话器解》：《箋》云："同，猶聚也。"

日本·山本章夫《诗经新注》：同，聚也。

日本·竹添光鸿《诗经会笺》：同，猶聚也。

朝鲜

朝鲜·申绰《诗次故》：《文選·張衡賦》引用此句，薛綜曰"同，聚也。"

朝鲜·朴文镐《诗集传详说》：同，聚也。

梅按

关于"兽之所同"句，古今中外学者对其评析较少，包括注音、释义、句意等几方面，现分列于下：

一、注音

"兽之所同"句注音，只集中在"同"字上，有以下两种情况：
1. 同，与从隔句韵。（清代邓翔《诗经绎参》）
2. 同，tung（民国林义光《诗经通解》）

二、释义

关于"兽之所同"释义，有"兽""同"两词，列举于下：
1. "兽"释义
何楷云："凡四足而毛者，谓之兽，总名也。"（日本皆川愿《诗经绎解》）
2. "同"释义
（1）同犹聚也。（汉代郑玄《毛诗笺》摘自《毛诗正义》卷十）
宋代李樗《毛诗详解》疏释云："同，聚也。言兽之所聚，则有麋鹿之麇。"之后历代关于"同"之释义绝大多数同郑氏。极少数不同者列于下：
（2）同是衆。（明代冯元飏、冯元飙《手授诗经》）
（3）同，合，会也。（明代何楷《诗经世本古义》）
日本皆川愿《诗经绎解》释"同"义同何氏。清代罗典《凝园读诗管见》疏释云："'同'字从'会同'之'同'，借义于兽之所聚称'同'，犹之于水之所归称朝宗耳。"

三、句义

"兽之所同"句的解释相对较少，只有下面一句：
兽之所聚。（宋代林岊《毛诗讲义》卷五）
明代季本《诗说解颐》释义同林氏。

麀鹿麌麌

中国

汉·郑玄《毛诗笺》（《毛诗正义》卷十）：麕牡曰麌。麌複麌，言多也。

唐·陆德明《毛诗音义》（《毛诗正义》卷十）：麀音憂。麌，愚甫反，《説文》作"虞"，云："麋鹿群口相聚也。"麕，本又作"麇"，俱倫反。複，扶又反。

唐·孔颖达《毛诗正义》卷十：傳"鹿牝"至"眾多"。正義曰：《釋獸》云："鹿，牡麚，牝麀。"是鹿牝曰麀也。"麌麌，眾多"，與《韓奕》同，則傳本作麌字。

《箋》"麕牝"至"言多"。正義曰：《釋獸》云："麕，牡麌，牝麋。"是麕牡曰麌也。郭璞引《詩》曰："麀鹿麌々。"鄭康成解即謂此也，但重言耳。《音義》曰："'麕'，或作'麐'，或作'麇'。"是為麇牡曰麌也。由麋之相類，又承鹿牡之下。本或作"麋牝"者，誤也。《釋獸》又云："麋，牡麐，牝麎。"下箋云"祁當作麎。麎，麋牝"是也。必易傳者，以言"獸之所同"，明獸類非一，故知其所言者皆獸名。下"其祁孔有"，傳訓祁為大，直云其大甚有，不言獸名，不知大者何物。且《釋獸》有麎之名，故易《傳》而從《爾雅》也。注《爾雅》者，某氏亦引《詩》云"瞻彼中原，其麎孔有"，與鄭同。下箋云"祁"當作"麎"。此麌不破字，則鄭本亦作麌也。

宋·苏辙《诗集传》卷十：鹿牝曰麀。麌麌，多也。

宋·李樗《毛诗详解》（《毛诗李黄集解》卷二十二）：麌，衆多也。麀，《説文》："《爾雅》以為鹿之牝也。"麌麌，毛氏曰："衆多也。"鄭氏曰："麕牡曰麌。麌複麌，言多也。"鄭氏所謂麕牡曰麌，亦本於《爾雅》。蘇氏則從毛氏之說，王氏則從鄭氏之言。然按其文勢，當從毛氏之說。《說文》於此作從口從虞，言相聚也。其字雖不同，其意與毛氏同。

宋·朱熹《诗经集传》卷五：麀，音憂。麌，愚甫反。鹿牝曰麀。麌麌，衆多也。

宋·吕祖谦《吕氏家塾读诗记》卷十九：麀，音憂。麌，愚甫反。毛氏曰："鹿牝曰麀。麌麌，衆多也。"董氏曰："《廣訓》：麌，衆也。"《說文》："麌作虞，曰麋鹿羣口相聚也。"

宋·杨简《慈湖诗传》卷十一：《毛傳》："鹿牝曰麀。麌麌，眾多也。"《韓奕》："麀鹿麌麌"。《說文》："嚤，羣口相聚，本亦作麌。"

宋·林岊《毛诗讲义》卷五：鹿牝曰麀，牡曰麚；麕，牡曰麌，牝曰麜。麌麌，眾多也。

宋·严粲《诗缉》卷十八：麀，音憂。麌，音語。《傳》曰："鹿牝曰麀，麌麌，眾多也。"

元·胡一桂《诗集传附录纂疏》：麀，音憂。麌，愚甫反。鹿牝曰麀。麌麌，眾多也。

元·刘瑾《诗传通释》：麀，音憂。麌，愚甫反。鹿牝曰麀。麌麌，眾多也。

元·朱公迁《诗经疏义》（《诗经疏义会通》卷十）：麀，音憂。麌，愚甫反。鹿牝曰麀。麌麌，眾多也。

明·胡广《诗传大全》卷十：麀，音憂。麌，愚甫反。鹿牝曰麀。麌麌，眾多也。

明·季本《诗说解颐》卷十七：麀鹿牝獸非可供乾豆者而特舉以言，見其非為祭祀，故不擇物。但利其多，故就其聚處耳。麌麌，眾多也。

明·黄佐《诗经通解》卷十一：麀，音憂。麌，音語。麌麌，《說文》作"嚤嚤"。

明·丰坊《鲁诗世学》卷二十：【正说】鹿牝曰麛。毛本作"麀"。麌，音語。

【正说】麌，群口相聚也。

明·郝敬《毛诗原解》卷十八：麌，語。麀，牝鹿也。麌麌，鹿多貌。

明·冯复京《六家诗名物疏》卷三十五：麀：《釋獸》云："鹿：牡，麚；牝，麀。"麌：《箋》云："麚牡曰麌。"《爾雅》云："麕：牡麌，牝麜。"

明·曹学佺《诗经剖疑》卷十四：麌，音語。麌麌，眾多也。

明·徐奋鹏《诗经尊朱删补》：麀，音憂，牝鹿也。麌：音女，眾多也。

明·顾梦麟《诗经说约》：鹿牝曰麀。麌麌，表多也。

明·张次仲《待轩诗记》卷四：麀，音攸。鹿牝曰麀。麌，音语。麌麌，眾多也。

明·黄道周《诗经琅玕》：麀是鹿之牝者，麌麌是眾多意，要見百物鹹熙，何與"攸伏""濯濯"之時，獸不止鹿，舉一鹿以見其餘耳。

明·冯元扬、冯元飙《手授诗经》：虞是鹿之牡者，虞虞是眾多意。

明·何楷《诗经世本古义》：麀，豐本作"麕"。麌，韻《說文》作"嚤噳"。《爾雅》云："鹿牡麚牝麀"。嚴云："言牝鹿則見蕃息之意。"又羅願云："鹿自有無角者，名為麂鹿。'麌'當依《説文》作'噳'，云麋鹿羣口相聚也。若如字解，則麕牡曰麌。《爾雅》：'麕，牡麌，牝麋是也'"。鄭云："麌復麌言多也。於鹿則舉牝，於麕則舉牡。足盡乎麕鹿之類矣。"二説皆通。

明·胡紹曾《诗经胡传》：麕牡曰麌，此"麌麌"言多，亦借實作"麕麌"。《説文》：噳。

清·朱鹤龄《诗经通义》：麌，音语。

清·钱澄之《田间诗学》：麌，《説文》作"噳"，言麋鹿羣口相聚也。羅氏云："鹿無角者名為麂。"麂，牝鹿也。或曰麕之牡曰麌。于鹿則舉牝，于麕則舉牡。盡乎麕鹿之類矣。毛云："漆沮之水，麂鹿所生也。從漆沮驅禽而至天子之所。"以獵有期處，故驅禽從之也。

清·张沐《诗经疏略》：麌，音娛。麂，牝鹿也。鹿，羣鹿也。獸以鹿為重。麌麌，衆多也。

清·冉觐祖《诗经详说》：鹿牝曰麂。麌麌，眾多也。《鄭箋》麕牡曰麌。麌復麌言多也。《毛傳》：鹿牝曰麂。麌麌，眾多也。漆沮之水，麂鹿所生也。從漆沮驅禽而致天子之所。《孔疏》："《釋獸》云：'鹿，牡麚，牝麂。'是鹿牝曰麂也。'麌麌，眾多'，與《韓奕》同，則传本作'麌'字。"

清·王鸿绪等《钦定诗经传说汇纂》：麂，音憂。麌，愚甫反。《集傳》：鹿牝曰麂。麌麌，衆多也。

清·严虞惇《读诗质疑》：《毛傳》："鹿牝曰麂。麌麌，眾多也。"

清·李塨《诗经传注》：鹿牝曰麂。麌麌，眾多也。

清·陈大章《诗传名物集览》：《朱傳》："鹿牝曰麂。麌麌，衆多也。"《曲禮》："惟禽獸無禮，故父子聚麀。"唐李敬業討武氏檄："致吾君之聚麀。"《毛傳》："麌麌，衆多也。"《説文》作"噳"，"麋鹿群口相聚也。"《釋獸》："麋牡麚牝麂。"《鄭箋》："麕牡曰麌，麌複麌言多也。"《爾雅》："麕牡麌牝麋。"《孔疏》："《音義》曰：'麕'或作'麏'，或作"麋"，是'麋牡'曰'麌'也，或作'麋牡'者誤。"《孔傳》："麌麌為衆多，與《韓奕》同。鄭以麌為獸名為異耳。"

清·黄中松《诗疑辨证》：《毛傳》曰："麌麌，眾多也。"《鄭箋》曰："麕牡曰麌。麌複麌言多也。"鄭蓋本《爾雅》，云："麕牡麌牝麋。其子麆，其跡解，絕有力豜。"郭注亦引此詩為證。然《爾雅》所釋兒二字連文其解，與本義不相關也。《詩經》亦然。如旆旆之不為旆，裳裳之不為裳，是也。且本句"麂鹿"不重言，而麌則重言之，於體不合。陸德明曰："'麌'說文作'噳'云，麀鹿羣口相聚也。"董彥遠曰:"《廣訓》云:'麌',眾也。則《毛義》不易矣。"

清·黄梦白、陈曾《诗经广大全》:麀,牝鹿。麌麌,眾多也。此舉麀鹿以見羣獸也。

清·刘始兴《诗益》:麀,鹿牝曰麀。音憂。麌,愚甫反。麌麌,眾多也。"獸之所同,麀鹿麌麌",所謂羣醜也。

清·程晉芳《毛郑异同考》:《傳》:"麌麌,眾多也。"《箋》:"麀牡曰麌麌。複麌言多也。"《釋文》:"'麌',《說文》作'䴠',云麀鹿羣口相聚也。"

《正義》:"《釋獸》云:'麕,牡麌,牝麜。'是麕牝曰麌也。郭璞引詩曰:'麀鹿麌麌'。鄭康成即謂此也。……必易《傳》者以言'獸之所同',明獸類非一,故知其所言者皆獸名。下'其祁孔有',《傳》訓'祁'爲'大',直云其大甚有,不言獸名不知大者何物。且《釋獸》有麌之名,故易《傳》而從《爾雅》也。注《爾雅》者,某氏亦引詩云'瞻彼中原,其麌孔有',與鄭同。下《箋》云:'"祁"當作"麎"',此麌不破字,則鄭本亦作麌也。"

案:文之重者,其義必異,不得執一字以解,重文如麌爲獸名,麌麌則不得爲獸名矣,毛義爲長。

清·顾镇《虞东学诗》:《爾雅》:"鹿:牡麌,牝麀。"

清·傅恒等《御纂诗义折中》:麀牝,鹿也。麌麌,多也。

清·罗典《凝园读诗管见》:麌麌,大貌。非眾多貌也。凡田之獲獸以鹿為主,觀易詞言,即鹿可見。鹿之類,每一雄遊牝百數,則麀鹿為多。但鹿之牡者,大如小馬,俗以馬鹿名。是則見為麌麌矣。麀鹿常小於牡鹿,而其大貌與牡埒者,亦復麌麌。則何以致此,以獸之所同,其地為漆沮,故爾《大雅·緜》之詩曰:"民之初生,自土沮漆。"

清·胡文英《诗经逢原》:《五音集韻》作"塵鹿䴠䴠"。塵,似鹿而大,群鹿隨之。䴠䴠,鳴聲。

附考:《五音篇海·口部》引詩曰"塵鹿䴠䴠",《毛傳》"麌麌,眾多也。"《箋》:"麀牡曰麌,麌復麌言多也。"《釋文·音義》又引《説文》作"䴠",云"麀鹿群口相聚也"。《説文》從口,云"群口相聚",則其爲群鹿之聲可知矣。而今本《鄭箋》"麀牡"曰"麌"。夫麌爲鹿口及鳴聲,鄭氏豈肯以"麀牡"解之?是《箋》或本作"麀牡曰塵",而習詩者誤改《箋》字,故其義不貫也。且上二字既作"麀鹿","牡"字於何處生根?經文既係"麌麌"二字,鄭豈肯破經字而以一字解之?相如《上林賦》曰"沈牛塵麋",左太沖《蜀都賦》"剪旄塵",《埤雅》引《名苑》曰"鹿大曰塵,群鹿隨之",其字從鹿從主，蓋群鹿之主也。《箋》又曰"噳復噳言多也"，蓋此麈既鳴曰"噳"，彼麈又應聲相聞，見麈鹿非一，則群鹿更多，故《箋》云"爾又凡獸之牡者，多能鳴，牝者不多能鳴"，則"噳噳"者爲牡獸無疑，而《鄭箋》之意益可領略矣。《五音篇海》蓋及見字學舊本，留心經學之人深足珍也。

清·段玉裁《毛诗故训传定本》：鹿牝曰麀。麌麌，衆多也。

清·戚学标《毛诗证读》：麌，《說文》作"噳"。

清·夏味堂《诗疑笔记》：駕車以壯捷爲貴，則馬必取乎牡，從禽以蕃息爲貴，則獸必取乎牝，故此曰"麀鹿"，下曰"小豝"。而《鄭箋》"其祁"，亦曰"其麀"。

清·焦循《毛诗草木鸟兽虫鱼释》：麀，《傳》"鹿牝曰麀。"《釋文》："麀，音憂。鹿牝曰麀。"《正義》"《釋獸》云'鹿，牡麚，牝麀'，是鹿牝曰麀也。"循按：取比配之義，故牝從七鹿之牝者爲麀，亦此義也。此從匕爲相比次之義，故寫之毋者，從之作雌。麀從匕爲會意。《說文》與麚爲重文，云麀從比省，非聲，故讀若憂。麌，《箋》"麕牡曰麌，麌復麌言多也。"《釋文》"麌，愚甫反。"《說文》作"噳"，云"麋鹿羣口相聚也"。鄭云"麕牡曰麌，麌復麌言多也。麕本又作麋，俱倫反。"《正義》"《釋獸》云：'麕，牡麌，牝麋。'是麕牝曰麌也。郭璞引詩曰'麀鹿麌麌。'鄭康成解即謂此也，但重言耳。《音義》曰：'麕，或作麏，或作麋。'是爲麋母曰麌也。由麕之相類，又承鹿牡之下。本或作麋牝者，誤也。《釋獸》又云：'麋，牡麔，牝麎。'下《箋》云'祁當作麎。麎，麋牝'是也。必易《傳》者，以言獸之所同，明獸類非一，故知其所言者皆獸名。下'其祁孔有'，《傳》訓祁爲大，直云其大甚有，不言獸名，不知大者何物。凡《釋獸》有麌之名，故易《傳》而從《爾雅》也。注《爾雅》者，某氏亦引《詩》云'瞻彼中原，其麌孔有'，與鄭同。下《箋》云'祁'當作'麎'。此麌不破字，則鄭本亦作麌也。"

循按："麀鹿麌麌"即《大雅》"麀鹿麌麌"。《箋》易《傳》，非也。

清·刘沅《诗经恒解》：麀，牝鹿。麌麌，多也。

清·徐华岳《诗故考异》：麌，《說文》作"噳"。鹿牝曰麀。麌麌，衆多也。《正義》："《釋獸》云：'鹿，牡麚牝麀。'"案：《說文》："噳，麋鹿羣口相聚皃。詩曰'麀鹿噳噳'。"《箋》："同猶聚也。麕牡曰麌。麌復麌言多也。"《正義》："《釋獸》云：'麕，牡麌，牝麋。'"

清·林伯桐《毛诗通考》：《傳》曰："麌麌，衆多也。"謂牝鹿之衆多也。《箋》云："麕牡曰麌"，麌復麌全與毛異。上既言麀（牝鹿也），又連言牡，牡其詞豈順乎？不如《傳》義爲安。

清·徐璈《诗经广诂》：陸德明曰："麌，《說文》麌，麋鹿羣口相聚也。"（《釋文》）

清·黃位清《诗绪馀录》：麀鹿。毛《傳》："鹿牝曰麀（《說文》同）。麌麌，言眾多也。"鄭《箋》："麕牡曰麌，麌復麌言多也。'祁'當作'麎'，麎，麋牝也。"《孔疏》："《釋獸》云'麕，牡麌，牝麋。'是麕牡曰麌。郭引詩'麀鹿麌麌'。鄭康成解謂即此也。……《釋獸》又云'麋，牡麔，牝麎'下，《箋》云'祁當作麎，麎麋牝是也。'必易《傳》者，以言獸之所同。獸類非一，故知其所言者，皆獸名。下'其祁孔有'《傳》訓祁為大，直言其大甚有，不知大者何物。且《釋獸》有麌之名，故易《傳》而從《爾雅》也。注《爾雅》者，某氏亦引《傳》云'其麎孔有'，與鄭同。下《箋》云'祁當作麎，此麌不破字'，則鄭本亦作麌也。"趙氏佑曰"據麌麋當依眾多之義，易為鹿名已屬強解，尚不破字，易'祁'為'麎'則太異矣。此皆鄭氏之蔽。"案：麌惟牡麕之名，麌而復麌所以為多義亦可。通林氏有席曰"麀鹿孕子於仲秋，生於春。"

清·马瑞辰《毛诗传笺通释》：《傳》："麌麌，眾多也。"《箋》："麕牡曰麌，麌復麌言多也。"瑞辰按：《大雅·韓奕》詩"麀鹿噳噳"，毛《傳》："噳噳，眾也。"《釋文》："'噳'本亦作'麌'"，同《說文》"'噳'，麋鹿羣口相聚皃。""麌麌"即"噳噳"之叚借，故《傳》以"眾多"釋之，《箋》說非是。

清·陈奂《诗毛氏传疏》：《傳》："鹿牝曰麀。麌麌，眾多也。漆沮之水，麀鹿所生也。從漆沮驅禽而致天子之所。"

《爾雅·釋獸》"鹿牝，麀"，此《傳》所本也。《靈臺》，《傳》"麀牝也"。《說文》"麀，牝鹿也"，字或作"麀"。麌麌，《韓奕》作"噳噳"，《傳》"噳噳然眾也"義與此同。《說文》引詩作"噳"，云"麋鹿羣口相聚皃"，"麋"疑"麌"之誤，轉寫者涉上文"麀鹿"，遂誤虍頭為鹿頭耳。"麌"即"噳"之古文假借字，如全詩用字之例，"任"又作"壬"，"儀"又作"義"，"僤"又作"單"，"仕"又作"士"之比，《韓奕》作"噳噳"，《吉日》作"麌麌"，皆其理也。《說文》無"麌"字，《潛》，《傳》"漆沮岐周之二水也"，漆沮之水，其菊地亦麀鹿之所生。《正義》云："驅之於漆沮之傍，從彼以至天子之所。"上言乘車升大阜，下言獸在中原，此云驅之漆沮，皆見獸之所在、驅逐之事以相發明也。

清·多隆阿《毛詩多識》：《毛傳》云："鹿牝曰麀。"《爾雅·釋獸》云："麀，牝麎，牝麀。"是麀即鹿之牝者。今牝鹿無角，色黃，無斑，白點，與牡鹿毛色異。

清·顾广誉《学诗正诂》：《韓奕》"麀鹿噳噳"，《釋文》本亦作"虞"，未知毛于此作"虞"而於彼作"噳"邪？抑毛皆作"噳"而鄭從三家作"虞"矣。《釋獸》"麎，牡虞。"郭注詩曰"麀鹿虞虞"。鄭康成解即謂此，又鄭所本也。《釋文》引《字林》音"吳"則亦古矣。近儒以《說文》未載輒疑為"虞"字之偽，似主持太過。

清·沈镐《毛诗传笺异义解》：《傳》："鹿牝曰麀。麌麌，眾多也。"《箋》："麎牡曰麌，麌復麌言多也。"《釋文》："麌，愚甫反。"《說文》作"噳"，云"麋鹿羣口相聚也。"鎬案：《說文》"麀，牝鹿也。噳，麋鹿羣口相聚貌。从口虞聲。詩曰'麀鹿噳噳'"。此與《傳》義合。《爾雅·釋獸》"麎，牡虞"，此與《箋》義合。李氏樗曰："'獸之所同'，同，聚也。"言獸之所聚，則有麀鹿之麌麌，眾多也。《說文》《爾雅》以爲"鹿之牝也"。"麌麌"，毛氏曰"眾多也"。鄭氏曰："麎牡曰麌，麌復麌言多也。"鄭氏所謂"麎牡曰麌"，亦本於《爾雅》，蘇氏則從毛氏之說，王氏則從鄭氏之言。然按其文勢，當從毛氏之說。《說文》於此作"從口從虞，言相聚也"，其字雖不同，其意與毛同。范氏處義曰："虞人驅獸而固之，舉鹿之牝者而言之，尚麌麌而眾多，他禽當稱是也。故自漆沮驅獸至天子田所。"二說均極允當，自以從毛義爲是。

清·方玉润《诗经原始》：《集釋》：麀，鹿牝曰麀。麌麌，眾也。

清·邓翔《诗经绎参》：虞，叶。《集解》同，聚也。《集解》：麀，牝鹿也。麌麌，眾多貌。

清·龙起涛《毛诗补正》：鹿牝曰麀。麌麌，眾多也。"麌，《說文》作"噳"，云"麋鹿羣口相聚也。"

清·梁中孚《诗经精义集钞》：麀，牝鹿也。麌麌，多也。

清·王先谦《诗三家义集疏》：疏：《傳》"鹿牝曰麀。麌麌，眾多也。"《箋》："同，猶聚也。麎牡曰麌，麌復麌言多也。"張衡《東京賦》"獸之所同"、《西京賦》"麀鹿麌麌"，明魯、毛文同。薛綜曰："同，聚也。言禽獸皆已合聚。"又曰："鹿牝曰麀，麌麌，形貌也。"孔疏引《釋獸》"麎，牡虞，牝麎"。郭注："詩曰'麀鹿麌麌'。"《釋文》引《說文》"麌作噳，云麋鹿羣口相聚也"，與《毛傳》同。鄭《箋》改毛以麌爲麎牡，與《爾雅》合，是據魯詩之訓，故郭用舊注同之。《釋獸》"鹿，牡麠，牝麀"，"麎，牡虞，牝麎"，魯義以爲"獸之所同"，其類非一，既有牝鹿又多牡麎也。

民國·王闿运《毛诗补笺》：《說文》引"麌"作"噳"，麋鹿羣口相聚也。鹿牝曰麀，麌麌，眾多也。《箋》云："麎牡曰麌。麌復麌眾多也。"

民国·马其昶《诗毛氏学》：麀，音憂。虞，愚甫反。鹿牝曰麀（《釋獸》"麀，牝鹿。"《說文》"麀，牝鹿也。"）虞虞，衆多也。（《說文》引詩作"噳噳"，云"麋鹿羣口相聚貌"。）

民国·张慎仪《诗经异文补释》：《釋文》虞，《說文》作"噳"，今《說文》口部引詩"麀鹿噳噳"。《玉篇》口部引詩同。陳奐云："《說文》無'虞'字，噳，麋鹿羣口相聚皃。'虞'疑'虞'之誤，轉寫者涉上文麀鹿，遂誤虍頭為鹿頭耳。'虞'即'噳'之古文假借字。"

民国·丁惟汾《诗毛氏传解诂》：《傳》云："鹿牝曰麀。虞虞，眾多也。"按：麀為牝鹿之會義字。鹿下匕為牝之省文。虞虞，《大雅·韓奕》篇作"噳噳"，云"噳噳然衆也"。此篇用本字，彼篇用同聲假借字。《箋》云："虞復虞，衆多也。"《箋》釋本字與《傳》義同。

民国·李九华《毛诗评注》：註：麀，音憂。鹿牝曰麀。虞，愚甫反。虞虞，衆多也。（《毛傳》傳註、《復古錄》）

民国·林义光《诗经通解》：虞，ngo。虞虞，毛云"衆多也"。異文：虞，《說文》引作"噳"。

民国·吴闿生《诗义会通》：鹿牝曰麀。《說文》字或作"麜"。虞虞，眾多也。《說文》引作"噳噳"。

日本

日本·三宅重固《诗经笔记》：麀鹿，舉此以見群獸也。

日本·冈白驹《毛诗补义》：鹿牝曰麀。虞虞，眾多也。

日本·赤松弘《诗经述》：麀，音憂。虞，愚甫反。鹿牝曰麀。虞虞，衆多也。

日本·户崎允明《古注诗经考》：麀鹿，《釋獸》曰："鹿，牡麚，牝麀。"考：虞虞，衆多。與《韓奕》雖同，本虞、娛通用。孟子"霸者之民驩虞如也。"麀鹿得其所相娛，與下章"或羣或友"同。故陸音釋云："《說文》作虞，麋鹿羣口相聚也。"鄭《箋》云："麜牡曰虞。"《釋獸》云："麜，牡麜，牝麜。"郭璞引此詩，故鄭依此也。下章，又為以"祁"當作"麜"，共扵句意未穩。

日本·皆川愿《诗经绎解》：《爾雅》云："鹿，牡麚，牝麀。"又羅願云："鹿自有無腳者，名為麀鹿"。虞虞，何楷云："當依《說文》作'噳'，云'麋鹿羣口相聚也'。"此喻以其事物之義大者，與前羣醜而與詩義相照，則可以知其所相類屬者不同。

日本·伊藤善韶《诗解》：鹿牝曰麀。虞虞，眾多也。

日本·冡田虎《冡注毛诗》：麀，音憂。虞，愚甫反。鹿牝曰麀。麌麌，蓋鹿聚貌。

日本·大田元贞《诗经纂疏》：《韓奕》"麀鹿噳噳"，《傳》云："噳噳然眾多也。"

日本·仁井田好古《毛诗补传》：鹿牝曰麀。麌麌，衆多也。漆沮之水，麀鹿所生也。從漆沮驅禽，而至天子之所也。翼：麀音憂。虞，愚甫反。《說文》作"噳"。

日本·龟井昱《毛诗考》：麀，《說文》以牝省。《虞箋》"麀牡"猶"牝牡"，虞虞，眾多也。《大雅》"麀鹿噳噳"。古田獵主鹿，故《释獸》麋鹿麕皆有跡，《周易》"即鹿無虞"。

日本·无名氏《诗经旁考》：《說文》"麀，牝鹿也。"《爾雅》："鹿，牡麚，牝麀，其子麛。"《爾雅》"麇牝麎。"郭璞曰詩云"麀鹿麌麌。"鄭康成解即謂此也，但重言耳。《説文》引此作"噳噳"云，噳，麋鹿群口相聚兒。

日本·滕知刚《毛诗品物正误》：麀：詳出《召南·野有死麕》篇。鹿：同上。

日本·安井衡《毛诗辑疏》：鹿牝曰麀。麌麌，眾多也。《箋》"麌猶聚也。麕牡曰麌，麌復麌，言多也。"

日本·安藤龙《诗经辨话器解》：《傳》："鹿牝曰麀。麌麌，衆多也。"《箋》云："麕牡曰麌，麌復麌言多也。"麀音憂，麌愚甫反，麕本又作麇，俱倫反，復扶又反。

日本·山本章夫《诗经新注》：麀，牝鹿也。虞虞，獸聚娛貌。獸之娛為"虞虞"，猶獸之聚為群。或為"鹿冠"，或為羊傍，如獸類皆用"犬傍"，不必拘。

日本·竹添光鸿《诗经会笺》：麀，音憂。虞，愚甫反。鹿牝曰麀。虞麌，衆多也。麀，《說文》"從牝省"。麌，《箋》："麌牡猶牝牡，言牝鹿則以見蕃息之意焉。"古田獵主鹿，故《釋獸》麀鹿麕皆有跡名，而《易》曰"即鹿無虞"。

朝鲜

朝鲜·朴世堂《诗经思辨录》：毛云："漆沮之水，麀鹿所生也。"鄭云："麕牡曰麌，麌復麌言多也。"

朝鲜·申绰《诗次故》：《說文》："麀，牝鹿也。"《爾雅》："鹿，牡麚，牝麚。"又《爾雅》："麚牡麋。"郭璞曰："詩云'麀鹿麌麌'",鄭康成解即謂此也,但重言耳。《說文》引用此作"噳噳","麋鹿羣口相聚皃。"

朝鲜·申绰《诗经異文》：麌麌：《釋文》：麌《說文》作"噳"。綽按：《說文》"噳,麋鹿羣口相聚皃。……詩曰'麀鹿噳噳'。"徐鉉曰："詩'麀鹿麌麌',當作'噳'字。"又見韓奕。

朝鲜·丁学详《诗名多识》：麀,朱子曰"鹿牝曰麀"。(詳見上鹿條)

朝鲜·沈大允《诗经集传辨正》：麀,音憂。麌,愚甫反。《集傳》曰："鹿牝曰麀。麌麌,衆多也。"

朝鲜·朴文镐《诗集传详说》：麀,音憂。麌,愚甫反。鹿牝曰麀。麌麌,衆多也。

梅按

关于"麀鹿麌麌"句,古今中外学者对其评析较为丰富,包括注音、释义、句意、考辩等几方面,现分列于下：

一、注音

"麀鹿麌麌"句注音,包括"麀""麌"等,现分列于下：

1."麀"注音

麀音忧。(唐代陆德明《毛诗音义》摘自《毛诗正义》卷十)又：麀,音攸。(明代张次仲《待轩诗记》卷四)

宋代朱熹《诗经集传》、吕祖谦《吕氏家塾读诗记》、严粲《诗缉》,元代胡一桂《诗集传附录纂疏》、刘瑾《诗传通释》、朱公迁《诗经疏义》,明代胡广《诗传大全》、黄佐《诗经通解》、徐奋鹏《诗经尊朱删补》,清代王鸿绪等《钦定诗经传说彙纂》、刘始兴《诗益》,民国马其昶《诗毛氏学》、李九华《毛诗评注》,还有日本赤松弘《诗经述》、冢田虎《冢注毛诗》、竹添光鸿《诗经会笺》,朝鲜沈大允《诗经集传辨正》、朴文镐《诗集传详说》等"麀"注音皆与陆氏同。

2."麌"注音

(1)麌,愚甫反。(唐代陆德明《毛诗音义》摘自《毛诗正义》卷十)

宋代朱熹《诗经集传》、吕祖谦《吕氏家塾读诗记》,元代胡一桂《诗集传附录纂疏》、刘瑾《诗传通释》、朱公迁《诗经疏义》,明代胡广《诗传大全》,清代王鸿绪等《钦定诗经传说彙纂》、刘始兴《诗益》,民国马其昶《诗毛氏学》、李九华《毛诗评注》,还有日本赤松弘《诗经述》、冢田虎《冢注毛诗》、仁井田好古《毛诗补传》、竹添光鸿《诗经会笺》，朝鲜沈大允《诗经集传辨正》、朴文镐《诗集传详说》等"麌"注音与陆氏同。

（2）麌，音语。（宋代严粲《诗缉》卷十八）又：麌，音娱。（清代张沐《诗经疏略》）

明代黄佐《诗经通解》、丰坊《鲁诗世学》、郝敬《毛诗原解》、曹学佺《诗经剖疑》、张次仲《待轩诗记》，清代朱鹤龄《诗经通义》，还有日本仁井田好古《毛诗补传》"麌"注音与严氏同。

（3）麌，音女。（明代徐奋鹏《诗经尊朱删补》）

（4）麌，ngo。（民国林义光《诗经通解》）

二、释义

关于"麀鹿麌麌"释义，有"麀""鹿""麀鹿""麌""麌麌"等，列举于下：

1."麀"释义

（1）毛氏曰："鹿牝曰麀。"（宋代吕祖谦《吕氏家塾读诗记》卷十九）

唐代孔颖达《毛诗正义》，宋代苏辙《诗集传》、朱熹《诗经集传》、杨简《慈湖诗传》、林岊《毛诗讲义》，元代胡一桂《诗集传附录纂疏》、刘瑾《诗传通释》、朱公迁《诗经疏义》，明代胡广《诗传大全》、郝敬《毛诗原解》、张次仲《待轩诗记》，清代王鸿绪等《钦定诗经传说汇纂》、严虞惇《读诗质疑》、黄梦白和陈曾《诗经广大全》、刘始兴《诗益》、段玉裁《毛诗故训传定本》、刘沅《诗经恒解》、陈奂《诗毛氏传疏》、沈镐《毛诗传笺异义解》、方玉润《诗经原始》、邓翔《诗经绎参》、龙起涛《毛诗补正》、梁中孚《诗经精义集钞》，民国王闿运《毛诗补笺》、马其昶《诗毛氏学》、李九华《毛诗评注》、吴闿生《诗义会通》，还有日本冈白驹《毛诗补义》、赤松弘《诗经述》、伊藤善韶《诗解》、冢田虎《冢注毛诗》、仁井田好古《毛诗补传》、无名氏《诗经旁考》、安井衡《毛诗辑疏》、山本章夫《诗经新注》、竹添光鸿《诗经会笺》，朝鲜申绰《诗次故》、丁学详《诗名多识》、沈大允《诗经集传辨正》、朴文镐《诗集传详说》释"麀"义大抵辑录毛氏之文。

明代冯复京《六家诗名物疏》对"麀"疏释云："《释兽》云：'鹿：牡麚，牝麀。'"清代多隆阿《毛诗多识》疏释云："是麀即鹿之牝者。今牝鹿无角，色黄，无斑，白点，与牡鹿毛色异。"沈镐亦对"麀"之释义做了详细的辨析。①

(2) 麀为牝鹿之会义字。鹿下匕为牝之省文。(民国丁惟汾《诗毛氏传解诂》)

2. "鹿"释义

(1) 鹿，羣鹿也，兽以鹿爲重。(清代张沐《诗经疏略》)

3. "麀鹿"释义

(1) 罗愿云："鹿自有无角者，名为麀鹿。"(明代何楷《诗经世本古义》)

(2) 麀鹿，举此以见群兽也。(日本三宅重固《诗经笔记》)

4. "麌"释义

(1) 麕牡曰麌。(汉代郑玄《毛诗笺》摘自《毛诗正义》卷十) 又：麌惟牡麕之名。(清代黄位清《诗绪余录》)

唐代陆德明《毛诗音义》疏释云："麕，本又作'麏'。"孔颖达《毛诗正义》进一步疏释云："《释兽》云：'麕，牡麌，牝麜。'是麕牡曰麌也。郭璞引《诗》曰：'麀鹿麌々。'郑康成解即谓此也，但重言耳。"明代冯复京《六家诗名物疏》、胡绍曾《诗经胡传》，日本安井衡《毛诗辑疏》，朝鲜朴世堂《诗经思辨录》"麌"释义同郑氏。

(2) 麜牡曰麌也。(唐孔颖达《毛诗正义》卷十)

唐代孔颖达《毛诗正义》疏释云："《音义》曰：'麕，或作麏，或作麜'。是为麜牡曰麌也。"

(3)《说文》作"䴠"，云："麋鹿群口相聚也。"(唐代陆德明《毛诗音义》摘自《毛诗正义》卷十)

宋代吕祖谦《吕氏家塾读诗记》、杨简《慈湖诗传》，明代丰坊《鲁诗世学》，清代钱澄之《田间诗学》、徐璈《诗经广诂》皆辑录《说文》上文。

(4) 董氏曰："《广训》：麌，衆也。"(宋代吕祖谦《吕氏家塾读诗记》卷十九)

(5) 麌爲兽名。(清代程晋芳《毛郑异同考》)

清代程晋芳《毛郑异同考》云："文之重者，其义必异，不得执一字以解，重文如'麌'爲兽名，'麌麌'则不得爲兽名矣，毛义爲长。"

5. "麌麌"释义

(1) 毛氏曰："衆多也。"(宋代李樗《毛诗详解》摘自《毛诗李黄集解》卷二十二)

---

①见沈镐《毛诗传笺异义解》。

汉代郑玄《毛诗笺》亦云："麌复麌，言多也。"宋代苏辙《诗集传》、朱熹《诗经集传》、吕祖谦《吕氏家塾读诗记》、杨简《慈湖诗传》、林岊《毛诗讲义》，元代胡一桂《诗集传附录纂疏》、刘瑾《诗传通释》、朱公迁《诗经疏义》，明代胡广《诗传大全》、季本《诗说解颐》、曹学佺《诗经剖疑》、张次仲《待轩诗记》、冯元飏和冯元飚《手授诗经》，清代张沐《诗经疏略》、王鸿绪等《钦定诗经传说汇纂》、严虞惇《读诗质疑》、黄梦白和陈曾《诗经广大全》、刘始兴《诗益》、傅恒等《御纂诗义折中》、段玉裁《毛诗故训传定本》、刘沅《诗经恒解》、陈奂《诗毛氏传疏》、方玉润《诗经原始》、邓翔《诗经绎参》、龙起涛《毛诗补正》、梁中孚《诗经精义集钞》，民国王闿运《毛诗补笺》、民国马其昶《诗毛氏学》、李九华《毛诗评注》、林义光《诗经通解》、吴闿生《诗义会通》，还有日本冈白驹《毛诗补义》、赤松弘《诗经述》、伊藤善韶《诗解》、仁井田好古《毛诗补传》、安井衡《毛诗辑疏》、安藤龙《诗经辨话器解》、竹添光鸿《诗经会笺》，朝鲜沈大允《诗经集传辨正》、朴文镐《诗集传详说》释"麌麌"皆大抵辑录毛氏之文。

（2）麌麌，鹿多貌。（明代郝敬《毛诗原解》卷十八）

（3）麌麌，大貌。非众多貌也。（清代罗典《凝园读诗管见》）

清代罗典《凝园读诗管见》疏释云："麌麌，大貌。非众多貌也。凡田之获兽以鹿为主，观易词言，即鹿可见。鹿之类，每一雄游牝百数，则麀鹿为多。但鹿之牡者，大如小马，俗以马鹿名。是则见为麌麌矣。麀鹿常小于牡鹿，而其大貌与牡埒者，亦复麌麌。"

（4）麌麌，盖鹿聚貌。（日本冢田虎《冢注毛诗》）

（5）虞虞，兽聚娱貌。兽之娱为"虞虞"，犹兽之聚为群。（日本山本章夫《诗经新注》）

从"麀""麌麌"释义可以看出，尽管宋以后解经新说纷出，然独守古义，无取新奇；各承师傅，不凭胸臆；汉唐注疏之遗风犹在矣。

三、句义

"麀鹿麌麌"句的解释如下：

1. 谓牝鹿之众多也。（清代林伯桐《毛诗通考》）

2. 麀鹿，牝兽，非可供于豆者而特举以言，见其非为祭祀，故不择物。但利其多，故就其聚处耳。（明代季本《诗说解颐》卷十七）

3. 麀是鹿之牝者，麌麌是众多意，要见百物咸熙，何与"攸伏""濯濯"之时，兽不止鹿，举一鹿以见其余耳。（明代黄道周《诗经琅玕》）

四、考证

清代陈大章《诗传名物集览》对"麀""麌"等做了详细考证，其云："《朱传》：'鹿牝曰麀。麌麌，衆多也。'《曲禮》：'惟禽兽无礼，故父子聚牝。'唐李敬业讨武氏檄：'致吾君之聚麀。'《毛传》：'麌麌，衆多也。'《说文》作'䴱'，'麋鹿群口相聚也。'《释兽》：'麕，牡麌，牝麀。'《郑笺》：'麕牡曰麌，麌复麌言多也。'《尔雅》：'麕，牡麌，牝麜。'《孔疏》：'《音义》曰：麕或作麖，或作麋，是麋牡曰麌也，或作麋牡者误。'《孔传》：'麌麌为衆多，与《韩奕》同。郑以麌为兽名为异耳。'"清代黄中松①、王先谦②亦对"麀""麌"进行了详细疏释和考辩。日本户崎允明《古注诗经考》也做了相关考证。

漆沮之从

中国

唐·陆德明《毛诗音义》（《毛诗正义》卷十）：沮，七徐反。

宋·苏辙《诗集传》卷十：漆沮，在渭北，所謂洛水也。言自其上驅獸而至天子之所也。

宋·李樗《毛诗详解》（《毛诗李黄集解》卷二十二）："漆沮之從，天子之所"，言此獸乃自漆沮之水驅之，以至天子之所也。漆沮，水名也。《禹貢》所謂"導渭自鳥鼠同穴，東會于涇，又東過漆沮"，即此漆沮是也。故孔氏《正義》以明漆沮在涇水之東，一名洛水。與詩古公"自土沮漆"者別也。此漆沮，正《周禮·職方氏》所謂"雍州，其浸渭洛"。雍州之地，又非河南之洛也。

宋·王质《诗总闻》卷十：漆沮，從禽獸則漆沮，即王所也。

宋·朱熹《诗经集传》卷五：沮，七徐反。漆沮，水名，在西都畿内，涇渭之北，所謂洛水。今自鹽韋流入廊坊至同州入河也。

宋·吕祖谦《吕氏家塾读诗记》卷十九：沮，七徐反。蘇氏曰："漆沮在渭北，所謂洛水也。"李氏曰："《書》疏云：漆沮在涇水之東，一名洛水，《職方氏》所謂'雍州，其浸渭洛'，非河南之洛也。"

---

①见黄中松《诗疑辨证》。
②见王先谦《诗三家义集疏》。

毛氏曰："漆沮，麀鹿所生也。從漆沮驅禽而至天子之所。"孔氏曰："以驅逆之車，驅之於漆沮之旁，從彼以至天子之所。"

宋·杨简《慈湖诗传》卷十一：《禹貢》："雍州漆沮既從，從者，從入渭水。然則天子之所，其在渭，漆沮之會歟？"

按：樓鑰云："漆沮既從"，《禹貢》自說治水；此詩自說從漆沮驅禽而至天子之所，似不必泥此"從"字。

樓尚書云："驅禽獸至天子之所。"

宋·林岊《毛诗讲义》卷五：從漆水、沮水驅禽而致天子之所。

宋·严粲《诗缉》卷十八：沮，音趨。李氏曰："漆、沮，二水名也。《禹貢》所謂'東會漆沮'，即此漆沮是也。故孔氏以漆沮在涇水之東，一名洛水，與古公'自土沮漆'別也。此漆沮正《周禮·職方氏》所謂'雍州其浸渭洛'。雍州之地，非河南之洛也。"

曹氏曰：漆、沮，二水名。本太王避狄所徙岐周之地。按：《漢志》：右扶風有漆縣，漆水在縣西，東入渭。沮，一名洛水，亦在岐周。若漢中郡之沮水，則出房陵縣之東山，東至鄀而入江，非此沮也。漆、沮，又考見《緜》。

元·胡一桂《诗集传附录纂疏》：沮，七徐反。漆沮，水名。在西都畿內，涇渭之北，所謂洛水。今自鹽韋流入鄜坊，至同州入河也。

元·刘瑾《诗传通释》：沮，七徐反。漆沮，水名。在西都畿內，涇渭之北，所謂洛水。今自鹽韋流入鄜（孚）坊，至同州入河也。李迂仲曰："《書》疏云：漆沮，在涇水之東。一名洛水。《職方氏》所謂雍州其浸渭洛，非河南之洛也。"

愚按："此言'漆沮之從'，猶《車攻》言'甫草''敖地'，彼則狩于東都，此則狩于西都也。"

元·梁益《诗传旁通》卷七：漆沮二水，《禹貢》："東會于涇，又東過漆沮之漆沮。"孔安國云："在涇水東，一名洛水。此與《緜》詩古公之'自土沮漆'異。《周禮·職方氏》：'雍州其浸渭洛'是也。或云：沮，一名洛。鹽韋、鄜坊同，皆州名。鄜音孚，洛水亦經延安境，又西自韋州流至鄜州同州，入河同華至河中府，河瀆在焉。"

元·许谦《诗集传名物钞》：《禹貢》謂"東過漆沮。"孔氏曰："漆沮二水名，亦曰洛水，出馮翊北。"《寰宇記》："漆水自耀州同官縣東北界來，經華原縣合沮水。"沮水，《漢志》："出北地郡直路縣東，即今坊州昇平縣北子午嶺，俗號子午水。下合榆谷、慈馬等州，遂為沮水。至耀州華原縣合漆水，至同州朝邑縣東南入渭，洛水出慶州廢洛源縣北白於山，經上郡雕陰縣秦望山南，過

113

襄樂郡又東南，過同州郃縣以入于渭。郃縣即白水縣也。"（程大昌泰之《雍錄》）

《禹貢》止有漆沮，秦漢以後始有洛水。所謂洛水者，《地志》："出北地郡歸德縣北蠻夷中（即洛源縣），其水自入塞後逕鄜坊同之三州，始入渭。"孔安國葦謂"自馮翊襄德縣入渭者也"。漢襄德唐同州郃縣，亦朝邑縣也。所謂沮水者，《長安志》："自邠州東北來，至華原縣南流合漆水，入耀州富平縣石川河。石川河者，沮水正派也。"所謂漆水者，《長安志》："漆水自華原縣東北，同官縣界東南，流入富平縣石川河，是為合漆之地。此三水分合之詳也，若槩三水而命其方，則漆在沮東，至華原乃合沮；沮在漆西，既已受漆則遂南東而合乎洛；洛又在漆沮之東，至同州白水縣與漆沮合而相與南流，以入于渭。三水雖分三名，至白水縣則遂混為一流。故自孔安國、班固以後，論著此水者，皆指襄德入渭之水為洛，而曰洛即漆沮者，言其本同也。"《禹貢》："導渭序漆沮在澧涇之下，澧之入渭，在鄠屋縣境，蓋在咸陽西南；涇之入渭，在陽陵，則在咸陽之東。漆沮入渭，在襄德又在陽陵東北三四百里也。"《地理攷異》書："漆沮在澧涇之東，為渭之下流。"《吉日》漆沮，乃會於東都。維田獵之後，則宜為下流之漆沮，於東都為地近，非《縣》之漆沮也。餘見《大雅·縣》。馮，皮陵反。華，胡化反。雍，於用反。鄜，方無反。襄，即懷字。邠，即豳字。鄠，張流反。屋，陟栗反。

元·朱公遷《诗经疏义》（《诗经疏义会通》卷十）：沮，七徐反。漆沮，水名，在西都畿內涇渭之北，所謂洛水。今自延韋流入鄜（音孚）坊至同州入河也。（輯錄）

季氏曰："《書》疏云：'漆沮在涇水之東，一名洛水。'……《職方氏》所謂"雍州，其浸渭洛"，非河南之洛也。"《通釋》曰："此言'漆沮之從'，猶《車攻》言'甫草''敖地'，彼則狩于東都，此則狩于西都也。"

明·胡广《诗传大全》卷十：沮，七徐反。漆沮，水名，在西都畿內，涇渭之北。所謂洛水，今自延韋流入鄜（音孚）坊至同州入河也。

三山李氏曰："《書》疏云：漆沮，在涇水之東，一名洛水。《職方氏》所謂'雍州其浸渭洛'，非河南之洛也。"

安成劉氏曰："此言'漆沮之從'，猶《車攻》言'甫草''敖地'。彼則狩于東都，此則狩于西都也。"

明·季本《诗说解颐》卷十七：漆沮二水合於同州，至朝邑縣而入渭。在涇水之東，乃漢馮翊之漆沮也。循漆沮而上，皆高山多獸，是"獸之所同"也。其地在畿內。按：《爾雅》"十藪，周有焦穫"，在今涇陽三原二縣之間，當涇水之東北，漆沮之西南，去鎬京百餘里，此周人常狩之地也。但漆沮合流之處，去鎬京已三百里，循二水而上，則又遠矣。而天子親往焉，故曰"天子之所"，諷其出太遠而淫獵也。

漆沮，二水名。雍州之域有二漆沮，而皆入渭。其一在漢馮翊之地，涇之下游也；其一在漢扶風之地，灃之上游也。《禹貢》："導渭東會于灃，又東會于涇，又東過漆沮入于河。"渭水未□灃之前，所受之漆沮，扶風之漆沮也；不言渭之所過於會灃之上，而言所過於會涇之下者，則馮翊之漆沮也。意者扶風漆沮小而可略，而馮翊漆沮大而當詳歟？漆沮於經常並稱之，必二水相敵也。然二水名稱相亂，或以沮水言於馮翊，而沮自為沮；或以漆水言於扶風，而漆自為漆；或以漆、沮為一水，故釋經者往往無定論。以今考之，沮水出延安府中部縣西南子午嶺，流經西安府涇陽縣嵯峨山，南及耀州富平縣，至粟邑廢縣會于洛。粟邑，今同州白水縣西北地也。洛水出慶陽府城東北廢洛源縣於白山，非洛陽之洛也。流經延安府甘泉縣西及鄜州洛川縣，至同州澄城縣西北，南流合沮水至同州朝邑縣入渭。竊意洛水即漆水也。蓋二水異源而同出慶陽，流長俱大，故漆沮並稱。孔安國註《禹貢》，漆沮亦曰洛水，此說是也。但不當以沮併為洛耳。然比之《寰宇記》所謂"漆水自耀州同官縣東北界來，經華源縣合沮"者，則沮大漆小不得並稱。而耀州之漆，不可以當漆沮之漆矣，此馮翊之漆沮也。又一漆水出鳳翔府北，麟遊縣西普潤廢縣，故漢漆縣也。流經岐山北，大樂水自西北注之，南與杜水合。杜水出杜陽山，在府城東北二十五里，故杜陽縣地也。其並稱之沮水，則諸家以為未詳。然有大樂諸水合流，豈即沮之別名而失傳歟？此扶風之漆沮也。馮翊之漆沮，即此"漆沮之從，天子之所"與？《潛》"猗與漆沮"者是也。扶風之漆沮，即《緜》"自土沮漆"者是也。何以別其如此邪？以公劉遷豳、大王遷岐觀之，大略可見矣。蓋不窋之徙，居戎翟也，在今慶陽府。公劉自不窋故地而遷豳，在今邠州淳化縣西，廢三泉縣界，當涇水之西，其道甚便。而沮在涇之東，漆又在沮之東，俱隔大山。公劉初遷必不至馮翊之漆沮也。及大王自豳遷岐，踰梁山而始至岐山北，漆沮合流之處。梁山在今西安府乾州城西北五里，當豳之西南，大王初至於此時，尚未有室家也。故"陶復陶穴"，以居沮漆耳。當其在豳，則公劉時先已有舘，況至大王時。在豳既久，豈得復言"陶復陶穴"哉？但其地水源所出，俱在岐周之北，扶風之地，非豳也。顏師古謂："自土沮漆"，齊詩作"自杜"，公劉避狄而來居，杜與漆沮之地，其謂杜與漆沮為三水，則是而曰公劉來居，蓋本鄭元詩譜之說，則失之矣。蓋漆沮之會於同州者，去鎬京三百餘里。據《爾雅》，則周人常狩之藪焉，蕉穫近於漆沮，其山多獸，其水多魚，順渭流而下，取獸取魚，

115

恒必從之。故"吉日及潛"之漆沮當言於馮翊也，不然則二漆沮混而無別，此爲說者所以紛紛無所的從歟。

明·黄佐《诗经通解》卷十一：沮，七餘切。

明·丰坊《鲁诗世学》卷二十：【正说】朱子曰："漆沮，水名。在西都畿内，涇渭之北，所謂洛水。今自延韋流入鄜坊，至同州入河也。"

【考補】彭山季氏曰："漆沮二水合于同州，至朝邑縣而入渭，在涇水之東，乃漢馮翊之漆沮也。循漆沮而上，皆高山多獸，是'獸之所同'也。其地在畿内。按：《爾雅》：'十藪，周有焦穫'，在今涇陽三原二縣之間，當涇水之東北，漆沮之西南，去鎬京百餘里，此周人常狩之地也。但漆沮合流之處，去鎬京已三百里，循二水而上，則又遠矣。而天子親往焉，故曰'天子之所'，諷其出太遠而遙獵也。"

【續考】蘇氏曰："漆沮在渭北。所謂洛水，《職方氏》所謂雍州其浸洛汭，非河南之洛也。"

明·郝敬《毛诗原解》卷十八：漆沮，西都二水名。

明·冯复京《六家诗名物疏》卷三十五：漆沮，《禹貢》："雍州漆沮，既從導渭自鳥鼠同穴，東會于灃，又東會于涇，又東過漆沮，入于河。"孔安國曰："漆沮二水名，亦曰洛。"顔師古曰："漆沮即馮翊之洛水也。"蔡傳云："漆水，《寰宇記》：'自耀州同官縣東北界來，經華原縣合沮水。'沮水，《地志》：'出北地郡直路縣東，今坊州宜君縣西北境也。'《寰宇記》：'沮水自坊州昇平縣北子午嶺出，俗號子午水，下合榆谷、慈馬等川，遂爲沮水。至耀州華原縣合漆水，至同州朝邑縣東南入渭。'"《水經》："漆水出扶風杜陽縣俞山東北入于渭；沮水出北地直路縣，東過馮翊祋祤縣北，東入于洛。"《水經注》："鄭渠在太上皇陵東南，濁水注焉，俗謂之漆水，又謂之柒沮。其一水東出，即沮水也。故濁水得柒沮之名，東北流注于洛水。"

按：漆沮，二水名，其源又各別，故說者紛紛。據孔安國、顔師古之說，漆沮即洛水也；朱子亦云漆沮在西都畿内，涇渭之北，所謂洛水。今洛水出陝西慶陽府■縣，經延安府甘泉縣、鄜州宜君縣子午嶺，至中部縣入西安府界，經耀州及同官縣至富平縣合沮水，歷蒲城同州，至朝邑縣東南入渭，乃周官所云雍州。其浸渭洛非伊洛之洛也，《寰宇記》謂漆自同官來指此。竊意漆水即洛水也，與扶風杜陽之漆不同。《一統志》不考，乃云同官之漆，出自鳳翔。不知彼漆爲涇汭所間，豈能飛渡涇汭而來同官邪？沮水出自延安府宜君縣，至子午嶺合子午水，歷中部縣東南流入西安府界，至富平縣合漆水，即洛也。孔氏注《禹貢》，"漆沮亦曰洛水"是也。但不當以沮并爲洛耳。此馮翊之漆沮也，即此"漆沮之從，天子之所"與《潛》"猗與漆沮"是也。蓋漆沮之會于同州者，去鎬京三百餘里。《爾雅》周之藪曰焦穫，焦穫近於漆沮，其山多獸，其水多魚，取魚狩獵之地，當必此也。《書》稱渭水東過漆沮，亦是此漆沮。若出扶風漆縣者，則在灃之上流，與經之次序不合矣。其《水經注》所云濁水謂之漆沮者，當在今臨潼縣界。未知今之土俗亦名爲漆沮否？然濁水一小水注鄭渠者耳，非詩人所咏也。一漆水出鳳翔府麟遊縣西普潤廢縣，故漢漆縣也。流經岐山北，大樂水自西北注之，南與杜水合。《齊詩》所謂"自杜沮漆"者也。其沮之所在，孔仲達云未聞此扶風之漆沮也。《緜》詩云："自土沮漆"指此，何者？不窋徙居戎翟之間，在今慶陽府；公劉遷豳，在今邠州淳化縣西，廢三泉縣界。當涇水之西，其道甚便；而沮在涇之東，漆又在沮之東，俱隔大山。公劉初遷，必不至馮翊之漆沮也。及大王自豳遷岐，踰梁山始至岐山北，漆沮合流之處。梁山在今西安府乾州城西北五里，當豳之西南。孔仲達《緜》詩疏云："漆沮在豳地，二水東流亦過周"非也。若漆沮在豳，則公劉于豳斯舘已有宮室，大王何爲"陶復陶穴"哉？但以大王初至扶風之地，故"陶復陶穴"云耳。又一沮水，出鞏昌府階州角弩谷東南入渭，此別一水也。《寰宇記》云："合榆谷水。"榆谷在臨洮，去渭源近。正謂此沮水若延安沮水，何由西行數百里至臨洮，既至臨洮又何由至西安之耀州耶？

明·曹学佺《诗经剖疑》卷十四：漆沮，水名，在畿内所謂西洛也。

明·徐奋鹏《诗经尊朱删补》：沮，平声。漆沮水多。

明·顾梦麟《诗经说约》：漆沮，水名。在西都畿内，涇渭之北。所謂洛水，今自延韋流入鄜坊，至同州入河也。

明·张次仲《待轩诗记》卷四：漆，音七。從桼，俗從非。沮，七徐反。漆沮二水會于同州，至朝邑而入渭，在涇水之東，乃漢馮翼之漆沮，在今涇陽三原二縣之間。循漆沮而上，皆高山多獸，是"獸之所同"，天子出獵之所，故驅禽從之也。《說文》："庚位西方，象秋時萬物有實也。"孔氏曰："擇馬用午日，蓋於辰午為馬故也。"

明·黄道周《诗经琅玕》：漆沮，二水名。從雖是從禽，卻是指言之。尚未至其地。考：漆沮，水名。在西都畿内，涇渭之北，所謂洛水，今自延韋流入鄜坊，至同州入河。三山李氏曰："一名洛水者，《職方氏》所謂雍州其浸渭洛，非河南之洛也。與古公'自土沮漆'亦別。"

明·钱天锡《诗牖》："獸之所同"四句，語意婉轉，言禽獸眾多，其地何在，其"漆沮之從"乎？從，從禽也。以追逐其後，故曰"從"。

沈無回曰："漆沮非洛水也，二水在豳地，東流乃過周，故《緜》傳曰：

'周原，漆沮之間也。'"

明·冯元扬、冯元飙《手授诗经》：漆沮，水名。

明·何楷《诗经世本古义》：漆沮，二水名，即《緜》篇之"沮漆"是也。在漢扶風之地。漆水出杜陽縣岐山北，沮水與漆水合流至岐山入渭，詳見《緜》篇與《潛》之"猗歟"。漆沮不同，愚所以定此詩為成王大蒐岐陽之詩者，正以此一語定之。"從"，猶循也。言循漆沮之濱以行也。漆沮與岐陽相近故云。然天子謂成王也，岐陽之地為天子大蒐之所在也。

明·朱朝瑛《读诗略记》：漆沮，《尚書孔傳》云："亦謂之洛水。"晦翁因之按《水經注》：水出北地直路縣東，過馮翊祋祤縣入洛水。漆水，《水經注》云："濁水謂之柒水，又謂之柒沮。"韓苑洛云："嘗至同官縣見一大潭，其水流出東壑。問其居人曰：'漆潭至富平不百里即入洛，是漆沮皆注于洛水。此洛水所以有漆沮之名也。'"《禹貢》所云"導渭水東過漆沮"者即此，是已與扶風之漆水自別。今《一統志》沮水之源無考，惟洛水出慶陽府合水縣，即古北地至耀州同官縣而合漆水，即古祋祤也。則所謂洛水者乃沮水耳。洛水之源更在其北。

明·胡绍曾《诗经胡传》：漆沮，《禹貢》："雍州漆沮既從。"孔安國、顏師古皆云即馮翊之洛水，正《職方氏》雍州其浸渭洛，非河南之洛也。漆沮之會於同州者，去鎬京三百餘里，視《緜》之漆沮，則爲下流。《爾雅》："周之藪曰焦獲。"焦獲近漆沮，其山多獸，其水多魚，《頌》之《潛》亦是此處。

清·朱鹤龄《诗经通义》：沮，音苴。漆沮在岐周。《左傳》"成有岐陽之蒐"，即此地。陳啟源曰："《朱傳》以漆沮在涇渭之北。"按：宣王石鼓文實在岐陽，文中述魚獸甚多，則此為岐周之漆沮無疑矣。

清·钱澄之《田间诗学》：漆沮出岐山北。沮水與漆水合流至岐山入渭。

清·王夫之《诗经稗疏》：漆沮，陝西之水名漆者有二：一出扶風縣，《水經》所謂"出扶風杜陽縣之俞山東北入於渭也"；一出永壽縣，流至耀州合於沮，《禹貢》所謂"渭水又東過漆沮合於河也"。此詩及《綿》之篇所云"漆沮"，連類而舉，知其為永壽之漆矣。沮水出宜君縣逕耀州合漆，又逕同官至富平縣，合北雒水入於渭，《水經》所謂"北雒水出北地直路縣，東過馮翊祋祤縣北東入於河"是已。然沮水過祋祤而不徑入河，則《水經》之疎也。《禹貢》言渭東過漆沮入河，是漆沮合渭而後入河，不自耀州東北徑入審矣！（耀州本祋祤地）乃《孔安國書傳》云："漆沮二水名，亦曰雒水，出馮翊北，亦曰雒水。"大誤。雒北雒水也，漆沮至富平縣始合北雒，北雒出延安雒川縣西，非即漆沮，特其下流相合耳。《集傳》承孔氏之誤，亦云在西都畿內，涇渭之北。所謂雒水，今自延韋流入鄜州，至同州入於河，既不知雒水之有別源，又不知漆沮北雒合而入渭，同渭入河而不自入於河。朱子當南渡之後，北方山川多所未覈。胡不取《禹貢》本文一疏析之，以折孔氏之譌耶？若"自土沮漆"注又謂二水在豳地，尤謬。漆沮二水出邠州之東北，過邠東而入渭，不復逕邠，"自土沮漆"者言邠之東界耳。

清·张沐《诗经疏略》：漆沮，水名。水多草茂，禽獸生聚之地。在西都涇渭之北，一名洛水。從，逐也。

清·陈启源《毛诗稽古编》：宋李樗引《尚書》《孔疏》："漆沮在涇水之東，一名洛水，即《職方》'雍州之浸'以解之。"《吕記》《朱傳》皆祖其說。則此漆沮在馮翊，即《禹貢》之漆沮也。近世馮氏《名物疏》謂："地近焦穫，其山多獸，水多魚，漁獵宜於此。"地理或有。然馮又謂："惟漆水又名洛，不當併以沮為洛。"今錄其略曰：

洛水出今陝西慶陽府環縣，經延安府甘泉縣、鄜州宜君縣子午嶺，至中部縣入西安府界，經耀州及同官縣，至富平縣合沮，歷蒲城同州至朝邑縣東南入渭。（此洛水，即漆也。）沮水出自延安府宜君縣，至子午谷合子午谷水，歷中部縣東南流入西安府界，至富平縣合漆水。此馮翊之漆沮也，去鎬京三百餘里。若出扶風漆縣者，與馮翊之漆為涇汭所隔，豈能飛渡而合為一水邪？其扶風漆水出自鳳翔府麟遊縣西普潤廢縣，故漢漆縣也，流經岐山北。大欒水自西北注之，與杜水合。《齊詩》所謂"自土沮漆"者也。其沮之所在，孔仲達云未聞。（近韓邦奇云：沮水出鞏昌府階州角弩谷東南入渭。）此扶風之漆沮也。《緜》詩"漆沮"指此。

馮謂漆沮有二，而此詩漆沮是馮翊之水信矣！至謂漆沮不得俱名洛，則猶未盡焉。《禹貢》："導水又東過漆沮。"《孔傳》云："漆沮，二水名。亦曰洛水。出馮翊北。"《疏》引《水經注》云："沮水出北地直路縣東入洛水。"（今《水經》同。）又云："鄭渠在太上皇陵東南，濯水入焉。俗謂之漆水，又謂之漆沮。其水東流注於洛水。"（今此文見注而稍不同。又濯作濁，漆作柒。）《漢書》引《禹貢》此文。顏師古注亦云："漆沮，即馮翊之洛水。此皆統名漆沮為洛而馮氏所譏也。以今考之，漆、沮、洛，乃各一水名。漆、沮俱入洛，洛入渭，三水源異而委同耳。"案：漢《地理記》："北地郡歸德縣，注洛水出北蠻夷中，漢歸德。今慶陽府合水縣隋置洛源縣於其東北（後併入合水），蓋指洛水之初入塞為源以名縣也。"又《山海經》云："白於之山，洛水出其陽，東流以注於渭。"宋樂史《寰宇記》以為："白於山一名女郎山，在合水縣北三十里，亦謂洛出合水縣與隋洛源意同，皆言洛之源也。"又案《地理記》："馮翊懷德縣注：《禹貢》北條荆山在南，下有彊梁，原洛水東南入渭。"《周禮‧職方氏》注亦言："洛出懷德。"此與《禹貢》傳疏及師古注意同，皆言洛之委也。洛之委與漆、沮合，則已兼有二水在其中，馮謂不得併名洛過矣。雍錄言："洛水入塞後，經鄜坊同三州乃入渭。漆在沮東，洛又在漆、沮東，漆至華原而西合沮。"（華原今省入耀州。《寰宇記》言漆、沮合于此，俱入富平之石川河。）漆、沮又東南至同州白水縣，乃合乎洛而南流入渭。（在朝邑縣西南三十二里，有漢懷德故城。）三水雖分，至白水縣溷為一流。故孔安國、班固皆指懷德入渭之水為洛水，而曰洛即漆沮也。韓邦奇言，洛自洛而漆沮二水入焉，說亦相合。韓雍人所見，當得其真矣。又案：斯語得之。"瞻彼洛矣"，指此洛。宋王氏以為，東都水非是。雍州有二漆沮，在馮翊者入渭之下流，《禹貢》之"漆沮既從，（《疏》以為扶風水誤也。）又東過漆沮"是也。在扶風者入渭之上流，《緜》詩之"自土沮漆"，《潛》頌之"猗與漆沮"是也。《潛》，《傳》云："漆沮，岐周之二水矣。"惟《吉日》之漆沮，宋蘇子由、李迂仲俱指為洛，則馮翊之水也。近世馮嗣宗祖其說，謂馮翊之漆沮，地近焦穫，多產魚獸，宜為漁獵之地，信矣。然扶風之漆沮，正《潛》篇所云"多魚"者也。且其水經流岐下，而岐陽之地實周家較獵之場。楚椒舉言"成王有岐陽之蒐"，語見"昭四年"。《左傳》："世傳石鼓文十篇，記宣王田獵之事"，地亦在岐陽，其文次篇言漁於汧水，（云"汧也沔沔"。王厚之云"汧水名"。）末篇言獸於吳岳，（云"吳人憐亟"。鄭樵云"吳即吳岳"。）汧水出扶風汧縣，吳岳即汧水所自出，皆與扶風之漆沮相近。又文之體製頗與《車攻》《吉日》相似，所述物産有麋、豕、麀、鹿、雉、兔（鱷同）、鯉、鱒（鄭樵云：卑連切）、鰿（鄭樵云：音白）、鯊、鮄之類，其多獸多魚不下於焦穫矣。又其地即《周禮》之弦蒲，《爾雅》之楊陓（音陓）。《周禮‧職方氏》："雍州之澤藪曰弦蒲。"注云：弦蒲在汧。《疏》云：吳山在汧西，有弦蒲之藪，汧水出焉。《爾雅》："秦有楊陓。"注以為在扶風汧縣西，楊陓與焦穫各居十藪之一。《吉日》之漆沮安在，非扶風之漆沮水乎？

"漆沮之從，天子之所"：《毛傳》云："從漆沮驅禽而致天子之所。"《孔疏》云："以獵有期所，故驅禽從之也。"蓋古者戰不出頃田，不出防，不逐奔走。（此三語亦見《車攻》傳）故諸侯田獵之禮，必使虞人驅禽而至入於防中，然後射之。未嘗登歷山險，蒐求狐菟。不輕萬乘之重，更見三驅之仁。其義良深矣。《騶虞傳》云："虞人翼五犯以待射"。《駟鐵》詩云："奉時辰牡。"《周禮‧大司馬》職云："設驅逆之車，皆是禮也。"此禮廢，而後世人主盤於遊畋，始有"歷邱墳，涉蓬蒿，口敝於叱咤，手倦於鞭策"者矣。下章"悉率左右，以燕天子"，即上章之意。《傳》云："驅禽之左右，以安待天子。"《箋》云："順其左右之宜，以安待王之射。射禽必自其左，故云順其宜也。"《集傳》云："視獸之所在而從之，惟漆沮之旁為盛，宜為天子田獵之所。"是徒以利獸為樂，古制蔑如矣。又謂"悉率左右"是從王者率同事之人。夫在王左右者，獨非從王之人乎？誰率之而誰為所率者乎？文義殊不可通。

清·冉覲祖《诗经详说》：漆沮，水名。在西都畿內，涇渭之北，所謂洛水。今自延韋流入鄜坊，至同州入河也。

按：鄭以爲驅禽至天子之所多一折。

三山李氏曰："《書》疏云：'漆沮在涇水之東，一名洛水。'《職方氏》所謂'雍州其浸渭洛'，非河南之洛也。"安成劉氏曰："此言差馬，猶《車攻》言'我馬既同'也；此言'漆沮之從'，猶《車攻》言'甫草''敖地'。彼則狩於東都，此則狩於西都也。"

《詩說》：狩獵恐妨農害稼，必有專地。此漆沮及甫草是也。甫草在東都，漆沮在西都。提出天子以震肅天下，語意極鄭重，勿略過。

《集解》按：漆沮既狩獵專地，則此章下四句非將田而始擇之，蓋特夸張揚厲以指出行狩地耳。

張壯來曰："漆沮乃王氣所鍾，是天子祖宗所遺。但天子委而不臨，則百物亦若隱焉以待者茲。天子中興，百獸率舞而效靈也，以此見其爲天子之所也。若泥'宜爲'二字便差了。然按《孔疏》'漆沮在涇水之東，與古公"自土沮漆"者別'，則不可謂是興王之地矣。蓋天子田獵自有專地，'東有甫田，西有漆沮'是也。今日應運中興，人心鼓舞，則漆沮之西禽獸眾多，宜爲天子西狩之所也。"此說最妥。

清·秦松龄《毛诗日笺》：毛氏曰："漆沮之水，麀鹿所生也。從漆沮驅禽而致之。"

清·李光地《诗所》：《禹貢》云："漆沮既從言二水從渭而東也，則此當是漆沮入渭處。"

清·王鸿绪等《钦定诗经传说汇纂》：沮，七徐反。《集傳》：漆沮，水名，在西都畿內涇渭之北，所謂洛水，今自延韋流入鄜（音乎）坊至同州（《皇輿表》：鄜州，今延安府鄜州；坊州，今延安府鄜州中部縣；同州，今西安府同州。並隸陝西）入河也。李氏樗曰："《禹貢》所謂'導渭自鳥鼠同穴，東會于涇，又東過漆沮'，即此漆沮是也。故孔氏《正義》以明漆沮在涇水之東，一名洛水。與詩古公'自土沮漆'者別也。此漆沮正《周禮·職方氏》所謂'雍州其浸渭洛'。雍州之地，又非河南之洛也。"

《集說》劉氏瑾曰："言'漆沮之從'，猶《車攻》言'甫草''敖地'，彼則狩於東都；此則狩於西都也。"黃氏佐曰："天子之田，或奉宗廟，或進賓客，或充君庖，非禽獸之多不可。此漆沮所以宜田獵也。"

清·严虞惇《读诗质疑》：李氏曰："漆沮，二水名。在涇水之東，一名洛水。"《朱註》："戊辰之日既禱矣，越三日庚午，遂擇其馬而乘之，視獸之所聚、麀鹿最多之處而從之。唯漆沮之旁為盛，宜為天子田獵之所也。"

清·李塨《诗经传注》：漆水自耀州同官縣東北界來，經華原縣合沮水，沮水自坊州昇平縣北子午嶺出，視俗子午水下合榆谷慈馬等川遂為沮水，之耀州華原縣合漆水，至同州朝邑縣東南入渭，於此從禽，是為天子之所也。

清·黄梦白、陈曾《诗经广大全》：漆沮，二水名。季本云："雍州有二漆、沮，而皆入渭，一在漢馮翊之地，涇之下流也；一在漢扶風之地，灃之上有游也，馮翊漆沮，此詩及《潛》'猗與漆沮'是也。扶風漆沮，則《緜》'自土沮漆'是也。從，猶循也。循漆沮之濱以行也。"

清·汪绂《诗经诠义》：漆沮，今洛川（此陝西之洛，非河南之洛），蓋延鄜閒也。（張壯采謂"漆沮王氣所鍾"，此謬說也。天子行狩自有定所，東則甫田，西則漆沮，擇閒地耳。）

清·顾栋高《毛诗订诂》：李氏樗曰："《禹貢》所謂'導渭自鳥鼠同穴，東會於涇又東過漆沮'，卽此漆沮是也。故孔氏《正義》以明，漆沮在涇水之東，一名洛水。與詩古公'自土漆沮'者有別。此漆沮正《周禮·職方氏》所謂'雍州其浸渭洛'，此雍州之洛，非河南之洛也。"

清·刘始兴《诗益》：沮，七徐反。漆沮，水名，在西都畿內，涇渭北。

清·顾镇《虞东学诗》：《一統志》："敖山在開封府鄭州河陰縣西北二十裏"，《書》傳："漆沮二水名，亦名洛師，古曰即馮翊之洛水也。"馮疏：漆水即洛水，與扶風杜陽之漆不同，但不當與沮並為洛耳。今按《方輿紀要》：洛水南經洛州南中部縣東，而沮水入焉，又南流入西安府耀州境，過州西又南合於漆水，則《書》傳固無誤也。特《緜》詩"自土沮漆"則又其上流，非合流於洛之水耳。

清·傅恒等《御纂诗义折中》：漆沮，二水名。順合曰："從漆沮相從入洛，又從入渭。"《禹貢》曰"漆沮既從"是也。

清·沈青崖《毛诗明辨录》：漆沮二水今名石川河，沮水發源於徼寧，漆水發源同官，至耀州與沮水合流入渭，在涇之東，非洛水也。洛水由定邊縣之琉璃廟發源，經保安縣至甘泉鄜州、洛川中部宜君東南、流至同州，亦入渭，入黃河渭之三河口。洛水昔人傳訛亦有漆沮之稱，但去西都較耀州為遠，而耀州之石川河於《禹贡》恰合，漆沮固不得以此易彼也。

清·罗典《凝园读诗管见》：沮漆，二水名，在豳地。昔公劉始遷於此，起不窋之衰，復修後稷之業，周道以興。則其後之文作《豐》《武》《宅》，鎬遂■馭為天子者，固不獨追言古公亶父居岐之陽，實始翦商乃為肇基王迹也。

豳之漆沮又在岐陽，先其為天子發祥者久矣，故曰漆沮之從，天子之所。從即自也，與稱由來同。其由來為天子之所，地鍾王氣，則物產兆之，故此章言"麀鹿麌麌"。《綿》之三章言"堇荼如飴"，其為豳與岐陽，作興王之後應者，皆不自今始也。以宣王中興之主，田於公劉肇興之地，能不慨然念之也哉！按：公劉居豳，即今邠州。其漆沮在豳地者，不出西安屬之同官界，同官有同州，古漆水也。近猶以其驛名漆水驛。沮水在漆之西，下流至耀州南與漆合入渭，別有洛水出延安西北，流入鄜州及中部至同州入河，其上流與他水合，亦有漆沮之名，此不在豳地者也。《集傳》釋此章漆沮與■異說，不取入渭之漆沮在豳地者，乃取入河之漆沮不在豳地者。於是以從為從獸，以天子之所為從獸之所，義雖可通似泛。

清·戴震《毛郑诗考正》：按此即《禹貢》之漆沮，合二字為水名者，分言之則非也。在涇東渭北。酈道元《水經注》以為：雲陽縣東、大黑泉東南流謂之漆沮。水逕萬年縣，故城北為櫟陽渠，又南屈更名石川，水南入於渭。雲陽今淳化縣，萬年故城在今臨潼縣東北七十裏。竝屬西安府，程泰之雍錄云："《禹貢》漆沮惟石川河鄭當其地。"

清·汪梧凤《诗学女为》：漆沮有二詩，凡三見。《大雅》"自土漆沮"、《周頌》"猗與漆沮"，在鳳翔府扶風縣，此漆沮即《禹貢》導渭所云"東過漆沮者"是也。沮水出北地直路子午嶺，其地在今鄜州中部縣西北，經宜君及耀州之同官縣，抵富平石川河而入渭。漆水一源於云陽之大黑泉，其地即今邠州淳化縣，此酈道元所云濁水也。東逕太上陵南，北屈與沮水合；一源於同官縣東北五十里，北高山有大潭水涌出，三面皆青石如壁立，流出東墅，土人謂之漆潭，以其地多漆水而名也。西南流至耀州，南與沮水合，是漆水有二，皆合於沮，同流至富平而入於渭。自秦開鄭白二渠，始由渠而入洛水，非《禹貢》之故道也。孔氏書傳合漆沮與洛為一，據漢時見在而言，後人踵之誤矣。漆本作"柒"，古"桼"字。

"漆沮之從，天子之所"，從即漆沮既從之從，蓋富平地也，猶云漆沮從渭之處，天子田獵之所耳。其後唐武德五年猶校獵於其地焉。

清·段玉裁《毛诗故训传定本》：漆沮之水，麀鹿所生也。從漆沮驅禽而致天子之所。

清·夏味堂《诗疑笔记》：《毛傳》："漆沮之水，麀鹿所生也。從漆沮驅禽，而致天子之所。"案：漆沮祇聞多魚，鹿乃山獸，不應生於漆沮水。天子之所，亦苦無着。朱註：漆沮在西都畿內、涇渭之北，所謂洛水。今自延韋至同州入河，朱子葢據《禹貢》《孔傳》及當時水道言之。案：《禹貢》"導渭"條：又東會於涇，又東過漆沮入於河。是漆沮在涇之東，自入於渭不徑入河。又鎬京至漆沮中隔渭水，必越二百里驅禽渡水而來田，似亦與情事不協。竊渭"漆沮之從"，即指渭水。《禹貢》雍州"漆沮既從"可證也。"天子之所"與下"瞻彼中原"爲一事，《大雅·緜》所云"周原膴膴"，彼注云："周原，漆沮之間也。"玩"之間"字，則當作二水。《孔傳》合而爲一，云一名洛水，非是。《禹貢》所云："原隰，底績也。"鄭氏箋詩以"度其隰原"即此。原隰恐亦未然，"篤公劉"止言相豳土以定居耳。《禹貢》則舉雍州全局言之，荆岐、終南云云，言其山林、原隰云云，言其平地皆自豐鎬以東極乎涇渭以西，故此詩"中原"亦在原隰中，其地應在終南之北、渭水之南，去鎬京百里而近。詩意葢謂獸所同聚，在漆沮所從渭水之南平原間，乃天子田獵之所也。渭去南山不遠，原在其中，獸同在於此。然則詩何不曰渭南，而必迂其途於漆沮耶？曰渭水甚長，中原平曠之處，正與漆沮入渭兩距處相當，故特標出之。

清·刘沅《诗经恒解》：漆沮，二水名。漆水自同官縣東北來，經華原縣合沮水。沮水出北地郡直路縣東，自子午嶺出，下合榆谷慈馬等川，遂爲沮水。至華原縣合漆水，二水在周西都畿內涇渭之北。所謂洛水，自延韋流入鄜坊，至同州入河，《周禮》所謂"雍州其浸渭洛"，非河南之洛。順合曰："从，言天子从漆沮既合之地而田猎，以从天子。"

清·徐华岳《诗故考異》：《傳》："漆沮之水，麀鹿所生也。從漆沮驅禽而至天子之所。"案：《禹貢》："導渭水東過漆沮。"《孔傳》："漆沮二水亦曰洛水，出馮翊北。"《疏》云："是漆沮在涇水之東。"又案：《禹貢》漆沮有二雍州，"漆沮既從"即《緜》所謂"自土沮漆"，在扶風者也。"導渭東過漆沮"即此所謂"漆沮之從"，在馮翊者也。《孔傳》亦曰："洛水即《職方氏》'雍州其浸渭洛，亦非河南之洛也。'"

清·李黼平《毛诗紬义》：《傳》"漆沮之水，麀鹿所生也。從漆沮驅禽而至天子之所。"雍州有二漆沮，一在漢扶風，一在漢馮翊。此經漆沮，東萊《讀詩記》《朱子集傳》皆主馮翊之水。葢本《禹貢》《孔傳》《水經》"漆水"篇。酈註引《山海經》、太史公《禹本紀》《孔安國書傳》：馮翊之漆沮也。引許慎《說文》、潘岳《關中記》、班固《地理志》、闞駰《十三州志》：扶風之漆沮也。後言川土奇異，今說互出考之。經史各有所據，識淺見浮無以辨之，是道元亦不能定其孰是也。而"沮水"篇註云：鄭渠故瀆，又東逕北原，下濁水注焉。（《書》《正義》引此作濯水。）自濁水以上無濁水，上承雲陽縣東大黑泉，東南流謂之濁谷，水又東南出。原注鄭渠，又東歷原逕曲梁城北，又東逕太上陵南原，下北屈逕原東與沮水合，分為二水，一水東南出即濁水也，至白渠與澤泉合，俗謂之柒水，又謂之為柒沮水云云。《禹貢》道渭，《孔傳》云："漆沮二水名，亦曰洛水，出馮翊北。"《正義》云：《地理志》漆水出扶風漆縣，依《十三州記》漆水出岐山東入渭，則與漆沮不同矣。此云會于涇，又東過漆沮，是漆沮在涇水之東，故孔以為洛水一名漆沮，又引《水經》濁水名柒沮者，以證孔傳而斷之，曰以水土驗之，與毛詩古公"自土沮漆"者別，如《書》《正義》言漆沮之為洛水信矣。近世說經者又謂：酈註濁水一名柒沮者，本出于方俗之言，而《孔傳》出于魏晉間，亦難憑信。

按：《說文》"沮水出漢中房陵"，別有澦水，即沮水也。《註》云：水出北地直路西，東入洛，與《地志》《水經》合。"漆"字下云：水出右扶風杜陵岐山東入渭，一曰入洛。漆出岐山，中隔涇水，斷無入洛之理。而許後一說云：入洛，蓋即謂鄭渠所合之濁水，一名柒沮者，是柒沮入洛。漢時實有是說。《孔傳》與俗語不足憑。《說文》則可憑也。既漆沮入洛，則自下互受通稱，一曰洛水，一曰漆沮之水。《綿》詩"自土沮漆"，《傳》云"沮水、漆水也。"《潛》詩"猗與漆沮"，《傳》云"漆沮岐周二水也"，皆漆、沮分言，且以岐表之。而此《傳》云漆沮之水，則毛意亦為洛水矣。《水經》"渭水"篇云渭水又東過華陰縣北，註云洛水入焉，闞駰以為漆沮之水焉，即用毛此傳為說也。

清·胡承珙《毛诗后笺》：《傳》"漆沮之水，麀鹿所生也。"案：《禹貢》"漆沮有二雍州，漆沮既從"。《正義》以為"扶風漆沮導渭又東過漆沮"，《正義》以為馮翊漆沮故云。《地理志》"漆水出扶風漆縣"，依《十三州記》漆水在岐山東入渭，則與此漆沮不同。此云會於涇又東過漆沮，則漆沮在涇水之東，故孔以為洛水一名漆沮。《水經》"沮水出北地值路縣東入洛水"，又云"鄭渠在太上皇陵東南濁水入焉。俗謂之漆水，又謂之漆沮。其水東流注于洛水，至馮翊懷德縣東南入渭。以水土驗之，與毛詩古公'自土沮漆'者別也。彼漆即扶風漆水也，彼沮則未聞。"李迂仲據此謂《吉日》之漆沮在涇水之東，一名洛水，即《職方》雍州之浸。《呂記》《朱傳》皆祖其說，馮氏《名物疏》更以馮翊之水為《吉日》及《潛》之漆沮，扶風之水為《緜》之沮漆，又云馮翊漆沮，地近焦獲，其山多獸，水多魚，漁獵宜於此地。陳氏《稽古編》既是其說，而又云扶風之漆沮正《潛》篇所云多魚者，其水經由岐下，而岐陽之地實周家較獵之場，楚椒舉言"成有岐陽之蒐（《昭四年·左傳》）"。世傳石鼓文十篇記

125

宣王田獵之事，地亦在岐陽。《吉日》之漆沮安在？非扶風之水乎？

　　承琪案：諸家分別馮翊、扶風之漆沮者，宜用以說《禹貢》，而不必以釋詩。蓋《禹貢》導渭東會于澧，又東會於涇。然後東過漆沮，若指扶風之水則在澧之上流，與經文次序不合。故《尚書·某氏傳》云："漆沮一（今本一作二誤）水名，亦曰洛水，出馮翊北。"《正義》以爲與毛詩"自土沮漆"別者是也。若毛詩之漆沮，則《大雅·緜》傳云："沮，沮水；漆，漆水也"。又曰："周原沮漆之閒也。"《周頌·潛》傳云："漆、沮岐周之二水也。"是毛以漆、沮爲二水，皆在岐周。《吉日》傳不言有異，則三詩之漆沮皆爲一地可知。《漢志》"漆水出扶風漆縣西"，此《大雅》所謂"自土沮漆"者也。箋云"公劉遷豳居沮漆之地"，《傳》則云"周原沮漆之閒"，是豳、岐皆此漆沮。《箋》言其源，《傳》舉其委耳。《潛》，《正義》云"漆沮自豳歷岐周，以至豐鎬，故《潛》之漁，《吉日》之獵，其在於此，不必求諸馮翊之漆沮也。"

　　清·马瑞辰《毛诗传笺通释》：《傳》："漆沮之水，麀鹿所生也。"瑞辰按：漆水有二，一在涇西，漢時屬右扶風。《說文》"漆水出右扶風杜陵岐山，東入渭"，杜陵當作杜陽。《水經》"漆水出扶風杜陽縣俞山東北，入於渭"是也。岐山或即俞山之別稱耳，一名漆沮水，在涇東渭北，漢時屬左馮翊。又名洛水。《說文》"漆水注"一曰"入洛又曰洛水，出左馮翊，歸德北夷畍中，東南入渭"。《禹貢》導渭："又東過漆沮"，《某氏傳》"漆沮二水名，亦曰洛水，出馮翊北"是也。《緜》詩"自土漆沮"，"土"當從"齊詩"作"杜"，謂"杜陽"也。沮當從王《尚書》說讀為"徂"，"自杜徂漆"猶云"自西徂東"。蓋太王自豳遷岐，必自杜陽度漆水，此涇西之漆水也。《禹貢》"漆沮"為雍州川，此詩"漆沮"為宣王獵於東都，皆當指入洛者為是。此涇東之漆沮水也，《書》《孔疏》以"漆沮既從"屬右扶風，失之。

　　清·夏炘《读诗劄记》：漆沮之水在雍州者有二，一在涇之西，一在涇之東。《水經·漆水篇》酈註引《山海經》、太史公《禹本紀》《孔安國書傳》，在涇東之漆沮，屬漢馮翊者也。引許氏《說文》、潘岳《關中記》、班固《地里志》、闞駰《十三州志》，在涇西之漆沮，屬漢扶風者也。涇西之漆沮爲二水，毛"猗與漆沮"，《傳》云："漆、沮岐周二水"，又《緜》詩"自土沮漆"，《傳》云："沮水，漆水是也。涇東之漆、沮爲一水，又名爲洛。"《孔安國書傳》云"漆、沮一水名（從阮氏校本詳《校勘記》），亦曰洛水"是也。涇東之漆沮，去鎬京尚三百里，講武習田已爲遠地，況越岐邠而西之漆沮乎？此《朱傳》從呂氏《讀詩記》以涇東馮翊之漆沮當之也，而或以毛氏無傳爲疑。按：《猗》及《緜》，《傳》以二水釋漆沮，不言馮翊，其為馮翊之漆沮無疑。此

126

《傳》但云"漆沮之水",則或以漆沮爲一水,即扶風之漆沮,《禹貢》之洛水,亦未可知。(李氏黼平説)

清·顧广誉《学诗详说》:"漆沮之從"二句,《傳》:"從漆沮驅禽而至天子之所",似未融。《疏》謂"以驅逆之車驅之於漆沮之傍,從彼至天子之所。以獵有期處",故益誤。案:從即"從其羣醜"之從,言於漆沮而從此羣醜,以其為天子之所也。漆沮,正著田獵之地,句法與"截彼淮浦,王師之所"同。《集傳》謂"視獸之所聚、麀鹿最多之處而從之,惟漆沮之旁為盛,宜為天子田獵之所。"王氏《總聞》亦曰:"漆沮從禽獸,則漆沮即王所也"最是。如《傳》說以漆沮與天子之所判為二,天子之所又在何地?《疏》以"驅逆之車"釋此,"從"字殊非經指。陳氏啟源詆《集傳》徒以利獸為樂,古制蔑如,不知依朱子解,則"獸之所同"二句,乃探言漆沮之旁事,非以利獸為樂也。

劉氏《通釋》云:"此言差馬,猶《車攻》言'我馬既同'也。言'漆沮之從',猶《車攻》言'甫草''敖地'。彼則狩於東都,此則狩於西都也。

蘇氏謂"漆沮在渭北,所謂洛水也。"李氏亦謂"《禹貢》導渭自鳥鼠同穴,東會于涇,又東過漆沮"即此漆沮是也。故孔氏《正義》以"漆沮在涇水之東,一名洛水,與'自土沮漆'者別也。此《職方式》氏所謂'其浸渭洛',又非河南之洛也。"其說為《集傳》《呂記》所本。馮氏《名物疏》述之,謂馮翊地近焦穫,多產魚獸,宜為漁獵之地。然嚴氏以李說,與曹氏"漆沮二水名,本大王避狄所徙歧周之地",並載朱氏《通義》,則謂歧在歧周。《左傳》"成有岐陽之蒐",胡氏《後箋》又謂"《大雅·緜》傳'沮,沮水。漆,漆水也。周原漆沮之閒也。'《周頌·潛》傳:'漆、沮岐周之二水也。'是毛以漆沮水為二水,皆在歧周。《吉日》傳不言有異,則三詩之漆沮皆為一地可知。"案:二說俱通。歧周漆沮尤有據。若王氏《地理考》兼載段氏昌武說以為"會於東都繼田獵之後",宜為下流之漆沮,失之遠矣。

《傳》"驅禽之左右,以安待天子。"《集傳》謂"從王者率同事之人,各共其事,以樂天子。"案:上篇《傳》"天子發,然後諸侯發,諸侯發然後大夫、士發",詩以"燕天子"猶之"奉時辰牡",當言"天子之射",四章乃廣言從王者之射,天子國君一發而已。今言"發彼小豝,殪此大兕",則非天子也。不言王射中者,天子無事,以善射為能。且上篇已言乘輿善射義,可互見耳。

清·方玉润《诗经原始》:《集釋》:漆沮,《集傳》:"漆沮,水名,在西都畿內,涇、渭之北,所謂洛水。今自鹽、韋流入鄜、坊,至同州入河也。"案:《皇輿表》:"鄜即今鄜州,坊即今鄜州中部縣,同州即今同州府,並隸陝西省。"

清·邓翔《诗经绎参》:從叶同。《集解》:漆沮,二水名,在西都畿內,涇渭之北。漆在沮東，至華原而西合沮，至同州白水縣合洛，又南流合渭，則源異而委同也。

清·龙起涛《毛诗补正》：《毛》："漆沮之水，麀鹿所生也。從漆沮驅禽而至天子之所。"《箋》："同猶聚也。"補：漆沮二水名。李迂仲曰："《禹貢》'導渭自鳥鼠同穴，東會于涇，又東過漆沮'，即此是也。故《疏》以為'在涇水之東，一名洛水'，與古公之'自土沮漆'異，與《職方》之'其浸渭洛'合，而雍州之洛，又非河南之洛也。""漆沮之從"，倒語也。言"從漆沮驅禽而至天子之所"，此古禮也。陳氏曰："《騶虞》傳云：'虞人翼五犯，以侍公之發。'翼，驅也。"《駟鐵》詩云："奉時辰牡"。《周禮》大司馬職云："設驅逆之車"，皆是禮也。此禮廢而後世人主盤于游畋，始有"歷邱墳，涉蓬蒿，口敝於叱咤，手倦於鞭策"者矣。

清·吕调阳《诗序议》：折中漆沮二水名，順和曰："從漆沮相從入洛，又從入渭。《禹貢》曰'漆沮既從'是也。言擇日差馬，往麀鹿所聚之地，在'漆沮既從'之處，乃天子田獵之所也，左右軍士也。旧獵之法：作圍場，開二門，從田者分左右而入焉。《毛傳》曰：'大芟艸以為防，褐纏旃以為門，左者之左，右者之右'是也。"

案：雍州漆水有三，而經中漆沮並言者，皆馮翊之漆也。水出今耀州西北之大黑泉曰頮池，即古姬水南流為濁谷水，又東南合沮水。沮，《西山經》作"楚"字，同"澁"，凡水沮洳之通稱也。今出耀州北，南流左合同官川而注于漆，又東南入渭。《地理志》云："漆水在漆縣西"（漆縣故城在今邠州），則今邠州西三十里之黑水河也，水出涇州靈臺縣南，東北入涇。孔安國謂"太王夳邠度漆踰梁山，止岐下"是也。又《西山經》："勃次之山，漆水出焉，北流注于渭，則盩厔縣南之黑河，東北流會雙岔河注渭者也。唯《水經注》以岐山西之小橫水為漆水，又名岐水，則岐、漆聲相近而譌，實於經傳無據。"

清·梁中孚《诗经精义集钞》：漆沮，二水名。

清·王先谦《诗三家义集疏》：疏《傳》："漆沮之水，麀鹿所生也。從漆沮驅禽而致天子之所。"案：漆水有二，詳見《綿》詩。詩言麀麋之生，皆在漆沮水旁，從逐也。言自漆沮水旁驅逐此獸而致之天子之所也。此田在歧周，與東都無涉。

清·桂文灿《毛诗释地》：《傳》："漆沮之水，麀鹿所生也。"大雅《緜》"自土沮漆"，《傳》"沮水、漆水也。"《周頌·潛》"猗與漆沮。"《傳》"漆沮，岐周之二水也"《尚書·禹貢》"雍州漆沮既從，導渭又東過漆沮。"《漢·地理志》"北地郡直路沮水出東，西入洛（東西當作西東）右扶風杜陽縣杜水南入渭，诗曰'自杜'。顏氏注詩'自土沮漆'，詩作'自杜'，言公劉避狄而來居杜與漆沮之地。漆縣水在縣西。"《說文》"漆水出右扶風杜陽岐山東入渭。"《水經》"漆水出扶風杜陽縣俞山東北入於渭，沮水出北地直路縣，東過馮翊祋祤縣，北東入於洛。"

案：今沮水出陝西中部縣西境，東流入洛，杜水即陝西麟遊縣石臼水南流入渭，蓋絕成國渠而過也。今漆水出陝西永壽縣西境，其水南流與石臼水合，石臼水入渭，漆水與石臼水合，故《山海經》《水經》《說文》皆云"漆水入渭"。《漢志》言"杜水入渭則漆水入杜也"，此詩漆水、沮水杜水之源流也。《禹貢》言"漆沮併入渭"，而《漢志》《水經》則言沮水入洛者，《周禮·職方氏》："雍州浸之洛"及《漢志》"北地郡歸德之洛水"，左馮翊懷德之洛水，即今出甘肅安化縣北境，東南流之洛水，乃北地郡直路沮水之下流。虞夏之時，統名曰"沮水"，無洛水之稱，故《禹貢·雍州》有沮無洛。沮自入渭，其所稱洛，皆河南之洛耳。至《漢志》懷德洛水云"入渭而歸德洛水"，又云"入河"者，蓋今陝西朝邑縣、南華陰縣北，渭洛交流，禹時沮水（今曰洛河）必先入渭而後入河。漢時則分為二派，故《班志》並紀之，至今日而東南入渭之瀆已湮，洛止入河，與古異也。

清·尹継美《诗地理考略》：漆沮二水名。《朱傳》及李迂仲講義、呂東萊讀詩皆指今西安之漆沮。陳氏啓源《毛詩稽古編》指今鳳翔之漆沮，說並通，詳後。

民國·王闓运《毛诗补笺》：漆沮之水，麀鹿所生也。從漆沮驅禽而致天子之所。補曰：漆沮水，《水經》：洛水出三危於華陰入渭。

民國·马其昶《诗毛氏学》：沮，七徐反。漆沮之水，麀鹿所生也。（《漢志》"漆水出扶風漆縣西。"）從漆沮驅禽而致天子之所。（孔曰："獵有期處，故驅禽從之也。上言乘車升大阜，下言獸在中原，此云驅之漆沮，皆見獸之所在，驅逐之事以相發明也。"劉瑾曰："言'漆沮之從'，猶《車攻》言'甫草''敖地'，彼狩東都，此則西都也"。)

民國·李九华《毛诗评注》：註：漆沮之水，麀鹿所生也。（《毛傳》傳註、《復古錄》）

民國·林义光《诗经通解》：之，是。從，tsung。漆沮，毛《潛》傳云"岐周之二水也。"《水經·沮水注》云："沮水謂之漆沮水，則以漆沮爲一水。"

民國·吴闓生《诗义会通》：漆沮之水，麀鹿所生也，從漆沮驅禽而致天子之所。

129

日本

日本·中村之钦《笔记诗集传》：李氏曰："古疏云：'漆沮在涇水之東，一名洛水'，《職方氏》所謂'雍州，其浸渭洛'，非河南之洛也"。一說《古義》云："按：耀州即漢之祋祤也，以漆沮二水合流於此，故通名為漆沮，水合流之後仍分為二，其一水東南出者，故柒水也，更名石川水，又南入於渭；其一水東出者，仍名為沮，又東北流注於雒，謂沮水，因入雒而槩名雒，則可謂入渭之漆沮水，混名雒則不可。"又一說云："從，猶循也，言循漆沮之濱以行也。"《娜嬛》云："此以天子之所為主，重在地上，擇馬意輕，獸不止鹿，舉一鹿以見其餘耳。"劉氏曰："此言漆沮之從，猶《車攻》言'莆草''敖地'。"

日本·三宅重固《诗经笔记》："漆沮"，《廣大全》云"二水名"，季本云"雍州有二漆沮，而皆入渭。一在漢馮翊之地、涇之下流也；一在漢挾風之地、灃之上遊也。馮翊漆沮，此詩及《潛》'猗與漆沮'是也。挾風漆沮則《緜》'自土沮漆'是也。"按：從，猶促循也，循漆沮之濱以行也。按：《廣大全》云："說者多以此章為擇地，然東有莆草，西有漆沮，原昔獵地而今其再振也，不用擇。"

日本·冈白驹《毛诗补义》：漆沮之水，麀鹿所生也，從漆沮驅禽而致天子之所。

日本·赤松弘《诗经述》：沮，七徐反。漆沮，水名，在涇東渭北，所謂洛水也。

日本·户崎允明《古注诗经考》：漆沮，朱注："水名，在西都畿內，涇渭之北，所謂洛水。"

日本·中井积德《古诗逢源》：漆沮在涇水之東北，幽國在漆沮之上遊，岐周在漆沮之下流，漆沮是二水，洛又別一水，不當混同。三水其下合流入渭。舊解漆沮為洛，何也？豈以下流合同通言之邪？然非所以解經也，且河南洛水，每在人耳目，以此著解，尤易迷惑。

日本·皆川愿《诗经绎解》：漆沮，二水名。漆水出杜陽縣岐山北，沮水與漆水合流，至岐山入渭。從，"從其羣醜"之從。漆沮質素也，既亦《論語》"空空如"之意。

日本·伊藤善韶《诗解》：漆沮之水名，所謂洛水也。從，追逐也。

日本·冢田虎《冢注毛诗》：漆、沮，二水名。《禹貢》曰："涇屬渭汭，漆沮既從"是也。就漆沮之匊以逐之也。

日本·仁井田好古《毛诗补传》：《翼》沮，七徐反。"至"段玉裁本作

130

"致"。

朱子曰:"漆沮水名,在西都畿内涇渭之北,所謂雒水。"李迂仲曰:"《禹貢》所謂'導渭自鳥鼠同穴。東會於涇,又東過漆沮',在涇水之東也。與詩古公'自土漆沮'者別也。《書》疏曰:"漆沮在涇水之東,一名洛水。《職方氏》所謂'雍州其浸洛',非河南之洛也。"

日本·亀井昱《毛诗考》:驅馬逐禽,自漆沮致之王所也。"從其羣醜",亦與是"從"同。為天子逐禽,奉之唯以樂天子為悅。

日本·东条弘《诗经标识》:何楷云:"漆沮,二水名。漆水出杜陽縣岐山北,沮水與漆水合流至岐山入渭,即《綿》篇之'沮漆'是也。與《潛》之'猗歟漆沮'不同。"

日本·无名氏《诗经旁考》:《地理志》"扶風漆水,在漆縣西。"《水經》"渭水又東過華陰縣北。"酈道元曰"洛水入焉,闞駰以為漆沮之水也。"

日本·安井衡《毛诗辑疏》:漆沮之水,麀鹿所生也,從漆沮驅禽,而致天子之所。陳啓源云:"漆、沮、洛乃各一水名。漆、沮俱入洛,洛入渭,三水源異而委同耳。"又云:"雍州有二漆沮,在馮翊者入渭之下流。《禹貢》之'漆沮既從,又東過漆沮'是也。在扶風者,入渭之上流。《綿》詩之'自土沮漆'、《潛》頌之'猗與漆沮'是也。《潛》傳云:漆、沮岐周之二水矣,惟《吉日》之漆沮,宋蘇子由、李迂仲皆指為洛。則馮翊之水也。"戴震云:"此漆沮即《禹貢》之漆沮,合二字為水名者,分言之則非也,在涇東渭北。"酈道元《水經注》以為:"雲陽縣東大黑泉東南流謂之櫟,渭水逕萬年縣,故城北為櫟陽渠,又南屈更名石泉水。南入於渭,雲陽今淳化縣。萬年一水名亦雲洛水,出馮翊北。"戴云:"合二字為水名者是也,今本誤作二水。陳啓源故■云:漆、沮、洛各一水。其在扶風者,乃二水。故或言沮漆或言漆沮■。傳云:漆、沮岐周之二水矣,以別於此漆沮為一水,則蘇軾以此漆沮為在馮翊者是也。"

日本·安藤龙《诗经辨话器解》:《傳》:"漆沮之水,麀鹿所生也,從漆沮驅禽而致天子之所。"

日本·山本章夫《诗经新注》:漆沮,二水名。

日本·竹添光鸿《诗经会笺》:沮,七徐反。漆沮之水,麀鹿所生也。"漆沮之從,天子之所"者,言於漆沮而從此群醜,以其為天子之所也。漆沮正著田獵之地,句法與"截彼淮浦,王師之所"同。如《傳》說以漆沮與"天子之所"判為二,"天子之所"又在何地?此言差馬,猶《車攻》言"我馬既同"也;言"漆沮之從",猶《車攻》言"甫草""敖地",彼則狩於東都,此則狩於西都也。"從其群醜"亦與是"從"同。為天子逐禽奉之,唯以樂天子為悅。

131

首章至三章，皆自盡奉上之意，去此意則精神不貫。陳啓源曰："雍州有二漆沮，在馮翊者入渭之下流，《禹貢》之'漆沮既從，又東過漆沮'是也；在扶風者入渭之上流，《綿》詩之'自土漆沮'、《潛》頌之'猗與漆沮'是也。《潛》傳云：'漆沮，岐周之二水矣'，惟《吉日》之漆沮，宋蘇子由、李迂仲皆指爲洛，則馮翊之水也。近世馮嗣宗祖其說，謂馮翊之漆沮，地近焦穫，多產魚獸，宜爲魚獵之地。然扶風之漆沮，正《潛》篇所云'多魚'者也。且其水經流岐下，而岐陽之地，實周家較獵之場，楚椒舉言'成王有岐陽之蒐'，語見《左氏春秋·昭四年傳》。世傳石鼓文十篇，紀宣王田獵之事，地亦在岐陽，其文次篇，言漁於汧水，末篇言狩於吳嶽。汧水出扶風汧縣，吳嶽即汧水所自出，皆與扶風之漆沮相近。又文之體製，頗與《車攻》《吉日》相似，所述物產有麋、豕、麂、鹿、雉、兔、鱷、鯉、鱒、鰯、鯊、鰱之類，其多獸多魚不下於焦穫。又其地即《周禮》之弦蒲，《爾雅》之楊陓。《周禮·職方氏》：雍州之澤藪曰弦蒲。《注》云：'弦蒲在汧。'《疏》云：'吳山在汧西，有弦蒲之藪，汧水出焉。'《爾雅》：'秦有楊陓。'《注》以為在扶風汧縣西，楊陓與焦穫各居十藪之一，《吉日》之漆沮安在，非扶風之漆沮乎？"

胡承珙曰："諸家分馮翊、扶風之漆沮者，宜用以說《禹貢》，而不必以釋詩。蓋《禹貢》導渭，東會於灃，又東會於涇，然後東過漆沮。若指扶風之水，則在灃之上流，與經文次序不合，故《尚書》傳云'漆沮一水名，亦曰洛水，出馮翊北。'《正義》以為與毛詩'自土沮漆'別者是也。若毛詩之'漆沮'，則《大雅·綿》傳云：'沮，沮水。漆，漆水也。'又曰：'周原，沮漆之間也。'《周頌·潛》傳云：'漆沮，岐周之二水也。'是毛以'漆沮'為二水，皆在岐周。《吉日》傳不言有異，則三詩之漆沮，皆為一地可知。《漢志》'漆水出扶風漆縣西'，此《大雅》所謂'自土沮漆'者也。箋云'公劉遷豳，居沮漆之地'，《傳》則云'周原沮漆之間，是豳岐皆此漆沮。'《箋》言其源《傳》舉其委耳。《潛》《正義》云'漆沮自豳歷岐周，以至豐鎬'，故《潛》之漁，《吉日》之獵，皆在於此，不必求諸馮翊之漆沮也。"

朝鮮

朝鮮·朴世堂《诗经思辨录》：毛云："從漆沮駈禽而致天子之所。"

朝鮮·申綽《詩次故》：《地理志》"右扶風漆水在漆縣西"，《水經》"渭水東過懷陰縣北"，酈道元曰"洛水入焉，闞駰以為漆沮之水也"。

朝鮮·沈大允《詩經集傳辨正》：沮，七徐反。《集傳》曰："漆沮，二水名，在西都。"

朝鲜·尹廷琦《诗经讲义续集》：蓋"獫狁孔棘"之時，焦穫、鎬方干戈搶攘，則漆沮之地亦淪為戎狄之藪。今茲獫狁既除，舊都還乏而田獵講武於先王漆沮之地，故喜之曰"漆沮之從，天子之所"也。

朝鲜·朴文镐《枫山记闻录》（毛诗）："漆沮之從"註作"漆沮之宛"，蓋以"宛"訓"從"耳。其上"從之"二字，即上章之"從"字義也。舊說"從漆沮驅禽而致天子之所"，則文勢不便矣。相將相和也。（顯喆）

朝鲜·朴文镐《诗集传详说》：沮，平聲。漆沮，水名（《緜》註作"二水名"，而此作一水。蓋二水下流合流，故又作一水用）。在西都畿内，涇渭之北，所謂洛水（三山李氏曰"非河南之洛"）。今自延、韋（二州）流入鄜（音孚）坊（二州），至同州入河也（安成劉氏曰："此言漆沮之從，猶《車攻》言'甫草''敖地'，彼則狩於東都，此則狩於西都"）。

朝鲜·李定稷《关关雎鸠，在河之洲说》：

籲，"自土沮漆"，王跡所基，故貧其所，從而惟之天子。何則？物産莫盛於漆沮之傍，禽獸最多於漆沮之土，而今夫三駈於漆沮之原，而所以漆為從獸之地，五犯於沮水之旁。而沮為從歸之處，則觀其禽獸之所取而允也。從獸之所也，舉其麋鹿之所同而展也。君子從獸之所也，是以獸之所多者，漆而貧其"天子之所"，鹿之所産者，沮而美其"天子之所"。

梅按

关于"漆沮之从"句，古今中外学者对其考释较多，包括注音、释义、句意、考证等几方面，现分列于下：

一、注音

"漆沮之从"句注音，包括"漆""沮""从"等，有以下几种情况：

1. "漆"注音

漆，音七。（明代张次仲《待轩诗记》）

2. "沮"注音

（1）沮，七徐反。（唐代陆德明《毛诗音义》摘自《毛诗正义》卷十）

宋代朱熹《诗经集传》、吕祖谦《吕氏家塾读诗记》，元代刘瑾《诗传通释》、朱公迁《诗经疏义》，明胡广《诗传大全》、张次仲《待轩诗记》，清代王鸿绪等《钦定诗经传说彙纂》、刘始兴《诗益》，民国马其昶《诗毛氏学》，日本赤松弘《诗经述》、仁井田好古《毛诗补传》、竹添光鸿《诗经会笺》，朝鲜沈大允《诗经集传辨正》关于"沮"的注音皆与陆氏同。

（2）沮，音苴。（清代朱鹤龄《诗经通义》）

（3）沮，音趋。（宋代严粲《诗缉》卷十八）

（4）沮，平声。（明代徐奋鹏《诗经尊朱删补》）

朝鲜朴文镐《诗集传详说》关于"沮"的注音与徐氏同。

3."从"注音

（1）从，叶同。（清代邓翔《诗经绎参》）

（2）从，tsung。（民国林义光《诗经通解》）

二、释义

关于"漆沮之从"释义，有"漆沮""之""从"等，列举于下：

1."漆沮"释义

（1）漆沮，在渭北，所谓洛水也。（宋代苏辙《诗集传》卷十）

宋代李樗《毛诗详解》对"漆沮"的地理位置做了较为清晰的描述，其云："漆沮，水名也。《禹贡》所谓'导渭自鸟鼠同穴，东会于泾，又东过漆沮'，即此漆沮是也。故孔氏《正义》以明漆沮在泾水之东，一名洛水。与诗古公'自土沮漆'者别也。此漆沮，正《周礼·职方氏》所谓'雍州，其浸渭洛'。雍州之地，又非河南之洛也。"宋代严粲《诗缉》，元代刘瑾《诗传通释》、朱公迁《诗经疏义》，明代胡广《诗传大全》，清代冉觐祖《诗经详说》、王鸿绪等《钦定诗经传说汇纂》、严虞惇《读诗质疑》、顾栋高《毛诗订诂》，日本中村之钦《笔记诗集传》、仁井田好古《毛诗补传》大抵辑录李氏"漆沮"释义。

宋代朱熹《诗经集传》也做了如下疏释，其云："漆沮，水名，在西都畿内，泾渭之北，所谓洛水。今自盐韦流入郫坊至同州入河也。"元代胡一桂《诗集传附录纂疏》、刘瑾《诗传通释》、朱公迁《诗经疏义》，明代胡广《诗传大全》、丰坊《鲁诗世学》、顾梦麟《诗经说约》、黄道周《诗经琅玕》，清代张沐《诗经疏略》、冉觐祖《诗经详说》、王鸿绪等《钦定诗经传说汇纂》、刘始兴《诗益》、刘沅《诗经恒解》、方玉润《诗经原始》、邓翔《诗经绎参》，民国吴闿生《诗义会通》，日本户崎允明《古注诗经考》、仁井田好古《毛诗补传》，朝鲜朴文镐《诗集传详说》关于"漆沮"释义，皆祖朱氏说。此外，还有一些相近的说法，如"漆沮，西都二水名"（明代郝敬《毛诗原解》卷十八），"漆沮，水名，在畿内所谓西洛也"（明代曹学佺《诗经剖疑》卷十四）。

(2) 沈无回曰："漆沮非洛水也，二水在豳地，东流乃过周。(明代钱天锡《诗牖》)

但是清代王夫之《诗经稗疏》对此持反对意见，其云："若'自土沮漆'注又谓二水在豳地，尤谬。"与沈氏相近的说法还有："漆、沮，二水名。本太王避狄所徙岐周之地。"(宋代严粲《诗缉》卷十八)"漆沮在岐周。"(清代朱鹤龄《诗经通义》)"沮漆，二水名，在豳。豳之漆沮又在岐阳。"(清代罗典《凝园读诗管见》)清代朱鹤龄《诗经通义》疏证云："宣王石鼓文实在岐阳，文中述鱼兽甚多，则此为岐周之漆沮无疑矣。"

(3) 漆沮二水今名石川河。(清代沈青崖《毛诗明辨录》)

(4) 窃谓漆沮之从，即指渭水。(清代夏味堂《诗疑笔记》)

清代夏味堂《诗疑笔记》解释云："然则诗何不曰渭南，而必迂其途于漆沮耶？曰渭水甚长，中原平旷之处，正与漆沮入渭两距处相当，故特标出之。"

"之"释义

之，是。(民国林义光《诗经通解》)

"从"释义

(1) 从，犹循也，言循漆沮之滨以行也。(日本中村之钦《笔记诗集传》)

(2) 从，从其群丑之从。(日本皆川愿《诗经绎解》)

(3) 从，追逐也。(日本伊藤善韶《诗解》)

(4) "漆沮之从"注作"漆沮之旁"，盖以"旁"训"从"耳。(朝鲜朴文镐《枫山记闻录》)

三、句义

"漆沮之从"句的解释如下：

1. 毛氏曰："漆沮，麀鹿所生也。从漆沮驱禽而至天子之所。"(宋代吕祖谦《吕氏家塾读诗记》卷十九)

宋代林岊《毛诗讲义》，清代段玉裁《毛诗故训传定本》、龙起涛《毛诗补正》、王先谦《诗三家义集疏》，民国王闿运《毛诗补笺》、马其昶《诗毛氏学》，日本龟井昱《毛诗考》、安藤龙《诗经辨话器解》释"漆沮之从"义同毛氏。

2. 此言'漆沮之从'，犹《车攻》言'甫草''敖地'，彼则狩于东都，此则狩于西都也。(元代刘瑾《诗传通释》)

元代朱公迁《诗经疏义》，明代胡广《诗传大全》，清代王鸿绪等《钦定诗经传说汇纂》、夏味堂《诗疑笔记》"漆沮之从"释义辑录刘氏。

3. 漆沮之从，倒语也。言从漆沮驱禽而至天子之所，此古礼也。（清代龙起涛《毛诗补正》）

四、考证

1. 清代李黼平①对"漆沮"做了详尽考证之后，对"冯翊之漆沮"与"扶风之漆沮"经史所据做了疏理："此经漆沮，东莱《读诗记》《朱子集传》皆主冯翊之水。盖本《禹贡》《孔传》《水经》"漆水"篇。郦注引《山海经》、太史公《禹本纪》《孔安国书传》：冯翊之漆沮也。引许慎《说文》、潘岳《关中记》、班固《地理志》、阚骃《十三州志》：扶风之漆沮也。后言川土奇异，今说互出考之。经史各有所据，识浅见浮无以辨之，是道元亦不能定其孰是也。"

2. 清代陈启源②对"漆沮"做了最为详尽的考释之后，认为《吉日》之"漆沮"，即"冯翊之漆沮"。其云："以今考之，漆、沮、洛，乃各一水名。漆、沮俱入洛，洛入渭，三水源异而委同耳。……惟《吉日》之漆沮，宋蕨子由、李迂仲俱指为洛，则冯翊之水也。近世冯嗣宗祖其说，谓冯翊之漆沮，地近焦获，多产鱼兽，宜为渔猎之地，信矣。"

3. 清代胡承珙③详细考证之后得出结论云："是豳、岐皆此漆沮。《笺》言其源，《传》举其委耳。《潜》，《正义》云'漆沮自豳历岐周，以至丰镐，故《潜》之渔，《吉日》之猎，其在于此，不必求诸冯翊之漆沮也。'"认为《吉日》之"漆沮"是扶风之漆沮。

4. 此外元代许谦《诗集传名物钞》，明代季本《诗说解颐》、冯复京《六家诗名物疏》，清代王夫之《诗经稗疏》、戴震《毛郑诗考正》、汪梧凤《诗学女为》、马瑞辰《毛诗传笺通释》、夏炘《读诗札记》、顾广誉《学诗详说》、吕调阳《诗序议》、桂文灿《毛诗释地》，还有日本竹添光鸿《诗经会笺》、东条弘《诗经标识》、无名氏《诗经旁考》、山本章夫《诗经新注》、中井积德《古诗逢源》，朝鲜朴世堂《诗经思辨录》、申绰《诗次故》、尹廷琦《诗经讲义续集》、李定稷《关关雎鸠，在河之洲说》等都对"漆沮"做了不同程度的疏释。

---

①见清代李黼平《毛诗紬义》。
②清代陈启源《毛诗稽古编》。
③见清代胡承珙《毛诗后笺》。

天子之所

中国

宋·王质《诗总闻》卷十：既禱三日舉事，凡天子所在曰行在所。

明·黄道周《诗经琅玕》：所是田獵之所，漆沮如東都之甫田，爲天子田獵之所矣。非臨田而始擇也。

明·何楷《诗经世本古义》：所，葉虞韻，讀如"數"，爽主翻。

清·朱鹤龄《诗经通义》：《傳》："從漆沮驅禽而致天子之所。"姚舜牧曰："言漆沮之旁禽獸最多，非甸侯采邑之地，乃天子所宜獵者。若漢武帝射獵近郊，蹂躪稼穡，則非其地矣"。

清·张沐《诗经疏略》：所，天子車馬駐處也。

清·陈启源《毛诗稽古编》：《毛傳》云："從漆沮驅禽而致天子之所。"《孔疏》云："以獵有期所，故驅禽從之也。"蓋古者戰不出頃田，不出防，不逐奔走。（此三語亦見《車攻》傳）故諸侯田獵之禮，必使虞人驅禽而至入於防中，然後射之。未嘗登歷山險，蒐求狐菟。不輕萬乘之重，更見三驅之仁。其義良深矣。《騶虞》傳云："虞人翼五豝以待射"，《駟鐵》詩云："奉時辰牡"，《周禮·大司馬》職云："設驅逆之車"，皆是禮也。此禮廢，而後世人主盤於遊畋，始有"歷邱墳，涉蓬蒿，口敝於叱咤，手倦於鞭策"者矣。下章"悉率左右，以燕天子"，即上章之意。《傳》云："驅禽之左右，以安待天子。"《箋》云："順其左右之宜，以安待王之射。射禽必自其左，故云順其宜也。"《集傳》云："視獸之所在而從之，惟漆沮之旁為盛，宜為天子田獵之所。"是徒以利獸為樂，古制蔑如矣。又謂"悉率左右"是從王者率同事之人。夫在王左右者，獨非從王之人乎？誰率之而誰為所率者乎？文義殊不可通。

清·秦松龄《毛诗日笺》：朱子曰："視獸之所聚、麀鹿最多之處而從之，惟漆沮之旁為盛，宜為天子田獵之所也。"覺朱子語意尤妙。

清·王鸿绪等《钦定诗经传说汇纂》：《集傳》：戊辰之日既禱矣，越三日庚午，遂擇其馬而乘之，視獸之所聚、麀鹿最多之處而從之，惟漆沮之旁為盛，宜為天子田獵之所也。

清·傅恒等《御纂诗义折中》：言擇日差馬往麀鹿所聚之地，在漆沮既從之處，乃天子田獵之所也。

清·罗典《凝园读诗管见》：以宣王中興之主，田於公劉肇興之地，能不慨然念之也哉！於是以從為從獸，以"天子之所"為從獸之所，義雖可通似泛。

清·汪梧凤《诗学女为》：從即"漆沮既從"之從，蓋富平地也，猶云漆沮從渭之處，天子田獵之所耳。其後唐武德五年猶校獵於其地焉。

清·顾广誉《学诗详说》："漆沮之從"二句，《傳》："從漆沮驅禽而至天子之所"，似未融。《疏》謂"以驅逆之車驅之於漆沮之傍，從彼以至天子之所。以獵有期處"，故益誤。案：從即"從其羣醜"之從，言於漆沮而從此羣醜，以其為天子之所也。漆沮，正著田獵之地，句法與"截彼淮浦，王師之所"同。《集傳》謂"視獸之所聚、麀鹿最多之處而從之，惟漆沮之旁為盛，宜為天子田獵之所。"王氏《總聞》亦曰："漆沮從禽獸，則漆沮即王所也"最是。如《傳》說以漆沮與"天子之所"判為二，"天子之所"又在何地？《疏》以"驅逆之車"釋此，"從"字殊非經指。陳氏啟源詆《集傳》徒以利獸為樂，古制蔑如。不知依朱子解，則"獸之所同"二句，乃探言漆沮之旁事，非以利獸為樂也。

《傳》"驅禽之左右，以安待天子。"《集傳》謂"從王者率同事之人，各共其事，以樂天子。"案：上篇《傳》"天子發，然後諸侯發，諸侯發然後大夫、士發"，詩以"燕天子"猶之"奉時辰牡"，當言"天子之射"，四章乃廣言從王者之射，天子國君一發而已。今言"發彼小豝，殪此大兕"，則非天子也。不言王射中者，天子無事，以善射為能。且上篇已言乘興善射義，可互見耳。

清·邓翔《诗经绎参》：所，叶。

清·龙起涛《毛诗补正》：《毛》："漆沮之水，麀鹿所生也。從漆沮驅禽而至天子之所。"《箋》："同猶聚也。"漆沮之從，倒語也。言從漆沮驅禽而至天子之所，此古禮也。陳氏曰："《騶虞》傳云：'虞人翼五豝，以侍公之發。'翼，驅也。"《駟鐵》詩云："奉時辰牡"。《周禮》大司馬職云："設驅逆之車"，皆是禮也。此禮廢而後世人主盤于游畋，始有"厯邱墳，涉蓬蒿，口敝於叱咤，手倦於鞭策"者矣。

清·梁中孚《诗经精义集钞》：所，獵所也。

清·王先谦《诗三家义集疏》：言自漆沮水旁驅逐此獸而致之天子之所也。此田在歧周，與東都無涉。

民国·李九华《毛诗评注》：註：從漆沮驅禽，以致天子之所。（《毛傳》傳註、《復古錄》）

民国·林义光《诗经通解》：所，so。漆沮之從，天子之所，毛云："從漆沮驅禽而至天子之所。"

民国·吴闿生《诗义会通》：漆沮之水，麋鹿所生也。從漆沮驅禽而致天子之所。

日本

日本·皆川愿《诗经绎解》：謂天子大蒐之所在也。此與《出車》"天子所"應，天子喻命在衆人心者也。凡擇義之法，皆先本之其質素，而後又撰之以命在衆人心者，則其可否、善惡可決知焉。《中庸》所謂"執兩端"及《論語》"扣兩端"者，並亦皆謂是也。

日本·伊藤善韶《诗解》：所，田獵之處所也。

日本·冢田虎《冢注毛诗》：蓋其宨麋鹿之多處，是天子田獵之所也。

日本·安藤龙《诗经辨话器解》：《傳》："漆沮之水，麋鹿所生也，從漆沮驅禽而致天子之所。"

日本·山本章夫《诗经新注》：言天子宜田獵之所也。

朝鲜

朝鲜·朴世堂《诗经思辨录》：毛云："從漆沮駈禽而致天子之所。"

朝鲜·尹廷琦《诗经讲义续集》：漆沮在豊鎬之西，此是自先王田獵之所，故曰"天子之所"。

朝鲜·李定稷《关关雎鸠，在河之洲说》：籲，"自土沮漆"，王跡所基，故貲其所，從而惟之天子。何則？物產莫盛於漆沮之傍，禽獸最多於漆沮之圡，而今夫三駆於漆沮之原，而所以漆為從獸之地，五犯於沮水之旁。而沮為從歸之處，則觀其禽獸之所取而允也。從獸之所也，舉其麇鹿之所同而展也。君子從獸之所也，是以獸之所多者，漆而貲其天子之所，鹿之所產者，沮而美其天子之所。

梅按

关于"天子之所"句，古今中外学者对其评析较少，包括注音、释义、句意等几方面，现分列于下：

一、注音

"天子之所"句注音，只集中在"所"字上，有以下几种情况：
1. 所，叶麌韵，读如"数"，爽主翻。（明代何楷《诗经世本古义》）
2. 所，so。（民国林义光《诗经通解》）

二、释义

关于"天子之所"句词语释义,只有"所"字,列举于下:

"所"释义

(1) 所是田猎之所也。(明代冯元飏、冯元飙《手授诗经》)又:所,猎所也。(清代梁中孚《诗经精义集钞》)又:所,田猎之处所也。(日本伊藤善韶《诗解》)

(2) 所,天子车马驻处也。(清代张沐《诗经疏略》)

三、句义

"天子之所"句的释义列举于下:

1. 既祷三日举事,凡天子所在曰行在所。(宋代王质《诗总闻》卷十)
2. 《传》:"从漆沮驱禽而致天子之所。"(清代朱鹤龄《诗经通义》)

民国李九华《毛诗评注》、吴闿生《诗义会通》,朝鲜朴世堂《诗经思辨录》辑录朱氏上文。

3. 朱子曰:"视兽之所聚、麀鹿最多之处而从之,惟漆沮之旁为盛,宜为天子田猎之所也。"(清代秦松龄《毛诗日笺》)

清代王鸿绪等《钦定诗经传说彚纂》、傅恒等《御纂诗义折中》释"天子之所"义皆祖朱氏。

4. 王氏《总闻》亦曰:"漆沮从禽兽,则漆沮即王所也。"最是。(清代顾广誉《学诗详说》)

王氏上文与朱氏文异而义同。

5. 谓天子大蒐之所在也。(日本皆川愿《诗经绎解》)

日本皆川愿《诗经绎解》疏释云:"此与《出车》'天子所'应,天子喻命在衆人心者也。凡择义之法,皆先本之其质素,而后又揆之以命在衆人心者,则其可否、善恶可决知焉。《中庸》所谓'执两端'及《论语》'扣两端'者,并亦皆谓是也。"指出了言外之意。

7. 盖其旁麀鹿之多处,是天子田猎之所也。(日本伊藤善韶《诗解》)
8. 言天子宜田猎之所也。(日本山本章夫《诗经新注》)
9. 漆沮在丰镐之西,此是自先王田猎之所,故曰"天子之所"。(朝鲜尹廷琦《诗经讲义续集》)

综上可见,关于"天子之所"主要有两种意见,一种认为是"从漆沮驱禽而致天子之所",另一种意见是"漆沮即王所也"。

瞻彼中原

中国

宋·李樗《毛诗详解》(《毛诗李黄集解》卷二十二)："瞻彼中原,其祁孔有",言视彼中原之地,禽兽大而且有。

宋·朱熹《诗经集传》卷五：中原,原中也。

宋·杨简《慈湖诗传》卷十一：中原,平原之中也。

宋·林岊《毛诗讲义》卷五：瞻彼中原之野。

宋·严粲《诗缉》卷十八：《释地》曰："廣平曰原。"中原蓋原中也。

元·胡一桂《诗集传附录纂疏》：中原,原中也。

元·刘瑾《诗传通释》：中原,原中也。

元·朱公迁《诗经疏义》(《诗经疏义会通》卷十)：中原,原中也。

明·胡广《诗传大全》卷十：中原,原中也。

明·季本《诗说解颐》卷十七：中原,漆沮之原中也。

明·曹学佺《诗经剖疑》卷十四：中原,原中也。

明·顾梦麟《诗经说约》：中原,原中也。严辑《释地》曰："广平曰原。"

明·张次仲《待轩诗记》卷四：中原,謂平曠之地,漆沮之中原也。

明·黄道周《诗经琅玕》：瞻是视,中原即漆沮之地。

明·冯元扬、冯元飙《手授诗经》：瞻是视,中原即漆沮之地。

明·何楷《诗经世本古义》：仰视曰瞻,中原,朱子云：原中也。

明·胡绍曾《诗经胡传》：由其地言,则漆沮就其高者曰阜,平者曰原。

清·张沐《诗经疏略》：中原卽大阜之间,天子之所也。

清·冉觐祖《诗经详说》：中原,原中也。

清·王鸿绪等《钦定诗经传说汇纂》：《集傳》："中原,原中也。"

清·严虞惇《读诗质疑》：陸氏曰："廣平曰原。"

清·黄梦白、陈曾《诗经广大全》：中原,原中也。

清·刘始兴《诗益》：中原,原中也,即謂漆沮水旁之地。

清·傅恒等《御纂诗义折中》：中原,原中也。

清·罗典《凝园读诗管见》：《集傳》："中原,原中也。"

清·刘沅《诗经恒解》：中原,原中。

清·陈奂《诗毛氏传疏》：《疏》："中原，原中。"
清·邓翔《诗经绎参》：《集解》："中原，原中。"
清·梁中孚《诗经精义集钞》：中原，中也。
清·王先谦《诗三家义集疏》：瞻彼中原者，即天子之所，上文所云大阜也。《孔疏》引《释兽》"麎，牡麋。牝麎"，某氏曰诗云："瞻彼中原，其麎孔有"，《郑笺》改读与某氏引诗合，是据《鲁诗》易《传》之证，言此兽中原多有，不劳远致也。

日本

日本·赤松弘《诗经述》：中原，原中也。
日本·皆川愿《诗经绎解》：中原，原中也。喻众人中庸之德，言行之所在也。
日本·伊藤善韶《诗解》：中原，之中也。
日本·仁井田好古《毛诗补传》：補：朱熹曰："中原，原中也。"
日本·山本章夫《诗经新注》：中原，原中也。
日本·竹添光鸿《诗经会笺》：《笺》曰："中原，原中也。所谓周原在沮漆之间。"

朝鲜

朝鲜·朴文镐《诗集传详说》：中原，原中也。

梅按

关于"瞻彼中原"句，古今中外学者对其评析较少，仅包括释义、句意两方面，现分列于下：

一、释义

关于"瞻彼中原"释义，有"瞻""原""中原"等词，列举于下：
1．"瞻"释义
（1）瞻是视。（明代黄道周《诗经琅玕》）
明代冯元飚、冯元飙《手授诗经》辑录黄氏"瞻"释义。
（2）仰视曰瞻。（明代何楷《诗经世本古义》）
2．"原"释义
由其地言，则漆沮就其高者曰阜，平者曰原。（明代胡绍曾《诗经胡传》）

3. "中原" 释义

（1）中原，原中也。（宋代朱熹《诗经集传》卷五）又：中原，平原之中也。（宋代杨简《慈湖诗传》卷十一）又：《释地》曰："广平曰原。"中原盖原中也。（宋代严粲《诗缉》卷十八）

元代胡一桂《诗集传附录纂疏》、刘瑾《诗传通释》、朱公迁《诗经疏义》，明代胡广《诗传大全》、曹学佺《诗经剖疑》、顾梦麟《诗经说约》、何楷《诗经世本古义》，清代冉觐祖《诗经详说》、王鸿绪等《钦定诗经传说汇纂》、黄梦白和陈曾《诗经广大全》、傅恒等《御纂诗义折中》、罗典《凝园读诗管见》、刘沅《诗经恒解》、陈奂《诗毛氏传疏》、邓翔《诗经绎参》、梁中孚《诗经精义集钞》，还有日本赤松弘《诗经述》、仁井田好古《毛诗补传》、山本章夫《诗经新注》，朝鲜朴文镐《诗集传详说》释"中原"义皆祖朱氏。

（2）中原，漆沮之原中也。（明代季本《诗说解颐》卷十七）

（3）中原，谓平旷之地，漆沮之中原也。（明代张次仲《待轩诗记》卷四）

（4）中原即漆沮之地。（明代黄道周《诗经琅玕》）

明代冯元飚、冯元飙《手授诗经》辑录黄氏"中原"释义。

（5）中原即大阜之间，天子之所也。（清代张沐《诗经疏略》）

（6）中原，原中也，即谓漆沮水旁之地。（清代刘始兴《诗益》）

（7）中原，平地也。（清代胡文英《诗经逢原》）

（8）中原，原中也。喻衆人中庸之德，言行之所在也。（日本皆川愿《诗经绎解》）

（9）中原，之中也。（日本伊藤善韶《诗解》）

（10）《笺》曰："中原，原中也。所谓周原在沮漆之间。"（日本竹添光鸿《诗经会笺》）

综上可见，学者们对中原的看法主要是"中原，原中也"，这主要是由于朱熹《诗经集传》持此观点。其余观点是对此观点的具体化。此外，日本皆川愿还指出了该词的言外之意。

二、句义

"瞻彼中原"句的解释如下：

言视彼中原之地。（宋代李樗《毛诗详解》摘自《毛诗李黄集解》卷二十二）又：瞻彼中原之野。（宋代林岊《毛诗讲义》卷五）

其祁孔有

中国

汉·郑玄《毛诗笺》（《毛诗正义》卷十）："祁"當作"麎"。麎，麋牝也。中原之野甚有之。

唐·陆德明《毛诗音义》（《毛诗正义》卷十）：祁，毛巨私反，又止之反；郑改作"麎"，音辰；郭音，脤；何止尸反；沈市尸反。麋，亡悲反。

言禽獸之多且擾也。祁，大也。

宋·王质《诗总闻》卷十：有，羽軌切。

《聞》訓曰：立訓不免隨語異意，或有不必異者，所不可曉。"被之祁祁"，訓遲，與"興雨祁祁"同，"被"亦可用"多"意，"雨"亦可用"多"意、"大"意，用"大"意。"繁"，亦可用"遲"意，此"其祁"訓大獸，亦可用"多"意。今定從"多"，語勢可見也。

宋·朱熹《诗经集传》卷五：有，叶羽已反。祁，大也。

宋·吕祖谦《吕氏家塾读诗记》卷十九：毛氏曰："祁，大也。"

宋·杨简《慈湖诗传》卷十一：祁，盛也。《詩》云"被之祁祁"，又云"祁祁如雲"，皆言盛也。孔，甚也。"瞻彼中原"，其盛甚有。

宋·林岊《毛诗讲义》卷五：獸則其大孔有矣。鄭云："祁为麎。麎，麋牝也。牡曰麔。"

宋·严粲《诗缉》卷十八：《傳》曰："祁，大也。"

元·胡一桂《诗集传附录纂疏》：有，叶羽已反。祁，大也。

元·刘瑾《诗传通释》：有，叶羽已反。祁，大也。

元·朱公迁《诗经疏义》（《诗经疏义会通》卷十）：有，叶羽已反。祁，大也。

明·胡广《诗传大全》卷十：有，叶羽已反。祁，大也。

明·季本《诗说解颐》卷十七：祁，大也。

明·黄佐《诗经通解》卷十一：祁，《爾雅》疏作"麎"。

明·丰坊《鲁诗世学》卷二十：【正说】毛氏曰："祁，大也。"

明·郝敬《毛诗原解》卷十八：有，叶以。祁，大也。

明·冯复京《六家诗名物疏》卷三十五：祁：《箋》云："祁，當作麎。"

144

《爾雅》云："麎，牡麐，牝麜，其子麇。其跡纏，絕有力狄。"《疏》云："麎，總名也。《詩·吉日》云：'其麎孔有。'"《說文》云："麎鹿屬也，冬至解角。"《運斗樞》云："瑤光星散爲麎。"《獸人》云："夏獻麎，《醢人》：朝事之豆，昌本、麎臡、菁菹、麎臡。"《左傳·莊十七年·多麎》注云："麎多則害五稼。"《月令》："仲冬，麎角解。"熊氏云："鹿是山獸，夏至得陰氣而解角；麎是澤獸，故冬至得陽氣而解角。"賈公彥云："麎爲陰獸，情淫而游澤，冬至陰方退故解角，從陰退之象；鹿是陽獸，情淫而游山，夏至得陰而解角，從陽退之象。若節氣早，則麎角十一月解，故《夏小正》云'十一月麎角隕墜'；若節氣晚，則十二月麎角解，故《小正》云'十二月隕麎角。'"莊子云："麎與鹿交，又曰麎鹿，食薦。"陶隱居云："麎千百爲羣，多牝少牡。人言一牡輒交十餘牝，交畢即死，其脂墮土中，經年，人得之方好，名曰遁脂。"《埤雅》云："《白虎通》曰：'熊爲獸巧猛，麎爲獸迷惑。故天子射熊，諸侯射麎。'麎，水獸也，青黑色，肉蹄。一牡能乘十牝，角自生至堅無兩月之久，大者乃重二十餘斤，其堅如石，計一夜須生數兩，此骨血之至強者。

明·曹学佺《诗经剖疑》卷十四：祁，大也。有、友、右俱叶羽巳反。

明·徐奋鹏《诗经尊朱删补》：祁，地之大也。有，獸之多也。

明·顾梦麟《诗经说约》：祁，大也。《集传》："有、友，具叶羽巳反。"

明·张次仲《待轩诗记》卷四：有，羽巳切。祁，大也。

明·黄道周《诗经琅玕》：祁是地之大，孔有是禽獸之甚多，其地祁祁而大，故其獸亦孔有而多。下正言多之處。

明·冯元扬、冯元飙《手授诗经》：祁是地之大孔有，是禽獸之甚多。

明·何楷《诗经世本古义》：祁，《爾雅》作"麎"。通作"岐"，謂山道之旁出者。愚意當即指岐山也。山有兩岐，故名。有，韻亦葉紙韻，羽軌翻。孔有，甚有也。指獸言。

明·朱朝瑛《读诗略记》：其祁，謂地之廣大也。

明·胡绍曾《诗经胡传》：其祁，《傳》云："獸之大"。朱註亦不明言地之大。陸聚岡始主地言。《爾雅》疏"祁"作"麎"。

清·朱鹤龄《诗经通义》：有，音以。

清·钱澄之《田间诗学》：祁，大也。或曰祁通作"岐"，謂山道之旁出者。孔有，指獸言。

清·张沐《诗经疏略》：祁，當作"麎"，麎牝也。

清·冉觐祖《诗经详说》：祁，大也。《毛傳》："祁，大也。"按：鄭改"祁"爲"麎"，甚安。

清·李光地《诗所》：音以。

清·王鸿绪等《钦定诗经传说汇纂》：叶羽巳反。《集傳》："祁，大也。"嚴氏粲曰："其禽獸形體祁大又甚多有矣。"

清·严虞惇《读诗质疑》："有""友""右"，俱音"以"。《爾雅》疏"祁"作"麎"。麎，麋牝也。

清·李塨《诗经传注》：祁，大也，謂禽獸大而甚多也。

清·陈大章《诗传名物集览》：《朱傳》："祁，大也。"《毛傳》："祁，大也。"《鄭箋》："祁當作麎。"《爾雅》云："麋，牡麐，牝麎。其子麆，其跡纏，絕有力狄。"《疏》云："麋總名也。"詩《吉日》云："其麎孔有。"《孔疏》："上所言皆獸名，今傳但言其大甚有，不言獸名，不知大者何物。且《釋獸》注引詩云'其麎孔有'，故易《傳》而從《爾雅》也。"《說文》："麋鹿屬也，冬至解角，運斗樞瑤光星散為麋。"《獸人》云："夏獻麋，醢人朝事之豆，昌本、麋臡、菁菹、麋臡。"《左傳·莊十七年》："多麋。《注》云：'麋多則害五稼。又麋興于前，射麋麗龜。'又迹人來告曰：'逢澤有介麋焉'。又楚潘黨逐魏錡，至滎澤見六麋，錡射以獻，黨乃不逐也。"《月令》："仲夏鹿角解，仲冬麋角解。"《淮南子》："日至而麋鹿解。"熊氏云："鹿是山獸，夏至得陰氣而解角；麋是澤獸，故冬至得陽氣而解角。"賈公彥云："麋為陰獸情淫，而游澤，冬至陰方退故解角，從陰退之象。鹿是陽獸，情淫而游山，夏至得陰而解角，從陽退之象。若節氣早，則麋角十一月解。故《夏小正》云'麋角十一月隕墜。'若節氣晚，則十二月麋角解，故《小正》云'十二月隕麋角。'又麋善迷害稼，故禮大夫麋侯表，以知帥人討惑除害也。"《周禮》："獸人冬獻狼，夏獻麋"。注："狼膏聚，麋膏散，聚則溫，散則涼，以順時也。"《博物志》："南方麋千百為羣，食澤草，踐處成泥，名曰麋暖。民隨之種稻，收百倍。"《莊子》："麋與鹿交。"又曰："麋鹿食薦。"《淮南子》："孕婦見兔而子缺唇，見麋而子四目。麋有四目，其夜夜目也。"類從曰："目下有竅，夜即能視也。"陶隱居云："麋千百為羣，多牝少牡，人言一牡輒交十余牝，交畢即死。其脂墮土中，經年人得之方好，名曰遁脂。"《埤雅》："《白虎通》曰：熊為獸巧猛，麋為獸迷惑。故天子射熊，諸侯射麋。"麋水獸也，青黑色肉蹏，一牡能乘十牝。鹿肉食之燠，以陽為體也。麋肉食之寒，以陰為體也。以陽為體者以陰為末，以陰為體者以陽為末。角，末也。今人用麋鹿茸作一種，又以血代茸，此大誤也。凡含血之物肉易長，角難長，骨最難長。惟麋角自生至堅，無兩月之久，大者乃重二十餘觔，其堅如石。計一夜須生數兩，此骨血之至彊者。雖草木至易生者，無能及之。頭者諸陽之會，上鐘于角，豈與凡血比哉？麋茸補陽，鹿茸補陰，凡茸無樂太嫩，世謂之茄子茸，但珍其難得耳。其實少力堅者又太老，惟長數寸，破之肌如朽木，茸端如瑪瑙紅玉者最佳。又北方邊地有麋鹿駝鹿，極大，角大而有文，堅瑩如玉，其茸亦可用。

清·黃中松《诗疑辨证》：毛又曰："祁，大也。"其大孔有，不言獸名，不知大者何物。《鄭箋》曰："祁，當作麎。麎，麋牡也。"攷《爾雅》："麋牡麎牝麎，其子𪊭，（《國語》：獸長麋麋。）其跡纏，絕有力。"狄某氏注《爾雅》亦引此詩為證。而'祁'之何以當為'麎'？《孔疏》未詳其義。豈以書傅多以麋鹿並言，上章既言鹿，此宜為麋耶？朱子《孟子章句》："麋鹿之大者，麋固鹿屬也。"（《說文》）而實各異。《爾雅》："麋牡麎牝麎。其子𪊭，其跡速，絕有力。"麎其名既別，而鹿為山獸，純陽。仲夏得陰而角解。（《月令》）麋為澤獸，（《左傳》：逢澤有介麋焉。）純陰，仲冬得陽而角解。（熊氏、賈氏）故《周禮》："菁葅、鹿臡、茆葅、麋臡"，各隨其性以為宜也。（《述異記》：鹿千年蒼，又五百年白，又五百年玄。《埤雅》：麋青黑色，肉蹄，角自生至堅，無兩月之久，大者二十餘斤。）然呂、朱俱從毛、嚴說，（其禽獸形體祁大又甚多有矣）尤覺分明。

清·黃梦白、陈曾《诗经广大全》：祈，大也。

清·刘始兴《诗益》：有，叶羽巳反。祁，大也。

清·程晉芳《毛郑異同考》：《傳》："祁，大也。"《箋》："祁，當作麎，麎，麋牝也。"

案：既舉獸名則麎不宜獨言，牝麋宜以《傳》為正，無取破字也。

清·顾镇《虞东学诗》：有、友、右俱音以。

清·傅恒等《御纂诗义折中》：祁，大也。

清·罗典《凝园读诗管见》：《管見》：大阜為獸之所同，中原為民之所萃。瞻彼中原，自其升大阜時瞻之也。則所見為其祁孔有者，指民言之。觀《大雅》述公劉之遷幽，其二章曰"于胥斯原。既庶既繁"可知漆沮之涯，有廣平與大阜相屬為原者，其中皆民居矣。"祁"訓"眾"，不訓"大"，"其祁孔有"四字只當"祁祁"二字看，文法變耳。蓋單言祁者猶未見其果眾，至於"其祁孔有"則非單言祁者之眾，乃疊言祁祁者之眾也。如《豳風·七月》篇及前《出車》篇皆稱"采蘩祁祁"，亦由各見為"其祁孔有"而謂之，祁祁者，"儦儦俟俟，或羣或友"。此言"獸之所同"，其先處大阜而無所迫促，有如此"悉率左右，以燕天子"悉知也。

清·胡文英《诗经逢原》：祁，《正義》《爾雅》舊注作"麎"。麎，牡麋也。孔有，大有也。附考：《傳》云："祁，大也。"《箋》云："'祁'當作

'麎',麎,麋牝也。又麋牡曰麌"。疏注《爾雅》者某氏,亦引詩云"瞻彼中原,其麎孔有",與鄭同。又《爾稚》疏其牝者名麎,詩《吉日》云"其麎孔有"是也。據孔氏、邢氏之疏,則鄭《箋》"祁"當作"麎",乃聖經原文。毛氏誤作"祁",鄭氏正之,非鄭易聖經之字也。又前疏下"其祁孔有",《傳》訓"祁"爲"大",直云"其大甚有",不言獸名,不知大者何物,是孔疏亦覺馬氏作"大",其說難通,應從鄭氏也。

清·段玉裁《毛诗故训传定本》：祁,大也。

清·戚学标《毛诗证读》：祁,《箋》"祁,當作麎。"有,以。

清·李富孙《诗经異文释》：《鄭箋》："祁,當作麎。麋牝也。"《正義》引《爾雅》某氏亦引作"麎"。邢疏同。《說文》人部："儵儵"引作"伾伾"。《釋文》云："'儦'本作'麃',又作'爐'。"《後漢·馬融傳》注引《韓詩》作"駓駓駾駾"（今本作"俟俟"誤）。董氏引《韓詩》作"駾駾"。案：《毛傳》云："祁,大也。"《釋文》："祁,又止之反；麎,何止尸反。"二字音同,故鄭改作麎。(《羣經音辨》云："麎本有辰、脤二音,又市尸切與止之,其音蓋同,豈古假'祁'爲'麎'？故鄭得有此說與。")《大司馬》職司農注云："五歲爲慎"。康成謂"慎"讀爲"麎",亦以同聲通讀,麃、儦、爐皆同音通用。毛傳云："趨則儦儦,行則俟俟。"《文選·西京賦》李善注引《薛君章句》曰："'趨'曰'駓'"(《文選》作"駾"。《廣韻》引作'駓'。)行曰駾,義正合：儦、伾聲相近。《駉》："以車伾伾"。呂悦作"駓"。《廣雅》曰："駓駓,走也",字同。《說文》云："駾,馬行仡仡也。"《廣韻》云："駓駾,獸行貌"。許君所偁當从《韓詩》說也。臧氏曰："唐人引某氏注《爾雅》,或作樊光,樊氏,漢人,其引詩當本之三家,故與鄭合。則改爲麎本三家詩也。"段氏曰："按麎在漢時必讀與祁同,故後鄭得定詩之祁爲麎。《字林》麎讀上尸反,徐音同。沈市尸反,皆本古說也。"

清·焦循《毛诗补疏》：《傳》：祁,大也。《箋》云："祁當作麎,麎牝麋也。中原之野甚有之。"

循按：《箋》義不及《傳》遠甚,《傳》以其"祁"指中原之大。《正義》解毛謂其諸禽獸大而甚有,又云不言獸名不知大者何物非也。

清·焦循《毛诗草木鸟兽虫鱼释》：祁,《箋》："'祁'當作'麎',麎,麋牝也。"《釋文》："祁,毛巨私反,又止之反。大也。鄭改作'麎',音'辰',郭音'脤',何止屍反,沈市屍反。麋,亡悲反。"

循按：《箋》義不及《傳》,"其祁"自指中原之大,《正義》言"不知大者何物",非也。

清·刘沅《诗经恒解》：有，音以。祁，大也。

清·徐华岳《诗故考異》：《釋文》："祁，鄭作麎""麎，本作麜，又作㽄。"《韓詩》作"駓"，《說文》作"伾"。俟，《韓詩》又作"駛"。

《箋》："祁，當作麎，麎，麋牝也。中原之野甚有之。"《正義》："《釋獸》云：'麋，牡麔，牝麎。'易《傳》者明獸類非一。"

清·胡承珙《毛诗后笺》：《傳》"祁，大也。"《箋》云："'祁'當作'麎'，麎，麋牝也。"《正義》曰："必易《傳》者，以言獸之所同，明獸類非一，故知其所言者皆獸名。《傳》訓'祁'爲'大'，直云其大甚有，不言獸名，不知大者何物。且《釋獸》有'麎'之名，故易《傳》而從《爾雅》也。"

承珙案：此承上章"獸之所同"而言，故但言其形體祁大又甚多有，而其爲獸自明，不必改祁爲麎，以見獸名也。或疑詩中無此文例者，《正月》"瞻彼阪田，有菀其特"，《箋》云"有菀然茂特之苗"，然經文竝不言特者何物，與此"其祁孔有"文法正相似也。

清·林伯桐《毛诗通考》：《傳》曰："祁，大也。"文義甚明。《箋》云："祁，當作麎。麎，麋牝也。"既要破字，且上章已言麀鹿矣，此又言麋牝，豈不近複乎！

清·徐璈《诗经广诂》：某氏《爾雅》注"其麎孔有"。（按：《箋》云"祁當作麎。"臧琳曰"某氏當本之三家，故鄭與之合。"）

清·马瑞辰《毛诗传笺通释》：《傳》："祁，大也。"《箋》："祁當作麎，麎，牝麋也。"瑞辰按：《詩》疏引《爾雅》某氏注亦作"其麎孔有"，三家詩或有作"麎"字者，故《箋》及某氏注本之漢時蓋"讀麎如祁字，林麎讀上尸反，徐音同，沈市尸反"是也。據《大司馬》鄭司農注："獸五歲爲慎"，後鄭注"慎"讀為"麎"，此詩"祁"讀如"麎"，亦當讀如五歲為慎之"慎"，謂獸之大者也。麎為牝麋，亦為大獸之通稱，猶豕三為豵。而獸之一歲者亦名豵也。"有"當讀如"物其有矣"之"有"，"孔有"猶"孔多"也，《箋》訓為"甚有"，失之。

清·陈奂《诗毛氏传疏》：《傳》："祁，大也。"《疏》："祁"與"頎"同，故訓"大"。"大"謂原野廣大也，孔甚也。原田之中，其地廣大，物又甚有。《箋》改"祁"為"麎"，《正義》據《爾雅》某氏注引詩作"麎"，本三家詩。

清·程大镛《读诗考字》：《箋》云："祁當作麎，麎，麋牝也。"

按：《正義》曰"注《爾雅》者某氏亦引詩云'瞻彼中原，其麎孔有'"，與鄭同。又按：唐人引某氏注《爾雅》，或引作樊光，樊漢人，其引詩本之三家。鄭改"祁"為"麎"，蓋本三家詩。今本《爾雅》邢疏引詩亦作"麎"，則

149

以鄭《箋》為本也。

清·丁晏《毛郑诗释》：《箋》："祁當作麎，麎，麋牝也。"《正義》曰："注《爾雅》者某氏亦引詩云：'其麎孔有'，與鄭同。"《經義雜記》曰："唐人引某氏注《爾雅》，或引作樊光。樊氏漢人，其引詩當本之三家，故與鄭合，則改祁為麎，本三家詩也。"晏案：《釋獸》邢疏亦引詩"其麎孔有"。《大司馬》注鄭司農云："五歲為慎。"後鄭云："慎讀為麎，麋牝曰麎。"《釋文》云："麎字林上尸反，聲與祁近。"

清·陈乔枞《毛诗郑笺改字说》：《吉日》三章，其祁孔有：《箋》云："祁當作麎，麎，麋牝也。中原之野甚有之。"喬樅謹按：《尒疋·釋獸》曰："麋，牡麐，牝麎。"邢昺疏云："其牝者名麎。《詩·吉日》云'其麎孔有'是也。"此詩《正義》云："注《尒疋》者，某氏亦引詩云'瞻彼中原，其麎孔有'，與鄭同。"《經義雜記》云："案：唐人引某氏注《尒疋》，或引作樊光。樊氏漢人，其引詩當本之三家，故與鄭合，則改'祁'爲'麎'本三家詩也。"段氏《說文注》曰："案：麎在漢時必讀與'祁'音同，故鄭得定詩之'祁'爲麎。《字林》麎讀上尸反，徐音同。沈市尸反。皆本古說也。"樅又案：《周官·大司馬》"大獸公之"注引鄭司農曰："五歲爲慎"，元謂"慎讀爲麎"。《尒疋》曰"麋牝曰麎"，司農所引"貜犯特肩慎"，名皆見詩，當亦三家詩說。肩即"豜"字，三家詩作"肩"。然則"麎"三家詩或又有作"慎"者。鄭讀"慎"爲"麎"，於《周官》注發之，讀"祁"爲"麎"，於此詩《箋》發之，蓋以"祁""慎"皆爲"麎"之假借字也。

清·沈镐《毛诗传笺异义解》：《傳》"祁，大也。"《箋》"祁當作麎，麎，麋牝也。"《正義》曰："必易《傳》者以言'獸之所同'，明獸類非一。故知其所言者皆獸名。《傳》訓祁爲大，直云其大甚有，不言獸名，不知大者何物，且《釋獸》有麎之名，故易《傳》而從《爾雅》也。"鎬案：下文云"或羣或友"，明是言獸。毛以"祁"爲"大"，蓋謂祁有之獸，"儦儦俟俟，或羣或友"耳，不得疑其言。大者何物也？下文"悉率左右"，即率此祁有之獸，下章發犴豵兕，即在此祁有之中。康成謂"祁"當作"麎"，不特妄改經文，且和下文及下章，參之文氣，反覺支離。嚴氏粲曰："其禽獸形體甚大又甚多有矣"，說從毛義是也。某氏《爾雅》注"其麎孔有"，臧氏琳曰："某氏當本之三家，故鄭與之合，理或然也。"

清·方玉润《诗经原始》：《集釋》：祁，大也。

清·邓翔《诗经绎参》：有，韻。《集解》：中原，原中。祈，大也。有，多也。

清·龙起涛《毛诗补正》：《毛》："祁，大也。"《笺》："祁當作麎，麎，麋牝也。"案：鄭好改字，此不可從。

清·吕调阳《诗序议》：案：祁，舒行也。有，多也。

清·梁中孚《诗经精义集钞》：祁，大也。

清·王先谦《诗三家义集疏》：《疏》：《傳》"祁，大也。"《笺》"祁當作麎，麎，麋牝也。中原之野甚有之。"

民国·王闓运《毛诗补笺》：祁，大也。《笺》云："祁，當作麎。麎，麋牝。中原之野甚有之。"

民国·马其昶《诗毛氏学》：祁，渠支反。有，音以。祁，大也。（陳曰："祁與顐同，故訓大，謂原野廣大也，其地廣大物又甚有。"）

民国·张慎仪《诗经异文补释》：《鄭箋》："祁當作麎。"《正義》引某氏注《爾雅》及《爾雅·釋獸》邢疏各引詩作"麎"。王謨《漢魏遺書鈔》引《韓詩》同樣。盧文弨云："真文韻中之字，多與支微齊通讀，祁之讀為麎，《史記》《正義》敘諡法，治典不殺曰祁，'獨斷祁一'作'麎'是其例也。"

民国·丁惟汾《诗毛氏传解诂》：《傳》云："祁，大也。"《笺》云："祁，當作麎。麎，麋牝也。中原之野甚有之。"按："祁"為"麎"之雙聲假借。麎為大獸。故《傳》訓為大。《笺》釋《傳》，與毛義。

民国·李九华《毛诗评注》：註：祁，大也。謂原野廣大，物又甚有也。（《毛傳》《鄭箋》）

民国·林义光《诗经通解》：祁，麎。i。祁，鄭云曰："當作麎。麎，麋牝也。"祁、麎雙聲對轉。《周禮·大司馬》："大獸公之，小獸私之。"鄭司農注："一歲為豵，二歲為豝，三歲為特，四歲為肩，五歲為慎。"鄭玄讀慎為麎，是麎為最大之獸。異文：祁，《正義》據《爾雅》某氏注引詩作"麎"。

民国·吴闿生《诗义会通》：祁，大也。鄭依三家詩改"麎"。

日本

日本·中村之钦《笔记诗集传》：《娜嬛》云："此重樂天子上，'其祁'以地大言，'孔有'以獸多言。"

日本·冈白驹《毛诗补义》：祁，大也。

日本·赤松弘《诗经述》：祁，大也。

日本·中井积德《古诗逢源》：祁，舒遲之貌，即衆意。《大雅》"祁祁如雲"與此同。有謂品類之備也。

日本·皆川愿《诗经绎解》：祁，衆多也。孔有，甚有也，指獸言。

日本·伊藤善韶《诗解》：祁，大也。

日本·冢田虎《冢注毛诗》：祁，大也。原中廣大而獸甚多有。

日本·仁井田好古《毛诗补传》：祁，大也。《補》：孔穎達曰："'其祁孔有'，謂形大而多也。"《翼》：祁，巨私反。《爾雅》作"麐"。

日本·龟井昱《毛诗考》：或大阜，或漆沮，從而至於原中，祁祁然雲集甚多，天子於是射獵也。"祁祁如雲""興雲祁祁"舊說徐、遲，此言其眾盛也。

日本·无名氏《诗经旁考》：《爾雅》"麕，牡麐，牝麐。"某氏曰詩云："其麐孔有。"

日本·安井衡《毛诗辑疏》：祁，大也。《箋》："祁當做麐，麐，麕牡也。中原之野甚有之。"衡謂：祁，大。謂獸大。

日本·安藤龙《诗经辨话器解》：祁，諸市反。《傳》："祁，大也。"《箋》云："祁當作麐（常支反，音匙），麐，麕（鹿屬）牝也，中原之野甚有之。"

日本·山本章夫《诗经新注》：言其獸體大而且多有。

日本·竹添光鸿《诗经会笺》：祁，大也。祁，巨私反。《傳》："祁大也者，謂獸大。"此承上章'獸之所同'而言故。但言其形體祁大、又甚多有，而其爲獸自明矣。有當讀如'物其有矣'之有，"儦儦俟俟，或羣或友"，皆言其有也。孔有者，取之而不盡也。下文'悉率左右'，即率此祁有之獸。下章發豝殪兕，即在此祁有之中，言自大阜逐而至於原中，大獸雲集，天子於是射獵也。

朝鲜

朝鲜·朴世堂《诗经思辨录》：毛云："祁，大也。"鄭云："祁當作麐。麐，牝也。"孔云："形大而多也。"

朝鲜·申绰《诗次故》：《爾雅》"麕，牝麐"，某氏曰："詩云'其麐孔有'。"

朝鲜·申绰《诗经异文》：其祁，《箋》："祁當作'麐'，麕牝也。"《爾雅》注某氏引作"麐"，與鄭同。彼《釋文》"麐"，郭音"脈"。

朝鲜·成海应《诗类》：祁，《毛》訓祁"大"也，鄭改以"麐"，"麐，麕牝也。"訓以大，則包諸羣獸；訓以麐，則只舉一物。鄭《箋》差狹。

朝鲜·沈大允《诗经集传辨正》：有，葉羽己反。《集傳》曰："祁，大也。"

朝鲜·朴文镐《诗集传详说》：有，葉羽己反。祁，大也（大獸）。

梅按

关于"其祁孔有"句,古今中外学者对其评析包括注音、释义、句意等几方面,现分列于下:

一、注音

"其祁孔有"句注音,包括"祁""有"等,有以下几种情况:

1. "祁"注音

(1)祁,毛巨私反,又止之反。(唐代陆德明《毛诗音义》摘自《毛诗正义》卷十)

日本竹添光鸿《诗经会笺》"祁"注音与陆氏同。

(2)祁,渠支反。(民国马其昶《诗毛氏学》)

(3)祁,i。(民国林义光《诗经通解》)

(4)祁,诸市反。(日本安藤龙《诗经辨话器解》)

2. "有"注音

(1)有,羽轨切(宋代王质《诗总闻》卷十)又:有,韵亦叶纸韵,羽轨翻。(明代何楷《诗经世本古义》)

(2)有,叶羽已反。(宋代朱熹《诗经集传》卷五)又:有,羽已切。(明代张次仲《待轩诗记》卷四)

元代胡一桂《诗集传附录纂疏》、刘瑾《诗传通释》、朱公迁《诗经疏义》,明代胡广《诗传大全》、曹学佺《诗经剖疑》、顾梦麟《诗经说约》,清代王鸿绪等《钦定诗经传说汇纂》、刘始兴《诗益》,朝鲜沈大允《诗经集传辨正》、朴文镐《诗集传详说》"有"注音祖朱氏。

(3)有,叶以。(明代郝敬《毛诗原解》卷十八)又:有,音以。(清代朱鹤龄《诗经通义》)

清代李光地《诗所》、严虞惇《读诗质疑》、顾镇《虞东学诗》、刘沅《诗经恒解》,马其昶《诗毛氏学》"有"注音同朱氏。

二、释义

关于"其祁孔有"释义,有"祁""其祁""孔""有""孔有"等,列举于下:

1. "祁"释义

(1)"祁"当作"麎"。麎,麋牝也。(汉代郑玄《毛诗笺》摘自《毛诗正

义》卷十)

明代黄佐《诗经通解》疏释云："祁，《尔雅》疏作麎。"冉觐祖《诗经详说》云："郑改'祁'爲'麎'，甚安。"明代冯复京①、清代陈大章②、李富孙③皆对"麎"做了极为详尽的疏释。

清代张沐《诗经疏略》、严虞惇《读诗质疑》、胡文英《诗经逢原》、戚学标《毛诗证读》、徐华岳《诗故考异》、徐璈《诗经广诂》、程大镛《读诗考字》、丁晏《毛郑诗释》，民国张慎仪《诗经异文补释》、林义光《诗经通解》，日本无名氏《诗经旁考》，朝鲜申绰《诗次故》、申绰《诗经异文》"祁"释义祖郑氏。

（2）毛氏曰："祁，大也。"（宋代吕祖谦《吕氏家塾读诗记》卷十九）

宋代苏辙《诗集传》、朱熹《诗经集传》、严粲《诗缉》，元代刘瑾《诗传通释》、朱公迁《诗经疏义》，明代胡广《诗传大全》、季本《诗说解颐》、丰坊《鲁诗世学》、郝敬《毛诗原解》、曹学佺《诗经剖疑》、顾梦麟《诗经说约》、张次仲《待轩诗记》，清代钱澄之《田间诗学》、冉觐祖《诗经详说》、王鸿绪等《钦定诗经传说汇纂》、李塨《诗经传注》、黄中松《诗疑辨证》、黄梦白和陈曾《诗经广大全》、刘始兴《诗益》、程晋芳《毛郑异同考》、傅恒等《御纂诗义折中》、段玉裁《毛诗故训传定本》、焦循《毛诗补疏》、焦循《毛诗草木鸟兽虫鱼释》、刘沅《诗经恒解》胡承珙《毛诗后笺》、林伯桐《毛诗通考》、沈镐《毛诗传笺异义解》、方玉润《诗经原始》、邓翔《诗经绎参》、梁中孚《诗经精义集钞》，民国马其昶《诗毛氏学》，日本冈白驹《毛诗补义》、赤松弘《诗经述》、皆川愿《诗经绎解》、伊藤善韶《诗解》、冢田虎《冢注毛诗》、安井衡《毛诗辑疏》、安藤龙《诗经辨话器解》，朝鲜成海应《诗类》、朝鲜沈大允《诗经集传辨正》、朴文镐《诗集传详说》"祁"释义祖毛氏。

由此可见，古今中外历代学者多数仍然是以《毛传》为宗，延续了传统《诗》说的根脉。

朝鲜成海应《诗类》疏释云："祁，《毛》训祁'大'也，郑改以'麎'，'麎，麋牝也。'训以大，则包诸羣兽；训以麎，则只擧一物。郑《笺》差狭。"

（3）祁，盛也。（宋代杨简《慈湖诗传》卷十一）
（4）祁，地之大也。（明代徐奋鹏《诗经尊朱删补》）

---

①见明代冯复京《六家诗名物疏》。
②见清代陈大章《诗传名物集览》。
③见清代李富孙《诗经异文释》。

明代黄道周《诗经琅玕》祖徐氏。

（5）祁是地之大孔有，是禽兽之甚多。（明代冯元飏、冯元飙《手授诗经》）

（6）祁，《尔雅》作麎。通作岐，谓山道之旁出者。愚意当即指岐山也。山有两岐，故名。（明代何楷《诗经世本古义》）

清代钱澄之《田间诗学》辑录何氏上述"祁"释义。

（7）盖以"祁""慎"皆爲"麎"之假借字也。（清代陈乔枞《毛诗郑笺改字说》）

（8）祁，舒行也。（清代吕调阳《诗序议》）

（9）"祁"为"麎"之双声假借。（民国丁惟汾《诗毛氏传解诂》）

2. "其祁"释义

（1）此"其祁"训大兽，亦可用"多"意。今定从"多"，语势可见也。（宋代王质《诗总闻》卷十）

（2）谓地之广大也。（明代朱朝瑛《读诗略记》）

3. "孔"释义

孔，甚也。（宋代杨简《慈湖诗传》卷十一）

4. "有"释义

（1）有，兽之多也。（明代徐奋鹏《诗经尊朱删补》）

（2）有，以。（清代戚学标《毛诗证读》）

（3）有，多也。（清代邓翔《诗经绎参》）

清代吕调阳《诗序议》释"有"义与邓氏同。

5. "孔有"释义

（1）孔有是禽兽之甚多。（明代黄道周《诗经琅玕》）

明代何楷《诗经世本古义》"孔有"释义祖黄氏。

（2）孔有，大有也。（清代胡文英《诗经逢原》）

（3）"孔有"犹"孔多"也。（清代马瑞辰《毛诗传笺通释》）

（4）孔有者，取之而不尽也。（日本竹添光鸿《诗经会笺》）

三、句义

"其祁孔有"句释义如下：

1. "祁"当作"麎"。麎，麋牝也。中原之野甚有之。（汉代郑玄《毛诗笺》摘自《毛诗正义》卷十）

2. 言禽兽之多且扰也。（宋代苏辙《诗集传》卷十）

3. 其盛甚有。（宋代杨简《慈湖诗传》卷十一）
4. 兽则其大孔有矣。（宋代林岊《毛诗讲义》卷五）
清代王鸿绪等《钦定诗经传说汇纂》释"其祁孔有"义大抵同林氏。
5. 其地祁祁而大，故其兽亦孔有而多。（明代黄道周《诗经琅玕》）
6. 则所见为其祁孔有者，指民言之。（清代罗典《凝园读诗管见》）
7. 孔颖达曰："'其祁孔有'，谓形大而多也。"（日本仁井田好古《毛诗补传》）

儦儦俟俟

中国

汉·郑玄《毛诗笺》（《毛诗正义》卷十）：儦，本作"麃"，又作"爊"，表娇反，趋也。《廣雅》云："行也。"俟音士，行也；徐音矣。

唐·孔颖达《毛诗正义》卷十：傳"趨則"至"二曰友"。《正義》曰：上言多有諸獸，此宜說其行容。獸行多疾，當先言其趨，故以"趨則儦儦，行則俟俟"。

宋·苏辙《诗集传》卷十：趨則儦儦，行則俟俟。

宋·李樗《毛诗详解》（《毛诗李黄集解》卷二十二）：儦儦，《說文》曰："行貌。"俟俟，《說文》曰："大也。"言其行而儦儦，又且大而俟俟也。

宋·王质《诗总闻》卷十：俟，于纪切。

宋·朱熹《诗经集传》卷五：儦儦，表驕反。俟俟，叶于紀反。望則儦儦，行則俟俟。

宋·吕祖谦《吕氏家塾读诗记》卷十九：儦，表嬌反。俟，音士。毛氏曰："趨則儦儦，行則俟俟。"《說文》引詩曰"伾伾俟俟"。董氏曰："《韓詩》作駓駓駿駿。"

宋·杨简《慈湖诗传》卷十一：俟，于紀切。開元《五經文字》亦云矣。謂獸也，或儦而行，或不行而止；止則若有所待然，故曰："俟俟"。

宋·林岊《毛诗讲义》卷五：趨則儦儦，行則俟俟。

宋·严粲《诗缉》卷十八：儦，音標。《傳》曰："趨則儦儦，行則俟俟。"錢氏曰："緩行若相待也。"

元·胡一桂《诗集传附录纂疏》：儦，表驕反。俟，叶于紀反。趣則儦儦，

156

行则俟俟。

元·刘瑾《诗传通释》：儦，表骄反。俟，叶于纪反。趣则儦儦，行则俟俟。

元·许谦《诗集传名物钞》：三章，趋，疾走也。共，音恭。

元·朱公迁《诗经疏义》（《诗经疏义会通》卷十）：儦，表骄反。俟，叶於纪反。趣则儦儦，行则俟俟。

明·胡广《诗传大全》卷十：儦，表骄反。俟，叶于纪反。趣则儦儦，行则俟俟。

明·季本《诗说解颐》卷十七：趋则儦儦，行则俟俟。

明·黄佐《诗经通解》卷十一：儦音标，俟，音士。儦儦，《韩诗》作"駓駓"。《说文》作"伾伾"。《薛君章句》《文选注》谓趋曰駓，行曰骇。

明·丰坊《鲁诗世学》卷二十：伾，毛本作"儦"。【正说】毛氏曰："趋则伾伾，行则俟俟，皆众多貌。"

明·郝敬《毛诗原解》卷十八：儦，标。

明·冯时可《诗臆》：趋则儦儦，行则俟俟。《韩诗》："趋曰駓，行曰骇。"

明·曹学佺《诗经剖疑》卷十四：趋则儦儦，行则俟俟，皆形容兽多之意。

明·徐奋鹏《诗经尊朱删补》：趋则儦儦，行则俟俟。

明·顾梦麟《诗经说约》：趋则儦儦，行则俟俟。钱氏曰："俟俟，缓行若相待也。"《六贴》："儦儦"二句只是多意。

明·张次仲《待轩诗记》卷四：儦，音标。俟，于纪切。趋则儦儦，行则俟俟，谓缓行若期待也。

明·黄道周《诗经琅玕》：趋则儦儦，是疾行以追其类，则前之兽可知。行则俟俟，是缓行以待其群，则后之兽可知。

明·钱天锡《诗牖》："儦儦"二句，形容"多"意，如尽见百物改观，非复昔日之凋耗也。

明·冯元扬、冯元飙《手授诗经》："儦儦"是行之急而趋者，"俟俟"是行之缓而待者。

明·何楷《诗经世本古义》："儦儦"，《说文》《丰本》俱作"伾伾"。陆德明本作"麃麃"，一作"爊爊"。《后汉书注》《韩诗》俱作"駓駓"。"俟俟"，纸韵，《文选注》《薛君章句》俱作"骇"，《韩诗》作"骏骏"。"儦"，《说文》云："行貌。"俟，《说文》云："大也。"言儦然而来者，皆兽之大者也。又《薛君章句》及《毛传》云："趋则儦儦，行则俟俟"，则此"俟"当通作"竢"言，相待而缓行也。

157

明·胡绍曾《诗经胡传》：儦，本作"麃"。又"爊"。《馬融傳》注作"駓"。

清·朱鹤龄《诗经通义》：儦，音標。

清·钱澄之《田间诗学》：趨曰"儦儦"，行曰"俟俟"。俟，當作"竢"，言相待而緩行也。

清·张沐《诗经疏略》：儦，音標。俟，音士。趨則儦儦，行則俟俟。

清·冉觐祖《诗经详说》：趨則儦儦，行則俟俟。《毛傳》："趨則儦儦，行則俟俟。"《孔疏》："上言多有諸獸，此宜說其行容。獸行多疾，當先言其趨，故以趨則儦儦，行則俟俟。"【副■】"儦儦"二句，正所謂"孔有"也。亦與上"獸之所同"相應。

清·王鸿绪等《钦定诗经传说汇纂》：儦，表驕反。俟，叶于紀反。《集傳》："趣則儦儦，行則俟俟。"嚴氏粲曰："儦儦而疾走，俟俟若相待。"

清·严虞惇《读诗质疑》：《毛傳》："趨則儦儦，行則俟俟。"

清·李塨《诗经传注》：趣則儦儦，行則俟俟。

清·黄梦白、陈曾《诗经广大全》：儦儦，趨也，俟俟，相待緩行也。

清·刘始兴《诗益》：儦，表驕反。趣則儦儦，行則俟俟。

清·傅恒等《御纂诗义折中》：儦儦，疾走也。俟俟，徐行也。

清·罗典《凝园读诗管见》：《集傳》趣則儦儦，行則俟俟。《集說》：嚴氏粲曰："儦儦而疾走，俟俟若相待。"

清·胡文英《诗经逢原》：儦，表驕反。《後漢書》注引《韓詩》作"駓駓駿駿"。駓駓，趨貌。駿駿，行貌。

清·段玉裁《诗经小学》：《說文》作"儦儦俟俟"。《韓詩》作"駓駓駿駿"。《後漢書》注引《韓詩》作"俟俟"誤。

清·段玉裁《毛诗故训传定本》：趨則儦儦，行則俟俟。

清·戚学标《毛诗证读》：儦，《說文》作"儦儦"，《馬融傳》引《韓詩》作"駓駓"。俟，矣。

清·李富孙《诗经异文释》：毛用叚借字，韓乃正字。駿與俟音義同。

清·刘沅《诗经恒解》：儦儦，疾走；俟俟，徐行也。

清·徐华岳《诗故考異》：《釋文》："儦，本作麃，又作爊。"《韓詩》作"駓"，《說文》作"儦"。俟，《韓詩》又作"駿"。《韓》："駓駓俟俟。"（《後漢書》注）趨曰駓，行曰駿（《文選注》引《薛君章句》）

案：《說文》："俟，大也。詩曰'儦儦俟俟'。"《傳》："趨則儦儦，行則俟俟。"

清·李黼平《毛诗紬义》：《傳》"趨則儦儦，行則俟俟。"《文選·西京賦》云："群獸駓駼。"李善註引《薛君韓詩章句》曰："趨曰駓，行曰駼。駓音鄹，駼音俟。"《韓詩》字雖異而訓與毛同。《說文》："俟云大也"，引詩曰"伾伾俟俟"，伾與駓字異音同，似許用《韓詩》。然俟訓大，而伾訓有力，大而有力雖與毛"趨行"義別，而毛于"其祁孔有"《傳》云"祁，大也"，大即指此"趨行"之獸，是許亦用《毛傳》為說也。

清·徐璈《诗经广诂》：《韓詩》"駓駓俟俟。"（《後漢書·張衡傳》。又《馬融傳》注引詩"駓駓俟俟"。）《薛章句》曰："'駓駓駼駼'，趨曰駓，行曰駼。"（《文選·二京賦》注）呂向曰："駓駼，行走貌。"（《文選注》）《說文》"伾伾俟俟。"（丁複曰："《說文》引诗'不俟不來'曰即《爾雅》'不俟不來。''伾伾俟俟'即毛詩'儦儦俟俟'。既易'儦'為'伾'，又易'伾'為'不言不駿'，言不俟，言'伾伾俟俟'，言'儦儦俟俟'，皆'丕來'之義也。"）陸德明曰："'儦'本作'麃'，又作'爊'，趨也行也。"（《釋文》）

清·馬瑞辰《毛诗传笺通释》：《傳》："趨則儦儦，行則俟俟。"瑞辰按：《文選·西京賦》"羣獸駓駼"注引《韓詩章句》曰："趨曰駓，行曰駼。"《后漢書·馬融傳》"鄹駼譟讙"。李賢註引《韓詩》"駓駓駼駼"，或作"俟"誤。《說文》："'儦'，行皃。""駼，馬行■也。"駼與俟音義同。《說文》"俟"字註又引《詩》曰"伾伾俟俟"。蓋《韓詩》作駓駓者叚借字，作駼駼者正字；《毛詩》作儦儦者正字，作俟俟者叚借字也。《廣雅》："儦儦，行也。""駓駓，走也。"蓋兼取毛、韓《詩》儦、駓二字雙聲，故通用。《廣雅》又曰："伾伾，衆也。"此釋《魯頌》"以車伾伾"，釋文云"《字林》作駓"，亦通用。

清·陈奂《诗毛氏传疏》：《傳》："趨則儦儦，行則俟俟。"《疏》：《後漢書·馬融傳》注"駼"音"俟"，引韓詩"駓駓駼駼"。《文選·西京賦》注引《薛君章句》"趨曰駓駓，行曰駼駼"。《說文》"俟，大也。引詩作'伾伾俟俟'"。許宗毛，則所引是《毛詩》，與《韓詩》字異聲同。今詩作"儦儦"而與"伾伾"聲部絕異，未知審也。

清·丁晏《毛郑诗释》：《傳》："趨則儦儦，行則俟俟。"

案：《後漢書·馬融傳》注引韓詩曰："駓駓俟俟。"《文選·西京賦》："羣獸駓駼。"李善注引《薛君韓詩章句》："趨曰駓，行曰駼"，與毛公訓"趨行"合，《駉》云"以車伾伾"。《釋文》《字林》作"駓，走也。"《廣雅》"駓駓，走也。"王逸《招魂章句》"駓駓，走貌也。"《說文》："人部。俟，大也。從人矣聲。詩曰'伾伾俟俟'。馬部，駼，馬行仡仡也。從馬矣聲。"許君本《韓詩》說也。

清·陈乔枞《诗经四家异文考》：引《韓詩》當作"駓駓騃騃"，今本作"俟俟"者，誤。《廣雅》"儦儦，行也。駓駓，走也。"蓋兼載《毛》《韓》詩義。伾伾俟俟："《說文》：人部，俟，大也。从人矣聲。詩曰'伾伾俟俟。'"案：許君所偁詩亦三家之異文，與《毛》《韓》詩訓義並異。

清·方玉润《诗经原始》：《集釋》：嚴氏粲曰："儦儦而疾走，俟俟若相待。"

清·邓翔《诗经绎参》：儦儦，標；俟俟，叶。《集解》：疾趨者，儦儦然；徐行者，俟俟然。

清·龙起涛《毛诗补正》：《毛》："趨則儦儦，行則俟俟。"

清·吕调阳《诗序议》：案：所謂祁也。

清·梁中孚《诗经精义集钞》：儦儦，疾走也。俟俟，徐行也。

清·王先谦《诗三家义集疏》：《韓詩》曰"駓駓俟俟，或羣或友。"韓說曰"趨曰駓，行曰騃。"疏：《傳》："趨則儦儦，行則俟俟。獸三曰羣，二曰友。""駓駓至或友"，《後漢·馬融傳》李注引《韓詩》文"趨曰駓，行曰騃。"《文選·西京賦》李注引《薛君韓詩章句》文，據此則後漢注作"俟俟"者，轉寫之誤也。《玉篇·馬部》云："'駓駓'，字同'駓駓'，走貌。"楚詞《招魂》："逐人駓駓些王還。"注："'駓駓'，走貌也。言其走捷疾。"張衡《西京賦》"羣獸駓騃。"薛綜曰："皆鳥獸之形貌也。"衡用《魯詩》，據此《魯詩》文與《韓》同。《廣韻》"駓騃，獸形貌"即本此文。《說文》："俟，大也。從人矣聲。詩曰'伾伾俟俟'。"與《魯》《韓》及《毛》文皆異，蓋本《齊詩》。

民国·王闿运《毛诗补笺》：儦，《韓》作"駓"，《說文》引作"伾"；"俟"韓作"騃"。趨則儦儦，行則俟俟。

民国·马其昶《诗毛氏学》：儦，表驕反。趨則儦儦。(《說文》"儦行貌。")行則俟俟。(韓詩云"趨曰駓駓，行曰騃騃。"《說文》"騃，馬行也，又引詩作'伾伾俟俟'。")

民国·张慎仪《诗经异文补释》：《釋文》"儦"本作麃"，又作"爄"，《廣雅·釋訓》作"駓駓俟俟。"《說文》人部引詩"伾伾俟俟。"《後漢書·馬融傳》注引《韓詩》"駓駓騃騃。《文選》張平子《西京賦》注引《薛君章句》作》"駓騃。"桉：《說文》："儦，行皃。騃，馬行■也。""爄、儦"之俗"麃、儦"之省，"駓駓"字同"俟騃"，音同"麃丕"雙聲。馬瑞辰云："韓作'駓駓'者假字，作'騃騃'者正字。毛作'儦儦'者正字，作'俟俟'者假字。《廣雅》皆取《毛韓》。"

民国·丁惟汾《诗毛氏传解诂》：《傳》云："趨則儦儦，行則俟俟。"按：

儦、報雙聲。少儀，勿報往。鄭注，報讀為疾赴之"赴"，俗謂疾赴為跑，跑為儦之古音也。俟、序雙聲。"俟俟"為順序之貌，俗謂依序而行，謂之俟行。行讀古音如杭。

民國·李九華《毛诗评注》：註：儦，表驕反。趨則儦儦，行則俟俟。（《毛傳》《鄭箋》）

民國·林义光《诗经通解》：俟，i。儦儦俟俟：毛云："趨則儦儦，行則俟俟。"《文選·西京賦》注引《薛君章句》云："趨曰駓駓，行曰俟俟。"《說文》："伾，有力也。駊，馬行伀伀也。伀，勇壯也。伾、駊同。"異文：儦俟，《後漢書·馬融傳》注引《韓詩》作"駓駿"，《說文》引作"伾俟"。

民國·吴闿生《诗义会通》：趨則儦儦，行則俟俟。《韓詩》作"駓駓駿駿"。《說文》引此作"伾伾俟俟"。

日本

日本·中村之钦《笔记诗集传》：注："趣則儦儦"四句從《毛傳》。《娜孀》云："'儦儦'二句即'孔有'處，'儦儦俟俟'有性之適意。"

日本·三宅重固《诗经笔记》：儦儦，趨也。俟俟，相持緩行也。言漆沮之間、平原初然而大，禽獸甚有。或疾走、或相待。

日本·冈白驹《毛诗补义》：趨則儦儦，行則俟俟。

日本·赤松弘《诗经述》：儦，表嬌反。俟，音士。趨則儦儦，行則俟俟。

日本·皆川愿《诗经绎解》：儦，《說文》云："行貌"。俟，何楷云："當通作'竢'，言相待而緩行也。"

日本·伊藤善韶《诗解》：儦儦，趨也。俟俟，行也。

日本·冢田虎《冢注毛诗》：儦，表嬌反。俟，音士。儦儦，群走貌。俟俟，群聚貌。

仁井田好古《毛诗补传》：趨則儦儦，行則俟俟。《翼》：儦，表遙反。本作"麃"，又作"爊"。《說文》作"伾"。《後漢書》注《韓詩》俱作"駓"。俟音士。《文選》注《薛君章句》俱作"駿"。《韓詩》作"駿"。

日本·龟井昱《毛诗考》：儦儦，眾盛。猶"行人儦儦"；俟俟，猶"鹿斯之奔，維足伎伎。"故《傳》云："趨則儦儦，行則俟俟"，寔明解也。

日本·东条弘《诗经标识》：何楷云："儦，《說文》云'行貌。'俟，《說文》云'大也。'"《薛君章句》及《毛傳》云："'趨則儦儦，行則俟俟'，此'俟'，當通作'竢'，言相待而緩行也。"

日本·无名氏《诗经旁考》：《釋文》："儦，本作'麃'，又作'爊'，趨也。"《玉篇》引此儦作伾，云詩"儦儦俟俟，獸趚行貌。"《說文》引此作"伾伾俟俟"，云"伾，有力也；俟，大也。"《馬融傳》注章懷曰："韓詩云：'駓駓騃騃'，'騃'音'俟'。獸奮迅貌也。"張衡賦"羣獸駓騃"。李善曰："《韓詩薛君章句》趚曰駓，行曰騃。"呂向曰："駓騃行走貌。"

日本·安井衡《毛诗辑疏》：趚則儦儦，行則俟俟。

日本·安藤龙《诗经辨话器解》：儦，趚。俟，行。《傳》："趚則儦儦，行則俟俟。"儦本作"麃"（鹿之■蜀），又作"爊"，表嬌反。俟，音士，徐音矣（俟）。

日本·山本章夫《诗经新注》：儦儦，走貌。俟俟，止貌。

日本·竹添光鸿《诗经会笺》：趚則儦儦，行則俟俟。儦，表驕反。俟，音士。延文本《傳》儦下、俟下、■下、發下，並有也字，摺本無發字。"儦儦俟俟"，《後漢書·馬融傳》注引《韓詩》曰"駓駓騃騃。"《文選·西京賦》注引《薛君章句》曰"趚曰駓，行曰騃。"《毛詩》與《韓詩》文異而義同。儦儦乃"駓駓"之假借。《玉篇·馬部》云："駓駓字同駓駓，走貌。"《楚辭·招魂》："逐人駓駓些。"王逸注"駓駓走貌也"，言其走捷疾。《西京賦》云："覓獸駓騃。"《廣韻》云："駓騃，獸行貌。"驃駓一聲之轉，故古人通借用之。

朝鲜

朝鲜·申绰《诗次故》：《釋文》："儦，本作"麃"，又作"爊"，趚也。"《玉篇》引此儦作伾，云詩"儦儦俟俟，獸趚行貌。"《說文》引此作"伾伾俟俟"，云"伾，有力也；俟，大也。"《馬融傳》注章懷曰："《韓詩》云：'駓駓騃騃'，騃音俟。獸奮迅貌也。"張衡賦"羣獸駓騃"。李善曰："《韓詩薛君章句》趚曰駓，行曰騃。"呂向曰："駓騃行走貌。"

朝鲜·申绰《诗经异文》：儦儦，《玉篇》引作"伾伾"，云"獸趚行貌"。《釋文》："儦本作'麃'，又作'爊'。趚也。"《說文》引作"伾伾"，云有力也。《後漢書·馬融傳》注章懷引韓詩作"駓駓"。《文選·張衡賦》"羣獸駓騃"注李善曰："《韓詩薛君章句》：趚曰駓，行曰騃。"俟俟，綽按：《馬融傳》注，章懷引《韓詩》作"俟"，而張衡賦注，李善引《韓詩》作"騃"。蓋俟、騃音義同也。

朝鲜·成海应《诗类》：《說文》：儦作"伾"，有力也。《毛傳》："趚則儦儦，行則俟俟。"

朝鲜·沈大允《诗经集传辨正》：儦，表驕反。俟，葉於紀反。《集傳》曰："儦儦，群行貌；俟俟，群聚貌。"

162

朝鲜·朴文镐《诗集传详说》：儦，音標。俟，葉於紀反。趣（走也）則儦儦，行則俟俟。

梅按

关于"儦儦俟俟"句，古今中外学者对其评析包括注音、释义、句意等几方面，现分列于下：

一、注音

"儦儦俟俟"句注音，包括"儦""俟"等，列举如下：

1. "儦"注音

（1）儦，表娇反。（汉代郑玄《毛诗笺》摘自《毛诗正义》卷十）

宋代朱熹《诗经集传》、吕祖谦《吕氏家塾读诗记》，元代胡一桂《诗集传附录纂疏》、刘瑾《诗传通释》、朱公迁《诗经疏义》，明代胡广《诗传大全》，清代王鸿绪等《钦定诗经传说彙纂》、刘始兴《诗益》、胡文英《诗经逢原》，民国马其昶《诗毛氏学》、李九华《毛诗评注》，日本赤松弘《诗经述》、冢田虎《冢注毛诗》、安藤龙《诗经辨话器解》，朝鲜沈大允《诗经集传辨正》"儦"注音与郑氏同。

（2）儦，音标。（宋代严粲《诗缉》卷十八）

明代黄佐《诗经通解》、郝敬《毛诗原解》、张次仲《待轩诗记》，清代朱鹤龄《诗经通义》、张沐《诗经疏略》、邓翔《诗经绎参》，朝鲜朴文镐《诗集传详说》"儦"注音与严氏同。

（3）儦，表遥反。（日本仁井田好古《毛诗补传》）

综上可见，郑玄《毛诗传笺》关于"儦"之注音历代遵从者最多，宋代严粲《诗缉》次之。

2. "俟"注音

（1）俟，音士。徐音矣。（汉代郑玄《毛诗笺》摘自《毛诗正义》卷十）

宋代吕祖谦《吕氏家塾读诗记》，明代黄佐《诗经通解》，清代张沐《诗经疏略》，日本赤松弘《诗经述》、冢田虎《冢注毛诗》、安藤龙《诗经辨话器解》"俟"注音与郑氏同。

（2）俟，叶于纪反。（宋代朱熹《诗经集传》卷五）又：俟，于纪切。（宋代杨简《慈湖诗传》卷十一）

元代胡一桂《诗集传附录纂疏》、胡一桂《诗集传附录纂疏》、刘瑾《诗传通释》、朱公迁《诗经疏义》、朱公迁《诗经疏义》，明代胡广《诗传大全》、张次仲《待轩诗记》，清代王鸿绪等《钦定诗经传说汇纂》，朝鲜沈大允《诗经集传辨正》、朴文镐《诗集传详说》同朱氏。

（3）俟，i。（民国林义光《诗经通解》）

可见，关于"俟"注音学者主要表现出尊郑和尊朱倾向。

二、释义

关于"儦儦俟俟"释义，有"儦""俟""儦儦""俟俟"等，列举于下：

1."儦"释义

（1）儦，本作"麃"，又作"儦"，趋也。《广雅》云："行也。"（汉代郑玄《毛诗笺》摘自《毛诗正义》卷十）

（2）《说文》曰："行貌。"（宋代李樗《毛诗详解》摘自《毛诗李黄集解》卷二十二）

2."俟"释义

（1）俟，行也。（汉代郑玄《毛诗笺》摘自《毛诗正义》卷十）

（2）《说文》曰："大也。"（宋代李樗《毛诗详解》摘自《毛诗李黄集解》卷二十二）

3."儦儦"释义

《六贴》："儦儦"二句只是多意。（明代顾梦麟《诗经说约》）

4."俟俟"释义

（1）钱氏曰："俟俟，缓行若相待也。"（明代顾梦麟《诗经说约》）

（2）俟俟，止貌。（日本山本章夫《诗经新注》）

三、句义

"儦儦俟俟"句的疏释和考证较为丰富，较为典型的如下：

1.毛氏曰："趋则儦儦，行则俟俟。"（宋代吕祖谦《吕氏家塾读诗记》卷十九）

明代黄道周《诗经琅环》疏释云："趋则儦儦，是疾行以追其类，则前之兽可知。行则俟俟，是缓行以待其群，则后之兽可知。"冯元飏、冯元飚《手授诗经》亦云："儦儦是行之急而趋者，俟俟是行之缓而待者。"日本龟井昱《毛诗考》云："故《传》云：'趋则儦儦，行则俟俟'，窎明解也。"

唐代孔颖达《毛诗正义》、宋代苏辙《诗集传》、林岊《毛诗讲义》，元代胡一桂《诗集传附录纂疏》、刘瑾《诗传通释》，明代胡广《诗传大全》、季本《诗说解颐》、丰坊《鲁诗世学》、冯时可《诗臆》、曹学佺《诗经剖疑》、徐奋鹏《诗经尊朱删补》、顾梦麟《诗经说约》,清代钱澄之《田间诗学》、张沐《诗经疏略》、冉觐祖《诗经详说》、王鸿绪等《钦定诗经传说汇纂》、严虞惇《读诗质疑》、李塨《诗经传注》、刘始兴《诗益》、段玉裁《毛诗故训传定本》、徐华岳《诗故考异》、龙起涛《毛诗补正》,民国王闿运《毛诗补笺》、马其昶《诗毛氏学》、李九华《毛诗评注》、吴闿生《诗义会通》,日本中村之钦《笔记诗集传》、冈白驹《毛诗补义》、赤松弘《诗经述》、仁井田好古《毛诗补传》、安井衡《毛诗辑疏》、安藤龙《诗经辨话器解》,朝鲜成海应《诗类》、朴文镐《诗集传详说》释"儦儦俟俟"义祖毛氏。

综上可见,古今中外学者释"儦儦俟俟"义绝大多数祖毛氏。这正可以说明在解经上,最古老的解释,最值得关注。因其去古未远,有多少传说还存于人口。就此诗而言,"趋则儦儦,行则俟俟"一句,最为明了,也最见分寸。至于后世的诸多阐释,多是对此一说的具体化。

2. 言其行而儦儦,又且大而俟俟也。(宋代李樗《毛诗详解》摘自《毛诗李黄集解》卷二十二)

3. 望则儦儦,行则俟俟。(宋代朱熹《诗经集传》卷五)

4. 《说文》引诗曰"伾伾俟俟"。董氏曰:"《韩诗》作'駓駓骏骏。'"(宋代吕祖谦《吕氏家塾读诗记》卷十九)

明代何楷《诗经世本古义》对此做了详细疏释,云:"儦儦,《说文》《丰本》俱作'伾伾'。陆德明本作'麃麃',一作'爊爊'。《后汉书注》《韩诗》俱作'駓駓'。俟俟,纸韵,《文选注》《薛君章句》俱作'骏',《韩诗》作'骏骏'。儦,《说文》云:'行貌。'俟,《说文》云:'大也。'言儦然而来者,皆兽之大者也。又《薛君章句》及《毛传》云:'趋则儦儦,行则俟俟',则此'俟'当通作'竢'言,相待而缓行也。"清代李黼平《毛诗紬义》、徐璈《诗经广诂》、马瑞辰《毛诗传笺通释》、陈奂《诗毛氏传疏》、丁晏《毛郑诗释》、陈乔枞《诗经四家异文考》、王先谦《诗三家义集疏》在此基础上做了更为繁浩的考释,清代考据特色由此可见一斑。民国张慎仪《诗经异文补释》、林义光《诗经通解》,日本无名氏《诗经旁考》、竹添光鸿《诗经会笺》,朝鲜申绰《诗次故》、申绰《诗经异文》亦做了相应的疏释。

5. 谓兽也,或儦而行,或不行而止;止则若有所待然,故曰:"俟俟。"(宋代杨简《慈湖诗传》卷十一)

6. 钱氏曰:"缓行若相待也。"(宋代严粲《诗缉》卷十八)

7. "儦儦"二句,形容"多"意,如尽见百物改观,非复昔日之凋耗也。(明代钱天锡《诗牖》)

8. 儦儦，疾走也。俟俟，徐行也。（清代傅恒等《御纂诗义折中》）

清代刘沅《诗经恒解》、梁中孚《诗经精义集钞》释义与付氏同。

清代罗典《凝园读诗管见》疏释云："严氏粲曰：'儦儦而疾走，俟俟若相待。'"方玉润《诗经原始》亦引严氏释义。日本三宅重固《诗经笔记》亦云："儦儦，趋也。俟俟，相持缓行也。言漆沮之间、平原初然而大、禽兽甚有。或疾走、或相待。"

9. 案：所谓祁也。（清代吕调阳《诗序议》）

10. 儦儦，群走貌。俟俟，群聚貌。（日本冢田虎《冢注毛诗》）

或羣或友

中国

唐・孔颖达《毛诗正义》卷十：《周語》曰"獸三為群"，故二曰友。友親於群，其數宜少。《易・損卦・六三》云："一人行則得其友。"獸亦當然，故二曰友，三曰群。謂自三以上皆稱群，不必要三也。

宋・苏辙《诗集传》卷十：三為羣，二為友。

宋・李樗《毛诗详解》（《毛诗李黄集解》卷二十二）："或羣或友"，言其或三而成羣，或兩而成友，於是從禽獸者，悉皆率之以進，或左或右，以燕天子也。乃與《駉驖》之詩所謂"奉時辰牡"之意同。

宋・范处义《诗补传》卷十七：友，羽軌切。

聞字曰："《爾雅》：三為羣，二為友，此亦字義。羣皆三畫，友從兩，又此法從古有之，近世字學亦未為過也，而多諱及之。"

宋・朱熹《诗经集传》卷五：友，叶羽巳反。獸三曰羣，二曰友。

宋・吕祖谦《吕氏家塾读诗记》卷十九：毛氏曰："獸三曰羣，二曰友。"

宋・杨简《慈湖诗传》（文渊阁四库书）卷十一：或聚而羣，或兩而友。

宋・林岊《毛诗讲义》卷五：三而曰羣，二而曰友。

宋・严粲《诗缉》卷十八：《傳》曰："三曰羣，二曰友。"

元・胡一桂《诗集传附录纂疏》：友，叶羽巳反。獸三曰群，二曰友。

元・刘瑾《诗传通释》：友，叶羽巳反。獸三曰羣，二曰友。

元・梁益《诗传旁通》卷七：羣友，《列女傳》：獸三爲羣。古語：獸二爲友，身二爲朋。

元·朱公迁《诗经疏义》(《诗经疏义会通》卷十)：友,叶羽巳反。獸三曰羣,二曰友。

明·胡广《诗传大全》卷十：友,叶羽巳反。獸三曰羣,二曰友。

明·季本《诗说解颐》卷十七：獸三曰羣,二曰友。

明·丰坊《鲁诗世学》卷二十：【正说】毛氏曰："獸三曰群,二曰友。"

明·郝敬《毛诗原解》卷十八：友,叶以。

明·曹学佺《诗经剖疑》卷十四：獸三曰羣,二曰友。

明·徐奋鹏《诗经尊朱删补》：或三而群,或二而友,正言其多也。

明·顾梦麟《诗经说约》：獸三曰群,二曰友。孔疏《周语》曰"獸三為群,故二曰友。友親於群,其數宜少。"《易·損卦·六三》云："一人行則得其友。"獸亦當然,故二曰友,三曰群。謂自三以上皆稱群,不必要三也。鄭雒書文："人三為眾,而獸三則為群。人二為耦,而獸二則為友,亦先輩集中警語。"

明·张次仲《待轩诗记》卷四：友,羽巳切。獸三為羣,二為友。

明·黄道周《诗经琅玕》：或三爲群,其群不可數也；或二爲友,其友不可計也。形容多意,如■見百物收穫,非複昔日周耗景象也。

明·冯元扬、冯元飙《手授诗经》：獸三曰群,獸二曰友。

明·何楷《诗经世本古义》：友,有韻,亦叶紙韻,羽軌翻。《周語》云：獸三為羣。《毛傳》云：獸二曰友。孔云：或三三為羣,或二二為友,是其甚有也。自三以上皆稱羣,不必要三也。

清·朱鹤龄《诗经通义》：友,音以。

清·钱澄之《田间诗学》：獸三為羣,二曰友。

清·张沐《诗经疏略》：三曰群,二曰友。

清·冉觐祖《诗经详说》：獸三曰羣,二曰友。《毛傳》："獸三曰羣,二曰友。驅禽之左右,以安待天子。"《毛傳》："故二曰友,友親於羣,其數宜少。故二曰友,三曰羣,謂自三以上皆羣,不必要三也。"《孔疏》："《周語》曰'獸三為群',故二曰友。友親於群,其數宜少。故二曰友,三曰群。謂自三以上皆稱群,不必要三也。"説約：按："其祁"自孔疏以下,俱以獸言。至聚岡講意始主地言。末二句須説得氣象。鄭雒書："文人三爲眾而獸則三爲羣,人二爲耦而獸則二爲友,亦先輩集中警語。"

清·李光地《诗所》：友,音以。

清·王鸿绪等《钦定诗经传说汇纂》：友,叶羽巳反。《集傳》：獸三曰羣,二曰友。蘇氏轍曰："言禽獸之多且擾也。"

清·严虞惇《读诗质疑》：《毛傳》："獸三曰羣，二曰友。"

清·李塨《诗经传注》：三爲羣，二爲友。

清·黄梦白、陈曾《诗经广大全》：獸三曰羣，二曰友。

清·刘始兴《诗益》：友，叶羽巳反。獸三曰羣，二曰友。言禽獸之多，亦所謂羣醜也。

清·傅恒等《御纂诗义折中》：獸三曰羣，二曰友。

清·罗典《凝园读诗管见》：《集傳》："獸三曰羣，二曰友。"

清·胡文英《诗经逢原》：群，大群也。友，偕行也。皆指獸言。

清·段玉裁《毛诗故训传定本》：獸三曰羣，二曰友。

清·戚学标《毛诗证读》：友，以。

清·刘沅《诗经恒解》：兽三曰羣，二曰友。

清·徐华岳《诗故考異》：《傳》："獸三曰羣，二曰友。驅禽之左右，以安待天子。"

清·李允升《诗义旁通》：友，以。

清·陈奂《诗毛氏传疏》：《傳》："獸三曰羣二曰友。"《疏》："獸三曰羣"，《國語·周語》文章注云："自三以上爲羣，二曰友。"其義無聞。《說文》"同志爲友，從二又，相交友也。"其即獸二爲友之義歟。

清·方玉润《诗经原始》：《集釋》：羣，三曰羣。友，二曰友。

清·邓翔《诗经绎参》：友，叶。《集解》：或三三爲羣，或二二爲友。

清·龙起涛《毛诗补正》：《毛》："獸三曰羣，二曰友。"

清·吕调阳《诗序议》：案：所謂有也，《記》曰："天子、諸侯無事則歲三田，一爲乾豆，二爲賓客，三爲充君之庖。"

清·梁中孚《诗经精义集钞》：獸三曰羣，二曰友。

民国·王闿运《毛诗补笺》：獸三曰羣，二曰友。

民国·马其昶《诗毛氏学》：友，音以。獸三曰羣（《周語》文）二曰友（陳曰："《說文》'同志爲友，從二又，相交友也。'即獸二爲友之義。"）

民国·丁惟汾《诗毛氏传解诂》：《傳》云："獸三曰群，二曰友。"按：三古音讀莘，與群音轉。二友雙聲。

民国·李九华《毛诗评注》：註：獸三爲羣，二曰友。（《毛傳》《鄭箋》）

民国·林义光《诗经通解》：友，i。

民国·吴闿生《诗义会通》：獸三曰羣，二曰友。

日本

日本·中村之钦《笔记诗集传》：《孔疏》云：三以上皆稱羣，不必要三也。《娜嬛》云："'或羣或友'有類之繁意。"

日本·三宅重固《诗经笔记》：或三爲群，或二爲友，盡率左右射獵，以燕樂天子也。

日本·冈白驹《毛诗补义》：獸三曰羣，二曰友。

日本·赤松弘《诗经述》：獸三曰羣，二曰友。

日本·中井积德《古诗逢源》：羣以聚處而言，友以並行而言，其數不止二三。若《周語》"獸三爲羣，女三爲粲"，豈足據乎哉？

日本·皆川愿《诗经绎解》：《周語》云："獸三爲羣"，《毛傳》云"獸二爲友"。

日本·伊藤善韶《诗解》：獸三曰群，二曰友。

日本·冢田虎《冢注毛诗》：獸三曰群，二曰友。

日本·仁井田好古《毛诗补传》：獸三曰羣，二曰友。驅禽之左右，以安待天子發也。《翼》：《孔疏》："其趨行或三三爲羣，或二二爲友，是其甚有也。"

日本·龟井昱《毛诗考》：獸三曰羣，《周語》"二曰友。"

日本·无名氏《诗经旁考》：《周語》："獸三爲羣。"

日本·安井衡《毛诗辑疏》：獸三曰羣，二曰友。

日本·安藤龙《诗经辨话器解》：《傳》："獸三曰羣，二曰友。"

日本·山本章夫《诗经新注》：三爲群，二爲友，人獸通言。

日本·竹添光鸿《诗经会笺》：獸三曰羣，二曰友。"或羣或友"者，羣以聚處而言，友以並行而言，其數不止二三。《周語》"獸三爲羣"不必據也。

朝鲜

朝鲜·正祖《经史讲义》：《集傳》曰"三是羣"，恐可疑羣只是衆之稱，非定數也。以上章"從其羣醜"觀之，可見豈必三爲羣耶？有袈對《集傳》獸三之釋，蓋仍《毛傳》，《毛傳》又本於《國語》，固非無稽之言矣。

朝鲜·申绰《诗次故》：《周語》："獸三爲羣。"

朝鲜·成海应《诗类》：《集傳》曰："三是羣"，恐可疑只是衆之稱，豈必曰三爲羣耶？

臣對曰：周共王遊於涇上，密康公從，有三女犇之。康公之母曰："夫獸三爲羣，人三爲衆，女三爲粲。王田不取羣，公行下衆，王禦不參一族。"又王制曰"諸侯不掩羣",羣三獸也。獸三爲羣之說,自古有之,即舊註亦然矣。

朝鲜·赵得永《诗传讲义》：禦製條問曰："或羣或友",《集傳》曰"三是羣",恐可疑。羣只是衆之稱,非乏數也。以上章"從其羣醜"觀之,可見豈必三為羣耶？

臣對曰："獸三曰羣"是古註說也。羣雖是衆多之稱,而三則不害為羣耶。

朝鲜·沈大允《诗经集传辨正》：友,葉羽已反。《集傳》曰："友,並行也。"

朝鲜·朴文镐《诗集传详说》：友,葉羽己反。獸三曰羣,二曰友。

梅按

关于"或群或友"句,古今中外学者对其疏证包括注音、释义、句意等几方面,现分列于下：

一、注音

"或群或友"句注音,只有"友"一词,疏理如下：

1."友"注音

（1）友,羽轨切。（宋代范处义《诗补传》卷十七）又：友,羽轨翻。（明代何楷《诗经世本古义》）

（2）友,叶羽已反。（宋代朱熹《诗经集传》卷五）又：友,叶羽巳反。（元代胡一桂《诗集传附录纂疏》）又：友,羽巳切。（明代张次仲《待轩诗记》卷四）

元代刘瑾《诗传通释》、朱公迁《诗经疏义》,明代胡广《诗传大全》,清代王鸿绪等《钦定诗经传说汇纂》、刘始兴《诗益》"友"注音同胡氏。朝鲜沈大允《诗经集传辨正》、朝鲜朴文镐《诗集传详说》"友"注音则同朱氏。

（3）友,叶以。（明代郝敬《毛诗原解》卷十八）又：友,音以。（清代朱鹤龄《诗经通义》）

清代李光地《诗所》、戚学标《毛诗证读》、李允升《诗义旁通》,民国马其昶《诗毛氏学》"友"注音同朱氏。

（4）友,i。（民国林义光《诗经通解》）

二、释义

关于"或群或友"释义,有"群""友"二词,列举于下：

1. "群"释义

《集传》曰"三是群",恐可疑群只是众之称,非定数也。(朝鲜正祖《经史讲义》)

朝鲜正祖《经史讲义》云:"《集传》曰'三是羣',恐可疑群只是众之称,非定数也。以上章'从其群丑'观之,可见岂必三为群耶?有桀对《集传》兽三之释,盖仍《毛传》,《毛传》又本于《国语》,固非无稽之言矣。"朝鲜成海应《诗类》进一步疏释云:"周共王游于泾上,密康公从,有三女奔之。康公之母曰:'夫兽三为群,人三为众,女三为粲。王田不取群,公行下众,王御不参一族。'又王制曰'诸侯不掩群',群三兽也。'兽三为群'之说,自古有之,即旧注亦然矣。"朝鲜赵得永《诗传讲义》云:"'兽三曰群'是古注说也。群虽是众多之称,而三则不害为群耶。"

2. "友"释义

(1)《说文》:"同志为友,从二又,相交友也。"其即兽二为友之义欤。(清代陈奂《诗毛氏传疏》)

(2)《集传》曰:"友,并行也。"(朝鲜沈大允《诗经集传辨正》)

三、句义

"或群或友"句的解释有以下几种:

1. 毛氏曰:"兽三曰群,二曰友。"(宋代吕祖谦《吕氏家塾读诗记》卷十九)

唐代孔颖达《毛诗正义》对毛氏上文疏释云:"故二曰友,三曰群。谓自三以上皆称群,不必要三也。"宋代范处义《诗补传》亦疏释云:"闻字曰:《尔雅》:三为群,二为友,此亦字义。群皆三画,友从两,又此法从古有之,近世字学亦未为过也,而多讳及之。"明代徐奋鹏《诗经尊朱删补》疏释云:"或三而群,或二而友,正言其多也。"顾梦麟《诗经说约》云:"兽三曰群,二曰友。《孔疏》《周语》曰:'兽三为群,故二曰友。友亲于群,其数宜少。'《易·损卦·六三》云:'一人行则得其友。'兽亦当然,故二曰友,三曰群。谓自三以上皆称群,不必要三也。郑雒书文:'人三为众,而兽三则为群。人二为耦,而兽二则为友,亦先辈集中警语。'"

此外,宋代苏辙《诗集传》、李樗《毛诗详解》、朱熹《诗经集传》、杨简《慈湖诗传》、林岊《毛诗讲义》、严粲《诗缉》,元代胡一桂《诗集传附录纂疏》、刘瑾《诗传通释》、梁益《诗传旁通》、朱公迁《诗经疏义》,明代胡广《诗传大全》、季本《诗说解颐》、丰坊《鲁诗世学》、曹学佺《诗经剖疑》、张次仲《待轩诗记》、冯元飏和冯元飙《手授诗经》，清代钱澄之《田间诗学》、张沐《诗经疏略》、王鸿绪等《钦定诗经传说汇纂》、严虞惇《读诗质疑》、李塨《诗经传注》、黄梦白和陈曾《诗经广大全》、刘始兴《诗益》、傅恒等《御纂诗义折中》、罗典《凝园读诗管见》、段玉裁《毛诗故训传定本》、刘沅《诗经恒解》、徐华岳《诗故考异》、方玉润《诗经原始》、梁中孚《诗经精义集钞》，民国王闿运《毛诗补笺》、李九华《毛诗评注》、吴闿生《诗义会通》，日本三宅重固《诗经笔记》、冈白驹《毛诗补义》、赤松弘《诗经述》、皆川愿《诗经绎解》、伊藤善韶《诗解》、冢田虎《冢注毛诗》、仁井田好古《毛诗补传》、龟井昱《毛诗考》、安井衡《毛诗辑疏》、安藤龙《诗经辨话器解》、山本章夫《诗经新注》，朝鲜朴文镐《诗集传详说》释"或群或友"义祖毛氏。

综上可见，古今中外学者释"或群或友"义绝大多数祖毛氏。最古老的解释，得到了绝大多数古今中外学者的关注。大约因其去古未远，最为明了。至于后世的诸多疏证，多是对此一说的具体化。

2. 或三爲群，其群不可数也；或二爲友，其友不可计也。形容多意。（明代黄道周《诗经琅玕》）

3. 苏氏辙曰："言禽兽之多且扰也。"（清代王鸿绪等《钦定诗经传说彚纂》）

4. 群，大群也。友，偕行也。皆指兽言。（清代胡文英《诗经逢原》）

5. 《娜嬛》云："'或羣或友'有类之繁意。"（日本中村之钦《笔记诗集传》）

6. 群以聚处而言，友以并行而言，其数不止二三。（日本中井积德《古诗逢源》）

日本竹添光鸿《诗经会笺》疏释云："兽三曰群，二曰友。'或群或友'者，群以聚处而言，友以并行而言，其数不止二三。《周语》'兽三为群'不必据也。"

悉率左右

中国

汉·郑玄《毛诗笺》（《毛诗正义》卷十）：率，循也。悉驱禽顺其左右之宜。

172

唐·孔颖达《毛诗正义》卷十：傳"驅禽"至"天子"。言驅禽之左右者，以禽必在左射之，或令左驅令右，皆使天子得其左廂之便。以其未明，故《箋》又申之云："循其左右之宜，以安待王之射。"

宋·苏辙《诗集传》卷十：率，馴也。

宋·王质《诗总闻》卷十：右，羽軌切。

宋·朱熹《诗经集传》卷五：右，叶羽已反。

宋·杨简《慈湖诗传》卷十一：悉率左右二列，各供其事。

宋·林岊《毛诗讲义》卷五：田者以驅逆之車，驅而至于彼防。虞人乃重驅之，順其左右之宜，以安待天子之射禽。必左右射之，使見羣臣之奉上也。自此以下乃言獲獸，供王賓燕之事。

元·胡一桂《诗集传附录纂疏》：右，叶羽巳反。

元·刘瑾《诗传通释》：右，叶羽巳反。

元·朱公迁《诗经疏义》（《诗经疏义会通》卷十）：右，叶羽巳反。

明·胡广《诗传大全》卷十：右，叶羽巳反。

明·郝敬《毛诗原解》卷十八：叶以。

明·顾梦麟《诗经说约》：傳"驅禽"至"天子"。言驅禽之左右者，以燕天子。

明·张次仲《待轩诗记》卷四：右，羽巳切。

明·黄道周《诗经琅玕》：悉是盡，率是帥，左右指王從之人，悉率左右，自相率也。或射或禦，各供其事也。

明·冯元扬、冯元飙《手授诗经》：悉是盡率，是帥左右，是同列之人。

明·何楷《诗经世本古义》：右，叶有韻，云九翻，亦叶紙韻，羽軌翻。悉，盡。率，循燕安也。鄭云：悉驅禽順其左右之宜，以安待王之射也。孔云："趨逆之車驅而至於彼防，虞人乃悉驅之，循其左右之宜，以禽必在左射之，或令左驅令右，皆使天子得其左廂之便也。"

明·胡绍曾《诗经胡传》：此及下章各末二句只就下之人樂上之心、供上之燕說，其意別有在言外。"悉率"二句，今解無味，且上下文亦不相稱。《傳》《箋》云："悉驅禽順其左右，以安待天子之射。"《疏》云："使天子得其左廂之便。"此解是已，但以左右屬禽，覺"右"字終不明。曾按：田者之防，並爲二門，天子六卿，分爲左右，雖同舍防內，令三軍各爲一方，取左右相應不得越伍。教戰既畢，士卒出門左者之左，右者之右，然後驅禽納之於防，焚翌待射，所謂悉循左右之宜，以安待天子之射也。蓋古者田法如此。

清·朱鹤龄《诗经通义》：《箋》："悉驅禽順其左右之宜，以安待天子之射"。按：射禽必自其左，故云順其宜也。《集傳》則云"率同事之人，各供其事。"此說為長。

清·陈启源《毛诗稽古编》：《傳》云"驅禽之左右。"《箋》申之曰"率循也，悉驅禽順其左右之宜。"《箋》語釋經文最順，而申《傳》義猶紆，《傳》"驅"字下更須補出，循義方可通耳。玩《傳》語竟似訓"率"為"驅"，而《傳》之字應解為"往"，文義始明。然以釋經不如《箋》之優也，《箋》殆易《傳》。孔以為申《傳》殆未必然矣。又案：《文選注》李善引此《傳》云："驅禽於王之左右"，句法較完成，然玩《孔疏》則"於王"二字乃李所益也。

清·冉觐祖《诗经详说》：按：鄭訓"率"爲"循"，循其左右之宜，亦不切。詩■："悉率"二句，自是天子得人心處，然不必歸美天子，只言下之人如此奉上，則所以致之者躍然言外矣。燕亦不止是獲禽，全在想見天子合羣心、振武烈、修曠典，共成其盛上。

清·李光地《诗所》：右，音以。"悉率左右"當從《傳》《箋》為驅禽獸在左右，以待天子之射。

清·王鸿绪等《钦定诗经传说汇纂》：右，叶羽巳反。

清·严虞惇《读诗质疑》：《鄭箋》："率，循也。悉驅禽順左右之宜，以安待王之射也。"

清·李塨《诗经传注》：於是虞人驅禽循其左右之宜，以待王之由左而射，使安然而獲也。

清·刘始兴《诗益》：右，叶羽巳反。

清·傅恒等《御纂诗义折中》：左右，軍士也。田獵之法，作圍場開二門，從田者分左右而入焉。《毛傳》曰："大芟草以為防，褐纏旒以為門，左者之左，右者之右"是也。率，有司率之也。

清·罗典《凝园读诗管见》：率，領也。左右謂田之卒徒分左右出以行圍者。大阜之藏獸，人跡罕到。其居遊所在，卒徒圉未之能悉也。彼中原其祁孔有之民，以偪近大阜而悉之，於是前驅為導，相與悉率卒徒之左右分出者以出焉，此其用率之意，直欲圍之，既合盡殺此"儦儦俟俟、或羣或友"之獸，以為燕而燕天子也。

清·汪梧凤《诗学女为》：《詩學》云："田獵之法，限作圍場，南開二門，天子六軍分為左右，屬左者之左門，屬右者之右門，不得越離步伍也。"毛鄭訓禽之左右非。

清·段玉裁《毛诗故训传定本》：驅禽之左右以安待天子也。

清·咸学标《毛诗证读》：右，以。

清·刘沅《诗经恒解》：右，音以。

清·徐华岳《诗故考異》：《傳》："率，循也。悉驅禽順其左右之宜，以安待王之射也。"

清·胡承珙《毛诗后笺》：《傳》："驅禽之左右，以安待天子。"《箋》云："率，循也。悉驅禽順其左右之宜，以安待王之射也。"《稽古編》曰："《箋》語釋經文最順，而申《傳》義猶紆。《傳》'驅'字下更須補出'循'義，方可通耳。玩《傳》意竟似'率'爲'驅'，而《傳》'之'字應解爲'往'，文義始明。然以釋經，不如《箋》之優也。《箋》殆易《傳》，孔以爲申《傳》未必然矣。又案：《文選注》李善引此《傳》云'驅禽於王之左右'，句法較完成，然玩《孔疏》則'於王'二字乃李所增也。"

承珙案：《東京賦》"悉率百禽，鳩諸靈囿"，"悉率"二字即本《毛詩》而下，系以百禽則率不可以訓"循"故。薛注云："率，斂也"，其實"率"亦有"驅"義。《論衡·率性》篇云："闔廬嘗試其士於五湖之側，皆加刃於肩，血流至地。句踐亦試其士於寢宮之庭，赴火死者，不可勝數。夫刃火，非人性之所貪也，二主激率，念不顧生。"此"率"字正作"驅"字解，故六朝人每以"驅率"連文。《梁武帝紀》"驅率貔貅，抑揚霆電"，《北史·麥鐵杖傳》"俛首事讎，受其驅率"，何承天《安邊論》"疆場之民，難可驅率，易在振蕩"，蓋皆以"率"與"驅"同義。然則此《傳》云"驅禽之左右"，正以經文"悉率左右"者謂"盡驅而之左之右"文義亦明，不必增字完句也。或疑次章"漆沮之從，天子之所"，《傳》既云"從漆沮驅禽而致天子之所"，此《傳》又云"驅禽之左右"，文義似複。今案：此詩首章"田車既好"四句當從嚴緝以爲禱祝之辭，所謂"升彼大阜，從其羣醜"，尚非實陳田事。《車攻》疏述《傳》義，以田法，芟草爲防，未田之前，誓士戒眾，教示戰法，教戰既畢，士卒出和，乃分地爲屯，既陳車，驅卒奔，驅禽納之於防。然後焚燒此防，草在其中而射之，天子先發，然後諸侯、大夫、士發。然則此言"漆沮之從，天子之所"者，爲驅禽而納諸防中也，言"悉率左右，以燕天子"者，謂焚燒防草，復驅之以待天子之射也。敘次分明，無嫌於複。

清·徐璈《诗经广诂》：薛綜曰："悉，盡也。率，斂也。"（《文選·二京賦》注）

清·马瑞辰《毛诗传笺通释》：《傳》："驅禽之左右，以安待天子。"（《騶虞》疏引此《傳》作"以安待天子之射。"）《箋》："率，循也，悉驅禽順其左右之宜，以安待王之射也。"瑞辰按：《周官·田僕》："設驅逆之車"，鄭註："驅，驅禽使前趨獲。逆，衙還之使不出圍。"今按：驅逆猶送逆也。《小爾

175

雅》："驅，送也。"驅禽待射，若送者然。此詩"從其羣醜""漆沮之從"，從，逐也，謂驅送也。"悉率左右"則為衞還之使不出圍，即逆也。《易·比》九五："顯比，王用三驅，失前禽。"褚氏諸儒皆以三驅著人驅之，缺其前一面，故失前禽。《王制》所謂"天子不合圍"也。此詩"悉率左右"謂從旁翼驅之，亦《易》"王用三驅"之義。

清·李允升《诗义旁通》：折中田獵之法，作圍場，開二門，從田者開左右而入焉。《傳》："大芟草以爲防"，"褐纏旐以為門"，"左者之左。右者之右"者是也。率，有司率之也。燕，喜也。天子田獵，非爲從禽，蓋以續功也。今有司悉率左右，莫不自盡以奉其上，則有勇而且知方，庶天子見而喜之也。

竊疑左右必據《毛傳》"開二門，之左之右"爲確。兩言天子，言所以朝諸侯有天下也。御賓酌醴曰"非徒以講武也。"

清·陳奐《诗毛氏传疏》：案：孔所據《傳》致"作"至"騶虞"，《正義》引亦"作"至後，《箋》云："《車攻》疏述《傳》義：以田法，芟草為防，未田之前，誓士戒眾，教示戰法。教戰既畢，士卒出和，乃分地為屯，既陳車，驅卒奔，驅禽納之於防，然後焚燒。此防草在其中而射之，天子先發，然後諸侯、大夫、士發。"然則此言"漆沮之從，天子之所"者，謂驅禽而納諸防中也。言"悉率左右，以燕天子"者，謂焚燒防草，復驅之以待天子之射也。

《傳》："驅禽之左右，以安待天子。"《箋》云："率，循也。悉驅禽循其左右之宜，以安待王之射也。"此鄭申毛也。《騶虞》傳"虞人翼五豝，以待公之發"，"翼"亦驅也。案：上章《傳》言驅禽至天子之所，此言之左右以安待天子，皆即序奉上之義。

清·邓翔《诗经绎参》：右，叶。《集解》：率，循也。

清·龙起涛《毛诗补正》：《毛》："驅禽之左右，以安待天子。"《箋》："率，循也。順其左右之宜，悉驅以待王之射也。"案：朱子以為率其左右同事之人，各共其事，義並通。

清·王先谦《诗三家义集疏》：《疏》：《傳》："趨禽之左右，以安待天子。"《箋》："率，循也。悉驅禽順其左右之宜，以安待王之射也。"張衡《東京賦》"悉率百禽"用魯經文。薛綜曰："悉，盡也。率，斂也。"愚案：驅而斂之以之左之右。《薛》訓"率"爲"斂"，較《箋》訓"循"爲長。

清·陈玉树《毛诗异文笺》：悉率左右　率彼中陵　率場啄粟　率土之濱　亦是率從　率彼曠野　率彼幽草　率西水滸　率由舊章　率由羣匹　率彼淮浦　帝命率育　率時昭考　率履不越　報我不述

"悉率左右""率彼中陵"，亦是率，從率。由舊章，"率彼淮浦""帝命率青"《笺》竝曰"率，循也。""率土之滨""率西水滸""率时昭考"《傳》竝曰"率，循也。""率埸啄粟"，《疏》云："循埸啄粟"。"率彼曠野"，《疏》云："循彼空野之中。""率彼幽草"，《疏》云："循彼幽草。""率由羣匹"，《笺》云："循用羣臣之賢者。""率履不越"，《笺》云："使其民循禮不得踰越。"案：率本捕鳥，術率訓循，蓋述之叚借字。《説文》："是部述循也，曰'報我不述。'"《傳》"述，循也。"《廣雅》疏證云："《太平御覽》引《春秋元命苞》云：'律之爲言，率也。'"《周禮·典同》注云："律，述也，述與率通。"《中庸》"上律天時"注亦云："律，述也。"蒙按：《廣雅》之律率即《爾雅》之律述，《文王傳》之聿述，率古音律字與律通，述古音聿字與聿通。聿又與律通，律、聿、率、述字竝通也。

民国·王闓运《毛诗补笺》：驅禽之左右，以安待天子。《笺》云："率，循也。悉驅禽順其左右之宜，以安待王之射也。"《補曰》：箴其勞於從禽。

民国·马其昶《诗毛氏学》：驅禽之左右，以安待天子。（鄭曰："率，循也。悉驅禽順其左右之宜，以安待王之射也。"孔曰："安待天子謂已入防中，乃虞人驅之。"《騶虞》傳"虞人翼五豝，以待公之發。"胡曰："上章謂驅禽而納諸防，此謂焚燒防中草復驅之，以待天子之射也。"）

民国·丁惟汾《诗毛氏传解诂》：《傳》云："驅禽之左右，以安待天子。"按：驅禽釋悉率義。

民国·李九华《毛诗评注》：註：率，循也。虞人悉驅禽，順其左右之宜，以待天子之射，安然而獲也。（《毛傳》《鄭笺》）

民国·林义光《诗经通解》：右，i。率猶驅也。胡承珙云："率有驅義，故六朝人每以驅、率連文。"《梁武帝紀》："驅率貔貅，抑揚霆電。"《北史·麦鐵杖傳》："俛首事雠，受其驅率。"何承天《安邊論》："疆埸之民，……難可驅率，易在振蕩。"《東京賦》"悉率百禽，鳩諸靈囿"，"悉率"二字即本毛詩。

民国·吴闿生《诗义会通》：驅禽之左右，以安待天子。

日本

日本·中村之钦《笔记诗集传》：《娜嬛》云："'悉率'是左右自相率，以射禦言。"劉氏曰："此言率左右以樂天子，猶《車攻》之'射夫同'而'助舉柴'。"

日本·冈白驹《毛诗补义》：驅禽之左右。率，循也。

日本·赤松弘《诗经述》：率，循也。

日本·户崎允明《古注诗经考》：悉率左右，以燕天子。悉驅禽獸順其左右之宜，以待天子之射。此虞人之職也。詳《騶虞》《駟鐵》篇。率，順也。田獵之禮如此。朱熹云："率其同事之人，各共其事以樂天子也。"以同事人為左右，未穩。且宋儒以理解之，不知以禮而斷也。不可從。

日本·皆川愿《诗经绎解》：悉，盡。率，將也。

日本·伊藤善韶《诗解》：率，循也。

日本·冢田虎《冢注毛诗》：蓋會朝之諸侯，亦悉率其左右之人，以燕樂天子也。

日本·仁井田好古《毛诗补传》：《補》：鄭玄曰："率，循也。悉驅禽順其左右之宜，以安待王之射也。"《翼》：《孔疏》："言驅禽之左右者，以禽必在左射之。或令左驅令右，皆使天子得其左廂之便也。"

好古按：《文選·東京賦》李善注引此傳作"驅禽於王之左右。"今無"於王"二字者，恐誤脫。

日本·安井衡《毛诗辑疏》：驅禽之左右，以安待天子。《箋》："率，循也。悉驅禽順其左右之宜，以安待王之射也。"

日本·安藤龙《诗经辨话器解》：悉，趨禽。右，宜。《傳》："驅禽之左右，以安待天子。"《箋》云："率，循也。悉趨禽順其左右之宜，以安待王之射也。"射，食亦反。

日本·山本章夫《诗经新注》：謂扈從之臣，悉率其下士，從事田獵也。

日本·竹添光鸿《诗经会笺》：悉率左右者，玩《傳》意似訓"率"爲"驅"，而《傳》之字應解爲"往"。《文選注》李善引此《傳》云："驅禽於王之左右，句法較完成。"然玩《孔疏》，則"於王"二字乃李所益也。胡承珙曰："《東京賦》'悉率百禽，鳩諸靈囿'，'悉率'二字即本《毛詩》而下系以百禽，則'率'不可以訓'循'，故薛注云'率，斂也'。其實'率'亦有'驅'義，《論衡·率性篇》云：'闔廬嘗試其士於五湖之側，皆加刃於肩，血流至地。句踐亦試其士於寢宮之庭，赴火死者不可勝數。夫刃火非人性之所貪也，二主激率，念不顧生。'此'率'字正作'驅'字解。故六朝人每以'驅率'連文，《梁武帝紀》'驅率貔貅，抑揚霆電'，《北史·麥鐵杖傳》'俛首事讎，受其驅率'，何承天《安邊論》'疆場之民，難可驅率，易在振蕩'，蓋皆以'率'與"驅"同義。然則此《傳》云'驅禽之左右'，正以經文'悉率左右'者，謂'盡驅而之左右'，文義亦明，不必增字完句也。"

朝鲜

朝鲜·朴世堂《诗经思辨录》：毛云："駈禽之左右。"鄭云："率，循也。"

悉駈禽顺其左右之宜，以待天子之射也。"

朝鲜·沈大允《诗经集传辨正》：右，叶羽已反。

朝鲜·朴文镐《诗集传详说》：右，叶羽已反。

梅按

关于"悉率左右"句，古今中外学者对其疏证包括注音、释义、句意等几方面，现分列于下：

一、注音

"悉率左右"句注音，只有"右"一词，疏理如下：

1. 右，羽轨切。（宋代王质《诗总闻》卷十）又：亦叶纸韵，羽轨翻。（明代何楷《诗经世本古义》）

2. 右，叶羽已反。（宋代朱熹《诗经集传》卷五）又：右，叶羽巳反。（元代胡一桂《诗集传附录纂疏》）又：右，羽巳切。（明代张次仲《待轩诗记》卷四）

元代朱公迁《诗经疏义》，明代胡广《诗传大全》，清代王鸿绪等《钦定诗经传说彙纂》、刘始兴《诗益》"右"注音同胡氏。

朝鲜沈大允《诗经集传辨正》、朴文镐《诗集传详说》"右"注音同朱氏。

3. 右，叶有韵，云九翻。（明代何楷《诗经世本古义》）

4. 右，叶以。（明代郝敬《毛诗原解》卷十八）又：右，音以。（清代李光地《诗所》）

清代戚学标《毛诗证读》、刘沅《诗经恒解》"右"注音同李氏。

5. 右，i。（民国林义光《诗经通解》）

二、释义

关于"悉率左右"释义，有"悉""率""悉率""右""左右"等，列举于下：

1. "悉"释义

（1）悉，尽。（明代何楷《诗经世本古义》）

日本皆川愿《诗经绎解》"悉"释义同何氏。

（2）悉，趋禽。（日本安藤龙《诗经辨话器解》）

179

2. "率"释义

(1) 率,循也。(汉代·郑玄《毛诗笺》摘自《毛诗正义》卷十)

清代邓翔《诗经绎参》,日本冈白驹《毛诗补义》、赤松弘《诗经述》、伊藤善韶《诗解》"率"释义同郑氏。

(2) 率,循,燕安也。(明代何楷《诗经世本古义》)

(3) 率,有司率之也。(清代傅恒等《御纂诗义折中》)

(3) 率,驯也。(宋代苏辙《诗集传》卷十)

(4) 率,领也。(清代罗典《凝园读诗管见》)

(5) 率,将也。(日本皆川愿《诗经绎解》)

(6) 其实"率"亦有"驱"义。(清代胡承珙《毛诗后笺》)

(7) 率,敛也。(清代王先谦《诗三家义集疏》)

清代王先谦《诗三家义集疏》疏释云:"薛综曰:'悉,尽也。率,敛也。'"愚案:驱而敛之以之左之右。《薛》训"率"爲"敛",较《笺》训"循"爲长。

(8) 率,顺也。(日本户崎允明《古注诗经考》)

3. "悉率"释义

《娜嬛》云:"'悉率'是左右自相率,以射御言。"(日本中村之钦《笔记诗集传》)

4. "右"释义

右,宜。(日本安藤龙《诗经辨话器解》)

5. "左右"释义

(1) 左右,军士也。(清代傅恒等《御纂诗义折中》)

(2) 左右谓田之卒徒分左右出以行围者。(清代罗典《凝园读诗管见》)

(3) 指诸侯,言燕乐也。(清代胡文英《诗经逢原》)

(4) 窃疑左右必据《毛传》"开二门,之左之右"爲确。(清代李允升《诗义旁通》)

三、句义

"悉率左右"句的解释有以下几种:

1. 郑云:悉驱禽顺其左右之宜,以安待王之射也。(明代何楷《诗经世本古义》)

唐代孔颖达《毛诗正义》对此疏释云:"言驱禽之左右者,以禽必在左射之,或令左驱令右,皆使天子得其左厢之便。以其未明,故《笺》又申之云:

'循其左右之宜，以安待王之射。'"宋代林岊《毛诗讲义》进一步疏释云："田者以驱逆之车，驱而至于彼防。虞人乃重驱之，顺其左右之宜，以安待天子之射禽。必左右射之，使见群臣之奉上也。"清代李塨《诗经传注》更为简洁明了："于是虞人驱禽循其左右之宜，以待王之由左而射，使安然而获也。"

清代汪梧凤《诗学女为》则有不同看法，其云："诗学云：'田猎之法，限作围场，南开二门，天子六军分为左右，属左者之左门，属右者之右门，不得越离步伍也。'毛郑训禽之左右非。"

清代陈启源《毛诗稽古编》、李光地《诗所》、严虞惇《读诗质疑》、段玉裁《毛诗故训传定本》，民国李九华《毛诗评注》、吴闿生《诗义会通》，日本安井衡《毛诗辑疏》，朝鲜朴世堂《诗经思辨录》释"悉率左右"义祖郑氏。

2. 悉率左右二列，各供其事。（宋代代杨简《慈湖诗传》卷十一）

3. 言驱禽之左右者，以燕天子。（明代顾梦麟《诗经说约》）

4. 悉是尽，率是帅，左右指王从之人，悉率左右，自相率也。或射或御，各供其事也。（明代黄道周《诗经琅玕》）

明代冯元飏、冯元飙《手授诗经》概括为："悉是尽率，是帅左右，是同列之人。"

5. "悉率"二句，自是天子得人心处，然不必归美天子，只言下之人如此奉上，则所以致之者跃然言外矣。（清代冉觐祖《诗经详说》）

6. 此诗"悉率左右"谓从旁翼驱之，亦《易》"王用三驱"之义。（清代马瑞辰《毛诗传笺通释》）

7. 朱子以为率其左右同事之人，各共其事，义并通。（清代龙起涛《毛诗补正》）

日本户崎允明《古注诗经考》对此持不同意见："朱熹云：'率其同事之人，各共其事以乐天子也。'以同事人为左右，未稳。且宋儒以理解之，不知以礼而断也。不可从。"

8. 箴其劳于从禽。（民国王闿运《毛诗补笺》）

9. 盖会朝之诸侯，亦悉率其左右之人，以燕乐天子也。（日本冢田虎《冢注毛诗》）

10. 谓扈从之臣，悉率其下士，从事田猎也。（日本山本章夫《诗经新注》）

《诗经·小雅·吉日》研究 >>>

此外，清代胡承珙①、马瑞辰②、陈奂③、陈玉树④，民国马其昶⑤，日本竹添光鸿⑥对"悉率左右"句做了详尽的疏证，尽显清代考据特色。

以燕天子

中国

汉·郑玄《毛诗笺》（《毛诗正义》卷十）：以安待王之射也。

唐·孔颖达《毛诗正义》卷十：《正義》曰：此言安待天子，謂已入防中，乃虞人驅之，故《騶虞》傳曰："虞人翼五犯以待公之發。"《馺驖》《箋》云："奉是時牡。"謂虞人與此待同也。

宋·苏辙《诗集传》卷十：燕，樂也。

宋·朱熹《诗经集传》：子，叶獎履反。燕，樂也。

宋·吕祖谦《吕氏家塾读诗记》卷十九：蘇氏曰："燕，樂也。"

宋·杨简《慈湖诗传》卷十一：天子燕安焉。

宋·严粲《诗缉》卷十八：蘇氏曰："燕，樂也。"

元·胡一桂《诗集传附录纂疏》：子，叶獎礼反。燕，樂也。

元·刘瑾《诗传通释》：子，叶獎里反。燕，樂也。

元·朱公迁《诗经疏义》（《诗经疏义会通》卷十）：子，叶獎里反。燕，樂也。

明·胡广《诗传大全》卷十：子，叶獎里反。燕，樂也。

明·季本《诗说解颐》卷十七：燕，樂也。從狩者悉率左右之人以樂天子，則無人不以狩為媚矣，此言其欲得獸之多也。

明·丰坊《鲁诗世学》卷二十：【正说】朱子曰："燕，樂也。"

明·顾梦麟《诗经说约》：燕，樂也。

明·张次仲《待轩诗记》卷四：子，獎里切。

---

①见清代胡承珙《毛诗后笺》。
②见清代马瑞辰《毛诗传笺通释》。
③见清代陈奂《诗毛氏传疏》。
④见清代陈玉树《毛诗异文笺》。
⑤见民国马其昶《诗毛氏学》。
⑥见日本竹添光鸿《诗经会笺》。

182

明·黄道周《诗经琅玕》：燕是樂，燕天子不必拘定獲禽全。在想見天子合群心、振武烈，興盛典，欲與成其盛上。

明·钱天锡《诗牗》："燕天子"不拘，拘就"獲禽"言。言須以中興大氣象說。是合天下人心，複曠古王制意。

明·冯元扬、冯元飙《手授诗经》：燕是樂。

明·何楷《诗经世本古义》：子，紙韻，亦叶有韻，濟口翻。

清·朱鹤龄《诗经通义》：燕天子不專在獲禽蒐狩之禮，天子親執路鼓，申號令，明賞罰，人心競勸，光復大業，是所以樂天子也。豈區區以射御追逐言之耶？

清·钱澄之《田间诗学》：燕，安也。鄭云："悉驅禽順其左右之宜，以安待王之射也。"《騶虞》，《傳》曰："虞翼五牡，以待公之發"，即此安待之説也。孔云："趨逆之車，驅而至于彼防。虞人乃悉驅之循其左右之宜，以禽必在左射之。或左或右皆驅之，使天子得其左射之便也。"

清·张沐《诗经疏略》：燕，樂也。

清·冉觐祖《诗经详说》：燕，樂也。按：毛、鄭皆以"燕"爲"安"，謂安待天子之射，非"燕"字義。言從王者視彼禽獸之多，於是率其同事之人，各共其事，以樂天子也。安成劉氏曰："此言率左右以樂天子，猶《車攻》之射夫同而助舉柴也。"

清·王鸿绪等《钦定诗经传说汇纂》：子，叶獎里反。《集傳》：燕，樂也。言從王者視彼禽獸之多，於是率其同事之人，各共其事，以樂天子也。朱氏公遷曰："或射或御，各共其事也。"

【集说】劉氏瑾曰："此言率左右以樂天子，猶《車攻》之射夫同而助舉柴也。"姚氏舜牧曰："左右，從王者之左右也。凡王者蒐狩，必親執路鼓以御衆，從王者不率左右以從事，其何以愜天子之心？故曰'悉率左右，以燕天子。'"

清·李塨《诗经传注》：燕，安也。

清·刘始兴《诗益》：燕，樂也。

清·傅恒等《御纂诗义折中》：燕，喜也。天子田獵非為從禽，蓋以纘武功也。今有司悉率左右，莫不自盡以奉其上，則有勇而且知方，庶天子見而喜之也。

清·罗典《凝园读诗管见》：計其供燕之具，豈啻足當鼎俎幾筵之實已哉！按：凡以食物享獻天子者，雖極多品，不得稱燕。詩於此章特用燕字，須作諧語看乃妙，猶云至尊來，借此作一大東道耳。

清·刘沅《诗经恒解》：左右，軍士也。田獵之法，作圍場開二門，從田者分左右而入燕樂也。言禽獸繁茂，羣臣悉循田獵之法，率左右而共效其材以樂天子，則有勇知方可知矣。

清·胡承珙《毛诗后笺》：《傳》："驅禽之左右，以安待天子。"《箋》云："率，循也。悉驅禽順其左右之宜，以安待王之射也。"《稽古編》曰："《箋》語釋經文最順，而申《傳》義猶紆。《傳》'驅'字下更須補出'循'義，方可通耳。玩《傳》意竟似'率'爲'驅'，而《傳》'之'字應解爲'往'，文義始明。然以釋經，不如《箋》之優也。《箋》殆易《傳》，孔以爲申《傳》未必然矣。又案：《文選注》李善引此《傳》云'驅禽於王之左右'，句法較完成，然玩《孔疏》則'於王'二字乃李所增也。"

承珙案：或疑次章"漆沮之從，天子之所"，《傳》既云"從漆沮驅禽而致天子之所"，此《傳》又云"驅禽之左右"，文義似複。今案：此詩首章"田車既好"四句當從嚴緝以爲禱祝之辭，所謂"升彼大阜，從其羣醜"，尚非實陳田事。《車攻》疏述《傳》義，以田法，芟草爲防，未田之前，誓士戒眾，教示戰法，教戰既畢，士卒出和，乃分地爲屯，既陳車，驅卒奔，驅禽納之於防。然後焚燒此防，草在其中而射之，天子先發，然後諸侯、大夫、士發。然則此言"漆沮之從，天子之所"者，爲驅禽而納諸防中也，言"悉率左右，以燕天子"者，谓焚燒防草，復驅之以待天子之射也。敘次分明，無嫌於複。

清·马瑞辰《毛诗传笺通释》："安"與"待"義相近，故"燕"爲"安"，又爲"待"。《傳》《箋》皆云"安待"者，正訓"燕"爲"待"也。《說文》："晏，安也。"引《詩》"以晏父母"。今《詩》無此文，或疑即"以晏天子"之譌。

清·陈奂《诗毛氏传疏》：《疏》：燕訓安，云"驅禽之左右，以安待天子。"《文選·张衡東京賦》注引《毛詩傳》"驅禽獸於王之左右"與今本異。

清·顾广誉《学诗详说》：《傳》"驅禽之左右，以安待天子。"《集傳》謂"從王者率同事之人，各共其事，以樂天子。"案：上篇《傳》"天子發，然後諸侯發，諸侯發然後大夫、士發"，詩以"燕天子"猶之"奉時辰牡"，當言"天子之射"四章乃廣言從王者之射，天子國君一發而已。今言"發彼小豝，殪此大兕"，則非天子也。不言王射中者，天子無事，以善射爲能。且上篇已言乘輿善射義，可互見耳。

清·沈镐《毛诗传笺异义解》：《集釋》燕，樂也。

清·邓翔《诗经绎参》：子，叶。《集解》燕，安也。

清·梁中孚《诗经精义集钞》：燕，樂也。

民国·丁惟汾《诗毛氏传解诂》：按：燕、安同聲。

民国·林义光《诗经通解》：子，tsi。

日本

日本·冈白驹《毛诗补义》：燕，猶安也。以安待天子。

日本·赤松弘《诗经述》：燕，樂也。

日本·皆川愿《诗经绎解》：燕，樂也。此更喻義之所以和亦不可廢也。

日本·伊藤善韶《诗解》：燕，安也。

日本·龟井昱《毛诗考》：燕，安也。言歡樂之中原之鹿，祁祁大有，或趨或行，或羣或友，於是至自大阜者，至自漆沮者，各率其僚友奉歡天子。

日本·山本章夫《诗经新注》：謂以此樂天子也。

日本·竹添光鸿《诗经会笺》：驅禽之左右，以安待天子發。

"以燕天子"者，《史記·樂書》"宋音燕女溺志"，《集解》引王肅"燕，歡悅也"。《後漢書·鄭興傳》注"燕，樂也。"古者燕、樂立稱，《鹿鳴》以燕樂嘉賓之心，《論語》樂燕樂，燕樂，皆歡悅之義也。悉驅禽順其左右之宜，以待王射，所以歡悅我天子也。即偶一射獵，亦有尊君親上之意，此指西鎬之諸臣從狩者，與《車攻》章異，彼蓋合天下言，此專以西都言也。

朝鲜

朝鲜·朴世堂《诗经思辨录》：毛云："以安待天子。"餘見今傳。鄭云："以待天子之射也。"《騶虞》傳曰："翼五犯以待公之發。"《駉驖》，《箋》云："奉是時牡"，言駈禽之左右者，以禽必在左射之，皆使天子得其左廂之便。

朝鲜·沈大允《诗经集传辨正》：子，葉獎裏反。

朝鲜·朴文镐《诗集传详说》：子，葉獎裏反。燕，樂（音洛，下同）也。

梅按

关于"以燕天子"句，古今中外学者对其疏证包括注音、释义、句意等几方面，现分列于下：

一、注音

"以燕天子"句注音，只有"子"一词，疏理如下：

"子"注音

1. 子，叶奖履反。（宋代朱熹《诗经集传》卷五）
2. 子，叶奖礼反。（元代胡一桂《诗集传附录纂疏》）

3. 子，叶奖里反。（元代刘瑾《诗传通释》）又：子，奖里切。（明代张次仲《待轩诗记》卷四）

4. 子，纸韵，亦叶有韵，济口翻。（明代何楷《诗经世本古义》）

5. 子，tsi。（民国林义光《诗经通解》）

元代朱公迁《诗经疏义》，明代胡广《诗传大全》，朝鲜沈大允《诗经集传辨正》、朴文镐《诗集传详说》"子"注音同刘氏。

二、释义

关于"以燕天子"释义，只有"燕"一词，列举于下：

"燕"释义

1. 燕，乐也。（宋代苏辙《诗集传》卷十）

宋代朱熹《诗经集传》、吕祖谦《吕氏家塾读诗记》、严粲《诗缉》，元代胡一桂《诗集传附录纂疏》、刘瑾《诗传通释》，明代胡广《诗传大全》、季本《诗说解颐》、丰坊《鲁诗世学》、曹学佺《诗经剖疑》、顾梦麟《诗经说约》、冯元飏和冯元飚《手授诗经》，清代张沐《诗经疏略》、刘始兴《诗益》、沈镐《毛诗传笺异义解》、梁中孚《诗经精义集钞》，日本赤松弘《诗经述》、皆川愿《诗经绎解》，朝鲜朴文镐《诗集传详说》"燕"释义与苏氏同。

此外，日本竹添光鸿《诗经会笺》对"燕"释义做了详细考证，其云："'以燕天子'者，《史记·乐书》'宋音燕女溺志'，《集解》引王肃'燕，欢悦也'。《后汉书·郑兴传》注'燕，乐也。'古者燕、乐立称，《鹿鸣》以燕乐嘉宾之心，《论语》乐燕乐，燕乐，皆欢悦之义也。悉驱禽顺其左右之宜，以待王射，所以欢悦我天子也。即偶一射猎，亦有尊君亲上之意，此指西镐之诸臣从狩者，与《车攻》章异，彼盖合天下言，此专以西都言也。"

2. 燕，安也。（清代钱澄之《田间诗学》）

清代李塨《诗经传注》、陈奂《诗毛氏传疏》、邓翔《诗经绎参》，日本冈白驹《毛诗补义》、伊藤善韶《诗解》、龟井昱《毛诗考》"燕"释义同钱氏。

清代马瑞辰《毛诗传笺通释》对此疏释云："'安'与'待'义相近，故'燕'为'安'，又为'待'。《传》《笺》皆云'安待'者，正训'燕'为'待'也。《说文》：'晏，安也。'引《诗》'以晏父母'。今《诗》无此文，或疑即'以晏天子'之譌。"

清代冉觐祖《诗经详说》对此持不同意见，其云："毛、郑皆以'燕'爲'安'，谓安待天子之射，非'燕'字义。"

3. 燕，喜也。（清代傅恒等《御纂诗义折中》）

三、句义

"以燕天子"句的解释有以下几种：

1. 以安待王之射也。（汉代郑玄《毛诗笺》摘自《毛诗正义》卷十）

唐代孔颖达《毛诗正义》疏释云："此言安待天子，谓已入防中，乃虞人驱之，故《驺虞》传曰：'虞人翼五豝，以待公之发。'《驷铁》《笺》云：'奉是时牡。'谓虞人与此待同也。"（卷十）

2. 谓焚烧防草，复驱之以待天子之射也。（清代胡承珙《毛诗后笺》）

3. 谓以此乐天子也。（日本山本章夫《诗经新注》）

4. 言欢乐之中原之鹿，祁祁大有，或趋或行，或羣或友，于是至自大阜者，至自漆沮者，各率其僚友奉欢天子。（日本龟井昱《毛诗考》）

5. 天子燕安焉。（宋代杨简《慈湖诗传》卷十一）

6. 从狩者悉率左右之人以乐天子，则无人不以狩为媚矣，此言其欲得兽之多也。（明代季本《诗说解颐》卷十七）

7. 计其供燕之具，岂啻足当鼎继几筵之实已哉！按：凡以食物享献天子者，虽极多品，不得称燕。诗于此章特用燕字，须作谐语看乃妙，犹云至尊来，借此作一大东道耳。（清代罗典《凝园读诗管见》）

此外，还有学者从深层意蕴上疏释句意，列举如下。"燕是乐，燕天子不必拘定获禽全。在想见天子合群心、振武烈，兴盛典，欲与成其盛上。"（明代黄道周《诗经琅玕》）"'燕天子'不拘，拘就'获禽'言。言须以中兴大气象说。是合天下人心，复旷古王制意。"（明代钱天锡《诗牖》）"燕天子不专在获禽搜狩之礼，天子亲执路鼓，申号令，明赏罚，人心竞劝，光复大业，是所以乐天子也。岂区区以射御追逐言之耶？"（清代朱鹤龄《诗经通义》）"天子田猎非为从禽，盖以缵武功也。今有司悉率左右，莫不自尽以奉其上，则有勇而且知方，庶天子见而喜之也。"（清代傅恒等《御纂诗义折中》）"言禽兽繁茂，羣臣悉循田猎之法，率左右而共效其材以乐天子，则有勇知方可知矣。"（清代刘沅《诗经恒解》）"燕，乐也。此更喻义之所以和亦不可废也。"（日本皆川愿《诗经绎解》）

既张我弓

中国

宋·李樗《毛诗详解》（《毛诗李黄集解》卷二十二）：既逐獸矣，於是張弓挾矢而射之。

明·黄道周《诗经琅玕》：張是開。

明·冯元扬、冯元飙《手授诗经》：張是開。

明·何楷《诗经世本古义》：張，《說文》云："施弓弦也。我主天子而言。"

清·钱澄之《田间诗学》：我，謂天子也。

清·黄梦白、陈曾《诗经广大全》：張，施弓絃也。

日本

日本·龟井昱《毛诗考》：羣下從獸以燕天子，於是天子執弓矢而発也。上下承應。

日本·山本章夫《诗经新注》：張，施弦弓也。

梅按

关于"既张我弓"句，古今中外学者对其疏证包括释义、句意两方面，现分列于下：

一、释义

"既张我弓"句释义，包括"张""我"等，疏理如下：

1. "张"释义

（1）张是开。（明代黄道周《诗经琅玕》）

明代冯元飏、冯元飙《手授诗经》"张"释义同黄氏。

（2）张，《说文》云："施弓弦也。我主天子而言。"（明代何楷《诗经世本古义》）

清代黄梦白、陈曾《诗经广大全》，日本山本章夫《诗经新注》"张"释义祖何氏。

2. "我"释义

我，谓天子也。（清代钱澄之《田间诗学》）

二、句义

"既张我弓"句的解释有以下两种：

1. 既逐兽矣，于是张弓挟矢而射之。（宋代李樗《毛诗详解》摘自《毛诗李黄集解》卷二十二）

2. 群下从兽以燕天子，于是天子执弓矢而发也。上下承应。（日本龟井昱《毛诗考》）

既挟我矢

中国

唐·陆德明《毛诗音义》（《毛诗正义》卷十）：挟，子洽反，又子协反，又户颊反。

宋·朱熹《诗经集传》卷五：挟，子洽反。

宋·吕祖谦《吕氏家塾读诗记》卷十九：挟，子洽反。

宋·严粲《诗缉》卷十八：挟，音浃，又音协。《儀禮注》曰："方持弦矢曰挟。"解见《行葦》。

元·胡一桂《诗集传附录纂疏》：挟，子洽反。

元·刘瑾《诗传通释》：挟，子洽反。

元·许谦《诗集传名物钞》：四章，挟，《释文》：子洽、子协、户颊三反。

元·朱公迁《诗经疏义》（《诗经疏义会通》卷十）：挟，子洽、户颊二反。

明·胡广《诗传大全》卷十：挟，子洽、户颊二反。

明·季本《诗说解颐》卷十七：方持弦矢曰挟。

明·黄佐《诗经通解》卷十一：浃，音浃。

明·郝敬《毛诗原解》卷十八：挟，夾。同兩物夾一曰挟。矢在弦上，以大二指夾而引之也。

明·顾梦麟《诗经说约》：嚴輯《儀禮注》曰："方持弦矢曰挟。"

明·张次仲《待轩诗记》卷四：兩物夾一曰挟，矢在弦以二指夾而引之也。

明·冯元扬、冯元飙《手授诗经》：挟是持之手腋。

明·何楷《诗经世本古义》：矢，紙韻。《儀禮注》云："方持弦矢曰挾。"郝敬云："挾，夾。同兩物夾一曰挾。矢在弦上以大二指夾而引之也。"

清·王鸿绪等《钦定诗经传说汇纂》：挾，子洽、戶頰二反。

清·黄梦白、陈曾《诗经广大全》：挾，夾同，矢在弦上，以指夾矢而引之也。

清·陈乔枞《诗经四家異文考》：又挾我矢，（《太平禦覽》七百四十四）詩曰"既張我弓，又挾我矢。"案：《毛詩》"又"字作"既"。

清·邓翔《诗经绎参》：矢，韻。

民国·王闿运《毛诗补笺》：《補》曰：我，我王也。

民国·张慎仪《诗经異文补释》：《唐石經》初刻又後改，既《太平御覽》七百四十四引詩作"又"。桉：《正義》是"既"字，作"又"者，誤也。

民国·林义光《诗经通解》：矢，sei。

日本

日本·中村之钦《笔记诗集传》：古義云："我主天子而言儀禮"，注云："方持弦矢曰挾"，郝敬云："挾、夾同。兩物夾一曰挾，矢在弦上，以大、二指夾而引之也"。

日本·三宅重固《诗经笔记》："挾"，矢在弦上，以指夾矢而引之也。

日本·冈白驹《毛诗补义》：方持弦矢曰挾。

日本·赤松弘《诗经述》：挾，子洽反，又戶頰反。

日本·皆川愿《诗经绎解》：挾，挾矢在弦上，以大二指夾而引之也。矢喻志此，謂預備其事也。

日本·伊藤善韶《诗解》：挾，搏矢也。

日本·仁井田好古《毛诗补传》：《翼》挾，子洽反。

日本·龟井昱《毛诗考》：羣下從獸以燕天子，於是天子執弓矢而發也。上下承應。

日本·金子济民《诗传纂要》：《儀禮註》"弓持弦矢曰挾。"

日本·山本章夫《诗经新注》：挾，鈎筈於弦也。

日本·竹添光鸿《诗经会笺》：挾，子洽反。

朝鲜

朝鲜·沈大允《诗经集传辨正》：挾，子洽、戶頰二反。

朝鲜·朴文镐《诗集传详说》：挾，子拾、戶頰二反。

梅按

关于"既挟我矢"句,古今中外学者对其疏证包括注音、释义、句意等几方面,现分列于下:

一、注音

"既挟我矢"句注音,包括"挟""矢"等,疏理如下:
1. "挟"注音

(1) 挟,子洽反,又子协反,又户颊反。(唐代陆德明《毛诗音义》摘自《毛诗正义》卷十)

元代许谦《诗集传名物钞》"挟"注音祖陆氏。

(2) 挟,子洽反。(宋代朱熹《诗经集传》卷五)

宋代吕祖谦《吕氏家塾读诗记》,元代胡一桂《诗集传附录纂疏》、刘瑾《诗传通释》,日本仁井田好古《毛诗补传》、竹添光鸿《诗经会笺》"挟"注音同朱氏。

(3) 挟,子洽、户颊二反。(元代朱公迁《诗经疏义》)

明代胡广《诗传大全》,清代王鸿绪等《钦定诗经传说汇纂》,日本赤松弘《诗经述》,朝鲜沈大允《诗经集传辨正》、朴文镐《诗集传详说》"挟"注音同朱氏。

(4) 挟,音浃,又音协。(宋代严粲《诗缉》卷十八)

明代黄佐《诗经通解》"挟"注音同严氏。

2. "矢"注音

矢,sei。(民国林义光《诗经通解》)

二、释义

关于"既挟我矢"释义,有"既""挟""我"等,列举于下:
1. "既"释义

既,《经史事类》《太平御览》同作"又"。(清代胡文英《诗经逢原》)

清代陈乔枞《诗经四家异文考》疏释云:"又挟我矢,(《太平御览》七百四十四)诗曰'既张我弓,又挟我矢。'案:《毛诗》'又'字作'既'。"民国张慎仪《诗经异文补释》云:"《唐石经》初刻又后改,'既'《太平御览》七百四十四引诗作'又'。桉:《正义》是'既'字,作'又'者,误也。"

2. "挟"释义

（1）《仪礼注》曰："方持弦矢曰挟。"解见《行苇》。（宋代严粲《诗缉》卷十八）

日本冈白驹《毛诗补义》、金子济民《诗传纂要》"挟"释义祖《仪礼注》。

（2）挟，夹。同两物夹一曰挟。矢在弦上，以大二指夹而引之也。（明代郝敬《毛诗原解》卷十八）

明代张次仲《待轩诗记》、何楷《诗经世本古义》，清代黄梦白、陈曾《诗经广大全》，日本中村之钦《笔记诗集传》、三宅重固《诗经笔记》"挟"释义辑录郝氏。

明代季本《诗说解颐》、顾梦麟《诗经说约》、何楷《诗经世本古义》"挟"释义同严氏。

（3）挟是持之手腋。（明代冯元飏、冯元飙《手授诗经》）

（4）挟矢在弦上，以大二指夹而引之也。矢喻志此，谓预备其事也。（日本皆川愿《诗经绎解》）

（5）挟，搏矢也。（日本伊藤善韶《诗解》）

（6）挟，钩筈于弦也。（日本山本章夫《诗经新注》）

"我"释义

我，我王也。（民国王闿运《毛诗补笺》）

三、句义

"既挟我矢"句的解释如下：

群下从兽以燕天子，于是天子执弓矢而发也。上下承应。（日本龟井昱《毛诗考》）

发彼小豝

中国

汉·郑玄《毛诗笺》（《毛诗正义》卷十）：豕牡曰豝。

唐·陆德明《毛诗音义》（《毛诗正义》卷十）：豝，音巴。

宋·范处义《诗补传》卷十七：豕牝曰豝。

宋·朱熹《诗经集传》卷五：發，發矢也。豝，音巴。豕牝曰豝。

>>> 句解

宋·吕祖谦《吕氏家塾读诗记》卷十九：豝，音巴。豝，解見《騶虞》。孔氏曰："小豝云發，言發則中之。"

宋·杨简《慈湖诗传》卷十一：天子首發，諸侯、大夫、士次發，有司悉率左右士伍畢發。天子至是，燕安無事矣。豕牝曰豝。

宋·林岊《毛诗讲义》卷五：張弓挾弓，"發彼小豝。殪此大兕，"言中微而制大，俱難能也。豕牝曰豝。

宋·严粲《诗缉》卷十八："發彼小豝"，音巴，解見《騶虞》。發，謂發矢射之。《傳》云："百發百中，則發有中否。"今曰"發彼小豝"，言發則得豝；矢無虛發，不待言中也。

元·胡一桂《诗集传附录纂疏》：發，發矢也。豝，音巴。豕牝曰豝。

元·刘瑾《诗传通释》：音巴。發，發矢也。豕牝曰豝。

元·朱公迁《诗经疏义》（《诗经疏义会通》卷十）：豝，音巴。發，發矢也。豕牝曰豝。

明·胡广《诗传大全》卷十：豝，音巴。發，發矢也。豕牝曰豝。

明·季本《诗说解颐》卷十七：豝，如"一發五豝"之豝。豝以肥得名，獸比豵為大者也，對兕而言則為小耳。發矢本為小豝，而所殪乃大兕，則見虞人驅獸之多，與《騶虞》"翼五豝以待射者"異矣。

明·黄佐《诗经通解》卷十一：豝，音巴。

明·丰坊《鲁诗世学》卷二十：豝：音巴。【正说】發，發矢也。豕牝曰豝。

明·曹学佺《诗经剖疑》卷十四：發，發矢也。豕牝曰豝。

明·徐奋鹏《诗经尊朱删补》：發，發矢也。豝，音巴。

明·顾梦麟《诗经说约》：發，發矢也。豕牝曰豝。《疏》意，中微見其巧，制大見其力。

明·张次仲《待轩诗记》卷四：發，發矢也。豝，音巴。豕牝曰豝。

明·冯元扬、冯元飙《手授诗经》：發是發矢。豕之牝者曰豝。

明·何楷《诗经世本古义》：發，發矢。豝，解見《騶虞》篇。嚴云《傳》言："百發百中，則發有中否，今曰'發彼小豝'言發則中豝，矢無虛發，不待言中也。"

清·朱鹤龄《诗经通义》：豝，音巴。豝小以中為難，故曰發。

清·钱澄之《田间诗学》：發，見其巧。小者射中必死，苦于不能中。小豝云發，言發即中之。

清·张沐《诗经疏略》：豝，音巴。發，發矢也。豕牡曰豝。

193

清·冉觐祖《诗经详说》：發，發矢也。豕牝曰豝。《鄭箋》："豕牝曰豝。"

清·王鸿绪等《钦定诗经传说汇纂》：豝，音巴。《集傳》：發，發矢也。《集傳》：豕牝曰豝。

清·李塨《诗经传注》：豕牝曰豝。豝小而發能中微也。

清·黄梦白、陈曾《诗经广大全》：發，發矢。《正義》云："言發則中之豝。"《周禮注》："二歲爲豝。"

清·刘始兴《诗益》：豝，音巴。豕牝曰豝。

清·傅恒等《御纂诗义折中》：發，發矢也。豕牝曰豝。

清·罗典《凝园读诗管见》：《管見》：小豝，野豕子也。凡家豬生子最多，野豕當同之，他獸無似此者。故舉以為不成禽之例。發，開也、放也。古者不成禽不獻。《孔疏》云："惡其害幼小也。"宣王之田，其於不成禽如小豝者，以為後不當獻，則先不宜殺，縱而舍之可矣。是謂發彼小豝。

清·焦循《毛诗草木鸟兽虫鱼释》：小豝，《箋》："豕牝曰豝。"《釋文》："豝，音巴，豕牝曰豝。"

清·刘沅《诗经恒解》：發，發矢。豕牝曰豝。

清·徐华岳《诗故考異》：《箋》："豕牝曰豝。"

清·多隆阿《毛诗多识》：《鄭箋云》："豕牝曰豝。"蓋野豕也，見《騶虞》。

清·方玉润《诗经原始》：《集釋》發，發矢也。豝，豕牝曰豝。

清·梁中孚《诗经精义集钞》：發，發矢也。豕牝曰豝。

清·王先谦《诗三家义集疏》：《箋》："豕牝曰豝。"

民国·王闓运《毛诗补笺》：《箋》云："豕牝曰豝。"

民国·马其昶《诗毛氏学》：豝，音巴。（鄭曰"豕牝曰豝。"陳曰："小豝言發，大兕言殪，互詞。小豝微禽也，大兕大禽也，微者中、大者制，此射者之能是也。"）

民国·丁惟汾《诗毛氏传解诂》：《傳》云："壹發而死。言能中微以制大也。"按：中微，釋"發彼小豝"句。

民国·李九华《毛诗评注》：註：豕牝而小曰豝。（《毛傳》《鄭箋》）

日本

日本·冈白驹《毛诗补义》：嚴粲云："言百發百中，則發有中否。今曰'發彼小豝'，言發則中豝，矢無虛發，不待言中也。"豕牝曰豝。

日本·赤松弘《诗经述》：豝，音巴。

日本·皆川愿《诗经绎解》：豝，解見《騶虞》篇。發，發矢。小豝喻小義，即前羣友之事也。

日本·伊藤善韶《诗解》：發，發矢也。豕牝曰豝。

日本·冢田虎《冢注毛诗》：豝，音巴。豕牝曰豝。

日本·仁井田好古《毛诗补传》：豝，音巴。

日本·龟井昱《毛诗考》：發彼小豝，殪此大兕：互文也，《疏》誤。

日本·茅原定《诗经名物集成》：豝，豵。（《召南·騶虞》章、《豳風·七月》章）豝（《小雅·吉日》章），豕。（《小雅·漸漸之石》章、《大雅·公劉》章）古注云："豕牝曰豝，一歲豵。"（《騶虞》注）。又云："豕生三歲曰豵。"（同上）新注云："豝，牡豕也，一歲曰豵，亦小豕也。"（同《潛室》陳氏曰："毛傳云：'豕牝曰豝。'《集傳》'牡字恐當作牝'"）。

《本草綱目》：豕（釋名五）。一名：豕（《事物紺珠》）、豭（同上）、豬（同上）、婁豬（《名物法言》）、（《四聲音切韻海》）。

別名：腯肥（《禮記》）、黑面郎（《承平舊纂》）、烏面郎（《潛確類書》）、烏將軍（《幽怪錄》）、烏鬼（《真子》）、烏羊（《翰墨全書》）、烏金（《事物異名》）、玄氏（同上）、玄物（《類書纂要》）、勃賀（《洞微志》）、人君（《枹樸子》）、神君（《事物紺珠》）、黑牡（同上）、麥怾真（同上）、大蘭王（袁淑《俳諧集》）、魯津伯（《符子》《承平舊纂》）、糟糠氏（《清異錄》《事物紺珠》）、長喙參軍（《獸經》）、長喙將軍（《古今注》）。

豵：《天中記》云："豵，胞生六月也。或曰一歲曰豵。定曰：豕本一物，而牝牡大小異名，見《爾雅》。"

日本·滕知剛《毛诗品物正误》：豝：詳出《召南·騶虞》篇。

日本·安井衡《毛诗辑疏》：《箋》"豕牝曰豝。"

日本·安藤龙《诗经辨话器解》：發，一業矢。《箋》云："豕牝曰豝。"豝，音巴。

日本·山本章夫《诗经新注》：發，發矢也。豝，牝豕也。

日本·竹添光鸿《诗经会笺》：豝，音巴。延文本作"豝"。

"發彼小豝、殪此大兕"者，射義，發彼有的注：發猶射也。據此則發爲射，合小豝、大兕皆射而殪之，二句亦互文，非小豝射而不殪，大兕不發而能殪也。《傳》亦合訓之也。豕二歲曰豝，詳《騶虞》。《傳》中微言其巧制，大言其力，《騶虞》之詩曰"壹發五豝"，《吉日》則曰"既張我弓，既挾我矢。發彼小豝，殪此大兕"，事非有盛於古，詞則倍衍於前，亦見文章之繁簡，風氣之升降。

朝鲜

朝鲜·朴世堂《诗经思辨录》：孔云："發而中彼小豝，亦又殪此大兕。小者射中必死，苦於不能中；大者射則易中，唯不能即死。小豝言發，大兕言殪。異其文者，言中微而制大。"

朝鲜·沈大允《诗经集传辨正》：豝，音巴。

朝鲜·朴文镐《诗集传详说》：豝，音巴。發，發矢也（發而中也）。豕牝曰豝。

梅按

关于"发彼小豝"句，古今中外学者对其疏证包括注音、释义、句意等几方面，现分列于下：

一、注音

"发彼小豝"句注音，只有"豝"一词，疏理如下：

豝，音巴。（唐代陆德明《毛诗音义》摘自《毛诗正义》卷十）

此后，"豝"的注音几乎众口一词，皆云："豝，音巴。"如宋代朱熹《诗经集传》、吕祖谦《吕氏家塾读诗记》、严粲《诗缉》，元代胡一桂《诗集传附录纂疏》、刘瑾《诗传通释》、朱公迁《诗经疏义》，明代胡广《诗传大全》、黄佐《诗经通解》、丰坊《鲁诗世学》、徐奋鹏《诗经尊朱删补》、张次仲《待轩诗记》，清代朱鹤龄《诗经通义》、张沐《诗经疏略》、王鸿绪等《钦定诗经传说汇纂》、刘始兴《诗益》、焦循《毛诗草木鸟兽虫鱼释》，民国马其昶《诗毛氏学》，日本赤松弘《诗经述》、冢田虎《冢注毛诗》、仁井田好古《毛诗补传》、安藤龙《诗经辨话器解》，朝鲜沈大允《诗经集传辨正》、朴文镐《诗集传详说》"豝"注音皆与陆氏同。

二、释义

关于"发彼小豝"释义，有"发""豝""小豝"等，列举于下：

1. "发"释义

（1）发，发矢也。（宋代朱熹《诗经集传》卷五）

古今中外学者绝大多数"发"释义与朱氏同。例如，元代胡一桂《诗集传附录纂疏》、刘瑾《诗传通释》、朱公迁《诗经疏义》，明代胡广《诗传大全》、丰坊《鲁诗世学》、曹学佺《诗经剖疑》、徐奋鹏《诗经尊朱删补》、顾梦麟

《诗经说约》、张次仲《待轩诗记》、冯元飏和冯元飙《手授诗经》、何楷《诗经世本古义》,清代张沐《诗经疏略》、冉觐祖《诗经详说》、王鸿绪等《钦定诗经传说汇纂》、黄梦白和陈曾《诗经广大全》、傅恒等《御纂诗义折中》、刘沅《诗经恒解》、方玉润《诗经原始》、邓翔《诗经绎参》、梁中孚《诗经精义集钞》,日本皆川愿《诗经绎解》、伊藤善韶《诗解》、山本章夫《诗经新注》,朝鲜朴文镐《诗集传详说》"发"释义皆与朱氏同。

(2) 发,发矢中之也。(清代胡文英《诗经逢原》)

(3) 豝小以中为难,故曰发。(清代朱鹤龄《诗经通义》)

(4) 发犹射也。(日本竹添光鸿《诗经会笺》)

2."豝"释义

(1) 注:豕牡而小曰豝。(《毛传》《郑笺》)(民国李九华《毛诗评注》)

(2) 豕牡曰豝。(汉代郑玄《毛诗笺》摘自《毛诗正义》卷十)

日本茅原定《诗经名物集成》提出不同意见:"《集传》'牡字恐当作牝。'"

(3) 豕牝曰豝。(宋代范处义《诗补传》卷十七)

明代季本《诗说解颐》疏释云:"豝,如'一发五豝'之豝。豝以肥得名,兽比豵为大者也,对兕而言则为小耳。"

宋代朱熹《诗经集传》、杨简《慈湖诗传》、林岊《毛诗讲义》,元代胡一桂《诗集传附录纂疏》、刘瑾《诗传通释》、朱公迁《诗经疏义》,明代胡广《诗传大全》、丰坊《鲁诗世学》、曹学佺《诗经剖疑》、顾梦麟《诗经说约》、张次仲《待轩诗记》、冯元飏和冯元飙《手授诗经》,清代张沐《诗经疏略》、冉觐祖《诗经详说》、王鸿绪等《钦定诗经传说汇纂》、李塨《诗经传注》、刘始兴《诗益》、傅恒等《御纂诗义折中》、焦循《毛诗草木鸟兽虫鱼释》、刘沅《诗经恒解》、徐华岳《诗故考异》、方玉润《诗经原始》、邓翔《诗经绎参》、梁中孚《诗经精义集钞》、王先谦《诗三家义集疏》,民国王闿运《毛诗补笺》、马其昶《诗毛氏学》,日本冈白驹《毛诗补义》、伊藤善韶《诗解》、冢田虎《冢注毛诗》、安井衡《毛诗辑疏》、安藤龙《诗经辨话器解》、山本章夫《诗经新注》,朝鲜朴文镐《诗集传详说》"豝"释义与范氏同。

(4)《周礼注》:"二岁爲豝。"(清代黄梦白、陈曾《诗经广大全》)

(5) 盖野豕也,见《驺虞》。(清代多隆阿《毛诗多识》)

(6) 豝,豵。(日本茅原定《诗经名物集成》)

日本茅原定《诗经名物集成》对"豝"做了详细疏证。

3. "小豝"释义

小豝喻小义，即前群友之事也。（日本皆川愿《诗经绎解》）

三、句义

"发彼小豝"句的解释有以下几种：

1. 孔氏曰："小豝云发，言发则中之。"（宋代吕祖谦《吕氏家塾读诗记》卷十九）

清代钱澄之《田间诗学》辑录吕氏上文。

宋代严粲《诗缉》疏释云："发，谓发矢射之。《传》云：'百发百中，则发有中否。'今曰'发彼小豝'，言发则得豝；矢无虚发，不待言中也。"明代何楷《诗经世本古义》，日本冈白驹《毛诗补义》辑录严氏上文。

2. 豝小而发能中微也。（清代李塨《诗经传注》）

3. 天子首发，诸侯、大夫、士次发，有司悉率左右士伍毕发。天子至是，燕安无事矣。（宋代杨简《慈湖诗传》卷十一）

此外，清代罗典《凝园读诗管见》则有自己的看法，其云："小豝，野豕子也。凡家猪生子最多，野豕当同之，他兽无似此者。故举以为不成禽之例。发，开也、放也。古者不成禽不献。《孔疏》云：'恶其害幼小也。'宣王之田，其于不成禽如小豝者，以为后不当献，则先不宜杀，纵而舍之可矣。是谓发彼小豝。"

殪此大兕

中国

唐·陆德明《毛诗音义》（《毛诗正义》卷十）：殪，於計反。兕，徐履反，本又作"兕"。中，張伸反。

唐·孔颖达《毛诗正义》卷十：传"殪壹"至"制大"。正義曰：《釋詁》云："殪，死也。"發矢射之即殪，是壹發而死也。又解小豝、大兕俱是發矢殺之，但小者射中必死，苦於不能射中；大者射則易中，唯不能即死。小豝云發，言發則中之。大兕言殪，言射著即死。異其文者，言中微而制大。

宋·苏辙《诗集传》卷十：壹發而死曰殪。

宋·李樗《毛诗详解》（《毛诗李黄集解》卷二十二）：發矢而中彼小豝，

又殺此大兕。殪，壹發而死。兕，《爾雅》曰：似牛，一角，青色，重千斤。

宋·范处义《诗补传》卷十七：兕，野牛也。

宋·朱熹《诗经集传》卷五：殪，於計反。一矢而死曰殪。兕，徐履反。兕，野牛也。言能中微而制大也。

宋·吕祖谦《吕氏家塾读诗记》卷十九：殪，於計反。兕，餘履反。毛氏曰："殪，一發而死。"朱氏曰："兕，野牛也。青色，重千斤。"李氏曰："既逐獸矣，於是張弓挾矢而射之。"毛氏曰："'發彼小豝，殪此大兕'，言能中微而制大也。"孔氏曰："大兕言殪，言射著即死。"

宋·杨简《慈湖诗传》卷十一：殪，死也。《釋獸》云："兕，似牛，一角，青色，重千斤。"初為小豝而發矢，忽大兕當之而殪。喜其獲大，故形於詩。

宋·林岊《毛诗讲义》卷五：殪，一發而死也。

宋·严粲《诗缉》卷十八：殪，音翳。兕，詞之上濁。

《釋詁》曰："殪，死也。"朱氏曰："兕，野牛也。"解見《卷耳》。《傳》曰："言能中微而制大也。"《疏》曰："小者矢中必死，小豝苦於不能射中。大者射則易中，唯不能即死。小豝云發，言發則中之；大兕言殪者，射著即死，異其文者，言中微而制大。"

元·胡一桂《诗集传附录纂疏》：殪，於計反。壹矢而死曰殪。兕，徐履反。兕，野牛也。言能中微而制大也。

元·刘瑾《诗传通释》：殪，於計反。兕，徐履反。一矢而死曰殪。兕，野牛也。言能中微而制大也。

孔氏曰："小豝云發，言發則中之；大兕言殪，言射著即死。"愚按："此言射者之善，猶《車攻》言'舍矢如破'也。"

元·许谦《诗集传名物钞》：兕，又見《周南·卷耳》。

《傳》：中，陟仲反。《疏》："小者射中必死，苦於不能射中；大者射則易中，唯不能即死。小豝云發，言發則中之；大兕云殪，言射著即死。異其文者，言中微而制大。"

元·朱公迁《诗经疏义》（《诗经疏义会通》卷十）：殪，於計反。兕，徐履反。一矢而死曰殪。兕，野牛也。言能中（去聲）微而制大也。孔氏曰："小豝言發，謂射即中之；大兕言殪，謂射之即死。"愚謂："中微見其巧，制大見其力。"輯錄：《通釋》曰："此言射者之善，猶《車攻》言'舍矢如破'也。"

明·胡广《诗传大全》卷十：殪，於計反。一矢而死曰殪。兕，徐履反。兕，野牛也。言能中微而制大也。

孔氏曰："小豝云發，言發則中之；大兕言殪，言射著即死。"

安成劉氏曰："此言射者之善，猶《車攻》言'舍矢如破'也。"

明·季本《诗说解颐》卷十七：一矢而死曰殪。

明·黄佐《诗经通解》卷十一：殪，音翳。兕，詞之上切。

明·丰坊《鲁诗世学》卷二十：壹，毛本作"殪"。【正说】一矢而死曰壹。兕，野牛，青色，重千斤。言能重微而制大也。

明·郝敬《毛诗原解》卷十八：殪，意。一矢而死也。兕，史。

明·曹学佺《诗经剖疑》卷十四：殪，音意。一矢而死曰殪。兕，野牛也。言中者微而制者大也。

明·徐奋鹏《诗经尊朱删补》：殪，音意。一矢而死也。兕：音洗。

明·顾梦麟《诗经说约》：一矢而死曰殪。兕，野牛也。言能中者微而制者大也。《孔疏》："小者射中必死，苦於不能射中；大者射則易中，唯不能即死。小豝云發，言發則中之；大兕云殪，言射著即死。"

明·张次仲《待轩诗记》卷四：殪，音意。兕，音似。兕，野牛，一角，其重千觔。一矢而死曰殪。小者射中必死，苦不能中。大者射則易中，唯不能即死。小豝言發，大兕言殪，言中微而制大也。

明·黄道周《诗经琅玕》：一矢而死曰殪，兕是野牛，大兕言殪，謂射之即死。見力能制大。

明·冯元扬、冯元飙《手授诗经》：一矢而死曰殪。兕是野牛。

明·何楷《诗经世本古义》：殪，《豐》本作"壹"。兕，紙韻。殪，毛云："壹發而死也。"兕，獸名。羅願云："重千斤，或曰即犀之牸者。兕，似牛，犀，似豕，兕青而犀黑，兕一角而犀二角，以此為異。然兕之革堅，故犀甲只壽百年而兕甲壽二百年。射以得兕為雋，故周時美殪此大兕。唐叔虞射兕於徒林，殪以為大甲，為是武也，以享晉封，其後世之臣相與傳道之。而楚人《招魂》稱君王親發兮，躭青兕以為物之偉觀，可以娛魂而來之云爾。"

孔云："虞人既驅禽待天子，故言既張我天子所射之弓，既挾我天子所發之矢，發而中彼小豝，亦又殪此大兕也。小豝大兕俱是發矢殺之，但小者射中必死，苦於不能射中；大者射則易中，惟不能即死。小豝云發，言發則中之；大兕言殪，言射著即死。異其文者，言中微而制大也。或云：發見其巧，殪見其力。"

明·朱朝瑛《读诗略记》：兕，《爾雅》云："兕似牛，犀似豕"。《爾雅翼》云："'兕'與'牸'音相近，猶'殺'之為'牯'也。"則兕即犀之牝者。古多謂之兕，今多謂之犀。以生海外者為貴。中國亦或有之。

明·胡绍曾《诗经胡传》：兕，按：《圖贊》云："兕惟壯獸，似犀青黑，力無不傾。自焚以革，皮充武庫，角助文德。"羅氏云："兕即犀之牸者，牸犀之角美於服飾，牯犀之角良於藥餌。能解鴆毒，故有鴆之處必有犀，此造物之制也。犀入藥最難擣，先解爲小塊，以極薄紙裹置懷中，近肉候氣薰蒸，乘熱投臼中急擣，應手爲粉末。古語人氣粉犀謂此。射以得兕爲雋。"

清·朱鹤龄《诗经通义》：殪，音意。兕大以斃為難，故曰殪。

清·钱澄之《田间诗学》：殪，見其力。大者射則易中，惟不能即死。大兕言殪，言射著即死。毛氏所謂："中微而制大也。"射以得兕為雋。唐叔虞射兕于徒林殪，以為大甲，為是武也，以享晉封。

清·张沐《诗经疏略》：殪，音意。矢一發而死之，曰殪。兕，野牛也。

清·冉觐祖《诗经详说》：一矢而死曰殪。兕，野牛也。言能中微而制大也。《毛傳》："殪，壹發而死，言能中微而制大也。"《孔疏》"《釋詁》云：'殪，死也。'發矢射之即殪，是壹發而死也。又解：小豝、大兕俱是發矢殺之，但小者射中必死，苦於不能射中；大者射則易中，唯不能即死。小豝云發，言發則中之；大兕言殪，言射者即死。異其文者，言中微而制大。"

清·王鸿绪等《钦定诗经传说汇纂》：殪，於計反。兕，徐履反。《集傳》："一矢而死曰殪。兕，野牛也。言能中微而制大也。"孔氏穎達曰："小豝云發，言發則中之；大兕言殪，言射著即死。"朱氏公遷曰："中微見其巧，制大見其力。"

清·严虞惇《读诗质疑》：《毛傳》："一發而死曰殪，言中微而制大也。"

清·李塨《诗经传注》：兕，野牛也，殪壹發而死也。兕大而殪能制大也。

清·陈大章《诗传名物集览》：《朱傳》："兕，野牛。一角，青色，重千觔。"《爾雅》："兕似牛，犀似豕"。《說文》："嶓塚之山，其獸多兕。兕如野牛，青毛。其皮堅厚可制鎧。"《傳》曰："陸剸犀象，水斷蛟龍，即此。"《交州》記："兕出九德，有角，角長三尺餘。形如馬鞭柄。"陳藏器云："犀之雌者是兕，而形不同。"《山海經》："禱過山多兕。"《圖贊》云："兕惟壯獸，似牛青黑，力無不傾。自焚以革，皮充武備，角助文德。"《周禮》："函人為甲，犀甲七屬，兕甲六屬，犀革差劣於兕。故增一也。李尤鎧銘，甲鎧之施，扞禦鋒矢，尚其堅剛。或用犀兕。"《埤雅》："兕善抵觸，故先王制罰爵以為酒戒。"太玄云："戾首東南射兕，西北其矢。"《呂氏春秋》："楚莊出獵，射隨兕獲之。申公子培劫而奪之，王欲誅之，三月子培死。其弟請曰：'臣之兄有功於車下，嘗讀故記曰："殺隨兕者，不出三月。"故臣兄奪之病死。'王視故記果然，乃厚賞之。"《說苑》："有隨兕科雉，蓋隨母之兕，始出科之雉也。"羅氏云："兕即犀之牸者，牡犀之角，能辟惡邪，寧心神，散風熱，故良於藥餌。牸犀之角，文理分明，俗所謂斑犀。故美於服飾。"《爾雅》："兕似牛，犀似豕"，郭氏稱"犀似水牛而豕首，然則犀亦似牛，與兕同，但首如豕耳。兕青而犀黑，兕一角而犀兩角，以此為異。"郭又云"犀亦有一角者，但古多言兕，今多言犀。北人多言兕，南人多言犀耳。射以得為雋，故周詩美宣王殪此大兕也。"《國語》："康叔射兕於徒林，殪以為大甲。"馬融曰："蒼兕官名，主舟楫。"《論衡》："尚父伐紂至孟津，杖鉞而呼曰：'蒼兕。'"按：蒼兕水獸也。九頭，能覆舟。誓衆欲人之急濟，故以懼之。曹洪云："若奔兕之觸魯縞。"《國策》："楚王遊雲夢，有奔兕，王彎弓應發而殪。漢平帝時，黃支貢夜明犀。"《開元遺事》交趾貢辟寒犀，如金六帖。唐文宗有辟暑犀。《嶺表異錄》有辟塵犀，《杜陽編》有蠲忿犀，又有分水、見形、通天、駭雞等名，皆難得者。波斯以象牙為白，暗犀為黑暗。故《杜詩》曰："黑暗通蠻寶。"言犀斑者，有正透、倒透、腰皷插之辨。東璧曰："犀凡三種，山犀水犀有鼻，額二角，兕犀止一角，在頂，鼻角即鼻骨也。"

清·黄梦白、陈曾《诗经广大全》：殪，《毛傳》云："壹發而死。"殪兕，言能中微而制大也。

清·刘始兴《诗益》：殪，於計反。殪，發矢也。一矢而死曰殪。兕，徐履反。兕，野牛也。

清·顾镇《虞东学诗》：羅願云："兕，重千斤，或曰兕似牛，犀似豕，兕青而犀黑，兕一角而犀二角，以此為異。"

清·傅恒等《御纂诗义折中》：兕，野牛也。發犯殪兕，言能中微又能制大也。朱公遷曰："中微見其巧，制大見其力"是也。

清·徐鼎《毛诗名物图说》：兕：《爾雅》："兕似牛。"郭璞注："一角，青色，重千斤。"邢昺疏："《說文》云：'兕如野牛，青毛，其皮堅厚可制鎧。'"《交州記》曰："兕出九德，有一角，角長三尺餘。形如馬鞭柄。"《雅翼》："《爾雅》：'兕似牛，犀似豕'，郭氏稱犀似水牛而豕首，然則犀亦似牛，與兕同，但首如豕耳。兕青而犀黑，兕一角而犀二角，以此為異。但古多言兕，今多言犀。北人多言兕，南人多言犀。"《埤雅》："'發彼小豝，殪此大兕'，言能小後而制大也。"愚按：角善抵觸，故先王制罰爵以兕角為之。詩"兕觥其觩"是也。

清·罗典《凝园读诗管见》：《集傳》："一矢而死曰殪。兕，野牛也。"《管見》：《爾雅》云："兕似牛。"郭璞注云："兕一角，色青，重千斤。於獸中稱大，亦罕有比倫者。"又陸佃以為：兕善抵觸，則出而侮人，其害當視虎豹尤

202

烈。宣王於其田時則殪之，主為中原"其祁孔有"之民除害也。

《管見》：殪大兕而其肉不登於俎，有角在頂，文理亦可觀，不可製之為觥以酌醴乎？於無用中求其有用，是亦一端之不宜盡廢者。

清·胡文英《诗经逢原》：殪，《經史事類》作"登"。登，中也。北方以射中爲登著。

清·段玉裁《毛诗故训传定本》：殪，壹發而死。言能中微而制大也。

清·戚学标《毛诗证读》：《釋文》：徐履反。

清·焦循《毛诗草木鸟兽虫鱼释》：兕，《釋文》："兕，徐履反，本又作兇。"

循按：《釋獸》云："兕似牛"，"犀似豕。"《說文》作"𧰽"云，"如野牛而青。"《鄉射禮·記》云"大夫兕中"，注云"兕似牛，一角。"劉欣期《交州記》云："兕出九德，有一角，角長三尺餘，形如馬鞭柄。"（《左傳正義》）

清·刘沅《诗经恒解》：一矢而死曰殪。兕，野牛也。言能中微又能制大。中微巧也，制大力也。

清·徐华岳《诗故考異》：殪，《釋文》於計反。兕，《說文》作𧰽。《傳》："殪，壹發而死，言能中微而制大也。"《正義》："虞人既驅禽待天子，故言天子發而中也。"

案：《釋獸》："兕似牛。"郭璞曰："一角，青色，重千斤。"《說文》："𧰽如野牛，青毛，其皮堅厚可制鎧。"

清·陈奂《诗毛氏传疏》：《傳》："殪，壹發而死。言能中微以制大也。"《疏》：《爾雅》："殪，死也。發，殪矢發即死。"小豝言發，大兕言殪，互詞，故《傳》以"壹發而死"釋經。"殪"字必兼上句"發"字以明意耳。小豝微禽也，大兕大禽也。微者中，大者制，此射者之能事也。荀子《儒效》篇"弓調矢直矣，而不能以射遠中微，則非弈也。"《王霸》篇"人主欲得射遠中微，則莫若弈、蠭門矣。"《君道》篇"人主欲得善射，射遠中微者，縣貴爵重賞以招致之。"《議兵》篇"弓矢不調，則弈不能以中微。"《傳》云："中微"殆用其師說。"豝"，詳《騶虞》篇。

清·多隆阿《毛诗多识》：《說文》云："兕如野牛，青色，其皮堅厚，可制鎧。"李氏《本草》云："犀字，篆文象形，其牸名兕。"兕"出西番、南番、滇南、交州諸處，有山兕、水兕、兕犀三種。""山兕居山林，獲之尚易；水兕出水中，最為難得，俱有二角。"兕犀亦曰沙犀，"祇一角，在頂，文理細膩，斑白分明"，其力最大，不易獵取。《漢書》："平帝元始二年，黃支國獻犀牛。"顏師古注云："犀狀如水牛，頭似豬而四足類象，黑色，一角，當額前鼻上又有

203

一小角。"《爾雅·釋獸》云："兕似牛，犀似豕。"郭注云："兕一角，青色，重千斤；犀形似水牛，豬頭，大腹，卑腳。有三角，一在頂上，一在額上，一在鼻上。鼻上者即食角也，小而不橢，好食棘。亦有一角者。"夫李氏謂犀之牸者名兕，犀兕似為一物。《爾雅》兕犀分釋，則是犀為二物，此物出於西南徼外，北方藥材雖用犀角而未見此獸，顏氏注《漢書》言犀狀似水牛非水牛，即犀也。犀兕相似非一類矣。

清·陈乔枞《诗经四家异文考》：《毛詩·釋文》"兕本又作兇。"

清·方玉润《诗经原始》：《集釋》："殪，一矢而死曰殪。兕，野牛也。"

清·邓翔《诗经绎参》：殪，意。叶。《集解》：一矢而死曰殪。兕，野牛也。言技巧能中微，力雄能制大也。"

清·龙起涛《毛诗补正》：《毛》："殪，壹發而死。言能中微而制大也。"

清·梁中孚《诗经精义集钞》：一矢而獲曰殪。兕，野牛也。

清·王先谦《诗三家义集疏》：疏：《傳》："殪，壹發而死，言能中微而制大也。"發、殪互詞，犯詳《騶虞》篇。

民国·王闓运《毛诗补笺》：殪，一發而死，言能中微而制大也。《補》曰："言為講武，非求得禽。"

民国·马其昶《诗毛氏学》：殪，於計反。兕，徐履反。殪一發而死，（《釋詁》"死也。"）言能中微而制大也。

民国·张慎仪《诗经异文补释》：《釋文》"兕本又作兇。"

民国·丁惟汾《诗毛氏传解诂》：《傳》云："壹發而死。言能中微以制大也。"按：殪、死雙聲。制大，釋"殪此大兕"句。

民国·李九华《毛诗评注》：註：兕，大牛也。殪，壹發而死。言能中微而制大也。（《毛傳》《鄭箋》）

民国·林义光《诗经通解》：兕，sei。

民国·吴闿生《诗义会通》：殪此大兕：殪，壹發而死。

日本

日本·中村之钦《笔记诗集传》：《爾雅》："兕，似牛。"郭注云："一角，青色，重千斤。"《說文》云："兕如野牛，青毛，其皮堅厚可制鎧"，《爾雅翼》云："或曰：即犀之牸者。兕似牛，犀似豕，兕青面犀黑，兕一角而犀二角，以此為異。"《孔疏》云："小者射中必死，苦拶不能射中；大者射則易中，唯不能即死。小豝云發，言發則中之；大兕言殪，言射著即死。異其文者中微而制大也。"

日本·冈白驹《毛诗补义》：殪，壹發而死，言能中微而制大也。《爾雅》云："兕似牛，一角，青色，重千斤，射以得兕，為雋。"

日本·赤松弘《诗经述》：兕，徐履反，一矢而死曰殪，言能中微而制大也。

日本·中井积德《古诗逢源》：殪，斃也，《傳》一矢，鑿。

日本·皆川愿《诗经绎解》：殪，《說文》云"死也"。兕，獸名。羅願云："重千斤"。或曰："即犀之牸者。兕似牛，犀似豕，兕青而犀黑，兕一角而犀二角，以此為異。"殪，壹聲。近大兕者大止也，蓋喻壹守其大節之所當止也。蓋事體小者，亦可視羣友之所和同，而以發其志也，而至於臨大節，則不可不專壹守之也。

日本·伊藤善韶《诗解》：一矢而死，曰殪死。即殪發與殪彼此大小互文耳。

日本·冢田虎《冢注毛诗》：兕，野牛也。殪，斃也。發矢以殪小豝，又殪大兕也。發彼與殪此互言耳。

日本·仁井田好古《毛诗补传》：殪，於計反。兕，徐履反。本又作兕。中，丁仲反。《孔疏》："小豝云發，言發則中之。大兕言殪，言射著即死。異其文者，言中微而制大也。"殪，壹發而死。言能中微而制大也。

日本·茅原定《诗经名物集成》：兕，《周南·卷耳》章、《豳風·七月》章、《小雅·桑扈》章，同《何草不黃》章，同《吉日》章。古注云："兕，虎，野獸也。"（《何草不黃》注）新注云："兕，野牛，一角青色，重千斤。"（《卷耳》注）。

《本草綱目》犀。釋兕一：一名：犀牛（《酉陽雜俎》），別名：墨暗（《墨客揮犀》）、望月（《名物》《法言》）、劫伽（《翻譯名義集》《綱目》作揭。）、海牛（《事物異名》）、利涉候（同上）、獨笥牛（《清異錄》）、壓力高佛（《東西洋考》）。別名：昆沙拏。（《通雅》）

《爾雅翼》云："或謂兕即犀之牸者，蓋牯犀之角，能辟邪惡，寧心神，散風熱，故良於藥餌。牸犀之角，文理細膩，斑白分明。"俗所謂斑犀，故美於服飾。犀，古人謂之兕，蓋即兕也。

《物理小識》云："犀似牛而蹄腳似象。《爾雅》云：'兕似牛犀似豕，蓋有大小也。水犀皮有珠甲，山犀無之。其牸曰沙犀，即兕也。'"

日本·滕知剛《毛诗品物正误》：兕：詳出《周南·卷耳》篇。

日本·安井衡《毛诗辑疏》：殪，壹發而死。言能中微而制大也。衡謂：中微言其巧制，大言其力。

日本·安藤龙《诗经辨话器解》：兕，野牛。《傳》："殪，壹發而死。言能中微（小豝）而制大（大兕）也。"殪，於計反。兕，徐履反。

日本·山本章夫《诗经新注》：兕，野牛也，犀屬。豝小而兕大，故分言之。殪，殺也。

日本·竹添光鴻《诗经会笺》：殪，於計反。殪，壹發而死。《傳》"死"下有"也"字。言能中微而制大也。

"發彼小豝、殪此大兕"者，射義發彼有的，注：發猶射也。據此則發爲射，合小豝、大兕皆射而殪之，二句亦互文，非小豝射而不殪，大兕不發而能殪也。《傳》亦合訓之也。豕二歲曰豝，詳《騶虞》。殪，斃也。兕，《左傳正義》引《說文》曰："如野牛，青毛，其皮堅厚可爲鎧。"《晉語》："先君唐叔射兕於徒林，殪以為大甲。"又兕"觥觶"見於詩。蓋以兕角爲觥，甲與觥皆常用之物，則兕亦常有之獸可知矣。又犀、兕古人多連稱，《左傳·宣二年》"犀兕尚多"，蔡氏《月令章句》"犀兕水牛之屬，以為甲盾鼓鞞"，《文選·吳都賦》"犀兕之黨"，皆是也。今《藥品》尚有犀角、犀兕二獸，從無有見之者，此可以觀世變矣。《傳》中微言其巧，制大言其力，《騶虞》之詩曰"壹發五豝"，《吉日》則曰"既張我弓，既挾我矢。發彼小豝，殪此大兕"，事非有盛於古，詞則倍衍於前，亦見文章之繁簡，風氣之升降。

朝鮮

朝鮮·朴世堂《诗经思辨录》：孔云："發而中彼小豝，亦又殪此大兕。小者射中必死，苦於不能中；大者射則易中，唯不能即死。小豝言發，大兕言殪。異其文者，言中微而制大。"

毛云："殪，一發而死，言能中微而制大。"

朝鮮·申綽《诗经異文》：兕，《釋文》"本又作光。"

朝鮮·沈大允《诗经集传辨正》：殪，於計反。兕，徐履反。

朝鮮·朴文鎬《诗集传詳說》：殪，於計反。兕，徐履反。一矢而死曰殪。兕，野牛也。言能中（去聲）微（小）而制大也（安成劉氏曰"猶《車攻》之言'舍矢如破'"）。

梅按

关于"殪此大兕"句，古今中外学者对其疏证包括注音、释义、句意等几方面，现分列于下：

一、注音

"殄此大兇"句注音，包括"殄""兇"等，疏理如下：

1. "殄"注音

（1）殄，于计反。（唐代陆德明《毛诗音义》摘自《毛诗正义》卷十）

宋代朱熹《诗经集传》、吕祖谦《吕氏家塾读诗记》，元代胡一桂《诗集传附录纂疏》、刘瑾《诗传通释》、朱公迁《诗经疏义》，明代胡广《诗传大全》，清代王鸿绪等《钦定诗经传说汇纂》、刘始兴《诗益》、徐华岳《诗故考异》，民国马其昶《诗毛氏学》，日本仁井田好古《毛诗补传》、安藤龙《诗经辨话器解》、日本竹添光鸿《诗经会笺》，朝鲜沈大允《诗经集传辨正》、朴文镐《诗集传详说》"殄"注音同陆氏。

（2）殄，意。（明代郝敬《毛诗原解》卷十八）

明代曹学佺《诗经剖疑》、徐奋鹏《诗经尊朱删补》、张次仲《待轩诗记》，清代朱鹤龄《诗经通义》、张沐《诗经疏略》、邓翔《诗经绎参》注音同郝氏。

（3）殄，音翳。（宋代严粲《诗缉》卷十八）

明代黄佐《诗经通解》"殄"注音同严氏。

2. "兇"注音

（1）兇，徐履反。（唐代陆德明《毛诗音义》摘自《毛诗正义》卷十）

宋代朱熹《诗经集传》，元代胡一桂《诗集传附录纂疏》、刘瑾《诗传通释》、朱公迁《诗经疏义》，明代胡广《诗传大全》，清代王鸿绪等《钦定诗经传说汇纂》、刘始兴《诗益》、戚学标《毛诗证读》、焦循《毛诗草木鸟兽虫鱼释》，民国马其昶《诗毛氏学》，日本赤松弘《诗经述》、仁井田好古《毛诗补传》、安藤龙《诗经辨话器解》，朝鲜沈大允《诗经集传辨正》、朴文镐《诗集传详说》注音同陆氏。

（2）兇，余履反。（宋代吕祖谦《吕氏家塾读诗记》卷十九）

（3）兇，史。（明代郝敬《毛诗原解》卷十八）

（4）兇，音洗。（明代徐奋鹏《诗经尊朱删补》）

（5）兇，音似。（明代张次仲《待轩诗记》卷四）

（6）兇，sei。（民国林义光《诗经通解》）

综上可见，古今中外学者为"殄""兇"注音，多数采用唐代陆德明《毛诗音义》之注音，陆氏该书影响之大可见一斑。

二、释义

关于"殪此大兕"释义,有"殪""兕"等,列举于下:

1."殪"释义

(1)《释诂》云:"殪,死也。"(唐代孔颖达《毛诗正义》卷十)

唐代孔颖达《毛诗正义》对上文疏释云:"发矢射之即殪,是壹发而死也。又解小豝、大兕俱是发矢杀之,但小者射中必死,苦于不能射中;大者射则易中,唯不能即死。小豝云发,言发则中之。大兕言殪,言射着即死。异其文者,言中微而制大。"

宋代杨简《慈湖诗传》、严粲《诗缉》,清代冉觐祖《诗经详说》,日本无名氏《诗经旁考》"殪"释义祖《释诂》。

(2)毛氏曰:"殪,一发而死。"(宋代吕祖谦《吕氏家塾读诗记》卷十九)

清代陈奂《诗毛氏传疏》对毛氏上文做了详细疏证,其云:"《传》:'殪,壹发而死。言能中微以制大也。'《疏》:《尔雅》:'殪,死也。发,矢发即死。'小豝言发,大兕言殪,互词,故《传》以'壹发而死'释经。'殪'字必兼上句'发'字以明意耳。小豝微禽也,大兕大禽也。微者中,大者制,此射者之能事也。荀子《儒效》篇'弓调矢直矣,而不能以射远中微,则非弈也。'《王霸》篇'人主欲得射远中微,则莫若弈、蠭门矣。'《君道》篇'人主欲得善射,射远中微者,县贵爵重赏以招致之。'《议兵》篇'弓矢不调,则弈不能以中微。'《传》云'中微'殆用其师说。"

宋代苏辙《诗集传》、林岊《毛诗讲义》,清代严虞惇《读诗质疑》、李塨《诗经传注》、黄梦白和陈曾《诗经广大全》、段玉裁《毛诗故训传定本》、徐华岳《诗故考异》、龙起涛《毛诗补正》、王先谦《诗三家义集疏》,民国李九华《毛诗评注》、吴闿生《诗义会通》,日本仁井田好古《毛诗补传》、安井衡《毛诗辑疏》、安藤龙《诗经辨话器解》、竹添光鸿《诗经会笺》,朝鲜朴世堂《诗经思辨录》"殪"释义祖毛氏。

(3)一矢而死曰殪。(宋代朱熹《诗经集传》卷五)

元代胡一桂《诗集传附录纂疏》、刘瑾《诗传通释》、朱公迁《诗经疏义》,明代胡广《诗传大全》、季本《诗说解颐》、丰坊《鲁诗世学》、郝敬《毛诗原解》、徐奋鹏《诗经尊朱删补》、顾梦麟《诗经说约》、张次仲《待轩诗记》、黄道周《诗经琅玕》、冯元飏和冯元飙《手授诗经》,清代张沐《诗经疏略》、冉觐祖《诗经详说》、王鸿绪等《钦定诗经传说汇纂》、刘始兴《诗益》、罗典《凝园读诗管见》、刘沅《诗经恒解》、方玉润《诗经原始》、邓翔《诗经绎参》、民国王闿运《毛诗补笺》、马其昶《诗毛氏学》,日本冈白驹《毛诗补义》、赤松弘《诗经述》、伊藤善韶《诗解》,朝鲜朴文镐《诗集传详说》"殪"释义辑录朱氏。

(4) 一矢而获曰殪。(清代梁中孚《诗经精义集钞》)

(5) 兕大以毙为难,故曰殪。(清代朱鹤龄《诗经通义》)

(6) 殪,《经史事类》作"登"。登,中也。北方以射中爲登着。(清代胡文英《诗经逢原》)

(7) 殪,毙也。(日本中井积德《古诗逢源》)

日本冢田虎《冢注毛诗》"殪"释义与中井同。

(8) 殪,杀也。(日本山本章夫《诗经新注》)

由上可见,关于"殪"的释义,古今中外学者多数祖毛或祖朱。

2. "兕"释义

(1) 兕,《尔雅》曰:"似牛,一角,青色,重千斤。"(宋代李樗《毛诗详解》摘自《毛诗李黄集解》卷二十二)

宋代杨简《慈湖诗传》,明代张次仲《待轩诗记》,清代顾镇《虞东学诗》、徐华岳《诗故考异》,日本冈白驹《毛诗补义》"兕"释义辑录《尔雅》。

(2) 兕,野牛也。(宋代范处义《诗补传》卷十七)

宋代朱熹《诗经集传》、严粲《诗缉》,元代胡一桂《诗集传附录纂疏》、刘瑾《诗传通释》、朱公迁《诗经疏义》,明代胡广《诗传大全》、顾梦麟《诗经说约》、冯元飏和冯元飙《手授诗经》,清代张沐《诗经疏略》、清代冉觐祖《诗经详说》、王鸿绪等《钦定诗经传说汇纂》、刘始兴《诗益》、傅恒等《御纂诗义折中》、罗典《凝园读诗管见》、刘沅《诗经恒解》、方玉润《诗经原始》、邓翔《诗经绎参》、梁中孚《诗经精义集钞》,日本冢田虎《冢注毛诗》、安藤龙《诗经辨话器解》"兕"释义同范氏。

明代朱朝瑛《读诗略记》对"兕"进行了梳释,其云:"兕,《尔雅》云:'兕似牛,犀似豕'。《尔雅翼》云:'"兕"与"牸"音相近,犹"殺"之为"牡"也。'则兕即犀之牝者。古多谓之兕,今多谓之犀。以生海外者为贵。中国亦或有之。"明代胡绍曾《诗经胡传》亦引《图赞》进行了梳释。

(3) 角善抵触,故先王制罚爵以兕角为之,诗"兕觥其觩"是也。(清代徐鼎《毛诗名物图说》)

(4) 兕,大牛也。(民国李九华《毛诗评注》)

清代多隆阿《毛诗多识》、陈大章《诗传名物集览》对"兕"做了浩繁的考证,正可见清代考据之面貌。

三、句义

"殪此大兕"句的解释有以下几种：

1. 孔氏曰："大兕言殪，言射着即死。"（宋代祖谦《吕氏家塾读诗记》卷十九）

宋代严粲《诗缉》，元代许谦《诗集传名物钞》，明代胡广《诗传大全》、顾梦麟《诗经说约》、黄道周《诗经琅玕》，清代王鸿绪等《钦定诗经传说汇纂》，日本仁井田好古《毛诗补传》对"殪此大兕"句的解释辑录孔氏。

2. 此言射者之善，犹《车攻》言"舍矢如破"也。（元代刘瑾《诗传通释》）

元代朱公迁《诗经疏义》，明代胡广《诗传大全》，朝鲜朴文镐《诗集传详说》"殪此大兕"句解释辑录刘氏。

日本皆川愿《诗经绎解》阐释了此句的言外之意，其云："殪，壹声。近大兕者大止也，盖喻壹守其大节之所当止也。盖事体小者，亦可视群友之所和同，而以发其志也，而至于临大节，则不可不专壹守之也。"

明代何楷《诗经世本古义》，日本竹添光鸿《诗经会笺》对"殪此大兕"句进行了详细疏证。

3. 兕大而殪，能制大也。（清代李塨《诗经传注》）
4. 言为讲武，非求得禽。（民国王闿运《毛诗补笺》）

日本中村之钦《笔记诗集传》辑录《尔雅》《说文》《尔雅翼》《孔疏》之文，详细疏释了"殪此大兕"之意。

以御宾客

中国

汉·郑玄《毛诗笺》（《毛诗正义》卷十）：禦賓客者，給賓客之禦也。賓客謂諸侯也。

唐·孔颖达《毛诗正义》卷十：《正義》曰：禦者，給與充用之辭，故知禦賓客者，給賓客之禦也。知賓客謂諸侯者，天子之所賓客者，唯諸侯耳，故《周禮》"六服之內，其君為大賓，其臣為大客"是也。彼對文，則君為大賓，故臣為大客。若散，則賓亦客也。故此賓客並言之，此《箋》舉尊言耳。其臣來及從君，則王亦以此給之也。

宋·朱熹《诗经集传》卷五：御，進也。

宋·吕祖谦《吕氏家塾读诗记》卷十九：朱氏曰："御，進也。"

宋·杨简《慈湖诗传》卷十一：朱曰："御，進也。"《孔疏》云："《左傳》：天子饗諸侯，每云'饗禮，命之宥'。天子之所賓客者，惟諸侯耳。故《周禮》六服之內，其君為大賓，其臣為大客，賓客相通稱。"《箋》云："賓客，謂諸侯也。酌醴而飲羣臣，以為俎實也。"

宋·林岊《毛诗讲义》卷五："以御賓客"，給御諸侯，給與充用之謂也。

宋·严粲《诗缉》卷十八：朱氏曰："御，進也。"今曰："與燕者皆爲賓客，不必專以爲諸侯也。"

元·胡一桂《诗集传附录纂疏》：御，進也。

元·刘瑾《诗传通释》：御，進也。

元·朱公迁《诗经疏义》（《诗经疏义会通》卷十）：御，進也。

明·胡广《诗传大全》卷十：御，進也。

明·季本《诗说解颐》卷十七：御，進也。

明·丰坊《鲁诗世学》卷二十：【正说】御，進也。

明·冯复京《六家诗名物疏》卷三十五：客：《周禮·大宗伯》以饗燕之禮，親四方之賓客。大行人掌大賓之禮及大客之儀。《注》云："大賓要服以內諸侯，大客謂其孤卿。《小行人》：'大客則擯，小客則受其幣而聽其辭。'疏云：'大客爲要服以內諸侯之使臣，小客謂蕃國諸侯之使臣。'"《孔疏》云："天子所賓客惟諸侯耳，對文君爲大賓，臣爲大客，散則賓亦客也。"

明·曹学佺《诗经剖疑》卷十四：御，進也。燕用醴所以厚賓客也。

明·徐奋鹏《诗经尊朱删补》：御，進醴酒也。

明·顾梦麟《诗经说约》：御，進也。燕用醴所以厚賓客也。

明·张次仲《待轩诗记》卷四：御，進也。賓客，諸侯也。

明·黄道周《诗经琅玕》：禦是進，王命有司以為俎實而進之，非王者自進也。

明·钱天锡《诗牗》："禦賓客"見天子逮下之典，亦有牧拾人心、君臣喜起之意，與《蓼蕭》《湛露》之燕同。

明·冯元扬、冯元飙《手授诗经》：禦是進。

明·何楷《诗经世本古义》：勸侑曰"禦"，賓客謂從王大蒐之諸侯也。孔云："《周禮》六服之內，其君為大賓，其臣為大客。彼對文則君為大賓，臣為大客。若散則賓亦客也，故此賓客並言之。"劉公瑾云："此言進禽於賓客，亦

211

猶《車攻》言'大庖不盈'之意。"

明·胡绍曾《诗经胡传》："以禦"是頒禽以酌，是燕飲賓客。《周禮》："六服之內，其君爲大賓，其臣爲大客。"此並云者，無不舉之詞。

清·钱澄之《田间诗学》：賓客，謂從王大蒐之諸侯也。御者，給與充用之辭。或曰："御"，進也。進禽于賓客，即《車攻》"大庖不盈"之義。

清·张沐《诗经疏略》：御，進也。

清·冉觐祖《诗经详说》：御，進也。《鄭箋》："御賓客者，給賓客之御也。賓客謂諸侯也。"《孔疏》"《釋詁》云：御者給與充用之辭，故知御賓客者，給賓客之禦也。知賓客謂諸侯者，天子之所賓客者，唯諸侯耳。故《周禮》'六服之內，其君爲大賓，臣爲大客'是也。彼對文，則君爲大賓，故臣爲大客。若散，則賓亦客也，故此賓客並言之，此《箋》舉尊言耳。其臣來及從君，則王亦以此給之也。"

清·王鸿绪等《钦定诗经传说汇纂》：《集傳》："御，進也。"

清·严虞惇《读诗质疑》：朱註："御，進也。"《鄭箋》："賓客，諸侯也。"

清·李塨《诗经传注》：此正田獵也，御者給與充用之辭，御賓客給諸侯來朝聘者也。

清·黄梦白、陈曾《诗经广大全》：御，給與充用之辭。賓客，謂諸侯也。

清·刘始兴《诗益》：御，进也。

清·傅恒等《御纂诗义折中》：御，進也。

清·罗典《凝园读诗管见》：《管見》：而又有所以用之者，則曰"以御賓客，且以酌醴"。御與迓音義並同，且之為言聊也，天子饗諸侯於廟設醴，食三老五更於太學省醴，所謂御賓客者此為最隆矣。

清·刘沅《诗经恒解》：御，進也。

清·徐华岳《诗故考异》：《箋》"禦賓客者，給賓客之禦也。賓客謂諸侯也。"《正義》："禦者，給與充用之辭。《周禮》'六服之內，其君為大賓，其臣為大客。'《鄭箋》舉尊言耳。得禽即與羣臣飲酒，故知以為俎實也。"

清·包世荣《毛诗礼征》：《箋》云："禦賓客者，給賓客之禦也。賓客謂諸侯也。"《正義》云："若干之为脯，漬之为醢，則為籩豆矣。"

清·龙起涛《毛诗补正》：《補》：《朱傳》："御，進也。言射而獲禽以為俎實，進於賓客（《箋》謂諸侯也）而酌醴也。"

清·吕调阳《诗序议》：燕賓客也。

清·梁中孚《诗经精义集钞》：御，進也。

清·王先谦《诗三家义集疏》：《箋》："御賓客者，給賓客之御也。賓客謂諸侯也。"《六月》傳："御，進也。醴甜而不泲者。"

民國·王闓運《毛诗补笺》：《箋》云："御賓客者，給賓客之御也。賓客謂諸侯也。"補曰：御，迎也。

民國·馬其昶《诗毛氏学》：鄭曰："賓客謂諸侯也。"朱曰："御，進也。"

日本

日本·中村之欽《笔记诗集传》：《古義》云："賓客謂從王大蒐之諸侯也。"

日本·冈白驹《毛诗补义》：禦，進也。

日本·赤松弘《诗经述》：禦，進也。

日本·戶崎允明《古注诗经考》：賓客即諸侯。《周禮》："六服之內，其君為大賓。"天子之所賓客者，唯諸侯耳，故言醴也。此於禮為然，宋儒何知之。禦，供禦之禦。故古註"為賓客之禦也。"朱註為"進"，少有異。

日本·皆川愿《诗经绎解》：禦，進也。賓客，天子之賓客也。天子喻命賓客，喻詩中忠信之德。

日本·伊藤善韶《诗解》：禦，進也，賓客，指諸侯。

日本·冢田虎《冢注毛诗》：禦，五嫁反。禦，迎也。賓客，謂諸侯也。以獲為饗具以迎賓客，且以酌醴酒也。

日本·仁井田好古《毛诗补传》：《補》：鄭玄曰："賓客，謂諸侯也。以所獲為俎實，酌而飲羣臣也。"

日本·龜井昱《毛诗考》：客，賓客，諸侯也。不言諸侯而群臣亦有。卒章，天子之事。此二句天子心中之恩意，然亦羣下感戴之辭也，故主賓客。居然有"南有嘉魚"之趣，編集之協也。

日本·无名氏《诗经旁考》：《文選·七發》注李善引此，張銑曰："禦，食之也"。

日本·安井衡《毛诗辑疏》：《箋》："禦賓客者，給賓客之禦也。賓客謂諸侯也。"

日本·安藤龙《诗经辨话器解》：以，獲。禦，勸。賓客，諸侯。《箋》云："禦賓客者，給賓客之禦（勸）也。"賓客謂諸侯也。

日本·山本章夫《诗经新注》：禦，薦也。

日本·竹添光鴻《诗经会笺》："以禦賓客、且以酌醴"者，"以"者，以所獲也。禦，進也。古人質樸，上下通稱為禦。自秦以後，始為至尊之稱。"卒章天子之事，此二句天子心中之恩意，然亦帟下感戴之辭也。故主賓客，居然有《南有嘉魚》之趣，編集之協也。然禦賓酌醴，爲田獵作餘波，謂全篇之意專重在此者非。

朝鲜

朝鲜·朴世堂《诗经思辨录》：鄭云："禦，給賓客之禦也。賓謂諸侯也。"孔云："禦者，給與充用之辭。……知賓客謂諸侯者，天子所賓客者，唯諸侯耳。得禽即與群臣飲酒，故知以為俎實也。若軋之為脯，漬之為醢，則在籩豆矣，不得言俎實也。"

朝鲜·申绰《诗次故》：《文選·七發》注李善引此，張銑曰："禦，食之也。"

朝鲜·朴文镐《诗集传详说》：禦，進也。

梅按

关于"以御宾客"句，古今中外学者对其疏证包括注音、释义、句意等几方面，现分列于下：

一、注音

"以御宾客"句注音，只有"御"一词：御，五嫁反。（日本冢田虎《冢注毛诗》）

二、释义

关于"以御宾客"释义，有"以""御""宾客"等，列举于下：

1. "以"释义

（1）以，获。（日本安藤龙《诗经辨话器解》）

（2）"以"者，以所获也。（日本竹添光鸿《诗经会笺》）

2. "御"释义

（1）御，进也。（宋代朱熹《诗经集传》卷五）

宋代吕祖谦《吕氏家塾读诗记》、杨简《慈湖诗传》，元代胡一桂《诗集传附录纂疏》、刘瑾《诗传通释》、朱公迁《诗经疏义》，明代胡广《诗传大全》、季本《诗说解颐》、丰坊《鲁诗世学》、曹学佺《诗经剖疑》、顾梦麟《诗经说约》、张次仲《待轩诗记》，清代王鸿绪等《钦定诗经传说汇纂》、严虞惇《读诗质疑》、刘始兴《诗益》、傅恒等《御纂诗义折中》、刘沅《诗经恒解》、徐华岳《诗故考异》、邓翔《诗经绎参》、龙起涛《毛诗补正》、梁中孚《诗经精义集钞》，民国马其昶《诗毛氏学》，日本冈白驹《毛诗补义》、赤松弘《诗经述》、皆川愿《诗经绎解》、伊藤善韶《诗解》，朝鲜朴文镐《诗集传详说》"御"释义皆祖朱氏。

（2）御，进醴酒也。（明代徐奋鹏《诗经尊朱删补》）

（3）御是进，王命有司以为俎实而进之，非王者自进也。（明代黄道周《诗经琅玕》）

（4）御，进也。古人质朴，上下通称为御。自秦以后，始为至尊之称。（日本竹添光鸿《诗经会笺》）

（5）御，给与充用之辞。（清代黄梦白、陈曾《诗经广大全》）

（6）御，迎也。（民国王闿运《毛诗补笺》）

日本冢田虎《冢注毛诗》"御"释义同王氏。

（7）御，荐也。（日本山本章夫《诗经新注》）

（8）劝侑曰御。（明代何楷《诗经世本古义》）

（9）《文选·七发》注李善引此，张铣曰："御，食之也。"（日本无名氏《诗经旁考》）

朝鲜申绰《诗次故》辑录张氏。

综上可见，关于"御"释义，主流的看法是："御，进也。"古今中外学者绝大多数持此看法。"御，进醴酒也"等只不过是其具体化而已。其他诸如"御，给与充用之辞""御，迎也""御，荐也""劝侑曰御""御，食之也"等只是个别学者的新见而已。

3. "宾客"释义

（1）天子所宾客惟诸侯耳，对文君为大宾，臣为大客，散则宾亦客也。（唐代孔颖达《毛诗正义》卷十）

明代冯复京《六家诗名物疏》则疏释云："客：《周礼·大宗伯》以飨燕之礼，亲四方之宾客。大行人掌大宾之礼及大客之仪。《注》云：'大宾要服以内诸侯，大客谓其孤卿。《小行人》："大客则摈，小客则受其币而听其辞。"'疏云：'大客为要服以内诸侯之使臣，小客谓蕃国诸侯之使臣。'"

明代张次仲《待轩诗记》、何楷《诗经世本古义》，清代黄梦白、陈曾《诗经广大全》"宾客"释义辑录孔氏。

（2）与燕者皆为宾客，不必专以为诸侯也。（宋代严粲《诗缉》卷十八）

（3）宾客谓从王大搜之诸侯也。（明代何楷《诗经世本古义》）

日本中村之钦《笔记诗集传》"宾客"释义辑录何氏。

关于"宾客"释义共计上述3种，即"诸侯""与燕者""从王大搜之诸侯"，其中"与燕者"似适应性更强，更为巧妙。

三、句义

"以御宾客"句的解释有以下几种：

1. 御宾客者，给宾客之御也。（汉代郑玄《毛诗笺》摘自《毛诗正义》卷十）

唐代孔颖达《毛诗正义》疏释云："御者，给与充用之辞，故知御宾客者，给宾客之御也。知宾客谓诸侯者，天子之所宾客者，唯诸侯耳，故《周礼》'六服之内，其君为大宾，其臣为大客'是也。彼对文，则君为大宾，故臣为大客。若散，则宾亦客也。故此宾客并言之，此《笺》举尊言耳。其臣来及从君，则王亦以此给之也。"

宋代杨简《慈湖诗传》、林岊《毛诗讲义》，明代胡绍曾《诗经胡传》，清代冉觐祖《诗经详说》，日本户崎允明《古注诗经考》，朝鲜朴世堂《诗经思辨录》"以御宾客"释义从上《孔疏》。

2. 刘公瑾云："此言进禽于宾客，亦犹《车攻》言大庖不盈之意。"（明代何楷《诗经世本古义》）

3. 此正田猎也，御者给与充用之辞，御宾客给诸侯来朝聘者也。（清代李塨《诗经传注》）

4. 御与迓音义并同，且之为言聊也，天子飨诸侯于庙设醴，食三老五更于太学省醴，所谓御宾客者此为最隆矣。（清代罗典《凝园读诗管见》）

5. 燕宾客也。（清代吕调阳《诗序议》）

7. 郑玄曰："宾客，谓诸侯也。以所获为俎实，酌而饮群臣也。"（日本仁井田好古《毛诗补传》）

日本冢田虎《冢注毛诗》、安井衡《毛诗辑疏》、安藤龙《诗经辨话器解》"以御宾客"句释义大抵从上"郑玄曰"。

此外，还有学者给出"以御宾客"的言外之意，如，明代钱天锡《诗牗》云："'御宾客'见天子逮下之典，亦有牧拾人心、君臣喜起之意，与《蓼萧》《湛露》之燕同。"日本皆川愿《诗经绎解》亦云："宾客，天子之宾客也。天子喻命宾客，喻诗中忠信之德。"龟井昱《毛诗考》亦云："此二句天子心中之恩意，然亦群下感戴之辞也，故主宾客。居然有'南有嘉鱼'之趣，编集之协也。"竹添光鸿《诗经会笺》辑录龟井昱上文。

综上，"以御宾客"句释义，以郑玄《毛诗笺》"御宾客者，给宾客之御也"最为贴近经文，其余言外之意亦可从。除此之外的几家说法只是一家之言罢了。

且以酌醴

中国

汉·郑玄《毛诗笺》（《毛诗正义》卷十）：酌醴，酌而飲群臣，以為俎實也。

唐·孔颖达《毛诗正义》卷十：傳"饗醴"至"飲酒"。《正義》曰：醴不可專飲。天子之於群臣，不徒設醴而已。此言"酌醴"者，《左傳》天子饗諸侯每云"饗醴，命之宥"，是饗有醴者，天子飲酒之故，舉醴言之也。

《箋》"禦賓"至"俎實"。言酌而醴群臣以為俎實者，以言"且以酌醴"，是當時且用之辭，則得禽即與群臣飲酒，故知以為俎實也。若乾之為脯，漬之為醢，則在籩豆矣，不得言俎實也。

宋·苏辙《诗集传》卷十：燕而酌醴，所以厚賓也。

宋·李樗《毛诗详解》（《毛诗李黄集解》卷二十二）：此獲禽獸者，且以御賓客而酌醴也。饗醴，天子之飲酒也。《左氏》曰："王享醴，命之宥"。享之有醴，是天子之飲酒也。夫田獵，一曰乾豆，二曰賓客，三曰充君之庖。二曰賓客，即此所謂"以御賓客，且以酌醴"也；三曰充君之庖，即《車攻》所謂"大庖不盈"也。

宋·王质《诗总闻》卷十：酌醴，親戎不可飲厚至醉也。校獵小以兔為勝，大以虎為勝。言捷莫如兔，猛莫如虎，得此則畢事上爵，皆無則禮不成，今西北之風猶然。既獲大兕，則可成燕禮也。兕大于虎而不甚猛于虎，亦虎亞也。故朋稱曰虎兕。

宋·朱熹《诗经集传》卷五：醴，酒名。《周官·五齊》二曰"醴齊"。注曰："醴，成而汁滓相將，如今甜酒也。"

宋·吕祖谦《吕氏家塾读诗记》卷十九：毛氏曰："饗醴，天子之飲酒也。"孔氏曰："醴不可專飲，天子之於羣臣，不徒設醴。《左傳》：天子饗諸侯，每云'饗醴，命之宥'，舉醴言之也。"《周官·五齊》二曰"醴盞。"注："醴成而汁滓相將，如今恬酒矣。"鄭氏曰："以所獲為俎實，酌而飲羣臣也。"

宋·杨简《慈湖诗传》卷十一：《毛傳》曰："饗醴，天子之飲酒也。"《孔疏》云："且酌醴與羣臣。"

宋·林岊《毛诗讲义》卷五：酌而醴羣臣，以爲俎實。若乾爲脯，漬爲醢，在籩豆是奉上之實也。《毛》云："饗醴天子之飲，酒醴不可專飲，天子於羣臣不徒設醴。《左氏》：天子饗諸侯，每云'饗醴，命之宥'。"故《毛》云："《校人》春祭馬祖，夏先牧，秋馬社，冬馬步。"注："馬祖，天駟。先牧，始養馬者；馬社，始乘馬者；馬步，神爲災害馬者。"四時常祭，此其特祭。伯，長也。天駟，房也。龍爲天馬，房四星謂之天駟，房亦爲龍馬。

宋·魏了翁《毛诗要义》卷十：《傳》"酌醴"爲"飲酒"。《箋》爲"俎實"，然爲脯醢亦非俎以御賓客。"且以酌醴"，饗醴，天子之飲酒也。《箋》云："御賓客者，給賓客之御也。賓客謂諸侯也。酌醴，酌而飲羣臣，以爲俎實也。"《正義》曰："醴不可專飲，天子之於羣臣，不徒設醴而已。此言酌醴者，《左傳》天子饗諸侯，每云'饗醴，命之宥。'"是饗有醴者，得禽即與羣臣飲酒。故知以爲俎實也，若乾之爲脯，漬之爲醢，則在籩豆矣，不得言俎實也。

宋·严粲《诗缉》卷十八：《傳》曰："饗醴，天子之飲酒也。"《疏》曰："醴不可專飲，天子之於羣臣不徒設醴而已。此言酌醴者，《左傳》：天子饗諸侯，每云：'饗醴，命之宥。'是饗有醴者，天子飲酒之禮，故舉醴言之也。"曹氏曰："《莊十八年·左傳》：虢公、晉侯朝王，王饗醴，命之宥。"杜預云："先置醴酒，示不忘古也。"

醴，甘酒，少麴多米，二宿而熟。《周官·酒正》五齊之二曰："醴齊，五齊味薄，所以祭也。三酒味厚，人所飲也。"《坊記》云：醴酒在室，醍酒在堂。則五齊亦曰酒醴。味甜於餘齊，與酒味殊。穆生不嗜酒，故元王每置酒，常爲穆生設醴。見醴與酒味異也，饗爲盛禮，惟王饗諸侯則設醴，示不忘古禮之重也。

醴，音禮。

宋·谢枋得《诗传注疏》：田而得禽，天子不以自奉，故"大庖不盈"，命有司以進賓客，"且以酌醴"，燕諸侯及羣臣也。先王體羣臣、懷諸侯，常有恩惠。其用心公溥而均齊，常以一人養天下，不以天下奉一人也。（《通釋》）

元·胡一桂《诗集传附录纂疏》：醴，酒名。《周官》五齊二曰："醴，齊。"注曰："醴，成而汁滓相將，如今甜酒也。"

《纂疏》：曹氏曰："醴不可專飲，天子之於羣臣不徒設醴而已。此言酌醴者，《左傳》：天子饗諸侯每云'饗醴，命之宥'，是享有醴者，天子飲酒之禮也。故舉醴言之。"杜預云："先置醴酒，示不忘古也。"疊山謝氏曰："田而得禽，天子不以自奉，故"大庖不盈"，命有司以進賓客，頒諸侯及羣臣也，命有司且以酌醴，燕諸侯及帬臣也。先王體帬臣，懷諸侯，常有恩惠。其用心公溥而均齊，常以一人養天下，不以天下奉一人也。"

元·刘瑾《诗传通释》：醴，酒名。《周官》五齊（去聲）二曰："醴，齊。"注（疑為"注"字）曰："醴成而汁滓相將，如今甜酒也。"

元·梁益《诗传旁通》卷七：五齊（三酒）：《周禮·天官》：酒正掌酒之政令，辨五齊之名：一曰泛齊，二曰醴齊，三曰盎齊，四曰緹齊，五曰沈齊。齊，鄭康成讀去聲，音劑；杜子春讀平聲，音粢。（鄭氏註）

泛者成而滓浮，泛泛然，如今宜城醪矣。泛，芳劍切。滓，壯士切。緇：之，上聲。醴，猶體也。成而汁滓相將，如今恬酒矣。恬與甜同。盎，猶翁也。成而翁翁然，葱白色，如今酇白矣。酇白，即今白醛酒也。盎，烏浪切。翁，鳴動切。酇，當作醝。並在何切。緹者，成而紅赤，如今下酒矣。緹，音體。沈者，成而滓沈，如今造清矣。沈、沉同。

三酒：辨三酒之物，一曰事酒，二曰昔酒，三曰清酒。《周禮註》鄭司農云："事酒，有事而飲也。昔酒，無事而飲也。清酒，祭祀之酒也。"玄謂："事酒，酌有事者之酒，其酒則今之醳酒也。昔酒，今之酉久白酒，所謂舊醳者也。清酒，今中山冬釀接夏而成。"醳，音亦。鄭司農，鄭衆也。玄，鄭康成名。

元·许谦《诗集传名物钞》：《傳》：《周禮·酒正·五齊》："一曰，汎齊；二曰，醴齊；三曰，盎齊；四曰，緹齊；五曰，沈齊。"《注疏》："醴，猶體也。此齊熟時，上下一體，汁滓相將，故名醴。齊，造。用秫稻麴櫱。"《詩緝》："少麴多米，二宿而熟。饗為盛禮，王饗諸侯則設醴，示不忘古禮之意也。"齊，才細反。緹，音體。秫，音述。櫱，魚列反。

元·朱公迁《诗经疏义》（《诗经疏义会通》卷十）：醴，酒名。《周官》五齊（去聲）二曰："醴，齊注曰：'醴成而汁滓（壯一反）相將，如今甜酒也'"出《天官·酒正·五齊》曰：泛齊、醴齊、盎齊、緹齊、沈齊，汁滓相將。言汁與滓相黏而不散也。緹，音體。

明·胡广《诗传大全》卷十：醴，酒名。《周官·五齊（去聲）》二曰："醴，齊。"注曰："醴成而汁滓相將，如今甜酒也。"

五齊，《周禮·酒正》："一曰泛齊，二曰醴齊，三曰盎齊，四曰緹齊，五曰沈齊。"注："醴，猶體也。此齊熟時上下一體，汁滓相將故名。"

明·季本《诗说解颐》卷十七：醴，汁滓相將，如今甜酒也。但云御賓客以酌醴，而不言供祭祀，明其但以樂賓充庖，而不知事神，豈非荒於田狩而燕飲無節者乎！其視《車攻》氣象大不侔矣。

明·丰坊《鲁诗世学》卷二十：【正说】醴，酒名。《周官》五齊二曰：

"醴，齊。"注曰："醴成而汁滓相將，如今甜酒也。"

明·郝敬《毛诗原解》卷十八： 醴，酒之連糟者。《周官·酒正》五齊二曰："醴齊用以祭享，貴本初也。"

明·冯复京《六家诗名物疏》卷三十五： 醴：《周禮·酒正》："辨五齊之名，二曰醴齊。"《注》云："醴，猶體也。成而汁滓相將，如今甜酒矣。"《明堂位》云："殷尚醴。"《韓詩說》云："醴甜而不沸也。"《說文》云："酒一宿熟也。"《孔疏》云："醴不可專飲。天子於羣臣，不徒設醴而已。此言酌醴者，《左傳》天子饗諸侯每言'饗醴，命之宥'。是饗醴者，天子飲酒之敬，故舉醴言之也。"

明·顾梦麟《诗经说约》： 醴，酒名。《周官》五齊二曰："醴，齊。"注曰："醴成而汁滓相將，如今甜酒也。"言射而獲禽，以為俎實，進於賓客，而酌醴也。且以酌醴，是當時所用之辭。則得禽即與群臣飲酒，故知以為俎實也。若干之為脯，漬之為醢，則在邊豆不得為俎實矣。

明·张次仲《待轩诗记》卷四： 醴，從酉，豊聲。豊即古禮字。醴，甜酒，初成而汁滓相將者也。

明·黄道周《诗经琅玕》： 醴是酒之美者，且字內包俎，寔不可單指酒。既獵而燕，亦見複先王之盛典。與《蓼蕭》《湛露》之舉同。非謂酬勞於田事之臣也。

明·钱天锡《诗牖》： "且以酌醴"者，按享為盛禮，醴味甜於齊，惟王享諸侯則設醴，不忘古禮之重也。奉上之心，供上之燕，人心何等鼓舞，固有所以致之矣。

明·冯元扬、冯元飙《手授诗经》： 醴是酒之美者。

明·何楷《诗经世本古义》： 醴，叶紙韻，力紙翻。酌，《說文》云："盛酒行觴也。"醴，《說文》云："酒一宿熟也。"《文選》註云："甜而不沸也。"《周禮·酒正》職云："辨五齊之名，一曰泛齊，二曰醴齊，三曰盎齊，四曰緹齊，五曰沈齊。"注云："泛者，成而滓浮泛泛然。醴，猶體也。成而滓汁相將。盎，猶翁也，成而翁翁然，葱白色。緹者，成而紅赤。沈者，成而滓沈。自醴以上尤濁，盎以下差清。謂之齊者，每有祭祀以度量節作之也。""且以酌醴"者，鄭云："酌而飲羣臣，以為俎實。"孔云："《左傳》天子饗諸侯，每云'饗醴，命之宥'，是饗有醴也。"杜預云："先置醴酒，示不忘古也。"嚴云："《周官》：五齊味薄所以祭也，三酒味厚，人所飲也。"《坊記》："醴酒在室，醍酒在堂，則五齊亦曰酒醴，味甜於餘齊，與酒味殊。穆生不嗜酒，故元王每置酒，常為穆生設醴，見醴與酒味異也。"饗為盛禮，惟王饗諸侯則設醴，示不忘古禮之重也。既得禽獸，則以為俎實，進於賓客，又"且以酌醴"而饗，舉行盛禮也。

明·朱朝瑛《读诗略记》：醴，《說文》云："酒一宿熟也。"《周禮·醴齊》注云："成而滓汁相將。"宋《本草衍義》云："造酒用麴，造醴用糵，麴以麵為之，故從麥糵以粉為之，故從米。以此推之，則醴者蓋今江南白酒再宿而即成，成而滓汁相將，飲之甚甘者是已。"

明·胡绍曾《诗经胡传》：醴，猶體也。齊熟時上下一體。《文選》注《韓詩說》云："醴甜而不沛也"。《左傳》稱天子饗諸侯，每云"饗醴"。《明堂位》曰："殷上醴。"蓋醴不可專飲，惟其酒之初，故始飲酒者先飲醴，以醴為敬，故言之。

清·钱澄之《田间诗学》：且以為俎實，酌醴而行饗賓之禮。孔云："天子饗諸侯，每云'饗醴，命之宥'"，是饗有醴也。

愚按：醴味薄，與酒味殊。穆生不嗜酒，故楚元王為之設醴。王饗諸侯則設之，示不忘古禮之重也。

清·张沐《诗经疏略》：爵飲曰酌。醴，酒名。《周官·五齊》："二月醴齊。"

清·冉觐祖《诗经详说》：醴，酒名。《周》言五齊二曰"醴，齊。"《注》曰"醴成而汁滓相將，如今甜酒也。"《毛傳》："饗醴，天子之飲酒也。"《鄭箋》："酌醴，酌而飲羣臣以為俎實也。"《孔疏》："《釋詁》云：'言酌而醴羣臣，以為俎實'者，以言'且以酌醴'，是當時且用之辭，則得禽即與羣臣飲酒，故知以為俎實也。若乾之為脯，漬之為醢，則在邊豆矣，不得言俎實也。"

按：鄭謂給賓之御。孔謂禦者給與充用之辭。看來只是言給賓客之用耳。《朱傳》訓進自覺省力。鄭謂酌醴以為俎實，《朱傳》則謂御賓客用為俎實，而酌醴另言之，更為分曉。

《大全》："五齊，《周禮·酒正》：'一曰泛齊，二曰醴齊，三曰盎齊，四曰緹齊，五曰沈齊。'《注》醴猶體也，此齊熟時上下一体，汁滓相將，故名。"

言射而獲禽以為俎實，進於賓客而酌醴也。

疊山謝氏曰："田而得禽，天子不以自奉，故'大庖不盈'。命有司以進賓客，'且以酌醴'，燕諸侯及羣臣也。先王體羣臣懷諸侯，常有恩惠，其用心公溥而均齊，常以一人養天下，不以天下奉一人也"。

安成劉氏曰："此言進禽於賓客，亦猶《車攻》言'大庖不盈'之意也。"

清·王鸿绪等《钦定诗经传说汇纂》：《集傳》："醴，酒名。《周官》五齊（去聲）二曰：'醴齊。'注曰：'醴成而汁滓相將，如今甜酒也。'嚴氏粲曰："《坊記》云：'醴酒在室，醍酒在堂'，醴味甜於餘齊，與酒味殊。饗為盛禮，惟王饗諸侯則設醴，示不忘古禮之重也。"許氏謙曰："《周禮·酒正》：'五齊一曰泛齊，二曰醴齊，三曰盎齊，四曰緹齊，五曰沈齊。'注疏：'醴，猶體也。此齊熟時上下一體，汁滓相將故名。'"言射而獲禽，以為俎實，進於賓客而酌醴也。蘇氏轍曰："燕而酌醴，所以厚賓也。"

【集说】謝氏，枋得曰："田而得禽，天子不以自奉，故'大庖不盈'。命有司以進賓客，且以酌醴燕諸侯及羣臣也。先王體羣臣、懷諸侯，常有恩惠，其用心公溥而均齊。常以一人養天下，不以天下奉一人也。"劉氏瑾曰："此言射者之善，猶《車攻》言'舍矢如破'也。言進禽於賓客，亦猶《車攻》言'大庖不盈'之意也。"朱氏公遷曰："《車攻》終於頒禽，《吉日》終於酌醴，王者之田獵，豈為口腹計哉？"

清·严虞惇《读诗质疑》：《朱註》："醴，酒名。《周官》五齊二曰'醴，齊。'"《鄭箋》："酌醴，酌而飲羣臣，以為俎實也。"

清·李塨《诗经传注》：酌醴，酌而醴羣臣以為俎實也，《序》所謂接下也。（《传》疏）

清·黄梦白、陈曾《诗经广大全》：醴，《周禮》五齊二曰："醴，齊。"《注》："醴猶體也，成而汁滓相將，如今恬酒。"《韓詩》云："醴甜而不泲也。"《說文》云："酒一宿燕也。"《正義》云："《左傳》：天子饗諸侯，每言'饗醴，命之宥'，是饗醴者飲酒之敬也。"

清·汪绂《诗经诠义》：《周禮》五齊曰："泛齊（糟泛泛然也）、醴齊（糟汁相將得體也）、盎齊（成而色盎然清綠色也）、醍齊（成而色赤也）、沈齊（成而糟下沈也）。"齊重於酒，惟大祭饗用之，此言"酌醴"亦取叶韻耳。

清·刘始兴《诗益》：醴，酒名。即《周官》："醴齊汁滓相將，如今甜酒也。"

清·傅恒等《御纂诗义折中》：醴，甘酒也。《周官》五齊二曰："醴齊"是也。酌，祭之也。《坊記》曰："醴酒在室，醍酒在堂"是也。言所獲之禽不止燕賓客，且以奉宗廟，見田獵之禮，所關甚重也。

清·罗典《凝园读诗管见》：《集傳》："醴，酒名。《周禮》五齊二曰："醴，齊。"注曰："醴，成而汁相滓相將，如今甜酒也。"

【集说】嚴氏粲曰："《坊記》云：'醴酒在室，醍酒在堂。'醴味甜於餘齊，與酒味殊。饗為盛禮，惟王饗諸侯，則設醴，示不忘本禮之重也。"

清·胡文英《诗经逢原》：田獵一曰乾豆，二曰賓客，故獵後可延賓酌醴，以為禮也。

清·段玉裁《毛诗故训传定本》：酌醴，飨醴，天子之飲酒也。

清·牟应震《诗问》：酌醴以奉祭也。故曰"且以酌醴"。《坊記》："醴酒在室。"

清·刘沅《诗经恒解》：醴，甘酒。《周官》五齊二曰："醴，齊。"《坊記》曰"醴酒在室，醍酒在堂"是也。言所獲之禽不止燕賓客，且以奉宗廟也。

清·徐华岳《诗故考異》：《傳》"饗醴，天子之飲酒也。"《正義》："《左傳》：天子饗諸侯，每云'王饗醴，命之侑'。"《箋》："酌醴，酌而飲羣臣以為俎賓也。"《韓》："醴甜而不沛也。"（《文選》注）

案：《周禮·酒正》五齊二曰"醴，齊"。《注》云："醴猶體也。此齊熟時上下一體，汁滓相將，如今甜酒也"。《說文》："醴酒一宿孰也"。

清·徐璈《诗经广诂》：《韓詩》曰："醴甜而不沛也。"（《文選·南都賦》注）

清·陈奂《诗毛氏传疏》：《六月》傳：御，進也。田禽以饗賓客。賓客謂諸侯也。傳文"饗醴"上疑奪■字，醴卽酒也。醴為饗醴，又申釋饗之義為天子之飲酒。《說文》"饗，鄉人飲酒也。廱，天子饗飲辟廱也。"案：天子四郊之學，亦曰辟廱，其郊射之宮曰郊宮，亦曰射宮。天子射畢而飲酒，卽用鄉人飲酒之禮，是亦曰饗也。《左傳·莊十八年、僖二十五年、二十八年》"王饗醴。"《周語》"王乃淳濯饗醴"，"王裸鬯飨醴"與此傳饗醴不同。此卽《序》接下之事，奉上由於接下，故美天子田獵而於章末言之。

清·方玉润《诗经原始》：《集釋》醴，酒名，今甜酒也。

清·邓翔《诗经绎参》：醴，叶。集解：酌，飲也。醴，五齊之一，如今甜酒也。

清·龙起涛《毛诗补正》：醴味厚和，如今甜酒。蘇子由曰"燕而酌醴，所以厚賓也。"《左傳》："王饗醴，命之宥。"《禮記》："醴酒在室，醍酒在堂"，是祭亦有醴酒也。

清·吕调阳《诗序议》：丰宗廟也。《坊記》曰"醴酒在室，醍酒在堂"是也。

清·梁中孚《诗经精义集钞》：醴，酒名。

清·王先谦《诗三家义集疏》：注：韓說曰："醴，甜而不沛也。"《疏》：

223

《傳》"饗醴,天子之飲酒也。"《箋》:"酌醴,酌而飲羣臣以爲俎實也。"《文選·南都賦》注,引薛君文、陳喬樅云:"《酒正》二曰:醴齊注:醴,猶體也。成而汁滓相將,如今恬酒矣。"《呂覽·重己》篇高注:"醴者,以蘗與黍相體,不以麴也。濁而甜耳。"《釋名》:"醴,禮也。釀之一宿而成。禮有酒味而已也。"《漢書·楚元王傳》:"常為穆生設醴。"注:醴,甘酒也。蓋醴謂酒之不沛者。《酒正》:五齊"自醴以上尤濁,其用之祭祀必以茅沛之,然後可酌。"故司尊彝曰:醴齊縮酌包泛齊而言也。自盎以下差清。但以清酒沛之而不用茅,故司尊彝曰盎齊。況酌該緹齊、沈齊而言也。醴又入於六飲者,以其甜於餘齊且不沛之,故與漿醷爲類耳。張衡《西京賦》"酒車酌醴"用魯經文。

民國·王闓運《毛詩補箋》:饗醴,天子之飲酒也。《箋》云:"酌醴,酌而醴羣臣以為俎實也。"《補》曰:醴,禮也。待朝聘之使曰醴,賓頌祝其能,服諸侯以衣裳,不以兵車會。

民國·馬其昶《詩毛氏學》:饗禮,天子之飲酒也。(鄭曰:"酌醴,酌而飲羣臣以為俎實也。"《周官》五齊二曰"醴齊,注曰'如今甜酒。'")

民國·李九華《毛詩評注》:註:"酌醴,酌而飲羣臣,以為俎實也。"(《毛傳》《鄭箋》)

民國·林义光《诗经通解》:醴,lei。酌醴,謂大兕之角可以爲觥也。《說文》:"觵,兕牛角,可以飲者也。"《周官·閒胥》鄭注:"觵用酒,其爵以兕角爲之。"《卷耳》篇《正義》引《禮圖》云:"觥大七升,以兕角爲之。"先師說云,刻木爲之,形似兕角。蓋無兕者用木也。

日本

日本·中村之钦《笔记诗集传》:酌,《說文》云:"盛酒行觴也。"醴,《說文》云:"酒一宿熟也",《周禮·酒正·職》云:"辨五齊之名,一曰泛齊,二曰醴齊,三曰盎齊,四曰緹齊,五曰沈齊。"《孔疏》云:"《左傳》天子饗諸侯,每云'饗醴,命之宥',是饗有醴也。"杜預云:"先置醴酒,示不忘古也。"劉氏曰:"此言射者之善,猶《車攻》言'舍矢如破'也;此言進禽於賓客,亦猶《車攻》言'大庖不盈'之意也。"

日本·三宅重固《诗经笔记》:"醴",《韓詩》云:"醴,甜而不沛也。"《說文》云:"酒一宿熟也。"《正義》云:"《左傳》:天子饗諸侯,每言'饗醴,命之宥。'"是饗醴者,飲酒之敬也。《衍義》云:"荊川云:'醴者,酒也。'"《周官》之《酒正》五齊之二曰:"醴,齊。"《坊記》曰:"醴酒在室。"

以此見醴為盛，示不忘古禮之重也。

日本·冈白驹《毛诗补义》：饗醴，天子之飲酒也。酌，盛酒行觴也。醴，酒一宿熟者，味甜，本與酒味殊。故穆生不嗜酒，元王每置酒，為穆生設醴，可以見已。饗，盛禮也。惟王饗諸侯，則設醴。

日本·赤松弘《诗经述》：醴，酒名，成而汁滓相將者，如今甜酒也。

日本·户崎允明《古注诗经考》：注：酌而禮群臣。《正義》曰："當是得禽即與羣臣飲酒，故知以為俎實也。若乾之為脯，漬之為醢，則在籩豆矣。不得言俎實也。"《周官·酒正》："一曰泛齊，二曰醴齊，三曰盎齊，四曰緹齊，五曰沈齊。"朱註云："如今甜酒。"次章，酌醴亦以禮而解，朱熹不據證尤非矣。正義曰："醴不可專飲，天子之於羣臣，不徒設醴而已。"此言酌醴者。《左傳》："天子饗諸侯，每云'饗醴，命之宥。'"

日本·皆川愿《诗经绎解》：醴，禮聲近，酌醴，蓋用此斟酌其禮之所宜也。

日本·伊藤善韶《诗解》：醴，酒名。《周官》：五齊二曰"醴齊"，注曰："醴成而汁滓相將，如今甜酒也。"

日本·冢田虎《冢注毛诗》：天子饗諸侯，必設醴酒，不忘古也。

日本·仁井田好古《毛诗补传》：饗醴。天子之飲酒也。《補》：嚴粲曰："不特燕飲，'且以酌醴'而饗，舉行盛禮也。"

《周禮·酒正·職》：五齊二曰"醴，齊。"鄭注："醴猶體也。成而汁滓相將。"《說文》云："醴酒一宿熟也。"《文選注》云"甜而不沸也"。《左傳》"天子饗諸侯，每云'饗醴，命之宥'，是饗有醴也。"杜注"先置醴酒，示不忘古也。"

日本·东条弘《诗经标识》：《周官·酒正》："五齊一曰泛齊，二曰醴齊，三曰盎齊，四曰緹齊，五曰沈齊。"

日本·无名氏《诗经旁考》：《說文》："醴，酒一宿熟也。"《文選·張衡賦》注李善曰："《韓詩》'醴甜而不沸也。'"《天官·酒正》辨五齊二曰："醴齊。"鄭玄曰："醴猶體也，成而汁滓相將，如今恬酒矣。"

日本·安井衡《毛诗辑疏》：饗醴，天子之飲酒也。《箋》："酌醴而醴羣臣，以為俎實也。"

日本·安藤龙《诗经辨话器解》：《說文》"一宿酒甘，濁而不沸者"。《傳》："饗醴，天子之飲酒（禮）也。"酌醴，酌而（作飲）醴羣臣，以所得為俎實也。

225

日本·山本章夫《诗经新注》：醴，酒之早成者。"酌醴"只是勸酒之謂。

日本·竹添光鴻《诗经会笺》：饗醴，天子之飲酒也。《周官·酒正·職》五齊二曰："醴，齊。"注曰："醴猶體也，成而汁滓相將，如今甜酒也。"《漢書·楚元王傳》"常爲穆生設醴"，注云"醴，甘酒也。"蓋醴謂酒之不沛者，《酒正》五齊"自醴以上尤濁，其用之祭祀，必以茅沛之，然後可酌。"故《司尊彝》曰"醴齊縮酌"，包泛齊而言也。自盎以下差清，但以清酒沛之，而不用茅，故《司尊彝》曰"盎齊涗酌"，該緹齊、沈齊而言也。醴又入於"六飲"者，以其甜於餘齊，且不沛之，故與漿酏爲類耳。

附石鼓考：歐陽氏《集古錄》"石鼓久在岐陽，初不見稱於世，至唐人始盛稱之。而韋應物以為周文王之鼓，至宣王時刻石。韓退之直以為宣王之鼓，今在鳳翔縣孔子廟。鼓有十，先時散棄於野，鄭餘慶始置於廟而亡其二。皇祐四年，向傳師求之民間得之，十數乃足。其文可見者四百六十有五，磨滅不可識者過半矣"。

按：九鼓有文，其一無文，宣王時太史籀所書。韋應物謂文王之鼓，以從岐陽得之也。鄭樵以為秦鼓，疑篆出李斯也。夫三代法物真贗難辨，歐陽氏亦謂可疑者四；然又謂退之好古，其説不妄。至於字畫亦非史籀不能作也。趙佑曰："大學石鼓，相傳以為周宣王獵碣。"近南豐劉氏凝著論，以為夫子不收金石文字。愚意《雅》《頌》以備樂章，石鼓以勒功載，義固有別，然亦安見三百篇中，必無一詩嘗被金石者？使其詩果足以補國史之遺，著詩教之大，夫子寧必不收，而謂大聖人之好古，顧不及歐陽修、趙明誠輩耶？且是石鼓之詩，亦猶是田獵詠歌之體，固非爲刻石而作者也。凡古金石文字，各有年月款記，即以《始皇本紀》所載諸刻石文衡之，則知石鼓之有間矣。當時第偶然刻之於石，假鉦鼓之形，以為誇示之意，其於宣王復古盛烈，則已有《車攻》《吉日》二詩，足以備之，初非更繁。此十章之存亡爲重輕也明甚。夫猶是田獵也，既有《車攻》，又有《吉日》，而又有此石鼓，則是宣王之侈也。《車攻》《吉日》之詞，較諸文武遺音，已不免於侈，而此十章之詞之繁複，而參錯則又加侈焉。乃其所謂"吾車既攻，吾馬既同"，"吾車既好，吾馬既駒""會同有繹""射夫""舉柴""麀鹿虞虞""或羣或友""悉率左右"，燕樂天子者，迄亦無以易乎？《車攻》《吉日》之所陳，太史公言古詩三千，孔子去其重。然則是石鼓詩之於《車攻》《吉日》也，將毋其重焉者與？而又何疑乎不收之與？故嘗爲之論曰：是石鼓之宜寶而詠歌之，摹揭且考辨之也。以史籀蹟重可也，不必其以宣王事重也。何也？史籀之篆，爲萬古言大小篆之祖，今則幸而僅存，若宣王之事則自有宣王之詩存也。而劉氏又謂周兩都並建，《車攻》《吉日》分而敘之，不若石鼓詩合而敘之。是不免於好古而惑也已矣。大學石鼓，事之後先，文之疑信，聚訟紛糾，當以韓愈之說屬諸周宣王時者爲正。宣王爲周中興之主，修明武功，播美篇什，故有《車攻》《吉日》二詩。《車攻》言徂東，言甫草，則閱武於東都之作；《吉日》言漆沮，則閱武於西京之作。分紀其事，以爲雅章者也。石鼓之文則合東西二都事，總紀而推廣之，假鉦鼓之形，以張威伐、垂久遠者也。故其言"吾車既攻，吾馬既同""悉率左右"燕樂天子云云。即與二詩不殊，其爲總撮成文明矣。古者舉大事、成大功，往往勒諸金石，或在名山大川，峋嶁宛委之蹟，紀載邈矣，皆非必有年月款識。且爲正經史所未及，而後人從文殘簡斷之餘，猶得參攷什一，斷爲何王何人之作，用志嚮往寄品藻，則此石鼓之文，必以其無款記而疑之，忽彼忽此，亦適見其多事矣。

朝鲜

朝鲜·朴世堂《诗经思辨录》：毛云："饗醴，天子之飲酒也。"鄭云："酌醴，酌以醴羣臣，以爲俎實也。"

朝鲜·李瀷《诗经疾书》：按：禮，醴齊在戶，粢齊在堂，澄酒在下。燕宴之先，醴不忘本也。此云"酌醴"舉其先酌也。後世楚王之設醴，其禮宜然，不特爲白公之不飲也。

朝鲜·申绰《诗次故》：《說文》："醴酒一宿熟也。"《文選·張衡賦》注李善曰："《韓詩》'醴甜而不泲也。'"《天官·酒正》辨五齊二曰："醴，齊。"鄭玄曰："醴猶體也，成而汁滓相將，如今恬酒矣。"

朝鲜·朴文鎬《诗集传详说》：醴，酒名。《周官》（《周禮·酒正》）五齊（去聲）二曰"醴，齊"，注曰："醴成而汁滓相將，如今甜酒也。"

梅按

关于"且以酌醴"句，古今中外学者对其疏证包括注音、释义、句意等几方面，现分列于下：

一、注音

"且以酌醴"句注音，只有"醴"一词，疏理如下：
（1）醴，音礼。（宋代严粲《诗缉》）
（2）醴，叶纸韵，力纸翻。（明代何楷《诗经世本古义》）

（3）醴，lei。（民国林义光《诗经通解》）

二、释义

关于"且以酌醴"释义，有"酌""醴""酌醴"等，列举于下：

1．"酌"释义

（1）酌，《说文》云："盛酒行觞也。"（明代何楷《诗经世本古义》）

日本中村之钦《笔记诗集传》、冈白驹《毛诗补义》辑录《说文》。

（2）爵飲曰酌。（清代张沐《诗经疏略》）

2．"醴"释义

（1）醴，酒名。《周官》五齐二曰："醴，齐。"注曰："醴，成而汁滓相将，如今甜酒也。"（宋代朱熹《诗经集传》卷五）

（2）醴者盖今江南白酒再宿而即成，成而滓汁相将，饮之甚甘者是已。（明代朱朝瑛《读诗略记》）

（3）醴，甘酒，少曲多米，二宿而熟。（宋代严粲《诗缉》）

（4）醴，《说文》云："酒一宿熟也。"（日本中村之钦《笔记诗集传》）

（5）醴，酒之连糟者。《周官·酒正》五齐二曰："醴齐用以祭享，贵本初也。"（明代郝敬《毛诗原解》卷十八）

（6）醴，犹体也。齐熟时上下一体。《文选》注《韩诗说》云："醴甜而不沛也。"（明代胡绍曾《诗经胡传》）

（7）醴味薄，与酒味殊。穆生不嗜酒，故楚元王为之设醴。王飨诸侯则设之，示不忘古礼之重也。（清代钱澄之《田间诗学》）

（8）醴，酒之早成者。（日本山本章夫《诗经新注》）

（9）醴是酒之美者。（明代冯元飏、冯元飙《手授诗经》）（明代郝敬《毛诗原解》卷十八）

（10）醴，礼也。待朝聘之使曰醴，宾颂祝其能，服诸侯以衣裳，不以兵车会。（民国王闿运《毛诗补笺》）

综上，关于"醴"释义，古今中外学者几乎都是引述《周官·酒正》相关条目予以疏证，分别从"醴"的状态、性质和制作工艺等方面予以阐释。

3．"酌醴"释义

（1）酌醴，酌而饮群臣，以为俎实也。（汉代郑玄《毛诗笺》摘自《毛诗正义》卷十）

唐代孔颖达《毛诗正义》对此疏释云："此言酌醴者，《左传》天子飨诸侯每云

'飨醴，命之宥'。是飨有醴者，天子饮酒之故，举醴言之也。"又云："言'酌而醴群臣以为俎实'者，以言'且以酌醴'，是当时且用之辞，则得禽即与群臣饮酒，故知以为俎实也。若干之为脯，渍之为醢，则在笾豆矣，不得言俎实也。"

宋代林岊《毛诗讲义》、严粲《诗缉》，明代冯复京《六家诗名物疏》、顾梦麟《诗经说约》，清代黄梦白和陈曾《诗经广大全》、徐华岳《诗故考异》，日本中村之钦《笔记诗集传》、三宅重固《诗经笔记》、户崎允明《古注诗经考》、仁井田好古《毛诗补传》"酌醴"释义辑录孔氏。

（2）酌醴，亲戎不可饮厚至醉也。（宋代王质《诗总闻》卷十）

清代冉觐祖《诗经详说》对郑氏与朱氏关于"酌醴"释义做了评析，其云："郑谓酌醴以爲俎实，《朱傅》则谓御賓客用爲俎实，而酌醴另言之，更爲分晓。"

（3）酌醴，饗醴，天子之飲酒也。（清代段玉裁《毛诗故训传定本》）

（4）酌醴，谓大兕之角可以爲觥也。（民国林义光《诗经通解》）

（5）酌醴，盖用此斟酌其礼之所宜也。（日本皆川愿《诗经绎解》）

（6）酌醴只是劝酒之谓。（日本山本章夫《诗经新注》）

（7）此云酌醴举其先酌也。（朝鲜李瀷《诗经疾书》）

关于"酌醴"释义，学者多从《郑笺》《孔疏》，倒是日本、朝鲜学者有自己的一家之言。

三、句义

"且以酌醴"句的解释有以下几种：

1. 燕而酌醴，所以厚宾也。（宋代苏辙《诗集传》卷十）

2. 此获禽兽者，且以御宾客而酌醴也。（宋代李樗《毛诗详解》摘自《毛诗李黄集解》卷二十二）

3. 言所获之禽不止燕宾客，且以奉宗庙，见田猎之礼，所关甚重也。（清代傅恒等《御纂诗义折中》）

4. 田猎一曰干豆，二曰宾客，故猎后可延宾酌醴，以为礼也。（清代胡文英《诗经逢原》）

5. 严粲曰："不特燕饮，'且以酌醴'而飨，举行盛礼也。"（日本仁井田好古《毛诗补传》）

此外，还有学者指出了"且以酌醴"句的言外之意，例如，宋代谢枋得《诗传注疏》云："田而得禽，天子不以自奉，故'大庖不盈'，命有司以进宾客,'且以酌醴',燕诸侯及羣臣也。先王体羣臣、怀诸侯,常有恩惠。其用心公溥而均齐,常以一人养天下,不以天下奉一人也。"明代黄道周《诗经琅玕》:"醴是酒之美者,且字内包俎,宽不可单指酒。既猎而燕,亦见复先王之盛典。与《蓼萧》《湛露》之举同。非谓酬劳于田事之臣也。"钱天锡《诗牖》:"'且以酌醴'者,按享为盛礼,醴味甜于齐,惟王享诸侯则设礼,不忘古礼之重也。奉上之心,供上之燕,人心何等鼓舞,固有所以致之矣。"明代季本《诗说解颐》又有不同意见,其云:"但云御宾客以酌醴,而不言供祭祀,明其但以乐宾充庖,而不知事神,岂非荒于田狩而燕饮无节者乎!其视《车攻》气象大不侔矣。"

分章总说

首章总说

中国

唐·孔颖达《毛诗正义》卷十：《正义》曰：言王於先以吉善之日"維戊"也，於馬祖之伯既祭之求禱矣，以田獵當用馬力，故為之禱祖，求其馬之強健也。田獵之車既善好，四牡之馬甚盛大，王乃乘之，升彼大陵阜之上，從逐其群眾之禽獸。言車牢馬健，故得歷險從禽，是由禱之故也。

宋·范处义《诗补传》卷十七：將用馬之力，必祭馬之祖，謹其事也。車攻而馬壯，則升陵阜而從，禽獸之醜類無不獲矣。

宋·朱熹《诗经集传》卷五：此亦宣王之詩。言田獵將用馬力，故以吉日祭馬祖而禱之。既祭而車牢馬健，於是可以歷險而從禽也。以下章推之，是日也，其戊辰與？

宋·吕祖谦《吕氏家塾读诗记》卷十九：毛氏曰："重物慎微，將用馬力，必先為之禱其祖。"孔氏曰："車牢馬健，可以歷險從禽。"朱氏曰："蓋曰可以田矣。"

宋·辅广《诗童子问》卷四：一章言祭禱馬祖，以為田獵之備也。

宋·林岊《毛诗讲义》卷五：重物謹微。將用馬力，先禱馬祖，且禱求馬之強健而有獲也。田車則好矣，四牡孔盛大矣，車牢馬健，升彼大阜，歷險而從禽獸之羣衆。

宋·严粲《诗缉》卷十八：外事用剛日。故吉善之日，"維戊"也。"既伯"，謂有事於馬祖，將用馬力而祭之也。"既禱"，謂因祭而禱之，願馬之彊健而獲多也。以戊日祭而禱之，其禱之之辭曰：田獵之車既善矣，四牡甚阜而肥

231

壯矣，車牢馬壯以歷險從禽，將升彼大阜，從禽獸之羣衆而田獵也。此告神以將田獵，其實戊日未田也。

元·胡一桂《诗集传附录纂疏》：此亦宣王之詩，言田獵將用馬力，故以吉日祭馬祖而禱之。既祭而車牢馬健，於是可以歷險而從禽也。以下章推之，是日也，其戊辰與？

元·刘瑾《诗传通释》：此亦宣王之詩，言田獵將用馬力，故以吉日祭馬祖而禱之。孔氏曰："常祭在春，將用馬力，則又備禮禱之。"既祭而車牢馬健，於是可以歷險而從禽也。以下章推之，是日也，其戊辰歟？

輔氏曰："一章言祭禱馬祖，以為田獵之備也。"

元·朱公迁《诗经疏义》（《诗经疏义会通》卷十）：此亦宣王之詩，言田獵將用馬力，故以吉日祭馬祖而禱之。不忘本也。《輯錄》："《夏官·校人》：'春祭馬祖'。"《孔疏》曰："常祭在春也。"既祭而車牢馬健，於是可以歷險而從禽也。於下章推之，是日也，其戊辰歟？一章祭禱戎行。

明·梁寅《诗演义》卷十：《記》曰：外事用剛日，內事用柔日。田獵祭馬祖外事也，故擇吉日而用戊。下章言庚午，然則戊為戊辰也。伯者，馬祖也。蓋謂天駟房星之神，以田用馬力故祭之。禱者，祈也。"田車既好"，言車之堅牢也。"四牡孔阜"，言馬之壯盛也。車牢馬健，於是升高歷險以從獸。羣醜，言獸之衆也。東萊呂氏曰："伯與禡同，若然當讀作去聲。"

明·胡广《诗传大全》卷十：此亦宣王之詩，言田獵將用馬力，故以吉日祭馬祖而禱之。孔氏曰："常祭在春，將用馬力則又備禮禱之。"既祭而車牢馬健，於是可以歷險而從禽也。以下章推之，是日也，其戊辰歟？慶源輔氏曰："一章言祭禱馬祖，以為田獵之備也。"

明·黄佐《诗经通解》卷十一：此章言將獵而致備乎獵具，重祭上。蓋祭禱馬祖，以豫備也。首二句分下意，本上說來。戊，剛日也。《曲禮》曰："外事以剛日，內事以柔日。"田獵外事也，故以戊以庚。房四星謂之天駟。《晉·天文志》曰："天駟爲天馬，主車駕。南星曰左驂，次左服，次右服，次右驂。亦曰天廄。"《爾雅》註云：龍爲天馬，故房謂之天駟。《夏官·校人》："春祭馬祖"。《孔疏》曰："常祭在春，將用馬力，則又備禮禱之。"末二句不必就以田獵言，玩註中"於是""可以"字，便見此詩與《車攻》同用。故"田車"二句，即《車攻》文也。田車則既好矣，四牡則孔阜矣，若神明默相之也。故可以歷險而從禽也。或以禱謂禱其田獵之吉，非禱車牢馬健，似未有據。嚴氏曰："以戊日祭而禱之。其禱之之辭曰：'田獵之車既善矣，四牡甚阜而肥壯矣，車牢馬壯，以歷險從禽，將升彼大阜，從禽獸之羣眾而田獵也。'此告神以將田

232

獵。其實戊日未田也。"

明·邹泉《新刻七进士诗经折衷讲意》卷二：此章重祭上，《曲禮》："外事以剛日，內事以柔日。"田獵外事，戊、庚皆剛日也。房四見謂之天駟，《晉·天文志》曰："天駟爲天馬，主車駕。南星曰左驂，次左勝，次右服，次右驂。"《夏官·校人》："春祭馬祖。"此常祭也，將用馬力則又禱之。末二句不即就行獵言，蓋惟擇日而行祀神之禮，故車馬之美足爲田獵之具也。

明·丰坊《鲁诗世学》卷二十：【正说】朱子曰："畋獵將用馬力，故於吉日祭馬祖而禷之，既祭而車牢馬健，可以歷險而從禽矣。"

明·李资干《诗经传注》二十一卷：承上篇"駕言徂東""行狩"，而因發"駕言"之實。故曰："吉日維戊，既伯既禱。"按：黃帝命鬼臾蒐造十六神歷，配甲子設蔀，而時日支幹、孤虛王相之說。凡行師佃獵者多選吉日。吉日者，孤虛也。出師萬人以上，用年孤虛；千人以上，用月孤虛；百人以上，用日孤虛。坐孤者，利；坐虛者，不利。"維戊"者，戊辰也。如甲子旬中，戊辰爲地耳；"庚午"，爲天目之類，行公正之事則可。東征淮夷，事之公正者，故以"維戊"之日，命五侯九伯之長，而請禱於旗纛之神，以待庚午日出師也。"田車"者，田獵之車；"既好"者，交合也。亦假田以出師，非真用田車也。"四牡孔阜"，亦四馬高大者；"升此大阜，從其群醜"者，淮夷之群醜，聚於山藪大阜之間。因而從擒之也，此先剪其黨類，尚未殲其渠魁。至末章"殪此大兕"，而後淮夷就戮耳。

或曰"伯"，馬祖也。謂天駟房星之神；"群醜"者，禽獸之群衆。愚謂宣王初立，一二年間，東征西討，南巡北伐，殆無寧日，何暇佃獵而滋逸豫？況上篇"駕言""行狩"，則非真獵可知矣。祭馬祖之說，事出謬妄。《外傳紀》以馬祖爲黃帝時之馬，配帝女。而旗纛之神，乃其遺制，大與經義不合。

明·许天赠《诗经正义》卷之十二：詩人美王者預祈車馬之善，而因有以備田獵之用也。二句分此章重祭上。戊，剛日也。《曲禮》："外事以剛日，內事以柔日。"田獵外事也，故以戊以庚。房四星謂之天駟，《晉·天文志》曰："天駟爲天馬，主車駕。南星曰左驂，次左服，次右服，次右驂。"《夏官·校人》："春祭馬祖。"《孔疏》曰："常祭在春，將用馬力則又備禮禱之。"末二句不可就以田獵言，觀注中"於是""可以"字便見。蓋惟擇日而行禱神之禮，故車馬之美足爲田獵之用也，不是實歷險而從禽也。

此亦美宣王田獵之詩也。若謂吾王當中興之時，為於田之舉，其事果何如哉？蓋田獵有資於馬力，馬祖不可以不祭也。故於此戊辰之吉日，祭馬祖之神而禱之，以祈車馬之善焉。由是田車則既好而甚堅，四牡則孔阜而甚健，可以升彼大阜之險，而從其禽獸之羣衆矣。是未獵而豫其事者如此。

明·顾起元《诗经金丹》五：《吉日》首章：此重祭禱上。"吉日"二句，預祈車馬之善；下是偹田獵之用。《曲禮》："外事以剛日，內事以柔日。"田獵外事，故此以戊而下以庚，皆剛日也。"既伯既禱"，《夏官·校人》："春祭馬祖。"乃常祭，將用馬力則又禱之，車馬足以從醜。即若有神助之意，皆未然事。追其後曰"从"。

明·江环《诗经阐蒙衍义集注》（《诗经铎振》卷五）： 首章。此亦賢宣王田獵之詩。意謂我周王也會同田獵，既振頻運於東都，而大蒐示禮又纘武功於西鎬。彼田獵將用馬力，馬祖不可不計也。故蔔戊辰之吉日，而祭馬祖之神，而禱之以祈車馬之善焉，但見既祭而馬祖效靈，以田事則既好而甚堅。以四牡則孔阜而甚健，可以歷彼大阜之險，堅其禽獸之多而驅獵，實是未獵而飭其具如此。

主意：二句分上預祈車馬之善，下是偹田猎之用。《曲禮》："外事以剛日，內事以柔日。"田獵外事，故比以戊，而下以庚，皆剛日也。"從其羣醜"，"從"字與下"漆沮之從"；從（匕）字乃"從獸"之從。蓋追逐其後，故曰"從"。與三章注從王者"從"字不同。

房四星謂之天駟，大馬主車駕。南星曰左驂，次左服，次右服，次右驂。《夏官·校人》："春祭馬祖。"此常祭也，將用馬力則又禱之。

明·方从哲等《礼部订正诗经正式讲意合注篇》六： 首章意：此言預備田獵之具，重祭上。蓋田獵從禽，必須是車牢馬健；欲車牢馬健，必須祭禱馬祖也。《曲禮》："外事以剛日，內事以柔日。"田獵外事，故此言戊。下章言庚，皆剛日也。《夏官·校人》："春祭馬租"（"租"疑為誤書，應為"祖"）。及將用馬力，則又偹禮禱之。末二句不即就田獵言，蓋推擇日而行祀神之禮。故車馬之美，足為田獵之具而歷險從禽矣。

明·郝敬《毛诗原解》卷十八： 一章：吾王再狩西都，將用車馬先祭馬神，外事用剛日。以吉日戊辰祭馬祖而禱，曰使我田車既好，四馬孔阜，升彼大阜之上，從禽獸之羣類也。

明·徐光启《毛诗六帖讲意》小雅二卷四十： 《曲禮》："外事以剛日，內事以柔日。"凡祭祀為內事，田獵行師為外事。戊寅皆剛日也，房四星謂之天駟。《晉·天文志》曰："天駟為天馬，主車駕。南星曰左驂，次左服，次右服，次右驂。"《夏官·校人》："春祭馬祖。"此常祭也，將用馬力，則又禱之。

明·姚舜牧《重订诗经疑问》： 此章專為田獵而作，故首祭馬祖以致禱。

《曲禮》云："外事以剛日，內事以柔日。"田獵外事也，故用戊用庚。獵與狩皆賴車牢馬健以為用，故《車攻》《吉日》皆有"田車既好，四牡孔阜"句。"升彼大阜，從其羣醜"言有此車馬之善，可用之以為獵也，未便是獵的事。

明·陆燧《诗筌》：一章備其具。《曲禮》："外事以剛日"，用馬力故禱。非《校人》春祭也。"既好""孔阜"，意神實相之，着一"既"字，似重馬一邊。"從"，從禽也，以追逐其後，故曰"從"。

明·陆化熙《诗通》：祭用戊者，外事以剛日也。重在禱上，不重諏日。房四星謂之天駟，主車駕。春祭馬祖，此常祭也。將用馬力，則又祭之。車牢馬健，與祭禱各開說，不必泥是神力。歷險從禽，只言車馬足為田獵之用，與下章皆未然事。

明·徐奋鹏《诗经尊朱删补》：宣王田獵於西鎬，詩人美之。言田獵將用馬力，故於戊辰之吉日祭馬祖而禱之。既祭則車牢馬健，可以升高歷險，而逐從禽獸之群衆也。此先時而修獵之具也。

明·顾梦麟《诗经说约》：此亦宣王之詩，言畋獵將用馬力，故吉日祭馬祖而禳之，既祭而車牢馬健，於是可以歷險而從禽也。以下章推之，是日也，其戊辰與？

《孔疏》：馬，國之大用，王者重之。故《夏官·校人》：'春祭馬祖，夏祭先牧，秋祭馬社，冬祭馬步。'注云：'馬祖，天駟。先牧，始養馬者。馬社，始乘馬者。馬步，神為災害馬者。'既四時各有所為祭之，馬祖祭之在春，其常也。而將用馬力，則又用彼禮以禱之。知'伯，馬祖'者，《釋天》云：'既伯既禱'，馬祭也。為馬而祭，故知馬祖謂之伯。伯者，長也。馬祖始是長也。鄭云：'馬祖，天駟。'《釋天》云：'天駟，房也。'孫炎曰：'龍為天馬，故房四星謂之天駟。'"

《嚴輯》："外事用剛日。故吉善之日'維戊'也。'既伯'謂有事於馬祖，將用馬力而祭之也。'既禱'謂因祭而禱之，願馬之強健而獲多也。其實戊日未田。"

《輯錄》："《晉·天文志》曰：'房四星，南星曰左驂，次左服、次右服、次右驂，亦曰天廐。'《通解》：'《曲醴》曰："外事以剛日，內事以柔日。"田獵外事也，故以戊以庚。'《六貼》：'凡祭祀為內事，因獵行師為外事。'"

明·邹之麟《诗经翼注讲意》：其一：重一"禱"字不重諏日，下四句是"既禱"之後，車馬可以歷險從禽，若有神助之意，皆未然事也。註"可以"二字宜玩。

明·张次仲《待轩诗记》卷四：此言車馬之良，可以從禽也。

235

明·黄道周《诗经琅玕》小雅卷之五：彼田獵將用馬力，故蔔吉日維戊辰。既祭馬祖之神，又從而禱之，以祈車馬之善焉。但見"田車既好"而甚堅，"四牡孔阜"而甚健，可以歷彼大阜之險，從其禽獸之多而驅獵矣。是未獵而飭其具如此。

【剖明】陳奇父曰："春祭馬祖，其常也。將用馬力則又禱之，重祭禱不重諏日，以車牢馬健與祈禱，各開說，不必泥是神力，歷險從禽只言車馬足用，與下章俱未肤事。此章言備其具而可獵，末二句預期車馬之善，下是備田獵之用。

明·冯元扬、冯元飙《手授诗经》五卷：首章：此亦賢宣王田獵之詩，意謂我周王也，會同田獵，既振頹運於東都，而大蒐示禮又纘武功於西鎬，彼田獵將用馬力，馬祖不可不祭也。故卜戊辰之吉日，而祭馬祖之神而禱之，以祈車馬之善焉。但見既祭而馬祖效靈，以田事則既好而甚堅，以四牡則孔阜而甚健，可以歷彼大阜之險，從其禽獸之多而驅獵矣。是未獵而飭其具如此。

瞿星卿曰：《曲禮》"外事以剛日，內事以柔日"。凡祭祀為內，田獵行師為外。戊與庚皆剛日也，房四星謂之天駟，主車駕。《夏官·校人》"春祭馬祖"，此常祭也。將用馬力則又禱之，既祭而車牢馬健，若神有嘿相意，在田車著一"既"字，似重馬一邊，車牢只帶說，歷險從禽，註著可以字還未然。

明·黄文焕《诗经嫏嬛》：首章此亦美宣王田獵之詩也。曰我周王會同田獵，既振頹運於東都而大蒐示禮，又纘武功於西鎬，彼田獵將用馬力，馬祖不可不祭也。故以戊辰之吉日而祭馬祖之神而禱之，以祈車馬之善焉。俱見既祭而馬祖效靈，以田車則既好而甚堅，以四牡則孔阜而甚健，可以歷彼大阜之險，從其禽獸之多而驅獵矣。是未獵而飭其具如此。

明·唐汝谔《毛诗蒙引》：首二章鄒嶧山曰："《曲禮》：'外事以剛日，內事以柔日'。凡祭祀為內事，田獵行師為外事。戊庚皆剛日也，房四星為之天駟。《晉·天文志》曰：'天駟為天馬，主車駕。《夏官·校人》：'春祭馬祖'，此常祭也，將用馬力則又禱之。"

徐玄扈曰："'既好''孔阜'，意神實相之。"

田車著一"既"字似重馬一邊，《註》"車牢"只帶說，歷險從禽《註》著"可以"字還屬未然。

明·陈组绶《诗经副墨》：（首節）外事以剛日，故祭用戊，重在禱上，不重諏日。房四星為天駟，主車駕。春祭馬祖，此常祭也。將用馬力，則又祭之。車牢馬健與祭禱各開說，不必泥是神力，著一"既"字似重馬。一章歷險從禽只言車馬足用，與下章俱未然事。

236

清·张沐《诗经疏略》：將田獵，則擇吉祀馬祖而祷之。辭曰：今田車既善，田馬既安，將升彼大阜之間而從禽焉。

清·冉觐祖《诗经详说》：【正解】此章是先時而修獵之具也。上二句豫祈車馬之善，下是備田獵之用。"吉日維戊"重祭禱上，不重諏日。《曲禮》："外事以剛日，內事以柔日。"田獵外事，故此以"戊"而下，以"庚"皆剛日也。"既好""孔阜"承祭來，得神力之助而"好阜"也，一說車牢馬健，與祭禱各開說，不必泥是神力。"從其羣醜"，"從"字與下"漆沮之從"，"從"字乃"從獸"之"從"。蓋追逐其後，故曰"從"，與三章注"從王者""從"字不同，曆險從禽只言車馬，是用與下章俱未然事，觀注"可以"二字便見。

講獵以講武，國之大事。我王能無特舉之乎？外事用剛日，故於吉善之日"維戊"也，"既伯"焉，有事於馬祖，將用馬力而祭之也。"既禱"焉，因祭而祈之，願馬之強健而獲多也。既禱而馬祖効靈，於是田車則既好矣，四牡則孔阜矣，可以升彼大阜之險而從夫禽獸之羣眾矣，是未獵而備其具如此。

清·祝文彥《诗经通解》：首章。此重在祭禱。首二句豫祁車馬之善，下是備田獵之用也。外事剛日，故用戊。此將用而祭，非指常祭。"既好""孔阜"承祭來，得神力之助，而好阜末二句，不即就行獵言。擇日祀神，則車牢馬健，可以歷險從禽矣。此未然事。

清·王心敬《丰川诗说》：章一：吾王再狩西都，將用車馬，先祭馬神。外事用剛日，以吉日戊辰祭馬祖而禱曰："使我田車既好，四馬孔阜。升彼大阜之上，從禽獸之羣類也。"

清·姜文燦《诗经正解》卷十三：此亦宣王之詩，言田獵將用馬力，故以吉日祭馬祖而禱之。既祭而車牢馬健，於是可以歷險而從禽也。以下章推之，是日也，其戊辰與？

【合糸】此亦宣王之詩。若謂獵以講武，國之大事。我周王會同田猟，既振頖運于東都，而大蒐示禮，又纘武功于西鎬。彼田狩將用馬力，馬祖不可不祭也。故卜戊辰之吉日，而祭馬祖之神而禱之，以祈車馬之善焉。但見既祭而馬祖效靈，以田車則既好而甚堅；以四仕則孔阜而甚從，可以升彼大阜之險，從其禽獸之多而驅獵矣。是未獵而飭其具如此。

【析講】此章是先時而修獵之具也。上二句預祈車馬之善，下是備田獵之用。"吉日維戊"，重祭禱上，不重諏日。《曲禮》："外事以剛日，內事以柔日。"田獵外事，故此以戊。而下以庚，皆剛日也。房四星謂之天駟。《晉·天文志》曰："天駟，爲天馬，主車駕。南星曰左驂，次左服，次右服，次右驂"《孔疏》："《夏官·校人》：'春祭馬祖，夏祭先牧，秋祭馬社，冬祭馬步。'注云：'馬祖，天駟。先牧，始養馬者。馬社，始乘馬者。馬步，神爲災害馬者。馬祖，祭之在春，其常也。而將用馬力，則又用彼禮以禱之。"祖者，長也。馬祖，知是長也。"既好""孔阜"承祭來，得神力之助，而"好""阜"也。一說車牢馬健，與祭禱各開說，不必泥是神力。"從其群醜"，從字與下"漆沮之從"從字，乃從獸之從。蓋追逐其後，故曰"從"，與三章註"從王者"從字不同。歷險從禽，只言車馬足用，與下章俱未然事。觀註"可以"二字便見。

清·黃夢白、陳曾《诗经广大全》：言王爲西都之狩，將用馬力，先祭馬神，既以吉日戊辰祭馬祖而禱之矣。我田車既好，四牡孔阜，于是可以厯險從禽，升彼大阜之上，從禽獸之羣類也。厯險從禽只言車馬可爲田獵之用，與下章皆未然事。《左昭三年》："鄭伯如楚，子產相。楚子享之，賦《吉日》。既享，子產乃具田備，王以田江南之夢。"

清·汪紱《诗经诠义》：此田於西都之詩也。首二句禱祠之事，亦復禮之一端，然只以起下文耳。車好馬阜是已然事，升阜從羣是未然事，與《車攻》首二章意同。

清·顧鎮《虞东学诗》：一章言以戊辰剛日（《集傳》）祭馬祖（天駟）而禱之，田車好而四牡阜，可以升大阜而從禽獸之羣眾，此其禱辭歟？（嚴緝）

清·姜炳璋《诗序补义》：一章未田之前擇戊日祭馬祖，既祭而車堅馬健。觀三"既"字一"孔"字，見天子舉行蒐狩雖在畿內之地，亦正一事不苟。夫然後可以升大阜而從羣醜也。

清·邓翔《诗经绎参》：首章，《集解》："美宣王田獵也。馬健則履險如夷，非謂宣王登高從禽也。"

清·梁中孚《诗经精义集钞》：首章：朱氏公遷曰："一章，祭禱戒行。"

日本

日本·冈白驹《毛诗补义》：言田獵將用馬力，故以吉日祭馬祖而禱之。田車既牢，四牡甚健，王乃乘之，升彼大阜，追逐其禽獸之羣眾也。

日本·赤松弘《诗经述》：此亦宣王之詩，言田獵將用馬力，故以吉日祭馬祖而禱之，既祭而車牢馬健，於是可以歷險而從禽也。

日本·皆川愿《诗经绎解》：此章言其擇日既得吉，於戊而"既伯既禱"。又"田車既好"，四牡亦是為孔阜，則須思欲升彼大阜，從其獸之羣醜也。

日本·伊藤善韶《诗解》：言田獵用車為之力，故先擇剛日之吉，祭馬祖而禱之。車堅馬壯，先登山阜，從追逐禽獸之人眾也。

日本·猪饲彦博《诗经集说标记》：《詩緝》：外事用剛日，故吉善之日惟戌也。"既伯"謂有事於馬祖，將用馬力而祭之也。"既禱"謂因祭而禱之，願馬之彊健而獲多也。《晉·天文志》主車駕下云："南星曰左驂，次左服，次右服，次右驂，亦曰天廐。"

日本·龟井昱《毛诗考》：首章言將田而禱，且差車馬也。

日本·金子济民《诗传纂要》：既禱祭而願馬之强健而獲多也。

日本·竹添光鸿《诗经会笺》：《箋》曰："首章言將田而禱，且飭車馬也。是詩一意貫通之篇法。"

朝鲜

朝鲜·朴世堂《诗经思辨录》：孔云："既簡擇我田獵之馬，乘以至於田所，而其獸之所同聚者，則麀之與鹿麎麎然衆多，遂駈之於漆沮之傍，從彼以至天子之所。上言升大阜，下言獸在中原，此云駈之漆沮，皆見獸之所在。"

朝鲜·朴文镐《诗集传详说》：此亦宣王之詩，言田獵將用馬力，故以吉日祭馬祖（既伯），而禱之（既禱）。（諺釋作"既禱"於"伯"，則語倒又衍下"既"字。）（孔氏曰："常祭在春，將用馬力，則又備禮禱之。"）既祭而車牢馬健，於是可以歷險（阜之盛大與大陸各自爲義，故再押韻，是亦韻之一例也。）而從禽也。以下章推之，是日也，其戊辰歟？此二句不在於"剛日也"之下，而必置此者，蓋欲與下章相承接也。）慶源輔氏曰："一章言祭馬以爲田獵之備。"

梅按

我们对辑录的 334 种《诗经》著作进行梳理，摘录出涉猎《吉日》首章章旨评析的条目共计 55 条，进行分类整理和统计分析之后，发现古今中外对《吉日》首章章旨的评析可分为以下几个方面：

一、概括章旨

最早涉猎《吉日》首章章旨的是《毛诗序》，宋代吕祖谦《吕氏家塾读诗记》有这样的记载："毛氏曰：'重物慎微，将用马力，必先为之祷其祖。'"之后唐代孔颖达《毛诗正义》在此基础上加以丰富，将《吉日》首章章旨概括为："言王于先以吉善之日维戊也，于马祖之伯既祭之求祷矣，以田猎当用马力，故为之祷祖，求其马之强健也。田猎之车既善好，四牡之马甚盛大，王乃乘之，升彼大陵阜之上，从逐其群众之禽兽。言车牢马健，故得历险从禽，是由祷之故也。"宋代朱熹《诗经集传》沿袭《毛诗正义》章旨之意，并将其概括得更为简洁:"言田猎将用马力,故以吉日祭马祖而祷之。既祭而车牢马健,于是可以历险而从禽也。"辅广《诗童子问》概括更为精炼:"一章言祭祷马祖,以为田猎之备也。"其后更有将其概括为一句话的,如元代朱公迁《诗经疏义》概括为"一章祭祷戎行",明代陆燧《诗筌》"一章备其具"。此外,也有日本学者概括《吉日》首章章旨较为简洁精炼,如龟井昱《毛诗考》概括为"首章言将田而祷,且差车马也",金子济民《诗传纂要》:"首章:既祷祭而愿马之强健而获多也。"

梳理古今中外历代关于《吉日》首章章旨的概括可以发现,其大都沿袭孔颖达《毛诗正义》和朱熹《诗经集传》的论述,只是措辞略有不同,例如,宋代林岊《毛诗讲义》云:"重物谨微。将用马力,先祷马祖,且祷求马之强健而有获也。田车则好矣,四牡孔盛大矣,车牢马健,升彼大阜,历险而从禽兽之群众。"范处义《诗补传》、严粲《诗缉》等大抵如此。其后历代,关于《吉日》首章章旨的概括,亦不出孔氏和朱氏藩篱,如胡一桂《诗集传附录纂疏》、刘瑾《诗传通释》,明代胡广《诗传大全》、丰坊《鲁诗世学》、郝敬《毛诗原解》、徐奋鹏《诗经尊朱删补》、邹之麟《诗经翼注讲意》、张次仲《待轩诗记》、黄文焕《诗经嫏嬛》,清代张沐《诗经疏略》、王心敬《丰川诗说》、顾镇《虞东学诗》、梁中孚《诗经精义集钞》等。日本学者关于《吉日》首章章旨的概括,亦不出孔氏和朱氏藩篱,例如,冈白驹《毛诗补义》基本引述朱氏原文,其云:"首章案:言田猎将用马力,故以吉日祭马祖而祷之。田车既牢,四牡甚健,王乃乘之,升彼大阜,追逐其禽兽之群众也。"赤松弘《诗经述》则一字不差地引述了朱氏原文。皆川愿《诗经绎解》、伊藤善韶《诗解》也基本如此。朝鲜学者亦复如此。例如,朴世堂《诗经思辨录》云:"首章:孔云:'既简择我田猎之马,乘以至于田所,而其兽之所同聚者,则麀之与鹿麋麋然衆多,遂驱之于漆沮之傍,从彼以至天子之所。上言升大阜,下言兽在中原,此云驱之漆沮,皆见兽之所在。'"

二、阐释章旨

明代梁寅《诗演义》首开阐释章旨之风,其云:"《记》曰:'外事用刚日,内事用柔日。'田猎祭马祖外事也,故择吉日而用戊。下章言庚午,然则戊为戊辰也。伯者,马祖也。盖谓天驷房星之神,以田用马力故祭之。祷者,祈也。'田车既好',言车之坚牢也。'四牡孔阜',言马之壮盛也。车牢马健,于是升高历险以从兽。群丑,言兽之众也。"而黄佐《诗经通解》的阐释则更为详备,其云:"此章言将猎而致备乎猎具,重祭上。盖祭祷马祖,以豫备也。首二句分下意，本上说来。戊，刚日也。《曲礼》曰：'外事以刚日，内事以柔日。'田猎外事也，故以戊以庚。房四星谓之天驷。《晋·天文志》曰：'天驷爲天马，主车驾。南星曰左骖，次左服，次右服，次右骖。亦曰天廄。'《尔雅》注云：龙爲天马，故房谓之天驷。《夏官·校人》：'春祭马祖。'《孔疏》曰：'常祭在春，将用马力，则又备礼祷之。'末二句不必就以田猎言，玩注中'于是''可以'字，便见此诗与《车攻》同用。故'田车'二句，即《车攻》文也。田车则既好矣，四牡则孔阜矣，若神明默相之也。故可以历险而从禽也。或以祷谓祷其田猎之吉，非祷车牢马健，似未有据。严氏曰：'以戊日祭而祷之。'其祷之之辞曰：'田猎之车既善矣，四牡甚阜而肥壮矣，车牢马壮，以历险从禽，将升彼大阜，从禽兽之群众而田猎也。'此告神以将田猎。其实戊日未田也。"黄氏在阐释章旨时，引用了《曲礼》来说明"以戊以庚"的原因；引用《晋·天文志》《尔雅》《夏官·校人》《孔疏》梳释"既伯既祷"；引"严氏曰"陈述祷词。可谓引经据典，甚为详备。清代姜文灿《诗经正解》的梳释可以说最为详备，先引述朱熹《诗经集传》原文概括《吉日》首章章旨，再综合江环《诗经阐蒙衍义集注》、冯元飚和冯元飙《手授诗经》、黄文焕《诗经嫏嬛》、冉觐祖《诗经详说》关于章旨的论析，融合为自己的梳释，其云："合参：此亦宣王之诗。若谓猎以讲武，国之大事。我周王会同田猎，既振颁运于东都，而大搜示礼，又缵武功于西镐。彼田猎将用马力，马祖不可不祭也。故卜戊辰之吉日，而祭马祖之神而祷之。以祈车马之善焉。但见既祭而马祖效灵，以田车则既好而甚坚；以四仕则孔阜而甚从，可以升彼大阜之险，从其禽兽之多而驱猎矣。是未猎而饬其具如此。"然后又融汇黄佐《诗经通解》、顾梦麟《诗经说约》、冉觐祖《诗经详说》之文，化为自己的详析："析讲：此章是先时而修猎之具也。上二句预祈车马之善，下是备田猎之用。'吉日维戊'，重祭祷上，不重诹日。《曲礼》：'外事以刚日，内事以柔日。'田猎外事，故此以戊。而下以庚，皆刚日也。房四星谓之天驷。《晋·天文志》曰：'天驷，为天马，主车驾。南星曰左骖，次左服，次右服，次右骖。'《孔疏》：'《夏官·校人》："春祭马祖，夏祭先牧，秋祭马社，冬祭马步。"'注云：'马祖，天驷。先牧，始养马者。马社，始乘马者。马步，神爲灾害马者。'马祖，祭之在春，其常也。而将用马力，则又用彼礼以祷之。祖者，长也。马祖，知是长也。'既好'、'孔阜'承祭来，得神力之助，而'好''阜'也。一说车牢马健，与祭祷各开说，不必泥是神力。'从其群丑'，'从'字与下'漆沮之从''从'字，乃从兽之'从'。盖追逐其后，故曰'从'。与三章注'从王者''从'字不同。历险从禽，只言车马足用，与下章俱未然事。观注'可以'二字便见。"

此外，基本沿袭上述梁寅《诗演义》、黄佐《诗经通解》的旨意，阐释《吉日》首章章旨的还有明代邹泉《新刻七进士诗经折衷讲意》、许天赠《诗经正义》、顾起元《诗经金丹》、江环《诗经阐蒙衍义集注》、方从哲等《礼部订正诗经正式讲意合注篇》、徐光启《毛诗六帖讲意》、姚舜牧《重订诗经疑问》、陆化熙《诗通》、顾梦麟《诗经说约》、黄道周《诗经琅玕》、冯元飏和冯元飙《手授诗经》、唐汝谔《毛诗蒙引》、陈组绶《诗经副墨》，清代冉觐祖《诗经详说》等，只是言辞略有不同。日本学者猪饲彦博的《诗经集说标记》也大致如此，其云："《诗缉》：外事用刚日，故吉善之日惟戊也。'既伯'谓有事于马祖，将用马力而祭之也。'既祷'谓因祭而祷之，愿马之疆健而获多也。《晋·天文志》主车驾下云：'南星曰左骖，次左服，次右服，次右骖，亦曰天廐。'"引述《诗缉》与《晋·天文志》梳释章旨。朝鲜学者朴文镐《诗集传详说》虽然沿袭上述思路，但梳释方式独具一格，其云："此亦宣王之诗，言田猎将用马力，故以吉日祭马祖（既伯）而祷之（既祷）。（谚释作'既祷'于'伯'，则语倒又衍下'既字'。）（孔氏曰：'常祭在春，将用马力，则又备礼祷之。'）既祭而车牢马健，于是可以历险（阜之盛大与大陆各自为义，故再押韵，是亦韵之一例也。）而从禽也。以下章推之，是日也，其戊辰欤？此二句不在于'刚日也'之下，而必置此者，盖欲与下章相承接也。）庆源辅氏曰：'一章言祭马以爲田猎之备。'"朴氏的梳释先是对重点词语"既伯""既祷"进行解释，接着引述孔氏曰"常祭在春，将用马力，则又备礼祷之"进行补充说明，并注意到了"四牡孔阜"之"阜"与"升彼大阜"之"阜"的不同含义，还注意到了上、下章的衔接。

明代李资乾《诗经传注》阐释章旨引入"支干""孤虚"之说，亦颇有新意，其云："凡行师佃猎者多选吉日。吉日者，孤虚也。出师万人以上，用年孤虚；千人以上，用月孤虚；百人以上，用日孤虚。坐孤者，利；坐虚者，不利。维戊者，戊辰也。如甲子旬中，戊辰爲地耳。"

三、提出异议

关于《吉日》首章章旨，绝大部分沿袭孔颖达《毛诗正义》和朱熹《诗经集传》之说，但也有提出异议的，如，明代李资乾《诗经传注》认为："或曰伯马祖也，谓天驷房星之神；群丑者，禽兽之群众。愚谓宣王初立，一、二年间，东征西讨，南巡北伐，殆无宁日，何暇佃'而滋逸豫？况上篇'驾言'、'行狩'，则非真猎可知矣。祭马祖之说，事出谬妄。"指出"祭马祖之说，事出谬妄"。清代祝文彦《诗经通解》认为："首章。此重在祭祷。首二句豫祁车马之善，下是备田猎之用也。外事刚日，故用戊。此将用而祭，非指常祭。'既好''孔阜'承祭来，得神力之助，而好阜末二句，不即就行猎言。择日祀神，则车牢马健，可以历险从禽矣。此未然事。"指出祭祷马祖，是"将用而祭，非指常祭"，"而好阜末二句，不即就行猎言"，提出了自己的看法。清代汪绂《诗经诠义》提出自己的见解，认为："此田于西都之诗也。首二句祷祠之事，亦复礼之一端，然只以起下文耳。车好马阜是已然事，升阜从群是未然事，与《车攻》首二章意同。"指出"首二句祷祠之事，亦复礼之一端，然只以起下文耳"并不是祈祷车牢马健，因为"车好马阜是已然事"，无须祈祷。清代邓翔《诗经绎参》："首章集解：美宣王田猎也。马健则履险如夷，非谓宣王登高从禽也。"认为"升彼大阜，从其群丑"，是"马健则履险如夷，非谓宣王登高从禽也"，一反上述绝大多数人的看法。

四、发表新见

清代姜炳璋《诗序补义》云："一章未田之前择戊日祭马祖，既祭而车坚马健。观三'既'字、一'孔'字，见天子举行搜狩虽在畿内之地，亦正一事不苟。夫然后可以升大阜而从群丑也。"在承认孔氏、朱氏章旨的基础上，又增加了"见天子举行搜狩虽在畿内之地，亦正一事不苟"的见解。日本竹添光鸿《诗经会笺》云："首章：《笺》曰：'首章言将田而祷，且饬车马也。是诗一意贯通之篇法。'"引用《郑笺》原文，概括章旨，并指出篇法。

二章总说

中国

唐・孔颖达《毛诗正义》卷十：【疏】"吉日"至"之所"毛以为，王以吉善之日庚午日也，既简择我田獵之馬，擇取強者，王乘以田也。至於田所，而又有禽獸。其獸之所同聚者，則麀之與鹿麌麌然眾多，遂以驅逆之車，驅之於漆沮之傍，從彼以至天子之所。以獵有期處，故驅禽從之也。上言乘車升大阜，下言獸在中原，此云驅之漆沮，皆見獸之所在驅逐之事以相發明也。鄭唯以虞為獸名為異耳。

宋・范处义《诗补传》卷十七：於是虞人驅獸而同之，舉鹿之牝者言之，尚麌麌而眾多。他禽當稱是也。故自漆沮驅獸至天子田所，見其盡力也。

宋·朱熹《诗经集传》卷五：戊辰之日既禱矣，越三日庚午，遂擇其馬而乘之，視獸之所聚，麀鹿最多之處而從之。於漆沮之旁為盛，宜為天子田獵之所也。

宋·辅广《诗童子问》卷四：二章言擇取其地，以為田獵之所也。

宋·严粲《诗缉》卷十八：以吉日庚午，既差擇我田獵之馬，至於田所，獸之所同聚，乃有牝鹿麌麌然眾多。遂從漆沮二水之傍驅獸，而至天子之所也。言牝鹿則見蕃息之意。

元·胡一桂《诗集传附录纂疏》：戊辰之日既禱矣，越三日庚午，遂擇其馬而乘之，視獸之所聚，麀鹿最多之處而從之。惟漆沮之旁為盛，宜爲天子田獵之所也。

元·刘瑾《诗传通释》：戊辰之日既禱矣，越三日庚午，遂擇其馬而乘之，視獸之所聚，麀鹿最多之處而從之，惟漆沮之旁為盛，宜為天子田獵之所也。

（輔氏曰：）"二章言取擇其地，以為田獵之所也。"

元·朱公迁《诗经疏义》（《诗经疏义会通》卷十）：戊辰之日既禱矣，越三日庚午，遂擇其馬而乘之，視獸之所聚、麀鹿最多之處而從之，惟漆沮之旁為盛，宜為天子田獵之所也。《車攻》《吉日》皆先言擇馬，擇馬必先祭馬祖。《車攻》雖不言祭，正可以言日類推也。二章差馬擇地。

明·梁寅《诗演义》卷十：差我馬，言擇之而齊其足力也。漆沮，二水名。近西都而獸多之處，蓋常田之所也。天子之所，言天子在彼，則徒眾當往從之也。

明·胡广《诗传大全》卷十：戊辰之日既禱矣，越三日庚午，遂擇其馬而乘之，視獸之所聚，麀鹿最多之處而從之。惟漆沮之旁為盛，宜為天子田獵之所也。（慶源輔氏曰）二章言取擇其地，以為田獵之所也。此章重在擇田獵之所，上觀註云："宜爲，亦是未獵時事。"上二句本輕，只以引起下文"獸之所同"，以下亦是一氣說話。末二句重中興上，蓋宣王之田，中興之會也。■非獵地之盛烏乎宜乎。今漆沮禽獸之可從，則其盛可知也。此所以宜爲天子田獵之所也。或曰：天子之田或奉宗廟，或進賓客，或克君庖，非禽獸之多不可。此漆沮所以宜爲天子田獵之所也，亦通。從，從禽也。蓋追逐其後，故曰"從"。不可說與從王者之"從"字同。上祭馬祖，此擇獵地，俱自王者說，見《孔疏》，更玩下章《朱傳》言"從王者"一句可知也。

李氏曰："《禹貢》東會漆沮，即此漆沮是也。故《孔疏》以漆沮在涇水之東，一名洛水，與古公'自土漆沮'者別也，不可謂興王之地。然則其地近西，當為西都，非《車攻》之東都矣。"毛氏云："從漆沮驅禽而致天子之所。"

明·邹泉《新刻七进士诗经折衷讲意》卷二："吉日庚午"章。此章重擇地。上蓋擇馬而乘之，以視田獵之所也。袁云：差馬、擇地是二事，平看恐非既言"獸之所同"，而又言麀鹿之多者。鹿善聚，麀鹿之多者，則必"獸之所同"也。漆沮不必以具王之地言，只重中原平曠而獸所同。意此與上章俱是追敘將狩未狩之先事。

明·丰坊《鲁诗世学》卷二十：【正说】朱子曰："戊辰之日既禱矣，越三日庚午，遂擇其馬而乘之，視獸之所聚、麀鹿最多之處而從之。惟漆沮之旁爲盛，宜爲天子畋獵之所也。"

明·李资干《诗经传注》二十一卷：庚午者，自戊辰而後三日，始出師也。按：五星歷元日，庚者金，午者馬。匕頭帶劍，鎮壓邊疆。凡出師者，多用之。故曰"吉日庚午"。馬者，駕車之馬。差者，兩岐之貌。與《周南》"參差"之"差"義同，蓋牝馬也。《左傳》云："古者大事必乘其產，生其水土而知其人心；安其教訓而服習其道。"又考《易》云："牝馬地類，行地無疆。"《相馬經》亦云："牝馬不擇地。"自西京至東夷，水土不齊，故"既差我馬"。又曰"獸之所同，麀鹿麌麌"也。獸者馬之類，同者同其水土也。麀鹿者牝鹿也，以比上文"差馬"。

按：《爾雅》陶隱居云："古稱馬之似鹿者直百金。今荊楚之間，其鹿絕似馬。當解角時，望之無辨。土人謂之馬鹿。""麌麌"者，四馬皆牝之意。故《正韻》曰："麌，音雨。牝鹿也。"漆、沮二水名。漆水自耀州同官縣東北界來，經華原縣合沮水。沮水出北地郡直路縣東至耀州華原縣，合漆水。在西都畿內涇渭之北，即《禹貢》雍州，漆沮既從，而此云"漆沮之從，天子之所"者，按：上篇"會同有繹"，則王征淮夷。天下諸侯會同者衆，而漆沮在西都畿內，人馬之性水土之宜，故獨以從天子也。天子即宣王。所者天子之行在。即《春秋·魯僖公二十八年》，"天王狩於河陽""公朝於王所"之類。

或曰視獸之所聚，麀鹿最多之處而從之。愚謂二篇皆"駕言""行狩"，而征淮夷，與齊桓公侵蔡遂伐楚、漢高帝偽遊雲夢相似。宣王原非真狩獵，詩辭亦明書"駕言"。讀者不可妄爲之解也。

或曰惟漆沮之旁爲盛，宜爲天子田獵之所。愚謂漆沮在天子畿內，非行在也。若以天子射獵於漆沮，則下文"瞻彼中原"，中原豈漆沮之地耶？

明·许天赠《诗经正义》卷之十二：詩人美王者之田獵，既飭其具而因擇其所也。上蓋蒐狩之禮，所以復一代之典章，振中興之大業。苟一人之不供命，則非天子之心。今不待督責而同心共奮，是固所以燕天子之心也。

夫獵地既擇，宜爲天子之所矣。而從事之人孰敢有不同者哉？彼其從天子，以有行而至止於漆沮之地，佐一人以於狩。

明·顾起元《诗经金丹》五：此重漆沮句。首二句是擇所用之馬，下皆行狩之地也。"獸之"數句，須一氣滾下，要見此地為王氣所鐘，百物鹹熙，何異攸伏濯匕之時，宜其為天子之所也。獸不止鹿，吞一鹿以見其同耳。從雖是徑禽，卻是指言之，尚未至其地也。

明·江环《诗经阐蒙衍义集注》（《诗经铎振》卷五）：夫具既儵矣，獵地不可不擇也。故越庚午之吉日，遂擇其馬之齊足者而乘之，視獸之所聚、麀鹿最多之處而從之。惟漆沮之旁土地廣大、禽獸衆多，宜爲天子田獵之所也。是獸獵而擇其地如此。

主意：二句分上擇所用之馬，下審行獸之地。重擇地上，擇馬意輕。"獸之"四句，依注一直説下，注中"宜"字生於"盛"字來。蓋天子行獵，將以復古典，使禽獸不多，則不足以行獵，非所宜矣。今漆沮禽獸最盛，所以宜爲天子田獵之所也。此與上章俱是追敘將狩未狩之先事。

明·方从哲等《礼部订正诗经正式讲意合注篇》六：二章意：此言擇馬而乘之，以視田獵之所也。重擇地上，擇馬畧輕。只是於"四牡孔阜"中擇取其足之善者，田事尚疾故也。既言獸之所同，而又言麀鹿之多者。鹿善聚，麀鹿之多，則必"獸之所同"也。"漆沮之從"，從字乃從禽之後。蓋追逐其後，故曰"從"。註"宜"字要在中興上見，蓋天子行狩，將以復古典也。使禽獸不多，則不足以行狩，何以為宜？今漆沮禽獸最盛，則可以下大綏，可以供三驅，所以宜天子田獵之所也。此未便是行狩乃將狩未狩之先事。

明·郝敬《毛诗原解》卷十八：越三日庚午，選擇我馬於禽獸所聚、麀鹿麋麋然衆多之處，如漆沮二水之旁，可爲天子大狩之所也。

明·徐光启《毛诗六帖讲意》小雅二卷　四十："漆沮"二句語意宛轉，要得體認。言禽獸衆多，其地何在？其"漆沮之從"乎？彼其禽獸之盛，誠爲天子之所也。曰"既好"，曰"孔阜"，神實相之。以追逐言，故曰"從"。傳曰："維戊，順類乘牡也。重物慎微，將用馬力，必先為之禱其祖。"禱，ㄏ（代表"禱"字）獲也。《箋》曰："戊，剛日也，故乘牡爲順類也。"孫炎曰："龍為天馬，故房四星謂之天駟。"《箋》曰："麤牡曰麌，ㄏ①復麌，言多也。"漆沮之所，麀鹿之所生也，從漆沮驅禽，而致天子之所。

明·姚舜牧《重订诗经疑问》："漆沮之從，天子之所"言此水之旁，禽獸最多，非侯甸采邑為天子閑空之地，天子之所宜獵者，故云"漆沮之從，天子

---

① ㄏ：代表"麌"字。

246

之所。"西漢射獵，蹂躪稼穡，若相如所形於疏草，蓋異於此詩之旨矣。

明·陆燧《诗筌》：二章擇其所。"既差"，本"孔阜"來，非至此而猶擇其善否也。甫草漆沮，乃王者田獵之專地，非臨田而後擇。"從"字，即"從禽"之"從"，非徒為"舉柴"已也。正以物類饒乏，驗氣運盛衰耳。上四句言物產盛；末二句，見人心齊。

明·徐奋鹏《诗经尊朱删补》：戊辰之日禱矣，越三日庚午，遂擇其馬而乘之。視獸之所聚，牝鹿最多之處而從之。惟漆沮之旁為盛，宜為天子田獵之所也。此臨期而擇獵之地也。

明·顾梦麟《诗经说约》：戊辰之日既禱矣，越三日庚午，遂擇其馬而乘之，視獸之所聚，麀鹿最多之處而從之。惟漆沮之旁為盛，宜為天子田獵之所也。

《大全》安成劉氏曰："此言'漆沮之從'，猶《車攻》言'甫草''敖地'，彼則狩於東都，此則狩於西都也。"三山李氏曰："'書'疏云'漆沮在涇水之東，一名洛水。'《職方氏》所謂雍州其浸渭洛，非河南之洛也。"

古義庚剛日也，外事以剛日。擇馬以田，亦外事也。孔云："必用午日者，蓋於辰午為馬故也。"邢凱云："古今涓吉，外事用剛日，內事用柔日。如甲子為剛，乙丑為柔，至為簡易。甲午治兵，壬午大閱，'吉日庚午，既差我馬'，皆外事也。故用剛日。丁醜燕之，乙亥嘗之。凡祭之用丁用辛，內事也。故用柔日，社祭用甲，郊以日至，亦不拘也。"

麟按上章言備其具而可獲，此章言得其地而可獵，亦自未獵時言也。

明·邹之麟《诗经翼注讲意》：其二重"漆沮之從"一句，擇馬意輕。註而"乘之"是帶語，"視"字亦閑■說。必云乘是馬以視地太迂，"獸之所同"四句，一氣滾下。"漆沮"要見此地為王氣所鍾，先澤所存。今日中興，應運百物，咸熙攸伏、濯濯之盛，不異于昔日。註"宜"字正此意也，"之從"只指言其惟此之從，不是已至其地也，亦是未獵時事。

明·张次仲《待轩诗记》卷四：此言田獵之地。

明·黄道周《诗经琅玕》小雅卷之五：夫具既備矣，獵地不可不擇也，故越三日，維取午之吉，遂擇其馬之齊足者而乘之，視獸之所聚，麀鹿最多之處而從之，惟漆沮之旁，土地廣大，禽獸眾多，為天子田獵之所也。是狩獵而擇其地如此。

【剖明】許瀋長曰："漆沮乃王氣所鍾，是祖宗所貽。但天子委而不臨，則百物亦若■，為以待者，茲天子中興，則百獸率舞以效靈也。此以見其為天子之所也。若泥宜為二字便差了。"

明·冯元扬、冯元飙《手授诗经》五卷： 夫具既備矣，獵地不可不擇也。故越庚午之吉日，遂擇其馬之齊足者而乘之，視獸之所聚，麀鹿最多之處而從之，惟漆沮之旁土地廣大，禽獸眾多，宜為天子田獵之所也。是狩獵而擇其地如此。

明·黄文焕《诗经嫏嬛》： 二章夫具既備矣，獵地不可不擇也。故越庚午之吉日，遂擇其馬之齊足者而乘之。視獸之所聚，麀麌最多之處而從之，惟漆沮之旁，土地廣大，禽獸眾多，宜爲天子田獵之所，是狩獵而擇其地如此。

明·唐汝谔《毛诗蒙引》： 首二章鄒嶧山曰："《曲禮》：'外事以剛日，內事以柔日'。凡祭祀為內事，田獵行師為外事。戊庚皆剛日也，房四星為之天駟。《晉·天文志》曰：'天駟為天馬，主車駕。《夏官·校人》：'春祭馬祖，此常祭也，將用馬力則又禱之。'"

徐玄扈曰："'既好''孔阜'，意神實相之。"

田車著一"既"字似重馬一邊，《註》"車牢"只帶說，"歷險從禽"《註》着"可以"字還屬未然。

徐玄扈曰："'漆沮'二句，語意婉轉，言禽獸眾多，其地何在，其'漆沮之浚'乎？彼其禽獸之盛，宜為天子田獵之所也。"

陳行之曰："甫草漆沮，乃王者田獵之專地，非臨田而後擇也。"

許南臺曰："《車攻》言'甫草'屬東都畿內，此詩言'漆沮'屬西都畿內，彼狩於東都，此則狩於西都也。"

明·陈组绶《诗经副墨》：（二節）此只平上指出將狩之地。差馬不過于孔阜中取其足之有力、乘之耳。聯一"既"字不重馬上。"獸之所同"四句，只是一句，言禽獸眾多。其地何在？其漆沮之浚乎？彼其禽獸之盛，誠為天子之所也。盖猶東都之甫田，為天子田獵之所■矣，非臨田而始擇也。孔謂漆沮為王氣鍾，先澤所存，今日中興應運，百物熙然，攸伏、濯濯之盛，不與于昔日。此亦臨文小景。

《孔疏》謂漆沮在涇水之東，與古公"自土漆沮"者別，則不可謂是興王之地矣。

清·张沐《诗经疏略》： 祭之三日乃田，既別我馬而齊其力。獸之聚處鹿眾多者，惟漆沮之地，于是徒眾循漆沮而逐之，盡驅于天子之所，以奉上入田焉。

清·冉觐祖《诗经详说》：【正解】《孔疏》：毛以爲，王以吉善之日，庚午日也。既簡擇我田獵之馬，擇取強者，王乘以田也。至於田所，而又有禽獸，其獸之所同聚者，則麀之與鹿麌麌然眾多，遂以驅逆之車，驅之於漆沮之傍，從彼以至"天子之所"，以獵有期處，故驅禽從之也。上言乘車升大阜，下言獸

248

在中原，此云驅之漆沮，皆見獸之所在，驅逐之事以相發明也。鄭唯以虞爲獸名爲異耳。

《古義》："孔云：'戊辰之日既禱矣，越三日庚午，遂擇其馬而乘之，視獸之所聚、麇鹿最多之處而從之，惟漆沮之旁爲盛，宜爲天子田獵之所也。'"

【正解】此章是臨期而擇獵之地也。差我馬者，於孔阜中齊其足，力田事尚疾故也。"獸之"四句，依注一直說下，言禽獸眾多，其地何在？其漆沮之從乎？彼其禽獸之盛，誠爲天子之所也。

【指南】"所"字只就閒曠之地，禽獸之多，發揮便是。聚同謂宣王之田中與之會也，必漆沮之盛，方宜爲天子田獵之所，此看太巧。

按："指南"，"駁"，朱子視獸所聚爲菩象，視字無病。獵非旋視而獵原擬定向。漆沮便是視獸所聚，不必泥先視而後往也。

講未已也，越庚午之吉日，既差擇我馬而齊其足，又視獸之所聚，麇鹿虞虞而眾多之處，則漆沮之旁，土地廣饒，禽獸繁盛，惟此之從，宜爲天子田獵之所也。蓋未獵而又得其地如此。

清·祝文彥《诗经通解》：庚午章。此重天子之所句。上擇所用之馬，下審宜狩之地，重在擇地差馬，卽於孔阜中擇其強足者。"獸之"四句，一氣直下。漆沮，王氣所鐘，先澤所存，今興王應運，百物咸熙，昔以待天子之屬幸者，從興上"從"字俱逐獸之意，皆未然事。

清·王心敬《丰川诗说》：越三日庚午，選擇我馬於羣獸所聚、麇鹿虞虞然眾多之處，如漆沮二水之旁，可爲天子大獵之所也。

清·姜文燦《诗经正解》卷十三·小雅：戊辰之日旣禱矣，越三日庚午，遂擇其馬而乘之，視獸之所聚、麇鹿最多之處而從之，惟漆沮之旁為盛，宜為天子田獵之所也。

【合纂】夫具旣備矣，獵地不可不擇也，故越庚午之吉日，遂擇其馬之齊足者而乘之，視獸之所聚、麇鹿最多之處而從之，惟漆沮之旁，土地廣大，禽獸眾多，以為天子田獵之所也。是狩獵而擇其地也如此。

【析講】此章是臨期而擇獵之地也。上二句審時而擇所用之馬，下乃審地而擇行狩之所也。重擇地上，擇馬意輕，特以引起下文耳。差我馬者，于孔阜中齊其足，力田事、尚疾故也。"獸之"四句，依註一直說下，言禽獸眾多，其地何在，其漆沮之從乎？彼其禽獸之盛，誠為天子之所也。要之，東有"甫草"，西有"漆沮"，乃田獵專地，非臨田而後擇也。有謂漆沮為王氣所鐘，先澤所存，今日中興應運，百物咸熙，攸伏、濯濯之盛，不異于昔日，此亦臨文布景，《孔疏》謂"漆沮在涇水之東"與古公"自土漆沮"者別，則不可謂是興王之地矣。

安成劉氏曰："此言'差馬'猶《車攻》言'我馬既同'也，言'漆沮之從'猶《車攻》言'甫草''敖地'也。"

清·黄梦白、陈曾《诗经广大全》：言車馬既備，"吉日庚午"，遂擇馬而齊足，視獸所聚、麀鹿最多之處，名"漆沮"者從之。此正天子田獵之所也。說者多以此章爲擇地，然東有"甫草"，西有"漆沮"，原昔獵地而今其再■也，不用擇。

清·汪绂《诗经诠义》：此既齊足而指言往田之所，猶"東有甫草"二句意也。

清·顾镇《虞东学诗》：二章言越三日庚午，既差擇其馬，乃視獸所同聚，麀鹿最多之處，莫如漆沮之旁，遂驅獸而至天子之所焉（《毛傳》），即前《傳》所言芟草為防之處也。

清·姜炳璋《诗序补义》：《尔雅》十藪："周有焦穫"，在涇陽三原二縣之間，當涇水之東北，漆沮之西南，去鎬京百餘里，漆沮舉其所近者，非必實至其地也。

清·邓翔《诗经绎参》：《集解》：言從漆沮處驅禽而致之天子之所也。外事用剛日，維戊、庚午卽《春秋》壬午大閱，甲午治兵之義。

清·梁中孚《诗经精义集钞》：朱氏公遷曰："差馬擇地。"

日本

日本·冈白驹《毛诗补义》："吉日庚午，既差我馬"，乃追述之辭，言先此已差馬以待矣，以見戒備有素焉。獸之所聚，"麀鹿麌麌"，言牝鹿則以見蕃息之意焉。獵有期處，自漆沮之從禽，以致天子之所也。

日本·赤松弘《诗经述》：戊辰之日既禱矣，越三日庚午遂択其馬而乘之，視獸之所聚、麀鹿最多之處而從之，惟漆沮之宛為盛，宜為天子田獵之所也。

日本·皆川愿《诗经绎解》：此章言汝須思其擇吉日，既得更午，而"既差我馬"，又既駕以車而以征，至於"獸之所同"，會見有"麀鹿麌麌"者，則先從以合之於漆沮，然後以驅致之于天子大蒐之所在也。

日本·伊藤善韶《诗解》：言前日祭禱馬祖畢，差擇其馬而齊足，用之車乘禽獸之所，聚會麀鹿眾多，於漆沮之地追逐之此地，乃天子所狩獵之處也。

日本·猪饲彦博《诗经集说标记》：《说约》：上章言備其具而可獵，此章言得其地而可獵，亦具未獵時言也。《書》：《孔疏》一名洛水下云："與詩古公'自土沮漆'者別也。"《名物鈔》"漆在沮東，至華原乃合沮；沮在漆西，既已受漆，則遂南東而合乎洛，洛又在漆沮之東，至同州白水縣與漆沮合，而相与南流以入于渭，故自孔安國、班固以後，論著此水者，皆指懷德入渭之水爲洛，而曰洛即淶沮者，言其本同也。"

日本·龟井昱《毛诗考》：二章言田而驅禽扵王所也。

日本·金子济民《诗传纂要》：《車攻》言"甫艸""敖地"，是東都也，此言"漆沮"，是西都也。上及此章皆自其未獵時言也。

日本·竹添光鸿《诗经会笺》：《箋》曰："二章言田而驅禽於王所也。戊辰禱，間一日乃田。"

朝鲜

朝鲜·朴文镐《诗集传详说》：戊辰之日既禱矣（承上章），越三日庚午，遂擇其馬而乘之，視獸之所聚，麀鹿最多之處而從之（此"從"字非釋"漆沮之從"之"從"字者也）。惟漆沮之窇（從猶旁也，諺釋恐非註意）爲盛，叿爲天子田獵之所也。慶源輔氏曰："二章言擇地以爲田獵之所。"

梅按

我们对辑录的334种《诗经》著作进行梳理，摘录出涉猎《吉日》二章章旨评析的条目共计51条，进行分类整理和统计分析之后，发现古今中外对《吉日》二章章旨的评析可分为以下几个方面：

一、概括章旨

最早论析《吉日》二章章旨的应该是《毛诗序》，因为唐代孔颖达《毛诗正义》有如下记载："毛以为，王以吉善之日庚午日也，既简择我田猎之马，择取强者，王乘以田也。至于田所，而又有禽兽，其兽之所同聚者，则麋之与鹿麌麌然众多。遂以驱逆之车，驱之于漆沮之傍，从彼以至天子之所。"这段论析更像是对经文的译释，即全面又细致，但还不够概括。宋代严粲《诗缉》将其概括为："以吉日庚午，既差择我田猎之马，至于田所。兽之所同聚，乃有牝鹿麌麌然衆多。遂从漆、沮二水之傍驱兽，而至天子之所也。"更为精炼的概括是清代邓翔的《诗经绎参》，其云"言从漆沮处驱禽而致之天子之所也"。还有日本冈白驹的《毛诗补义》亦云："猎有期处，自漆沮之从禽，以致天子之所也。"此外，历代学者秉持毛氏观点的还有宋代范处义《诗补传》、严粲《诗缉》，明代许天赠《诗经正义》，清代张沐《诗经疏略》、汪绂《诗经诠义》、顾镇《虞东学诗》，日本的皆川愿《诗经绎解》、伊藤善韶《诗解》等。其中明代许天赠《诗经正义》虽然沿袭毛氏观点，但表述又有自己的特色，其云："夫猎地既择，宜为天子之所矣。而从事之人孰敢有不同者哉？彼其从天子，以有行而至，止于漆沮之地，佐一人以于狩。"

宋代朱熹《诗经集传》对于《吉日》二章章旨的评析，基本沿袭毛氏观点，但关于"天子之所"的论析略有不同，其云："戊辰之日既祷矣，越三日庚午，遂择其马而乘之。视兽之所聚、麀鹿最多之处而从之。于漆沮之旁为盛，宜为天子田猎之所也。"毛氏认为"遂以驱逆之车，驱之于漆沮之傍，从彼以至天子之所"，朱氏认为"于漆沮之旁为盛，宜为天子田猎之所也"。其后，历代学者多有秉承朱氏观点并引述其原文的，如，元代胡一桂《诗集传附录纂疏》、刘瑾《诗传通释》、朱公迁《诗经疏义》，明代胡广《诗传大全》、丰坊《鲁诗世学》、徐奋鹏《诗经尊朱删补》、顾梦麟《诗经说约》，清代王心敬《丰川诗说》，还有日本的赤松弘《诗经述》等。也有一些学者虽然秉承朱氏观点但论析略有不同，如，明代江环《诗经阐蒙衍义集注》云："夫具既备矣，猎地不可不择也。故越庚午之吉日，遂择其马之齐足者而乘之，视兽之所聚、麀鹿最多之处而从之。惟漆沮之旁土地广大、禽兽众多，宜为天子田猎之所也。是狩猎而择其地如此。"其他如明代郝敬《毛诗原解》、黄道周《诗经琅玕》、黄文焕《诗经嫏嬛》、唐汝谔《毛诗蒙引》等亦大抵如此。而朝鲜学者朴文镐的《诗集传详说》不但沿袭朱氏观点，而且还加以注释："戊辰之日既祷矣（承上章），越三日庚午，遂择其马而乘之，视兽之所聚，麀鹿最多之处而从之（此'从'字非释'漆沮之从'之'从'字者也）。惟漆沮之旁（'从'犹'旁'也，谚释恐非注意）为盛，宜为天子田猎之所也。"

还有一些学者对《吉日》二章章旨的概括精炼简洁，但没有指明田猎之所，如宋代辅广的《诗童子问》云："二章言择取其地，以为田猎之所也。"元代刘瑾《诗传通释》、明代胡广《诗传大全》、朝鲜朴文镐《诗集传详说》皆引述了辅氏原文。此外，概括精炼简洁的还有：元代朱公迁《诗经疏义》"二章差马择地"，明代陆燧《诗筌》"二章择其所"，张次仲《待轩诗记》"此言田猎之地"，顾梦麟《诗经说约》"此章言得其地而可猎"。日本学者龟井昱《毛诗考》、竹添光鸿《诗经会笺》则皆引述《郑笺》曰："二章言田而驱禽于王所也。"上述概括皆重择地，可谓抓住了关键。

二、阐释章旨

明代梁寅《诗演义》最早对《吉日》二章章旨进行了梳释，其云："差我马，言择之而齐其足力也。漆沮，二水名。近西都而兽多之处，盖常田之所也。

天子之所，言天子在彼，则徒众当往从之也。"黄佐《诗经通解》也进行了较为详细的梳释。清代冉觐祖《诗经详说》对章旨梳释更为详备，先引述毛氏、朱氏原文，再由此推出章旨"临期而择猎之地也"，然后就词语"所"等进行梳释，并指出"聚谓宣王之田中兴之会也"的言外之意。而最为详备的梳释应该是姜文灿的《诗经正解》，其在引述朱氏原文概括章旨之后，综合先贤论析，熔铸成自己的梳释，其云："此章是临期而择猎之地也。上二句审时而择所用之马，下乃审地而择行狩之所也。重择地上，择马意轻，特以引起下文耳。差我马者，于孔阜中齐其足，力田事、尚疾故也。'兽之'四句，依注一直说下，言禽兽众多，其地何在，其漆沮之从乎？彼其禽兽之盛，诚为天子之所也。要之，东有甫草，西有漆沮，乃田猎专地，非临田而后择也。有谓漆沮为王气所钟，先泽所存，今日中兴应运，百物咸熙，'攸伏''濯濯'之盛，不异于昔日，此亦临文布景。《孔疏》谓'漆沮在泾水之东与古公"自土漆沮"者别'，则不可谓是兴王之地矣。安成刘氏曰：'此言"差马"犹《车攻》言"我马既同"也，言"漆沮之从"犹《车攻》言"甫草""敖地"也。'"姜氏的论析几乎包含了历代关于《吉日》二章章旨的主要观点。

此外明代顾起元《诗经金丹》则更注重其章旨的言外之意："此重漆沮句。首二句是择所用之马，下皆行狩之地也。'兽之'数句，须一气滚下，要见此地为王气所钟，百物咸熙，何异'攸伏''濯濯'（匕）之时，宜其为天子之所也。兽不止鹿，举一鹿以见其同耳。"顾氏所举"攸伏""濯濯"之词，出自《大雅·灵台》一诗，《毛诗序》说："《灵台》，民始附也。文王受命，而民乐其有灵德以及鸟兽昆虫焉。"顾氏借此点明宣王有德，使人民乐于归附之意。方从哲等《礼部订正诗经正式讲意合注篇》同样注重言外之意，指出"注'宜'字要在中兴上见，盖天子行狩，将以复古典也。使禽兽不多，则不足以行狩，何以为'宜'？今漆沮禽兽最盛，则可以下大绥，可以供三驱，所以'宜'天子田猎之所也。"邹之麟《诗经翼注讲意》亦云："'漆沮'要见此地为王气所锺，先泽所存。今日中兴应运，百物咸熙，'攸伏'、'濯濯'之盛，不异于昔日。注'宜'字正此意也。"黄道周《诗经琅玕》、陈组绶《诗经副墨》，清代祝文彦《诗经通解》也有类似的论析，都很重视言外之意。

明代江环《诗经阐蒙衍义集注》则注重词语的梳释，其云："'兽之'四句，依注一直说下，注中'宜'字生于'盛'字来。盖天子行猎，将以复古典，使禽兽不多，则不足以行猎，非所宜矣。今漆沮禽兽最盛，所以宜爲天子田猎之所也。"徐光启《毛诗六帖讲意》、姚舜牧《重订诗经疑问》也都对"漆沮""从"等词语进行了梳释。日本金子济民《诗传纂要》也指出："《车攻》

253

言'甫草''敖地',是东都也；此言'漆沮',是西都也。上及此章皆自其未猎时言也。"陆燧《诗筌》梳释了"既差""从"等词语,又指出言外之意:"正以物类饶乏,验气运盛衰耳。上四句言物产盛；末二句见人心齐。"

此外,明代顾梦麟《诗经说约》用天干的刚日和柔日梳释"吉日庚午,既差我马",其云:"古义庚刚日也,外事以刚日。择马以田,亦外事也。孔云:'必用午日者,盖于辰、午为马故也。'邢凯云:'古今涓吉,外事用刚日,内事用柔日。如甲子为刚,乙丑为柔,至为简易。甲午治兵,壬午大阅,"吉日庚午,既差我马",皆外事也。故用刚日。丁丑燕之,乙亥尝之。凡祭之用,丁用辛,内事也。故用柔日,社祭用甲,郊以日至,亦不拘也。'"

三、提出异议

明代邹泉《新刻七进士诗经折衷讲意》在梳释章旨时,就"漆沮"提出异议,其云:"漆沮不必以具王之地言,只重中原平旷而兽所同。"明代李资乾《诗经传注》提出"麎麎者,四马皆牝之意",认为"麀鹿麎麎"之"麎麎"是"四马皆牝之意",这与毛氏及其沿袭者认为"鹿之与鹿麎麎然众多"不同,李氏观点可谓独树一帜。李氏还指出:"愚谓二篇皆'驾言''行狩'而征淮夷,与齐桓公侵蔡遂伐楚、汉高帝伪游云梦相似。宣王原非真狩猎,诗辞亦明书'驾言'。读者不可妄爲之解也。"认为宣王此行并非田猎,而是借"行狩"而征淮夷。清代黄梦白、陈曾《诗经广大全》认为:"说者多以此章为择地,然东有甫草,西有漆沮,原昔猎地而今其再用也,不用择。"此外,关于"漆沮"姜炳璋《诗序补义》有自己的看法:"《尔雅》十薮:'周有焦获',在泾阳三原二县之间,当泾水之东北,漆沮之西南,去镐京百余里,漆沮举其所近者,非必实至其地也。"毛氏及其沿袭者皆认为"驱之于漆沮之傍",而姜氏则认为"非必实至其地也"。

四、发表新见

李资乾《诗经传注》对"既差我马"提出自己的理解,其云:"马者,驾车之马。差者,两岐之貌。与《周南》'参差'之'差'义同,盖牝马也。《左傅》云:'古者大事必乘其产,生其水土而知其人心；安其教训而服习其道。'又考《易》云:'牝马地类,行地无疆。'《相马经》亦云:'牝马不择地。'自西京至东夷,水土不齐,故'既差我马'。"李氏认为"既差我马"是"牝马",并引述《周南》《左傅》《易》《相马经》之相关论述来证明自己的观点,而上述毛氏、孔氏、朱氏及其秉承其观点者则都认为"既差我马"是"简择我田猎之马"。清代邓翔《诗经绎参》认为"外事用刚日，维戊、庚午即《春秋》壬午大阅，甲午治兵之义"是习战之义。日本冈白驹《毛诗补义》认为："'吉日庚午，既差我马'，乃追述之辞，言先此已差马以待矣，以见戒备有素焉。兽之所聚，'麀鹿麌麌'，言牝鹿则以见蕃息之意焉。"在这里，冈白驹注意到"既差我马，乃追述之辞"，并且由此可见"戒备有素"；同时，他还注意到"'麀鹿麌麌'，言牝鹿则以见蕃息之意焉"，指出宣王中兴，百物咸熙的言外之意。

五、漆沮汇注

明代梁寅《诗演义》首先提出："漆沮，二水名。近西都而兽多之处，盖常田之所也。"之后李资乾《诗经传注》指出其具体的地理位置："漆、沮二水名。漆水自耀州同官县东北界来，经华原县合沮水。沮水出北地郡直路县东至耀州华原县，合漆水。在西都畿内泾渭之北，即《禹贡》雍州'漆沮既从'。"明代顾梦麟《诗经说约》引三山李氏之论析，曰："《书疏》云：'漆沮在泾水之东，一名洛水。《职方氏》所谓雍州其浸渭洛，非河南之洛也。'"日本猪饲彦博《诗经集说标记》的论析内容丰富："《名物钞》'漆在沮东，至华原乃合沮；沮在漆西，既已受漆，则遂南东而合乎洛，洛又在漆沮之东，至同州白水县与漆沮合，而相与南流以入于渭，故自孔安国、班固以后，论著此水者，皆指怀德入渭之水為洛，而曰洛即漆沮者，言其本同也。'"

三章总说

中国

唐·孔颖达《毛诗正义》卷十：疏"瞻彼"至"天子"。毛以為，視彼中原之野，其諸禽獸大而甚有，謂形大而多也，故儦儦然有趨者，俟俟然有行者。其趨行或三三為群，或二二為友，是其甚有也。既而趨逆之車，驅而至於彼防。虞人乃悉驅之，循其左右之宜，以安待天子之射也。

鄭以為，視彼中原之野，其麋牝之獸甚有之。言中原甚有麕。餘同。

宋·苏辙《诗集传》卷十：言禽獸之多且擾也。

宋·范处义《诗补传》卷十七：祁，衆也。謂中原之獸甚衆，有或趨而儦儦，或行而俟俟，或三為羣，或二為友。於是左右之從田者，悉力相率取禽，以共天子燕賓客之用。

宋·朱熹《诗经集传》卷五：言從王者視彼禽獸之多，於是率其同事之人，各共其事，以樂天子也。

宋·吕祖谦《吕氏家塾读诗记》卷十九：孔氏曰："視彼中原之野，其諸禽獸大而甚。有趨者，有行者；或三三為羣，或二二為友。"朱氏曰："從王者視彼禽獸之多，於是率其同事左右之人，各共其事，以樂天子也。"

宋·辅广《诗童子问》卷四：三章言相與悉力，以共田獵之事，為天子之樂也。

宋·严粲《诗缉》卷十八：視彼原中，其禽獸形體祁大又甚多有矣。其趨者則儦儦而疾走，其行者則俟俟若相待。或三爲羣，或二爲友，從王者見禽獸之多，於是率其同事左右之人，各共其事，以樂天子也。

元·胡一桂《诗集传附录纂疏》：言從王者視彼禽獸之多，於是率其同事之人，各共其事，以樂天子也。

元·刘瑾《诗传通释》：言從王者視彼禽獸之多，於是率其同事之人，各共（恭）其事，以樂天子也。

愚按："此言率左右以樂天子，猶《車攻》之射夫同而助舉柴也。"

（輔氏曰：）三章言相與悉力以共田獵之事，為天子之樂也。

元·朱公迁《诗经疏义》（《诗经疏义会通》卷十）：言從王者視彼禽獸之多，於是率其同事之人，各共（音恭）其事以樂天子也。或射或禦，各共其事也。三章狩獵。

明·梁寅《诗演义》卷十：中原，原中也。祁，多也。言多而又言其有，亦重復言之耳。趨則儦儦，行則俟俟。三者為羣，二者為友。獸多如是，固當盡率左右以燕天子矣。燕，安也。言娛其心志而使之安也。

明·胡广《诗传大全》卷十：言從王者視彼禽獸之多，於是率其同事之人，各共其事，以樂天子也。安成劉氏曰："此言率左右以樂天子，猶《車攻》之射夫同而助舉柴也。"（慶源輔氏曰：）三章言相與悉力，以共田獵之事，為天子之樂也。

明·黄佐《诗经通解》卷十一：此章言既獵而人心齊也。中原，即漆沮之地。《孔疏》曰："毛以爲，視彼中原之野，其諸禽獸大而甚有。謂形大而多也，故儦儦然有趨者，俟俟然有行者。其趨行或三三爲群，或二二爲友，是其甚有也。"

按：《孔疏》之言如此，則以其"祁"字爲中原之大者，非也。此從王者，如《秦風》云："公之媚子，從公於獸"之人又不同。上章，來會同之諸臣也。"悉率"二句，玩《註》："上句宜懸虛，講共事以樂天子"，一直相連或作穫禽以樂天子者，固非。而以共事講於上句亦非也。《疏義》云："或射或禦，各共其事也。"

愚謂：不直射禦，而已共事，何以曰樂天子哉？蓋蒐狩之禮，王者親執路鼓而禦衆，所以申號令、嚴賞罰，宣王之田中興之會也。設或人心之不齊，則無以爲中興之偉。觀天子之心，其能以樂乎？今從王者，率其左右之人，正使之各共其事，以樂天子也。大約重在人各恊力上。

明·邹泉《新刻七进士诗经折衷讲意》卷二："瞻彼中原"章。此章重樂天子。上瞻自從王者言。祁，祁言中原之地大也。孔有言禽獸之多也，"儦儦"二句即孔有意。"儦儦"趨走貌，疾行也；"俟俟"相待貌，緩行也；"儦儦俟俟"有性之適意，"或羣或友"有類之繁意，此便見得百物改觀，非昔日之彫耗矣。左右即下共事之人，"悉率"是左右自相率也，各供其事、射禦追逐之類皆是，不必■諸侯言以燕天子。蓋蒐狩之禮，王者親執路鼓而禦衆，所以申號令、嚴賞罰也，苟一人之不共■，豈王者之心哉？今人心競勸所以樂天子也，樂不必拘就獲禽言，湏以中具大氣象說，如合天下人心，復曠古制度意纔是。

明·丰坊《鲁诗世学》卷二十：【正说】言從王者視彼禽獸之多，於是率其同事之人，各供其事以樂天子也。

明·李资干《诗经传注》二十一卷：承上章"漆沮之從"。從天子而巡行中原也，故曰"瞻彼中原"。按：中原者，東都洛邑成周之地，其下近淮夷。天子雖以狩獵爲名，然一兵臨，勢必對壘。則從之者，不止漆沮，故曰"其祁孔有"。祁者大邑之名，故祁字左傍示，右傍阝，音邑。孔有，言其有且多也。儦七[①]者，急行從軍如麃鹿也。故儦字從亻、從麃，而麃字從鹿。俟者，駐兵等待如矣次也，故俟字從亻從矣。即《春秋》師次於郎，以俟陳人蔡人之類。群者，三國之稱；友者，兩國之稱。"悉率左右"者，並驅而來之稱。比上章"漆沮之從"，抑又廣矣。故曰"以燕天子"。燕者，安也。天子親將，去安即危，去近即遠。必儦俟群友左右鹹在，乃能保駕也。

或曰獸三爲群，二曰友。燕，樂也。愚謂詩人借"群友"二字，以比友邦群臣，非專爲射獵群友之獸，況"燕"字之義本於燕安，非謂燕樂也。

明·许天赠《诗经正义》卷之十二：而瞻視於中原之間，俱見其廣大處，孔有禽獸之多焉。趣則儦儦，行則俟俟，而疾行徐行者無不有也。或三為羣，或二為友，而群居類聚者無不庶也。禽獸之多如此，是誠天子有事之地矣。於是遂率其左右之人，而各供其田獵之事。不待於督責也，而同心共奮於以安天

---

①梅按：七，儦的省略写法。下同。

子之心；不假於命令也，而協力趨事於以成一人之樂。蓋蒐狩之禮所以復一代之典章者，在是所以振中興之大業者，在是苟一人之不用命，則非天子之心矣。今相率以從事，則固可以樂其心也。方獵之時，又不有以得天下之人心矣乎。

明·顧起元《詩經金丹》五：此重樂天子上。"瞻"自徑王者言。"其祁"，以地大言；"孔有"，以獸多言。"儦儦"二句，即孔有處。"儦儦俟俟"，有性之適意；"或群或友"，有類之繁意。"左右"即下其事之人；"悉率"是左右自相率以射禦言，"以燕天子"，不拘，匕①就獲禽言，或率之焉。而北禦狄或率之焉，而南捍荊無不可以行王之懷，特於一狩，以肇其端耳。必如此說，方得中興大氣象。按蒐狩之禮，王者親執路鼓以禦衆，申號令，明賞罰，威靈赫然動人。故人心競勸，則所以復古制，光昭先烈者在是，非所以樂天子乎？

明·江環《詩經闡蒙衍義集注》（《詩經鐸振》卷五）：瞻彼章。夫地既擇矣，獵斯齊足。瞻彼中原，其郊而甚大；視彼禽獸，孔有而衆多。或儦匕而趨，俟匕而行者有之；或三而爲群，二而爲友者有之。禽獸之多如此，是誠天子有事之所矣。於是悉率左右之人，各供田獵之事，幹以明王制、復曠典而燕樂公子之心■。一惟恐心力之不盡，無以效順於君，而於乎用命之罰者矣。

【主意】四句言物產之盛。下見人心之齊，重樂天子；上方是行獵所在。"孔有"言禽獸之多也，"儦匕"二句，即"孔有"意；"悉率"注各供其事。射禦追逐之類，皆是不必燕諸侯，言以燕天子，不拘。拘就獲禽言。須以中興大氣象，說一蒐獸之禮。王者親執路鼓而禦衆，本以為從禽之樂，所以申號令，明賞罰，爲復曠典計也。使一人不供，豈天子之心哉？今人心競勸，則所以復古制、光昭先烈者，在是所以燕樂天子也。方山荊川，峰山謂說，俱主比此章，雖指在下之人，講其寔見得天子得人心，以振中興之業意。

明·方從哲等《禮部訂正詩經正式講意合注篇》六：三章意：上四句言物產之盛，下見人心之齊。此行獵而得下心也，重樂天子。上"瞻"字從王者言；"中原"即是漆沮之旁；"其祁"，中原之大也；"孔有"，禽獸之多也；"儦丫②"，趨走貌，疾行也；"俟丫③"，相待貌，緩行也。揔見物性適。"或群或友"，見物類繁。此二句即上一"有"字，以上四句見得百物改觀而非昔之雕耗意。"左右"，相從王射禦之人；"悉率"者，左右自相率，人各供其射禦之事，要見人心競勸。意樂天子句寔重，就天子得人心上看，不拘，丫就獲禽言，須見

---

①梅按：匕，抅的省略寫法。下同。
②梅按：丫，疑為儦的省略寫法。下同。
③梅按：丫，疑為俟的省略寫法。下同。

中興大氣象。蓋蒐狩從事非復昔日怠弛之風，所以樂天子也。此二句正是人心■威效順■，要講浔好，雖拊在下之人說，其實見浔宣王中興，德業振作人心意。

明·郝敬《毛诗原解》卷十八：漆沮之間有平原焉，其地祁然而大，禽獸甚有而多。或儦儦疾走，或俟俟相待；或三爲羣，或二爲友。"悉率左右"，同心射獵以燕樂天子也。

明·徐光启《毛诗六帖讲意》小雅二卷 四十：此二章末二句只就下之人樂上之心、供上之燕說，便見浔人心鼓舞，乃所以致之者，自在言外可思；若要歸重宣王身上，便覺索然無味。此意須要體認，未可誈言究竟也。

"儦儦"二句只是"多"意。百物改觀，非昔之凋耗矣。形容如畫，句法妙品。燕天子不拘，γ就獲禽言，須以中興大氣象說。合天下之心，複古人之制，而成一代中興之盛。王者之樂孰大於是？蒐狩之禮，天子親執路鼓，下大綏。《箋》曰："祁，當作麌，γ（音辰），麋牝也。率，循也，悉驅禽順其左右之宜，以安待王之射也。"

明·姚舜牧《重订诗经疑问》："瞻彼中原，其祁孔有"，有說"祁"是中原地名，大有禽獸可獵者，非也。中原即漆沮之中原也，"其祁孔有"即照上"獸之所同，麀鹿麌麌"說，見其地誠多獸而可獵耳。"左右"，從王者之左右也。凡王者蒐狩，必親執路鼓以禦衆。從王者不率左右以從事，其何以愜天子之心？故曰："悉率左右，以燕天子。"

明·陆燧《诗筌》：三章方獵而人心踴躍。中原，指漆沮。"其祁"三句，即"獸之所同"也。"其祁"，以地言；"孔有"，以獸言。"儦儦"，競趨而走疾；"俟俟"，相待而緩行。兩"或"字，有不可數計意。"左右"，是從行射御之人，"悉率"，左右自相率也。燕天子，要講得闊，不拘，拘就獲禽言。

明·徐奋鹏《诗经尊朱刪补》：中原禽獸繁育，信所謂"獸之所同"，而爲"天子之所"也。於是群臣自相勖激，率其同事之人，各共其事，以慰天子，復古之成心也。時言物產盛而臣協力，以樂乎君也。

明·顾梦麟《诗经说约》：言從王者視彼禽獸之多，於是率其同事之人，各盡其事以樂天子。

麟按：中原即漆沮之地也，"其祈"自《孔疏》以下具以獸言，至聚岡講意始主地言。末二句見人心競勸意，需說得氣象。

《說通》："上章是方獵而人心踴躍，此章是既獵而禮儀甚備。"

明·邹之麟《诗经翼注讲意》：其三：上四句總是"孔有"兩字，以應上章"獸之所同"，不甚重，只重末二句人心之齊上。"儦俟"性之適也，"羣友"

顙之繁也，"左右"即下共事之人，"悉率"是左右自相率，燕天子不必拘定獲禽上說，須以中興大氣象講。

明·张次仲《待轩诗记》卷四：此言禽獸之多。左右同事之人，言中原其祁而土廣，孔有而獸多，或行而若趨若待，或聚而為羣為友，獸多如此，左右相率驅禽以燕樂天子也。

明·黄道周《诗经琅玕》小雅卷之五：夫地既擇矣，獵斯舉焉，瞻彼中原，其祁而甚大，視彼禽獸孔有而眾多。儦儦而趨、俟俟而行者有之，或三為羣、或二為友者有之，禽獸之多如此，是誠天子有事之所矣。于是悉率左右之人，或射或禦，各供田獵之事，明王制，復曠典，以燕樂天子之心，蓋惟恐心力不盡，無以效順於君耳。

【剖明】熊寅成曰："須重天子二字現中興大气象，既蒐狩之礼，天子親執路鼓下大綏，本非為從禽之樂，正欲申乃本，明賞罰，觀人心用命與否，今也眾心競勸，各相效力，蓋至鼓三闋，車三發，徒三刺，若今日始知有天子者，而天子懷■■可知也。"此章是方獵而人心踴躍。上四句獵是"孔有"兩字，以應上章"獸之所同"，不甚重其中，末句在人心齊協上，"儦儦俟俟"四句，疑此題要祭中興大氣象，須說得■宇宙半為狐■竊據，故有逞捷足而先應者，其象為儦，有處■，而為後應者，其象為俟，有■其聲振，以防恪聞者；其象為羣，有呼吸而生死可■，患難而手足堪恃者。其象為友，左右之人或率之而北御狄，或率之而南捍荊，無不可以紓王之懷，特於一狩以肇其端耳。如此作文方及大觀。

明·冯元扬、冯元飙《手授诗经》五卷：夫地既擇矣，獵斯舉焉。瞻彼中原，其祁而甚大；視彼禽獸，孔有而眾多。或儦儦而趨、俟俟而行者有之，或三而為群、二而為友者有之，禽獸之多如此，是誠天子有事之所矣。於是悉率左右之人，各供田獵之事，於以明王制、復曠典，而燕樂天子之心焉。蓋惟恐心力之不盡，無以效順於君，而於乎用命之罰矣。

明·黄文焕《诗经娜嬛》：夫地既擇矣，獵斯舉焉。瞻彼中原，其祁而甚大。視彼禽獸，孔有而眾多。或儦儦而趨，俟俟而行者有之，或三而為群二而為友者有之，禽獸之多如此，是誠天子有事之所矣。於是悉率左右之人，各供田獵之事，明王制復曠典，以燕樂天子之心焉，蓋惟恐心力不盡，無以孝順於君也。

明·唐汝谔《毛诗蒙引》：三、四章徐玄扈曰："只就下之人樂上之心、供上之燕說，便見得人心鼓舞。乃所以致之者，自在言外。若要歸重宣王身上，反覺索然無味，此可想像而得，未可言語竟也。"

又曰"儦儦"二句,見百物改觀非復昔之凋耗矣,形容多意如畫。

徐儆弦曰:"'其祁'以地言,'孔有'以獸言。趨則儦儦,疾行而追其類也,則前之獸可知;行則俟俟,緩行而待其羣也,則後之獸可知。或三為羣,其羣不可數也;或二為友,其友不可計也,極盡獸多之狀。"

鄒嶧山曰:"燕天子不拘就獲禽言,須以中興大氣象說。如合天下之心,復古人之制,而成一代中興之盛王者之樂,孰大扵是。"

許南臺曰:"'左右',徔王之人也,'悉率',左右自相率也。"

朱克升曰:"或射或禦,各共其事也。"

蒐狩之禮,天子親執路鼓,下大綏。

明·陈组绶《诗经副墨》:(三節)上四句總是"孔有"兩字,以應上章。"獸之所同"不甚重,只重末二句人心齊協上。"中原"蒙上"漆沮"來,"其祁"以地言,"孔有"指數言。"儦儦",疾行也。相待而緩行曰"俟"。或二為群,其群不可數也。或二為友,其友不可計也。"左右",徔王之人。"悉率",或射或御,左右自相率也。"燕天子"不必拘定獲禽。蒐狩之禮,天子親執路鼓,下大綏,要想見天子合群心,振武烈,興曠典,欲共成其盛上。

清·张沐《诗经疏略》:既驅禽至天子所,于是宣王瞻彼中原,甚衆多矣。于是其臣下,悉率左右之人,莫不馳驅射獵,樂天子焉。

清·冉觐祖《诗经详说》:【正解】此章言物產盛而臣協力以樂君也。

【指南】"中原"即"漆沮之所","儦儦"二句正見"孔有",與"獸之所從"三句相照。左右從王之人率自相率也。率左右以燕天子一氣說。

講及其獵也,何如?凡從王者瞻彼漆沮廣平之原,其地則祁大而其獸則甚有焉。疾趨則儦儦,緩行則俟俟;或三以為羣,或二以為友。獸之多如此,真天子所欲振師閱武於斯者。於是悉率其左右之人,各供其田獵之事,以燕樂天子之心也。蓋方田獵而人心踴躍如此。

清·祝文彦《诗经通解》:中原章。此重"以燕天子"。上四句見物產之盛,下見人心之盛。"瞻"自從王者言,"中原"即漆沮之可獵處,"其祁"以地大言,"孔有"以獸多言,"儦儦"句性之適也。"或羣"句類之繁也。"悉率"是左右自相率以射御燕天子。不止以獲禽言,葢人心競勸以趨時,百度振廢以復興,光昭宗祖,威服諸侯,天子固心焉慰之矣。

清·王心敬《丰川诗说》:漆沮之間有平原焉,其地祁然而大,禽獸甚有而多。或儦儦疾走,或俟俟相待;或三為羣,或二為友。盡率左右,同心射獵以燕樂天子也。

清·姜文灿《诗经正解》卷十三·小雅:言從王者視彼禽獸之多,於是率其同事之人，各共其事，以樂天子也。

【合纂】夫地既擇矣，獵斯舉焉。凡從王者，瞻彼漆沮廣平之中焉，其祁而甚大；視彼麀鹿麇麇之禽獸，孔有而眾多。或疾趨而儦儦，或緩行而俟俟者有之；或以三而為群，或以二而為友者有之。禽獸之多如此，已非昔日彫耗之意矣。是眞天子所欲振師閱武于斯者。于是悉率其左右之人，或門名而號名者，或州名而邑名者，或執錯而執鐃者，或執鼓而執鐸者，各共田獵之事，于以明王制復舊典而燕樂天子之心焉。蓋惟恐心力之不盡，無以效順于君，而于不用命之罰也。是一振厲而人心競勸，不可以觀天子之威嚴乎？

【析講】此章言物產盛而臣協力以樂君也。上四句見物產之盛，下見人心之齊，重"悉率"二句。"中原"即"漆沮之地"，其地其祁而大，故其獸亦孔有而多。自"孔疏"以下，俱以"其祁"作獸言，不可，依"儦儦"二句即"孔有"意，趨則儦儦疾行而追其類也，則前之獸可知；行則俟俟緩行而留其群也，則後之獸可知。或三為群，其群不可數也；或二為友，其友不可計也。形容多意如畫。鄭洛書文："人三為眾而獸則三為群，人二為耦而獸則二為友。"亦先輩集中警語。此四句正見百物改觀，已非復昔日彫耗意。左右從王之人悉率，亦左右自相率耳。註各共其事，射御追逐之類，皆是燕天子，不拘。拘就獲禽言。要見人心鼓舞、樂于趨事天子。憑軾而觀之，宜為之一快意，所以致之者，自在言外。蓋蒐狩之禮，王者親執路鼓而御眾，非以為從禽之樂。所以申號令、明賞罰，為復曠典計也。使一人不供，豈天子之心哉？今人心競勸，則所以復古制，度光昭先烈者在是，樂孰大焉？此二句推廣言之更妙，如云或率之而禦北狄，或率之而捍南荊，無不可以紓王之氣，直于一狩以肇其端，中興氣象更說得大。此章雖指在下之人講，其寔見得天子得人心，以振中興之業意。安成劉氏曰："此言率左右以樂天子，猶《車攻》之射夫同而助舉柴也。"

清·黃梦白、陈曾《诗经广大全》：言漆沮之間，平原祈然而大。禽獸甚有，或疾走，或相待，或三爲羣，或二爲友。盡率左右射獵以燕樂天子也。

清·汪绂《诗经诠义》：此正田時事也。首四句言漆沮禽獸之多，末二句見奉上從事之敬，亦由王之德威有以人心而肅其志也。

清·顾镇《虞东学诗》：三章既至其所，則廣平之原、獸之祁大者甚多，或疾趨而儦儦，或緩行而俟俟（《詩緝》），或三為羣，或二為友（《毛傳》），復驅獸順左右之宜，以安待王射（《鄭箋》），所謂"虞人翼五犯以待發"，即前《傳》所謂"左者之左，右者之右"也。

清·姜炳璋《诗序补义》："左右"，從王獵者之左右也。蓋從獵者有司也，即《車攻》所云"之子"也。其左右即《車攻》所云"徒禦"也。天子幾內之臣，俱得以有司稱之，所以別於外諸侯也。田於畿內，非以會諸侯，故有司各率其左右之人，善射善禦以樂天子也。

清·邓翔《诗经绎参》：《集解》：中原，原中。祈，大也。有，多也。疾趨者，儦儦然；徐行者，俟俟然。或三三為羣，或二二為友。率，循也。燕，安也。虞人驅禽，悉循順左右之宜，以安待王之射。以禽必在左射，或驅令左，使天子得其左廂之便，所謂安也。

清·梁中孚《诗经精义集钞》：朱氏公遷曰："狩獵。"

日本

日本·冈白驹《毛诗补义》：言瞻彼中原之野，禽獸大而甚有，有儦儦然趨焉者，有俟俟然行焉者，或三三為羣，或二二為友，是其甚有也。於是悉驅之，循其左右之宜，以安待天子之射也。《騶虞》傳所謂"虞人翼五犯，以待公之發"是也。

日本·赤松弘《诗经述》：言從王者視彼禽獸之多，於是悉驅之循其左右之宜而射之，以樂天子也。凡禽必自左射之，此言左右者文之使也。

日本·皆川愿《诗经绎解》：此章言汝若瞻彼中原，必有見其獸之祁祁孔有，或儦儦或俟俟，或羣或友焉矣，則須思我悉驅以率之左右，而以燕天子也。

日本·伊藤善韶《诗解》：言獵原野之中，其地廣大而禽獸甚多，或二或三為群，儦儦而趨，俟俟而行，悉驅禽獸循其左右之宜，以安天子之射也。

日本·猪饲彦博《诗经集说标记》：《說文》"儦儦，行皃"。《詩緝》錢氏曰："俟俟，緩行若相待也。"《娜嬛》"'其祈'，以地大言；'孔有'，以獸多言。'儦儦'二句即孔有處。"《說約》："'其祈'自《孔疏》以下，具以獸言，至聚岡講意始主地言。"

日本·龟井昱《毛诗考》：三章言聚禽於原以樂天子也。

日本·竹添光鸿《诗经会笺》：《箋》曰："三章言聚禽於原，以樂天子也。"

朝鲜

朝鲜·朴文镐《诗集传详说》：言從（去聲）王者，視彼禽獸之多，於是率其同事之人，各共（音恭）其事，以樂天子也（安成劉氏曰："猶《車攻》之射夫同助舉柴也"）。慶源輔氏曰："三章言相與悉力，以共田獵之事，爲天子之樂。"

梅按

我们对辑录的334种《诗经》著作进行梳理，摘录出涉猎《吉日》三章章旨评析的条目共计52条，进行分类整理和统计分析之后，发现古今中外对《吉日》三章章旨的评析可分为以下几个方面：

一、概括章旨

关于《吉日》三章章旨，唐代孔颖达《毛诗正义》云："毛以为，视彼中原之野，其诸禽兽大而甚有，谓形大而多也，故儦儦然有趋者，俟俟然有行者。其趋行或三三为群，或二二为友，是其甚有也。既而趋逆之车，驱而至于彼防。虞人乃悉驱之，循其左右之宜，以安待天子之射也。"由此可见，最早评析《吉日》三章章旨的是《毛诗序》，其评析紧扣经文，逐句讲析，细致全面。其后，关于《吉日》三章章旨引述《毛序》原文的有宋代吕祖谦《吕氏家塾读诗记》。另有明代江环《诗经阐蒙衍义集注》、张次仲《待轩诗记》，清代顾镇《虞东学诗》秉承了《毛序》之意，只是言词略有不同。此外，日本伊藤善韶《诗解》、冈白驹《毛诗补义》也秉承《毛序》，其中冈白驹在大致引述《毛序》之文后，还加上了"《驺虞》传所谓'虞人翼五豝，以待公之发'是也"一句，对前引《毛序》章旨进行精炼和概括。

《郑笺》对《吉日》三章章旨也进行了评析，唐代孔颖达《毛诗正义》有如下记载："郑以为，视彼中原之野，其麋牝之兽甚有之。言中原甚有麌。余同。"可见，《郑笺》与《毛序》的不同之处在于，郑氏认为"视彼中原之野，其麋牝之兽甚有之。言中原甚有麌"，而毛以为"视彼中原之野，其诸禽兽大而甚有"，即《郑笺》认为，中原甚有之的是"麌"，《毛序》认为是"诸禽兽"。其余二者相同。宋代范处义《诗补传》对章旨的论析也与《毛序》有不同之处，其云："祁，众也。谓中原之兽甚众，有或趋而儦儦，或行而俟俟，或三为群，或二为友。于是左右之从田者，悉力相率取禽，以共天子燕宾客之用。"其与《毛序》不同的是"于是左右之从田者，悉力相率取禽，以共天子燕宾客之用"，认为取禽者是"左右之从田者"，而《毛序》则认为"虞人乃悉驱之，循其左右之宜，以安待天子之射也"，认为虞人的任务是"驱之"，射猎者是"天子"。余同。

宋代朱熹《诗经集传》的评析紧扣经文，简洁明了，其云："言从王者视彼禽兽之多，于是率其同事之人，各共其事，以乐天子也。"其后，关于《吉日》三章章旨引述《朱传》原文的有宋代吕祖谦《吕氏家塾读诗记》，元代胡一桂

《诗集传附录纂疏》、刘瑾《诗传通释》、朱公迁《诗经疏义》。宋代辅广《诗童子问》、明代胡广《诗传大全》、丰坊《鲁诗世学》、日本赤松弘《诗经述》、皆川愿《诗经绎解》基本引述《朱传》。其中辅广《诗童子问》的概括"三章言相与悉力，以共田猎之事，为天子之乐也"与《朱传》相似，不同之处在于辅氏是"相与悉力"，《朱传》是"各共其事"。引述辅氏原文的有元代刘瑾《诗传通释》、明代胡广《诗传大全》。另有赤松弘还对经文"左右"进行了说明："凡禽必自左射之，此言左右者文之使也。"说明本该用"左"，但是为了行文需要，所以用了"左右"。皆川愿虽沿袭《朱传》，但是表述有所不同，其云："此章言汝若瞻彼中原，必有见其兽之祁祁孔有，或儦儦或俟俟，或羣或有焉矣，则须思我悉驱以率之左右，而以燕天子也。"此外，朝鲜朴文镐《诗集传详说》除引《朱传》外，还引安成刘氏曰、庆源辅氏来概括三章章旨，其云："言从（去声）王者，视彼禽兽之多，于是率其同事之人，各共（音恭）其事，以乐天子也。安成刘氏曰：'犹《车攻》之射夫助举柴也'。庆源辅氏曰：'三章言相与悉力，以共田猎之事，爲天子之乐。'"

对于《吉日》三章章旨概括较为精炼的有宋代苏辙《诗集传》"言禽兽之多且扰也"，清代冉觐祖《诗经详说》"此章言物产盛而臣协力以乐君也"。元代朱公迁《诗经疏义》的概括最为简洁："三章狩猎"。清代梁中孚《诗经精义集钞》引述了朱氏概括。此外，日本龟井昱《毛诗考》、竹添光鸿《诗经会笺》皆引《郑笺》"言聚禽于原以乐天子也"，概括亦甚为简练。最为贴近经文的概括应该是宋代严粲《诗缉》，其云："视彼原中，其禽兽形体祁大又甚多有矣。其趋者则儦儦而疾走，其行者则俟俟若相待。或三爲羣，或二爲友，从王者见禽兽之多，于是率其同事左右之人，各共其事，以乐天子也。"明代郝敬《毛诗原解》与严氏相近，只是最后一句"悉率左右，同心射猎，以燕乐天子也"有所不同，变"各共其事"为"同心射猎"。清代张沐《诗经疏略》、王心敬《丰川诗说》、汪绂《诗经诠义》与郝氏大致相同。明代黄道周《诗经琅玕》的概括亦合乎情理，并点出言外之意，其云："夫地既择矣，猎斯举焉，瞻彼中原，其祁而甚大，视彼禽兽孔有而众多。儦儦而趋、俟俟而行者有之，或三爲羣、或二爲友者有之，禽兽之多如此，是诚天子有事之所矣。于是悉率左右之人，或射或御，各供田猎之事，明王制，复旷典，以燕乐天子之心，盖惟恐心力不尽，无以效顺于君耳。"其后，冯元飏、冯元飙《手授诗经》，黄文焕《诗经嫏嬛》皆引述了黄氏原文。此外明代徐奋鹏《诗经尊朱删补》对章旨又有自己的评析，其云："中原禽兽繁育，信所谓兽之所同，而为天子之所也。于是群臣自相竞激，率其同事之人，各共其事，以慰天子，复古之成心也。时言物产盛而臣协力，以乐乎君也。"

二、梳释章旨

明代梁寅《诗演义》对《吉日》三章章旨的词语进行了梳释，其云："中原，原中也。祁，多也。言多而又言其有，亦重复言之耳。趋则儦儦，行则俟俟。三者为群，二者为友。兽多如是，固当尽率左右以燕天子矣。燕，安也。言娱其心志而使之安也。"顾起元《诗经金丹》也在阐释章旨时，对相关词语进行了梳释，其云："其祁，以地大言；孔有，以兽多言。'儦儦'（匕）二句，即孔有处。'儦（匕）儦俟（匕）俟'，有性之适意；'或群或友'，有类之繁意。'左右'即下其事之人；'悉率'是左右自相率，以射御言，以燕天子。"方从哲等《礼部订正诗经正式讲意合注篇》的梳释与顾氏相类。清代邓翔《诗经绎参》梳释大致同上，并对"燕"进行了详悉："燕，安也。虞人驱禽，悉循顺左右之宜，以安待王之射。以禽必在左射，或驱令左，使天子得其左厢之便，所谓安也。"明代陈组绶《诗经副墨》梳释与顾氏相类，而且更为细致和全面，其云："上四句总是'孔有'两字，以应上章。'兽之所同'不甚重，只重末二句人心齐协上。'中原'蒙上'漆沮'来，'其祁'以地言，'孔有'指数言。'儦儦'，疾行也。相待而缓行曰'俟'。或二为群，其群不可数也。或二为友，其友不可计也。'左右'，从王之人。'悉率'，或射或御，左右自相率也。燕天子不必拘定获禽。搜狩之礼，天子亲执路鼓，下大绥，要想见天子合群心，振武烈，兴旷典，欲共成其盛上。"既指明词语的指向，又对词语进行梳释，而且还指出其言外之意，可谓梳释细致而全面矣。清代冉觐祖《诗经详说》、祝文彦《诗经通解》与陈氏相类。

此外，明代唐汝谔《毛诗蒙引》引徐儆弦、许南台、朱克升之语梳释章旨中的"其祁""孔有""左右"等词语，还引述徐玄扈之语指出章旨的言外之意："只就下之人乐上之心、供上之燕说，便见得人心鼓舞。乃所以致之者，自在言外。"又引述邹峰山之语"燕天子不拘就获禽言，须以中兴大气象说。如合天下之心，复古人之制，而成一代中兴之盛，王者之乐，孰大于是"，阐释田猎的深层意蕴。在所有的梳释中，清代姜文灿《诗经正解》的析讲可以说是最全面的，几乎包含了各家对于《吉日》三章章旨的概括，并有机地融为一体，兹录于下："此章言物产盛而臣协力以乐君也。上四句见物产之盛，下见人心之齐，重'悉率'二句。中原即漆沮之地，其地其祁而大，故其兽亦孔有而多。自《孔疏》以下，俱以'其祁'作兽言，不可。依'儦儦'二句即'孔有'意，趋则儦儦疾行而追其类也，则前之兽可知；行则俟俟缓行而留其群也，则后之兽可知。或三为群，其群不可数也；或二为友，其友不可计也。形容多意如画。郑洛书文：'人三为众而兽则三为群，人二为耦而兽则二为友。'亦先辈集中警语。此四句正见百物改观，已非复昔日彫耗意。左右从王之人悉率，亦左右自相率耳。注各共其事，射御追逐之类，皆是燕天子，不拘，拘就获禽言。要见人心鼓舞、乐于趋事天子。凭轼而观之，宜为之一快意，所以致之者，自在言外。盖搜狩之礼，王者亲执路鼓而御众，非以为从禽之乐，所以申号令、明赏罚，为复旷典计也。使一人不供，岂天子之心哉？今人心竞劝，则所以复古制，度光昭先烈者在是，乐孰大焉？此二句推广言之更妙，如云或率之而御北狄，或率之而捍南荆，无不可以纾王之气，直于一狩以肇其端，中兴气象更说得大。此章虽指在下之人讲，其寔见得天子得人心，以振中兴之业意。安成刘氏曰：'此言率左右以乐天子，犹《车攻》之射夫同而助举柴也。'"此外，明代黄道周《诗经琅玕》、钱天锡《诗牖》，日本猪饲彦博《诗经集说标记》也对三章章旨做了较为详细的梳释。

三、提出异议

明代李资乾《诗经传注》的见解与众不同，其云："承上章'漆沮之从'，从天子而巡行中原也，故曰'瞻彼中原'。按：中原者，东都洛邑成周之地，其下近淮夷。天子虽以狩猎为名，然一兵临，势必对垒。则从之者，不止漆沮，故曰'其祁孔有'。祁者大邑之名，故祁字左傍示，右傍阝，音邑。'孔有'，言其有且多也。儦（匕）儦者，急行从军如麂鹿也。故儦字从亻、从麂，而麂字从鹿。俟者，驻兵等待如俟次也，故俟字从亻从矣。即《春秋》师次于郎，以俟陈人蔡人之类。群者，三国之称；友者，两国之称。'悉率左右'者，并驱而来之称。比上章'漆沮之从'，抑又广矣。故曰'以燕天子'。燕者，安也。天子亲将，去安即危，去近即远。必儦俟群友左右咸在，乃能保驾也。或曰兽三为群，二曰友。燕，乐也。愚谓诗人借'群友'二字，以比友邦群臣，非专为射猎群友之兽，况'燕'字之义本于燕安，非谓燕乐也。"认为三章章旨是："天子虽以狩猎为名，然一兵临，势必对垒。……即《春秋》师次于郎，以俟陈人蔡人之类。"把天子狩猎看成一场战争。

四、发表新见

元代刘瑾《诗传通释》关于《吉日》三章章旨有自己的见解，其云："愚按：'此言率左右以乐天子，犹《车攻》之射夫同而助举柴也。'"与《车攻》的相关场景进行了比较。明代胡广《诗传大全》秉承刘氏见解并引述了原文。

明代黄佐《诗经通解》认为："此章言既猎而人心齐也。"并阐释了自己的理由："愚谓：不直射御，而已共事，何以曰乐天子哉？盖搜狩之礼，王者亲执路鼓而御枭，所以申号令、严赏罚，宣王之田，中兴之会也。设或人心之不齐，则无以为中兴之伟。观天子之心，其能以乐乎？今从王者，率其左右之人，正使之各共其事，以乐天子也。大约重在人各协力上。"顾起元《诗经金丹》也有类似的看法，只是表述略有不同。徐光启《毛诗六帖讲意》、姚舜牧《重订诗经疑问》、顾梦麟《诗经说约》亦复如此。

明代邹泉《新刻七进士诗经折衷讲意》则在言外之意上阐释了自己的新见，其云："今人心竞劝所以乐天子也，乐不必拘就获禽言，须以中兴大气象说，如合天下人心，复旷古制度意才是。"许天赠《诗经正义》、江环《诗经阐蒙衍义集注》、方从哲等《礼部订正诗经正式讲意合注篇》、徐光启《毛诗六帖讲意》、邹之麟《诗经翼注讲意》也表达了大致相同的看法。

明代姚舜牧《重订诗经疑问》对章旨所言"中原"提出自己的看法，其云："'瞻彼中原，其祁孔有'，有说'祁'是中原地名，大有禽兽可猎者，非也。中原即漆沮之中原也，'其祁孔有'即照上'兽之所同，麀鹿麌麌'说，见其地诚多兽而可猎耳。"具体指出"中原即漆沮之中原也"。清代姜炳璋《诗序补义》对于章旨中的"左右"提出自己的见解，其云："左右，从王猎者之左右也。盖从猎者有司也，即《车攻》所云'之子'也。其左右即《车攻》所云'徒御'也。天子几内之臣，俱得以有司称之，所以别于外诸侯也。田于几内，非以会诸侯，故有司各率其左右之人，善射善御以乐天子也。"认为"左右"是"从王猎者之左右"。而"从猎者有司也"，以此推之，"悉率左右"即是"有司各率其左右之人"，对章旨中的"左右"进行了梳释。

卒章总说

中国

唐·孔颖达《毛诗正义》卷十：疏"既張"至"酌醴"。《正義》曰：虞人既驅禽待天子，故言既已張我天子所射之弓，既挾我天子所射發之矢，發而中彼小豝，亦又殪此大兕也。既殺得群獸以給禦諸侯之賓客，且以酌醴與群臣飲時為俎實也。

宋·范处义《诗补传》卷十七：天子既張我弓，挾我矢，一發而得小豝。

左右則悉力以斃大咒,以見小大畢陳。王於是以此物進賓客而酌醴,示不專饗也。田獵一事終始如此。

宋·朱熹《诗经集传》卷五:言射而獲禽,以為俎實,進於賓客而酌醴也。

宋·辅广《诗童子问》卷四:四章言既獵而以其所得之獸供俎實,使天子得與賓客燕飲也。

宋·林岊《毛诗讲义》卷五:左右既驅禽獸,於是張弓挾矢而射之。牝豕小則難中,乃發而中之;野牛大則難死,乃一發而斃之,言善射也。既得禽獸,則以為俎實,進於賓客,不特可以小小燕飲,又且以酌醴而饗,舉行盛禮也。

元·胡一桂《诗集传附录纂疏》:言射而獲禽,以為俎實,進於賓客而酌醴也。

元·刘瑾《诗传通释》:言射而獲禽,以為俎實,進於賓客而酌醴也。

謝疊山曰:"田而得禽,天子不以自奉。故'大庖不盈',命有司以進賓客,'且以酌醴',燕諸侯及羣臣也。先王體羣臣,懷諸侯,常有恩惠。其用心公溥而均齊,常以一人養天下,不以天下奉一人也。"

愚按:"此言進禽於賓客,亦猶《車攻》言'大庖不盈'之意也。"

輔氏曰:"四章言既獵而以其所得之獸供俎實,使天子得與賓客燕飲也。"

元·朱公迁《诗经疏义》(《诗经疏义会通》卷十):言射而獲禽以為俎實,進於賓客而酌醴也。《車攻》之詩,終於頒禽;《吉日》之詩,終於酌醴。王者之田獵,豈為口腹計哉!四章獵而獲禽,可以供用也。

明·梁寅《诗演义》卷十:我弓我矢,徒禦者之自言也。發者,發矢也。斃者,死也。豕二歲曰豝。小則易制,故發矢即斃;咒,野牛,重千斤。皮堅韌,一角而長三尺餘,善抵觸,大而難制,故必衆力乃能殺之也。得獸則可以進之賓客,禦者,進也。可以宴而酌醴。醴者,酒一宿即成而甜者也。

明·胡广《诗传大全》卷十:言射而獲禽,以為俎實,進於賓客而酌醴也。

疊山謝氏曰:"田而得禽,天子不以自奉,故'大庖不盈'。命有司以進賓客,'且以酌醴',燕諸侯及羣臣也。先王體羣臣,懷諸侯,常有恩惠,其用心公溥而均齊。常以一人養天下,不以天下奉一人也。"安成劉氏曰:"此言進禽於賓客,亦猶《車攻》言'大庖不盈'之意也。"慶源輔氏曰:"四章言既獵而以其所得之獸供俎實,使天子得與賓客燕飲也。"

明·黄佐《诗经通解》卷十一:此章言穫禽以供俎賓,使天子燕賓而可以成大禮也。承上章云夫衆人協力之時,正一人大蒐之會。故張弓挾矢而發豝斃咒也。小者不難於力制,故曰發。發者,言一射即中之也,見其巧;大者不難於巧中,故曰斃。斃者,言一矢制之也,見其力。賓客泛言,不可專指上從狩者，此與"中殺以奉賓客"之"賓客"同。看疊山謝氏曰："命有司以奉賓客。""命有司"三字不取舊。以上章為臣樂君，見下之情；此章為君燕臣，見上之情。意雖畧近，但以上下之情平等對待而言，蓋有大不可者。細玩本意，自當以君為主也。《疏義》曰："《車攻》之詩終於頌禽，《吉日》之詩終於酌醴"，則宣王之田獵豈為口腹計哉？

《傳》曰："饗醴，天子之飲酒也。"

嚴氏曰："醴，味恬於餘齊■。酒味殊饗，為盛禮。惟王饗諸侯則設禮，示不忘古禮之重也。"

明·邹泉《新刻七進士詩經折衷講意》卷二："既張我弓"章。此章重燕賓客，上小豝言発，謂射即中之；大兕言殪，謂射之即死。中微見其巧，制大見其力，此便見得選徒既精，非昔日之懈弛矣。末二句言以之進賓，而為酌醴之需。"且"字無甚意義，"賓客"泛言，非為酬勞於田事之臣也。但作時義者多用此說合上章，唐云或以前為下悅上，後為上待下，為見上下之情；或以前為樂上之心，後為供上之燕，皆自以下奉上言之，俱非詩人之旨。蓋此詩只美宣王田獵，以君為主，言其行獵而見人心之齊，獲禽以為燕飲之用，上下之情此中自可想見。許說謂上章是方獵而得在下之心，此章是既獵而備燕下之禮，皆以歸重於王，得此意矣。東萊揔意：王賦之役指車馬言也，軍實之盛指兵器言也，師律之嚴自有聞無聲言也，上下之情自下之羜柴，供事上之頒（設）禽荒而言也。至於祭禱必旐，必備獵地，必擇之類，又可見綜理之周矣。

明·丰坊《魯詩世學》卷二十：【正說】朱子曰："射而獲禽，以為俎實，進於賓客而飲酒焉，見宣王接下之誠意矣。"

明·李资干《詩經傳注》二十一卷：張弓挾矢以從征伐，非射獵也。詩人取象於射獵。故通篇辭氣皆以射獵為名，而暗含征淮夷之事。而曰"發彼小豝，殪此大兕。"以小豝形群醜，以大兕比淮夷也。按：《爾雅》云："豝，牝豕也。"《說文》云："二歲能相把拏曰豝。"牝，豕之小者。故豝字從豕從巴。兕似牛，一角，青色，重千斤，甲壽二百年。獸之大者。射以得兕為雋。是時淮夷自厲王元年入寇，王命虢仲征之，不克。至春秋終，魯昭公四年，會諸侯於申，伐吳。執齊慶封，滅賴。蓋亦中國大寇矣。殪者，出其不意一矢而盡，不煩兵力也，淮夷殪。而杞宋陳之在東方亦警而知懼，故曰"以禦賓客。"禦者控禦也，如禦車之貌，與詩云"以禦於家邦"義同。賓客者，賓王之士，於周為客不臣者也。他如楚為祝融之後，齊為太公之後。雖非三恪，亦皆賓客之類，然不窮追遠討。故曰"且以酌醴。"匕（醴）者一宿酒，其甘如飴。量不能飲酒，則設醴，以示不長飲。兕，善觸，刻角為觥容七升，所以戒酒過。詩人取宣王伐淮夷而止，不復有事於荆吳徐越，如酌醴之意，非謂燕飲，亦非佃獵畢而飲酒也。

明·许天赠《诗经正义》卷之十二： 詩人羨王者田獵而得禽，有以備乎燕賓之禮也。此章自與上章對看，但不必以下奉上、上燕下為對耳，意湏歸重王者身上。上章是方獵而得在下之心，此章是既獵而備燕下之禮，皆以歸重於王也。上章雖是下之奉上，然悉率左右以燕天子，非周王中興德業振作人心，其何以得此哉？此意湏細體會方得。小豝言發，謂射即中之；大兕言殪，謂射之即死。發以巧言，殪以力言。但此意自輕，還重在獲禽上，賓客亦不過是與射之人。蓋王者田獵，臣下畢從，舍與射之人無可燕者矣。既頒之禽，復與之燕，自是王者厚下之意。疏義云：" 《車攻》之詩，終於頒禽；《吉日》之詩終於酌醴。王者之田獵，豈為口腹之計哉？"

及其田獵而得禽也，果如何哉？但見射必有弓也，我弓則既張焉；射必有矢也，我矢則既挾焉。"發彼小豝"，巧足以中微也，而獸之小者無不獲矣；"殪此大兕"，力足以制大也，而獸之大者無不獲矣。射而得禽如此，豈特以享宗廟充君庖而已耶？由是進之賓客之前，而舉乎燕飲之禮，以是醴酒酌言嘗之向之；從於漆沮之地者，今則優遊於樽俎之間也，蓋有以畧尊卑之分而通上下之情矣。既獵之後又不有以備燕賓之禮乎？夫一獵之間而始終盡善如此，其所以為中興之盛也，詩人美之也宜哉。

明·顾起元《诗经金丹》五： 此重燕賓客上，然此節承"悉率左右"來，重此"發彼"二句。此章是從狩也，小豝言發，謂射即中之，見巧也；大兕言殪，謂射之即死，見力也。注中微制大，體貼得好，而"漆沮之從"，信為天子之所宜矣。末二句言王命有司以為俎豆而進之，非王者自進也，"且"字內包俎豆，不可單指酒，蓋以此俎豆而配於醴也，賓客即左右，禦賓客要體出"鹿鳴""魚藻"之舊，無不滿意。

明·江环《诗经阐蒙衍义集注》（《诗经铎振》卷五：） 既張章。夫獵既辛矣，寧無所獲乎？但見當我弓既張、我矢既挾之餘，"發彼小豝"，巧有以中微矣；"殪此大兕"，力足以制大矣。禽獸之獲如此，豈特以享宗廟、充君庖已哉？於是進爲賓客之奉，且以酒醴酌言嘗之，所以示慈惠而光邦家者，不有攸賴耶？此其奉君燕飲之需，又於狩畢之時見之矣。夫一獵之間而始終盡善如此，此所以爲中興之盛也。詩人美之宜哉！

【主意】 四句分上因射而獲禽，下是偹禮以燕賓也。重下二句，小豝不難於力制，故曰發。言一射即中之者；大兕不難於巧中，故曰殪。言射之即死也。末二句言王命有司以爲俎豆而進之，非王者自進也。"且"字無甚意，又勿泥

271

醴，不可單指酒。蓋以此俎豆進而酌醴也。此不必主中殺，亦不可作償其勞，只重天子與賓燕飲上。但時義多用酬勞田事之臣説。

荊川云："末一章或以前為下悦上，後爲上待下。爲見上下之情，或以前為樂上之心，後爲供上之燕。皆自以下來。上言之俱非詩人之旨，蓋此詩只美宣王田獵，以君爲主。言其行獵而見人心之齊，獲禽以為燕飲之用。上下之情，此中自可想見。"醴，其酒也。《周官·酒正·五齊》之二曰："《醴齊·坊記》曰：'醴酒在室。'以此見醴爲成醴，天子享諸侯設醴，示不忘古禮之重也。"四章意：上四句因射而獲禽，下佾禮以燕賓，此畢獵而洽下情也，重燕賓客。上二"既"字，跟上面已行射説來，張我弓待獸也，挾我矢待射也。小豝不難於力制，一發即中見其巧也；大兕不難於巧中，一矢即死見其力也。此四句重獲禽不重射，上"賓客"即上"左右"之屬，蓋平時本為君臣，在獵時則云"左右"，在燕時則云賓客。"禦"即進俎實又酌酒，故云"且"。既頒之禽復典之燕，王者厚下之意自是如此。《疏》云："《車攻》之詩終於頒禽，《吉日》之詩終於酌醴，王者田獵豈為口腹計哉?"此合上章一言人力齊，見威之所制者。廣一言恩意，洽見德之所施者。溥俱重宣王，不可以下樂上，上樂下作眼目。

明·郝敬《毛詩原解》卷十八：四章：張弓在手，挾矢在弦。小豕曰豝，發則必中；大獸如兕，一矢即死。獲獸雖多，非以自供也。將以進禦賓客，爲燕飲之需，且以酌醴。齊，行大饗之禮也。

明·徐光啟《毛詩六帖講意》小雅二卷　四十：《傳》曰："饗醴，天子之飲酒也。"《箋》曰："禦賓客者，給賓客之禦也。賓客謂諸侯也。酌醴，酌而醴群臣，以為俎實也。"

明·姚舜牧《重訂詩經疑問》："既張我弓"四句，方實事於獵而得獸之多。"以禦賓客"二句，言獵之所得，維共諸此也。天子以賓客禦諸侯，有燕有饗。饗必酌醴，不獨云"以禦賓客"，又云"且以酌醴"。見此禽獸之得，所以共燕饗之需，所以蒐狩之不可已也。王者巡狩之獵以祭為重，故《車攻》之詩曰："助我舉柴""大庖不盈。"蒐狩之獵，以賓客為重，故《吉日》之詩曰"以禦賓客，且以酌醴。"

明·陸燧《詩筌》：四章既獵而禮儀盛備，見非昔日氣象意。末章正見各共其事處。上四句，田獵而獲禽之多，"發"見其巧，"殪"見其力，然不重巧力上，"賓客"泛言。非以酬田事之勞者，唯王享諸侯則設醴。曰且見獲多如此。即大典亦無不可備也。樂上心，供上燕，便見得人心鼓舞，而所以致之者自在言外。若歸重宣王身上，反覺索然。

明·徐奮鵬《詩經尊朱刪補》：憑弓矢之枝，以中徹而制大，正所謂率左右以趨事者也。由是以所獲之物，爲俎豆進於賓客而酌醴也，此言獲獸多而君脩禮以燕臣也。

明·邹之麟《诗经翼注讲意》：其四：此承上"悉率左右"而言，甚盡技也。"發彼"二句重講，註"中微制大"語極精當，"巧力"二意須合見禦賓客意，雖不甚重，然可以見上下之情，亦有收拾人心意在。賓客泛指，非但酬勞於田事之臣也，"且"字串上二"以"字，俱頂所獲之獸言。

明·张次仲《待轩诗记》卷四：此事竣而飲酒。

明·黄道周《诗经琅玕》小雅卷之五：夫獵既舉矣，寧無獲乎？但見"既張我弓，既挾我矢"之餘，"發彼小豝"，巧有以中微矣。"殪此大兕"，力足以制大矣。禽獸之獲如此，豈時以充君庖已哉？於是進爲賓客之奉，且以酒醴酌言嘗之，所以示慈惠而光邦家者，不有攸賴耶？此其燕賓古禮之復，又於狩畢時見之矣。夫一獵之間而始終盡善如此，所以爲中興之盛也。此章是既獵而古禮盡複，上四句正是"悉率左右，以燕天子"處，下二句却是帶言。

【特解】黃石齊曰："天子之燕政，見馳驅之後，宜從禱滾，則以杯酒之間，收其武功而舉之於文教，須得禦世之道，此中極可想出收拾人心，君臣善起之意。"

明·冯元扬、冯元飙《手授诗经》五卷：夫獵既舉矣，寧無所獲乎？但見當我弓既張，我矢既挾之餘，"發彼小豝"，巧有以中微矣，"殪此大兕"，力足以制大矣。禽獸之獲如此，豈特以享宗廟，充君庖已哉？於是進為賓客之奉，且以酒體酌言嘗之，所以示慈惠而光邦家者，不有攸賴耶？夫一獵之間而始終盡善如此，此所以為中興之盛也，詩人美之宜哉！

明·黄文焕《诗经嫏嬛》：夫獵既舉矣，寧無所燕乎？但見當我弓既張，我矢既挾之餘，"發彼小豝"，巧有以中微矣；"殪此大兕"，力足以制大矣。禽獸之獲如此，豈特以享宗廊、充君庖矣哉！於是進爲賓客之奉，且以酒醴酌言嘗之，所以示慈惠而光邦家者，不有攸賴耶！此其奉君燕飲之需，又於狩畢之時見之矣。夫一獵之間而始終盡善如此，此所以爲中興之盛也。

明·唐汝谔《毛诗蒙引》：黃氏佐曰："末章言獲禽以供俎實，使天子燕賓而成大禮也。發見其巧，殪見其力，然不重巧力上。"

孔氏曰："小豝言發，謂射即中之，大兕言殪，謂射着即死也。"

鄭乾齊曰："'賓客'泛言，非以酬田事之勞者。"

徐敬弦曰："'禦賓客'見天子逮下之典，與《蓼蕭》《湛露》之燕同。"

又曰："前章諸侯來會，只是東都畿內之諸侯，非四方之諸侯皆會也。此詩俱言'左右'，言'賓客'，則以西都為天子之邦居，雖有舉動，諸侯亦不及來會耳。"

嚴華谷曰:"醴味甜於齊,惟王饗諸侯則設醴,示不忘古禮之重也。"

明·陈组绶《诗经副墨》:(四節)"既张"二句即蒙上文"悉率"意說,張弓挾矢,中小殪大,俱是"悉率"中事。此與前篇"射夫既同,助我舉柴"同意,而御賓客見天子遺下之典,亦有收拾人心、君臣喜起之意,與《蓼蕭》《湛露》之燕同。非但酬勞于田事之臣也。曰"且以酌醴"者,接餉為盛禮,惟王享諸侯則設醴,示不忘古禮之意。玩"且以"二字,見田獵多如此,不但可以樂常宴,即以之酌醴亦不可不備也。

清·张沐《诗经疏略》:于是左右張弓挾矢,發小豝,殪大兕,莫不有所獲之禽,將以為天子俎實,進於賓客而酌醴也。

清·冉觐祖《诗经详说》:【正解】二"既"字根上而已行射說來,蓋張弓挾矢,中小殪大,俱是悉率中事也。按:醴,甘酒也。《周官·酒正·五齊》之二曰:"《醴齊·坊記》曰:'醴酒在室'。"以此見醴為盛禮,天子享諸侯設醴,示不忘古禮之重也。既獵而燕,亦見復先王之盛典與《蓼蕭》《湛露》之舉同,玩"且以"二字見田獵獲多如此,不但可以樂常宴即以之酌醴,亦且無不備也。荊川云:"末二章,或以前為下悅上,後為上待下,為見上下之情;或以前為樂上之心,後為供上之燕,皆自以下奉上言之,俱非詩人之旨。蓋此詩只美宣王田獵,以君為主,言其行獵而見人心之齊,獲禽以為燕飲之用,上下之情此中自可想見。"

【指南】"以御賓客,且以酌醴"一串看,二"以"字俱指禽獸言,言以此物為羞、為殺,燕中之一助也。

講未已也。既張我之弓焉,既挾我之矢焉,於彼小豝發則中之,何巧也;於此大兕殪而死之,何力也。得禽如此當其時,即為俎實以進御於賓客,且以酌醴而飲之,示慈惠而光邦家,不有攸賴,豈但奉祭祀充君庖巳邪?蓋既獵而禮儀甚備,如此也中興之盛所以可美也歟。

清·祝文彦《诗经通解》:此重在燕賓上。四句因射而獲禽,下備禮以樂賓也。張弓挾矢意已盡於上文"悉率"之中,故曰既小豝宜以巧,得故之子不敢斥,王托之有司也。選徒囂囂,兼王賦復、師律嚴二意,建旐以統車徒,設旄以表章之,亦見有整序意。搏獸於敖,人人鼓舞將先,猶未然事。

清·王心敬《丰川诗说》:張弓在手,挾矢在絃。小豕曰豝,發則必中;大獸如兕,一矢即死。獲獸雖多非以自供也,將以進御賓客為燕飲之需,且以酌醴,齊行大饗之禮也。

清·姜文灿《诗经正解》卷十三·小雅:言射而獲禽,以為俎實,進于賓客而酌醴也。

【合衆】夫獵既舉矣，寧無所獲乎？但見以我之弓，則既張焉；以我之矢，則既挾焉；小而難中者豝也，舍授而發彼小豝，巧有以中乎？則兕凡大乎豝者可知矣。一矢而殪此大兕，力有以制乎大，則凡小乎兕者可知矣。禽獸之獲如此，豈特以享宗廟、充君庖已哉？於是進爲賓客之奉，且以酒醴酌言嘗之，所以示慈惠而光邦家者，不有攸賴耶？此其奉君燕飲之需，又于狩畢之時見之矣。夫一獵之間而始終盡善如此，西都之狩則足以纘東都之武功而稱盛矣，味歌安能已哉？

【析講】此章言獲禽多而君備禮以燕臣也。上四句是因射而獲禽，下是備禮以燕賓，重下二句。"既張""既挾"二"既"字，根上而已。行射說來，蓋張弓挾矢、中小殪大，俱是悉率中事也。"發彼"句見其巧，"殪此"句見其力。小豝不難于力制故曰"發"，言一射即中之也；大兕不難于巧中故曰殪，言射之即死也。末二句言王命有司以為俎豆而進之，非王者自進也。"且"字無甚意義，勿泥酌醴，不可單指酒。蓋以此俎豆而酌醴也。此不必主中殺，亦不可作賞其勞，只重天子與賓燕飲上。■■義多用酬勞田事之臣說。

清·黄梦白、陈曾《诗经广大全》：言張弓在手，挾矢在絃。小豕曰豝，發則必中；大獸如兕，一矢即死。獲獸之多如此，非特奉宗廟充君庖已也，將以進御賓客爲燕飲之需，示慈惠而光邦家，亦有賴也。

清·汪绂《诗经诠义》：射小見巧故曰"發"，射大見力故曰"殪"。首四句見射之善。與"四黃既駕"章同意。末二句見取禽非私有而推以奉賓，與"大庖不盈"同意。

清·顾镇《虞东学诗》：既已驅之順左右之宜，王乃張弓挾矢而射之（《孔疏》）。豝之小者難中，則發而中之；兕之大者難制，則發而斃之（《孔疏》）。所得既多，則以為俎實（《鄭箋》）。進於賓客而酌醴，行饗禮樂之事，亦行乎其間矣。

清·姜炳璋《诗序补义》：四章"以禦賓客，且以酌醴"為田獵作餘波，謂全篇之意專重在此者，非也。賓客兼諸侯及羣臣，言觀"且以"字，言可以行燕禮，且以之饗醴，無不可也。饗重於燕，酌醴惟饗醴用之，如《左傳》"王用饗醴命之宥"之類。

清·邓翔《诗经绎参》：【集解】我王非爲從禽，實以纘武功耳。于是以其所獲之禽，進賓客與之燕，且酌醴以盡其歡，此一舉也，既見軍實之盛，復達上下之情，所關豈淺鮮乎？

清·梁中孚《诗经精义集钞》：朱氏公遷曰："獵而獲禽，可以供用也。"

日本

日本·冈白驹《毛诗补义》：言"張弓""挾矢"，發於彼小豝，又一矢而殪此大兕，既得禽獸，則以爲俎實，進於賓客，又"且以酌醴"而饗，謂饗諸侯也。

日本·赤松弘《诗经述》：言射而獲禽以爲俎實，進賓客而酌醴也。

日本·皆川愿《诗经绎解》：此章言又須思既其張我弓，又挾我矢，則於是其必有發彼小豝，殪此大兕焉。則庶可以禦賓客"且以酌醴"矣。

日本·伊藤善韶《诗解》：言張弓、傅矢，獲禽獸之大小，進禦賓客，且酌醴酒也。

日本·豬飼彥博《诗经集说标记》：《娜嬛》此承"悉率左右"來，《詩緝·儀禮注》云："方持弓矢曰挾。"疏義：巧中微見其制大，見其力。《說約》：上此章是方獵而人心踴躍，此章是既獵而禮儀甚備。

日本·龟井昱《毛诗考》：卒章言天子親射以供賓享也。

日本·竹添光鸿《诗经会笺》：《箋》曰："卒章言天子親射以供賓享也。首二句承上而言，幫下從獸以燕天子，於是天子執弓矢而發也。"

朝鲜

朝鲜·朴文镐《诗集传详说》：卒章言射而獲禽，以爲俎實，進於賓客而（且）酌醴也（疊山謝氏曰"燕諸侯及羣臣"，安成劉氏曰"亦猶《車攻》言'大庖不盈'之意"）。慶源輔氏曰："四章言既獵以其所得之獸，與賓客燕飲也。"

梅按

我们对辑录的334种《诗经》著作进行梳理，摘录出涉猎《吉日》卒章章旨评析的条目共计49条，进行分类整理和统计分析之后，发现古今中外对《吉日》卒章章旨的评析可分为以下几个方面：

一、概括章旨

唐代孔颖达《毛诗正义》评析《吉日》卒章章旨云："虞人既驱禽待天子，故言既已张我天子所射之弓，既挟我天子所射发之矢，发而中彼小豝，亦又殪此大兕也。既杀得群兽以给御诸侯之宾客，且以酌醴与群臣饮时为俎实也。"逐句讲析经文，章旨概括较为全面。其后宋代范处义《诗补传》、林岊《毛诗讲义》，清代张沐《诗经疏略》等，皆沿袭孔氏思路概括章旨，其意不出孔氏藩篱。宋代朱熹《诗经集传》对卒章章旨的概括则较为精炼，其云："言射而获禽，以为俎实，进于宾客而酌醴也。"此后，元代胡一桂《诗集传附录纂疏》、刘瑾《诗传通释》、朱公迁《诗经疏义》，明代胡广《诗传大全》、黄佐《诗经通解》，清代姜文灿《诗经正解》在概括章旨时，皆辑录了上述朱氏原文。此外，宋代辅广《诗童子问》、元代刘瑾《诗传通释》、明代丰坊《鲁诗世学》，清代王心敬《丰川诗说》，亦沿袭朱氏的之意概括章旨，只是词句略有不同而已。

此外，还有诸多学者从不同角度概括了《吉日》卒章章旨，如，元代朱公迁《诗经疏义》概括为"四章猎而获禽，可以供用也"，清代梁中孚《诗经精义集钞》对此做了辑录。明代顾起元《诗经金丹》概括为"此章是从狩也"，徐奋鹏《诗经尊朱删补》"此言获兽多而君备礼以燕臣也"，张次仲"此事竣而饮酒"，黄道周《诗经琅玕》"此章是既猎而古礼尽复"。而日本龟井昱《毛诗考》、日本竹添光鸿《诗经会笺》则引述《郑笺》原文概括章旨，亦显得简洁明了，其云："卒章言天子亲射以供宾享也。"此外，清黄梦白和陈曾《诗经广大全》、顾镇《虞东学诗》，日本皆川愿《诗经绎解》、猪饲彦博《诗经集说标记》等都从不同角度对章旨进行了概括。

清代姜文灿《诗经正解》一如既往地融合诸家之说，对章旨做了最为全面的概括："此章言获禽多而君备礼以燕臣也。上四句是因射而获禽，下是备礼以燕宾，重下二句。'既张''既挟'二'既'字，根上而已。行射说来，盖张弓挟矢、中小殪大，俱是'悉率'中事也。'发彼'句见其巧，'殪此'句见其力。小豝不难于力制故曰'发'，言一射即中之也；大兕不难于巧中故曰'殪'，言射之即死也。末二句言王命有司以为俎豆而进之，非王者自进也。'且'字无甚意义，勿泥。'酌醴'，不可单指酒。盖以此俎豆而'酌醴'也。此不必主中杀，亦不可作赏其劳，只重天子与宾燕饮上。但时义多用酬劳田事之臣说。"

日本冈白驹《毛诗补义》将章旨概括为："卒章：言'张弓'、'挟矢'，发于彼小豝，又一矢而殪此大兕。既得禽兽，则以为俎实，进于宾客，又且以酌醴而飨，谓飨诸侯也。"其概括基本沿袭朱熹《诗经集传》之文意，伊藤善韶亦复如此。赤松弘《诗经述》则完全引述朱氏原文。朝鲜朴文镐《诗集传详说》引述朱熹、叠山谢氏、安成刘氏、庆源辅氏原文，概括章旨，其云："卒章：言射而获禽，以爲俎实，进于宾客而（且）酌醴也。叠山谢氏曰'燕诸侯及羣臣'，安成刘氏曰'亦犹《车攻》言"大庖不盈"之意'。庆源辅氏曰：'四章言既猎以其所得之兽，与宾客燕饮也。'"

二、梳释章旨

明代梁寅《诗演义》对卒章章旨之词语进行了梳释，其云："我弓我矢，徒御者之自言也。'发者'，发矢也。'殪'者，死也。豕二岁曰豝。小则易制，故发矢即毙；'兕'，野牛，重千斤，皮坚韧，一角而长三尺余，善抵触，大而难制，故必众力乃能杀之也。得兽则可以进之宾客。御者，进也。可以宴而酌醴。醴者，酒一宿即成而甜者也。"对卒章章旨中的"发""殪""豝""兕""御""醴"等词语进行了梳释，这样更便于准确理解章旨。还有学者对章旨中的"宾客"一词从不同侧面进行了梳释。明代方从哲等《礼部订正诗经正式讲意合注篇》云："上'宾客'即上'左右'之属，盖平时本为君臣，在猎时则云'左右'，在燕时则云'宾客'。"而徐光启《毛诗六帖讲意》则认为"宾客谓诸侯也"，邹之麟《诗经翼注讲意》云"'宾客'泛指，非但酬劳于田事之臣也"，对"宾客"为何人有不同的看法。清代姜炳璋《诗序补义》则认为："宾客兼诸侯及群臣。"此外，明代郝敬《毛诗原解》、姚舜牧《重订诗经疑问》、唐汝谔《毛诗蒙引》、陈组绶《诗经副墨》、黄佐《诗经通解》，清代祝文彦《诗经通解》等都对章旨及其重点词语进行了梳释。另外，清代冉觐祖《诗经详说》的梳释亦较为新颖独到，其云："'以御宾客，且以酌醴'一串看，二'以'字俱指禽兽言，言以此物爲羞、爲杀，燕中之一助也。"汪绂《诗经诠义》的梳释与《车攻》进行了比较，云："首四句见射之善。与'四黄既驾'章同意。末二句见取禽非私有而推以奉宾，与'大庖不盈'同意。"

三、言外之意

明代江环《诗经阐蒙衍义集注》阐释了《吉日》卒章章旨的言外之意，其云："禽兽之获如此，岂特以享宗庙、充君庖已哉？于是进为宾客之奉，且以酒醴酌言尝之，所以示慈惠而光邦家者，不有攸赖耶？此其奉君燕饮之需，又于狩毕之时见之矣。夫一猎之间而始终尽善如此，此所以为中兴之盛也。诗人美之宜哉！"指明其"示慈惠而光邦家""为中兴之盛"的言外之意。之后，黄道周《诗经琅玕》、冯元飏和冯元飙《手授诗经》、黄文焕《诗经嫏嬛》辑录了江氏此文。清代冉觐祖《诗经详说》则引《醴齐·坊记》之言对"且以酌醴"之"醴"进行了梳释，其云："醴酒在室。"并点明其深层意蕴："以此见醴为盛礼，天子享诸侯设醴，示不忘古礼之重也。既猎而燕，亦见复先王之盛典与《蓼萧》《湛露》之举同玩。"邓翔《诗经绎参》则从另一层面点明其言外之意：

"我王非为从禽,实以缵武功耳。于是以其所获之禽,进宾客与之燕,且酌醴以尽其欢。此一举也,既见军实之盛,复达上下之情,所关岂浅鲜乎?"说明田猎"实以缵武功耳"。

四、独抒己见

宋代谢枋得评析《吉日》卒章章旨,并不以注疏为主,而是以诗言志,抒发己见。元代刘瑾《诗传通释》曾记载谢叠山之言曰:"田而得禽,天子不以自奉。故'大庖不盈',命有司以进宾客,'且以酌醴',燕诸侯及群臣也。先王体群臣,怀诸侯,常有恩惠。其用心公溥而均齐,常以一人养天下,不以天下奉一人也。"其借"田而得禽,天子不以自奉",颂扬"先王体群臣,怀诸侯,常有恩惠",进而歌颂宣王"其用心公溥而均齐,常以一人养天下,不以天下奉一人"的美德。明代胡广《诗传大全》也辑录了上述谢叠山原文。元代刘瑾《诗传通释》之"此言进禽于宾客,亦犹《车攻》言'大庖不盈'之意也",与谢叠山之语有异曲同工之处。明代胡广《诗传大全》辑录了刘氏上文。明代邹泉《新刻七进士诗经折衷讲意》引明代唐顺之的评析表达了自己的见解:"或以前为下悦上,后为上待下,为见上下之情;或以前为乐上之心,后为供上之燕,皆自以下奉上言之,俱非诗人之旨。盖此诗只美宣王田猎,以君为主,言其行猎而见人心之齐,获禽以为燕饮之用,上下之情此中自可想见。"邹氏认为,无论是"为见上下之情"还是"皆自以下奉上言之","俱非诗人之旨"。他还认为:"盖此诗只美宣王田猎,以君为主,言其行猎而见人心之齐,获禽以为燕饮之用,上下之情此中自可想见。"并引明代许天赠《诗经正义》之言以证己见:"许说谓上章是方猎而得在下之心,此章是既猎而备燕下之礼,皆以归重于王,得此意矣。"明代江环《诗经阐蒙衍义集注》、清代冉觐祖《诗经详说》皆辑录了唐顺之上述评析。明代陆燧《诗笺》则与唐氏不同,认为:"乐上心,供上燕,便见得人心鼓舞,而所以致之者自在言外。若归重宣王身上,反觉索然。"唐氏认为"只美宣王田猎,以君为主",此则认为"若归重宣王身上,反觉索然"。

明代黄道周《诗经琅玕》则于卒章章旨中得出"御世之道",其云:"天子之燕政……则以杯酒之间,收其武功而举之于文教,须得御世之道,此中极可想出收拾人心,君臣善起之意。"李资乾《诗经传注》的见解又与众不同,其云:"张弓挟矢以从征伐,非射猎也。诗人取象于射猎。故通篇辞气皆以射猎为名,而暗含征淮夷之事。……诗人取宣王伐淮夷而止,不复有事于荆吴徐越,如酌醴之意,非谓燕饮,亦非佃猎毕而饮酒也。"将经文与史实对照阐发自己的观点。而自孔颖达《毛诗正义》、朱熹《诗经集传》之后，绝大多数学者尊孔尊朱，皆以为卒章章旨为"言射而获禽，以为俎实，进于宾客而酌醴也"，独有李资乾《诗经传注》与众不同。此外，清代姜炳璋《诗序补义》也谈了自己的看法，认为："四章'以御宾客，且以酌醴'为田猎作余波，谓全篇之意专重在此者，非也。"

集 评

中国

宋·苏辙《诗集传》卷十：《吉日》四章，章六句。

宋·范处义《诗补传》卷十七：是詩四章皆賦也。

宋·王质《诗总闻》卷十：《總聞》曰：戊，不言辰，蓋以戊協禱也。次言庚午，則前為戊辰可見。文體自有古意，如前詩每章言"方叔涖止""方叔率止"，至三章、四章，增一"顯允"而易一"涖止"，為元老參差之中整肅，默寓此所以古意鬱然也。

宋·朱熹《诗经集传》卷五：《吉日》四章，章六句。

【按：朱熹以为《吉日》四章皆赋也。】

宋·吕祖谦《吕氏家塾读诗记》卷十九：《吉日》四章，章六句。

宋·辅广《诗童子问》卷四：四章。

宋·严粲《诗缉》卷十八：《吉日》四章，章六句。

元·胡一桂《诗集传附录纂疏》：《吉日》四章，章六句。

【按：胡一桂以为《吉日》四章皆赋也。】

元·刘瑾《诗传通释》：《吉日》四章，章六句。

【按：劉瑾以为《吉日》四章皆賦也。】

元·朱公迁《诗经疏义》（《诗经疏义会通》卷十）：《吉日》四章，章六句。

【按：朱公遷以为《吉日》四章皆赋也。】

明·梁寅《诗演义》卷十：四章皆賦也。按《車攻》所謂田者，在甫草之地，因以會諸侯，因以謀武事。其事大，故言之詳，美之至。《吉日》所謂田者，在漆沮之地，乃從以徒屬，乃王以娛樂，其事小，故言之畧而亦不極其稱美也。《吉日》言"既伯既禱"，而《車攻》不言者，田於近地，尚祭禱，其遂由東都亦必祭禱可知也。

明·胡广《诗传大全》卷十：《吉日》四章，章六句。

【按：胡廣以为《吉日》四章皆賦也。】

明·季本《诗说解颐》：《吉日》四章，章六句。

【按：季本以为《吉日》四章皆賦也。】

明·黄佐《诗经通解》卷十一：《吉日》四章，章六句。

明·丰坊《鲁诗世学》卷二十：全篇賦也。《吉日》四章，章六句。

明·李资干《诗经传注》二十一卷：諸篇皆托物比興，語意相連，義亦淪貫。讀者詳之。

《吉日》四章，章六句。

明·郝敬《毛诗原解》卷十八：《吉日》四章，章六句。

明·徐光启《毛诗六帖讲意》：⊕⊕⊕⊕⊕⊕ 戊禱好阜阜醜；⊕⊕○⊕○⊕ 午馬麀所；●⊕⊕⊕⊕⊕ 有俟友右子；●⊕●⊕●⊕ 矢兕醴。

明·曹学佺《诗经剖疑》卷十四：《吉日》四章，章六句。

明·凌蒙初《诗逆》："悉率"二句又管得末章，不必歸美宣王。但看下之人如此奉上，則所以至此者，躍然言外矣。燕天子不只是獲禽，全在想見天子合群心，振武烈，修曠典，共成其盛世。（《詩通》）

【按：凌濛初以为《吉日》四章皆賦也。】

明·陆化熙《诗通》：前章狩於東都，此即狩於西都。美重在末二章人心鼓舞上。"悉率左右"二句，又管得末章，不必歸美宣王。但看下之人如此奉上，則所以致此者，躍然言外矣，要見中興復古意。

次章，只平平指出將狩之地，"差馬"不過於"孔阜"中取其足之有力者，乘之耳。玩"既"字不重在馬上，"獸之所同"四句，只是一句，禽獸眾多，莫如"漆沮"，猶東都之甫田，其為天子田獵之所舊矣，非臨田而始擇也。中原，蒙上"漆沮"來，"其祁"以地言，"孔有"指數言，"儦儦"疾行也；"俟俟"，相待也，緩行也。或三為群，其群不可數也；或二為友，其友不可計也。"悉率"，或射或禦也。燕天子，不必拘定獲禽，全在想見天子和群心，振武烈，以曠典，欲共成其盛上。"既張"二句，即蒙上文說，"張弓挾矢""中小殪大"，具是"悉率"中事，客酌醴卻是帶言。

明·徐奋鹏《诗经尊朱刪补》：《吉日》四章，章六句。

【按：徐奮鵬以为《吉日》四章皆賦也。】

明·顾梦麟《诗经说约》：《吉日》四章，章六句。

【按：顧夢麟以为《吉日》四章皆賦也。】

明·张次仲《待轩诗记》："吉日維戊，既伯既禱。田車既好，四牡孔阜。

282

升彼大阜，從其羣醜。"賦也。

明·黄道周《诗经琅玕》小雅卷之五：【按：黄道周以为《吉日》四章皆赋也。】

明·冯元扬、冯元飙《手授诗经》五卷：瞿星卿曰：差我馬者，於孔阜中齊其足力，田事尚疾故也。然玩一"既"字，亦只承上帶過語。"獸之所同"四句，一氣貫下，言禽獸衆多。其地何在？其惟漆沮之從乎？獵以追逐其後，故曰"從"。於此從禽，是倒句法。"天子之所"，言此地于天子之獵爲相宜也。蓋天子中興，物力不饒，不似太平景象。

瞿星卿曰：中原即漆沮之中原，其地祁祁而大，故其獸亦孔有而多。下正言多之實。趨則儦儦疾行，而追其類也，則前之獸可知；行則俟俟緩行，而留其群也，則後之獸可知。或三爲群，或二爲友，而群與友之數不可紀，形容多意如畫。見百物改觀，已非復昔之凋耗也。燕天子，不拘，拘就獲禽言。左右指從王之人，悉率亦只左右自相率耳。要見人心鼓舞，樂于趨事天子，憑式而觀之，宜爲之一快矣。所以致之者自在言外。若歸重宣王身上，反覺索然無味。此可想像而得，未可言語究竟也。

瞿星卿曰：小豝言發，謂射之即中見巧。大兕言殪，謂射之即死見力。既獵而燕見復先王之盛典，與《蓼蕭》《湛露》之舉同，非謂酬勞于田事之臣也。古者王享諸侯則設醴，見不惟燕實，而且以復古禮焉。樂天子之心，與供天子之燕，俱在中興上模擬氣象。

【按：馮元颺、馮元飆以为《吉日》四章皆赋也。】

明·何楷《诗经世本古义》：《吉日》四章，章六句。

【按：何楷以为《吉日》四章皆赋也。】

明·黄文焕《诗经嫏嬛》：一章：此重祭禱上，"吉日"二句預祈車馬之善，下是備田獵之用，《曲禮》："外事以剛日，內事以柔日。"田獵外事，故此以戊而下以庚，皆剛日也。"既伯既禱"，《夏官·校人》："養祭馬祖乃賞祭"。將用馬力則又禱之，車馬足以從醜，既若有神助之意，皆未然事。追其後曰"從"。

二章：此以天子之所爲主，重在地上，擇馬意輕。"獸之所從"句須一氣滾下，要見百物咸熙，何異"攸伏""濯濯"之時。獸不止鹿，舉一鹿以見其餘耳。"從"雖是從禽，卻是指言之尚未至其地也。

張，壯。來，曰。漆沮乃王氣所鐘，是天子之祖宗所貽者。但天子委而不臨，則百物亦若隱焉，以待者茲天子中興，百獸率舞而效靈也，以此見其爲天子之所也，若泥"宜爲"二字便差了。

283

三章：此重樂天子上。"瞻"是從王者言，"其祁"以地大言，"孔有"以獸多言，"儦儦"二句卽"孔有"處，"儦儦俟俟"有性之適意。"或友"有類之煩意，"左右"卽下供事之人，"悉率"是左右自相率，以射禦言，"以燕天子"不卽拘，拘就獲禽言。或率之焉而南捍荊，無不可以舒王之懷，特於一狩以肇其端耳。必如此說，方得中興大氣象。揭出"天子"二字來最是大觀。

四章：此承"悉率左右"、夾重發彼二句，此章是從狩也，小豻言發，謂射之卽

中，見巧也；大兕言殪，謂射之卽死，見力也。末二句言王命有司以爲俎豆而進之，非王者字進也。"且"字內包俎豆，不可單指酒，要休此《鹿鳴》《魚藻》之舊，無不復意。

一說玩"且以"二字便見馳驅之後，且從揖讓而原野之賓陶之於樽俎之交，上篇"大庖不盈"之意蓋亦如此。

明·唐汝諤《毛詩蒙引》：徐玄扈曰："《車攻》《吉日》所言田獵之事，春容爾雅，有典有則，有質有文，後世《長楊》《羽獵》未足窺其藩籬也。"

明·陳組綬《詩經副墨》：【按：陳組綬以爲《吉日》四章皆賦也。】

清·朱鶴齡《詩經通義》：《吉日》四章，章六句。

清·錢澄之《田間詩學》：朱註："賦也。"《毛傳》缺。《吉日》四章，章六句。

清·張沐《詩經疏略》：《吉日》四章，章六句。

清·冉覲祖《詩經詳說》："吉日維戊"句，戊韻。"既伯既禱"句，禱韻。"田車既好"句，好韻。"四牡孔阜"句，阜韻。"升彼大阜"句，阜韻。"從其羣醜"句，醜韻。

"吉日庚午"句、"既差我馬"句，馬韻。"獸之所同"句、"麀鹿麌麌"句，麌韻。"漆沮之從"句，"天子之所"句，所韻。

【衍義】二句分上擇所用之馬，下審行狩之地，重擇地。上擇馬輕"獸之"四句，依注一直說下，注中'宜'字生於盛'字'來，蓋天子行獵，將以復古典，使禽獸不多，則不足以行獵，非所宜矣。今漆沮禽獸最盛，所以宜爲天子田獵之所也。此與上章俱是追敘將狩未狩之先事。

"瞻彼中原"句、"其祁孔有"句，有韻。"儦儦俟俟"句，俟韻。"或羣或友"句，友韻。"悉率左右"句、"以燕天子"句，子韻。

【衍義】四句言物產之盛，下見人心之齊，重樂天子上，方是行獵所在。"孔有"言禽獸之多也。"儦儦"二句卽"孔有"意。"悉率"注各其其事，射御追逐之類皆是，不必兼諸侯言。趨則儦儦，疾行而追其類也，則前之獸可知

行則俟俟，緩行而留其羣也，則後之獸可知。或三爲羣，其羣不可數也；或二爲友，其友不可計也。形容"多"意，如■"悉率"二句，要見人心鼓舞樂於趨事天子。憑試而觀之，宜爲之一快意。所以致之者，自在言外。一說此二句推廣言之，如云或率之而禦北狄，或率之而捍南荊，無不可以紓王之氣，直於一狩以肇其端，中興氣象更說得大。

"既張我弓"句、"既挾我矢"句，矢韻。"發彼小豝"句、"殪此大兕"句，兕韻。"以禦賓客"句、"且以酌醴"句，醴韻。

【衍義】四句分上因射而獲禽，下是備禮以燕賓也。重下二句。小豝不難於力制，故曰"發"，言一射即中之也。大兕不難於巧中，故曰"殪"，言射之即死也。末二句言王命有司以爲俎豆而進之，非王者自進也。且字無甚意，義勿泥"酌醴"，不可單指酒，蓋以此俎豆而"酌醴"也，此不必主中殺，亦不可作賞其勞，只重天子與賓燕飲上，但時義多用酬勞田事之臣說。

《吉日》四章，章六句。

清·李光地《诗所》：《吉日》四章。

清·王鴻緒等《钦定诗经传说汇纂》：《吉日》四章，章六句。

【按：王鴻緒"集傳"以爲《吉日》四章皆賦也。】

清·姚際恆《诗经通论》：吉日維戊，既伯既禱。田車既好，四牡孔阜。升彼大阜，從其群醜（本韻。賦也，下同。）

吉日庚午。既差我馬。獸之所同。麀鹿麌麌。漆沮之從，天子之所。（本韻）

瞻彼中原，其祁孔有。儦儦俟俟。或群或友。悉率左右，以燕天子。（本韻）

既張我弓，既挾我矢。發彼小豝，殪此大兕。以禦賓客。且以酌醴。（本韻）

《吉日》四章，章六句。

清·嚴虞惇《读诗质疑》：吉日庚午，既差我馬。獸之所同，麀鹿麌麌。漆沮之從，天子之所。（下四句隔句韻。）《吉日》四章，章六句。

【按：嚴虞惇以为《吉日》四章皆賦也。】

清·李塨《诗经传注》：吉日維戊，既伯既禱，田車既好，四牡孔阜，升彼大阜，從其羣醜。吉日庚午，既差我馬，獸之所通，麀鹿麌麌。漆沮之從，天子之所。瞻彼中原，其祁孔有，儦儦俟俟，或羣或友，悉率左右，以燕天子。既張我弓，既挾我矢，發彼小豝，殪此大兕，以御賓客，且以酌醴。（賦。愚甫反）

戊、阜、醜韻；禱、好韻；亦隔合也。午、馬、麌、所韻。有、俟、友、右、子韻。矢、兕、醴韻。

《吉日》四章，章六句。

清·姜文灿《诗经正解》卷十三·小雅：《吉日》四章，章六句。

【按：姜文燦以為《吉日》四章皆賦也。】

清·姜兆锡《诗传述蕴》："吉日維戊，既伯既禱。田車既好，四牡孔阜。升彼大阜，從其群醜。"賦也。

清·黄梦白、陈曾《诗经广大全》：《吉日》四章，章六句。

【按：黃夢白、陳曾以為《吉日》四章皆賦也。】

清·牛运震《诗志》："吉日維戊，既伯既禱。田車既好，四牡孔阜。升彼大阜，從其羣醜。"法度之詩，開口便鄭重。升阜從醜只一田事，亦自有相度、憑據作用。

"吉日庚午。既差我馬。獸之所同。麀鹿麌麌。漆沮之從。天子之所。""差"，字法。"從"字，既漆沮既從之。從，《朱傳》以為從獸之從，失之。漆沮之從，即獸之所同地也。亦倒點法。天子之所，特筆聳重，覺《子虛賦》，獨不聞天子之《上林》語誇而意狹。

"瞻彼中原。其祁孔有。儦儦俟俟。或羣或友。悉率左右。以燕天子。""或羣或友"寫出野獸情性。只"悉率""左右"二語，便寫出師律精嚴、人心和同氣象，正非泛泛誇美田事也。歸重天子得體。

"既張我弓，既挾我矢，發比小豝。殪此大兕。以禦賓客。且以酌醴。""發"字、"殪"字用得有分寸有眼目。

《吉日》，竦亮古勁。

清·刘始兴《诗益》："吉日維戊（叶莫口反），既伯既禱（叶丁口反）。田車既好（叶許口反），四牡孔阜。升彼大阜，從其羣醜。"賦也。下三章同。

《吉日》四章，章六句。

清·顾镇《虞东学诗》：【按：顧鎮以為《吉日》四章皆賦也。】

清·傅恒等《御纂诗义折中》：《吉日》四章，章六句。

【按：傅恒以為《吉日》四章皆賦也。】

清·胡文英《诗经逢原》：《吉日》四章，章六句。

清·段玉裁《毛诗故训传定本》：《吉日》四章，章六句。

清·姜炳璋《诗序补义》：《吉日》四章，章六句。

清·戚学标《毛诗证读》：《吉日》四章，章六句。

清·刘沅《诗经恒解》：《吉日》四章，章六句。

【按：刘沅以为《吉日》四章皆赋也。】

清·徐华岳《诗故考異》：《吉日》四章，章六句。

清·徐璈《诗经广诂》：《吉日》，四章。

清·李诒经《诗经蠹简》：此篇之燕天子是近者說。上篇之會同繹是遠者來。歲三田爲賓客，是"以禦"句充君庖，是"且以"句不言乾豆者，以上有伯禱句，故用兩實一虛之法概之耳。

清·李允升《诗义旁通》：《吉日》四章。

清·陈奂《诗毛氏传疏》：《吉日》四章，章六句。

清·方玉润《诗经原始》：吉日維戊，既伯既禱。田車既好，四牡孔阜。升彼大阜，從其羣醜。一章。吉日庚午，既差我馬。獸之所同，麀鹿麌麌。漆沮之從，天子之所。二章。瞻彼中原，其祁孔有。儦儦俟俟，或羣或友。悉率左右，以燕天子。三章。既張我弓，既挾我矢。發彼小豝，殪此大兕。以禦賓客，且以酌醴。四章。右《吉日》四章，章六句。

標韻：禱，十九皓，好同本韻。阜，二十五有。醜同本韻。馬，二十一馬。麌，七麌。所，六語叶韻。有，二十五有。友，同。子，四紙叶韻。矢，紙。兕，同。醴，八薺，通韻。

清·邓翔《诗经绎参》：第二句言"既"于"伯"處，禱求矣。兩"既"字可酌省一個而不省，在今人以湊字成句，爲累句；在古人則以爲句法之古。此章神情于六"既"字逗露，及"彼""其""以"等字。上句語雖多，只班成說，過一概放輕，歸重第三章末二句，此種筆墨具有化工。

《春秋》"天王狩於河陽"亦特書矣，而實則以臣召君，非天王之自狩也。此詩特書"漆沮"二句，煌煌大典一歲三田，豈同《春秋》所書以遠地譏乎？

"悉率"二句，陳古法以正時畋之失，詩旨在此，著語鄭重。下章是獵正位而意盡言中，反無餘味。玩兩"既"字，一"且"字，乃知意縮入上章。與《六月》篇手筆略同。然彼明以賓烘主，此則化主爲賓，又略不同也。

《吉日》四章，章六句。

【按：邓翔以为《吉日》四章皆赋也。】

清·梁中孚《诗经精义集钞》：《吉日》四章，章六句。

【按：梁中孚以为《吉日》四章皆赋也。】

清·王先谦《诗三家义集疏》：《吉日》四章，章六句。

民国·王闓运《毛诗补笺》：《吉日》四章，章六句。

民国·马其昶《诗毛氏学》：《吉日》四章，章六句。朱曰："賦也。"

民国·李九华《毛诗评注》：吉日維戊，既伯既禱。田車既好，四牡孔阜。

升彼大阜，從其羣醜。戊、阜韻；禱、好、醜韻。(《傳註》)評：法度之詩。發端鄭重。(《詩志》)

吉日庚午，既差我馬。獸之所同，麀鹿麌麌。漆沮之從，天子之所。午、馬、麌、所韻。(《傳》註)

瞻彼中原，其祁孔有。儦儦俟俟，或羣或友。悉率左右，以燕天子。有、俟、友、右、子韻(《傳》註)評："悉率左右"，寫出師。律精嚴，人心和，同氣象。(《詩志》)

既張我弓，既挾我矢。發彼小豝，殪此大兕。以禦賓客，且以酌醴。矢、兕、醴韻。(《傳》註)評："發"字"殪"字，用得有分寸，有眼目。(《詩志》)

《吉日》四章，章六句（朱云："賦也。"）

總評：竦亮，古勁。(《詩志》)

日本

日本·太宰纯《朱氏诗传膏肓》：《吉日》四章，章六句。

日本·冈白驹《毛诗补义》：《吉日》四章，章六句。

日本·赤松弘《诗经述》：《吉日》四章，章六句。

日本·中井积德《古诗逢源》：《吉日》四章，章六句。

日本·皆川愿《诗经绎解》：《吉日》四章，章六句。

日本·冢田虎《冢注毛诗》：《吉日》四章，章六句。《南有嘉魚之什》十篇，四十六章，二百七十二句。《子貢詩傳》《南有嘉魚》《南山有臺》《蓼蕭》《湛露》《彤弓》《菁莪》六篇屬之於《小正》，《由庚》《崇丘》《由儀》三篇無其名，《六月》《采芑》《車攻》《吉日》四篇屬之於《小正續》。

日本·仁井田好古《毛诗补传》：《吉日》四章，章六句。

日本·龟井昱《毛诗考》：首章言將田而禱，且差車馬也。是詩一意貫通之篇法。田車既好，四牡孔阜，《車攻》《吉日》似出一手。首章至三章皆自盡奉上之意。去是意則精神不貫。

日本·金子济民《诗传纂要》：《吉日》四章，六句。按：戊，音牡。禱，丁口反。好，許口反。六句一韵，二章，馬，滿浦反，亦一韵，三章有、友，俱叶羽己反，与子叶，四章並一韵。

日本·无名氏《诗经旁考》：四章六句。

日本·安井衡《毛诗辑疏》：《吉日》四章，章六句。

日本·安藤龙《诗经辨话器解》：《吉日》四章，章六句。

日本·山本章夫《诗经新注》：《吉日》四章，章六句。

【按：山本章夫以为《吉日》四章皆赋也。】

日本·竹添光鸿《诗经会笺》：《吉日》四章，章六句。

朝鲜

朝鲜·朴世堂《诗经思辨录》：《吉日》四章。

【按：樸世堂以为《吉日》四章皆赋也。】

朝鲜·李瀷《诗经疾书》："獸之所同"以下十二字，為句"天子之所"者，承"從"字說，謂"天子之所從"也。

朝鲜·申绰《诗次故》：《吉日》四章，章六句。

朝鲜·沈大允《诗经集传辨正》：《吉日》四章，章六句。

【按：沈大允以为《吉日》四章皆赋也。】

朝鲜·朴文镐《枫山记闻录》（毛诗）：既曰當作四章而又依舊作八章者，蓋下二章之叶韻，與上二章之不叶韻，其事均，故姑兩從之歟。(洵衡)

朝鲜·朴文镐《诗集传详说》：《吉日》四章，章六句。

【按：樸文鎬以为《吉日》四章皆赋也。】

朝鲜·无名氏《诗传讲义》：《吉日》四章。

梅按

我们对辑录的334种《诗经》著作进行梳理，摘录出涉猎《吉日》艺术特色的条目共计84条，进行分类整理和统计分析之后，发现古今中外对《吉日》艺术特色的评析共计有以下几个方面：

关于《吉日》篇的结构问题

我们在梳理和摘录中发现，最早为《吉日》划分层次、标起止章节的是宋代苏辙《诗集传》卷十："《吉日》四章，章六句。"苏辙认为，《吉日》可以分为四章，每章六句。之后，宋代的朱熹、吕祖谦、严粲都引述了苏辙"《吉日》四章，章六句"这个关于《吉日》层次划分的评析。元代引述这个评析的有胡一桂、刘瑾、朱公迁的相关著作，明代有胡广、季本、黄佐、丰坊、李资乾、郝敬、曹学佺、徐奋鹏、顾梦麟、黄道周、何楷等，清代有朱鹤龄、钱澄之、张沐、冉觐祖、李光地、王鸿绪、姚际恒、严虞惇、李塨、姜文灿、黄梦白、

289

傅恒、胡文英、段玉裁、姜炳璋、戚学标、刘沅、徐华岳、陈奂、方玉润、邓翔、梁中孚、王先谦等，民国有王闿运、马其昶、李九华等。这样，中国学者引述苏辙"《吉日》四章，章六句"这个关于《吉日》层次划分评析的著作宋代有4部，元代有3部，明代有11部，清代有23部，民国有3部，合计44部。此外，国外也有学者引述苏辙"《吉日》四章，章六句"这个评析，其中日本有太宰纯《朱氏诗传膏肓》、冈白驹《毛诗补义》、赤松弘《诗经述》、中井积德《古诗逢源》、皆川愿《诗经绎解》、冢田虎《冢注毛诗》、仁井田好古《毛诗补传》、金子济民《诗传纂要》、无名氏《诗经旁考》、安井衡《毛诗辑疏》、安藤龙《诗经辨话器解》、山本章夫《诗经新注》、竹添光鸿《诗经会笺》等13部著作，朝鲜有申绰《诗次故》、沈大允《诗经集传辨正》、朴文镐《诗集传详说》等3部著作。日本、朝鲜合计16部。这样中日朝学者引述苏辙"《吉日》四章，章六句"这个关于《吉日》层次划分评析的著作共计60部，占我们摘录的涉猎《吉日》艺术特色著作的71%以上，这是我们摘录著作中关注度最高的部分。其中，特别要指出的是，清代方玉润的《诗经原始》将苏辙的划分具体化，指明每章的起止，其云："吉日维戊，既伯既祷。田车既好，四牡孔阜。升彼大阜，从其群丑。一章。吉日庚午，既差我马。兽之所同，麀鹿麌麌。漆沮之从，天子之所。二章。瞻彼中原，其祁孔有。儦儦俟俟，或群或友。悉率左右，以燕天子。三章。既张我弓，既挟我矢。发彼小豝，殪此大兕。以御宾客，且以酌醴。四章。右《吉日》四章，章六句。"这样就更为明确、毫无疑义了。

另外，宋代辅广《诗童子问》卷四谈到《吉日》的层次划分时云："四章。"清代徐璈《诗经广诂》、李允升《诗义旁通》，朝鲜朴世堂《诗经思辨录》、无名氏《诗传讲义》也有同样的表述，都只谈到了《吉日》四章，具体每章的起止没有说明。

综上所述，涉猎《吉日》划分层次的著作共计上述64部，除5部只谈到了《吉日》四章，每章具体的起止没有标明外，其他59部皆众口一词"《吉日》四章，章六句"，占92%以上。由此说明，关于《吉日》的层次划分，古今中外结论基本一致，几乎可以视为定评。那么，为什么结论会这样出奇地一致呢？主要缘于《吉日》按照事情的发展过程依次写来：祭祷戎行、差马择地、狩猎、猎而获禽，可以供用。有条不紊，层次分明，便于划分层次（详见如上章旨评析）。

<<< 集 评

关于《吉日》篇的创作手法问题

赋比兴的运用，是《诗经》艺术特征的重要标志，也是我国古代诗歌创作的基本手法。在我们所摘录的涉猎《吉日》艺术特色的84个条目中，有些条目谈到了《吉日》的创作手法：赋比兴。其中，宋代范处义《诗补传》卷十七第一次提出《吉日》四章都运用了"赋"的写作手法，其云："是诗四章皆赋也。"朱熹《诗经集传》卷五也持同样看法。持同样的看法的还有：元代胡一桂《诗集传附录纂疏》、刘瑾《诗传通释》、朱公迁《诗经疏义》，明代梁寅《诗演义》、胡广《诗传大全》、季本《诗说解颐》、凌蒙初《诗逆》、徐奋鹏《诗经尊朱删补》、顾梦麟《诗经说约》、黄道周《诗经琅玕》、冯元飏和冯元飙《手授诗经》、何楷《诗经世本古义》、陈组绶《诗经副墨》，清代王鸿绪等《钦定诗经传说汇纂》、严虞惇《读诗质疑》、李塨《诗经传注》、姜文灿《诗经正解》、黄梦白和陈曾《诗经广大全》、刘始兴《诗益》、顾镇《虞东学诗》、傅恒等《御纂诗义折中》、刘沅《诗经恒解》、邓翔《诗经绎参》、梁中孚《诗经精义集钞》等，共计26部著作。此外，日本山本章夫《诗经新注》、朝鲜朴世堂《诗经思辨录》、沈大允《诗经集传辨正》、朴文镐《诗集传详说》亦持同样观点。加上日本朝鲜著作，持《吉日》四章皆赋观点的著作共计30部。

另有观点一致，表述不同的，如明代丰坊《鲁诗世学》："全篇赋也。"清代姚际恒《诗经通论》："吉日维戊，既伯既祷。田车既好，四牡孔阜。升彼大阜，从其群丑（赋也，下同。）"李塨《诗经传注》："吉日维戊，既伯既祷。田车既好，四牡孔阜。升彼大阜，从其羣丑。吉日庚午，既差我马。兽之所同，麀鹿麌麌。漆沮之从，天子之所。瞻彼中原，其祁孔有。儦儦俟俟，或羣或友。悉率左右，以燕天子。既张我弓，既挟我矢。发彼小豝，殪此大兕。以御宾客，且以酌醴。（赋）"刘始兴《诗益》："'吉日维戊（叶莫口反），既伯既祷（叶丁口反）。田车既好（叶许口反），四牡孔阜。升彼大阜，从其羣丑。'赋也。下三章同。"还有一种表述，如清代钱澄之《田间诗学》："朱注：'赋也。'"民国马其昶《诗毛氏学》、李九华《毛诗评注》都采用了这种表述方法，上述共计7部著作。另外有2部著作：明代张次仲《待轩诗记》只谈到首章为"赋也"，其余各章是否用赋法，均未谈及；清代姜兆锡《诗传述蕴》亦复如此。

综上所述，涉猎《吉日》运用赋法的评析共计上述39部著作，除2部著作只谈到首章为"赋也"，其余各章是否用赋法，均未谈及外，其余37部著作都认为《吉日》四章皆用赋法，并无异议。如此，我们可以得到另一条结论：《吉日》四章皆用赋法。

关于《吉日》运用比兴手法，只有明代李资乾《诗经传注》有所提及："诸篇皆托物比与，语意相连，义亦沦贯。读者详之。"

关于《吉日》篇的措辞用句和章法问题

在我们所摘录的涉猎《吉日》艺术特色的84个条目中，品赏《吉日》用词特色的有4部作品：明代陆化熙《诗通》、黄文焕《诗经嫏嬛》，清代牛运震《诗志》、邓翔《诗经绎参》。这4部作品又分别从几个不同方面对《吉日》用词特色进行品赏。一是从词语的指向和解释方面品味，例如《诗通》："中原，蒙上'漆沮'来，'其祁'以地言，'孔有'指数言，'儦儦'疾行也；'俟俟'，相待也，缓行也。"《诗经嫏嬛》："'瞻'是从王者言，'其祁'以地大言，'孔有'以兽多言……'左右'即下供事之人，'悉率'是左右自相率，以射御言。"二是从用词的贴切和巧妙方面品味，如《诗经嫏嬛》："小豵言发，谓射之即中，见巧也；大兕言殪，谓射之即死，见力也。……小豵不难于力制，故曰'发'，言一射即中之也。大兕不难于巧中，故曰'殪'，言射之即死也。"《诗志》："'或群或友'写出野兽情性。只'悉率左右'二语，便写出师律精严、人心和同气象，正非泛泛夸美田事也。归重天子得体。'既张我弓，既挟我矢，发彼小豵，殪此大兕。以御宾客，且以酌醴。''发'字、'殪'字用得有分寸有眼目。"三是品味虚词妙处，如《诗经绎参》："第二句言'既'于'伯'处，祷求矣。两'既'字可酌省一个而不省，在今人以凑字成句，爲累句；在古人则以爲句法之古。此章神情于六'既'字逗露，及'彼''其''以'等字。上句语虽多，只班成说，过一概放轻，归重第三章末二句，此种笔墨具有化工。"《诗经绎参》："玩两'既'字，一'且'字，乃知意缩入上章。与《六月》篇手笔略同。然彼明以宾烘主，此则化主爲宾，又略不同也。"四是指出一些用词方法，如《诗志》："'吉日庚午，既差我马。兽之所同，麀鹿虞虞。漆沮之从，天子之所。''差'，字法。'从'字，既'漆沮既从'之'从'，《朱传》以为从兽之从，失之。漆沮之从，即兽之所同地也。亦倒点法。"

在我们摘录的84条关于《吉日》艺术特色中，品赏《吉日》用句特色的有8部作品：明代冯元飏和冯元飙《手授诗经》、凌蒙初《诗逆》、陆化熙《诗通》，清代冉觐祖《诗经详说》、牛运震《诗志》、李诒经《诗经蠹简》，日本龟井昱《毛诗考》，朝鲜李瀷《诗经疾书》。这8部著作从如下几个方面评析《吉日》诗句。一是点出用句方法，如《手授诗经》："瞿星卿曰：……'兽之所同'四句，一气贯下，言禽兽衆多。其地何在？其惟漆沮之从乎？猎以追逐其后，故曰'从'。于此从禽，是倒句法。"《诗经蠹简》："此篇之燕天子是近者说，上篇之会同绎是远者来。岁三田为宾客，是'以御'句充君庖，是'且以'句不言干豆者，以上有伯祷句，故用两实一虚之法概之耳。"二是品味句子的含义，如《诗经详说》："'悉率'二句，要见人心鼓舞乐于趋事天子。凭试而观之，宜為之一快意。所以致之者，自在言外。一说此二句推广言之，如云或率之而御北狄，或率之而捍南荆，无不可以纾王之气，直于一狩以肇其端，中舆气象更说得大。"朝鲜李瀷《诗经疾书》："'兽之所同'以下十二字，为句'天子之所'者，承'從'字说，谓'天子之所從'也。"三是玩味句子的言外之意。如《诗通》："但看下之人如此奉上，则所以致此者，跃然言外矣，要见中兴复古意。……燕天子，不必拘定获禽，全在想见天子和群心，振武烈，以旷典，欲共成其盛上。"《诗逆》也引述了《诗通》的上述评析。强调言外之意，提醒读者注意它的深层意蕴。

此外，上述摘录的84条中，还有的品评了《吉日》的章法，如《诗志》云："'吉日维戊，既伯既祷。田车既好，四牡孔阜。升彼大阜，从其羣丑。'法度之诗，开口便郑重。升阜从丑只一田事，亦自有相度、凭据作用。"日本龟井昱《毛诗考》云："首章言将田而祷，且差车马也。是诗一意贯通之篇法。'田车既好，四牡孔阜'，《车攻》《吉日》似出一手。首章至三章皆自尽奉上之意。去是意则精神不贯。"

关于《吉日》篇的韵字和韵部问题

关于《吉日》的押韵问题，我们梳理摘录出的涉猎《吉日》艺术特色的84个条目，发现其中讲到押韵的有10条。其中，宋代王质《诗总闻》首次讲到了押韵问题，其云："闻音曰：（吉日维戊）戊，莫后切；（旣伯旣祷）祷，当口切；（田车旣好）好，许厚切；（四牡孔阜）阜，符有切。""总闻曰：戊，不言辰，盖以戊协祷也。次言庚午，则前为戊辰可见。"指出用"戊"，不用"辰"，是为了与下句的"祷"字押韵。明代徐光启《毛诗六帖讲意》更是以图示的方法，具体标出了每章的韵字：⊙⊙⊙⊙⊙⊙ 戊祷好阜丑；⊙⊙○⊙⊙ 午马麌所；●⊙⊙⊙⊙⊙ 有俟友右子；●⊙●⊙⊙ 矢兕醴。

293

而清代冉觐祖的《诗经详说》可以说是对上述图示的详解，其云："'吉日维戊'句，戊韵。'既伯既祷'句，祷韵。'田车既好'句，好韵。'四牡孔阜'句，阜韵。'升彼大阜'句，阜韵。'从其羣丑'句，丑韵。'吉日庚午'句、'既差我马'句，马韵。'兽之所同'句、'麀鹿麌麌'句，麌韵。'漆沮之从'句，'天子之所'句，所韵。'瞻彼中原句、'其祁孔有'句，有韵。'儦儦俟俟'句，俟韵。'或羣或友'句，友韵。'悉率左右'句、'以燕天子'句，子韵。'既张我弓'句、'既挟我矢'句，矢韵。'发彼小豝'句、'殪此大兕'句，兕韵。'以御宾客'句、'且以酌醴'句，醴韵。"李塨《诗经传注》也有大致相同的描述："戊、阜、丑，韵；祷，好，韵；亦隔合也。午、马、麌、所，韵。有、俟、友、右、子，韵。矢、兕、醴，韵。"只是关于第一章的韵字描述略有不同，更加细致："戊、阜、丑，韵；祷，好，韵；亦隔合也。"民国时期李九华的《毛诗评注》关于《吉日》押韵的描述，完全引述了李塨的《诗经传注》。

此外，清代严虞惇的《读诗质疑》对《吉日》的押韵也有部分描述："吉日庚午，既差我马。兽之所同，麀鹿麌麌。漆沮之从，天子之所。（下四句隔句韵。）"即指"瞻彼中原，其祁孔有。儦儦俟俟，或羣或友"隔句押韵。姚际恒的《诗经通论》又指出了《吉日》押韵关于本韵方面的特点："吉日维戊，既伯既祷。田车既好，四牡孔阜。升彼大阜，从其群丑（本韵）吉日庚午。既差我马。兽之所同。麀鹿麌麌。漆沮之从，天子之所。（本韵）瞻彼中原，其祁孔有。儦儦俟俟。或群或友。悉率左右，以燕天子。（本韵）既张我弓，既挟我矢。发彼小豝，殪此大兕。以御宾客。且以酌醴。（本韵）"方玉润的《诗经原始》还指出了韵字所属韵部的位置："标韵：祷，十九皓，好同本韵。阜，二十五有。丑同本韵。马，二十一马。麌，七麌。所，六语叶韵。有，二十五有。友，同。子，四纸叶韵。矢，纸。兕，同。醴，八荠，通韵。"

另外，日本金子济民的《诗传纂要》也对《吉日》押韵的特点有所补充："按：戊，音牡。祷，丁口反。好，许口反。六句一韵。二章，马，满浦反，亦一韵。三章有，友，俱叶羽己反，与子叶，四章并一韵。"朝鲜朴文镐《枫山记闻录》引述洵衡语，表达了自己的看法："既曰当作四章而又依旧作八章者，盖下二章之叶韵，与上二章之不叶韵，其事均，故姑两从之欤。（洵衡）"

综上所述，上述 10 条关于《吉日》押韵方面的评析还是较为细致的，分别标出每个韵字，并指出其所属韵部，甚至指出了其在该韵部的位置。

关于《吉日》篇的布局谋篇问题

评述《吉日》布局谋篇特点的是明代梁寅《诗演义》,其云:"按《车攻》所谓田者,在甫草之地,因以会诸侯,因以谋武事。其事大,故言之详,美之至。《吉日》所谓田者,在漆沮之地,乃从以徒属,乃王以娱乐,其事小,故言之略而亦不极其称美也。《吉日》言'既伯既祷',而《车攻》不言者,田于近地,尚祭祷,其遂由东都亦必祭祷可知也。"首次谈到《吉日》写作的详略问题,作者用对比的方法,指出了《车攻》详写田猎,而《吉日》略写田猎的原因。

关于《吉日》篇的艺术成就问题

对《吉日》全诗进行总体评价的有 3 部著作:明代唐汝谔《毛诗蒙引》、清代牛运震《诗志》、民国李九华《毛诗评注》。《毛诗蒙引》引用徐玄扈的话,对《吉日》的艺术成就给予了很高的评价:"《车攻》《吉日》所言田猎之事,春容尔雅,有典有则,有质有文,后世《长杨》《羽猎》未足窥其藩篱也。"认为"后世《长杨》《羽猎》未足窥其藩篱也"。《诗志》对《吉日》的风格进行了概括:"《吉日》,竦亮古劲。"《毛诗评注》亦引用《诗志》此语评价了《吉日》的风格特色。

参考书目

[1]〔汉〕韩婴.《韩诗外传》[M]. 北京：北京古籍出版社，1957 年版.

[2]〔唐〕孔颖达.《毛诗正义》[M]. 北京：中华书局，1980 年版.

[3]〔唐〕陆玑.《毛诗草木鸟兽虫鱼疏》[M]. 北京：中华书局，1985 年版.

[4]〔宋〕朱熹.《诗集传》[M]. 北京：中华书局，1958 年版.

[5]〔宋〕朱熹.《诗序辨说》[M]. 上海：上海古籍出版社，2002 年版.

[6]〔宋〕吕祖谦.《吕氏家塾读诗记》[M]. 台北：台湾商务印书馆，1983 年版.

[7]〔宋〕严粲.《诗缉》[M]. 台北：台湾商务印书馆，1983 年版.

[8]〔元〕许谦.《诗集传名物钞》[M]. 台北：台湾商务印书馆，1983 年版.

[9]〔元〕谢枋得.《诗传注疏》[M]. 上海：上海古籍出版社，2002 年版.

[10]〔元〕胡一桂.《诗集传附录纂疏》：[M]. 北京：北京师范大学出版社，2013 年版.

[11]〔明〕丰坊.《鲁诗世学》[M]. 济南：齐鲁书社，1997 年版.

[12]〔明〕刘瑾.《诗传通释》[M]. 台北：台湾商务印书馆，1983 年版.

[13]〔清〕王士禛.《池北偶谈》[M]. 北京：中华书局，1982 年版.

[14]〔清〕方玉润.《诗经原始》[M]. 北京：中华书局，1958 年版.

[15]〔清〕姚际恒.《诗经通论》[M]. 上海：上海古籍出版社，2002 年版.

[16]〔清〕牟庭.《诗切》[M]. 济南：齐鲁书社，1983 年版.

[17]〔清〕牟应震.《诗问》[M]. 上海：上海古籍出版社，2002 年版.

[18]〔清〕钱澄之.《田间诗学》[M]. 台北：台湾商务印书馆，1983 年版.

[19]〔清〕陈奂.《诗毛氏传疏》:[M].北京:中国书店,1984年版.

[20]〔清〕马瑞辰.《毛诗传笺通释》[M].北京:中华书局,2012年版.

[21]〔清〕王夫之.《诗广传》[M].北京:中华书局,1964年版.

[22]〔清〕顾炎武.《诗本音》[M].北京:中华书局,1982年版.

[23]谢无量.《诗经研究》[M].上海:上海商务印书馆,1923年版.

[24]刘大白.《白屋说诗》[M].上海:开明书店,1935年版.

[25]余冠英.《诗经选》[M].北京:人民文学出版社,1956年版.

[26]吴闿生.《诗义会通》[M].北京:中华书局,1959年版.

[27]孙作云.《诗经与周代社会研究》[M].北京:中华书局,1966年版.

[28]王力.《诗经韵读》[M].上海:上海古籍出版社,1980年版.

[29]周满江.《诗经》[M].上海:上海古籍出版社,1980年版.

[30]高亨注.《诗经今注》[M].上海:上海古籍出版社,1980年版.

[31]朱东润.《诗三百篇探故》[M].上海:上海古籍出版社,1981年版.

[32]于省吾.《泽螺居诗经新证》[M].北京:中华书局,1982年版.

[33]陈子展.《诗经直解》[M].上海:复旦大学出版社1983年版.

[34]程俊英,蒋见元.《诗经注析》[M].北京:中华书局,1991年版.

[35]闻一多.《匡斋尺牍》》[M].武汉:湖北人民出版社,1993年版.

[36]闻一多.《风诗类抄乙》[M].武汉:湖北人民出版社,1993年版.

[37]夏传才.《诗经研究史概要》[M].台北:台湾万卷楼图书公司,1993年版.

[38]刘毓庆.《雅颂新考》[M].太原:山西高校联合出版社,1996年版.

[39]扬之水.《诗经名物新证》:[M].北京:北京古籍出版社,2000年版.

[40]刘毓庆.《从经学到文学——明代诗经学史论》[M].北京:商务印书馆,2001年版.

[41]寇淑慧.《二十世纪诗经研究文献目录(1901—2000)》[M].北京:学苑出版社,2001年版.

[42]刘毓庆.《历代诗经著述考》[M].北京:中华书局,2002年版.

[43]王国维.《观堂集林(附别集)》[M].北京:中华书局,2004年版.

[44]周延良.《诗经学案与儒家伦理思想研究》[M].北京:学苑出版社,

2005年版.

［45］林义光.《诗经通解》［M］.上海：中西书局，2012年版.

［46］马辉洪，寇淑慧. 《中国香港、台湾地区：诗经研究文献目录（1950—2010）》［M］.北京：学苑出版社，2012年版.

［47］傅斯年.《诗经讲义》［M］.北京：中华书局，2016年版.

［48］王晓平.《日藏诗经古写本刻本汇编》［M］.北京：中华书局，2016年版.

［49］刘毓庆.《诗经二南汇通》［M］.北京：中华书局，2017年版.

［50］〔日〕田中和夫.《汉唐诗经学研究》［M］.香港：香港天马图书公司，1999年版.

［51］〔日〕冈村繁.《毛诗正义注疏选笺》［M］.上海：上海古籍出版社，2009年版.

［52］〔日〕家井真. 《诗经原意研究》［M］.南京：江苏人民出版社，2011年版.

［53］〔韩〕李瀷.《诗经疾书》［M］.首尔：成均馆大学出版部，1993年版.

跋

本书是国家社科基金重大招标项目"中日韩《诗经》百家汇纂"的系列成果之一,也是姚奠中国学基金项目"《诗经·小雅·六月》和《诗经·小雅·吉日》研究"的最终成果之一。在项目的研究过程中,几多辛苦,几多收获,而更多的还是感谢!

接到项目之后,我首先根据项目组提供的"中日韩三国《诗经》汇注目录"(共计334条)及相应的原始文献,辑录出与《吉日》相关的部分,然后按《毛传》目次将原始文献分为"总说""句解""分章总说"和"集评"四部分,以条目的形式分类整理。"总说"部分辑录中日韩历代学者对《吉日》主题、作者、写作年代等各类问题的述评近150条;"句解"部分辑录对本诗每一句(共计24句)的解释1600多条;"分章总说"部分辑录本诗每个段落(共计4个段落)意思的概括或分析200条以上;"集评"部分辑录本诗写作艺术方面的述评80条以上。在此基础上,为辑录的全部文献做校勘,加标点,并写出按语30处。

虽然目标明确,但在具体操作过程中,还是遇到了不少问题,例如,在做辑录工作时,需要将纸质版的原始文献转换成繁体字的电子版文献。由于原始文献是复印资料,而且又是古老的典籍,所以有时会出现字迹模糊的情况,这是一个经常遇到的问题。为此,我买来了放大镜,反复辨认,以确保准确无误;放大镜下也辨认不清的,就在图书馆和网上寻找原文,加以核对确认;找不到原文的,就比对几处相同引文,互相印证,以确保录入的准确性;没有相同引文可以比对的,就求教同人、专家。总之,千方百计使辑录的文字保存原始文献原貌。

同时,冷僻字的录入也是一个问题。辑录工作要求保留原始文献中的冷僻字，电子版要与原始文献字形一样，保存文献原貌。而原文中的一部分冷僻字，电脑字库中没有，无法打出与原文一样的字来。为此我在各种字典上查询，在电脑上四处检索，制成图片，以确保按照原文录入。

在做"句解"部分时，由于拆分是以单句为条目，而原始文献都是对《吉日》全文的述评，所以有些地方上下两句连贯紧密，有时甚至是多句、整段串联在一起，如果拆分不当，就会影响到对诗句意思的理解。如何既最大限度地切合文献原意，又便于读者的阅读和理解，这也是需要反复揣摩、仔细斟酌的问题。还有关于"总说"和"集评"部分的归属问题，也属此类，不再一一赘述。

在为原始文献加注标点的时候，也遇到了一些问题。首先是本书需要标点的文献数量大，约有2000多条，20多万字；内容涵盖面广，涉猎许多专门领域的知识，如礼仪制度、历史故实、阴阳五行、天文地理，还有文字、音韵、训诂等方面的知识，只有对这些知识有一定的积淀，才能做到断句准确，表意分明。为此，需要重温相关知识，遇到不熟悉的地方，还需要花费大量时间和精力反复查证。在此基础上，结合语境，反复揣摩，才能做到断句合理，表意贴切。特别是引号的标注，最为耗时费力。因为原始文献中常常是作者的话与引文交相错杂，难以辨析。所以要确定原文中引文起止，就需要翻阅引文出处，找原书复核，但引文往往是年代久远的古籍，不易找到，有的甚至已经散佚，所以寻找起来非常困难，需竭尽全力方能完成任务。其次是清儒重考据，旁征博引，不厌其烦，稍有不慎，标点就会出现失误。所以标点之后，还需认真核对。

虽然完成项目的过程中需要克服许多困难，但是每克服一个困难项目的进程就向前推进一步。而且，随着项目的推进，自己的知识丰富了，认识提高了，眼界开阔了，境界提升了，收获颇丰。例如，仅就语言学知识而言，我就潜心研习了原始文献中引用的部分，如《尔雅》《说文解字》《说文解字注》《九经古义》《方言》《广雅》《汉书注》《广韵》等，并为之标点、断句，学到了许多语言学知识，开拓了视野，提高了语言水平。

再如，在写按语的时候，我反复研读揣摩中日韩历代原始文献，领会其内容、精神实质及艺术特色，常常被先哲的真知灼见所震撼，被他们的广征博引所征服，被他们的连珠妙语所打动，特别是被他们对学问的赤诚、执着与坚守所感染，禁不住渴望追随他们的脚步，为弘扬传统经典尽绵薄之力。每念于斯，则所有的辛苦都化作神圣和幸福，感觉是在做一件崇高而有意义的事。

　　本书付梓在即，借此机会，我要对那些帮助我完成项目的专家、同人和亲人表示衷心的感谢。

　　感谢本项目的首席专家刘毓庆老师，多次莅临我院给予项目组宏观和微观的指导，答疑解惑，使我们受益良多。特别要感谢刘老师的是，我在完成项目的过程中撰写了论文《中日朝历代〈诗经·吉日〉篇时代、诗旨探究》（也是本书的部分内容），从论文的题目到结构，从字词、标点到语句，刘老师不厌其烦地为我反复修改达5次之多！每当我在论文中呈现出心有所想却又拙于表达的时候，刘老师就会用贴切而精妙的措辞，点石成金，使我拙笨的表达顿然生色！而且每次修改之后，刘老师都会给我留言，告诉我："学术是严肃的事情，也是很苦的事。严肃对待学术问题，一丝不苟地去做文章，这是对人的磨炼，也是培养人刻苦踏实精神的好机会。做文章的态度，也就是做人的态度，是人生的一种修养。通过这篇文章，或许你会明白人生的很多道理。"每当收到刘老师修改过的论文和留言，我都深受教益，有一种如沐春风的感觉！

　　感谢教育部高等学校中文学科教学指导委员会委员王兆鹏老师，在刘老师修改论文的基础上，又逐字逐句做了进一步修改，并推荐发表。其一丝不苟的治学态度，使我领略了学术大师的风范。

　　感谢《中南民族大学学报》编辑王平老师，对论文的参考文献提出有益的修改意见。王老师严谨认真的工作态度，精益求精的敬业精神，使我深受感动。

　　感谢中国书籍出版社的编辑团队，他们以认真负责的态度，精湛高超的专业水平，勘误补缺，加工润色，为本书避免了诸多疏漏和失误。

　　感谢国家社科基金、姚奠中国学基金项目的资助，感谢山西大同大学优秀出版基金的资助，使得本书得以出版。

　　感谢学院院长凌建英老师，多次召开项目推进会，检查督促项目进度，为项目组排忧解难，提供多方支持，为项目完成提供了有力保障。感谢主管科研的副院长张忠堂老师对项目组的悉心关爱和具体指导，为项目的完成提出了具有建设性的意见和建议。感谢古代文学教研组的同人，特别感谢我的良师益友李奉戬老师和刘世明老师，常常为我答疑解惑。

感谢全力支持我完成项目的亲人。我的先生和女儿，不但为我完成项目提供时间保证，而且随时为我加油鼓劲。女儿在国外读文学方向的博士，所以我经常与她探讨项目中遇到的问题，从标点符号的添加，到按语观点的提炼，诸如此类，不一而足。先生是计算机方面的高级工程师，我遇到录入和排版等相关问题时，随时向他请教。妹妹和弟弟分别是报社的编辑和电视台的记者，工作很忙，但是为了我项目的完成，更多地承担了照顾父母的责任，使我能够有更多的时间完成工作。

由于时间和学识水平有限，本书难免有疏漏和失误之处，望专家批评指正。